亂倫母題與日本敘事文學

吳舜立 著

目次 │CONTENTS

第一章　導論：人類的亂倫
和「亂倫」的文學

　　英語中的「incest」（亂倫）一詞來源於拉丁文「incestus」，其意是
「不貞潔」。日文在語言實踐中對亂倫有兩種稱謂：一是用片假名將英語
音譯為外來語インセスト（讀「因賽斯托」）；二是用繁體漢字將亂倫表
述為「近親相姦」。後者的意思不言自明，就是指「血緣關係相近的男女
進行性交」¹。中文「亂倫」一詞原意為擾亂倫理常規，即指擾亂宗法制
家族內部的親疏有序、男女有別的倫理關係。現今提起「亂倫」，其嚴格
意義的定義是指生物學意義上的具有近親關係的男女發生性關係，或者指
社會學意義上相當於近親關係的人之間發生的為當地風俗與法律所不允許
的性行為。拙著中所指涉的「亂倫」除上述內涵外，還指生物學或社會學
意義上的具有近親關係的男女之間精神層面的亂倫欲望或意念，比如把自
己的血親作為性幻想的對象，可謂之「心理上的亂倫」²。

　　美國社會學家愛德華・薩格因指出：人類對於亂倫行為的認識，從無
知道禁止，經歷了一個漫長的過程，並且形成了普遍的認識，不僅形成了
禁忌的風俗，而且在儀禮制度上作了一些明文的限制³。總而言之，在人
類文明發展過程中，亂倫禁忌可以說是人類社會的共識。然而，實際情況
是「亂倫」描寫幾乎與全世界的敘事文學同步出現又經久不衰，既呈現出
歷時性的綿延，又存在著共時性的普遍。

　　在國外，「亂倫」母題廣泛被關注是從19世紀開始的。奧地利著名心

---

¹　小學館國語辭典編輯部：《日本國語大辭典》（第二版），小學館。2003年。
²　兄〔英〕B・卡爾：《人類性幻想》，耿文秀等譯，上海：華東師範大學出版社，
　　2011年，第142頁。
³　Edward Sagarin,Violation of taboo:Incest in the great Literature of the past and present(New
　　York:Julianpress,1963)

理學家佛洛伊德通過分析古希臘悲劇詩人索福克勒斯的著名悲劇《俄狄浦斯王》和文藝復興時期英國文豪莎士比亞的悲劇《哈姆萊特》提出了「俄狄浦斯情結」這一概念，為「亂倫」母題的研究打開了一個新的視角。在他1913年出版的《圖騰與禁忌》一書中，還從心理學角度分析了亂倫畏懼這一行為。

20世紀法國思想家福柯在其名著《性經驗史》[1]中似乎更為大膽和開放，他認為我們今天的話語系統中幾乎完全刪除了「亂倫」這兩個字詞，其實就是人類社會的權力意志對語言進行控制的結果，目的是將其從我們的生活中徹底禁絕，使得我們形成一種思維定勢：「亂倫」是不可言說的。這部名著毫無疑問的開啟了對「亂倫」研究的話語權。

《色情史》[2]是法國著名學者喬治·巴塔耶的重要著作，書中作者把人類的亂倫與人類的色情欲望相對應，並試圖從被社會排斥的色情活動中尋找一種至高無上的意義。他認為色情是一種精神滿足，與思想世界是互為補充的，主張人類要有不回避一切（包括厭惡與羞恥）的自我意識，對可能性的探索進行到底，並且提出了「無限的色情」觀念。

阿爾伯特·莫德爾是美國著名文學評論家，與佛洛伊德是同時代人。他將人類的亂倫意識和亂倫行為劃歸到色情範疇，在其《文學中的色情動機》[3]一書中，他運用精神分析學的觀點，以嚴謹的治學態度對眾多經典作家、作品加以分析，進而揭示出，在文學創作中除了種種社會的、政治的和文化的原因，還存在著一種更為深層的內驅力，即作家本人的潛意識動機。由於這種潛意識動機在很大程度是和作家的無意識性心理（或者說色情欲念）聯繫在一起的，因此莫德爾稱之為「色情動機」，顯現於文學作品中就成為「色情母題」。

1932年美國學者湯普森在芬蘭學者阿爾奈《民間故事類型索引》

---

[1] 〔法〕蜜雪兒·福柯：《性經驗史》，佘碧平譯，上海：上海人民出版社，2000年。
[2] 〔法〕喬治·巴塔耶：《色情史》，劉暉譯，北京：商務印書館，2003年。
[3] 〔美〕阿爾伯特·莫德爾：《文學中的色情動機》，劉文榮譯，上海：文匯出版社，2006年。

（1910）的基礎上編成了6大卷本的《民間文學母題索引》，把世界各地民間文學資料按照母題加以分類整理，並依照英語字母的順序編排為23個大類，粗分為234個母題，細分為兩萬多個（共有23978個編號，但有空缺待補）。其中涉及亂倫母題的可謂洋洋大觀，僅在「T」類中，就從「T400—499」設立了幾十個條目，如T410「亂倫」一項中，有T411「父女之間的亂倫」，T412「母子之間的亂倫」，T415「兄弟姐妹之間的亂倫」，T417「岳母與女婿之間的亂倫」，T418「繼母子之間的亂倫、繼父女之間的亂倫」，T421「與嬸娘姨母結婚的男人」，T23「年輕人引誘他的祖母」（孫子與祖母之間的亂倫），T425「女婿引誘兒媳」（女婿與兒媳之間的亂倫）等等，裏面著錄的資料遍佈世界各大洲許多地區[1]。

　　1957年，加拿大著名文學批評家諾思洛普・弗萊的《批評的剖析》[2]一書問世。弗萊在該書首次提出了神話原型的概念，並把亂倫作為基本的故事情節納入其中，使得「亂倫」作為文學母題被廣泛關注，從而對「亂倫」母題的研究產生了直接與重大的影響。

　　1996年，美國斯坦福大學出版社出版了阿倫・瓊斯與格拉斯・普賴斯威廉合著的《無處不在的俄狄浦斯——世界民間文學中的家庭情結》一書，書中不僅對亂倫故事的有關理論研究做了評述，還附錄了139篇具有代表性的亂倫故事，地域涵蓋歐洲、非洲、大洋洲和南北美洲[3]。

　　德國學者奧特・蘭克在其《文學作品和傳說中的亂倫母題》一書中，不僅梳理了從古代到現代世界各主要國家文學作品中的亂倫素材，而且還從精神分析的角度探析了亂倫潛意識與作家深層心理的微妙關係，歸結了文學創作活動在心理學上的基本特徵[4]。

1　參見〔美〕史蒂斯・湯普生：《民間文學母題索引》（英文版），赫爾辛基（Helsinki），1932年。

2　參見〔加〕諾思洛普・弗萊：《批評的剖析》，陳慧、袁憲軍、吳偉仁譯，天津：百花文藝出版社，2006年。

3　參見〔美〕阿倫，鐘斯、道格拉斯，普賴斯=威廉，《無處不在的俄狄浦斯——世界民間文學中的家庭情結》（英文版），斯坦福大學出版社，1996年。

4　參見〔德〕奧特・蘭克：《文学作品と伝說における近親相姦モチーフ》（日文版），前野光弘譯，中央大學出版部，2006年。

　　日本名著名學者神山重彥長期致力於文學母題的整理與研究工作，
1996年由日本近代文藝社出版了他的力作《故事要素176》，共歸結文學
母題176個[1]。1998年，他又在互聯網上開設了專門的網路主頁——《故事
要素索引》，在原來的基礎上不斷進行增補。截止目前，神山重彥的網
絡版《物語要素事典》按日語假名音序編排為44大類，共整理出文學母題
675個，其中關涉亂倫的母題近30個，有「母子婚」、「殺母」（戀母而
母與別人私通）、「父女婚」、「母與子」（包含因女子酷似母親而戀
之）、「兄妹婚」（包含同父異母、同母異父兄弟姐妹）、「堂表兄弟・
堂表姐妹」、「叔伯舅姑夫・叔伯舅姑母」（含有叔伯與姪女、叔母與侄
子、姨母與外甥）、「老翁」（包含公公與兒媳、繼母與繼子）、「母與
女」（母女同侍一男）、「家譜」（亂倫造成的複雜血緣關係）、「嫂
子」（含有叔嫂）、「私通」等等，幾乎囊括了世界各國文學中具有代表
性的亂倫故事[2]。

　　結論是顯而易見的，這就是：世界各國的敘事文學中存在有一個綿亙
而強大的亂倫母題。而我們發現：亂倫母題在日本敘事文學中尤為突出。
亂倫描寫為什麼在文學作品中經久不衰？尤其是在日本文學中，亂倫母題
為何深廣存在？文學中的亂倫描寫到底有著怎樣獨特的美感效應？拙著力
圖在前人研究成果的基礎上，並結合現有的資料，對上述問題做出深入細
緻的探究和盡可能全面的回答。

---

[1]　〔日〕神山重彥：『物語要素176』，近代文芸社，1996年。
[2]　http://www.aichi-gakuin.ac.jp/~kamiyama

第二章　日本「涉亂」文學名著

　　打開日本文學史人們就會發現：這個民族從古至今全部文學史上為數不多的幾部比較有名氣的文學作品幾乎都涉及到了亂倫——要麼專門以亂倫為題材、要麼描寫到了亂倫、要麼提到了亂倫。惟其如此，在本章，我們從古至今挑選了日本文學史上各個時期的幾部代表作，就此論題先做一個重點介紹和闡述。

第一節　《古事記》

　　《古事記》（712）是日本歷史上出現最早的書面作品，被稱為日本民族的精神元典。一般認為《古事記》的內容由兩個方面構成：神話傳說和歷史故事。產生神話傳說的年代較為久遠古老，而歷史故事則是人類進入文明時代以後的產物。

　　在日本這部最古老的文史著作中，共存在有四個亂倫故事，人物所涉及的亂倫關係主要有兩種：兄妹亂倫（同父同母、異父同母）、外甥和姨母亂倫。

　　兄妹亂倫有三個故事，其一是指伊邪那岐命與伊邪那美命兄妹倆相互挑逗進而交合的故事：

　　《古事記》開篇記載了日本國土和日本人種的起源，日本的歷史於是被分為「神代」和「人代」兩個階段，其所謂的「神代」先後生成的神有七代，通稱「神世七代」，按照歷史學的世代來劃分，它相當於繩文時代（西元前3世紀以前）和彌生時代（公元前3世紀——公元3世紀）。其第七代便是男神「伊耶那岐」女神「伊耶那美」二位尊神。據說，就在這二神出現之後……

　　這時，諸天神作出決定，命令伊耶那岐命[1]、伊耶那美命二神道：「希望你們下去將這個漂浮不定的國土建造完成。」同時賜給他們一根飾以美玉的天沼矛，委託他們去完成這個任務。

　　於是這兩位站立在聯結天與地的天浮橋之上，杵下那根天沼矛，不停地攪動海水，海水發出咕嚕咕嚕的聲音。然後就提起那根長矛，從矛尖上滴下的海鹽很快堆積成一座島。這島就是淤能碁呂島。

　　二神於是降臨到這島上，立起了巨大的「天之禦柱」，建造了漂亮的宮殿，那就是新婚的洞房吧。這時伊耶那岐命問他的妹妹說：「你的身子長的怎麼樣了？可否讓我看看？」伊耶那美命害羞地回答說：「我的身子已經完全長成，只有一處未成，尚有不足之處。」伊耶那岐命馬上告訴她說：「我的身子也完全長成，可是多出一塊地方。因此我想用我多出的地方插進，並填塞你的不足之處，然後生出國土。你看如何？」這算是男人的求愛吧，伊耶那美命爽快的回答說：「我想可以吧！」

　　他們覺得這樣的大事情不可以隨隨便便，似乎應該舉行一個儀式以示隆重，於是伊耶那岐命建議道：「那麼我和你圍著這根天之禦柱繞行，碰面的時候就行男女房事吧。」這麼約定之後，他又趕快說道：「你從右邊繞，我從左邊繞，咱們趕快碰面吧。」按約定繞行之後，碰面的時候伊耶那美命先開口說道：「啊呀，好一個美男子！」隨後伊耶那岐命才說：「啊呀，好一個美女子！」相互這麼說後，伊耶那岐命很擔心地對妻子說：「女的先開口，恐怕不吉利。」雖然如此，他們還是忍不住仿照鳥兒的體位交媾了。不久便生下孩子，叫水蛭子，那是一個殘疾兒，他們把這孩子放進葦舟裏讓水沖走了。接著又生了淡島，也沒有算在他們所生的孩子數中[2]。

　　兄妹亂倫其二是指異父同母兄妹沙本毘古王和沙本毘賣命的戀愛故事：垂仁天皇把沙本毘賣立為皇后之後，沙本毘賣的哥哥沙本毘古王問他

---

[1]　「命」或「尊」是日本人對天神與天皇的尊稱——引者注。
[2]　〔日〕梅原猛：《諸神流竄：論日本〈古事記〉》，卞立強、趙瓊譯，北京：經濟日報出版社，1999年，第11-12頁。

的妹妹：「丈夫和哥哥，你是喜歡哪一個？」沙本毗賣回答說：「喜歡哥哥。」沙本毗古王早就蓄謀造反，因而說道：「你要是真的喜歡我，那就由你和我共同治理天下吧」於是把一把經過多次鍛造的帶有紐帶的鋒利的小刀交給妹妹，說道：「乘天皇睡覺的時候，用這把小刀給我把他刺死吧」

天皇對這些情況毫無察覺，枕在皇后的膝頭呼呼地熟睡了。於是皇后拿出那把帶紐帶的的小刀準備刺天皇的脖子。但三次舉起小刀，終因難忍愛憐之情，未能下手。皇后淚下如雨，打濕了天皇的面龐。天皇驚醒過來，對皇后說道：「我剛才做了一個奇怪的夢。從沙本方向降下一陣急雨，突然打濕了我的面孔，還有一條錦紋小蛇纏住我的脖子。你看這是什麼徵兆？」皇后再不能隱瞞下去，向天皇說出了真實情況：「我哥哥沙本毗古王問我：『丈夫和哥哥，你是喜歡哪一個？』因為是當面問的，所以我只好說：『喜歡哥哥。』哥哥說：『我和你共同治理天下，你把天皇殺掉。』給了我一把經過多次鍛造的帶有紐帶的鋒利的小刀。因此我要刺您的脖子，三次舉起小刀，但忽然產生了愛憐之情，刺不下手。我流下的淚打濕了您的臉。您剛才的夢就表示這些情況吧」

於是天皇說道：「我幾乎叫人謀殺了！」立即發兵征討沙本毗古王。這時沙本毗古王已經構築了稻城，準備迎擊天皇的軍隊。當時沙本毗賣哀憐哥哥，終於從宮中的後門逃出，進入了稻城。皇后這時已經懷有身孕。天皇深感與皇后之間的恩愛之情，又憐憫她懷有身孕，因此故意讓軍隊繞道而行，不立即進攻。

在這樣拖延的期間，皇后生下了所懷的皇子。於是皇后把皇子放在稻城的外面，派使者稟告天皇說：「如果還認這孩子是天皇的皇子，那就請把他撫養長大吧！」天皇說：「我怨恨她的哥哥，但是對於皇后我還割不斷恩愛之情。」

於是天皇產生了想設法把皇后一起拉過來的念頭。他從軍隊中挑選了一些身強力大、動作敏捷的士兵，命令他們說：「接我的皇子的時候，同時也把他母親拉過來。她的頭髮也好手也好，抓住了就緊緊不放，把她從

稻城裏拉出來。」

　　但皇后方面早已料到天皇的用心。她把自己的頭髮早已剪掉，而把剪掉的頭髮又覆蓋在頭上；又把系玉的帶子腐爛掉，在手上纏了三道；還用酒把衣服腐蝕，像好衣服似的披在身上。這樣準備好之後，皇后抱著皇子出了稻城。大力士們接過皇子，立即要抓皇子的母親。但是抓住她的頭髮，那頭髮自己紛紛掉了下來；抓住她的手，那系玉的帶子又斷了，抓住她的衣服，那衣服一抓就破碎了。因此，皇子是接著了，但是沒有抓住皇子的母親。

　　於是這些兵回來稟告天皇說：「皇后的頭髮自己紛紛掉了下來，皇后的衣服一碰就破了，纏在手上玉串的帶子一拉就斷了，所以沒法抓住，只把皇子接過來了。」天皇十分悔恨，非常憎惡做玉串的人，剝奪了他們的全部土地，所以有諺語說：「做玉的沒有領地。」

　　天皇又傳旨去問皇后：「孩子的名字一般由母親親自起。這孩子叫什麼名字好呢？」皇后回答說：「如今稻城裏火光沖天。這孩子是在火炎中出生的，就給他起名叫本牟智和氣皇子好嗎？」又問：「皇子該怎麼撫養呢？」皇后回答說：「請位奶娘，規定大湯坐和若湯坐。該這麼撫養吧。」於是天皇按照皇后所說的那樣撫養了皇子。天皇還問皇后：「你給我下裳上系的美麗的結讓誰來解呢？」皇后回答說：「丹波的比古多多須美智宇斯王的身邊有兩個女兒，叫兄比賣和弟比賣。他們都是忠厚的人。我想可以讓他們侍奉您。」但是天皇最後還是殺了沙本毗古王，他的妹妹沙本毗賣也遭到了同樣的命運[1]。

　　兄妹亂倫中最有名的是皇太子木梨之輕皇子與其同母異父妹妹輕大郎女的悲戀：

　　日本第19代允恭天皇死後，按規定由皇太子木梨之輕繼承皇位，但他在即位之前就愛上了同母異父妹妹輕大郎女，並與她私通，在夜深人靜之時「走訪」了他的妹妹，留下了許多浪漫而奔放的情歌：

---

[1] 〔日〕梅原猛：《諸神流竄：論日本〈古事記〉》，卞立強、趙瓊譯，北京：經濟日報出版社，1999年，第67-69頁。

霰打竹葉沙沙響，摟著我妹子睡覺好舒暢。

閒言碎語隨他去吧，你是我最親愛的人兒啊！

摟著我妹子睡覺好舒暢啊，天下大亂就亂吧。

摟著我妹子睡覺好舒暢啊！

有一天，他又得著機會溜進了妹妹的閨房，高興的他忍不住低唱：

要種山田山太高，地下埋管飲水澆。

我偷偷鍾情的妹子呦，我背人暗泣的妻子呦，

今晚讓我盡情地愛撫吧！

在那個時代的日本，男人一到晚上就要出來遊蕩，尋找他們的浪漫豔遇，在美麗高貴的輕大郎女的閨房周圍肯定少不了這樣的男人，其中或許也有太子的兄弟，他們對於姊妹的情欲也許絲毫不比木梨之輕皇子遜色。太子所做的以上情歌不免被他們傳播出去，在貴族當中影響極壞。

這個輕大郎女是日本歷史上有名的美女，日本人不少史書也稱她為「衣通姬」，大概是因為她愛穿通體透明而性感的衣服的原因吧。面對這樣的性感美人，也難怪她的哥哥愛美人不愛江山了，也難免遭到其他男人的嫉妒，《古事記》說朝廷百官和天下人民都因此背棄了輕皇子，歸附了他的兄弟穴穗皇子。太子的浪漫愛情讓弟弟撿了個便宜，弟弟正好可以有藉口興師奪位。

因此輕太子感到害怕，出了宮廷，逃到大前小前宿禰大臣家裏，製造武器，準備打仗。當時他打造的箭是把箭尾做成銅的，名叫輕箭。同時穴穗皇子也在打造武器，他造的箭用鐵為鏃，更為先進，和現在的箭一樣，稱作穴穗箭。於是穴穗皇子帶兵包圍了大前小前宿禰的家。穴穗皇子到達宿禰家的門前時，天下起了暴雨。按照當時的習慣，他作歌道：

宿禰家的門庭前，暫且避雨等天晴。

聽到他的高歌聲，藏在柵欄後面的大前小前宿禰舉手叩膝，邊歌邊舞走了出來。那時的日本像中國雲南的一些少數民族一樣是以唱歌代替對話，他的歌是這麼唱的：

客官腳上吊了一個小鈴鐺，鬧鬧騰騰好熱鬧。

鄰人們可不能輕舉妄動啊!

他們的這種對歌好似在叫陣。識時務的大前小前宿禰最後這麼唱著出來說道:

即使當天皇的那位呀,請不要和太子哥哥兵戎相見吧!

如果兵戎相見會叫人笑話的。

我會把他捉住獻上的。

聽了這話,穴穗皇子讓軍隊解圍退走了。於是大前小前宿禰抓住了輕太子和輕大郎女,帶去獻給了穴穗皇子。輕太子被捕後,他的妹妹輕大郎女很傷心,痛哭流涕,輕太子於是作歌安慰妹妹說:

輕娘子啊,輕娘子,哭得那麼響會讓人知道啊!

要哭就低聲悄悄地哭吧,像那波佐山上的鴿子一樣。

他這樣唱出來,顯然不想把他們的戀情傳的更開,以致影響更壞。被抓住的他顯然失去了去走訪他的妹妹、與她「共寢」的自由了,於是他又作了這樣一首歌讓人送給他的妹妹:

輕娘子啊,輕娘子,悄悄地來到我身邊,跟我一塊兒睡吧!

他的弟弟穴穗皇子大概發現了他們還在繼續幽會,於是把哥哥輕太子流放到伊豫湯也地方,不讓他與情妹通信傳情。即將流放的時候,輕太子作了幾首歌給他的妹妹:

天上飛的鳥兒,他是我們之間的使者啊。

聽到鶴的叫聲時,向它打聽我的消息吧!

這顯然是他們以後祕密聯絡的暗號,這裏的「鶴」顯然是他們之間祕密傳信的使者。同時輕太子又作歌告誡他的妹妹:

應為天皇卻流放海島,總有一天會有許多船隻迎我歸來。

我睡過的席子不能玷污,我的妻呀,你要潔身自愛啊!

這首歌格調非常的哀怨、低沉,看來既不想失去江山也不捨美人。他的妹妹輕大郎女自然理解哥哥的雅意,於是回贈歌道:

在那些男女共眠的海灘上,你小心踩了牡蠣殼,

等到天明再走啊!

　　可惜這位被廢的太子已經由不得自己了，一對戀人就這麼離別了。別後，輕大郎女日夜思戀哥哥，作詩雲：

　　君行日已久，不識幾時還？（你走了好久了，不知幾時才能回還？）

　　欲待無從待，欲迎又隔山！（等待如此遙遙無期，多麼想去找你，但又隔著重重關山！）

　　最後，輕大郎女不堪忍受對哥哥輕太子的戀情，終於偷偷追隨輕太子去了伊豫國。此時，輕太子為日夜渴待的妹妹感慨地作歌道：

　　泊瀨山呀泊瀨山，

　　大岡子上立著幡，小岡子上也立著幡。

　　我可憐的妻呀，就這麼說定了吧，

　　讓我們像那大岡小岡，永遠在一起吧！

　　啊，不管是像檀弓那樣躺下的時候，

　　不管是像梓弓那樣立著的時候，

　　我可憐的妻呀，我將永遠愛護你。

　　流傳下來的輕太子為慶賀這次兄妹重逢的另一首歌唱道：

　　泊瀨河呀泊瀨河，

　　上流打下神聖的柱，下流打下堅固的椿。

　　神聖的椿上懸著鏡，堅固的椿上掛著玉。

　　像玉一般美麗的我的妹呀，像鏡一般珍貴的我的妻呀，

　　如果你有家，我要去你的家，

　　如果你有國，我會把故國懷念。

　　這麼相互作歌安慰之後，兩個人就一起自殺殉情了[1]。日本近代著名作家三島由紀夫後來還據此創作了小說《輕王子和衣通姬》。

　　外甥與姨母的亂倫則是指外甥鸕茸草茸不合命娶姨母豐玉毗賣命為妻的故事——海神的女兒豐玉毗賣在人間生子後，因為被偷窺了原形返回了大海，作為代替，妹妹玉依毗賣從海裏上來代其養子，這個兒子長大成人，

---

[1]　〔日〕梅原猛：《諸神流竄：論日本〈古事記〉》，卞立強、趙瓊譯，北京：經濟日報出版社，1999年，第108-112頁。

後和姨母玉依毗賣結了婚，生了四個皇子。詳細的故事如下：

海神棉津見的女兒風玉毗賣命親自來到火遠理命身邊說：「我已經懷孕了，現在就要臨產。我想天神的孩子不能在海裏生產，所以就離開棉津見神的宮殿來到您這裏。」

於是，立即在海邊的淺灘上，用鸕鶿的羽毛當作葺屋頂的茅草，蓋了一座產房。但是，產房尚未完全蓋好，風玉毗賣命已經腹疼難忍，只好進了未蓋好的產房。在快要生產的時候，她對丈夫火遠理命說：「別國的人生孩子的時候，一般都要變成在本國原來的樣子生產。我想我也變成原來的樣子生孩子，請您千萬不要窺看我！」聽了這話，火遠理命感到奇怪，在妻子即將生產的時候偷偷看了一眼，只見其子變成了一隻大海鯊，在那裏來回爬動。火遠理命一看這種樣子，又驚又怕，逃了出來，豐玉毗賣命知道了丈夫沒有聽從自己的話，窺看了她的鯊魚原形，感到是很大恥辱。於是丟下剛生下來的孩子，對丈夫說：「我本想通過海路經常到您身邊來。現在讓您看到我的原形，我感到羞恥，今後再也不跟您見面了。」說後就堵上了去棉津見國的坡道，回本國去了。由於以上原因，把當時風玉毗賣命生的兒子稱作天津日高日子波建鵜茸草茸不合命。

豐玉毗賣命雖然怨恨丈夫看到她生產時的樣子，回到了棉津見國。但是，難以忍受思念丈夫之情。於是，藉口撫育孩子，把自己的妹妹玉依毗賣命派到丈夫那裏，並托妹妹捎去這樣一首詩：

紅玉連它的穗子也閃耀著紅光

白玉一般夫君的容顏

才是真正的高貴啊！

丈夫火遠理命答詩如下：

水鳥、野鴨降落在海島上

忘不了與你同枕共眠，

一直到我生命的終結。

日子穗穗見命在高千穗宮坐了580年江山。她的禦陵在高千穗山的西邊。

　　那天津日高日子波建鵜茸草茸不合命後來娶姨母玉依毗賣命為妻，生下的兒子叫五瀨命。接著生的兒子叫稻冰命，再接著生下兒子禦毛沼命。最後生下的兒子叫若禦毛沼命。這若禦毛沼命又叫豐禦毛沼命，還有一個名字叫神倭伊波禮毗古命。而禦毛沼命踏著海浪去了常世國。稻冰命入海去了他母親的國土[1]。

　　我們發現：在伊邪那岐命與伊邪那美命兄妹的交合、鵜茸草茸不合命娶姨母豐玉毗賣命為妻的故事中，血親發生性愛關係是自然而然的、不受任何限制的。而沙本毗古王和沙本毗賣命同母兄妹的互相戀慕、尤其是木梨之輕皇子與其同母異父妹妹輕大郎女的血親相愛則受到了明顯的限制甚至譴責。如果說，（前兩個故事）伊邪那岐命與伊邪那美命兄妹的交合、鵜茸草茸不合命娶姨母豐玉毗賣命為妻還屬於較早年代的神話傳說，其中的亂倫描寫是對史前人類群婚、雜婚制的正常反映與寫照；那麼，（後兩個故事）異父同母兄妹沙本毗古王和沙本毗賣命的互相戀慕、木梨之輕皇子與其同母異父妹妹輕大郎女的悲戀則屬於有一定事實基礎的歷史故事，其中的亂倫描寫則是對進入文明社會後人類亂倫關係的藝術反映。

第二節　《源氏物語》

　　《源氏物語》（約1008）是日本古典文學的最高成就，號稱世界上文學史上出現最早[2]的長篇寫實小說。作品主要描寫了貴族公子光源氏的情愛生活：

　　不知何朝何代，有一位天皇寵愛一個嬪妃桐壺更衣。由於更衣的母親家已家道中落，缺少政治靠山，因此招來了眾多嬪妃的嫉妒。桐壺更衣

1　〔日〕梅原猛：《諸神流竄：論日本〈古事記〉》，卞立強、趙瓊譯，北京：經濟日報出版社，1999年，第49-50頁。

2　大約出現在公元十世紀前後，具體而言就是公元1001 1008年之間，比薄伽丘的《十日談》早300年，比曹雪芹的《紅樓夢》早700年，同時，它也是當時世界上篇幅最長、女主角最多的小說。尤其是，當《源氏物語》出現時，東西方均沒有長篇小說問世。

鬱鬱寡歡，生下一位皇子後便死去。天皇對更衣的死，悲痛萬分，幾不欲
生。他雖深愛更衣所生的皇子，但考慮到皇子缺少外家有力的後援，只好
將皇子降為臣籍。賜姓源氏。

　　源氏生得玉貌無雙，加之才華蓋世，諸凡音樂、和歌、繪畫、書法無
不擅長，成為眾人羨望的貴公子，被人們譽為「光君」，這便是光源氏這
一稱呼的由來。

　　光源氏十二歲時舉行成人式，與左大臣之女葵上結了婚。光源氏十
四、五歲做了近衛中將，經常在禁中停宿。他與桐壺帝的一個妃子藤壺女
禦發生了曖昧關係，藤壺生下一位皇子，後來登基，是為冷泉帝，實是光
源氏之子，這是後話。

　　光源氏十七歲那年，遇到了一個老地方官的後妻空蟬，空蟬貌雖不
美，但舉止嫻雅。光源氏用出其不意的手段，與空蟬一夜繾綣，之後空蟬
拒不再納光源氏，使光源氏十分懊惱。一夕，光源氏利用空蟬幼弟小君為
引導，偷入空蟬內室，空蟬發覺，悄悄遁去。

　　光源氏不知，誤將老地方官前妻所生之女軒端荻當成空蟬，待光源
氏覺察，木已成舟，只好對軒端荻以溫語相慰。以後光源氏仍未忘情於空
蟬，但空蟬始終不肯假以辭色。雖然如此，在她內心裏卻蘊藏著無限的痛
苦與矛盾。

　　光源氏有一好友頭中將（左大臣之子，與光源氏正妻葵上系一母所
生）。一天，頭中將告訴光源氏一件他的愛情故事。頭中將結識了一個貴
族女子夕顏，並生有一女玉鬘。夕顏因受到頭中將正妻的恐嚇，突然行蹤
不明。這事引起了光源氏的好奇心。一個偶然的機會，光源氏得遇夕顏，
夕顏是個美貌而性格溫順的女子，也很有貴族女子的教養。她與光源氏互
不明告自己的身世，兩情相戀。

　　一天，光源氏將夕顏帶到一座荒廢的宅第裏，當晚，一個女精靈出現
在夕顏的枕旁，夕顏暴亡。這件事使光源氏悲痛悵惘，久久不能去懷。

　　這期間，光源氏又結識了風流的老女源典侍，結認了出身皇族但身世
淒涼的醜女末摘花以及貴族寡婦六條禦息所等人。更主要的是光源氏遇到

了一個出身皇族的、極其美貌的女童紫上。光源氏將她接到家中，加意撫養，並親自教給她貴族婦女必不可少的種種教養。後來紫上果然出落成為一個溫良賢淑、色藝雙絕的理想婦女，光源氏的正妻葵上死後，紫上便成了光源氏的正妻。

光源氏在這些「風流」故事當中，官職逐步上升，但不久，矛盾爆發：光源氏與已進官侍奉太子的女子朧月夜發生了關係；而朧月夜是右大臣的女兒，又是桐壺帝的一個妃子弘徽殿女禦的妹妹，右大臣認為光源氏所為是故意從政治上拆他的臺，十分惱怒。桐壺帝這時又宴駕了，弘徽殿女禦之子朱雀帝繼位，形勢對於光源氏極為不利，他只好退隱到須磨海濱去，過著謫遷失意的生活。

光源氏在謫居中遇到一個做過地方官的貴族明石入道，他有一女叫明石上。明石入道一向盼望能夠將女兒送給高貴的上層貴族，並為此經常祈求神佛保佑他能如願。這時，他認為果然神佛不負他的虔誠，給他開了好運。他不顧妻子女兒的反對，想盡方法，終於使光源氏與女兒明石上結合。光源氏將這事都寫信告訴了他的正妻紫上。

不久，朱雀帝把帝位讓給了實際上是光源氏之子的冷泉帝。從此光源氏便日益顯赫起來。在迎接四十整壽的前一年，光源氏被尊為「准太上天皇」，他的子、女也都顯貴，明石上所牛的女兒，被送入宮中做了太子妃。光源氏將過去他所愛過的許多貴族女子，迎到他建造的兩所宏壯華麗的宅邸中來，經常舉行各式各樣的行樂，榮華達於絕頂。

但好景不常，光源氏由於朱雀帝的懇切希望，將朱雀帝的第三個女兒——女三宮迎娶到家中，女三宮年齡幼小，舉止輕率，與內大臣之子柏木私通，生下一子薰君。光源氏得知內情，十分懊惱，紫上久病之後也亡故了。光源氏常常萌生出家的念頭，後來也死去了。

薰君成人後，逐漸意識到自己是私生子，精神沉鬱，想從宗教中得到解脫。他結識了一個在宇治出家的皇族——八宮。八宮有兩個女兒大君與中君。薰君鍾情於大君，但大君不允，不久大君死去。中君嫁給了當今天皇的第三子——香宮。中君見薰君不忘情於死去的大君，便告訴薰君，她

有一個異母妹妹浮舟，容貌酷似大君。浮舟上京後，住在中君家中，被香宮偷偷看到，幸虧侍女們趕來，未釀成大事。熏君將浮舟迎到宇治山莊，深加寵愛。香宮也跟蹤來到宇治，一夕，侍女們誤將香宮當成熏君，迎入內室。從此浮舟加在兩個貴公子當中，苦惱至極。最後，她決心投水而死，後被僧都一家所救，出家為尼。熏君初以為浮舟已死，情懷淒惻，後得知浮舟下落，遣人給浮舟送信，但浮舟連使者的面也不肯見了。

由於小說所反映的年代較早，加之當時一夫多妻和訪婚制的婚戀制度，造成兩性關係相當鬆散與混亂。所以，在這部作品中，除了光源氏與繼母的亂倫生子外，還存在有多重亂倫關係。惟其如此，常被看做「色情之書」、「淫亂之書」。

在這部以「亂倫」為母題的敘事文學作品中，人物所涉及的亂倫關係主要有三種：母子亂倫（繼母與養子），父女亂倫（繼父與養女）和兄妹亂倫（表兄妹之間）。

母子亂倫指的是藤壺妃子與源氏之間的亂倫關係。藤壺妃子在身分上是源氏的繼母，比源氏年長五歲。實際上，她是源氏第一個戀慕的對象，她身上集中了源氏理想中完美女性的所有品質：

藤壺女禦年齡幼小，相貌又十分出眾，見了源氏公子常常含羞躲避。公子朝夕出入宮闈，自然常常窺見藤壺女禦美色。母親桐壺更衣去世時，公子年方三歲，自然不曾記得她的面容。但聽那典侍說起母親，與這位藤壺女禦相貌酷似，年幼的公子便心生戀慕，也時時親近這位繼母。兩人同是皇上寵愛親近的人兒，皇上便常常對藤壺女禦說：「不要疏遠這孩子。你和他母親相貌異常肖似，他親近你，不要認為是無禮，要對他多憐愛才好呢。他母親音容笑貌和你相象，自然他的音容笑貌也和你相象。你們兩人作為母子，也是相稱的。」源氏公子聽到此話，童心暗自高興。每當春花秋月、良辰美景之時，他便常去親近藤壺女禦，表現出他對藤壺女禦的戀慕之情。[1]

---

[1] 〔日〕紫式部：《源氏物語》（上），豐子愷譯，北京：人民文學出版社，1982年，第15頁。

以至於雙方終於發生了肉體關係，並導致藤壺懷孕生子：

藤壺妃子身患小恙，暫時出宮，回三條娘家休養。皇上為此憂愁歎息。源氏公子……頗想乘此良機，與藤壺妃子相會。因此神思恍惚，各戀人處都無心去訪。……夜間則催促王命婦，要她想辦法。王命婦用盡千方百計，竟不顧一切地把兩人拉攏了。此次幽會，真同做夢一樣，心情好生悽楚！藤壺妃子回想以前那椿傷心之事，覺得抱恨終天，早已決心誓不再犯；豈料如今又遭此厄！思想起來，好不愁悶！但此人生性溫柔敦厚，靦腆多情。雖然傷心飲恨，其高貴之相終非常人可比。源氏公子想道：「此人身上何以毫無半點缺陷呢？」……雖然相逢，匆促之間豈能暢敘？惟願永遠同宿於暗夜之中。但春宵苦短，轉瞬已近黎明。惜別傷離，真有「相見爭如不見之感」。公子吟道：

「相逢即別夢難繼，

但願融身入夢中。」

藤壺妃子看見他飲淚吞聲之狀，深為感動，便答詩雲：

「縱使夢長終不醒，

聲名狼藉使人憂。」

她那憂心悄悄之狀，實在引人同情，教人憐惜。公子不忍多言。此時王命婦已將公子的衣服送來，催他回去了。

源氏公子回到二條院私邸，終日臥床飲泣。寫了慰問信送去，王命婦回來說她是照例不看的。此雖是常有之事，但公子心中更增煩惱。他只是茫茫然地沉思冥想，宮中也不去朝覲，在私邸籠閉了兩三天。……藤壺妃子也悲歎自己命苦，病勢加重了。皇上屢次遣使催她早日回宮，但她無意回去。她覺得此次病狀與往常不同，私下尋思：莫非是懷孕了？心中更覺煩悶，不知今後如何是好，方寸繚亂了。

到了夏天，藤壺妃子更不能起床了。她懷孕已有三月，外表已可分明看出。眾侍女也都談起。但妃子對此意外宿緣，只覺得痛心。別人全然不知道底細，都驚詫道：「有喜三個月了，為何還不奏聞？」此事藤壺妃子自己心中分明知道。此外只有妃子乳母的女兒弁君，因經常服侍妃子入

浴，妃子身上一切情況她都詳細知道。她們都覺得此事不比尋常，但也不敢互相談論。王命婦想起自己的牽線造成了這樣的結果，覺得這也是不可避免的前世宿緣，人的命運真不可知啊！向宮中奏聞，只說因有妖魔侵擾，不能立刻看出懷孕徵候，所以遲報。外人都信以為真。皇上知道妃子懷孕，更加無限地憐愛她了。問信的使者不絕於路。藤壺妃子只是憂愁惶恐，鎮日沉於沉思。[1]

另外，寡居的已故皇太子的妃子六條妃子是源氏的嬸母，源氏和她私通，也屬於母子輩亂倫。

父女亂倫指源氏與養女之間既似父女又似情人的亂倫關係。紫姬是藤壺妃子的姪女，由於相貌氣質酷似藤壺並與藤壺源於同一血統而被源氏藏在私邸二條院裏。當時，紫姬只有十歲，光源氏已經十八歲。源氏對紫姬既象父女般慈愛又似情人般親密：

如果這孩子是親生女兒，那麼到了這年齡，做父親的也不便肆意地親近她，和她同寢共起，但是現在這紫兒又並非親生女兒，無需此種顧忌。源氏公子竟把她當作一個異乎尋常的私藏女兒。

紫姬卻一直把光源氏當父親看待，直到四年後兩人成為真正的夫妻，她才不得不重新審視這位亦父亦夫的源氏公子。玉鬘是夕顏與頭中將的私生女兒，夕顏不堪忍受頭中將正室的欺凌偷偷躲藏起來。後來，源氏巧遇夕顏，兩個人開始暗中幽會。不久之後，夕顏猝死在一處荒涼院落，女兒與保姆流落築紫，多年以後才返回京城。源氏得知玉鬘的身世後立即收為義女，請花散裏當玉鬘的繼母，安置在六條院居住。由於玉鬘相貌出眾，正值適婚年齡，諸多青年貴公子紛紛贈詩求愛。源氏終於無法壓抑自己的感情，時刻找機會向玉鬘示愛：

我對你的情愛一向甚深，如今又加深了一層，真可謂世無其類的了。與寫情書給你的那些人比較之下，你總不會看輕我吧。象我這樣一往情深的人，世間實甚難得，所以將你嫁與他人，我很不放心呢。

---

[1] 〔日〕紫式部：《源氏物語》（上），豐子愷譯，北京：人民文學出版社，1982年，第111-113頁。

　　玉鬘又厭惡又苦惱，她既不能為自己的婚姻做主，也無法擺脫光源氏
的糾纏，最後迫於無奈才嫁給了髯黑大將。

　　兄妹亂倫既指親兄妹亂倫也包含表兄妹亂倫。例如：槿姬是桃園式部
卿親王的女兒，源氏的堂妹。源氏曾多次苦苦追求槿姬均遭拒絕，她是小
說中唯一個敢於正面向源氏挑戰的女性。

　　此外，在這部長篇小說中還存在有多重亂倫關係。日本長期從事文學
母題研究的著名學者神山重彥在其網版《故事要素事典》中對此做了如下
梳理和劃分[1]：

1、表兄妹通婚。《源氏物語》〈少女〉〈藤裏葉〉：夕霧一生下來
　　就死了母親葵上，在外祖母的身邊與表妹雲居雁一起長大，不久
　　二人成為了戀人。雲居雁的父親內大臣想讓女兒當太子妃的願望
　　沒能實現，夕霧和雲居雁經過初戀結了婚。

2、姨母和外甥通婚。《源氏物語》〈賢木〉：朱雀帝的母親是弘徽
　　殿太后。弘徽殿太后把自己的妹妹六君（也就是朧月夜）作為貴
　　妃，讓朱雀帝納入後宮。朱雀帝非常寵愛母親的妹妹也就是自己
　　的姨母朧月夜。（然而朧月夜與光源氏也有性愛關係，這件事成
　　了光源氏倒臺的一個原因）。

3、無血緣的叔母與侄子之間有性關係。《源氏物語》〈葵〉〈賢
　　木〉：光源氏把已故前皇太子的遺孀、年長自己七歲的六條禦息
　　所做為自己的情人。前皇太子是桐壺帝異父同母的弟弟，從桐壺
　　帝的次子光源氏的角度看，相當於光源氏的叔父。作為他妻子的
　　六條禦息所與光源氏之間，就成了（雖無直接血緣關係的）叔母
　　與侄子的關係。

4、一個男子與姑侄三人有性關係（光源氏與藤壺及其姪女紫上並外
　　甥女三公主）。《源氏物語》光源氏愛戀繼母藤壺女禦，而且有
　　了私生子。然而此後藤壺女禦堅拒光源氏的求愛。光源氏渴望藤

---

[1]　http://www.aichi-gakuin.ac.jp/~kamiyama

壺女禦的容顏，就和藤壺女禦哥哥的女兒也就是藤壺女禦的姪女紫上結了婚，不過沒有生子。後來，光源氏又迎娶了藤壺女禦妹妹的女兒，也就是藤壺女禦的外甥女三公主。但是，三公主沒與光源氏、而是與柏木生了一個孩子（薰），而光源氏還必須把他當做自己的孩子加以撫養。

5、一個男子與姐妹二人有性關係。《源氏物語》柏木娶了姐姐落葉公主為妻，後來又與其妹三公主私通生子。

6、父子與同一個女人有性愛關係。《源氏物語》〈桐壺〉〈若紫〉〈紅葉賀〉：桐壺帝在藤壺女禦（先帝的四宮）十六歲時讓她入宮為妃。從那以後數年，桐壺帝的兒子光源氏和藤壺女禦（對於光源氏來說相當於繼母）一直保持著關係。光源氏十九歲、藤壺女禦二十四歲的那年二月十幾日，他們的私生子（後來的冷泉帝）降生了。

第三節　《暗夜行路》

　　作者志賀直哉是日本近代文學史上著名的文學流派「白樺派」的巨匠，其長篇小說《暗夜行路》（1921—1937）被譽為近代日本文學「心境小說」[1]的代表作。

　　小說主要描寫了一位作家的私生活：時任謙作六歲時母親突然病死，由祖父收養。在這以前，他並不認識他的祖父。在他的幼年時代的記憶中，母親是真摯地愛他的，但父親卻對他非常冷淡。有一種不應有的憎惡感。整個家庭似乎籠罩在謎一般的氣氛裏。祖父有一個年輕的小老婆阿榮，他們在一起生活。祖父死後，時任謙作立志從事寫作。由於工作上受

---

[1]　也稱「私小說」、「自我小說」、「身邊小說」，是日本近代文學中受西方自然主義文學影響而產生的一種小說類型。這種小說以第一人稱「我」為敘述視角，以描寫主人公的身邊瑣事為主要內容，側重表現主人公深層的心理活動，尤其是陰暗的情欲心理。

到一些波折，工作又不能順利開展，精神很苦悶，時任謙作開始過起墮落放蕩的生活來。為了使自己能夠從這種苦悶的生活中解放出來，他登上了到尾道地方去的旅程。旅行一個多月，過得很愉快，但同時產生了強烈的孤獨感，終於想起了長時期和自己生活在一起的阿榮來。阿榮過去並沒有引起他的注意，這時他突然感覺到她的魅力。他覺得只有阿榮才是目前能夠解救他的女人，於是他明白了自己對阿榮發生了愛情。他寫信給他的哥哥信行，吐露了這個意思，並且表明自己決心要和阿榮結婚。這時時任謙作已經和他的父親斷絕了關係，只有信行是他精神上的依靠。但是出乎他的意料，信行的回信使他陷入絕望的境地。信上說，時任謙作是他的父親在德國留學期間，由於他的祖父和母親的曖昧關係而生出來的，因此不能同意他跟阿榮結婚，並且還勸告他不要因為發現了自己出生的祕密而從此自暴自棄。時任謙作讀完了這封信，覺得以前的事情都好像一場夢似的。為什麼自己的母親竟能做出那種醜惡的事情呢？按他今天的處境，不管怎樣也不能原諒她的。不過他又感到母親很可憐。他決心用意志力來克服這冷酷的命運。時任謙作旅行歸來後，仍然和阿榮住在一起，但不久他對於現實生活又厭煩起來，重新開始了墮落的放蕩生活，精神上找不到出路，繼續在苦悶中彷徨。他忽然想到京都去。在這古雅幽靜的古都街頭，有一天他偶然遇到了一個美麗安詳的少女，名叫直子。他和直子的關係發展很快，不久就結婚了。新婚的生活使時任謙作感到人生前途的光明和寧靜的幸福。這時，阿榮因為沒有必要再照顧時任謙作的生活了，就動身到國外去開闢個人的新生活。一切似乎發展得很好。第二年，直子生了一個女孩，可是嬰兒出生後第八天就感染了丹毒，百般醫治無效，終於死去。在這前後又傳來了阿榮出國後的困窘情況。為解脫心境上的煩亂，時任謙作動身去朝鮮迎接回國途中的阿榮。在時任謙作離家期間，直子的一個幼年曾在一個的表兄偶然來到了她家，和直子發生了關係。時任謙作帶著阿榮從京城回來後，知道錯誤的發生不是由於直子的責任。他心中想原諒她，不去憎恨她，可是感情上總覺得還有些障礙，為此感到極度的痛苦，無形中在夫妻間出現了一條鴻溝。為了逃避家庭，他又到四國去旅行。他想把

自己的身心投入大自然，從大自然中尋求「通向永恆的道路」。有一天夜晚，他不顧身體的虛弱前去爬山，在山上呆了一夜。回到旅館後，一下子就病倒了。直子接到緊急通知後趕緊跑來。這是，她發現她的丈夫寧靜地躺在病床上，「眼神很溫柔，充滿著愛情」。時任謙作把一隻手放在直子的手裏說：「我現在體會到了真正的幸福。」直子回答道：「不，請你不要這樣說！……大夫說了，你的病是不用擔心的呀。」

　　在這部以「亂倫」為母題的敘事文學作品中，人物所涉及的亂倫關係比較複雜——男主人公時任謙作自小就戀母，後來愛上了爺爺的小妾，而他自己則為爺爺與母親私通所生。梳理起來大致有四種：祖孫亂倫(繼祖母與繼孫子)，公媳亂倫(公公與兒媳婦)，母子亂倫（子與母、繼子與繼母），兄妹亂倫(表兄妹之間)。

　　祖孫亂倫是指男主人公時任謙作與自己祖父的小妾阿榮之間，他們雖不存在血緣關係，但名分上無疑屬於繼祖母與繼孫子關係，然而時任謙作卻對阿榮產生了強烈的情欲：

　　自從開始了放蕩生活之後，他特別地意識到了阿榮的存在。在這之前他並非不曾有過這種念頭，然而那時時出現於腦中的非非之想對於他這個固守道德的人來說，其想像中的情景多事來自於阿榮的挑逗。在那種想像裏，他總是處於對阿榮進行勸誡的地位。在那種想像裏，他成了一位對阿榮諄諄說教的一本正經的青年了。他告誡阿榮這種事體是一種如何可怕得罪惡，並為此他們二人將如何地陷於不幸的命運之中等等。儘管在阿榮身上並不曾有過使他進行這種想法的言行，他卻常常做那樣的想像。

　　如今這種情形有了變化。夜半由於邪念如野馬馳騁兒難以入睡。此時縱使一遍又一遍地讀書，那字得內容卻根本進不到腦中。只有那淫蕩的邪念在胸中恣意橫行、縱使一次再一次地驅散，那在樓下躺著的阿榮的身姿總是深深嵌入到意識中來。在這種時候，他總是忐忑不安地，懷著空想萬一可能實現時的驚悸下樓，走過阿榮睡覺的屋前廁所去。他想像，當他走

過她門前時，拉門突然開了，他被一聲不響地拉進那間黑屋裏。——但，實際上任何事情也沒發生。於是他既氣憤而又不安地返回樓上。到樓梯中段卻又停了下來。是再下樓去，還是返回樓上，兩種情緒，在他胸中互相撞擊。他在昏黑的梯蹬中段坐下，他不知自己究應如何是好了。

……

隨著生活的失去節制，隨著頭腦的渾濁，他對阿榮的邪念愈益跋扈。他意識到，如果一任這種狀態繼續下去，他們將不知會有什麼樣的後果。和一個與自己幾乎相差二十歲，並且是長時間與祖父生活在一起的妾的阿榮產生那樣的關係，那將在怎樣的意義上導致自己的毀滅呢？想到這裏，他不寒而慄。他對阿榮的衝動，簡直如惡夢一般。他真覺得奇怪：白晝對坐時心情滿輕鬆啊，怎麼就會產生那種情緒呢？他對自己也莫名其妙。因而他自然覺得，若不是惡夢又怎麼會如此呢。實際上這種惡夢越來越頻繁地襲擊著他。[1]

最後實在無法控制，就打算娶她為妻：

和曾為祖父之妾的女人結婚是一件不太一般的事，然而他認為與其在精神上玷污阿榮，倒不如在發展為實際關係之前正式結婚更使人心情好些。會招致嘲笑與謾罵嗎？那會促進自己神志的緊張。除了年齡相差太多以及曾為祖父的妾這兩條，這種結婚對於自己或對於阿榮都將是最好不過的事了。阿榮也會因此而獲得真正的安定。為什麼自己沒能更早想到這一層呢？

與阿榮結婚的這種想法，使他的心緒開朗起來。如果這種決心在返回尾道之前沒有什麼變化的話，他想早一些給她寫信。然而他還難以斷定阿榮是否同意。如果不同意，自己就返回東京，親自去給她增添勇氣，他做出了這樣的決定。

公媳亂倫指的是男主人公時任謙作的祖父與其兒媳婦——時任謙作母親之間的亂倫關係。祖父在身分上是時任謙作的爺爺，實際上是時任

1　〔日〕志賀直哉：《暗夜行路》，劉介人譯，長沙：湖南人民出版社，1985年，第86、88頁。

謙作的生身父親。原來，時任謙作是其父親在德國留學期間，由於他的
祖父和母親的曖昧關係而生出來的。哥哥信行通過書信把這一祕密告訴
了謙作：

> 在這封信中我不得不把所有一切都寫給你，這使我感到非常痛苦。一
> 直到今天為止，我的做法是很對不起你的，並且就是在現在，要向你講明
> 那些情況，我仍然感到十分難過。可是當我想到這樣保持沉默將會使你今
> 後永遠為痛苦所煎熬時，我不得不毅然決然地寫給你。雖然這會使你一時
> 陷入如落深淵般的痛苦裏。

> 你是母親與祖父之間生下的孩子啊。詳情不清楚。那是我中學畢業
> 時候的事情。我是從神戶姨母處聽到之後才知道的，因而父親與繼母恐怕
> 至今也不會曉得我已經知道了那件事情。所以我也就沒有瞭解詳情的機會
> 了。我也不想知道這些事情，所以也就沒再問什麼，總之那是我們家還住
> 在茗荷穀，父親到德國去留學三年，你就是在這段時間出生的。我知道把
> 這種事情也都寫出來會使你更加痛苦，然而我已下決心把所知道的一切都
> 寫給你。據說祖父與祖母想背著父親祕密打胎了事。然而住在芝地區的外
> 祖父非常氣憤，責怪他們說「你是想罪上加罪嗎？」這才沒那麼做。當時
> 母親被立即領回外祖父家去了，並且外祖父把發生過的所有的一切都誠實
> 地寫在信上寄到德國去了，當然外祖父家做了離婚的準備。可是父親卻寄
> 來回信表示一切都寬恕，聽說回信來後不久，祖父就一個人離家出走到什
> 麼地方去了。[1]

母子亂倫主要是指男主人公時任謙作對自己生身母親自小就有的戀
母情結，也包括他與生身父親的小妾阿榮之間既似母子又似情人的亂倫
關係：

> 在茗荷穀居住時，是和母親住在一起的。高興地看著母親睡著了，
> 就向被窩底下鑽了下去。過不一會，本以為是睡著了的母親，卻狠狠地掐
> 住了自己的手，然後狠狠地拽出到枕邊來，然而目前卻就此一動不動象睡

---

[1] 〔日〕志賀直哉：《音夜行路》，劉介人譯，長沙：湖南人民出版社，1985年，第
128頁。

熟了的人那樣，既不睜眼又不開口。自己做的事情是可恥的，自己和大人
一樣瞭解這種事情的意義。這雖然是一椿羞恥的記憶，然而卻也是使他感
到不解。是什麼促使他那麼做的呢？是好奇心？抑或是衝動？如果是好奇
心，為什麼會如此感到羞恥？如果是衝動，那麼任何人都會在那麼小的年
齡就會產生嗎？這是他難以估定的。這裏面也有不只是這個判斷所能包納
得了的東西。因為對一個僅三、四歲的幼兒不便做道德的批判。他也曾想
到過，這是源於先人的習性。當他意識到這種事情也會因果報應而及於其
子孫時，他感到有些悲涼。[1]

　　兄妹亂倫是指直子與自己表兄阿要的通姦：

　　不知過了多麼大的工夫，直子忽然聽到阿要在樓上說些什麼，於是她
站起來走到了樓梯口處，從這兒她問了一聲，可是阿要那睡意朦朧的答話
有些聽不清楚，直子就登上了樓梯。

　　「兩肩疼痛睡不著啊，能請個按摩師來嗎？」

　　「這個嗎，太遠了，若是再早些還可以，可是現在已經過了夜半
了。」

　　阿要好像不太滿意，竟不做聲了。

　　「阿仙婆現在正在睡著，這個時候把她叫起來也太有些過意不去
了。」

　　「那就算了吧。」

　　「特別疼嗎？」

　　「象針紮似的疼，腦袋簡直就像不中用了一樣，睡不著。」

　　「我給你揉一揉吧。」

　　「不用了，行了。」

　　「我揉的可是挺好啊。」

　　直子進到屋子裏來，然後就從脖項到雙肩開始揉了起來，疼痛到那種
程度，決不是女人的力量可以奏效的。

---

[1]　〔日〕志賀直哉：《暗夜行路》，劉介人譯，長沙：湖南人民出版社，1985年，第
　　109、110頁。

「有點效果嗎？」

「嗯。」

「沒有效果吧？」

「嗯。」

「到底是有效還是沒有效啊，你這個人可真是。」直子笑了起來，「我這麼給你揉著，你就睡吧，明早起來時，給你叫個按摩的來。」

直子就這樣給他揉了一會兒，阿要連一聲也不響了，直子以為他或許是睡著了，然而又覺得，一旦停止按摩他若是還醒著，也有些不好意思。

阿要這時猛地轉過身來，直子吃了一驚，忙撒開了手，可是阿要卻抓住了她的手，而用另只手摟住了直子的脖子，將她的身體拽到近前，阿要是閉著眼睛做這些動作的，直子驚慌了，可是卻小聲而用力的說：

「你這是幹什麼啊？」

「我不做壞事，決不做壞事。」阿要一面這麼說著，一面用力得強行將直子放躺下來。

直子由於驚恐，有些失神了，她抵抗著並斥責般的說，「要君！要君！」她想站起來，然而阿要用自己整個身子使直子動彈不得，他還不斷地說，「不做壞事，決不做壞事，只是頭腦不知怎麼簡直受不了。」

兩個人之間就這樣爭來拽去地持續了暫短的一段時間，最後直子終於感到力量已經從自己的身上消失了，然後連同那理性也一併消失了。

直子靜靜地從樓上下來了，她怕被阿仙察覺，雖然躺到了被褥上，卻一直睡不著。

次日晨，當直子睜眼醒來時，阿要已經走了，不在家裏。[1]

第四節　《千隻鶴》

1968年，川端康成以《雪國》、《千隻鶴》和《古都》三部小說獲得

---

[1] 〔日〕志賀直哉：《音夜行路》，劉介人譯，長沙：湖南人民出版社，1985年，第323、325頁。

當年度的諾貝爾文學獎，從而成為了日本第一位、亞洲第二位[1]諾貝爾文學獎得主。雖為中篇小說的《千隻鶴》（1952）由於位列其二，因而成為了川端康成本人乃至日本文學史上的重要作品。

作品的主人公菊治的父親三穀先生是一個很有名的茶道師，雖然已經去世，但卻成為小說隱含的重要線索。作品故事的展開就是圍繞著菊治與其已故父親的兩位情人——太田夫人與近子、以及太田夫人的女兒文子和近子的學生雪子展開的：

公司職員菊治，接到他父親三穀原來的姘婦栗本智佳子的一封信，邀他出席她辦的茶會，看看她新收的徒弟雪子。父親在世時，菊治是常赴她的茶會的，但父親死後。一次也沒有去過。菊治看到信，使他想起二十八年前他八、九歲時跟著父親見智佳子的情景。當時，她正在袒胸露臂地剪乳房上的痣毛。由於乳房上長痣，會給孩子終生留下一個醜惡的印象，所以，她至今未婚。

菊治曾想，父親可能經常玩她胸前的痣。今天，他在鳥語花香中漫步時，頭腦裏又浮現出這個想法。來到鎌倉圓覺寺院裏，後邊有兩個姑娘匆匆追來，其中一個手裏拿著印有千隻鶴的包袱，長得倒是漂亮。菊治向她們問明瞭去茶室的路。茶室裏盡是女賓。菊治近了旁邊一間休息室後，智佳子在對面坐定問道：「那姑娘怎麼樣？」她問的就是手拿千隻鶴包袱的姑娘——橫濱生絲商稻田的女兒雪子。

過去，在三穀的幫助下，智佳子當茶師，取得了小小的成功。她常來常往，菊治的母親也不敢敵視她。這是因為三穀又和他茶友太田的遺孀勾搭上了。這也引起智佳子妒火。

太田夫人儘管沒有收到邀請，也來到茶會，還把女兒文子帶來了，讓她學茶道。菊治不願意在太田夫人面前見雪子，更不願見文子。但他已來不及躲避，只好走進茶室，在上位落坐。智佳子向大家介紹菊治，對面正是太田夫人。太田夫人示意坐在身邊的女兒行禮。文子紅著臉行了禮。太

---

[1] 亞洲第一位榮獲諾貝爾文學獎的是印度詩人泰戈爾，泰戈爾憑藉散文詩集《吉檀迦利》獲得1913年諾貝爾文學獎。

田夫人另一邊坐著千隻鶴姑娘雪子。智佳子讓雪子行了茶禮。

當夜，菊治在旅館裏向太田夫人講了他和雪子相親的故事，並說智佳子胸前長著痣。三天後，菊治打電話約太田夫人會面。由於文子的阻攔，太田夫人未能赴約。後來，文子單獨找來菊治，為她母親使他的雙親早亡道歉。

在智佳子一手導演下，菊治在自己家裏又和雪子見了一次面。智佳子自以為當成了月下老人，竟要菊治定個日期，回訪雪子家。菊治卻對雪子表示，要是沒有智佳子介紹更好，因為他總想著智佳子的胸痣上還留著父親的牙齒印，覺得她是不乾淨的女人。

第二天是個星期天，正下著雨，太田夫人撐著傘，臉上掛滿淚水，跌跌撞撞來到菊治家。她眼窩深陷，面容憔悴，象個病人。菊治難過極了，彷彿她的痛苦是他造成的。菊治把她抱進屋，覺得她輕得多了。太田夫人是瞞著文子偷偷地來的。她說，以後再也不見他了，因為早上智佳子已在電話上告誡她不要妨礙菊治和雪子的婚事。太田夫人倒在菊治的大腿上，好像失去了知覺。菊治把太田夫人搖醒後，她說「真想死，感到幸福極了。」並要菊治把她勒死，還要他照顧好文子。

當夜，文子打電話通知菊治，她母親服安眠藥自殺了。太田夫人頭七那天，菊治覺得無臉見她的親戚，只送了一束花，第二天才去向文子道歉。文子拿出一對鴛鴦碗，把黑色的放在菊治面前，自己留下一隻紅的。兩人喝起茶來。菊治想，這是父親和太田夫人用過的，文字這樣做，未免太淘氣了。臨走時，文子把母親的古澆花壺送給他。

在菊治打電話與文子約會的時候，智佳子來訪。她對太田夫人從她手中奪走三穀，一直耿耿於懷，大罵太田夫人渾身是妖氣，又說太田夫人妨礙菊治的婚事。出於對太田夫人的憎惡感情，智佳子還竭力侮辱文子。對此，文子始終無動於衷，不與爭辯。智佳子故意把話題引到菊治和雪子的婚事上來氣文子。菊治明確表示，他無意和雪子訂婚。

菊治外出歸來後，智佳子出於根深蒂固的嫉妒和憎恨，欺騙菊治說，雪子和文子都結婚了。文子打來電話，為她給菊治寫信沒有貼郵票表示道

歉，並且趕到菊治家，指出所謂她和雪子都已結婚是謊言，是智佳子的離間計。不一會，信也到了。文子搶回信，撕得粉碎。原來，她在信上表示後悔不該把母親的低劣的古玩送他。就在這天，文子把母親留下的古茶碗摔碎。菊治想把碎碗拼湊起來，但少了拇指般大小的一塊，怎麼也找不到。

第二天，菊治找到文子住處，得知她不知道什麼地方旅行去了。「只讓智佳子一人活著吧……」菊治憤憤地說著，奔進公園的樹叢。

在這部以亂倫為母題的敘事文學作品中，人物所涉及的亂倫關係主要有兩種：繼母與繼子、異父母兄妹。

繼母與繼子是指男主人公菊治與自己的父親的情婦太田夫人發生了肉體關係：

菊治相親的茶會結束後，在相親的歸途中，太田夫人與菊治是很自然地走進了旅館的。太田夫人與粗俗醜陋的近子不同。她皮膚光潔白皙，體態豐盈，比實際年齡顯得年輕。面年長自己近二十歲的太田夫人，菊治卻覺得好像摟抱著的是一個比自己年輕的女人。

太田遺孀至少也有四五十開外，比菊治年長近二十歲，可她卻使菊治忘卻了她年長的感覺。菊治彷彿摟抱著一個比自己還年輕的女人。

毫無疑問，菊治也和夫人一起享受著來自夫人經驗的那份愉悅，他並不膽怯，也不覺得自己是個經驗浮淺的單身漢。

菊治覺得自己彷彿是初次同女人發生了關係，也懂得了男人。他對自己的這份男性的覺醒感到驚訝。在這以前，菊治從來不知道女人竟是如此溫柔的被動者、溫柔著來又誘導下去的被動者、溫馨得簡直令人陶醉的被動之身。[1]

菊治沉浸在太田夫人溫柔的情愛裏，感覺甜美而安詳，不僅驚訝於自己男性的覺醒，甚至恍如領會到父親當年的幸福。

[1]　〔日〕川端康成：《川端康成文集‧千隻鶴 睡美人》，葉渭渠譯，北京：中國社會科學出版社，1996年4月，第22、23頁。

菊治雙手揪住她咽喉連胸骨處，像勒住她的脖頸似的。這才知道她的胸骨比上次看到的更加突出。

「對太太來說，家父和我，有什麼區別嗎？」

「你好殘酷啊！不要嘛。」

夫人依然閉著眼睛嬌媚地說。

夫人似乎不願意馬上從另一個世界回到現實中來。

菊治的提問，與其說是沖著夫人，母寧說是沖著自己內心底裏的不安。

菊治又老實地被誘入另一個世界。這只能認為是另一個世界。在那裏，似乎沒有什麼菊治的父親與菊治的區別。那種不安甚至時候來才萌生的。

夫人彷彿非人世間的女子。甚至令人以為她是人類以前的或是人類最後的女子。

夫人一旦走進另一個世界，令人懷疑她是不是就不會分辨出亡夫、菊治的父親和菊治之間的區別了。[1]

異父母兄妹是指菊治後來又與太田夫人的女兒文子有了情愛關係：

菊治從側面俯視，只見文子收縮著渾圓的雙肩向前微傾，她那修長的脖頸更引人注目。

她非常認真地抿緊下唇，以致顯露出地包天的嘴形，還有那沒有裝飾的耳垂，著實令人愛憐。

……

當菊治和文子把志野陶與唐津陶並排在一起時，兩人的視線偶然相碰在一起。

接著，兩人的視線又同時落在了茶碗上。

菊治慌了神似的說：

「是男茶碗與女茶碗啊。這樣並排一看……」

文子說不出話來，只是點點頭。

---

1 〔日〕川端康成：《川端康成文集・千隻鶴 睡美人》，葉渭渠譯，北京：中國社會科學出版社，1996年4月，第51、52頁。

菊治感到自己的話，誘導出異樣的反響。

……

文子凝視著變得僵硬了的自己的手腕，把頭奔拉下來，紋絲不動。

……

菊治驀地站起身來，抓住文子的肩膀，彷彿要把被咒語束縛住動彈不了的人攙扶起來似的。

文子沒有抗拒。[1]

從世俗的角度說：菊治與自己父親的情婦太田夫人有了性愛關係等於完成了「父子同淫一女」；繼後又與太田夫人的女兒文子墜入愛欲之河，則可以叫做「母女共侍一男」。

有人認為：菊治與太田夫人及其女兒文子發生關係實為菊治戀母；而文子與菊治發生關係實為文子戀父[2]。

第五節 《萬延元年的足球隊》

《萬延元年的足球隊》（1967）是日本存在主義文學代表性作家大江健三郎1994年諾貝爾文學獎的獲獎之作，是日本當代文學史上的名著。

作品以第一人稱為敘述視角，主要描寫了主人公鷹四從美國返回故鄉假借組織足球隊進行暴動的故事：

住在東京的根所蜜三郎是一位二十七歲的青年，他與妻子菜菜子生下了一個先天患有智障的孩子，因為反對日美安保條約運動失敗，根所蜜三郎目睹了友人「用朱紅色塗料塗滿頭部與臉部，渾身赤裸，肛門裏插著黃瓜上吊死了」。受友人死亡的巨大衝擊，根所辭去了教職，靠翻譯稿酬和岳父的資助維持生計。蜜三郎的弟弟根所鷹四在那場反對日美安保條約運

---

[1] 〔日〕川端康成：《川端康成文集‧千隻鶴 睡美人》，葉渭渠譯，北京：中國社會科學出版社，1996年4月，第121、124頁。

[2] 見牛水蓮：《〈千鶴〉的超常之愛——菊治戀母文子戀父情結探秘》，《河南師大學報》1996年第5期。

動受挫後，則參加由革新黨的右翼女議員領導的劇團去了美國。但鷹四在美國感到沉淪不安，為了尋根現在突然回到日本。

回國之後，鷹四向哥哥嫂子提出了同哥嫂一起返回故鄉四國森林的要求，一是為了拆除祖上留下的百年倉庫，賣給當地人稱為超市天皇的朝鮮人老闆運到東京開辦一個具有四國鄉土風味的餐館；另外一個目的則是瞭解在百年之前，具有血緣關係的曾祖父兩兄弟在暴動中的真實狀態。

回到四國森林之後，鷹四隨即開始調查作為暴動領袖的曾祖父弟弟的下落以及曾祖父與朝鮮人部落械鬥並死去的真相。據說，村民暴動時，作為老宅主人的曾祖父是村長，任義軍首領的二曾祖父與他對抗，縱火焚燒老宅，被曾祖父給殺死了。在調查之餘，鷹四組織村裏的青壯年成立了一隻足球隊，共同訓練，共同鍛鍊身體。他利用大水沖斷了通往村裏的橋樑阻隔了與外界聯繫的機會，以球隊隊員為核心骨幹，在用鼓噪人心的大鼓和念佛舞激起人們的亢奮情緒後，發動了一場新型的人民暴動——鼓動村民和山民有組織地掠奪了超市的商品。

自從根所蜜三郎和妻子菜菜子生下一個患有先天智障的孩子後，妻子心理產生了巨大的陰影——擔心再生下一個智障孩子，就不願與丈夫同房，慢慢地沉迷於酒精以致患上了酒精中毒症。根所蜜三郎看出了鷹四組建球隊和發動暴動所喚起的類似曾祖父身上的暴力因數，漸漸和弟弟疏遠。然而，鷹四卻從組建球隊和發動暴力事件中嗅到了一絲失敗的氣味，暴動即將失敗所帶來的極度恐懼使鷹四試圖在嫂子那裏得到安慰。鷹四和嫂子菜菜子發生了通姦，而根所認為如果妻子能從如患了癌症般的性冷淡中解脫也是歸於理想的。在和嫂子發生性關係之後，鷹四試圖強姦村裏的姑娘並遭遇抵抗而用石頭將其砸死，從而也受到村裏青年們的冷落。

暴動果不其然以失敗告終，在最後的夜晚，鷹四向哥哥蜜三郎坦白了自己曾經和白癡妹妹通姦亂倫。鷹四坦白：剛開始，妹妹心懷厭惡而且害怕，但在鷹四的強迫下妹妹接受了這一切，甚至妹妹模模糊糊地覺得如果和鷹四分開，她將活不下去。妹妹懷孕被伯母發現之後，為了掩飾，鷹四讓妹妹說是被村裏哪個不知名的青年強姦了，妹妹照實做了並由伯父帶入

城裏做了墮胎手術和絕育手術。由於伯父一直逼妹妹描述強姦她的年輕人的特徵而陷入到極度的恐懼之中，為了獲得安慰和心理平靜，妹妹主動要求與鷹四發生關係，鷹四拒絕並打了她。第二天，妹妹就自殺了。

鷹四陷入深深的罪孽之中，為了贖清自己的罪孽，鷹四在黑暗當中用獵槍結束了自己的生命。不久之後，「超市天皇」在拆解舊倉庫時發現了一個地下室，從而揭示了百年前的一個祕密——暴動失敗後，指揮這場暴動的領袖並沒有穿越森林前往外界，而是躲在地下室，以虛擬的身分不斷用書信的方式通報外界的變化以及自由民權思想。「我」在瞭解到這一切之後，決定接回寄養在福利機構的孩子並和妻子共同養育將要出生的鷹四的孩子。

在整部作品裏，作者以故鄉四國的群山、森林和山村為舞臺，把虛構與現實、過去與現在、城市與山村、東方文化與西方文化與畸形兒、暴動、通姦、亂倫和自殺交織在一起，勾畫出一幅幅離奇的畫面，並借該作品表現出自己的焦慮：人類應如何走出那片象徵著恐怖和不安的「森林」。諾貝爾文學獎評委會認為，它「集知識、熱情、野心、態度於一爐，深刻地發掘了亂世之中人與人的關係」。

在這部以亂倫為母題的敘事文學作品中，人物所涉及的亂倫關係主要有兩種：親生兄妹之間、叔嫂之間。

兄妹之間是指男主人公鷹四長期誘姦自己的弱智妹妹致其懷孕、最後自殺：

「妹妹一點不醜，又乾淨得很。異乎尋常地乾淨。……只要音樂一響，妹妹就彷彿全身只剩下了耳朵，其他的一切都被攔住，進不到她的意識裏去。……對我來說，妹妹是唯一的女性，我必須把她保護好。其實，我和伯父村裏的姑娘們完全沒有來往，甚至進了城裏的高中，我還不和同年級的女生講話呢。我圍繞自己和妹妹編造了一種高貴種族的流浪故事，對曾祖父和他弟弟以後的自家家譜，有著非常誇張的驕傲。……我告訴妹妹，我們是被選定的兩個特殊的人，所以，我們誰也不能，也不許對除了

彼此之外的其他夥伴有什麼好感。這樣一來，有好多大人說我們倆，說那
對兄妹一起睡覺之類的閒話！我就往說這話的人家裏扔石頭，報復他們。
然而可以說，我反倒受了這種閒話的暗示。那時我十七歲，正是個渾渾噩
噩、盲目輕信的高中生，而且，我鬱鬱寡歡，又經不起這種暗示。那年初
夏的一個傍晚，我一下子喝醉了。……我有生以來頭一次喝酒就喝了個
酩酊大醉。伯父見了，罵了我一頓，送我回屋去，開始那會兒，妹妹見我
大醉的樣子，覺得好玩，就笑。可是，上屋裏醉成一團的村民亂唱狂舞，
妹妹馬上給嚇壞了。她摀住耳朵，像條鮑魚似地伏下身子，可她也還是忍
受不了，就像個小孩子一樣嗚咽起來。後來，醉漢們開始唱歌，他們啞著
嗓子唱那些猥褻鄙卑的歌，一直唱到後半夜，我氣急了，那是種狂暴的反
社會情緒。我把妹妹抱在懷裏想安慰她，可是這時，我感到一種奇怪的亢
奮。於是，我就和妹妹做愛了。」

　　我們都不說話。我們定定地躲在黑暗當中，屏住呼吸，彷彿要避開這
血親之間莫大的恥辱和昭然於世的莫大的恐怖。如果鷹四的話可以相信，
就是用石塊砸那可憐的姑娘的腦袋時，垂死的姑娘喊叫的：討厭，討厭！
正是我想要喊出的話。可是，即使是這幾句喊叫，在淚眼朦朧之中，也重
得令我感到骨銷肉散，在我酸痛的肉體裏面揮之不去。

　　「第一次做愛時，酒醉一點也不能給我辯解。因為第二天，我在清
醒時，也幹了同樣的事。」鷹四的聲音低得幾乎聽不到，他緩緩地講下
去。「開始妹妹對性交又討厭又害怕。可是，她一點也不知道對我拒絕。
我不是沒有覺到她忍受著痛苦，可欲望和恐懼叫我昏了頭，我無法從她的
角度著想。為了不讓妹妹害怕，我就把伯父家收著的春畫拿出來，對她
說，結婚以後人人都要這樣做的。可我最擔心的是我上學時妹妹一個人留
在家裏，把這個祕密告訴伯父家裏人。於是，我就對她說，一旦別人知道
兄妹之間做了這事，兩個人就都要倒大黴的。還從辭典裏找出中世紀火刑
的插圖給妹妹看。我還告訴她，只要不讓人知道，我們就可以不與別人結
婚，兄妹兩個人幹這事，在一起過一輩子。我們倆都衷心希望這樣，所以
我說，只要我們不讓別人看見，做得神不知鬼不覺，這樣不也挺好。事實

上，我就是這樣考慮的。我相信，只要我和妹妹決心將來背離社會生活下去，那麼我們總該有自由做我們熱望的事情罷。從前妹妹似乎總是擔心，如果什麼時候我結了婚，她就只好一個人活下去了。而且我又告訴過她，媽媽在臨死以前還說，讓我們一起生活下去。妹妹模模糊糊相信了，如果與我分開，她就無法再活下去。因此，我非常高興，因為我循循善誘簡單易懂地告訴她，我們要遠離開一切別人，兄妹兩個背離社會永遠一同生活下去，她竟然能夠理解和接受。於是，妹妹對做愛本是半推半就，現在卻主動要求我幹了。有段時間，可以說我們像一對幸福的戀人，過著異常完美的生活。至少在那以後，我從來沒那樣幸福過。只要妹妹心情平靜，她就會勇敢無畏，從不沮喪。她還驕傲地說，要和我這樣一起幹下去，一直到死。但是……妹妹懷孕了，是伯母發現的。被伯母提醒過以後，我嚇得都要發瘋了。要是我與妹妹的性關係給人知道了，我相信我會立刻羞愧而死的。可是，伯母卻絲毫不往我的身上懷疑，於是，我幹了一件不可救藥的卑劣的背叛勾當。我是個沒有一絲一毫勇氣的令人討厭的陰謀家，妹妹那樣正直，我配不上她。我要妹妹說，她是叫村裏的哪個不知名的青年強姦了。妹妹照我的話做了。於是，伯父把妹妹帶到城裏，做了墮胎手術還不算，又做了絕育手術。回到家裏，妹妹因為做了手術，也因為城裏潮水一樣的駭人的汽車馬達聲音，受了驚嚇，整個給打垮了。可她勇敢地聽了我的話，一直對我們之間的事情守口如瓶，儘管在城裏的旅館時，伯父逼她說出強姦她的青年的特徵，還罵了妹妹一頓。妹妹可從來沒有說過謊！」

……

「就是那天的晚上。妹妹嚇得要死，沒法平靜，希望我幫一幫她，這該很自然罷。那時我們兩人做愛已經習慣了，我是想通過這個得到點安慰。可是，即便像我當時那樣只有錯誤性知識的人也知道在那種手術以後不能夠馬上性交。我害怕妹妹內裏還受著傷的性器官，而且也還有一種生理上的厭惡。這不也是很正常的嗎？可這些常識，妹妹怎麼知道。我剛一拒絕妹妹的請求，她突然變得固執起來。她鑽到我的身邊，硬要摸我的陰

莖。於是，我打了她……妹妹平生第一次挨打……那種驚惶、悲切、孤立
無援，我從來沒有見過……後來，妹妹說，阿鷹哥，你撒謊，我沒告訴別
人，它也是壞事！第二天一早，妹妹就自殺了……阿鷹哥，你撒謊，我沒
告訴別人，它也是壞事，妹妹就是這樣說的……」[1]

叔嫂之間是指男主人公鷹四與其嫂嫂菜采子之間的通姦：

一開始，我從拉門這邊往裏看。那時阿鷹倒是摸著她的胸和大腿，
她怕是太累了，懶得反抗，就隨他去了。可我打開拉門時，菜采嫂正等著
阿鷹開始幹呢，我看見兩條大腿在阿鷹的屁股兩邊溫順地擺成了個直角了
嘛！我這回就對菜采嫂說，你要幹這事我就告訴阿蜜去，可她卻說，告訴
也沒關係呀，阿星，然後就不吭聲了。到底阿鷹開始幹時，她的腿也沒動
地方，不像是疼的樣兒！」

看阿鷹在幹，我厭惡得不得了，想把拉門關上。這時，阿鷹一邊幹，
一邊只把頭扭過來盯著我，說，明天，把你看到的全告訴給阿蜜去！[2]

第六節 《海邊的卡夫卡》

春上村樹是日本當代超現實主義和後現代主義的著名作家，長篇小
說《海邊的卡夫卡》（2002）是他的代表性作品，2006年年初入選美國
「2005年十大最佳圖書」，而後又獲得了有著「諾貝爾文學獎前奏」之稱
的「弗朗茨・卡夫卡」獎。

故事開始於主人公在15歲生日時的逃離，因為田村卡夫卡四歲時母親
帶著養女姐姐離家出走，他的父親詛咒他：「你遲早要用那雙手殺死父
親，遲早要同母親交合」，「我有個比我大六歲的姐姐，父親說和這個姐
姐遲早也要交合。」「我無論怎麼想法設法也無法逃脫這個命運，並說這

1　〔日〕大江健三郎：《萬延元年的足球隊》，於長敏、王新新譯，北京：光明日報
　　出版社，1995年，第279、283頁。
2　〔日〕大江健三郎：《萬延元年的足球隊》，於長敏、王新新譯，北京：光明日報
　　出版社，1995年5月，第246、247頁。

個預言如定時裝置一樣深深嵌入我的遺傳因數，無論怎麼努力都無法改變。我殺死父親，同母親同姐姐交合」，所以主人公離家出走。田村卡夫卡離家出走無理由的選擇四國高松為地點並在去高松的途中接識了櫻花。初到高松住宿在基督教青年會賓館。因為喜歡讀書，所以就經常來甲村紀念圖書館。在圖書館田村卡夫卡認識了不男不女的圖書管理員大島和女館長佐伯。某晚深夜，田村卡夫卡突然醒來發現自己在幽深的灌木叢當中，身上的T恤胸口有一大塊血跡，害怕至極的田村卡夫卡借宿於櫻花處一夜，櫻花為田村手淫。無處可居的田村求助大島，希望做大島的助手，大島答應後將田村卡夫卡帶到自己祖上的森林深處的一間房間暫住。返回時，田村卡夫卡順利成為了大島的助手並住進了佐伯已逝男友原來的房間，牆上掛著一幅名為《海邊的卡夫卡》的畫。在當圖書管理員期間，他通過大島瞭解了佐伯。佐伯原來是甲村家長子的女友，學習音樂，佐伯創作發行唱片《海邊的卡夫卡》走紅之際，男友就讀的大學因罷課處於封閉狀態，他給朋友送東西被誤認為是對立派的「間諜」遭毒打而死，佐伯從此消失，25年後返回高松做了甲村紀念圖書館的館長。在做圖書管理期間，田村卡夫卡把佐伯當做拋棄自己多年的母親並與之發生關係。因為警方懷疑田村有合謀殺死其父的動機，大島再次將田村送進了森林深處，在此期間佐伯將多年的日記交給中田燒毀。中田與佐伯見面，佐伯記起中田就是那幅畫中的背景人物，告訴他自己企圖與男友活在一個完美無缺的圓圈中，因此她打開了「入口石」，也為此受到了報應，20歲就終結了自己的人生。她囑託中田將她記錄20歲後人生的三冊原稿燒掉。中田離開後，佐伯因心臟病平靜去世。

田村卡夫卡在森林裏苦思：自己已經踐履了父親的詛咒，自己將何去何從？他下定決心，深入森林，在森林深處他遇見了兩位二戰期間因演習走失的士兵，他們聲稱留在這裏是不打仗殺人，把他領到一個住所，這裏與世隔絕，不會受任何傷害。主人公化做一隻烏鴉，擊傷了一個自稱收集貓的靈魂做大笛子的紳士，但此人只是臨時顯形的靈魂，不能打死。接著15歲的佐伯出現他的住所，為他洗衣作飯，表示願隨聽即從。隨後，50歲

的佐伯到來，叫田村卡夫卡返回現實世界。田村卡夫卡走出森林，早已知曉佐伯已經去世，帶著佐伯遺留給他的《海邊的卡夫卡》畫離開四國返回東京。

在這部以亂倫為母題的敘事文學作品中，人物所涉及的亂倫關係主要有兩種：弟弟與養女姐姐、兒子與親生母親。

弟弟與養女姐姐是指男主人公田村卡夫卡與父母收養的年長自己的女子櫻花姐姐之間的亂倫：

在去高松途中的汽車上結識到了一位名叫櫻花的女孩，我便把她想像為我的姐姐，「想像下麵的乳房，想像因我的手指而變硬的粉紅色乳頭」，在到達高松還未找到居住處時，我和櫻花住在一起，櫻花幫我手淫時，我也想像她如果是我的姐姐多好。

田村卡夫卡一直把櫻花當做自己不曾留下記憶的姐姐，在夢中他和「姐姐」發生了關係，「或者不是夢也未可知」。「我撩起櫻花穿的T恤，用手觸摸她柔軟的乳房，用手指捏弄乳頭，如調整收音機的波段。我勃起的陽物有力地觸在她大腿根內側。但櫻花不出聲，呼吸也不亂」。「櫻花身體暖融融的，和我一樣津津地沁出汗來。我一咬牙改變了她的姿勢，慢慢搬過她的身子讓她仰臥著。」「我往下脫她小小的棉質三角褲，慢慢從腳下拉出，之後把手心貼在露出的毛叢，手指輕輕按進裏面。裏面暖融融濕乎乎的，似乎在引誘我。我緩緩蠕動手指」。「我脫掉短運動褲，露出整個陽物，隨即抱住櫻花的肢體，分開她的雙腿進入。這並不難。她那裏非常柔軟，我這裏異常堅硬。」櫻花極具個性，她一方面對田村卡夫卡抱以姐姐般的同情與愛護，想竭盡幫助這個在宿命嘲諷下外逃的孩子，一方面自己又身陷道德的囹圄，「她苦口婆心地說：『並且忘掉這件事。我忘掉，你也忘掉。我是你姐姐，你是我弟弟，即使沒有血緣關係，我們也毫無疑問是姐弟。明白吧？我們作為一家人在一起，做這種事是不應該的』」。「她雙手捂臉，微微哭泣。你也為之不忍。但到了這一地步你已有進無退。你的陽物在她裏面越來越大、越來越硬，簡直就像要在那裏生根」。這種愛不是單向的，作為「姐姐」櫻花也同樣愛著弟弟，

「還不是因為我喜歡你。我的確相當好事，但不是對任何人都這麼做的。我喜歡你，中意你，所以才做到這個地步。倒不是說不太好，覺得你真像我的弟弟」[1]。

兒子與母親是指男主人公田村卡夫卡與自己的母親佐伯之間的亂倫。開始時是在雙方身分似明非明的情況下，後來互相已明知是母子關係，但仍然多次發生肉體關係：

田村卡夫卡來到四國甲村圖書館，館長佐伯是位50歲左右的高雅女士，佐伯有個從小一起長大的男友，在她20歲時，男友就讀的大學因罷課處於封閉狀態，他給朋友送東西被當成對立派的頭目被活活當做「間諜」打死，那以後她的心也死了，在外面漂流多年並調查遭雷擊致死、致傷的人並將調查結果出版，最後回到老家，主管這個私家圖書館（原來是她男友的家）。少年想到父親年輕時在高爾夫球場當球童時曾遭雷擊，懷疑佐伯在寫關於落雷的書期間同父親相識並有了自己，所以懷疑佐伯是自己的母親。田村卡夫卡像被什麼命運吸引著來到這座圖書館，成為圖書管理員大島的助手，在剛接觸佐伯的初期，田村卡夫卡就希望能和佐伯在一起。

「你想和她痛痛快快的抱在一起，一次又一次交合。你想用手指上上下下摸遍她的全身，也希望被她上上下下把全身摸遍」。田村卡夫卡和「母親」佐伯在一起了，田村並清醒的知道「我是誰？這點佐伯你一定知道，你說。我是《海邊卡夫卡》，是您的戀人，是您的兒子，是叫烏鴉的少年」。他們第一次在一起，「她以非常自然流暢的動作一個個解開襯衫紐扣，脫去裙子，拉掉內衣褲」，「脫光後，她鑽進狹窄的小床，白皙的手臂攏住我的身體。我的脖頸感受到她溫暖的喘息，大腿根覺出她的毛叢」，「佐伯脫去你穿的T恤，拉掉運動短褲，連連吻你的脖頸，伸手攥住陽物。陽物已經硬硬地勃起，硬如瓷器。她輕輕抓住你的睪丸，一聲不響地將你的手指拉到毛叢之下。那裏溫暖而濕潤。她吻你的胸，吸你的乳頭」。「不久，佐伯騎上你仰臥的軀體，張開腿，將如石杵一般硬的陽物

───────────
1　〔日〕村上春樹：《海邊的卡夫卡》，林少華譯，上海：譯文出版社，2003年，第406、407、408、303頁。

導入自己體內」。第一次後就有第二次，「你和佐伯從沙灘走回圖書館，熄掉房間的燈，拉合窗簾，一言不發地在床上抱在一起。和昨夜幾乎同樣地重複一遍」。「我攬住她的肩」，「你攬住她的肩。她身體靠著你」。此後便多次在一起。那天夜裏，你們再次抱在一起。同時田村卡夫卡又一直對佐伯是不是自己的母親很疑惑，一直在求證。「嗳，佐伯是我真正的母親嗎？」「她不也說了麼，那作為假說仍然有效。總之，就是那樣。那作為假說仍然有效」。在夢幻當中，佐伯承認了自己是田村卡夫卡的母親，並祈求得到兒子的原諒，「我在久遠的往昔扔掉了不該扔的東西，扔掉了我比什麼都珍愛的東西。我害怕遲早會失去，所以不能不用自己的手扔掉。我想，與其被奪走或由於偶然原因消失，還不如自行扔掉為好。當然那裏邊也有不可能減卻的憤怒」，佐伯這樣的話就確定了兩人是母子關係，並且對於自己的亂倫行為並未否認，「佐伯說：『我和那個你說的十五歲少年有了性關係，這是最近的的事。我在那個房間再次變回十五歲少女，同他交合。無論那是正確還是不正確，我都不能那麼做，而這樣又可能使別的東西受損』」[1]。

---

[1]　〔日〕村上春樹：《海邊的卡夫卡》，林少華譯，上海：譯文出版社，2003年，第262、350、305、306、327、351、431頁。

第三章　親歷亂倫的日本著名作家

　　本章所謂「親歷亂倫的日本著名作家」，是指在日本文學史上那些根據有關資料或者作家的自傳性作品而得以證明的、在行為上或精神上發生了亂倫事實而且又比較有名氣的作家。

第一節　母子亂倫的和泉式部

　　和泉式部（いずみ しきぶ、978—1034）是日本平安時代中期著名的女詩人、日記文學作家，位列中古三十六歌仙。她與《枕草子》作者清少納言、《源氏物語》作者紫式部並稱為平安時代的「王朝文學三才媛」。除了長於和歌外，還有代表作日記文學《和泉式部日記》傳世。

　　室町時代出現的、作者不詳的短篇小說「禦伽草子」[1]《和泉式部》（約14世紀至16世紀）描述了和泉式部與自己的親生兒子在渾然不知的情況下發生母子亂倫的故事[2]：和泉式部十三歲時與十九歲的桔保昌相愛，十四歲的那年春天生下一子，她將孩子拋棄於平安京的五條橋。她給孩子穿上水菖蒲做的繦褓，在繦褓的小袖口寫了一首詩，並從刀鞘中抽出了自己的佩刀放在了孩子身邊，然後流著眼淚離去。這孩子後來被一個商人撿到並撫養長大，七歲時上了比叡山，師從高僧，勤奮好學，日漸成熟，不久就成了一名出色的學僧，以道命阿闍梨之名，聞名於天下。道命阿闍梨十八歲的那年，前往皇宮宣講法華經。當時，刮著微風。風將門簾三度吹起，一瞬間，簾內一位30歲左右的美目女子映入了道命阿闍梨的眼簾。這

---

[1] 「御伽草子」（おとぎぞうし）：室町時代至江戶時代產生的插圖短篇物語及其形式。廣義上也指以室町時代為中心的中世小說的全部，或從室町時代到江戶初期創作的樸素的短篇小說的總稱。

[2] 筆者譯自御伽草子『室町物語集』の和泉式部（道命の草子）。

位女子正在聚精會神地聽他講法。就是這一眼，奪走了道命阿闍梨的心，即使回到比叡山後，這個女子的面容也難從道命阿闍梨的腦海中抹去。道命阿闍梨很想再見這女子一面，於是他把自己打扮成了一個賣柑橘的，進入宮中賣起了柑橘。道命阿闍梨一邊叫賣一邊行走。這時，從這位女子的房間走出一位侍女，要買二十個柑橘，道命一邊給對方數著柑橘，一邊吟唱著戀愛的歌詩：

「一個柑橘呀，一人輾轉躺寢床，淚濕衣袂至天亮！」

大概意思是說：獨自一人躺在床上，夜夜淚流滿面，思戀的淚水濕透了衣服的袖口。

「兩個柑橘呀，兩道屏風檔面前，何時能見戀人面？」

大概意思是說：我戀人休息的地方，被兩道屏風遮擋，我何時才能看上她一眼？

「三個柑橘呀，即使看見心難慰，為何偏戀陌生人！」

大概意思是說：即使看見心上人，自己的戀情也難以得到慰藉，怨只怨自己愛上的不是自己身邊的人。

「四個柑橘呀，夜深想你難成眠，衣袖寂寞淚水沾！」

大概意思是說：夜深人靜最想念你，我一個人寂寞難以入眠，思念的淚水沾濕了衣袖。

「五個柑橘呀，日日期待雖不悔，蜉蝣虛幻徒傷悲！」

大概意思是說：在日復一日的殷切的期盼中，像蜉蝣那樣虛幻地努力，只能讓人感到悲傷。

……

道命就這樣邊數邊唱，一連吟唱了二十首戀歌。

侍女很感激道命吟唱的詩歌，說道：

「儘管並不需要這麼多柑橘，但是由於你的歌唱得太好聽了，所以再多買一個。」

道命滿足了她的要求，一邊添拿柑橘，一邊繼續吟唱：

「二十一個柑橘呀，情濃只為一夜緣，即使戀歌全唱遍。」

大概意思是說：哪怕只為了一次的幽會，我願唱遍全部的情歌。

吟唱著如此儒雅詩歌的人為何會賣柑橘？侍女覺得非常奇怪，於是將這個情況講給了皇帝。

皇帝命令：

「查一下這個賣柑橘的住在哪裡！」

因為天色已晚，道命找了個地方住了下來，侍女確認了道命住宿的地方，就報告給了皇帝，皇帝說道：

「儘管不知道賣柑橘的所唱詩歌的內容，但那分明是伊勢思戀源氏所唱的詩歌啊！」

這件事也傳到了宮中那個美麗女人的耳朵，那個女人也琢磨起了這件事。

「被思戀是件多麼令人不安的事情啊！」？

該女人是個情感豐富、極富同情心的人，於是帶了一個侍女出了宮，來到了道命住宿的地方，敲著房門，吟唱到：

「雖說思戀淚如雨，今夜月明涼濕衣！」

大概意思是說：你因思戀淚如雨降，今晚月光明亮，你將哭濕的衣袖拿到外邊晾乾多好？

聞聽此歌，道命的心情如同夢幻，立即答唱：

「此身不便出門去，你若有意進屋裏！」

大概意思是說：雖說我出不去，但你若有意，就請像破曉的月亮一樣照亮黑暗吧！

聽了這首歌，心地善良的女人進入了道命的房間，而且當晚二人就同宿一床，成其好事。

夜深時分，女人起床準備回去的時候，注意到了道命的佩刀，若無其事地問道：

「你又不是女人，為何會有女人的佩刀？」

道命答道：

「對我來說，這是一把很有意思的佩刀，我是被遺棄在五條橋的一個

棄兒。這把佩刀是伴隨著我一起被拋棄的，我想念母親，所以這把佩刀從不離身。」

一聽這話，女人臉色大變，急忙問道：

「棄嬰身穿什麼樣的衣服？」

「水菖蒲的小袖，袖口寫了一首詩。」

道命這樣一答，那女人接著又問：

「什麼樣的詩？」

道命吟誦了這首詩：

「即使老朽百年重，不失二七芳華名！」

大概意思是說：數百年之後即使老朽，也不想失去十四歲那樣的芳華之名。

聽了這首歌，女人也取出了從不離身的刀鞘，試著把道命的佩刀插入這把刀鞘，結果二者完全吻合，道命的佩刀毫無疑問地被女人的刀鞘所收納。

這個女人正是道命的生母和泉式部，二個人在毫不知曉本為母子關係的情況下發生了亂倫關係。

事已至此，和泉式部，於是趁著夜黑人靜離開了京城，而且為了修道開悟，上了播磨的書寫山，遁入空門，成了性空上人的弟子。

第二節　叔侄亂倫的島崎藤村

島崎藤村（しまざき とうそん、1872—1943）為日本近代著名詩人、小說家。1897年，發表了第一部詩集《嫩菜集》，宣告了日本近代抒情詩的成立。這部詩集，巧妙地把西方浪漫主義詩歌的表現手法和日本民族的傳統表現形式糅合在一起；其內容擺脫了封建思想道德的束縛，著重抒發個性和思想感情的自由、解放。用語雅俗兼蓄，細膩深沉，引起了廣大青年心靈上的共鳴。另外還有《一葉舟》（1898）、《夏草》（1898）和《落梅集》（1901）等詩集。隨後，島崎藤村轉向了小說創作。1906年

自費出版了經7年時間完成的第一部長篇小說《破戒》，描寫一個被社會遺棄的年輕教師為自我實現所做的掙紮。1908年發表的長篇小說《春》敘述了日本近代文學史上的重要文學期刊《文學界》創辦時的情況及其文學觀，反映了當時新興小資產階級知識份子的抱負和苦悶，人物原型都是《文學界》雜誌同人，因而具有重要的文學史料價值。1911年完成的長篇小說《家》描寫明治時期兩大家族在近代化衝擊下的衰亡解體的過程以及在封建家族制度束縛下人們的苦惱，也描寫了遺傳、性欲對人的影響，被看作自然主義的代表作。回憶《文學界》時代的《春》和描寫世家沒落史的《家》開闢了自傳體長篇小說的新領域。1913—1916年間，作家因亂倫之愛流亡法國，歸來後決心以小說形式進行懺悔並求得新生，其結果是長篇小說《新生》（1918）的發表。島崎藤村的最後一部傑作是1929—1935年間發表的宏大歷史小說《黎明之前》，該書以自己的父親為原型，以主人公青山半藏為中心，表現了明治維新前後人們的苦惱，飽含著作者的理想、憧憬、痛恨和懷疑。

島崎藤村筆下的人物，大多有現實生活中的原型，被稱為「自傳文學」。儘管創作手法由浪漫主義轉為現實主義，但受到當時流行的自然主義的影響，又具有自然主義特點。島崎藤村是一位既勇於剖析自己又敢於揭露社會的作家。他在日本文學史上佔有重要地位。

島崎藤村在寫作《家》的時候正好妻子因難產去世，他過著撫養四個子女的鰥夫生活。此時，二哥的女兒駒子前來協助撫育，幫忙料理家務。生活在同一個屋簷之下，長期的耳鬢廝磨，終於導致叔叔和姪女之間發生了亂倫之愛。

據研究資料：1912年中，駒子19歲，和藤村發生了關係，懷了藤村的孩子。1913年4月藤村在巴黎留學，同年8月孩子出生，送人當了養子。藤村1916年7月回國，兩人感情重燃。1918年，藤村發表《新生》，清算他們之間的關係。1918年7月，駒子根據家族的決定，去了臺灣的大伯（藤村的大哥）家生活，從此和藤村疏遠。19年後的1937年藤村這樣說明：「和駒子二十年前各奔東西，我踏上了新生的路途。當時兩人的關係已經

寫入了《新生》，如今也就沒什麼可說的了」。[1]駒子本人在後來手記中
這樣寫：「小說《新生》所寫幾乎全為事實」。[2]

1912年藤村與姪女駒子私通致其懷孕，事情由於藤村二哥、駒子父親
的寬宏大量而得以隱瞞，藤村以留學名義躲到了法國。此時從哥哥口中得
知父親與妹妹也有亂倫關係，藤村突然覺得這種事彷彿是一種無可奈何的
詛咒，於是，以此為體驗寫成了《新生》。

《新生》從姪女節子（即駒子）告訴主人公岸本（即藤村）自己有了
身孕寫起。岸本害怕自己同姪女節子的違背道德的行為暴露，曾一度決定
輕生，一死了之，後來跑到法國躲風，節子回到鄉間生下一個男孩，岸本
自愧弗如，回國再次同節子一起生活，公開這種亂倫的情事，請求社會的
批判和懲罰，他相信只有這樣做才是兩人獲得「新生」的唯一的道路。

作者排除一切虛構，直率、大膽而露骨地對自己這段近親亂倫的生活
進行公開告白，懺悔自己在道德上所犯的罪惡，企圖以此淨化自我，來拯
救自己的靈魂，從「一死」中獲得「新生」。

其實，對於自己的親姪女，島崎藤村早有非份之想。這從發表於《新
生》之前的小說《家》中就可看出端倪：「島崎藤村的小說《家》下卷
第三章裡寫：妻子阿雪不在家的某一天晚上，小泉三吉（原型是藤村本
人）在外出散步的雜木林中，突然握住了姪女小俊（原型為藤村長兄秀
雄的長女依颯）的手[3]，這個所謂的「小俊事件」，從大約七年後發表的
小說《新生》來看，其分量是突然增大了。被稱作自傳文學的藤村文學，
有理由被研究者用發展性的眼光解讀為：各自作品的構思在同一的次元上
包含了「小俊事件」與岸本（藤村）讓姪女節子（藤村二哥廣助的二女兒
駒子）懷孕的「《新生》事件」，這樣的話，在原型與事實的關聯上，儘

---

[1] 1937年（昭和12年）3月6日付《東京日日新聞》。

[2] 〔日〕長谷川駒子：《悲劇の自伝》，《婦人公論》，昭和12年5月號。

[3] 小說中是這樣寫的：「突然，一股不可思議的力量，使他拉住了姪女的手。在這股
力量面前他控制不了自己。他半開玩笑地問小俊說『這樣一起走，你不見怪嗎？』
小俊卻顯示出永遠信賴叔父的樣子說『瞧阿叔說的。』」見〔日〕島崎藤村：
《家》，枕流譯，南京：江蘇人民出版社，1981年，第194頁。

管程度不同，但在對於作者的意圖與文學形象關係的解釋上，三吉等於岸本、阿俊等於節子，也就是說，「小俊事件」是「《新生》事件」的前奏曲，「《新生》事件」是「小俊事件」的必然結果這樣的看法已經成為一些研究者的定論」[1]。

第三節　兄妹亂倫的武林無想庵

　　武林無想庵（たけばやし むそうあん、1880—1962）是活躍於日本明治至昭和時代的小說家、翻譯家。本名盤雄，後改為盛一。出生於北海道札幌市，三歲時成為攝影師武林盛一的養子，第二年隨養父母移居東京。武林一直深受到養父母的溺愛。他先是在東京帝國大學（現東京大學）讀英文專業，後轉為國文專業。上學期間因為懸賞小說入選而成為文學青年，被森歐外高度評價。武林具有超人的記憶力，所讀之書過目不忘，被稱為讀書專家。就是這位被文壇注目的新晉作家卻覺得東京大學很無聊，於是中途退學成為京都新聞社成員，此後進入毀滅性的的沉寂生活，放浪形骸。武林一生有三次結婚的經歷。1920年與第二任妻子中平文子結婚後前往歐洲，生女兒依博奴。前後五次前往歐洲生活，長達十七年。回國後，不適應日本的現實及焦點，顯得時運不濟。1926年，發生了被妻子文子的情人開槍的事件，一時成為世人的話題。第二次世界大戰後支持共產黨並一度加入共產黨。1943年因患青光眼失明，但在其第三任妻子波多朝子的幫助下編輯發行了會員制的個人雜誌《無想庵物語》，本人去世後，由波多朝子繼續編撰刊行，從1957年持續到1969年，共計發行了44冊[2]。日文譯作有法國作家歐仁蘇的長篇小說《巴黎的祕密》、都德的《沙弗》、俄國作家阿爾志跋綏夫的《沙寧》等。除了大量譯作，創作有小說《性欲的觸手》（1922）、《朝著第十一指的方向》（1922）、長篇小說《無

---

[1]　昕：《〈家〉のお後事件──近親相姦意識の危機に象徴されるもの》，《一橋研究》第23卷第1號，1998-4-30

[2]　外加《武林無想庵追悼錄》、《武林無想庵失明日記》和《依博奴》三冊。

想庵無語》[1]（1922年）、《文明病患者》（1923）、《以世界為家》
（1924）、短篇小說集《饑渴信》（1930）、《流轉之書》（1936）等，
另外還有《無想庵獨語》（1948）、《武林無想庵盲目日記》（1972）、
《放浪通信》（1973）等著作。武林的文學創作具有虛無主義和讚美性愛
的傾向，是當時日本達達主義的代表人物之一。據資料：武林無想庵竭盡
放蕩的極限、讓親妹妹懷孕生子、把從養父母處繼承的財產在巴黎揮霍殆
盡、被妻子背叛、身無分文回到日本。其中，《性欲的觸手》、《饑渴
信》等作品來自作者本人放蕩生活及其離婚的體驗。

　　山本夏彥（やまもと なつひこ、1915——2002）是無想庵的最親密的
朋友山本露葉的兒子，父親死后，被無想庵帶往法國和作家一起生活了三
年時光，據說還與無想庵在法國出生的女兒依博奴關係曖昧，因此與作家
有很深刻的關係。作為作家最親密朋友的孩子，與作家在巴黎一起生活了
多年，他以作家的奇書《無想庵物語》為藍本和題材創作了傳記文學《無
想庵物語》（1989），並且榮獲日本1990年度「讀賣文學獎」。小說滿含
惋惜地描寫了沉溺於越軌的愛欲和放蕩生活中的達達主義者武林無想庵史
無前例的生涯，其中寫到了無想庵與自己親生妹妹的曖昧關係，以及無想
庵讓自己同父異母的妹妹三島光子懷孕生子的事情：

　　盤雄隨養父母離開札幌來到東京後，親生父母又給他生了一個小他
五歲的妹妹，名叫光子（美津）。明治30年盤雄十八歲時，聽聞親生母親
病重，他第一次回到了札幌。這時，當患有腳疾的妹妹突然蹦跳著拉著他
喊：「是東京的哥哥呀！」時，因為肉體的接觸，他似乎第一次被一種異
樣的嫡親的壓迫感所打動。

　　後來，這個妹妹被生父帶到了東京的醫院做手術，手術失敗後就留
在了東京的「女子學院」成了一名寄宿生。養父對每個月都要來好幾次的
妹妹並未給臉色看，相反非常很歡迎。只是不喜歡她長時間地鑽在盤雄的
房間裏。生父母及其親屬一來東京就住在養父母的家裏。對於妹妹的名

---

[1]　本書出版后，因有傷風化遭到禁售處分。在歷經八個地方、長達十一頁的刪除後，
　　才改名為《結婚禮讚》（1922）准獲再次出版。

字，作家無想庵在其著作裏曾用過「蜜子」、「阿光」、「光子」、「三津」、「美津」等多種稱呼，我們這裏暫且就稱之為三津。

　　無想庵後來寫道：三津第一次來東京是被生父帶來的，拄著一個讓人注意不到的小拐杖。那時三津十五歲。盤雄和養母一起去上野迎接。妹妹比起二年前身材變大了一號，體態越發輕盈，梳著少女式的桃子髮髻似乎長在身上，雪白而豐潤的面頰彷彿是用草莓奶油從新鮮的皮膚的裏麵包著裹著似的長大成人了。只是啊只是她的腳疾令人感到心痛。我的內心首先充滿了憐愛和酸楚。對於虛歲二十歲的我來說，這是不是紮向我心臟縫隙的第一支愛神的毒箭呢？

　　親生父親此時已經續弦，連孩子都有了。生父在信中寫的「你和妹妹生的孩子已經六歲，和依博奴同歲」不是這個腳有疾患的親生妹妹，而是生父與其後妻所生的同父異母的妹妹。

　　兄妹為什麼就不能戀愛呢？盤雄經常這樣問自己。在二十歲的盤雄的面前光子不是作為妹妹、相反是作為一個女性出現的。這從他所寫的關於三津的眾多的文字中摘其一二就可看出：

　　「哥哥！」「什麼事？」「哥哥還沒有娶新娘嗎？」「新娘！奇怪，為什麼提說新娘什麼的。」「不是說人家的新娘，說的是哥哥的真正的新娘！」

　　哥哥很清楚妹妹說這話的意思。妹妹也明白哥哥的回答絕不是他的真心。「那樣的人，成為哥哥真正的新娘，我無論如何都不敢想呢！」「那麼，你覺得什麼樣的人做我的新娘才好呢？」「就那樣決定啦！」「怎麼決定呀？」「當然必須是能瞭解哥哥的人啦！」「我可是自己連自己都不瞭解呢！」「所以，必須是一個真正能瞭解哥哥的人哪！」「自己都不能瞭解自己，如何讓別人瞭解呢？」「如果是別人就能瞭解啦！」「那好吧，我的新娘子一定會瞭解我的。」

　　哥哥和那個女人端正了坐姿。「哥哥，我是認真說的，是為了哥哥說的，真的希望哥哥幸福。」

　　她的聲音儘管很低，但這個尋常的妹妹話語的深處，有一種足以勾起

作為男性的哥哥的本能的、異樣的具有蠱惑性的響動。

　　哥哥的臉上蒙上了一層雲霧。為了掩飾，他拿起了一本勃朗寧詩集，無謂地而輕快地翻了起來。然後，一邊自己面露難色，一邊又目不轉睛地看著妹妹的臉。

　　「妹妹比他妻子漂亮多了。尤其是在她透明似的白皙的皮膚上，新鮮的淡紅色的血色充滿了潑剌和健康。與採用傳統的化妝方法給臉部上色的他的妻子相比，低粉和胭脂妹妹統統不用，恰巧是一種令人自豪的自然的美。就如同見到的法國洋娃娃，她那法蘭絨一樣捲曲的淡褐色頭髮上，有一種不藉助香精而發出的豔麗的光。」

　　在這個回答中出現了所謂的妻子，那是他為了使養父母安心而給他們娶的兒媳婦，名叫八重子。他討厭這個妻子，不久就和她分手了。二十多歲的盤雄幾乎每天給妹妹寫信。這是因為，當時在他的心中除了妹妹他別無所念。這些信從他妹妹去美國後留下的行李中被發現，但是在整理房間的時候都燒掉了。

　　作家寫到：「我在身患腰病的同母異父的妹妹的肉體間，尋求女性而痛苦了二十年。就因為如此，連正常的家庭生活都沒來得及過。另外，我和同父異母的妹妹也有關係，雖說已經到了連孩子都生下了的地步，雖說和這個同父異母妹妹分手相當艱難，但總之沒有痛苦得死去啊！」

　　據資料，這個哥哥曾和光子一起去鹽原旅行。也去過能登。二個人還曾回過札幌。哥哥愛妹妹、妹妹戀哥哥的關係一直持續了二十年，直到大正八年妹妹去了美國才終於斷絕[1]。

第四節　戀母的谷崎潤一郎

　　谷崎潤一郎（たにざき じゅんいちろう、1886—1965）是日本近代「唯美派」的代表性作家，曾多次獲得諾貝爾文學獎的提名。谷崎潤一郎

---

[1] 〔日〕山本夏彥：《無想庵物語》，文藝春秋，1993年，第61-67頁。

的前期作品追求從嗜虐與受虐中體味痛切的快感，在肉體的殘忍中展現女性的美，故有「惡魔主義者」之稱。中後期作品回歸日本古典與東方傳統，在與諸多社會關係疏離的背景下，幽微而私密地描述了中產階級男女之間的性心理與性生活。前期創作的短篇小說《刺青》，敘寫一個以刺青為業的青年畫工採取誘騙手段迫使原本善良的女孩變成「魔女」的故事。前期創作的中篇小說《春琴抄》描寫主人公佐助為了表示對盲女春琴的愛，竟用針刺瞎了自己的雙眼，表現一種被虐待的變態心理。後期創作的長篇小說《細雪》是他的巔峰之作。小說在日本京都一帶秀美的自然景色、純樸的風土人情、濃鬱的古文化氛圍的背景上，展開了一家四姐妹的婚戀生活，又穿插了觀花、賞月、捕螢、舞蹈等日本的民俗活動，加之人物心理刻畫細膩，被譽為一部充分展現了日本心魂的傑出作品。

　　谷崎潤一郎一直具有濃鬱的戀母情結——他永遠無法忘懷他美麗的母親，他吸她的奶直到六歲。正是因為在日本，有著很晚才斷奶的傾向[1]，這戀母情結就延長到結婚前後。

　　在小說《幼少時代》裏，他寫道：「母親不但有著美麗的臉龐，而且她大腿的長得非常動人，如此潔白、如此地細膩，每次和她一起洗澡，看著她的美麗的軀體。我心裏就突然泛起一種莫名奇妙的躁動。」《夢的浮橋》是穀崎有關母親的故事中最哀傷的作品。主人公「阿匡」對兩位母親的記憶整天在腦海裏所縈繞，一位是他的生母，死於他五歲之時；另一位是他的繼母。對這兩位母親的記憶經常合併在他腦中，而他也記不得哪一個是哪一個。雖然如此，他仍記得與生母睡在一起，她是個「嬌小而細緻的女人，有一對胖嘟嘟像包子般的乳房……」。他吸著母親的乳房，「乳汁緩緩流出。混合著髮香和乳香的味道，盤旋在臉龐下的胸懷。雖然天已經暗了，依然可以模糊地看見她雪白乳房。」幾年以後，母親去世，他和他的護士睡在一起時，仍舊記得「那甜美、模糊的夢中世界裏，在她溫暖的懷抱中，拚命的吸著，那有著混合著髮香和乳香的味道……為什麼消失

---

[1] 參見〔美〕魯斯·本尼迪克特：《菊與刀——日本文化諸模式》，呂萬和、熊達雲、王智新譯，北京：商務印書館，2012年，第235頁。

了？……難道這意味著死亡？」當「阿匡」約十四歲的時候，繼母有了小孩，他被送往鄉村做了人家的養子。然而，每天在「夢境裏……我傾身把頭埋進她的胸懷，貪婪地吸吮著噴出的乳汁。『媽媽』，我以一個受寵的小孩的聲音，本能地呢喃著。」

學者們指出：「母性思慕是穀崎文學的重要主題，貫穿了他文學生涯的始終。」[1]而穀崎的「母性思慕」與「女性崇拜」是相結合的，「母」與「女」的統一，這正是穀崎追求的「理想女性」的內涵，也是美的極致。長篇小說《癡人之愛》中的女主人公那奧米就是穀崎以自己母親輩的小姑為模特兒而創作的，他曾經非常迷戀她。

在1919年發表的《戀母記》中作者更是借作品中的人物之口這樣說：「自己思念母親的心情是一種對『未知女性』的朦朧憧憬。這恐怕與少年期的戀愛萌芽有關。對自己來說，無論是往日的母親，還是將來成為妻子的戀人，都同樣是『未知女性』，那是一條無形的因緣之線把自己同其維繫在一起。」有學者指出：這番話昭示了這部作品的深層主題——戀母與戀妻（女）在性質上是統一的，「母」與「女」的結合體就是穀崎追求的「理想女性」。[2]

惟其如此，穀崎寫下了一系列表現母性崇拜、戀母及亂倫欲望的作品。《吉野葛》寫：津村幼年喪母，他來到吉野町尋找幻影中的母親，與一位名叫和佐的年輕親戚邂逅，和佐酷似自己的母親，津村就想把她娶過來。《少將滋幹之母》寫：滋幹幼年失去母親，長大成人後的滋幹一直戀慕著母親昔日的風采。春天的夜晚，他找到了母親居住的地方，時隔四十年後，與已經出家當尼姑的母親再次相見。《戀母記》七八歲的潤一深夜裏走在鄉下的路上，他以為農村的婦人是自己的母親，非常眷戀，但人家說：「你不是我的兒子」把他趕了出來。道路延續到了海濱，月亮升上了海面。他看見一位年輕美麗的追鳥女邊走邊演奏三弦琴，於是發出了呼喚，這個女子就是潤一苦苦找尋的母親。《鑰匙》描寫了岳母與女婿之

---

[1] 齊佩：《日本唯美派文學研究》，北京：中國社會科學出版社，2009年，第180頁。
[2] 齊佩：《日本唯美派文學研究》，北京：中國社會科學出版社，2009年，第185頁。

間的亂倫：鬱子雖已四十五歲，但小自己二十歲的女兒敏子在外貌上都不如她。鬱子與女兒敏子的戀人木村有性愛關係，害死了五十六歲的丈夫。按照木村的計畫，不久，他在形式上與敏子結了婚，住進了鬱子的家裏。敏子為了顧全面子，彷彿有一種為母親而犧牲自己的決心。《夢的浮橋》寫：「我」六歲時生母去世，九歲時父親再婚，「我」有了一個大我十二歲的繼母。「我」長大後和繼母發生了關係。父親給我留下了「取個妻子，你們夫婦一起照顧母親！」的遺言後去世了。「我」娶了妻子，不過，三年後由於妻子的不小心，繼母被百足蟲蜇了胸部，三十五歲就死了。也許是妻子故意把百足蟲放在了睡著的繼母胸部。《各有所好》寫：主人公阿要與美佐子夫婦關係冷淡。有一天，岳父邀請他們觀賞木偶淨琉璃，阿要覺得同席的岳父的情人久子就像木偶一樣溫順，他被她深深地吸引了。故事的結尾是：岳父邀請阿要夫婦到自己家裏來住，岳父自己又約女兒外出談話，故意留下阿要和久子在家。作者描寫了阿要、岳父、岳父的情婦久子之間微妙的情愛。《瘋癲老人的日記》寫已經喪失性能力的老人卯木督助對兒媳婦颯子感到了情欲，他狂吻沐浴中的兒媳婦，尤其對兒媳婦美麗的腳非常崇拜。放任的兒媳婦對男人有征服欲，所以任憑公公撫愛。老人在撫愛中，憶起了自己兒時戀母，最後老人想將兒媳婦那像佛腳般的腳，拓刻在自己的墓碑上。

第五節　戀母的太宰治

　　太宰治（だざい おさむ、1909—1948）是日本當代文學史上名噪一時的「無賴派」（或稱「新戲作派」）[1]文學的代表作家，著名作品有《御伽草紙》（1945）、《維榮的妻子》（1947）、《斜陽》（1947）、《人間失格》（1948）等。

---

[1]　也許因為作者多次自殺未遂而造成，或者因為作者本人喜愛的緣故，太宰治的小說總是彌漫著一股頹廢的風味，所以人稱「頹廢派」或「新戲作派」。本派其他成員還有阪口安吾、織田作之助、石川淳等。

　　雖然太宰治是日本文學史上重要的作家之一，但無論他的作品多麼重要，都比不上他的「死」更出名，因為他竟然自殺五次，是日本「死」得最多的作家：1929年10月，太宰治吞下了大量的安眠藥企圖自殺，被友人救起；1930年11月，就讀大學期間，他遇見了一名在酒吧當女招待的有夫之婦，二人同居三天，然後跳海殉情，太宰治被漁夫救起，但女招待死亡。太宰治被控「幫助自殺罪」，後經兄友等人奔走而得到緩刑的處分。1935年，因報考新聞記者失敗，太宰治前往鐮倉山上吊，又被人救起。1937年，他攜自己的初戀情人——藝妓小山初代去穀山溫泉進行第四次自殺，結果雙雙被救活。1948年6月13日深夜，他在玉川上水與崇拜他的女讀者山崎富榮投水殉情，終於結束了自己39歲的生命。一星期後屍體才被發現，兩人的遺體用繩子緊緊綁在一起。長相俊秀的太宰治相當有女人緣，他自己也一直過著尋歡作樂的浪蕩生活，他的每次自殺幾乎都跟女人有關。對太宰治來說，活在世上就是一連串的折磨，他曾經說過：「死亡是最美的藝術」。所以，他幾乎把自殺作為一種美學行為來加以重複實踐，直到最後達到圓滿為止。

　　而太宰治之不斷自殺求死，在心理深層，則與其戀母有一定關聯。太宰治的父親曾任眾議院和貴族院議員，同時經營銀行和鐵路。母親體弱多病，他自小由姨娘及保姆照顧下長大。太宰治曾回憶道：吃著乳母的乳汁，在姨娘懷中長大的我，直到小學二年級，才知道母親的存在。由於母愛的缺失，使他在和別的女性交往時，都力求在她們身上，尋找所渴望的母愛。甚至在和妓女交往時，他沒有一夜是為了享樂的，而是為了尋求母愛，為了尋求母親的乳房而去的。在他看來，在絕望的世界裏，只有母愛值得追求。因此，連接此岸和彼岸唯一的紐帶，也只有女性的愛，這就是他總是和女人一起殉情而死的原因。

　　換一個角度說：由於母愛的先天缺失，造就了太宰治心理上濃鬱的戀母情結；而對於母親的過分依戀和幻想，又使得太宰治在性格上彷彿是個永遠長不大的少年；而一個永遠長不大的少年，則一生都需要女性的呵護、撫慰；最後就算是死，也要牽著女人的手，走完人生最後一程。

　　這一切自然也溶滲進了太宰治的文學作品中。太宰治有一篇題名為《母親》的小說，描寫了一位男青年選擇與自己母親同齡的女子做愛的故事。日本學者神山重彥在其《物語要素事典》中儘管將此故事情節單列為「青年和與自己母親同齡的中年女子性交」的子項，但也明確歸結到「母子婚」這一母子亂倫的大母題當中，也就是說他認為這是對母子亂倫欲望的間接表達，或者說是男青年對母親亂倫欲望的變通實現。

　　太宰治雖然只活了三十九歲，但是，他留給日本文學的記憶，卻是深刻而難忘的。他的小說幾乎都是自傳體的，人物的最後結局，也大都是以自殺而告終。在他的作品裏，總有永遠長不大的少年。要麼完美無缺，要麼澈底破滅，這就是太宰治一生的純粹性和脆弱性的集中表現，同時，也是現代青春的真實寫照。因此，人們把太宰治的作品，稱為「永恆的青春文學」。雖然日本人很少有罪惡感，他們更多的是恥辱感，但是，無論是太宰治的生活還是他的作品，往往都充滿一種深深的罪惡感。因為，這種罪惡感的緣起及內核是一位兒子對於自己母親的亂倫之戀，儘管這種戀愛是以一種轉移或替代的方式實現的。

第六節　戀父的森茉莉

　　森茉莉（もりまり、1903年—1987年），是日本當代文學史上的知名女作家。她是日本近代文學的奠基人、大文豪森鷗外和第二任妻子的長女，森鷗外對這個女兒一直寵愛有加。森茉莉十六歲遠嫁巴黎，從此再未見到父親，而她對父親的思戀，在父親去世後愈發濃烈。

　　據有關數據，十六歲的森茉莉仍然可以坐在父親的膝蓋上喝黑咖啡，吃進口糕點，她享盡了父親給予她的奢華和全部的父愛。她總是把父親的懷抱當成母親的子宮，當成是她生活的小宇宙。父親溺愛自己的女兒，把她當成自己的生命，而女兒永遠崇拜父親、崇拜像她父親一樣挺拔英俊儒雅慈愛的中年男人。

　　對此，有人這樣評析：森歐外作為森茉莉的父親，在教育上可以說並

不是一個成功的父親，他過於「溺愛」森茉莉，以至於她晚年即使在窮困
潦倒之時亦不知節約。但是可以說正是他的「溺愛」，使得森茉莉對父親
的感情超越了親情，轉變為世人禁忌的不倫之情，也因此成就了森茉莉這
個「永遠的少女」作家，使得她到了晚年仍能夠寫出受歡迎的著作[1]。

在她後來的所有的作品中，作品的主人公無非是兩個，她和他父親；
主題，也與年老的男人與少女為主。甚至，在她描寫的男同性戀中，也是
寫的老男人和小男人。在這兩個男人裏，小男人仍然是她自己的化身，老
男人仍然是她的父親。為什麼那小男人不是女人，因為即使在森茉莉的作
品裏，她也不希望有其他女人走近他的父親。

隨筆集《父親的帽子》，以細膩的筆觸描寫一個女兒對父親充滿憧
憬的感情，獲得日本散文家具樂部獎。長篇小說《甜蜜的房間》[2]是森茉
莉的代表作，小說分三部來描寫主人公的成長。第一部是幼年時代篇《甜
蜜的房間》，第二部分是處女篇《甜蜜的歡愉》，第三部是結婚篇《再度
回到甜蜜的房間》。作品描寫了父親林作和女兒瑪依拉之間濃密的愛戀，
充分展現了森茉莉的戀父情結。在森茉莉看來，世界上最美麗的愛情就是
父親與女兒的愛，她把這份愛傾注於她虛構的作品裏成為永遠的天堂。森
茉莉的每一部作品都離不開他的父親，哪怕是描寫同性戀也寫的是老男人
和小男人。《戀人們的森林》裏一老一少兩個男人，實際上就是父親和女
兒的化身。兩位不同年齡的男人，展開美麗而殘酷的愛情。在這兩個男人
裏，小男人仍然是她自己的化身，老男人仍然是她的父親。為什麼那小男
人不是女人，因為即使在森茉莉的作品裏，她也不希望有其他女人走近他
的父親。

第七節　戀母的水上勉

水上勉（みずかみ つとむ、1919—2004）是日本昭和時代的代表性小

---

[1]　張明：《淺談日本的「二世作家」》，《安徽文學》（下半月），2012年第11期。
[2]　日語寫做《甘い蜜の部屋》。

說家和劇作家。他出生於日本福井縣大飯町一個叫做「乞食穀」的貧窮山村，8歲時被送至京都的相國寺當小僧徒，三年後不堪忍受勞累而出逃，又進天龍寺當和尚，後來再次逃出。他在寺院共生活了七年有餘。後來靠半工半讀上完中學、讀夜大學，最後肄業於立命館大學國文系。二十歲那年，水上勉參加義勇軍，因吐血被送回日本。1948年他三十歲時以私小說《油炸鍋之歌》[1]（1947，又譯《煎鍋之歌》）初登文壇。此後又為生活所迫，先後從事過新聞記者、時裝推銷、雜誌編輯等30多種職業。1957年水上勉再次提筆，創作了社會派推理小說《霧與影》，重新受到關注後，又接連創作了《海牙》（又譯《海的牙齒》或《大海獠牙》1960）、《耳朵》（1960）、《火笛》（1960）等作品，在日本引起極大反響。然而就在聲名鵲起之時，水上勉卻筆峰一轉，離開推理小說的路子，接連創作出了《雁寺》（1961）、《五號街夕霧樓》[2]（1963）、《越前竹偶》[3]（1963）、《湖琴》、《孤獨的盲歌女》[4]（1975）等一系列純文學作品。此類作品大都以作家的家鄉為舞臺，主人公也多以其父母、祖母、僧侶時期的住持夫人等與其有密切關係的人為原型，講述了人生的美麗與悲哀，被稱作「人生派抒情小說」或「哀憐小說」。其中《雁寺》榮獲當年的直木獎，《越前竹偶》受到了谷崎潤一郎的褒獎，《五號街夕霧樓》獲得了吉川英治獎，《湖琴》、《孤獨的盲歌女》多次被搬上銀幕。

　　水上勉「人生派抒情小說」有一個共同的特點：作品中的女主人公都美麗、善良，富有母性特徵。而這與作家幼年離鄉、缺乏母愛而衍生的戀母情結密切相關。反過來說，水上勉的戀母情結對其文學創作也產生了深刻影響。有人將水上勉的這幾部「哀憐小說」分為《雁寺》、《越前竹偶》和《五號街夕霧樓》、《孤獨的盲歌女》兩組，分別從表面化的戀母情結和潛在化的戀母情結兩個角度出發，結合水上勉的人生經歷，剖析了

[1]　日語寫做《フライパンの歌》。
[2]　日語寫做《五番町夕霧樓》。
[3]　日語寫做《越前竹人形》。
[4]　日語寫做《はなれ瞽女おりん》。

作品中人物的戀母情結和作家之間的聯繫，指出作家母親的形象對作品中
女主人公的影響：

　　所謂表面化的戀母情結是指作品中明顯表現出缺乏母愛的男主人公
對年長女性的愛慕、景仰之情，他們在女主人公身上看到了母親的身影，
想要通過這些女性重新回歸「母親」的懷抱。《雁寺》中的裏子是孤峰庵
住持的姘婦，住持和裏子對於慈念來說就相當於父母一樣的角色。裏子時
常給喜助點心，和他聊天，曾一時舒緩過喜助緊繃的心弦。默堂主持講
述了慈念身世後的當晚，豐滿漂亮的裏子來到慈念的房間，像溫柔的母
親，撫愛著慈念，慈念也動了激情，把裏子推倒在鋪席上，是夜，裏子把
自己交給了慈念。另外還有櫟樹頂上盤旋的母鷂鷹，佛殿隔扇上的母雁哺
雛圖……特別是慈念摳走母雁那一筆，更是表達了一個孤兒對母親的懷
念。而作者在開篇不久，即對佛殿隔扇上畫的雁進行了細緻的描寫，特別
是雛雁張著小嘴，向母雁求食的描寫，不僅渲染了氣氛，暗示了戀母，並
為結尾之處慈念出走時摳下母雁一情節，埋下了伏筆。《越前竹偶》中的
折原玉枝原本是越前竹工藝巧匠氏家喜助父親的相好妓女，當得知玉枝與
自己死去的母親極其相像時，喜助無論如何都想把玉枝娶回家，當做「母
親」侍奉。喜助對她始終懷有母親般的清純之愛。正是由於父親喜左衛門
的存在，玉枝和喜助之間只能擁有超越肉體的精神之愛。然而，卻玉枝遭
到了奸商崎山忠平的侮辱並懷有身孕，在經歷了欺騙和流產等種種打擊與
痛苦之後玉枝淒然離世，之後喜助也飲恨自縊。喜助對玉枝的畸戀情感，
一般很難為讀者所理解和接受。但在水上勉的筆下，一切都是那麼真實可
信。從初次相遇的一見如故，到日益加深的思慕之情，玉枝的出現滿足了
喜助對母愛的所有渴望與憧憬，特別是聽鄰居說玉枝的長相酷似自己的母
親時，更堅定了他迎娶玉枝的決心。相反，潛在化的戀母情結則相對含
蓄。男主角同樣是幼年離開母親，遠走他鄉，但他們身上並未明確體現出
對母親的思念、依戀之情。儘管如此，他們對年齡相仿的女主人公卻分外
依戀，令人稱奇的是他們與女主人公朝夕相處卻以「兄妹」相稱，並不與
他們發生肉體關係。《孤獨的盲歌女》中的平太郎因家境貧寒而替人出

征，後因不堪戰爭之殘忍而逃走。之後偶遇盲人歌女阿玲便與之同行，平
太郎雖然喜歡阿玲卻屢屢拒絕與之進一步發展，而把她看作神佛一般聖潔
的存在。《五號街夕霧樓》中的正順也是從小遠走京都出家為僧，之後與
青梅竹馬的夕子重逢，經常出入夕子投身的妓院夕霧樓。然而，正順每次
也只是和夕子一起回憶兩人在家鄉的美好日子，跟夕子抱怨一下寺院生活
的不愉快，並不對夕子做任何非分之事。只要跟夕子在一起，正順就可以
全身心地放鬆，沒有任何顧忌和擔心。通過對以上作品的分析，並結合水
上勉的親身經歷，可以看到水上勉「哀憐小說」中呈現出的戀母情結的三
大特徵。首先是戀母情結與其故鄉密不可分，對母親的思念和對故鄉的思
念相互聯繫。水上勉只要一想到母親，就會想到母親所在的故鄉。一看到
和故鄉相似的村落就會想起在家鄉辛勤勞作的母親。事實上不只這裏提到
的四部作品，水上勉的多數「哀憐小說」的主人公都出身於若狹或北陸一
帶的臨海村落，與作家的出身相近，可見其對故鄉若狹懷有深厚的感情。
而且，在這片作家熟悉的土地上肯定有一位勤勞、善良、極具母性情懷的
女性演繹著一曲動人哀傷的故事。水上勉曾經說過，故鄉若狹是他創作的
「原光景」，而其中的一處不可欠缺的風景便是一人撐起一家八口的生
計，在田間辛勤勞作的母親的身影吧。

　　第二個特徵是，水上勉的「哀憐小說」中的女主人公都是理想與現
實相結合的母性形象。以上作品的女主人公都出身貧寒，並且從事過賣春
或與之接近的工作，然而我們在他們的身上卻看不到半點污垢，他們是那
麼的純潔、善良，被一層聖潔的光環籠罩，甚至被稱為「精靈」、「神
佛」。筆者認為，這與作家想把母親神聖化的願望不無關係。水上勉曾
經一直對父母將自己送入寺院一事耿耿於懷，對母親的關心不是很多，雖
然幾次回到家鄉，對母親的印象卻一直停留在十歲時離開家鄉時的年輕形
象。所以，當1961年《雁寺》發表並獲獎後，再次見到母親，猛然看到母
親蒼老的身影，水上勉感到無限的自責和憐惜。痛恨使母親變老的生活和
對母親不聞不問的自己。基於這種愧疚之情，水上勉決定在作品中重建母
親的青春，並把母親描寫得出淤泥而不染，將其神聖化。另一方面，女主

角們身上也散現著作家母親的現實生活中的形象和性格特徵。比如他們都身材豐滿，這與作家剛離鄉時三十歲出頭的母親形象極其相近。此外，女主角們溫柔善良，甚至有些逆來順受的性格特徵也與水上勉的母親如出一轍，面對心愛的人只知低頭付出，任勞任怨，從不索取回報。可以看出，水上勉在戀母情結支配下創造出的女性形象是理想與現實的結合體。

　　第三個特徵是，男主人公一旦在女主人公身上發現了母親的影子便會與其保持距離，不會與之發生肉體關係。當《越前竹偶》中的喜助得知父親的舊情人玉枝與亡母十分相像時，便遏制住對玉枝的感情，像侍奉母親一樣地對待她。《孤獨的盲歌女》中的平太郎雖與阿玲結伴同行，卻說她像神佛，始終不肯與她同睡。《五號街夕霧樓》中的正順雖經常出入妓院，卻從不對夕子做什麼只是跟她敘舊談天。唯一打破了這種奇妙關係的是《雁寺》中的喜助和裏子。然而僅有一次親近，慈念卻再也無法面對裏子，甚至將一切過錯遷怒於住持慈海的頭上，以致最後殺害慈海，丟下裏子，離開了寺院。實際上日本並不缺乏母子亂倫的題材，水上勉之所以竭力避免這種局面，筆者首先想到的是，在小說發表當時，水上勉的母親還健在。母親健在的時候寫亂倫題材的作品似乎有悖常理，也容易引發不必要的麻煩和尷尬。另外一個原因是，水上勉曾經說過，男女主人公相愛卻不結合是他的一個「夢想」、「願望」。水上勉故意把身材矮小、醜陋、口吃的男人和美麗、聖潔的女人放到一起，讓他們相愛卻不讓他們結合。通過這一「夢想」使作品的文學效果更加顯著，更具吸引力。水上勉對母親的印象一直停留在自己十歲背井離鄉時的樣子，當時他的母親才三十幾歲。作家經常將此形象賦予作品中的女主人公。分別之日的情景儼然成了其文學創作的「原光景」，水上勉把自己的情感寄託在男主人公身上，想要在虛幻的世界裏回歸故鄉，回歸母親的懷抱。[1]

　　水上勉還寫了文章《母親架設的橋》。文章短小，但卻構思巧妙，感情飽滿。這得益於象徵手法的成功運用。作者主要是讚美母親，卻意在此

---

[1]　王東：《論水上勉「哀憐小說」中的戀母情結》（2011年吉林大學碩士論文）。

而言彼，著墨於母親架設的橋。橋是文章的中心意象，作者抓住了橋的具
體特徵：這是一座生活的橋，幫助家人度過艱難歲月。而在作者心中，母
親更是架設了一座精神的橋，引導我去走自己的人生之路。橋的特徵與作
者心中母親的形象相吻合，而作者內心的這種感情又是人皆有感，容易引
起讀者共鳴。在文章的最後一段，寫到母親為兒子架設的橋，「祈彼即身
成佛」，與其說是橋在引導靈魂，不如說是偉大的母親在引導他。橋即是
母親的化身，與橋融為一體，將文章的感情主旨昇華到了另一高度。

第八節　戀妹的三島由紀夫

　　三島由紀夫（みしま ゆきお、1925—1970）是日本現代文學史上的
著名作家，長篇小說《假面的告白》、《潮騷》、《金閣寺》、《豐饒之
海》等是他的代表性作品。

　　三島由紀夫對小他三歲、在十七歲時就離世的妹妹美津子有著強烈的
愛情。他在《來自終極感的出發——昭和二十年的自畫像》一文中寫道：
「我愛妹妹，不可思議地愛著她。」「妹妹死去數小時前意識全無，但聽
到她清晰地說：『哥哥啊，謝謝你！』我號啕大哭！」[1]三島由紀夫深深
愛著自己芳華早夭的妹妹美津子，他還在《來自終極感的出發——昭和二
十年的自畫像》一文中明確承認：離他而去的某位女子的結婚和這個妹妹
的死亡，「我覺得好像成為了推進我後來文學創作熱情的動力」[2]。

　　惟其如此，三島由紀夫的作品中有大量的兄妹戀描寫：

　　長篇小說《輕土子和衣通姬》取材於《古事記》及《日本書紀》中記
述的《衣通姬的傳說》。雖說三島由紀夫棄用了《古事記》中二人為兄妹
亂倫關係的設定，而最後採用了《日本書紀》中二人為姨母（衣通姬）與

---

[1] 〔日〕三島由紀夫：《終末感からの出発—昭和二十年の自画像》，《新潮》，
　　1955年8月號。
[2] 〔日〕三島由紀夫：《終末感からの出発—昭和二十年の自画像》，《新潮》，
　　1955年8月號。

外甥（木梨輕太子）亂倫關係的設定[1]，但是，據日本學者的研究，這篇
小說的創作動機還是在於對亡妹美津子的思戀[2]。這一被稱為日本史上最
經典最浪漫的亂倫故事，通過三島由紀夫的再創作渲染得越發淒美動人。
短篇小說《水聲》寫哥哥正一郎與妹妹喜久子偷偷相愛，但父親卻常常趁
機猥褻患病的妹妹，在妹妹的一再勸誘下，哥哥最後投毒殺死了父親，哥
哥被捕入獄，妹妹則選擇了平靜的死亡。這篇小說裏的哥哥所深愛的「妹
妹」已是病入膏肓，幾乎就是曾經的現實中相愛的三島兄妹的寫照。長篇
小說《音樂》寫弓川麗子雖然很小就被表哥阿俊奪去了貞操，但卻與自己
美男子的親哥哥在一起時才體驗到了性快感。從此以後她對別的男子就有
了性冷淡，再也無法愛上別人。三幕劇《熱帶樹》描寫了性格柔弱的阿勇
儘管被母親引誘，但還是選擇了同樣深愛著自己的妹妹鬱子，最後不堪母
親的緊逼，兄妹二人跳海殉情。小說中的鬱子形象同樣也有三島由紀夫的
亡妹美津子的濃重投影。長篇小說《幸福號出航》描寫了同母異父的兄妹
之間永無終止的愛情之旅：虛無、孤僻但姿容出眾的敏夫，深深地愛著妹
妹三津子。在名為「幸福號」的船隻到手後，敏夫和因為走私而被追的妹
妹一起，為了生活在純美的愛情中，踏上了逃避之旅。

---

[1] 其實，小說中的亂倫關係到底設定為兄妹還是姨甥，三島由紀夫曾經相當猶豫：
「《輕王子和衣通姬》—《記》、《紀》有著各自不同的記述。在《古事記》中，
這二人是同胞兄妹，最後在伊予共同赴死，是那樣的簡潔和美好，非常適合於近親
相奸這類古典作品的主題。而在《日本書紀》裡，姬則是父皇之後的妹妹，亦即輕
王子的姨母，天皇的側室。故事中，皇后強烈的妒忌這一主題，以及輕王子與父親
的戀人私通等情節，都是非常近代的，規模也可以因此而演變得比較大。但是，如
果失去輕王子叛亂這個極其重要的情節，甚或把姬作為王子的妹妹，便會與父皇和
姬的戀愛關係產生矛盾，我因而感到非常困惑，不知道該依據哪個記述為好。也就
是說，《古事記》和《日本書紀》都具有相同程度的魅力。」見《川端康成三島由
紀夫往來書簡集》，許金龍譯，北京：昆侖出版社，2000年，第30-31頁。

[2] 參見〔日〕小林和子：《三島由紀夫〈輕王子と衣通姬〉試論》，《茨城女子短期
大学紀要》，2001年2月。

第四章　熱衷亂倫題材的日本作家

　　本章所謂「熱衷亂倫題材的作家」是指日本文學史上那些創作生涯中經常或較多採用亂倫題材的作家，就數量而言他們的「涉亂」作品一般都不少於四部篇。有些作家作品的亂倫取材，明顯呈現出向某一固定亂倫對象的偏重和突出，換句話說就是：有的戀母、有的戀妹，有的都戀。下面，我們按歷史先後順序略作重點列舉。

第一節　谷崎潤一郎

　　谷崎潤一郎（たにざき じゅんいちろう、1886—1965）的文學創作對亂倫題材有較多關涉：短篇小說《惡魔》（1912）寫男主人公佐伯瘋狂地愛上了自己的表妹，而表妹則蔑視其這種放蕩不羈的行為。最後，佐伯在與情敵的糾葛中主動讓對方割破了自己的喉嚨。《各有所好》（1928）寫男主人公對岳父的女人產生了朦朧愛欲：阿要與美佐子夫婦關係冷淡。有一天，岳父邀請他們觀賞木偶戲，阿要覺得同席的岳父的情人久子就像木偶一樣溫順，他被她深深地吸引了。故事的結尾是：岳父邀請阿要夫婦到自己家裏來住，岳父自己又約女兒外出談話，故意留下阿要和久子在家。作者描寫了阿要、岳父、岳父的情婦久子之間微妙的情愛。《盲人的故事》（1931）寫一位盲人對母女兩代人的愛慕之情：自小雙目失明的阿市在給自己美麗高貴的女主人按摩的過程中接觸到其柔軟而年輕的肉體，從而對其產生了一種偶像崇拜式的愛情。後來，在背負公主逃離仇家追趕的過程中，他感到早就潛藏在心中的對母女兩代的戀情，現今如願以償了。《鑰匙》（1956）描寫了岳母與女婿之間的亂倫：鬱子雖已四十五歲，但小自己二十歲的女兒敏子在外貌上都不如她。鬱子與女兒敏子的戀人木村

有性愛關係，害死了五十六歲的丈夫。按照木村的計畫，不久，他在形式上與敏子結了婚，住進了鬱子的房間。敏子為了顧全面子，彷彿有一種為母親而犧牲自己的決心。長篇小說《瘋癲老人的日記》（1961）描寫七十七歲的老人卯木督助對兒媳婦颯子感到了情欲，已經喪失性能力的他狂吻沐浴中的兒媳婦，尤其對兒媳婦美麗的腳崇拜得五體投地。兒媳婦則是個放任的女性，有一股征服男人的強烈欲望，所以任憑公公撫愛。老人在撫愛中，憶起了自己兒時戀母、撫愛母親的腳的情景，將母親與兒媳婦迭印在一起，產生了一種神祕的感情。最後老人想將兒媳婦那只像佛腳般的腳，拓刻在自己的墓碑上，以求得死後永恆的愉悅和永恆的美。《小野篁兄妹戀歌》（1950）改寫自平安時代出現的短篇物語《篁物語》，表現了同父異母兄妹相愛的主題：小野篁在給同父異母妹妹教學漢籍詩文的過程中愛上了她，終於進了妹妹的臥室，使得妹妹懷孕在身，被憤怒的母親關了禁閉，不久就死了。

　　谷崎潤一郎文學作品中的亂倫題材尤以兒子戀母最為突出：《戀母記》（1919）寫七八歲的潤一深夜裏走在鄉下的路上，他以為農村的婦人是自己的母親，非常眷戀，但人家說：「你不是我的兒子」把他趕了出來。道路延續到了海濱，月亮升上了海面。他看見一位年輕美麗的追鳥女邊走邊演奏三弦琴，於是發出了呼喚，這個女子就是潤一苦苦找尋的母親。《吉野葛》（1931）寫：津村幼年喪母，他來到吉野町尋找幻影中的母親，與一位名叫和佐的年輕親戚邂逅，和佐酷似自己的母親，津村就想把她娶過來。《刈蘆》（1932）寫父子倆一直保持著對已經嫁人的父親昔日戀人阿遊的戀慕之情，是繼《吉野葛》之後，又一篇以「思母、戀母和表現『永恆的女性』為主題的小說。」[1]《少將滋幹之母》（1949）寫：滋幹五歲時母親因為被左大臣藤原時平搶走而離開了父親國經大納言的身邊。此後的數年間，國經、時平離世，不久，母親出家。長大成人後的滋幹總是難忘母親，一直戀慕著母親昔日的風采。春天的夜晚，他找

1　葉渭渠：《谷崎潤一郎傳》，北京：新世界出版社，2005年，第110頁。

到了母親居住的地方，時隔四十年後，與已經一身尼姑打扮的母親再次相見。《乳野物語：元三大師的母親》（1957）描寫了日本平安時代天臺宗高僧元三大師良源戀母的故事。《夢之浮橋》（1959）寫：「我」（阿糾）六歲時生母去世，九歲時父親再婚，阿糾有了一個大自己十二歲的繼母。發香、乳香、玉足、水聲、搖籃曲，是幼年阿糾對逝去母親深深的懷念。不過，繼母與生母在阿糾的生活裏，無論是形象、習慣、喜好均沒有區別，兩人合而為一，戀母的阿糾鑽進她的懷裏，盡情吸吮，幸福生活再次展開。父親對阿糾的不倫行徑，知情卻毫無怨言，在病逝前，只請求阿糾娶個妻子兩人一起好生照顧繼母終老，並交代繼母，視阿糾為昔日的丈夫一般。阿糾長大後和繼母發生了關係。父親去世後，阿糾娶了妻子，不過，三年後由於妻子的不小心，繼母被百足蟲蜇了胸部，三十五歲就死了。也許是妻子故意把百足蟲放在了睡著的繼母胸部。

其實，穀崎其他作品中的亂倫關係本質上也應屬於戀母，因為男主人公亂倫之戀的對象均是母親輩或相當於母親的女性：《各有所好》中是自己岳父的情人；《鑰匙》中是自己的岳母；《夢之浮橋》中是父親的後妻、自己的繼母；《瘋癲老人日記》中主人公雖撫摸的是兒媳，但聯想到的卻是自己兒時的母親。正如著名批評家榮格所言：「母親原型同其他原型一樣，幾乎可以表現為無限多樣的形式。我在這裏提出的只是最有特色的幾種形式。首先是個人的生母和祖母，繼母和岳母，然後是所有同個人有某種關係的女人，如保姆、女教師或一個女祖先。然後是形象意義上的母親，如女神，特別是神母，⋯⋯在形象意義上的母親象徵還可以表現某些代表著我們渴望回歸的目標的事物：如天堂、神國、天上的聖城。」[1]

---

[1] 李繼凱：《錘鍊對女性的纖細感融》，《唐都學刊》1989年，第4期

第二節　川端康成

　　川端康成（かわばた やすなり、1899—1972）的文學創作對亂倫題材有明顯關涉：1926年發表的短篇小說《殉情》描寫了丈夫、妻子和女兒之間的三角戀愛、亂倫之愛[1]；1931年發表的中篇小說《針、玻璃和霧》，則描寫了女兒對父親、姐姐對弟弟的朦朧愛欲（以意識流動的手法描寫了女主人公朝子自小就有戀父情結，發現丈夫有了外遇后，又被與自己住在一起的弟弟所吸引）；1948年發表的短篇小說《陣雨》不僅亂倫而且淫亂——寫兩個男人與雙胞胎姐妹的亂交；1954年發表的長篇小說《山之音》，則描寫了公公對兒媳的朦朧的欲念。

　　川端康成文學作品中的亂倫題材尤以兒子戀母最為突出：1947年發表的短篇小說《反橋》中的男主人公行平具有明顯的戀母心態；1949年發表的短篇小說《住吉》則可以說就是以戀母為主題；在1953年發表的中篇小說《湖》中，男主人公桃井銀平的「戀母」心態更加突出；短篇小說《隅田川》發表於1971年，這是作者1972年自殺身亡前發表的最後作品，小說情節的前半部與1948年發表的短篇小說《陣雨》相關聯——寫主人公行平和其好友須山兩個人與一對雙胞胎姐妹相交：

　　「要是連名字都一模一樣，不是更罕見嗎？」須山對我使了個眼色，點頭說，「這往往是地獄之火。」

　　即使雙胞胎姐妹長得毫髮不爽，但跟她們數次交合之後，就會感覺到姐妹之間還是存在著微妙的差異。

　　等到我不再見這兩姐妹以後，回想起來，這種微妙的差異確實存在。

---

[1]　文本表層相當隱諱，很難看出亂倫色彩，但葉渭渠先生卻做出如下讀解：「《殉情》則寫一對夫妻由相愛而離異，最後雙雙情死的故事。妻子愛丈夫，丈夫在自己的女兒身上看見昔日妻子的面影，卻愛著自己的女兒，妻子嫉妒，同女兒離他而去，但她愛丈夫仍然甚篤，最後同女兒自殺，以喚起讓丈夫復活過去對自己的愛，丈夫最終也在她身邊自盡，共枕長眠。」見 葉渭渠：《東方美的現代探索者——川端康成評傳》，北京：中國社會科學出版社，1989年，第181頁。

那時，須山已經不在人世了。

　　我和須山對這姐妹倆神魂顛倒，合二為一、一分為二地分辨不清，尋歡作樂的日於完全沉溺於虛幻的淫逸、墮落的麻醉。但是，偶爾也有從這淫逸麻醉中驚醒的瞬間。[1]

　　小說情節的後半部是《陣雨》所沒有的，寫主人公行平從與雙胞胎姐妹的淫亂關係中卻不由得聯想到了自己生命歷程中同樣是姐妹的另外兩位女性——自己的漂亮的養母和生母：

　　母親把我不是母親的親生兒子、是我母親的姐姐的孩子這個我一直毫無所知的祕密告訴了我。

　　那是我六七歲時候的事，一個下雪天，我纏著母親要她用彈古琴的假爪撓我的後背。剛才被姑娘的指甲一撓，我突然想起當年母親用假爪撓我後背的感覺。

　　……

　　我不僅時常從養母的臉上看出生母的幻影，更覺得兩個母親的容貌身姿毫無二致，兩人其實就是一個人。

　　於是，我有緣認識那一對長得一模一樣的雙胞胎妓女。[2]

　　當得知「我」（行平）是養母姐姐的孩子後，便「時常從養母的臉上看出生母的幻影，更覺得兩個母親的容貌身姿毫無二致，兩人其實就是一個人」，於是，才有緣認識了那一對長得一模一樣的雙胞胎妓女。把作為自己生母養母的相像的親姐妹與和自己發生了肉體關係的長得一摸一樣的雙胞胎妓女相提並論，說自己在覺得「兩個母親的容貌毫無二致」之後，「於是，我有緣認識那一對一摸一樣的雙胞胎妓女」；還說：妓女用指甲撓他後背讓他想起當年母親撓他後背的感覺，這分明是在宣洩對母親的一種朦朧的亂倫欲望。

---

[1]　〔日〕川端康成；《再婚的女人》，葉渭渠、鄭民欽等譯，桂林·灕江出版社，1998年，第373頁。

[2]　〔日〕川端康成：《再婚的女人》，葉渭渠、鄭民欽等譯，桂林：灕江出版社，1998年，第393-374頁。

　　1949年開始在報刊上連載、1968年與《雪國》、《古都》一起為川端康成贏取了諾貝爾文學獎的中篇小說《千隻鶴》則是最能體現川端康成戀母主題的一部作品。

　　作品的故事就是圍繞著主人公菊治與其亡父的兩位情人——太田夫人與近子，以及太田夫人的女兒文子和近子的學生雪子展開的。菊治應近子之邀，去近子舉辦的茶會與近子的學生雪子相親，而太田夫人與文子也來參加了這次茶會。在相親的歸途中，菊治與太田夫人自然而然地發生了肉體關係。不久，太田夫人自殺。而菊治與雪子的婚事也不了了之，文子則在與菊治發生關係後不辭而別。

　　從倫理的角度講，男主人公菊治與自己的父親的情婦太田夫人發生肉體關係，可以看做是繼母子的亂倫；菊治後來又與太田夫人的女兒文子發生關係則可以看做是異父母兄妹的亂倫。但有學者經過分析後指出：菊治與太田夫人及其女兒文子發生關係實為菊治戀母[1]。因為原型批評理論的開創者榮格曾說：「母親原型同其他原型一樣，幾乎可以表現為無限多樣的形式。我在這裏提出的只是最有特色的幾種形式。首先是個人的生母和祖母，繼母和岳母，然後是所有同個人有某種關係的女人，如保姆、女教師或一個女祖先。然後是形象意義上的母親，如女神，特別是神母，……在形象意義上的母親象徵還可以表現某些代表著我們渴望回歸的目標的事物：如天堂、神國、天上的聖城。」[2]據此可知，對已逝母親的追憶中的愛戀，在心態模式上同渴望回歸的懷戀是完全一致的，當現實中的某位女性與已逝母親在一些方面相象時，愛戀之心就易於發生。由是推之，前述川端小說《殉情》中父親戀女、《山音》中公公戀媳都可以看做是男人的變相戀母。

---

[1]　牛水蓮：《〈千鶴〉的超常之愛——菊治戀母文子戀父情結探秘》，《河南師大學報》1996年，第5期。

[2]　李繼凱：《錘鍊對女性的纖細感融》，《唐都學刊》1989年，第4期。

第三節　三島由紀夫

　　三島由紀夫（みしま ゆきお、1925—1970）的文學創作對亂倫題材
有明顯關涉：1950年發表的《愛的飢渴》中描寫了女主人公杉本悅子與
其公公杉本彌吉的亂倫關係；1954年的短篇小說《水聲》中寫父親謙造
一有機會就猥褻患病的女兒喜久子：「謙造一直在病人臉部的上方端詳
著，並伸手來插進了女兒的胸部。那只手徑直朝她的胸乳遊移而去。喜久
子不知任何人情世故似的，仰著臉看著父親萎垂的咽喉的皮膚。她的眼
角生痛。謙造嘻嘻笑著。喜久子大聲叫喊了起來。父親的手掌正溫柔地
愛撫著女兒的乳房。哥哥正一郎慌慌張張地爬著梯子上來，抓住了父親
的肩膀。」[1]1965年開始在報刊上連載的大河小說《豐饒之海》（1964—
1974）的創作靈感據說是來自於日本平安時代菅原孝標女的《濱松中納言
物語》，而這部古典物語描寫的了兒子與投胎轉生的父親之母發生了關
係，這可以看做是孫子與祖母之間的亂倫關係：中納言的父親式部卿宮死
後投胎轉生為大唐帝國第三皇子。中納言渡海赴唐與三皇子的母親河陽縣
皇后有了關係。對於中納言而言，河陽縣皇后因為是自己投胎轉生父親的
媽媽，也就成了自己的祖母。中納言與自己的祖母發展成了夫妻關係。從
河陽縣後的角度看，自己所生的皇子的「前世的兒子」也就是孫子，當然
與她成了夫妻關係。晚年的三島由紀夫受到這個故事的強烈吸引，留下了
以輪迴轉生為主題的《豐饒之海》：小說的第一部《春雪》描寫了松枝清
顯與聰子的戀愛，以聰子的出家和清顯的死為結局；第二部《奔馬》描寫
了由松枝清顯轉世的飯沼勳的政治活動和他的自殺；第三部《曉寺》寫
的是松枝清顯的同學本多繁邦戀愛著由飯沼勳轉世的泰國公主金讓，但
金讓卻與自己的女友大秀同性戀，後來公主歸國被眼鏡蛇咬死；第四部
《天人五衰》描寫了被老本多收為養子的安永透知道了自己只是金讓的

---

[1] 〔日〕三島由紀夫：《走盡的橋》，唐月梅等譯，北京：中國文聯出版社，1999
　　年，第224頁。

轉世而已，並不是能自由選擇命運的人，他服毒自殺未死而失明。年屆七十八歲的本多繁邦，來會六十一年未曾見面的聰子，聰子卻否認清顯的存在，表示這一切只是本多的夢。小說中的非正常性愛不僅是指本多繁邦愛男同學松枝清顯的轉世女體泰國公主金讓以及金讓又與本多繁邦的女友翻雲覆雨，尤其是指本多繁邦由於未及實現的性愛，而把金讓的轉世男體安永透收為養子。這一情節設計不僅有亂倫的意味，而且帶有同性戀的色彩。

三島由紀夫文學創作中的亂倫題材尤以兄妹性戀最為突出：短篇小說《輕王子和衣通姬》（1947）改編自《古事記》和《日本書紀》中的《衣通姬的傳說》，雖說將人物的亂倫關係設定為了外甥與姨母，但其中蘊藏的是三島由紀夫對亡妹美津子的思戀和紀念。小說《家族定位》（1948）寫：父母死後，主稅和輝子兄妹二人在女傭的照看下一起生活。色情的女傭讓他壓在橫躺的妹妹身上，他哭道：「這樣做的話，妹妹會死的！」不久戰爭結束了。亡父的版權收入突然中斷，兄妹二人一下子陷入了貧困的境地。輝子為了賺取生活費不得不開始在自己的房間裏賣淫。依然保持童真的主稅從樓下聽到響動，非常苦惱。他將此事告訴了妹妹。「我要用一個夠格的身體幫助哥哥啦！」妹妹的回答出人意料。膽怯的主稅罵道：「賣淫！地獄！」妹妹為了堵住哥哥的嘴一下子吻住了哥哥。短篇小說《水聲》（1954）寫哥哥正一郎與妹妹喜久子偷偷相愛，「妨礙兩人之間發展的，惟有羞恥心與恐懼而已。正因為如此，生活在同一個屋簷下而能如此豐富地擁有彼此間的祕密的兄妹，在世間尤顯珍貴。」[1]但他們的父親卻常常趁機猥褻患病的妹妹，在妹妹的一再勸誘下，哥哥最後投毒殺死了父親，兄妹倆抱頭痛哭，因此瞞過了醫生的眼睛。「當醫生離去，她用自己的小拇指勾住兄長的小拇指，用力地拉了一下。正一郎想起了妹妹說『真開心』時的難以言表的個中的餘韻」。然而卻被隔壁彈子房的老闆娘看出了破綻，並向員警揭發，正一郎立刻被捕入獄，妹妹則選擇了平靜

----
[1] 〔日〕三島由紀夫：《走盡的橋》，唐月梅等譯，北京：中國文聯出版社，1999年，第226頁。

的死亡。長篇小說《音樂》（1964）寫與哥哥相愛併發生性關係而感受到性高潮的麗子，由於對哥哥的肉體充滿憧憬，於是無法愛上未婚夫及戀人。麗子的強烈自我使她認為應該治癒自己的性冷淡，但最後卻心血來潮地玩弄幫她治療的精神科醫生，讓治療更加的困難。三幕劇《熱帶樹》（1960）描寫了兄妹亂倫直至殉情自殺的悲劇：性格溫柔而懦弱的阿勇被母親引誘，母親還企圖利用自己殺害父親；病入膏肓、不久人世的妹妹鬱子也深愛著阿勇，並希望他殺死企圖加害父親的母親。最後，精疲力竭的兄妹只相信彼此的愛，他們並離家出走、跳海殉情。長篇小說《幸福號出帆》（1956）描寫了同母異父的兄妹之間永無終止的愛情之旅：虛無、孤僻但姿容出眾的敏夫，深深地愛著妹妹三津子。在名為「幸福號」的船隻到手後，敏夫和因為走私而被追捕的妹妹一起，為了生活在純美的愛情中，踏上了逃避之旅。

第四節　橫溝正史

　　橫溝正史（よこみぞ せいし、1902—1981）是日本著名作家，1921年發表處女作《令人恐懼的四月》。1927年任《新青年》總編輯。1947年，他創作的驚險推理小說《本陣殺人事件》榮獲第一屆日本推理作家協會獎。後不斷地創作以日本當代社會為背景和金田一耕助偵探為主人公的系列驚險推理小說，在日本深受廣大讀者歡迎，甚至出現多家「金田一探案研究會」。其作品累積發行數達5500萬冊。同時亦被翻譯成多種文字出版，並改編為電影、電視，引起巨大轟動。他被奉為是「日本當代驚險推理小說大師」。

　　橫溝正史堪稱是推理作家中的倫理學家，在其眾多作品中都存在著亂倫的情節或隱喻：

　　1948年至1949年在雜誌上連載的的長篇推理小說《夢遊》[1]（又譯《夜

---

[1]　〔日〕橫溝正史：《夜步く》，《男女》1948年2月—1949年12月號。

行》），「全篇充滿了佝僂病人，婚外戀，精神病人，夜遊症，酒瘋子，色情狂，亂倫等等被禁忌的行為和被社會否定的存在，從中釀造而出的病態氛圍，正好給予了作品以強大的標準化的感覺。」

古神家族世世代代被一種怪病——夢遊所折磨。但最新傳人八千代則暗自慶幸逃過一劫，就在她深感欣慰之時，卻接連收到神祕信件，內容為「我近期會去你那裏和你結婚」。然而，幾天後，先是小姐古神八千代的未婚夫蜂屋小市被砍去了頭顱，接著則是八千代的哥哥古神守衛被砍去了頭顱。兩個人原本都是駝背，所以現在兩具屍體很難區別。此後一個看似蜂屋小市的人影開始在八千代的周圍徘徊。到底被殺的是哪一個？殺人者的意圖是什麼？作為古神家管家的鐵之進請求私家偵探金田一耕助進行調查，於是，恐怖的而淒慘的場面在他的眼前被一幕幕展開。

原來，女主人阿柳一直沉湎於與家族管家仙石鐵之金的戀情之中不能自拔，小姐八千代就是他們二人偷情所生。然而，仙石鐵之進的兒子仙石直記卻深愛自己同父異母的妹妹古神八千代，其愁情無法排遣於是玩弄糟蹋各方面都與八千代極其相似的阿靜並致其發瘋。直記的朋友、失意小說家屋代寅太看到自己心愛的姑娘阿靜被直記如此對待，加之自己祖先因不滿古神家族的暴政越級告狀而被處死，這種世代傳承的厭惡與敵意使得他對古神家族的每一個成員都充滿了仇恨。所以，在遇到仙石直記後，他就想方設法開始折磨直記，只為了殺死直記，並嫁禍給他，他先是斬殺了八千代的畫家未婚夫蜂屋小市，接著又斬殺了身患佝僂深居簡出卻常常調戲妹妹的古神守衛，最後又殺死了被仙石直記深愛著的八千代。在此過程中，他還用暴力佔有了八千代，而八千代這樣一個自尊心極強的女人，無法得到一個佔有她肉體的男人的心對她來說是莫大的侮辱，因此她想盡各種方法誘惑屋代，只希望屋代能對她動心，然而卻讓自己滑向了一條不歸之路。仙石直記則在得知這一切之後，突患早發性癡呆症，變成了一個傻子。

　　長篇小說《犬神家族》[1]的故事是由一封古怪的遺書開始的：金融巨頭犬神佐兵衛在留下一封完全不合常理的遺書後與世長辭。遺書之中，他置三個女兒和三個外孫於不顧，將全部的財產和三件傳家之寶都留給了恩人的孫女、絕世美人——野野宮珠世。當然，這些財產也不是白給的，犬神佐兵衛給野野宮珠世提出了一個條件：如果要繼承這筆巨額財產，她就必須跟他的其中一個孫子結婚，除非他們三個都死掉。這時，犬神家失蹤多年的長孫青沼靜馬蒙面歸來，於是兇殺在這個家族接連不斷出現：佐武的頭顱赫然出現在惟妙惟肖的菊花玩偶中，佐智慘遭古箏琴弦勒斃，靜馬也突然暴斃。擁有犬神家庭財產繼承權的男孫接二連三地死於非命。到底誰是兇手？殺人動機何在？

　　原來，野野宮珠世是犬神佐兵衛為了報答自己的恩人而收養的孫女，青沼靜馬是犬神佐兵衛五十歲後與情人菊乃所生的兒子。如果靜馬和珠世結婚，就成了叔父與姪女的亂倫。珠世雖然與佐清真心相愛，但名義上也是三代以內的近親。當年，為了維護自己的繼承權，犬神松子、犬神梅子和犬神竹子三姐妹，一起用極其殘忍的手法逼走了父親的情人菊乃和她的孩子靜馬。現在，為了維護兒子佐清的利益，松子又相繼殺害了佐智和佐武。原本打算利用靜馬得到犬神家的財產，看到靜馬沒有利用價值了，最後又殺了靜馬。

　　1951—1952在報刊上連載的長篇推理小說《蜂王》[2]中寫到：男主人公大道寺欣造做了據說是源賴朝傳人的大戶人家——大道寺鐵馬家的上門女婿，但他與鐵馬家的女兒只不過是戶籍上的夫妻關係。妻子大道寺琴繪在其入贅為婿前就與別的男人生有一女起名叫大道寺智子，而且在智子五歲時就因病去世了。大道寺欣造其實與智子沒有一丁點血緣關係。他實際的戀人及妻子是大道家中的一個名叫蔦代的女僕，他們二人還生有一個兒子。儘管如此，但不知為何，大道寺欣造內心深處卻一直潛伏一種著對大道寺智子的強烈情欲衝動。

[1]　〔日〕橫溝正史：《犬神家の一族》，《キング》1950年1月號—1951年5月號。
[2]　〔日〕橫溝正史：《女王蜂》，《キング》1951年6月號—1952年5月號。

　　長篇小說《惡魔吹著笛子來》[1]（又譯《惡魔來吹笛》）寫：英俊瀟
灑、風度翩翩的椿英輔子爵突然自殺了。而由他作曲並獨奏的《惡魔吹著
笛子來》卻像是地獄裏的遊魂，帶著仇怨與詛咒在椿府的夜空飄蕩，彷彿
要幻化出一個恐怖的惡魔實體；他那憂鬱的臉色、儒雅的身影也一次次隱
約閃現，令人不寒而慄。因為，伴隨著不祥的笛聲在眾人眼前的頻頻出
現，隨之而來的是一件一件離奇的命案。很快，這個家族的玉蟲伯爵被殺
了，另一個男主人新宮利彥也突然斃命。惡魔的腳步越來越近，詭異的笛
聲越來越響，椿家的慘劇一幕接一幕上演，血紅的火焰圖案成為惡魔的徽
章，究竟誰是兇手？其實，令人不齒、難以想像的人間亂倫醜行，造就了
惡魔，從而也毀滅了椿英輔一家。

　　原來，椿英輔的妻子新宮秋子與其哥哥新宮利彥偷情而生出了三島東
太郎，新宮利彥強暴自家的女僕阿駒而生出了小夜子。分別長大的三島東
太郎和小夜子在不知道父親是同一人的情況下深深相愛，而且小夜子已經
懷孕。小夜子在知道真相後隨即自殺身亡。這時的三島東太郎非常憎恨自
己擁有椿家的血統，為了小夜子，也為了自己，他逐步開始了自己的復仇
行動。於是，他先是殺死了企圖加害於他的玉蟲伯爵，接著又殺死了仍在
與妹妹鬼混的新宮利彥。椿英輔子爵則是因為不堪忍受自己的妻子與其哥
哥的亂倫偷情而自殺的。

　　長篇小說《醫院坡道上的上吊屋》（又譯《醫院坡上吊之家》、《醫
院坡血案》、《神祕女子殺人事件》）[2]故事開始於一個月黑風高的夜
晚，直吉跟隨帶路者來到愈走愈恐怖的拍攝地點——戰後荒廢已久、鬼影
幢幢的「醫院坡上吊之家」，而且新娘竟是前來照相館接洽的神祕女子，
她的眼神不時閃現一抹詭異、難解的光芒，難道她是……金田一耕助明察
暗訪，查出阿敏原是「發怒的海盜」爵士樂團的團長，而隨著命案失蹤的

---

[1]　〔日〕橫溝正史：《悪魔が来りて笛を吹く》，《宝石》1951年11月號—1953年11
　　月號。
[2]　〔日〕橫溝正史：《病院坂の首縊りの家》，《野性時代》1975年12月號—1977年9
　　月號。

新娘竟是爵士樂團的主唱！這對新人究竟遭到什麼事情，下場竟是如此悲慘？豪門的黑暗過往，飄零少女的傷心往事，在爵士樂的背景之下交織成一場金田一耕助偵探生涯中最為詭異，也最人難以忘懷的案件。

　　原來故事中其中一個重要主人公山內小雪是法眼琢也和情婦山內冬子的女兒。昭和四十八年的一個颱風夜，她在醫院坡的一個空房內發現兩具屍體，被害人之一是山內小雪名義上的哥哥山內敏男，兩人不顧兄妹關係勇敢相愛並結婚。另一被害人是由香利。法眼琢也的正妻櫻井彌生是法眼琢也父親法眼鐵馬的同父異母妹妹千鶴與陸軍少將櫻井健一的女兒，十分美麗，不幸櫻井健一在戰爭中戰死，美麗的千鶴後無奈改嫁法眼鐵馬的好友五十嵐剛藏的兒子五十嵐猛藏，生下了五十嵐泰藏，但猛藏是一個性受虐狂，千鶴無法忍受，加之其喜新厭舊的性格特點，在泰藏出生後便恢復其風流本性，處處尋花問柳，不幸此時已改名為五十嵐彌生的櫻井彌生也成了繼父的目標，甚至繼父還找來攝影師東條權之助拍下了彌生右手揮鞭而猛藏享受性受虐快感的照片，因為猛藏不想讓她離開自己身邊並以此相威脅，這成了折磨彌生一輩子的記憶。後彌生嫁給琢也，即所謂表兄妹結婚，生下一女名為萬裏子，萬裏子又和琢也愛徒古澤三郎結婚生下一女名為由香利，此即另一受害人。泰藏體弱頹廢，與比自己大兩歲的女傭田邊光枝結婚生下一子名為阿透，阿透中學時便與一女同學生下一子名為阿滋。由香利與山內小雪同歲、非常相像難以辨識，且都十分美麗。琢也在戰爭中不幸死去以後，冬子和小雪便失去了靠山，過著十分窘迫的生活，敏男為了妹妹能像由香利獲得一樣的待遇，便綁架了由香利並與自己拍了結婚照，想以此警醒報復法眼家族，而後敏男和小雪便決定再也不提法眼家族，在五反田的車庫過起夫妻生活，而由香利在拍照那晚體驗到敏男帶給自己的性體驗後對他產生了些許依賴，恰好敏男需要錢來維持生活以及樂隊的開銷，於是兩人開始了性交易。終於在一個颱風之夜，小雪於醫院坡的空屋裏發現了赤裸著的兩具屍體，由香利正舉著皮鞭，而敏男滿身鞭痕且皮鞭一端的鐵錐直直刺入其下腹。敏男也在臨死前醒悟對小雪說：「我太傻。」並要求小雪答應自己砍下自己的頭像風鈴一樣掛在曾經和養

父母小雪一起生活的廢屋門前，以緬懷冬子和琢也。由此便把該案件命名
為人頭風鈴命案。小雪找來彌生幫忙處理現場，彌生至此發現了小雪與由
香利的想像，終於得知萬裏子確實是自己與彌生而非猛藏所生之女，心中
萬分感慨並後悔自己沒有給萬裏子和由香利更多的愛，就這樣小雪成了由
利香的替身次日便與阿滋結婚並飛往美國。至此人頭風鈴命案也走入迷
宮，成了懸案。

二十年後，大偵探金田一耕助從那張詭異的結婚照出發，層層剝繭，
案件終於真相大白。

這部作品所涉及的亂倫關係如下：五十嵐彌生與法眼琢也為表兄妹亂
倫；山內小雪與山內敏男為親兄妹亂倫；五十嵐彌生與五十嵐猛藏為繼父
女亂倫；由香利與法眼滋，一個是彌生的孫女，一個是彌生弟弟泰藏的孫
子，兩個人是同一個曾祖父，屬於三代以內的表親亂倫；山內小雪與法眼
滋，一個是彌生的女兒，一個是彌生弟弟泰藏的孫子，屬於表姑和表侄
亂倫。

小說《倉庫》[1]寫住在倉庫裏的患肺病的姐姐和戀慕著她、並照看她
的弟弟之間的濃鬱情感。

第五節　野坂昭如

野坂昭如（のさか あきゆき、1930—）是當代日本的一位名人，他集
作家、評論家、詞作家、歌手、政治家等於一身。野阪昭如1930年出生於
鐮倉。早年命途坎坷，歷經親人生離死散，兩次從大學退學。20世紀50年
代，為歌壇小有名氣的作詞人，後開始劇本創作。1963年，處女作《情色
指導師》發表，引起文壇關注。1967年，根據早年親身經歷創作的《螢火
蟲之墓》、《美國羊棲菜》震撼發表，引發巨大反響。次年，兩部作品同
時獲得日本文壇最高榮譽——直木獎。

1　〔日〕橫溝正史：《蔵の中》，《新青年》1935年8月號。

　　在他創作的長篇小說《情色指導師》（又譯《黃色大師》、《色情者》、《淫棍》、《色鬼》）[1]裏，不僅提到父女亂倫是人的一個秘望，而且描寫了實際的父女亂倫：給沉湎於情色的人們提供全部的需要是蘇步陽的夢想，他販賣色情照片、進行微型情色電影製作。蘇步陽寄宿在一家兼做理髮店的家庭公寓，被寡婦房東、理髮師阿春豐滿的肉體所吸引，二人成了姘居的夫妻。阿春有一個讀預科的長子幸一，還有一個最近初具女性魅力、上中學三年級的女兒惠子。蘇步陽雖然隱瞞了自己的工作性質，但孩子們與他總覺有一種不和諧的感覺。他終止了與暴力團的合作，埋頭致力於微型電影的製作。這一年末，阿春因心臟病住院，蘇步陽與兩個孩子留在了家裏，他從此開始擔負起了模範父親和情色指導師這樣兩個角色。然而，一位顧客請求製作父女亂倫的微型電影，蘇步陽由此意識到繼女惠子是一個女人，內心開始有了理智與欲望的衝突。長子知道了蘇步陽的工作性質而指責他，但阿春卻理解他，繼續聲援他的工作。然而，正值妙齡的惠子以此事為契機，心理和生活從此完全改變。有天晚上，她過完了夜生活爛醉如泥地回來，蘇步陽像父親那樣訓斥她不該這樣，可就在這時他又覺得惠子十分令人愛憐，結果終於失去了理性與惠子發生了關係。幸一知道這件事後離家出走，病重的阿春受此沉重打擊精神失常，她已懷有蘇步陽的孩子，在用針刺向女兒惠子照片的同時她死去了。

　　短篇小說《賣火柴的少女》[2]（1966）中有這樣的描寫：身為最下層妓女的不幸的女主人公，在有了把嫖客當做自己的父親、覺得是在給未曾見面的父親撒嬌賣萌的心理之後，自己艱難的工作就能承受了。其中透射出的亂倫意味不言自喻。

　　短篇小說《飢餓峰的死人草》[3]中有兄妹亂倫，還有父女亂倫。小說的故事以用死人的血肉為營養而生長起來的寄生植物死人草和一個被死人

[1] 〔日〕野坂昭如；《エロ事師たち》，《小說中央公論》1963年11、12月號。
[2] 見〔日〕原田武：《文学と禁断の愛——近親姦の意味論》，青山社，2004年，第11頁。
[3] 〔日〕野阪昭如：《骨餓身峠死人葛》，中央公論社，1969年。

草所魅惑的少女高子為中心而展開。在與世隔絕的環境裏，除了吃死人草就不能存活的人們，為了死人草的營養，接連不斷地生孩子又接連不斷地殺死他們，這樣的情形可以說如同恐怖片一樣恐怖：一個叫做「葛坑」的位於深山中的煤礦，接連不斷地發生死人事件。在村落的墓場，茂密地生長著一種以死人的肉為養分而開出美麗白色花朵的寄生植物「死人草」。煤礦老闆的女兒高子自幼就喜歡這種白色的花。「我所見過花中，它是多麼的樸素而美麗啊？能不能在咱家的庭院裏也種點呢？」和高子同蓋一床棉被互相摟抱著睡覺的哥哥節夫，為了實現妹妹的願望采來了寄生在卒塔婆的死人草，但很快就枯萎了。養育死人草需要人的屍體。埋葬了從貧窮主婦那裏買來的嬰兒，彷彿擔心自己的罪孽一樣，高子與哥哥進行了交合。在樹蔭下交合的兩個人的身影不久之後就被父親發現了。女兒已經懂得了男女之事，她十七歲的肉體多麼讓人春心萌動，於是父親潛入了高子的寢室。

短篇小說《灌腸與瑪利亞》[1]（1969）描寫了年巨與繼母竹代的曖昧關係。

小說《午夜的瑪利亞》[2]用獨特的敘述方式描寫了17歲的少年及其夥伴們的異想天開的性意識。其中有這麼一個情節：兒子目擊了父親的自慰行為，詢問父親是以誰為對象進行想像的，父親平靜地回答：真由美！並接著說：這孩子最近太有女人味了。而真由美是自己還在上高中的妹妹，就是父親的親生女兒。無疑，這是象徵性的或叫替代型[3]的父女亂倫。這部小說中有亂倫、變態、亂交、暴力，還有喜好男色的主人公、辨別處女的老人、以死人為玩具的夥伴、喜歡偷窺他人情事的祖母、亂七八糟的色鬼的遊行隊伍等等。

短篇小說《螢火蟲之墓》[4]是野阪昭如以自身在第二次世界大戰的體

---

[1]　日語寫做《浣腸とマリア》。

[2]　〔日〕野坂昭如：《真夜中のマリア》，新潮社，1971年。

[3]　手淫時幻想著自己的血親，叫做「替代性亂倫」，見〔英〕B・卡爾：《人類性幻想》，耿文秀等譯，上海：華東師範大學出版社，2011年，第147頁。

[4]　〔日〕野坂昭如：《火垂るの墓》，《オール讀物》，1967年10月。

驗為題材所創作的帶有半自傳性質的小說。小說的內容靈感來自於野阪昭如在中學期間遇到神戶大空襲時，為了避難所經歷的一連串事情。當時為別人門戶下養子的野阪昭如，帶著與他同樣為別人認養、沒有血緣關係、年齡約一歲多的幹妹妹一路逃難疏散。而野阪昭如事後坦白表示，年少的他本身未能像在他筆下《螢火蟲之墓》小說裏的清太竭盡一切所能地照料妹妹，反而也曾經因受不了幹妹的哭鬧而拍打她的頭。事後疏散到福井縣的妹妹因營養不良而逝世，當時妹妹瘦弱死去的模樣，深深烙在野阪昭如的心中。《螢火蟲之墓》便是作者帶著懊悔心情所創作出的小說。

不過，昇華為文學作品，作者則將其中毫無血緣關係的幹兄妹處理成了同父同母的親兄妹，而且融入了超越一般兄妹關係的、具有亂倫色彩的意念和元素，這其中一個重要的情節就是：在防空洞裏兩個人並排睡覺的時候，哥哥清太突然難以自製地擁抱了妹妹節子，這是無疑是哥哥對妹妹亂倫秘望的體現。

《螢火蟲之墓》的故事是從裝有妹妹骨灰的糖果罐開始的：二戰結束後的1945年9月的一個深夜，神戶的三之宮車站，一名衣衫襤褸的少年坐靠在柱子旁餓死了，清潔員將少年的屍體挪開的時候，發現他身上藏有一罐因生鏽而難以打開的水果糖鐵罐。當清潔員將糖罐使勁扔到旁邊的草叢中時，罐頭開口撒出了一些白色的粉末，同時引起一群螢火蟲環繞飛舞。接著小說便以倒敘的方式開始描述兄妹兩人的不幸經歷：

二戰臨近結束，作為海軍軍官的父親再次被徵召入伍。清太的母親在神戶大空襲時全身被燒傷死去，留下了一隻玉戒、幾套和服和幾千元的銀行存款。14歲的清太，失去了母親及家園，於是，他不得不帶著年幼的妹妹節子去投靠姨媽。剛來時，姨媽對兄妹二人還算厚待，但隨著物資短缺、配給不定，姨媽的態度逐漸起了變化。有一天，姨媽不顧兄妹二人的感受，就把清太母親的和服拿去換成了米糧。想念母親的節子得知後，嚎啕大哭。清太需要時間照顧節子，但姨媽卻埋怨他游手好閒。清太受不了在姨媽家被數落的日子，便與妹妹一同離開搬到了近郊河岸邊的防空洞生活。一天晚上，清太帶回一隻裏面裝滿螢火蟲的小壺，螢光猶如軍艦的燈

光，兄妹想起了當海軍的父親。第二天螢火蟲死了，節子為它們立墓以紀念母親，勾起了清太的淚水。物資越來越短缺，兩個人不願回頭依靠親戚。清太非常愛節子，不僅僅因為她是自己的妹妹，還因為她是一個可愛的女孩。在食物嚴重短缺的情況下，他想法設法為妹妹尋找吃的，然而，兩個孩子沒有大人的照顧，又生活在環境髒亂差的防空洞裏，節子開始出現營養不良並長滿濕疹，日漸消瘦並多次暈倒。清太行乞無果便到農家田地偷竊，結果被打受傷。沒有辦法，清太轉而冒著空襲的危險進村搶奪。一天，清太到銀行取款時得知日本已經戰敗投降，驚覺父親已經陣亡。回到防空洞後，發覺妹妹已經神智不清，躺著以石頭和彈珠為食，於是趕緊把買來的新鮮西瓜切開握在節子手上，節子微弱地說了聲「哥哥謝謝你！」就離開了人世。最後，清太捧著裝著妹妹骨灰的水果糖罐在車站掙紮地死去，遺體也被火化。

第六節　中上健次

　　中上健次（なかがみ けんじ、1946—1992）是日本戰后名噪一時的文學流派——透明派[1]的代表性作家之一，因其創作風格酷似美國諾貝爾文學獎獲得者福克納，被稱為「日本的福克納」。在日本，中上建次還被稱為「亂倫小說家」，因為他的小說多數都有亂倫描寫。他以自己的故鄉紀州[2]的「路地」（意即胡同）為舞臺，創作了一系列的「涉亂」小說。

　　中國研究日本文學的著名學者葉渭渠在其《日本文學史》一書中說：「中上健次以粗野的觀點，描寫了近親相姦，他的小說《十九歲的地圖》、《岬角》、《枯木灘》都是他荒淫觀的寫照。」[3]

　　其實，中上健次的「涉亂」小說還有短篇小說《胡同》[4]、短篇小說

---

[1]　問題的大膽放縱描繪為突出特徵，極力追求性享受、性實驗的官能感受。
[2]　古稱熊野，現在日本的和歌山縣。
[3]　葉渭渠：《日本文學史》，長春：吉林人民出版社，1987年，第386—387頁。
[4]　見中上健次短篇小說集《蛇淫》，河出書房新社，1976年。

《千年的愉悅》（1982）[1]、長篇小說《鳳仙花》等。

《千年的愉悅》被譽為「日本的《百年孤獨》」，小說由六篇獨立的故事組成，分別描寫六位年輕男子的短暫人生，通篇由一位「路地」的接生婆——「阿留婆」的敘事串聯在一起，小說開始於彌留之際的阿留婆亦真亦幻的回憶，結束於她的去世。

其中第六節《雷神之翼》中，接生婆「阿留婆」與自己親手接生的、只有十五歲的少年中本達男偷情時被丈夫禮如捉姦，「阿留婆猛地將抓住自己頭髮、抽打自己耳光的禮如推開，辨解道：『我什麼也沒做……母親抱著自己的孩子有什麼錯？生孩子當然要赤身裸體地生孩子啦』，禮如聽罷顫抖著站了起來，只說道『你竟然、你竟然……』，便氣得說不出話來」。

「路地」的孩子們均是憑藉著阿留婆而來到人世的，某種程度上說，阿留婆就是他們的母親，阿留婆的確也把他們當做了自己的兒子。所以阿留婆與中本達男的偷情，被日本學者稱為「象徵性的亂倫」[2]。

長篇小說《岬角》[3]作為中上健次代表作「紀州三部曲」的首部，亂倫描寫最為濃密。其中，寫到叔父弦叔對親姪女美惠糾纏不休；還寫主人公秋幸的父親包養了一個叫做久美的妓女做自己的小妾，而這個久美卻是父親與一個妓女的私生女；而主人公秋幸為了報復父親，又去性侵了這個同父異母的妹妹：

主人公竹原秋幸的母親時子有過三個丈夫。第一個丈夫死去的時候，留下了一男一女，這就是秋幸同母異父的哥哥鬱男和姐姐美惠。二人的生父去世後，他的弟弟弦叔就經常糾纏姐姐美惠。母親的第二個丈夫濱村龍造同母親結婚時已經有了兩個女兒，婚後生下秋幸。鬱男和美惠都恨母親，認為她拋棄了他兄妹倆。鬱男終於在24歲那年在庭院裏的一棵樹上自

---

[1] 〔日〕中上健次：《千年の愉楽》，河出書房新社，1982年。

[2] 〔日〕若松司：《「風景」と「景観」の理論的檢討と中上健次の「路地」解釈の一試論》，《都市文化研究》，4號，2004年。

[3] 見《文學界》，1975年10月號。後兩部為：《枯木灘》（1977）和《無垠的土地，至上的時間》（1983）。

縊身亡，以示對母親的抗議。秋幸的生父是個惡棍，他生活放蕩不羈，只
要是女人他就要伸手，曾同時使三個女人懷孕。在因其他罪行被判刑後，
母親到監獄裏同他離了婚。十二年後，秋幸也到了24歲，人們都說秋幸生
得很像他死去的哥哥鬱男，但秋幸卻痛感自己的血管裏流著的是惡棍生父
的血。生父出獄後用更加惡毒的手段騙人，結果他發了財，包養了一個名
叫久美的妓女做自己的小妾，而這個妓女卻是自己與一個女人的私生女，
也就是說二人為父女關係。母親第一個丈夫的忌日又到了，母親在自己的
家裏祭祈亡靈，姐姐美惠卻發瘋了，這深深刺激了秋幸，他回憶起十二年
前有一次去海角野遊，姐姐曾自殺未遂。今天，秋幸落入了血緣關係的迷
網，他終於抑制不住自己，一種向血緣關係復仇的強烈願望爆發了。他知
道那個妓女是自己同父異母的妹妹，秋幸要用近親相奸的手段，向血緣關
係復仇，向他的惡棍生父復仇。於是，他也像那個傢夥一樣玩弄了自己的
妹妹。他奔向海角，心中喊道：「大海，你裂開吧！」希望大海把他和海
角一起吞沒。因為秋幸感到此時自己全身都充滿了那個惡棍的血液。他變
了，變成了像其生父一樣的「野獸」。

　　最後兄妹相奸那一段堪稱這部作品的壓卷之筆。是主人公對父親最強烈
的反抗，也是他被捲入血緣、地緣魔咒的開始，具有著壓倒一切的震撼力：

　　那個男人也是這樣子搞女人麼？「不，不嘛。」女孩又推脫。搖著
頭。放開乳頭，牙齒在燈光下映紅了。心想，自己要搞的正是那男人的孩
子啊。真想狠狠地凌辱一下那男人。想凌辱的不光是那男人，還包括所有
跟自己血脈象連的人，母親、姐姐、哥哥。我要凌辱所有的人。女孩摟住
他脖頸呻吟著。雞巴向女孩身體最深處捅了進去。女孩閉著眼睛，叫出聲
來。這是妹妹？他在心裏問自己。這女孩真是一直分離，只憑了那傢夥的
血脈才連在一起的妹妹？與女孩臉貼著臉廝磨著。小親親。我的小親親。
打幼時起，聽人一說到你就想。你在哪兒呢，過著怎樣的日子？他一下子
射了。女孩愣了愣神。

　　我幹了我妹妹！明知是自己的妹妹，還是幹了。他確信這是真的。我
是禽獸，是畜生啊。隨便人家怎麼戳脊樑罵我，我都無所謂了。隨便人家

怎麼感歎，也無所謂了。[1]

「我把妹妹給幹了」，秋幸又重複了一遍。說完後想要說的話在他的腦海裏不停地翻滾。他想乞求原諒，只要能夠得到原諒爬在地上磕頭都可以。不，秋幸聽到了從他內心的某一角落發出的聲音：我用你創造我時的同樣的生殖器把你給幹了，我將會用我的一生做折磨你的苦種。秋幸好像在夢囈一樣地說：「我把妹妹給幹了。」秋幸等待著那個男的由於極度痛苦而發出的嚎叫；等待他用頭撞牆，撞得頭破血流，把在不同的肚子裏造出秋幸和久美的生殖器撕裂、剁掉。捅瞎雙眼、切掉雙耳，這才算是父親。期待著他作為父親將自己打翻在地，然後把久美用巴掌扇倒。可那個男的說：「這是沒辦法的事兒，這樣的事哪兒都有的。」

對此，有人如此評價：「就算他的復仇火焰已經燃燒到了極點，但對秋幸來說還是需要莫大的勇氣的。最後復仇的火焰還是消除掉了他對倫理的顧忌。秋幸最後走出了這一步，他與久美成了嫖客和妓女的關係，而不再是兄妹，作者雖對其做了赤裸的描寫，但卻不會給讀者任何骯髒醒齪之感，秋幸的內心是痛苦的，「你是那個混賬的女兒嗎，你是那個混賬的女兒嗎?」他心裏無數次的想要說出這句話卻像被施了咒一樣無法發聲，他看見久美臉上的汗珠，就像是他們父親的血一樣，滿溢出來。他的腦海陷入了一片真空地帶。他只知道他是帶著對他的父親的恨與久美髮生了「苟且之事」。他只想報復，只希望他父親知道以後痛苦不已，或者把他打倒在地，恨不得殺了他。這才是一個父親該有的反應，可秋幸萬萬沒想到，他的生父對此不以為然，認為這是在哪兒都可能發生的事情，沒有辦法。秋幸應該是絕望了，他無法想像這樣的結局。秋幸的抗爭失敗了，他不但無法在肉體上擺脫他的命運，就算是精神上也沒有得到了滿足。他把自己推向了萬丈深淵，變成了和他生父一樣的「禽獸」。秋幸沒有停止繼續報復的腳步，這在續篇《枯木灘》和《無垠的土地，至上的時間》做了更詳

---

[1] 〔日〕中上健次：《岬》，李征譯，上海：上海文藝出版社，2014年，第190頁。

盡的交代。」[1]

《岬角》榮獲日本純文學的最高獎項——第74屆「芥川獎」，中上健
次由此成為了戰後日本第一位「芥川文學獎」的獲得者。

三部曲第二部《枯木灘》（1977）的亂倫元素如下：主人公竹原秋幸
在母親時子的再婚對象繁藏的手下幹著體力活。他有一個同父異母的哥哥
叫鬱男，因為不滿意母親再婚，在秋幸還是小孩子的時候自殺身亡。鬱男
自殺的時候和秋幸同母異父的姐姐美惠像夫婦一樣地同居了。秋幸的親生
父親是濱村龍造。當地充斥著關於他的種種惡行的傳聞，這使秋幸非常憎
恨龍造。為了報復龍造，秋幸性侵了龍造的女兒久美，也就是自己同父異
母的妹妹，他把這一亂倫的祕密告訴了龍造，但龍造卻一笑置之地說：
「你們二人就是因此生一個白癡孩子也沒關係啊！」秋幸在作此告白的時
候，下意識地想要和自己同母異父的姐姐美惠進行性交，他覺得這是自己
的一個藏而不露的祕密。此後，秋幸在狹隘的土地上、在苦重的血緣關係
中，一邊忍受著屈辱一邊繼續勞作。

然而，在盂蘭盆節川流不息的祭祀活動之時，由於完全突發性的衝
動，秋幸沒有針對滿懷憎惡的龍造，而是用石頭砸死了自己同母異父的弟
弟、龍造的兒子秀雄。秋幸覺得：對於自殺的鬱男自己畢竟是一個見死不
救的人，這樣以來，自己最後彷彿成了一個殺死兄弟兩人的兇手。同時，
他又認為：假如不殺死兄弟二人，那麼自己可能就會在痛苦的血緣關係中
窒息而死。於是，秋幸自首了自己殺死秀雄的事實。此後，在這片狹窄的
土地上到處流傳著關於秋幸和龍造的各種各樣的傳說。

以作家親生母親為主人公的《鳳仙花》(1980)從某種意義上可以說是
作家半生的自傳。其中女主人公福薩與哥哥吉廣在精神上存在有亂倫關
係：福薩十五歲時喜歡的人是哥哥吉廣的友人勝一郎，就是因為勝一郎與
哥哥吉廣有些相似。

---

[1] 張潔：《中上健次的部落民意識——以〈岬〉為中心》，東北師範大學碩士學位
論文。

第七節　京極夏彥

　　京極夏彥（きょうごく なつひこ、1963—）本名大江勝彥，是日本著名的妖怪文化研究家、推理小說家。京極夏彥出生於日本北海道小樽市，曾就讀於當地一家設計學校，並曾在設計公司與廣告代理店就職，之後與友人合開工作室，擔任平面設計師、藝術總監，業務內容包括書籍的裝幀設計等。但由於遇上泡沫經濟崩壞，工作量大減，為了打發時間他寫起了小說。一九九四年，他發表了自己的處女作、妖怪推理小說《姑獲鳥之夏》，為推理文壇帶來極大衝擊，旋即引起各界矚目。一九九五年出版的同樣以驅魔師「京極堂」（中禪寺秋彥）為主人公的《魍魎之匣》才只是他的第二部小說，就在第二年拿下了第四十九屆日本推理作家協會獎。之後他陸續推出了《狂骨之夢》（1995）、《鐵鼠之檻》（1996）、《絡新婦之理》（1996）等九部系列作品。一九九七年，歷史小說《可笑的伊右衛門》獲第二十五屆泉鏡花文學獎。二零零三年，歷史小說《偷窺狂小平次》獲得第十六屆山本週五郎獎。二零零四年，《後巷說百物語》獲得第一百三十屆直木獎，成為他的另一個高峰。在小說領域，京極夏彥筆下有兩大系列作品，分別為「京極堂系列」與「巷說百物語系列」。此外，還有一些非系列的小說。京極夏彥的主要作品，是以《姑獲鳥之夏》為首的「京極堂系列」。到二零零七年為止，這個系列總共出版了八部長篇和四本中短篇集，是京極夏彥創作生涯的主軸，也仍在持續執筆中。京極夏彥的另一個系列作品是《巷說百物語》，這個系列於一九九七年開始發表，一九九九年出版第一本，到二零零七年為止共出了四本，直木獎獲獎作品《後巷說百物語》就是本系列的第三本。兩個系列相較而言，以驅魔師「京極堂」為主人公的系列小說人物設定鮮明、佈局精彩、架構繁複，舉重若輕的書寫極具壓倒性魅力，書籍剛一出版便風靡大眾，讀者群遍及各年齡層與各行各業，也使得京極夏彥從此建立起妖怪推理的名聲。在小說之外，則包括妖怪研究、妖怪圖的繪畫、漫畫創作、動畫的原作腳本與配

音、戲劇的客串演出、作品朗讀會、各種訪談、書籍的裝幀設計等等，在許多領域都可以見到他的活躍，更讓人驚訝於他多樣的才能。別人難以模仿、難以企及的作品，對他來說只是興趣。京極夏彥目前正以讓人瞠目結舌的奇快速度創作，被譽為「神」一樣的創作者。

　　長篇妖怪推理小說《鐵鼠之檻》[1]（1995）是「京極堂」系列的第二部，也是也是全9冊、累計銷量超過500萬部的人氣長篇《百鬼夜行系列》中公認為完成度最高的一部長篇小說。中禪寺秋彥是東京舊書店「京極堂」的店主，神社的宮司，幫人除鬼驅魔的陰陽師。熟人以店名稱呼他為「京極堂」。平日總穿黑衣，嗜書如命。因為博覽群書，再加上記憶力驚人，故而知識豐富、觀察敏銳、能言善道，特別喜歡長篇大論地闡述分析，而這些言語恰恰是破解案件的關鍵。故事中的明慧寺是一所無宗無派的寺廟，寺中的僧侶們來自禪宗各個教派，奉命進入明慧寺研究其來龍去脈，同時潛心修行。但十多年間，先後入寺的僧人無一能夠下山。其實，所謂鐵鼠之檻，既指故事中的深山古剎如同深牢，無形地捆縛著寺中僧侶不得逃脫，亦指案件真凶被內心執念所惑，做出種種惡行。從整部小說來說，則是茫茫大雪封山，如同牢檻，讓眾人進退不得。《鐵鼠之檻》的故事分兩條線。一條是主人公京極堂的妹妹中禪寺敦子為採訪年代、派別、來歷及財源都不明的謎樣古剎明慧寺，偕同夥伴鳥口守彥進入箱根荒僻深山，下榻的旅館卻在雪地中憑空出現呈坐禪姿勢的僧人屍體，警方介入，案件調查就此展開。另一條則是京極堂受邀調查從同一座深山的土堆中挖掘出的書庫，孰料其中不但滿是禪學經典，更有「不可能存在的東西」，萬事從容的京極堂為此苦惱不已。兩方人馬在山下會合，不可思議的事件一樁樁出現：穿著盛裝和服在荒涼雪地漫遊的吟歌少女，居然13年來不曾長大；被關押在土牢裏不見天日的僧人原來是故交；規模宏大的明慧寺居然未有任何史料記載；唯一負責寺內與寺外聯絡的僧侶，早在故事開頭就已成為屍體，繼他之後寺內僧人不斷離奇死去。明慧寺裏究竟隱藏著什麼

---

[1]　日語寫做《鉄鼠の檻》，上海人民出版社2009年版譯作《鐵鼠之檻》。

樣的機關，竟然能夠在冥冥之中困住一個又一個並未受到任何禁錮的人，故事直到結尾才揭開謎底。

　　這部小說中的亂倫情節是：哥哥松宮仁如與妹妹松宮鈴子發生亂倫關係並致其懷孕——妹妹松宮鈴子，狂熱地愛著哥哥松宮仁如，並為了哥哥用煙灰缸無情地擊殺了阻礙他們的爸爸媽媽。因與父親爭執離家出走的哥哥偶然回家，看到如此慘狀，又聽妹妹說「哥哥，我有了孩子，是哥哥的孩子噢」，為了在世人面前掩蓋真相就縱火燒了房子，「想要把鈴子和家父、一切都給燒了」，然後逃進深山當了和尚。沒想到玲子沒有死，也慌不擇路地逃進了同一座山裏。鈴子覺得哥哥不接受自己所以就封閉了自己的內心，連同外貌也都沒有改變。整天穿著盛裝和服在荒涼雪地漫遊吟歌，居然13年來不曾長大。以至於後來哥哥聞訊找見她時還誤以為眼前的妹妹是他們兄妹二人亂倫所生的女兒。當他怯生生地走上前去認女兒時，對方卻說：

　　「事到如今你還來做什麼，哥哥？」

　　「咦？」

　　「鈴子為了哥哥殺了爸爸媽媽。」

　　「鈴……」

　　「哥哥卻想燒死鈴子，對吧？」

　　「鈴……」

　　「哥哥的孩子流掉了。」

　　「哇、哇啊啊啊！」松宮彈也似的往後跳去，「鈴、鈴子……鈴子……！」

　　「好不容易在這裏靜靜地過了好幾年，事到如今你再來找鈴子，鈴子也不會理你了，鈴子最討厭哥哥了。時間——已經過了！」[1]

　　就在此時明慧寺突發火災，鈴子毅然決然地跳進了熊熊火焰，最後笑著對哥哥說了聲：「哥哥，對不起！」

---

[1]　〔日〕京極夏彥：《鐵鼠之檻》（下），王華懋譯，上海：世紀出版集團、上海人民出版社，2009年，第451-452頁。

　　京極夏彥的長篇推理傳奇小說《魍魎之匣》[1]（1995）寫近代醫學研究所所長美馬阪幸四郎為了拯救患肌無力病症的妻子美馬阪絹子，救治不力妻子死亡，實驗於是迷失了方向，後來卻能將繼承了自己血脈的柚木加菜子當作研究對象加以拯救，同時鑒於他長年對進行活體實驗的渴望，因而一直持續著對於「魍魎之匣」的研究。而上初中的14歲少女柚木加菜子有一天終於知道了自己出生的祕密，原來自己是父親美馬阪幸四郎與姐姐亂倫所生的孩子，在外人面前作為與自己年齡相差很大的31歲的姐姐柚木陽子同時也是自己的生母——小說以「匣中少女」的故事開篇，描述「我」（關口巽）在列車上巧遇一個帶著箱子的男人，箱子裏居然裝著一個沒有手腳，只有胸部以上卻仍活著的美麗少女。接下來是兩名美少女柚木加菜子和楠本賴子之間的奇妙友情故事：柚木陽子是私立女子學院中學部的學生，是個聰明、氣質脫俗的美麗少女，但缺少朋友，因為覺得孤獨、寂寞而主動和與處境相同的楠本賴子成為朋友。喜歡看成人才看的文學雜誌，覺得自己和賴子互為前世今生。楠本賴子是柚木加菜子的同學，其母親是製作人偶的匠人，從未見過父親。既感謝母親一手將自己拉扯大，卻又憎恨、蔑視母親。因為家庭環境不好，性格陰鬱，在學校沒什麼朋友。能得到美麗的加菜子的垂青是她惟一感到驕傲的事，視加菜子為「完美的女神」。但是，有一天晚上兩人相約外出玩耍的時候，賴子發現加菜子也會像正常人一樣流淚、長粉刺，精神錯亂之下，她把加菜子推下電車軌道。刑警木場修一郎在結束工作、深夜搭乘電車返家時，遇上了加菜子被人推落軌道、被進站電車撞成重傷的事件。木場修一郎和楠本賴子一起將加菜子送往醫院，在那裏遇到了自稱加菜子姐姐的柚木陽子，而此人恰是木場一直暗戀的一位女明星。柚木陽子曾以藝名「美波絹子」活躍於演藝界，卻在其事業達到頂峰時突然退隱。在柚木陽子堅持下，加菜子被送進了一個外形酷似匣箱的神祕醫學研究所接受治療，從此便神祕失蹤。接著，以第一人稱方式敘述的關口巽出場，他在前往出版社洽談自己

---

[1]　日語寫做《魍魎の匣》

作品單行本出版事宜時，先經編輯介紹，認識了新出道的天才小說家久保竣公，再是遇上了正要外出取材的記者中禪寺敦子，聊起鬧得沸沸揚揚的分屍事件，關口巽回家時，完全不知道自己正要成為這故事的一部分。三流雜誌《犯罪實錄》的記者鳥口守彥在關口巽家中守候，希望關口巽替《犯罪實錄》寫篇報導，邀請關口巽一起到犯罪現場取材，而他打算採訪的案件，正是中禪寺敦子口中的分屍案件，他們在取材現場遇到中禪寺敦子，三人一起返家途中，因為迷路誤闖外形酷似匣箱的醫學研究所，卻意外碰見木場修一郎，又在不明就裏的情況下被驅離。過了幾日，分屍案件被發現的手腳越來越多，鳥口再度來訪，關口想起自己也打算找人討論關於單行本中各篇作品置放的順序，於是帶著鳥口守彥一起出發，前往京極堂的舊書店，軸心人物京極堂（中禪寺秋彥）正式登場了。京極堂在第二次世界大戰期間曾被日本軍方徵召，從事人腦及心理方面的研究，由此結識了柚木陽子的父親美馬阪幸四郎。但是，必須解決的事件支線在京極堂的整理下高達四至五條。已經息影的偶像女星柚木陽子是開篇美少女柚木加菜子的母親卻以姐姐的身分相處，進行不明試驗的醫學天才美馬阪幸四郎為了救治妻子肌無力的病症研究出「永遠生命」，相信外在世界全部都能置換成電流的訊號，只要腦能永遠存活就能永遠不死，因而捨棄人體這種汙穢不完全的載體，創造出完全的腦的載體。秉持這種觀念，他進行了諸多活體實驗，肢解了柚木陽子重傷的女兒柚木加菜子並裝入了一個特製的下子。柚木陽子為自己取藝名美波絹子，美波是從美馬阪的美與父親出身地的神社而來，絹子是母親的名字，因她愛上了父親並想取代母親，後與父親誕下一女即柚木加菜子。美馬阪為救治妻子放棄了其名譽與地位，女兒由此非常嫉恨母親，拋棄重病的母親離家出走。與憎恨父親的富二代柴田弘彌假裝私奔，好讓自己腹中的孩子繼承柴田家的財產，而柴田弘彌也想以此方式報復其父柴田耀宏。奈何柴田家並不認可陽子，僅答應支付假冒孫女加菜子的撫養費及其陽子母親的醫療費，並派雨宮典匡監視陽子母女，確保其再也不與弘彌交往。雨宮典匡後來即與陽子母女一同居住，且愛上了加菜子。後偷走了肢解後被裝在匣子裏的活著的加菜子及其左手

臂一起私奔，過著流浪的生活，獲得了他所認為的幸福。柴田耀宏先生病逝將遺產全數給了加菜子，但加菜子受傷不知去向，而且陽子深愛父親不願她與父親的愛情結晶成為別人家的孩子，所以拒收遺產。後來，因為加菜子的生父美馬阪需要這筆財產以維持研究並使加菜子永遠不死，故陽子又設法接受遺產，但被京極堂看出了破綻。另外，宣稱能將帶給信徒不幸的「魍魎」收伏封印於箱中的新興宗教其實是騙人的把戲，被教主兒子久保竣公操縱，久保竣公也就是傳聞中帶著匣子四處行走的謎樣黑衣男子，因其不幸的童年經歷產生了病態心理，忍受不了任何空隙並熱衷於填滿一切空隙。偶然得知美馬阪先生的研究產生極大興趣，並效仿其手法殺死了父親的三位信徒的女兒，並且以此為素材寫作，作品投稿給了關口巽。但是他發現自己怎麼也做不出來那樣的匣子。之後，久保把賴子也分屍了，但還是做不出那樣的匣子，他澈底失望了。久保竣公為了掩蓋罪行找到美馬阪，認為只有自己也成為受害者才不會被認為是犯罪者。於是久保竣公按照加菜子的照片找到了美馬阪，要求美馬阪把他做成加菜子那樣的，美馬阪照做了。此時京極堂召集所有人，破解了全部案件。美馬阪帶著陽子和裝在匣子裏的久保竣公，打算逃走。久保竣公此時卻因為不能接受自己的樣子，盛怒之下將美馬阪咬死，而陽子則殺死了久保竣公。最後陽子被木場修一郎以殺人罪逮捕。

長篇推理小說《圖佛的宴會》[1]（1998）中描既寫了哥哥佐伯亥之介與妹妹佐伯布由之間的亂倫之愛，還描寫了姪子甚八對嬸嬸初音子的性侵——甚八是佐伯布由的堂兄，儘管身為下人，但對堂妹頗具吸引力。一直對妹妹抱持性欲的哥哥佐伯亥之介非常擔心自己心儀的妹妹會被甚八搶走，然而堂兄甚八卻一直暗戀著佐伯兄妹的母親——自己的嬸母。對年幼失恃的甚八來說，美麗的嬸母初音完全就是聖母。他無法克制自己，狂熱地愛著她。有一天，甚八簡直就像頭野獸似的性侵了初音。事情結束後，

---

[1] 日語寫做《塗仏の宴》，分為《宴の支度》和《宴の始末》兩个部分，台灣分譯為《備宴》和《撤宴》兩个部分，大陸版則相應譯為《宴之支度》（上下）和《宴之始末》（上下）。大陸版見王華懋譯，上海人民出版社，2011年版。

甚八雖然道了歉，但初音還是不能原諒他。她一臉凶相，拿著甚八用來脅迫她就範的柴刀一路把他逼到壁龕那裏，一刀劈開了他的腦袋。

另外還有根據江戶時代鶴屋南北創作的歌舞伎《東海道四谷怪談》（1825）改寫的長篇小說《嗤笑伊右衛門》[1]（2004）。鶴屋南北的歌舞伎以阿岩殺死丈夫伊右衛門為中心故事，又加入了阿岩的妹妹阿袖和伊右衛門的夥計直助權兵衛的戀愛。而阿袖和直助權兵衛其實是親兄妹，二人在渾然不知的情況下發生了關係，後來又因為誤解直助殺死了阿袖。最後真相大白，自知罪孽深重的直助便切腹自殺。京極夏彥的長篇小說《嗤笑伊右衛門》不僅強化了後者——寫直助權兵衛在父母亡故後代替雙親將妹妹養大，他好像瞪大眼睛尋找蟲子的老鷹一樣，防範著接近阿袖的所有男人，在得知自己的老闆西田尾扇姦汙了妹妹之後，他自己終於也忍不住地性侵了妹妹並導致妹妹自殺，他自己則被別人擊殺。而且，還描寫了流浪賣針的阿槙婆試圖勾引自己的兒子又市，並打算行男女之事，而兒子則嫌母親又老又醜，連擁抱一下都不願意，最後使得母親上吊身亡。另外，還寫到：伊東喜衛兵是身為武士的父親與箭差家的女傭私通所生，從小被寄養，當作箭差的繼承人被撫養長大。就在結婚前夕，父親告訴了他身世的真相。伊東暴怒，不僅毆打了父親還姦汙了撫養自己長大的母親和妹妹。

小說故事梗概如下：故事的背景是黑暗的江戶時代，開篇描寫直助深夜造訪伊右衛門，向他詢問殺人的技巧。由此引出伊右衛門的經歷：曾經是一名武士，奉父命在父親切腹之後，為其行斷頭之舉，因受良心譴責，自此以後自暴自棄，僅靠一點點木匠活計混跡於貧民窟，與同住一起的直助兄妹私交甚篤。兩人談話間直助又提到了賣針的婆婆阿槙上吊一事。接下來，詐騙師又市與患眼疾的按摩師宅悅一同將賣針的婆婆放入棺材，抬入森林埋葬。這個賣針的婆婆實則就是又市幼年離散的親生母親，如今靠引誘男人謀生。又市便是被她引誘的男人之一，又市懷著騙錢的心思接近

---

[1]　日語寫做《嗤う伊右衛門》，是對江戶時代鶴屋南北四世（1755—1829）創作的歌舞伎腳本《东海道四谷怪谈》（1825）的小說化。中文有譯《嗤笑伊右衛門》，或譯《伊右衛門之永恒的愛》。

她，卻不料通姦前發現她就是自己的親生母親。兩人將棺材埋葬完畢，又市提到了伊東喜衛兵。伊東原是前任捕頭的私生子，從小被寄養，當作箭差的繼承人被撫養長大。就在結婚前夕，父親告訴了他身世的真相。伊東暴怒，毆打了父親還姦汙了撫養自己長大的母親和妹妹，同時通過威脅親生父親，才承襲了如今的武士身分。伊東本就是一位十惡不赦、極好色之徒。他心儀民穀大人之女阿岩，多次提親遭拒。不久阿岩便害了天花3月之久。在手下的暗示下，他便確定阿岩之病多半是因為別人對他的報復、下毒所致。尋根追源只找到了藥材商人。他便搶佔了藥材商之女阿梅，藥材商大怒，硬要伊東娶了自己的女兒。而礙於門第，武士不能與平民女子結婚。民穀同心便出面說和，一方面他自己收阿梅為養女，一方面又勸伊東，說這只是權宜之計。就在這樣的謊言下，阿梅入住了伊東府，但並沒有結婚儀式。

直助一直喜歡妹妹，但是妹妹心儀伊右衛門，伊右衛門並不知情。在伊東的報復下，直助的老闆西田尾扇姦汙了直助的妹妹阿袖，阿袖開始鬱鬱寡歡如害病一般。直助多次規勸妹妹無果，便將她姦汙。阿袖終於生無可戀在賣針的婆婆上吊自殺後也選擇上吊自殺。直助對妹妹的死很自責，決心報仇。他隱姓埋名一年之後回來殺死了西田尾扇，逃走途中遇到了在江邊垂釣的伊右衛門。為了可以繼續隱忍報仇殺了伊東，他自毀容貌在伊右衛門身邊做僕役。在伊右衛門孩子的葬禮上，直助決定進行報仇計畫，最終不敵伊東，被伊東刺死。

民穀大人的獨生女阿岩。二十有二，生得貌美卻因為一場天花毀了容貌，如今待字閨中。民穀大人急於為女兒說婿，拜託又市。又市便極力撮合伊右衛門與阿梅。好在伊右衛門對妻子的容貌不十分在意。兩人還未見面便舉行了婚禮。結婚後，伊右衛門更是謹小慎微，與妻子交談凡是見到妻子面露不快便急忙道歉，抱歉二字經常掛在嘴邊。他還不時做些修繕門楣的木匠活計。阿岩特看不慣丈夫這個樣子，經常惡語相向。不久民穀大人去世，伊右衛門便襲了同心的職位，成了伊東的手下。剛剛入職的伊右衛門更是謙卑謹慎。

　　因為嫉恨，伊東總是刁難伊右衛門，時不時讓伊右衛門去自己家中修繕門楣。但伊右衛門做事認真並未曾留下把柄。伊右衛門與妻子的爭吵終於傳到了伊東的耳朵裏。加之他聽說伊右衛門在來拜訪時還曾詢問過阿梅的名字，便心生一計。之後，伊右衛門便經常被伊東叫到家中，每次阿梅都會作陪。久而久之，阿梅也不覺對伊右衛門芳心暗許。在伊東的挑唆下，伊右衛門暫離家中。阿岩便來拜訪伊東。伊東言伊右衛門本就是好色之徒，這次借公事之名去嫖妓。阿岩不僅沒有埋怨丈夫，反而從自身反省，認為丈夫固然嫖妓也必定是由於自己面目醜陋且不夠溫柔的原因。於是，她自願離家，隱居，終日做一些糊燈活計謀生。

　　在伊東與阿梅的顛倒是非下，為了延續民穀家的香火，伊右衛門迎娶了阿梅，過著有名無實的夫妻生活，但他的心，仍然念念不忘那個容貌極醜但堅強得勝過男人的前妻阿岩。此時的阿梅已經懷孕，肚中胎兒並非伊右衛門之子。孩子出生後，伊右衛門對其疼愛有加。每每攜子夜遊垂釣。伊右衛門家中總會莫名出現蛇，每次出現阿梅都會驚恐萬分。她認為蛇是阿岩變化了得，日日偷窺他們。

　　阿岩一次去城裏送燈，路過民穀家便隔著籬笆向裏面望去。不料卻驚了阿梅。宅悅隨即追趕上了阿岩，向她說出了一系列的真相。對於阿梅一事，民穀大人說了謊話，欺騙了大家。自己的病原來是別人下毒報復所致。民穀大人的死並不是以外，是伊東早就設計好的。伊東這個殺人兇手也同樣挑撥著她與伊右衛門的關係。伊右衛門雖已成親，但仍舊為她保留著民穀這一姓氏，所以娶了民穀大人的養女，即便知道孩子不是自己的依舊忍辱負重。伊東逢五之日還會拜訪，這個時候伊右衛門便抱著孩子徹夜垂釣。一系列真相是讓人難以接受的。阿岩便失手殺了宅悅，心智瘋了，逃了出來。大家都傳言，多了一個女鬼，再也沒有人知道阿岩的音訊。經常會有人看到女人醜陋的面容印在籬笆上。阿梅更是每天生活在極度恐懼中，幾乎瘋了。

　　伊右衛門的家中蛇出現的頻率越來越高，不僅如此還有許多的老鼠，阿梅每每見到這些便是更加驚慌失措，竟殺死了自己不滿一歲的孩子。在

孩子的葬禮上，直助決心向伊東報仇，卻被伊東殺害。伊右衛門最終無法原諒殺害自己孩子的阿梅，反手握刀，將其殺害。接下來便是伊右衛門和伊東的清算，伊右衛門沒有直接殺了他，只是砍了他的手，至此，伊東喜衛兵發狂了，大家都以為這必定是阿岩所為。阿岩成了大家心中的邪神。

　　一年之後，民穀宅接連發生怪事。伊右衛門已經很久不曾出門，每日飲食也是由僕役送去，生如死一般。其宅邸窗戶修繕的密不透風，外人無法窺見一絲一毫。閉門靜思後，伊右衛門便全心全意投入工作，留下了不錯的名聲。春天剛過，伊右衛門便又顯出異常舉動。他開始將家中樹木砍伐殆盡，之後一步步破壞房屋。他只說家中蛇蟲鼠蟻太多，而且是從內往外湧。

　　到了夏天，有人在僅剩一間廳堂的民穀家發現一個巨大的木箱。打開後，許多蛇蟲從中湧出，之後才看到一個面色蒼白的年輕武士，溫柔地抱著一襲褪了色的女性服裝，躺在裏面。那女性不管怎麼看，死了有一年之久。這就是伊右衛門和阿岩。

第五章　日本著名「涉亂」故事及流播

　　日本歷史上產生了不少亂倫情愛故事，這些情愛故事在全國廣泛流播——或在坊間被人們津津樂道，或被文人騷客改編為各種藝術作品。有些傳說或故事，不斷地、反覆地被後世文人作家改編和創作，不僅催生出大量的、系列化的「涉亂」文學文本，而且還嬗變成為傳統的創作題材甚至相對獨立的文學母題。這種現象不僅是這個民族文化生活及審美體驗上「涉亂」傾向的一個重要體現，反過來說，對其民族的文化生活及審美體驗上的「涉亂」取向不啻又是一種濡染和強化。

第一節　大津皇子與姐姐

　　大津皇子（663—686）的父親是日本第四十代天皇（631—686）天武天皇大海人之子，母親是大田皇女。大田皇女、鸕野讚良皇女皆為實行大化革新的日本第38代天皇天智天皇（626—672）的女兒，大田皇女與妹妹鸕野讚良皇女（即此後的持統天皇）都嫁給了天武天皇。

　　六六三年，大津皇子誕生在博多灣岸邊，因為當時博多被稱為那大津，故取名為大津皇子。大津皇子是大田皇女的第二個孩子，在兩年前的白雉七年（六六一年）一月八日，大田皇女在吉備大伯海（岡山縣邑久郡）生了位皇女，這位皇女因誕生地而取名大伯皇女（也稱大來皇女，661—702）。

　　天武天皇共有皇子十人，皇女七人，但對大津皇子來說同父同母的就只有大伯皇女，所以自小二人就十分親近。大伯皇女誕生的那一年，正是齊明天皇為了援救百濟前往難波津準備與新羅作戰的那一年。當時同行的人有中大兄皇子、大海人皇子、大田皇女、鸕野讚良皇女和額田王。

　　當年七月二十七日齊明天皇在朝倉宮駕崩，中大兄皇子並未中止對百濟的救援計畫，以皇太子的身分居喪於長津宮指揮戰鬥（史稱「素服稱制」），然而「白村江之戰」的慘敗令以天智天皇為首的倭國統治集團墮入了一籌莫展的境地。

　　大伯皇女和大津皇子都是在軍旅中出生的，與他們一樣出生在這戰爭年代的還有鵜野讚良皇女在六六二年生下的草壁皇子。草壁皇子只比大津皇子大一歲，這就註定了二者在成人後為繼承皇位而不可避免會發生爭奪。

　　使皇位繼承問題複雜化的隱患從大田皇女死去那一刻起就產生了。大田皇女在大津皇子四歲與大伯皇女七歲的時候就死去了。大田皇女死後，鵜野讚良皇女並沒有收留姐姐的遺孤，是外祖父天智天皇養育了他們。

　　六七二年，爭奪皇位的「壬申之亂」爆發，當時年僅十歲的大津皇子逃出近江，與異母兄高市皇子一起與從吉野脫身而出的父親匯合。父親大海人皇子最終取得勝利成為天武天皇，鵜野讚良皇女則被立為皇后。如果大田皇女活著的話，成為皇后的很可能就是身為姐姐的大田皇女，而不是作為妹妹的鵜野讚良皇女。那樣的話，大津皇子成為皇太子的可能性就會變得非常大。可惜的是世事總是不盡如人意，母親的早亡直接導致了大津皇子與姐姐大伯皇女悲慘的命運。

　　在冊立皇后之後，天武天皇並沒有冊立皇太子。如前所述天武天皇有十個皇子，最年長的是高市皇子，在「壬申之亂」中曾立下大功。可是因為高市皇子的母親胸形尼子娘出身地方豪族，所以他成為皇太子的可能性變得非常小。這樣一來草壁皇子與大津皇子就成為最有力的皇太子候選人。鵜野讚良皇女作為皇后，當然是會請求立草壁皇子，可是天武天皇卻並未答應，他是在猶豫不決嗎？又或者他本心是希望立大津皇子呢？

　　承受著能否成為皇太子這一巨大的壓力，大津皇子唯一可以信賴的人就只有自己的親姐姐大伯皇女了。母親的早亡令姐弟倆相依為命，感情深厚。可是六七三年四月，大伯皇女被選為伊勢神宮的齋宮，這種每逢天皇即位就選派未婚皇女駐宮主持齋祭的齋宮往往多年不得離宮，形同禁錮。

當時大伯皇女才十四歲，而大津皇子只有十二歲。祭祀天照大神的伊勢神宮有著非比尋常的地位，其齋宮只能是未婚的皇女，天武天皇最年長的皇女是與額田王所生的十市皇女，但她已經與大友皇子結婚，而且還生下了葛野王，所以作為天武天皇次女的大伯皇女就被選中了。

事實上，選中大伯皇女作為伊勢神宮的齋宮固然有上面提到的原因，但難保其中沒有皇后的幕後操縱。富有心計的鸕野讚良皇女不會不考慮到身分高貴的大伯皇女將來生的兒子也會有繼承皇位的資格，而且與大伯皇女結婚的人也必將成為大津皇子的有力後盾。所有對草壁皇子不利的人都會是鸕野讚良皇女的眼中釘，而推薦大伯皇女成為齋宮不僅孤立了大津皇子，而且還清除了來自大伯皇女的潛在威脅，可謂一箭雙鵰。

大伯皇女正式前往伊勢神宮是在六七四年十月九日，當時大伯皇女剛剛十五歲。在未解任之前，大伯皇女是不能與弟弟大津皇子見面的，事實上大伯皇女正是在大津皇子死後才解任。就這樣，大津皇子年幼時就失去了母親，年少時又不得不與唯一的姐姐分離。

六七九年五月五日，天武天皇行幸吉野，這裏是「壬申之亂」前天武天皇避難隱居之所。六日，天武天皇召集皇后、草壁皇子、大津皇子、高市皇子、川島皇子、忍壁皇子和志基皇子，共同締結盟約。按照天武天皇的詔令，以草壁皇子為首，六位皇子訂立盟約——互相幫助不離不棄，天武天皇與皇后隨後也立下誓言。天武天皇這樣做，無非是擔心各位皇子為爭奪皇位而引起類似「壬申之亂」這樣的大動亂。值得注意的是，根據這份盟書，可以看出六位皇子是按草壁皇子、大津皇子、高市皇子、川島皇子、忍壁皇子、志基皇子這樣的順序排列的，這其實代表了六位皇子的地位順序（其中，川島皇子和志基皇子的父親是天智天皇）。將草壁皇子放在首位是可以理解的，畢竟他是皇后的親生兒子，這樣做其實已經暗示將立他為皇太子，而將大津皇子放在曾在「壬申之亂」中立下大功又年長十幾歲的高市皇子之前，就可以看出在天武天皇的心目中，是頗為青睞大津皇子的。這一年，大津皇子十七歲，草壁皇子才十八歲。天武天皇這樣的梟雄，不可能沒考慮到自己死後可能發生的皇位爭奪戰吧？然而即便是

他，也想不出更好的解決辦法，只好寄希望於一份盟約，這種情形不禁令我想起近千年後的豐臣秀吉。然而事實無情地告訴我們，在殘酷的政治鬥爭面前，一紙盟約是何等的脆弱，隨時都可以被鸕野讚良皇女這樣有野心的人拋之於腦後。

在吉野締結盟約兩年後，六八一年二月二十五日，二十歲的草壁皇子終於被立為皇太子。草壁皇子是皇后的孩子，在皇族出身的皇子中最年長，而且他的母親也就是現今的皇后是「壬申之亂」時唯一堅定不移地追隨天武天皇左右的妃子，無論於情於理都該被立為皇太子。兩年後的六八三年二月，二十一歲的大津皇子第一次上朝聽政，這必然是天武天皇的意思，皇后鸕野讚良皇女自然是希望大津皇子離權力中心越遠越好。

《懷風藻》[1]記載大津皇子「狀貌魁梧，器宇峻遠。幼年好學，博覽而能屬文。及壯愛武，多力而能擊劍。性頗頗蕩，不拘法度。降節禮士，由是人多附托。」《日本書紀》記載：「皇子大津，天渟中原瀛真人天皇第三子也。容止牆岸，音辭俊朗，為天命開別天皇所愛，及長，辨有才學，尤愛文筆。詩賦之興，自大津始也。」由此可知大津皇子文武雙全，深得外祖父天智天皇的喜愛，而且頗具人望。《懷風藻》收有大津皇子的四首詩，在同時代皇子中是最多的，同樣被認為是最早用漢文寫詩的詩人，大友皇子才兩首，而川島皇子則只有一首。

六八五年正月，在公佈新位階制——冠位四十八階的當日，草壁皇子被授予淨廣一位、大津皇子為淨大二位，高市皇子為淨廣二位，而川島皇子和忍壁皇子則授淨大三位。翌年八月大津皇子又與草壁皇子、高市皇子一樣各加封四百戶，可見天武天皇對其寵愛有加。

這裏有段小插曲，草壁皇子與大津皇子都愛上了美貌多才的石川郎女。大津皇子沒有因為草壁皇子的緣故而退出這場愛情角逐，而是與石川郎女頻頻幽會乃至在被收入《萬葉集》的和歌中毫不避諱的提到兩人有肉體關係。從這件事上可以看出大津皇子的確象《懷風藻》中所說的那樣

---

[1]　日本現存最古老的漢詩選集，於西元751年編纂完成，編者不詳。

「性頗放蕩，不拘法度」，缺乏敏銳的政治觸覺。他沒有考慮到這極有可能會觸動皇后鵜野讚良皇女的殺機──連一個女子尚且要與草壁皇子相爭，皇位自然是不會放過的吧？

六八五年九月，天武天皇患病。翌年病重，舉行了各種各樣祈求痊癒的祭祀，但天武天皇的病卻毫無起色，於是在七月十五日下詔改元朱鳥元年，將政務託付給皇后和草壁皇子。這樣一來，大津皇子就再也無法參與朝政了。九月九日，五十六歲的天武天皇駕崩，大津皇子的處境變得岌岌可危。

天武天皇駕崩後，草壁皇子並未即位，而是由皇后以稱制的形式處理政務。草壁皇子與大津皇子完全相反，體弱多病而又善良老實，從不敢違抗自己的母親。從健康、性格、才能等各方面看，無疑大津皇子才是繼承皇位的最佳人選，深謀遠慮的皇后大概正是考慮到朝野內外的人心可能會傾向於大津皇子，所以才不讓自己的兒子草壁皇子即位的吧？

正是在這樣沉悶的氛圍之下，大津皇子不惜冒險違禁祕密前往伊勢，看望自己的姐姐大伯皇女。從大伯皇女成為伊勢齋宮後，姐弟倆已經分別了整整十二年。大津皇子大概也已經察覺到危險正一步步逼近，才會決定無論如何也要再見自己姐姐一面的吧？二十六歲的大伯皇女看見分別十二年的弟弟已經成年，不禁悲喜交加，在送弟弟返京時所做的兩首和歌情真意切，頗為感人，被收於《萬葉集》中。不幸的是，正如大伯皇女所擔心的那樣，這次見面竟然成了姐弟二人的決別。

告別姐姐大伯皇女後，大津皇子返回了都城，不久就以謀反之名遭到拘捕。《日本書紀》有如下記載：「冬十月，戊辰朔己巳，皇子大津謀反發覺。逮捕皇子大津……等三十餘人。」大津皇子以謀反之名於十月二日被捕，離天武天皇之死還不到一個月，而此事件中的告密者川島皇子，正是當年締結盟約的六位皇子之一。

川島皇子是天智天皇的第二個兒子，母親是色夫古娘。色夫古娘除了生有川島皇子外，還生了大江皇女和泉皇女。大江皇女後來成為天武天皇之妃，大概正是因為這個緣故，川島皇子得到與天武天皇的皇子們大體上

同等的對待，他比大津皇子大六歲，是大津皇子的堂兄。由於喜歡漢詩的緣故，川島皇子是眾皇子中大津皇子最為親近的一位。如果大津皇子真的對皇后和皇太子有所不滿的話，那麼是可能會向川島皇子透露的。現在看來，川島皇子很可能因為自己母親身分低，自己才能又不及大津皇子，終日生活在大津皇子的陰影之下而心懷不滿，在權衡利弊之後，終於違背誓言拋棄友情，選擇投靠皇后一方，以出賣大津皇子來博取自身的安全和飛黃騰達。

事實上，並沒有關於大津皇子造反的確實證據，《日本書紀》對此僅僅只是一筆帶過，說大津皇子在天武天皇的喪葬儀式中造反：「辛酉，殯於南庭，及發哀。當是時，大津皇子謀反於皇太子。」然而具體情形卻隻字未提，這不能不讓人心生疑慮。沒有做任何深入的調查，大津皇子在被捕後的第二天就被處死了。

被捕的三十餘人中，新羅僧行心被認為是煽動大津皇子謀反之人。《懷風藻》關於此次事件有如下記載：「時有新羅僧行心，解天文蔔筮。詔皇子曰：『太子骨法，不是人臣之相。以此久在下位，恐不全身！』因進逆謀迷此詿誤，遂圖不軌。嗚呼惜哉！蘊彼良才，不以忠孝保身，近此奸豎，卒以戮辱自終。古人慎交遊之意，因以深哉。時年二十四。」

有趣的是，這麼嚴重的謀反事件，事後的處罰卻顯得漫不經心。《日本書紀》記載：「丙申，詔曰：『皇子大津謀反，詿誤吏民，帳內不得已。今皇子大津已滅，從者當坐皇子大津者，皆赦之。但礪杵道作流伊豆。』又詔曰：『新羅沙門-行心與皇子大津謀反，朕不忍加法，從飛彈國伽藍。』」也就是說，除了礪杵道作被流放到伊豆、行心被遷到飛彈外，其他所謂參與謀叛的人都被寬恕了，而歸根結底真正被處刑的只有大津皇子一人而已。這就不能不讓人懷疑這一事件，不過是皇后在幕後操縱的一次針對大津皇子的陰謀。大津皇子究竟採取了什麼行動而被認為是謀反，史料上沒有任何記載，讓人頓生「莫須有」之感。天武天皇死後對草壁皇子最大的威脅就是大津皇子，皇后自然處心積慮想要拔掉這顆眼中釘，新羅僧行心、告密者川島皇子這些人可能就是皇后的同謀。

　　大津皇子死時年僅二十四歲，他的妃子山邊皇女披散著頭髮，赤著腳悲痛欲決地趕到大津皇子被賜死的譯語田舍，追隨自己的心上人而去。山邊皇女是天智天皇與蘇我赤兄的女兒常陸娘之女。蘇我赤兄二十八年前挑唆有間皇子謀反，一邊假裝合謀一邊卻向天智天皇告密，以致有間皇子被誅殺。如今天智天皇的外孫大津皇子同樣被以謀反的名義賜死，而蘇我赤兄的外孫女山邊皇女毅然殉死，權力之爭就是如此殘酷無情！由於缺乏史料記載，所以還不清楚大津皇子和山邊皇女究竟是如何死去的。《萬葉集》中有大津皇子臨死前所做的和歌，值得注意的是用「死」字者為六位以下的官員，這裏以大津皇子罪重而以「死」稱之。從《日本書紀》的記載來看，對於山邊皇女之死，「見者無不唏噓」，當時殉死已經被禁止，山邊皇女以死表達了對大津皇子的忠貞不渝。

　　大津皇子死後不到半個月，即十月十六日，大伯皇女解任返京，並於十一月抵達大和。大伯皇女可能已經預感到大津皇子已死，這在她所作和歌中可以看出。因為齋宮是在新天皇即位時才替換的，為了天武天皇駕崩應該不至於立刻解任。此後大伯皇女又孤獨的生活了十五年，於大寶元年（七零一年）十二月二十七日死去，年僅四十一歲。終生未婚、與寂寞孤獨為伴的大伯皇女同樣令人無限同情。

　　大津皇子的遺骸後來被葬在二上山的雄嶽山頂。大津皇子被鄭重其事地埋葬了，是皇后表示自己「憎恨罪、不憎恨人」嗎？多半還是當時人們普遍對大津皇子表示同情的結果吧！這麼做只是擺個高姿態而已。另外還有種說法認為這是因為草壁皇子日益虛弱，擔心是大津皇子作祟而將其遺體埋葬在人跡罕至的二上山。

　　費盡心機想讓草壁皇子即位的皇后鸕野讚良皇女還是失望了，六八九年四月十三日，皇太子草壁皇子以二十八歲之齡死去，距離大津皇子被處死僅僅只有兩年多。草壁皇子是否對因為自己的緣故而無辜枉死的大津皇子心懷愧疚，以致在悲傷痛苦中夭亡呢？以草壁皇子的性格來看，這是有可能的。

　　六九零年正月元旦，皇后鸕野讚良皇女即位成為天皇，即持統天皇。

她這麼做是想將皇位傳給草壁皇子之子輕皇子，就這樣直到輕皇子十五歲時即位，鵜野讚良皇女做了七年的天皇，而她實際執掌大權則至少有十一年。《日本書紀》記載鵜野讚良皇女「深沉有大度」，這的確是位有心計有才能的女子，為確保自己的子孫掌握政權而不惜對自己的外甥下毒手，她心裏怎樣想我們是無從得知了，是否也曾有過那麼一點不忍和愧疚呢？

據《日本書紀》記載，大津皇子死後有地震、蛇犬相交俄而俱死等怪異現象。《藥師寺緣起》中記載大津皇子的魂靈變成了一條龍作祟，請大津皇子的老師義淵祈禱才得以平息。

大伯皇女與大津皇子姐弟二人都是《萬葉集》第二個時期的代表性歌人，而大津皇子還以擅作漢詩聞名，作品收錄於日本最古老的漢詩集《懷風藻》（751年編成）。其中最著名的當屬其辭世詩《五言臨終一絕》：

金烏臨西舍，鼓聲催短命，

泉路無賓主，此夕誰家向。

《萬葉集》中則存有6首大伯皇女為思念弟弟大津皇子而作的和歌——
大津皇子竊下伊勢神宮上來時大伯皇女禦作歌二首[1]：

別矣雲吾弟，行將返大和，

夜深吾獨立，晚露濕衣多。（105）

二人行一道，猶覺進行難，

獨越秋山去，如何不寡歡。（106）

大津皇子被（賜）死之時，大來皇女盤餘池陂流涕禦作歌一首[2]：

盤餘池畔鴨，切切頻嘶鳴。

此景今朝盡，雲中絕影蹤。

---

[1] 《萬葉集》（上），楊烈譯，長沙：湖南人民出版社，1984年，第28-29頁。此二首詩李芒譯文為：「大和應歸去，目送吾親弟。獨佇露沾衣，驚聞報曉難。」「二人同伴行，猶覺多辛苦。獨自越秋山，形影何孤獨。」見《萬葉集選》，李芒譯，北京：人民文學出版社，1998年，第？頁。

[2] 見《萬葉集選》，李芒譯，北京：人民文學出版社，1998年，第45頁。這首和歌非常有名，但有人認為是後人偽造。詩中所提盤余池在今奈良縣櫻井市池之內。

大津皇子薨之後大來皇女從伊勢齋宮上京之時禦作歌二首[1]：

　　伊勢神風國，相安有喜顏，

　　奈何來洛邑，君已去人間。（163）

　　欲見君安在，我歸弟已無，

　　奈何來洛邑，人馬困長途。（164）

移葬大津皇子屍於葛城二上山之時大來皇女哀傷禦作歌二首[2]：

　　我尚在紅塵，君已離赤縣，

　　明朝二上山，與弟重相見。（165）

　　石上叢生樹，繁開馬醉花，

　　贈君聊折取，君已去天涯。（166）

　　根據以上歷史資料看，大津皇子和大伯皇女姐弟感情相當深厚，尤其是從姐姐寫給弟弟的詩歌看，姐弟二人情深意篤、難捨難分。大伯皇女在得知弟弟的死訊之後甚至情願與弟弟共赴黃泉。日本人由此認為：姐姐寫給弟弟的詩歌透露出了年幼就失去母親的姐弟二人的親愛之情。也就是說，姐姐大伯皇女和弟弟大津皇子在精神層面已經走向了亂倫。根據史料及傳說，姐弟二人到底有無精神層面上的亂倫雖不好說，但說他們發生了實際的肉體關係顯然是缺乏資料支撐的。然而，日本民族的亂倫情結及其思維定勢必然決定了後世的人們在關於這一對姐弟故事的演繹和創作中漸漸就讓他們跨越了雷池、走向了亂倫：

　　釋迢空（しゃく ちょうくう、折口信夫おりくちしのぶ的詩號，1887—1953）在他創作的幻想小說《死者之書》（1939初版，1943改版，1999、2010新版）里，濃墨重彩地描寫了大伯皇女和大津皇子在離開人世

---

[1]　《萬葉集》（上），楊烈譯，長沙：湖南人民出版社，1984年，第43頁。此二首詩李芒譯文為：「神風伊勢國，緣何不獨棲。我來徒幣輀，相逢不可期。」「我卒為見兄，兄已逝無蹤。徒勞走馬力，虛此遠路行。」見《萬葉集選》，李芒譯，北京：人民文學出版社，1998年，第？頁。

[2]　《万叶集》（上），楊烈譯，長沙：湖南人民出版社，1984年，第43-44頁。

變為鬼魂后姐弟二人的深深思戀及重逢團聚。

　　黑岩重吾（くろいわ じゅうご、1924—2003）的長篇歷史小說《天際的太陽》[1]（1983）描寫文武雙全、自由豁達的大津皇子在深陷戀愛與政治爭鬥漩渦的同時，又如何一步一步地走向最後的悲劇。由於身為伊勢齋宮長時間斷絕了與男性的接觸，對於姐姐大伯來說，大津不僅是令自己感到驕傲自豪的弟弟，而且更是自己憧憬的理想男性。小說中大伯皇女和大津皇子的情感強烈得讓人明顯感覺到已經超越了普通的姐弟關係。

　　在池田美由喜（いけだ みゆき、）的歷史小說《鷺鷺之草——大津王子和他的姐姐》[2]（1999）中，人們看到了即使被激烈年代的變遷所捉弄也貫穿著禁忌之愛的姐姐大伯皇女和弟弟大津皇子。作品描寫了年幼失去母親互相支持而生存下來的姐弟充滿波折的生涯及他們之間的痛切之戀。上島秀友（うえじま ひでとも、1954—）的長篇歷史小說《姐弟重逢二上山》[3]（2013）圍繞著大津皇子的愛與憎，描寫了大津皇子與石川郎女夢幻般的戀愛、與大伯皇女的姐弟之愛、與草壁皇子的皇位爭奪戰以及持統天皇的複雜思想，可謂一幅「万葉時代」的鮮明畫卷！

　　另外還有推理作家內田康夫（うちだ やすお、1934—）的長篇推理小說《明日香的皇子》（1984），小說以奈良飛鳥為舞台，描寫了一個用浪漫之線連接古代和現代的傳奇疑案。同時，又以姐姐大伯皇女悼念亡弟大津皇子的詩歌為脈絡，打通了古今時空，演繹了浪漫情愛。還有吉村遊三（1901—）的長篇歷史小說《飛鳥的悲唱》[4]（1971初版、1984修訂）也是以姐弟二人的故事為題材的。

---

[1]　日語原文為：《天翔る白日—小說 大津皇子》。
[2]　日語原文為《鷺草 大津皇子とその姉と》。
[3]　日語原文為《大津皇子——二上山を弟（いろせ）と》。
[4]　日語原文為《飛鳥の悲唱：二上山の落日　大津皇子の謎》。

第二節　小野篁與妹妹

　　小野篁（802—853）是平安王朝初期的公卿、學者和詩人，曾被任命為副遣唐使，坊間有許多關於他的逸話和傳說，尤以他與同父異母妹妹的悲戀故事最為著名。

　　傳說小野篁身材高大、相貌英俊，騎馬射箭、書道劍道樣樣精通。他既多才多藝，又多情善感，行事率性、反叛世俗，有狂野之名。其最大的本事是能自由地往來於地獄和人間。他白天在皇宮當官，一到夜晚就會通過位於京都東山的六道珍皇家寺廟後院的一口水井下到地獄，給閻王擔任助手，為閻王獵獲死靈。小野篁很早就失去了母親，父親娶了個後妻生了個女兒，成為了小野篁同父異母的妹妹。小野篁在大學堂的文章院當學生的時候，漢詩文學得特別好，於是父母就讓他給同父異母的妹妹輔導漢籍詩文。沒成想，兄妹二人一來二去、日久生情。有一天小野篁進了妹妹的臥房，兩個人終於超越了底線，使得妹妹懷孕在身。事情暴露後父母非常氣憤，堅決禁止妹妹與小野篁見面，妹妹最後在悲傷中自殺身亡。妹妹自殺時唱了這首歌：我的淚如雨下，猶如奔流的江水，周圍的人們啊已到了愚蠢的邊緣。妹妹死後成為了幽靈，每夜都來與小野篁見面。被妹妹帶著每晚出入陰間之時也就是小野篁去成功出任冥界官吏之際。

　　這個故事發生的時間是日本古代社會的平安貴族時代。最早記錄這個故事、將其書面化的是平安中期至鎌倉初期出現的、作者不詳的《篁物語》，也叫《篁日記》或《小野篁集》。該文本的前半部分描寫小野篁與同父異母妹妹悲劇式的戀愛，後半部則描寫了小野篁及其正妻——右大臣的三女兒姬君與小野篁同父異母妹妹的幽靈之間的三角關係。

　　一般認為這是一篇採用了歌物語形式描寫的、具有實錄風格的短篇物語，但也有觀點認為這個故事完全是文人騷客的創作虛構，還有一種觀點持中間立場，覺得這個故事應該介於歷史事實與民間傳說之間。無論屬於哪一種類型樣態，這一兄妹亂倫之愛的故事在民間廣泛傳揚且被後世許多

文人作家鍾愛改寫則是不爭的事實。

　　著名作家谷崎潤一郎在1951就年用現代日語對這個故事進行了改寫，不僅毫無避諱地將故事原來的名字改為直接呈示亂倫關係的《小野篁兄妹戀歌》[1]，還將兄妹之間的亂倫愛情描寫得如泣如訴、哀婉動人。

　　1996年，加門七海的《傀儡小町》[2]出版。這部小說不僅更富有想像力而且更富有亂倫色彩——將亂倫關係從兄妹滲延到了父女：平安時期，博學多才、被人景仰的小野篁的英姿世界罕見。他愛著一個年輕的女孩，而且還有了孩子，但這個女孩是卻是自己同父異母的妹妹。因為遭到家人的強烈反對，悲觀失望的妹妹最後自殺身亡，一心只期望著來世與愛人相會。然而，小野篁知道罪業深重的戀愛來世是不能實現的，因為他們「死後只會深墜無限的地獄，不可能再次相見」。於是小野篁將不能進入來世的妹妹的魂魄保留在了現世，這就是他們兄妹戀愛的遺骨——名叫小町的女兒。一直與愛情保持著距離的小野小町，終於知道了埋藏在自己身上的新的悲劇。由於哥哥對妹妹的永恆思戀，導致自己作為一個替代品在傀儡體內的寄宿和誕生。因為是魂魄附體加之受到了妖怪的詛咒，小町既不衰老也不死亡。儘管沒有形體，但自己的魂魄卻常存現世。所以，身處地獄的小野篁直接是看不見的。因為小野篁不是轉生的，所以來世都不能相見，哪怕是隔著水井朝著地獄方向不斷注視。這個故事不僅是小野篁的悲劇也是小野小町的悲劇。

　　此後的相關文學文本還有伊藤遊的《鬼魂之橋》[3]、冬木亮子的《飛天鬥神譚・小野篁別傳》[4]、結城光流的《篁破幻草子》[5]、渡邊鬱子的《最後的遣唐使・拒絕擔任副使的男人・小野篁》[6]、豬俁樬的《小野

1　〔日〕谷崎潤一郎：《小野篁妹に恋する事》，新潮社1951年。
2　〔日〕加門七海：《くぐつ小町》，河出書房新社1996。后改題為《くぐつ小町 平安朝妖异譚》，河出文庫，1999年。
3　〔日〕伊藤遊：《鬼の橋》，福音館書店，1998年。
4　〔日〕冬木亮子：《飛天鬥神譚—異伝・小野篁》，冬青社，2004年。
5　〔日〕結城光流：《篁破幻草子》，角川書店，2007年。
6　〔日〕渡邊郁子：《最後の遣唐使 副使を蹴った男 小野篁》，文芸社，2010年。

篁‧那由他的獄中火焰》[1]等。伊藤遊的《鬼魂之橋》寫：在平安時代的京都，自從妹妹死後整日失魂落魄的少年小野篁有一天從妹妹掉入的古老水井中，迷迷糊糊地進入了冥界的入口。發現了今世和來世、鬼與人、少年和成人、隔開兩個世界的各種各樣的橋。不久，少年遇見了有著各樣痛苦卻仍然堅強活著的人們，從他們身上重新取回了生命的活力。作品主要描寫了平安時代文人小野篁少年時代的生活。結城光流五卷本的系列小說《篁破幻草子》是以平安時代的小野篁為主角的奇幻小說，主要描述了十七歲時的小野篁作為少年陰陽師的故事，其中寫小野篁非常疼愛比他小兩歲的乖巧可愛的妹妹。只要在妹妹小野楓的面前他就會變得菩薩般溫柔。他常常暗中處理掉別人送給妹妹的禮物，要不就是謊稱「不知道是誰送的」，護妹傾向已經達到了一種歇斯底里的程度。其實，小野篁已經難以自製地愛上了妹妹。但卻不知道兩個人是完全沒有血緣關係的兄妹。妹妹小野楓心地溫柔，也總是關心著哥哥的事情，祈禱著哥哥能夠得到幸福。其實她也難以控制地愛著哥哥，但本人也並不知道自己其實與小野篁沒有血緣關係。

與小野篁兄妹亂倫之戀故事有關聯的作品另外還有：藤川桂介的《小野篁變質密抄》[2]、夢枕獏、天野喜孝的《鬼譚草紙》[3]、如月天音的《小野篁與神劍—平安冥界記—》[4]等等。以上例舉，足見這一著名亂倫故事流播之廣、影響之深。

第三節　和泉式部與小叔子

日本平安時代的和泉式部不僅是天才的詩人作家，而且是具有多愁善感、熱情奔放性格的絕代佳人。和泉式部19歲時嫁給比她年長17歲的貴族

---

[1] 〔日〕豬俁檰：《小野篁　那由他之獄焰》，文藝社，2011年。
[2] 〔日〕藤川桂介：《篁‧変成秘抄シリーズ》，學研社，2000年。
[3] 〔日〕夢枕獏、天野喜孝：《鬼譚草紙》，朝日新聞社，2001年。
[4] 〔日〕如月天音：《篁と神の劍—平安冥界記—》，新書館，2012年。

桔道貞為正妻，次年生下女兒小式部內侍。桔道貞於長保元年（999年）
出任和泉守，「和泉式部」此名便是尤其丈夫的官職「和泉守」和父親的
官職「式部大丞」而來。桔道貞成為地方上的國司後，把和泉式部獨自留
在平安京，不久便與其他女子在別處共同生活。

　　和泉式部因為夫妻失和、別居，便在年紀相若的冷泉天皇三皇子為尊
親王的熱烈追求下與之相戀。身分上的差別，加上和泉式部乃有夫之婦，
有關兩人的流言迅即傳遍平安京宮廷。丈夫桔道貞憤然與和泉式部離緣，
父親大江雅致亦與她斷絕父女關係。儘管如此，卻難阻二人熱戀之情：

　　　人以身　投入愛情　如同飛蛾　撲向火中　卻甘願不知

　　然而這段愛情僅維持了一年多，於長保四年（1002年）因為為尊親王
急病早逝告終。

　　長保五年（1003年）四月，即為尊親王去世後約十個月，和泉式部又
接受了冷泉天皇的四皇子、為尊親王的弟弟帥親王也叫敦道親王的追求，
成為他的情人。起初兩人的關係並不穩定，不時有其他傾慕和泉式部豔名
和才華的男人到訪她的住處，親王的乳母亦猛烈反對二人的戀情，認為和
泉式部並非身分高貴的人家，而且傳聞有其他男性常常進出她的居所。但
在約八個月之後，敦道親王將和泉式部接回自己的宅邸，表面身分是在宅
邸擔當女官，實際待遇卻與正妻無異。這事使親王的正妃憤而出走返回娘
家。二人在寬弘三年左右（1006年）生下一子石藏宮（後來出家，法名永
覺）。

　　寬弘四年（1007年）十月，敦道親王急病去世，終止了二人四年的戀
情。和泉式部傷心欲絕，寫下122首「帥挽歌」：

　　　本思已忘懷　徒留儂身　莫非君之遺物

　　寬弘末期（1008年至1011年左右），和泉式部得到藤原道長賞識其和
歌才華，出仕成為一條天皇中宮藤原彰子（藤原道長之女）的女官，與紫
式部等人同期。長和二年（1013年）左右，她與藤原道長家臣，當時已年
過50歲的丹後守藤原保昌再婚，婚後隨丈夫到京都府宮津生活。返回平安
京後，萬壽二年（1025年）和泉式部女兒小式部內侍難產而死，長元九年

（1036年）九月藤原保昌去世。和泉式部的晚年狀況不明，約60歲左右離世，一說她先於其夫於長元七年（1034年）去世。

和泉式部浪漫風流的戀愛和情感奔放的詩歌創作，使得後世衍生出了關於她的各種各樣的故事與傳說。尤其是她和小叔子敦道親王的不倫之愛，除了她自己在《和泉式部日記》（1008）中的記述外，在坊間更是為世人津津樂道、廣泛傳揚：

說是和泉式部先是與情人為尊親王結婚，也就是公開接受他的夜間走訪。當時的所謂結婚儀式也就是公開聲明關係，即日本人通常說的「披露」，這種公開就是暗示其他人不要來走訪此女子了。這種結婚基本上是約束女人而不影響男人的，為尊親王是冷泉天皇的第三皇子，在當時有「多情人」之稱，可見他夜晚經常外出走訪的女人不止和泉式部一人。

他倆公開性關係的具體時間已經無從知道，只知道為尊親王在長保四年（1002年）六月26歲的時候病歿。由於為尊親王的身分，作為其情人的和泉式部不敢在他死後隨便接受其他人的走訪，只能感慨：「世事無奈，竟比夢境還令人難以琢磨。」

第二年四月中旬的某一天，已故情人為尊親王和她之間的信使小舍人童子突然來看她，小童也是當年親王夜晚走訪她時的隨從，如今已經投到了帥親王的府上。這個帥親王就是為尊親王的同母弟弟道敦親王，冷泉院（第63代天皇）的第四皇子，因擔任大宰府帥故亦稱帥親王。小童今日竟然是受秦王的吩咐來問候和泉氏部「山花如何」的，並且親王還讓小童帶來一枝橘花。《山花如何？》是一首古老的情歌，這是求愛的暗示，以多情浪漫聞名的和泉式部自然聽弦音而知雅意。在平安時代，在求婚求愛場合下，由女的先動筆寫信是萬萬不可的，但在小童的催促下，按捺不住內心孤寂的和泉式部，不願失去一次結交新情人的機會，她知道倘若不回信也就斷了姻緣，於是給帥親王寫了這樣一首歌：

若一故人情，莫去尋花叢。

聞得杜鵑啼，其聲可相同？

這首歌一杜鵑比喻親王兄弟，問道敦秦王的聲音是否與他哥哥為尊親

王的聲音相同，明裏是懷念舊人，暗中含有想與道敦親王相見的意思。於是兩個人的私情就這樣溝通了，因為道敦親王結交的正是他的嫂子，而這個時候，血親倫理觀念在日本已經越來越強了，他不能不避諱。經過幾番通信之後，道敦親王給和泉式部送來非常懇切的信：

> 聞知佳人孤獨愁，願以言辭解心憂。
>
> 莫道男子話無趣，溫詞暖語笑春秋。
>
> 很想與你談一談故人之事，今日傍晚可否一見？

這裏說的故人是指病故了的為尊親王，實際上是希望兩人見面，因為親王不可能像一般人那樣驀然走訪一個女人，在她的門前窗外唱歌求愛。式部女郎於是便半推半就、明拒實納地回了這樣的信：

> 但願言辭能解憂，妾身從此不再愁。
>
> 只恨語拙話無趣，難與貴人論春秋。
>
> 妾身若水邊蘆葦，恐怕相見也沒有什麼意義。

急切的親王自然領會弦外之音，便想前去訪問，給女郎一個驚喜。當日白天就開始用心策劃，將平時為他送信的小童叫到了身邊，為了避開別人的耳目，親王決定讓他陪伴自己出門。到了晚上親王微服簡車，來到了式部家的門前。

矜持的式部一開始打算只和這位親王說幾句話，像接待普通客人一樣，不請他進屋內。但親王說著說著不想離去，直到月亮已升上天空。這時親王便說：「月色真美啊。月色之下坐在別人的屋門口，心裏很不安呢。我自幼研習古風，坐也要坐到屋室裏的深處，讓我坐到你的身邊去吧。我決不會像你從前遇到過的男人們那樣，我是不會做蠢事的。」式部於是順水推舟地答應了。等親王進屋之後，她又矜持地按照當時上流社會男女會晤的規矩，隔簾而坐，兩個人說著一些沒趣的話，夜漸漸地深了，好不容易不顧非議地來了，親王不想就這樣白白地坐到天亮，希望有進一步的肌膚之親，於是吟了一首和歌：

> 月下訪尋佳人影，深閨門前未結夢。
>
> 來日若憶風流事，一夜空談至天明。

式部聽罷也回答了一首和歌：

> 月下追憶故人影，愁緒滿懷難結夢。
>
> 胸中多少傷心事，夜夜垂淚至天明。
>
> 更何況今夜了。

看到式部還如此矜持，親王便開門見山地說：「我的身分不容許我輕易外出，所以無論如何……哪怕讓你認為我輕浮得不近人情……我的戀心早已熾熱如火了啊。」說著悄悄地鑽進了女人的簾中，與她「共寢」。「共寢」是當時常用的隱語，暗指性交。當晚兩個人私下定情，海誓山盟。天色微明時親王起身回府，之後馬上又按當時的習慣派人送來了慰問信，並附上了一首和歌：

> 男女之戀，天下常見。今朝之歡，未曾體驗。

式部女郎於是寫了一首和歌作答：

> 妾身之戀，並不常見。今朝之歡，初次體驗。

這是向舊情人的弟弟道敦親王暗示：從前並未與其他男性經歷過戀愛，也從未有過性體驗。實際上她早已是一個遠近聞名的風流女子了。

他們的「婚姻」關係似乎就這樣定下來了，但親王並不是每晚都來訪和泉氏部或送信來，因為他還有正夫人（一般是一個公開走訪的女人），同時還在走訪其他女人，這讓式部更加傷心。希望親王對她專一的式部常常給親王送去這樣的信：「苦盼昨日定情人，怎奈今日不登門。」親王連續地夜晚外出走訪她是很困難的，因為她的名聲不好，外面的風言風語都說：「已故為尊親王，至死都要受到譏評就是因為這個女人的緣故。」由於哥哥為尊親王的死就是因為不顧瘟疫流行的危險而於夜晚外出走訪女人的緣故，所以道敦親王不得不謹慎行事。又或許他根本就沒有熱戀之心，只是好色風流而已。

所以這對情人經常為不能彼此照顧而鬧彆扭，到了四月三十日，式部終於忍不住再寫信送給親王：「四月杜鵑偷忍聲，時過今日可再聽？」這裏是以「偷聲」暗示「偷情」，引誘親王在四月的最後一天前來。但這封信直到翌日早上方交到親王的手中，而且親王閱後回信暗示兩三天後才可

以來訪。式部是一個嫉妒心很強的女人，而親王也像他的哥哥一樣是一個情種，不可能天天來走訪她，或者經常地來過夜。因此她經常生氣，等到親王好不容易來訪她時她卻賭氣地藉口修身敬佛，不理睬偶邇來求歡的親王，拒絕他的性要求，或者歲開門延請了卻兩人一直坐著挨到天明。

但畢竟式部太有魅力，親王沒有和她過於賭氣，照例是尋機偷偷地來走訪又悄悄地離去。親王夜晚來訪式部時，周圍的人如乳母等，都勸他不要夜間出門。大家都擔心親王會惹出不良的風評並且傳入一條皇上、左大臣藤原道長。東宮皇太子等人的耳朵裏，東宮皇太子正是親王的同母之兄居貞親王，即後來的三條天皇。此外大家也怕親王的不克制會招來輕薄的名聲，影響政治前途，所以多方阻擋。

後來親王想到一個辦法，不去式部的住所，而是找到一個隱蔽的處所，夜深人靜帶著式部去那裏「共寢」、纏綿。天亮前親王命人備好了車，讓式部先坐上去，然後說：「本應該送你回宅，可是天很快就要大亮了。我不想讓別人看見我出門，更不想召人議論。」親王就留在了那座宅院。

和泉式部對親王的奇妙構想非常感激，回家後寫了一封信：

> 深夜分別尚難忍，怎堪黎明匆匆歸。我心裏好苦啊。

就這樣，親王經常在晚上駕車接和泉式部到那神祕的屋裏交談、「共寢」、親王的正夫人還以為親王去了他父親的宅邸呢。

後世日本，對和泉式部這一浪漫且亂倫的情愛故事進行改編和演繹的文學文本先後有：女作家森三千代的小說《和泉式部》[1]、小說家鷲尾雨工的歷史小說《戀愛的和泉式部》[2]、女作家瀨戶內晴美（寂聽）的小說《煩惱夢幻》[3]、作家川口松太郎的傳記小說《孤愁的和泉式部》[4]、女作家大原富枝的小說《我的和泉式部》[5]、山路麻藝的傳記文學《業炎

---

[1] 森三千代：《和泉式部》，協力出版社，1943年。
[2] 鷲尾雨工：《恋の和泉式部》，南有書房，1948年。
[3] 瀨戶內晴美（寂聽）：《煩惱夢幻》，新潮社，1966年。
[4] 川口松太郎：《孤愁和泉式部》，講談社，1981年。
[5] 大原富枝：《わたしの和泉式部》，中央公論社年，1983年。

之華——和泉式部的生涯》[1]、長野嘗一的歷史小說《和泉式部》[2]、海
音寺潮五郎的短篇小說《和泉式部》[3]、女作家三枝和子的小說《和泉式
部——許子之戀》[4]、女作家鳥越碧的長篇小說《後朝——和泉式部日記
抄》[5]、女作家藤蔭道子的小說《和泉式部抄》[6]、女作家中津攸子的歷史
小說《和泉式部秘話》[7]、女作家山口八重子的小說《和泉式部——憂愁
的歌人》[8]等等不勝枚舉，由此，足見這一著名亂倫故事流播之廣、影響
之深。

第四節　俊德丸與繼母

　　俊德丸（新字體寫：新德丸しゅんとくまる），後來又寫作身毒丸
（しんとくまる），為民間傳說中的人物，實際存在的事實不詳。關於俊
德丸的傳說，據推測，是以鎌倉時代（1185—1333）的真實的故事等為基
礎而創作的，室町時代（1338—1573）之前就已經廣泛流傳。另外，日本
山畑地區現在還有叫做「俊德丸鏡塚」的橫穴式石頭墳墓，這樣，這個傳
說就直接被追溯到了日本歷史上的古墳時代（300—600），就像當地人
感覺的那樣，這個古墳也可以說成了本傳說是他們從古代傳承下來的一
個證據。

　　在最初的傳說中，俊德丸是住在河內國高安山畑（現在的八尾市山
畑地區）的大戶人家信吉的兒子，是一個長相俊美、頭腦聰明的青年。因
此，人們讓他出演四天王寺的兒童樂舞。鄰村富翁蔭山長者的女兒觀看了
演出，被俊德丸所吸引。此後兩個人便墜入了情網，希望將來能一起生

[1]　山路麻芸：《業炎の華和泉式部の生涯》，春秋社，1984年。
[2]　長野嘗一：《和泉式部》，《歷史小說集》，宮本企畫，1986年，かたりべ叢書。
[3]　海音寺潮五郎：《和泉式部》，見《王朝》，富士見書房，1987年，時代小說文庫。
[4]　三枝和子：《和泉式部「許子の恋」》，読売新聞社，1990年。
[5]　鳥越碧：《後朝——和泉式部日記抄》，講談社，1993年。
[6]　藤蔭道子：《和泉式部抄》，東銀座出版社，1993年。
[7]　中津攸子：《和泉式部秘話》，講談社出版，1997年。
[8]　山口八重子：《和泉式部——憂愁の歌人》，国研出版，2003年。

活、白頭偕老。然而，俊德丸的繼母為了讓自己親生的兒子繼承家業，
忌恨並陷害俊德丸，終於使他雙目失明，而且染上了麻風病，最後把他從
家裏趕了出去。俊德丸流落到了四天王寺。在這裏，俊德丸過著即使乞討
也常常食不果腹的日子。蔭山的女兒從村民那兒聽到這個消息後來到了四
天王寺，找到了俊德丸，兩個人再一次相逢。他們淚流滿面，剛一向觀音
菩薩祈禱，俊德丸的病就好了，二個人按著過去的約定結為了夫妻，繼承
了蔭山家的遺產，過上了幸福的生活。與此相反，山畑的信吉家在信吉死
後，家道突然衰落，繼母淪為乞丐，最後還得接受蔭山長者的施捨。

　　這是關於俊德丸的最原初的傳說。接下來是以俊德丸傳說為藍本的
「能」劇[1]《弱法師》[2]（よろぼし），作者為室町時代的能劇作者及表演
者觀世元雅（かんぜ もとまさ、1394或1401—1432）。本作品與其他關於
俊德丸的傳說相比，悲劇性更強，體現在：俊德丸即使真誠祈禱也沒有恢
復視力，只是陷入了視力恢復的錯覺當中。故事梗概是這樣的：河內國
高安的左衛門衛通俊聽信了別人的讒言把自己的兒子俊德丸從家裏趕了出
去。俊德丸由於過分悲傷而雙目失明，進而不得已淪落成為一個靠化緣乞
討為生的和尚。因為雙目失明，加之走起路來跟跟蹌蹌，周圍的人們就叫
他「虛弱法師」。春分前後的某天，為了祭拜沉入正西方向的夕陽，俊德
丸來到了四天王寺。人們相信：天王寺的西門正對著極樂淨土的東門，所
以認為通過拜祭落日就可以前往極樂淨土。這天，由於祭日的人很多，四
天王寺顯得非常熱鬧。俊德丸的父親通俊也來了。趕走了俊德丸後，通俊
相當後悔，他想通過在天王寺給窮人施捨來彌補自己的罪過。通俊注意到
了俊德丸，知道這就是自己的兒子，他很想與已經成為乞丐的兒子交談，
一心等待著天快黑下來、人們看不清他們。俊德丸剛一向太陽拜祭，祈願
就彷彿實現了——此前看不見的眼睛一下子看見了。心情激動的俊德丸來
回走動想瀏覽周圍的景色，但卻因撞到路人而跌倒，從而又回到了現實。

---

[1]　日本的一種古典戲劇形式，形成於中古的鎌倉室町時代，歌舞占很大比重，充滿象
　　徵夢幻色彩，腳本稱「謠曲」。
[2]　金春信高注釋《弱法師》，金春円滿井會出版部

原來，他覺得自己能看見只是一個錯覺。看到俊德丸這樣，周圍的人都覺得好笑。俊德丸覺得自己又一次被投入到了無盡的黑暗之中。天色漸暗，獨自佇立的俊德丸聽到了父親通俊的呼喚聲，但是恥於自己的乞丐身分，踉踉蹌蹌地朝著相反的方向逃去。通俊後來追上了他，在說明瞭情況後，帶著俊德丸返回了高安的家。

接下來是帶有淨琉璃性質的說經節[1]《新德丸》，該文本為說經節的代表作之一。現存最古老的的刊本是佐渡七太夫正本，1648年刊行。寫河內國高安郡信吉長者的兒子新德丸由於受到繼母的詛咒得了痲瘋病被拋棄淪落成為一個乞丐，與追尋而來的未婚妻乙姬相逢後，憑藉著清水寺的佛恩奪回了自己原本健康的身體。這一情節影響了此後的淨琉璃。

接下來是以謠曲和說經節為藍本而改編的上下兩卷的人形淨琉璃《攝州的合邦十路子》，1773年2月在大阪初演，由菅專助與若竹笛躬二位淨琉璃作者共同創作。上下兩卷連續，越發推進了這個故事，以高安通俊的後妻玉手禦前和俊德丸的關係為描寫中心。上卷的故事梗概為：

河內國的藩主高安通俊的兒子俊德丸和通俊的妻子玉手禦前共同作為通俊的代表來到攝津的住吉大神社進行朝拜。玉手禦前是通俊的小妾，年齡比通俊小二十幾歲，而俊德丸是通俊與正妻所生的孩子，年齡比玉手禦前只小一兩歲。俊德丸有一個同父異母的叫次郎丸的哥哥。儘管自己出生在前，但由於俊德丸是正室所生就被定為繼承人，次郎丸對此非常不滿，就和二將軍壺井平馬共同密謀企圖推翻這個制度。平馬早就收容的流浪武士棧圖書也加入了，三個人因為商量陷害俊德丸的事情，避開人們的視線，暫且起身離開。參拜結束後，俊德丸剛一走向境內的松原，就傳來了女孩撥開松針而來的聲音。其實這是俊德丸起名的和泉長者的女兒淺香公主，等待著與俊德丸舉行婚禮，等急了今天出門來找俊德丸。對此俊德

---

[1]　「說經節」是日本近世室町時代初期誕生的一種講故事的文藝形式。說經，常常被誤記為說教。說經，是從解說佛教的經文和教義、引導眾生的唱經中誕生的，流行於鐮倉時代至室町時代的一種藝術形式，因為帶有淨琉璃的性質，所以也被稱作「說經淨琉璃」，不過現在一般都稱作「說經節」。其中就有《身毒丸》和《愛護若》。

丸儘管很感動，但現如今父親通俊有病在身，結婚的事只能再說。為了照顧公主，在公主家當奴僕的入平夫婦也來了。松林的裏面有一個茶館，入平夫婦正在茶館勸說兩人的時候，玉手䕞前讓丫環們帶著酒菜來了。入平夫婦無奈地帶著淺香公主離開了。玉手䕞前當場擺上了酒菜，打發走了丫環，與俊德丸兩個人喝起酒來。俊德丸用鮑魚貝殼做的酒杯敬酒，然而，俊德丸剛喝完一杯，玉手就冷不防抓住了俊德丸的手，向吃驚的俊德丸敞開了自己的心扉，訴說自己是多麼愛慕俊德丸。雖說二人沒有血緣關係，但名義上的母子關係也使這事顯得荒唐，所以俊德丸拒絕了她，但玉手卻不答應。最後俊德丸只好逃離現場，玉手也因為女僕們備好了轎子勸說她回去，非常遺憾地離開。入平夫婦帶著淺香公主返回，俊德丸已經不在，而次郎丸率領手下出現，稱淺香公主是自己的媳婦，想搶走公主，入平夫婦立即追了過去。

從住吉回來後，俊德丸就身患重病，除了父親和醫生誰也不見。這時，京城來的特使造訪高安家，特使高宮中將說：因為朝廷像通俊希望的那樣同意了俊德丸做通俊家的繼承人，所以讓俊德丸拿著藏在家裏的繼承聖旨，立即進京參拜。繼承聖旨作為繼承爵位的證據是非常必要的。但是俊德丸重病在身，通俊他們決定暫且先把聖旨交給高宮中將，俊德丸進京之事先等等。人們暫且退去。俊德丸從一間屋子出來。他實際上得了麻風病，所以他的容貌完全變了樣。俊德丸對自己的命運很悲觀，想自殺但死在父母前面被視為不孝，得這種病又不能繼承爵位。很想讓同父異母的哥哥次郎丸繼承，自己決定離家出走，留下一張紙條剛想離開，玉手䕞前出現了，纏著俊德丸不放，非要俊德丸帶著自己一起走，俊德丸不得已用身邊的繩索綁了她，從後門離開了。高安家的執政官譽田主稅的妻子羽曳野來了，解開玉手身上的繩索，大聲呼叫。讀了字條，通俊和羽曳野悲歎不已，而次郎丸他們在心裏卻幸災樂禍。高宮中將也來了，認為既然如此，次郎丸進京繼承爵位也可以。通俊打算等譽田主稅一回國就立即讓次郎丸進京，所以，高宮中將拿著繼承聖旨和回復返回京城去了。天色漸暗，而且開始下雪，庭院一片白茫茫。一個女人從公館裏偷偷溜了出來，羽曳野

打著傘在前面替她遮擋風雪。這個女人就是想去追隨俊德丸的玉手禦前。玉手禦前以前的名字叫十路子，她是伺候前太太也就是俊德丸生母的丫環。前太太去世後，被通俊看上，成為了通俊的後妻，名字也改為玉手。玉手以前就對俊德丸懷有不正當的戀情，譽田主稅和羽曳野對此多少有所察覺。一個貧賤丫環被擢升成為貴夫人，她卻對通俊大人不忠，迷戀上了大人的兒子俊德丸，因而遭眾人唾罵，羽曳野痛罵她是豬狗不如的東西。不過，在和玉手打鬥時，羽田野不慎摔倒，玉手趁機逃走。譽田主稅回國後從羽曳野那兒聽說此事，主稅雖然也關心俊德丸和玉手的事情，但首先對特使高宮中將的身分很懷疑，於是向特使追去。

在從河內前往京城途中的龍田山中小道上，次郎丸和壺井平馬還有高宮中將各自心懷鬼胎交談著。來自京城的高宮中將其實就是浪人棧圖書。次郎丸和平馬把繼承聖旨暫且交給圖書保管就離開了。接著譽田主稅來了，他識破了特使是假冒的，奪回了繼承聖旨。圖書眼看就要斬殺主稅卻被主稅打到，次郎丸的手下也來了，眼看就要襲擊主稅，主稅卻毫不費力地將他們擊退。

下卷的故事梗概是：俊德丸離開家一年多了。淺香公主聽說後為了尋找他的下落也離家出走了，入平夫婦為了找到俊德丸和淺香公主逢人就問。兩個人在大阪四天王寺的南門前聽說附近的萬代池有一個人像俊德丸，立即就向那裏奔去。

萬代池的邊上修建有一個小酒屋。盯著裏面的人們茫然度日的果然是俊德丸。現在他已經失明，正拄著竹杖步履蹣跚地進入小屋。有著佛心的合邦，用車拉來了閻王的頭像。合邦立志想在附近修建一個閻王殿，他邊敲鐘邊講述關於地獄和極樂世界的有趣傳說，向人們募集修建寺廟的捐款。人們伴隨著其中的樂趣唱歌跳舞，最後把硬幣向他拋去。合邦收好錢，覺得累了，就躺在車上睡著了。黃昏臨近，俊德丸走出小屋，面朝西面，雙手合十，淺香公主剛好從那裏經過，不過他卻沒有感覺到淺香公主就在眼前並在尋找他。但是，一心想著自己心事的淺香公主的心根卻被俊德丸感覺到了。俊德丸想到自己不能暴露身分，但又很想回家，於是禁不

住留下了眼淚。淺香公主覺察到這一點，就問他是否就是俊德丸君，但卻遭到了冷遇及否定的回答，回答說她要找的俊德丸前幾天在這裏出現過，因對發生在自己身上的事情過渡悲傷，最後跳進萬代池自殺了。俊德丸是在撒謊。他是想讓淺香公主對自己完全死心。淺香公主果然悲歎不已，想著自己也跳萬代池自殺算了，俊德丸極力勸阻，沒有辦法又重編了一個謊言。說剛才所說俊德丸跳萬代池是假話，實際上俊德丸外出旅行前往西國巡禮去了。如果有人說是他的妻子並尋找他的話，就讓自己轉告對方說是跳萬代池自殺了。還說：希望來人忘了自己，和別人結婚，幸福度日。俊德丸雖然這樣說，但內心彷彿爆炸了一般，他強忍著悲傷，留下公主隻身一人進入了小屋。淺香公主覺得這個世界確定給自己的丈夫只有俊德丸一個人，儘管和其他的人結婚也可能幸福度日，但那太過於殘酷無情了。這時入平夫婦來了，看見淺香公主，他們雖然放下了心，但聽著淺香公主邊哭邊訴說著今天的事情，與此前聽到的很不相同，覺得很是令人懷疑。這時，傳來了大聲找尋俊德丸的聲音，三個人假裝離去，躲進了附近的隱蔽處。過了一會，俊德丸從小屋裏轉了出來。他之所以沒有對淺香公主公開身分，是擔心玉手禦前探聽到自己的住所而找來，還有，就是自己得了這種病，進不了輪迴轉生的佛道之境。就在剛才，自己還撒了謊，從此以後就只能雲遊四方了。一想起淺香公主，就唏噓不已地哭出了聲。從隱蔽處也傳來了三個人的啜泣聲。俊德丸彷彿聽到了什麼，剛要逃離此地，可是淺香公主恨他對自己隱瞞了身分，哭著抱著不放他走，入平也勸他離開這裏，搬到自己那兒去住。但是次郎丸的手下同時也來了，又想搶走淺香公主。入平夫婦向他們追去，次郎丸趁機抓了淺香公主，並踢倒了俊德丸，然後帶著淺香公主想走。俊德丸則被次郎丸蒙上頭推進了合邦從小屋撕下的草席裏。合邦想著無論如何都得讓俊德丸和公主逃離此地，所以，淺香公主讓俊德丸上了裝閻王頭像的車，親自駕車逃走。次郎丸仍然想追他們兩個，但因抓合邦被擠，掉進了萬代池。

在合邦家的庵堂裏，由於弔唁死者聚集了很多人，正在一遍接一遍地誦經，誦經結束，大家受用了合邦和他老婆張羅的飲食後就回去了。假

如不當河內國藩主的夫人也不會遭受這樣的不幸，合邦夫婦想到這裏就忍不住流下了眼淚。其實死者就是玉手禦前，合邦夫婦就是玉手的父母。玉手向俊德丸行不倫這件事其父母已經聽說了。按照武士的規定，幹了像玉手這樣的事情，絕不會不了了之，肯定會被主人賣掉，老早就落入其手必死無疑。惟其如此，才準備了法名，請了那麼多人，一邊接一遍地誦經，進行弔唁。夜深了，有一個人蒙著臉走著夜路向合邦家奔去。這就是合邦夫婦以為已經死去的玉手禦前。不過，她一點都沒發覺入平夫婦就跟隨在她的後面。看到玉手臨近自己的家門口，入平夫婦在附近的隱蔽處藏了起來。屋外傳來了「爸爸、爸爸」的呼叫聲，家中的合邦一聽，確實是自己女兒的聲音，她還活著！合邦對此非常吃驚。母親也聽到了叫聲，女兒還活著令她喜出望外，剛想開門讓女兒進來，卻被合邦阻止。來的是玉手呢還是女兒十路子的幽靈？高安大人沒有道理讓自己的女兒若無其事地仍然活在人世啊！如果不是幽靈，自己就必須代為處死女兒。然而玉手在屋外不斷叫喊著要進來，母親妥協了，即使是幽靈也不在乎了，最後讓玉手進入了家中。母親溫和地詢問玉手，希望對俊德丸行不倫並從高安家出走都不是事實，然而從玉手嘴裏說出的話句句對合邦夫婦都是背叛。她說她因為思念俊德丸才離開了藩主公館，而且外出找尋俊德丸，想憑藉著父母的慈悲心腸想辦法讓他們成為夫婦。母親雖沒有生氣卻驚愕不已，父親合邦則從衣櫃中拿出了一把刀。合邦的父親是青砥藤綱時代以清廉正直而著名的武士。藤綱死後，雖然托父母的福成為了藩主，但因為奸人的讒言又失去了地位。現如今，落發出家改名合邦成了一名隱士。儘管他繼承了父親的清廉正直而生活，但卻有一個偏離了自己人生道路也不守婦道的女兒，他一想到這兒，他就懊惱得彷彿身體被撕碎了一般氣憤不已。不過，前夫人亡故的時候，高安大人希望讓女兒十路子做後妻，儘管自己堅決拒絕，但還是被納為了後妻。自己非常悔恨強行發生了這樣的事，所以很想救下女兒的性命。但是如果讓她活著與俊德丸結為夫婦的話，對於對方就違反了義理，所以合邦想殺死玉手。母親想讓玉手削髮為尼，所以阻止了合邦，但玉手聽到後卻說出這樣的話：當尼姑是不行的，這不符合武士家

的風範，如果把自己打扮得再鮮豔一些的話，說不定俊德丸會重新迷上自
己呢！合邦更加生氣，又想殺了玉手，母親拚命地求情說好話，懇請再等
等，合邦沒有辦法暫且進了裏屋，母親和玉手也相繼進了裏屋。俊德丸和
淺香公主來了，他們小心翼翼地查看著周圍的情況。他們兩人是按著合邦
說的話逃到這裏來的。不過，既然玉手禦前來了他們就不能進入這裏了，
淺香公主希望快點離開這裏。這時，從屋外的大門口傳來了入平的聲音。
原來，入平夫婦聽說俊德丸和公主要來這裏，然而卻發現了玉手的身影，
也正在查看情況。為了在次郎丸發現之前讓他們儘快離開這裏，入平從屋
外呼叫著俊德丸和公主。這時，玉手從裏屋出來了。重逢俊德丸讓玉手高
興的不得了，她纏住俊德丸不放，儘管看到俊德丸因病容貌變了、眼睛瞎
了，她邊哭泣邊勸說：自己就這麼令人討厭？請告訴自己做錯了什麼？應
該怎麼做？她還說，俊德丸得病是自己策劃的。去年和俊德丸兩個人作為
代表去住吉大神社參拜的時候，讓俊德丸用鮑魚貝酒杯喝酒，不過，玉手
給杯子裏投了能發病的毒藥。之所以這樣做，是為了有意識地讓俊德丸變
醜，好讓淺香公主放棄對俊德丸的愛，成就自己對俊德丸的愛情。俊德丸
聽到後，悲傷不已，一個勁地流淚。淺香公主看到俊德丸這樣，非常生
氣，她緊逼靠著俊德丸的玉手，想拉開他們，但是玉手立即站了起來，帶
著俊德丸躲開，而且說她不會停止她的愛念的，誰妨礙就踢死誰。拉著俊
德丸的手就想離開。公主阻擋，她又踩又踢，嫉妒已經讓她喪失了理智。
入平他們也聽到了裏邊的這種異常的情況，想進入但門鎖著進不去。最
後，幾乎在入平夫婦破門而入的同時，合邦用手中的刀刺進了玉手的側
腹。玉手的母親也來了，看到這種情況痛哭不已。合邦憤怒至極，一邊大
罵：惡魔！十惡不赦！一邊仍用刀刺挖玉手的側腹。不過玉手抓住合邦
的手，在刀子紮刺著自己的狀況下，講述起了人們意想不到的事情。次郎
丸雖然比俊德丸早生，但是因為不是正妻的孩子所以不能成為嫡子，對此
他憤憤不平，於是與壺井平馬合謀想殺了俊德丸。他們的密謀被玉手偶然
聽見了。雖說不是自己的親生，也不能對俊德丸想殺就殺。那麼，想讓俊
德丸繼承爵位的話，那就必須先讓他逃跑，因此自己才故意違心地讓他喝

了毒酒而染病的。不過，自己也不知道該不該就這樣把次郎丸的陰謀告訴通俊大人？合邦不相信這樣主動做下不義的事情會不得病。玉手又說：如果不告訴通俊大人的話，次郎丸作為亂臣賊子就會被處死。次郎丸也是自己的繼子，讓他死的話，就又對不起他的生母。所以，自己只好承受一切當一個惡人，為的就是俊德丸和次郎丸的性命都要救。人們的懷疑被打消了。不過，合邦仍然尋問：你有如此善意，為何還要追著俊德丸離開高安家？於是玉手說：是因為治療俊德丸的病必需要用自己的鮮血。玉手從調製毒藥的醫生那裏問了醫治這種病的方法。那就是：把寅年寅月寅日寅時出生的女人肝臟裏的鮮血注入服毒用過的鮑貝杯，讓病人喝下的話，病情立馬完全康復。而玉手正是寅年寅月寅日寅時出生的。說到這裏，人們對玉手的懷疑徹底消散了，但是合邦面對玉手卻非常悔恨，痛哭不已。以俊德丸為首的人們，對於玉手的臨終委託也悲歎不已。玉手懇請合邦用刀割開自己胸肋中央的末端進行采血，但如果是壞人的話，刀子就會在身體上豎起來，如果不是就不能猶豫。玉手是個急性子，想親自用防身短劍割開身體。合邦讓等會兒，想趁著玉手還有呼吸反覆誦經，好讓玉手的靈魂能前往極樂往生世界。於是大家圍在玉手的周圍，合邦敲擊著鐘，開始高聲誦經。不久，在誦經聲中玉手親自割開了自己的身體，把鮮血注入了鮑魚貝，俊德丸隨後一飲而盡，不可思議地立即恢復到了和以前完全一樣的俊美容顏，眼睛也變得能看見了。玉手看了一眼俊德丸俊美的容顏就絕命而去，人們扶著她的遺體痛哭不已。玉手的母親在現場削了髮，誓言：為了弔唁女兒玉手，使其亡靈早日超渡，要當一名尼姑。俊德丸則說：為了報答繼母玉手的大恩大德，他要在此地修建一座寺廟，讓玉手的母親當住持，寺廟就起名為月江寺。合邦也說：他把閻王的頭像就安置在這所房子，原封不動地作為十路子的靈堂，好祈禱女兒在來世免受地獄的折磨。譽田主稅把次郎丸和壺井平馬捆綁著帶了上來，告訴大家：他們二人的罪行已經敗露。俊德丸說要根據玉手的遺志救次郎丸一命，平馬和入平都底

下了他們的頭，一切又都穩定了來。[1]

1885年該故事又被移植為歌舞伎形式，同年7月初演。其中下卷最後的《合邦庵堂》一段作為木偶戲、歌舞伎受歡迎的保留節目即使現在也經常上演。

1978年，由寺山修司、岸田理生共同改編創作的前衛戲劇《身毒丸》初演，該劇是以《身毒丸》、《愛護若》為母題的現代劇，是當代日本戲劇的傑作。該劇主要描寫了身毒丸與繼母撫子之間禁忌的愛。售母店買來的女子撫子與一直思戀著已故生母的繼子身毒丸兩個人之間的互相愛慕、互相憎恨、互相拒絕、互相需求成為了劇本的主要內容：身毒丸在大街上獨自徘徊，找尋已逝母親的容顏。父親覺得有爸爸、媽媽和孩子才可稱得上是一個完整的「家」，於是帶著身毒丸去「售母店」給他求買回了一個新媽媽，一個曾經當過流浪藝人的名叫「撫子」的女人。看見撫子的第一眼身毒丸就驚呆了，兩個人的命運由此開始了激烈的碰撞。一進入這個家，撫子就發現這個繼子特別拗。在叫做「房子」的容器中一個家庭誕生了，於是互相之間扮演起了好丈夫、好妻子、好母親、好兒子。但是身毒丸對於自己扮演的兒子角色卻非常牴觸，他常常緊抱著已故母親的遺像不放，也就是說身毒丸拒絕認撫子為母親。年邁的丈夫只是讓撫子給自己做完按摩就很快睡去。不能接近孩子，丈夫又不把自己當成女人。撫子對自己所處的位置感到非常痛苦，她哀歎自己最終只能是一個被買入這個家庭的作為裝飾品的「媽媽」。就在此時繼子身毒丸年輕的裸體進入了她的眼簾。但是，撫子來到這個家雖已半年，身毒丸對自己的反抗卻沒有停止。撫子深深覺得在這個家族中自己是一個外來者。就在這時身毒丸抱著母親的遺像不知去向。為了尋找消失的身毒丸撫子在大街上漫無目的地走著。終於找到了身毒丸後，撫子親近地和他說話，但身毒丸卻挑釁性地回答：見你的鬼去吧！自從撫子出現以來，身毒丸平靜的心緒就被打亂了。他經常用這種情緒向撫子發洩，接連不斷地趕她、逼她。忍無可忍的撫子

---

[1]　此段為該淨琉璃最後的高潮段落，題名《合邦庵堂》，成為後世舞臺上的保留劇目。

終於責打了身毒丸，身毒丸一氣之下從繼母身邊出逃，在路上遇見了奇妙的面具出售，面具亮出自身附帶的洞孔，告訴身毒丸：有了這個洞孔，可以前往自己想要去的任何地方。身毒丸想見死去的母親，於是藉助這個洞孔來到了地下世界。因喪子而悲歎的母親們一下子就圍住了身毒丸，身毒丸仔細一看，繼母撫子正站立在正面大笑。好不容易進入地下世界，終於見到日思夜想的母親，卻原來就是繼母撫子！身毒丸站的地方瞬間化成了地獄，惡夢迅疾消失。不管怎麼樣，身毒丸還是一如既往地拒絕撫子。為了從身毒丸的內心消除其死去母親的姿容，有一天撫子使勁地磨損著照片，身毒丸發現後奪回了照片，但照片上母親的容貌卻就此消失，身毒丸被激怒了，伸手打了撫子耳光。父親因此斥責了身毒丸，而且命令他把撫子作為母親來接受。但是身毒丸拒絕這樣做並再一次離家出走。實際上，表面看起來非常敵對的兩個人，作為男人和女人早已互相吸引。然而在所謂「家」的制約下，「母親」與「兒子」的角色束縛了這兩個人。撫子作為母親被身毒丸拒絕，作為女人也不被接受，但一遇見身毒丸的目光，她就方寸大亂、坐立不安。為了終止這種痛苦，撫子打算藉助巫術弄瞎身毒丸的眼睛。身毒丸有一次前來尋找死去的母親。黑暗中，他錯把撫子當生母緊緊擁抱，撫子也緊抱著求之不得的身毒丸。身毒丸覺察到是撫子，一把推開了她，撫子於是決意詛咒身毒丸。身毒丸在詛咒中痛苦而失明，慢慢地從現場消失而去。身毒丸消失一年後，家族過著平靜的生活，然而撫子卻有了一個瘋狂的念頭，這就是毀滅這個自我封閉的「家」。這時，流浪四方的身毒丸回來了。他找出自己同父異母的弟弟，並殺死了他。父親發狂了，房子崩塌了，「家」也不存在了。在成為一片廢墟的「家」裏，身毒丸和撫子終於作為男人和女人互相承認、緊緊擁抱。身毒丸喊：「媽媽！請再生我一次吧！」撫子說：「一次、兩次、三次，真想反覆地生你。真想為你而懷孕！」家消失了、容顏消失了、名字消失了，兩個人為了忘卻而出走。擁擠的街道中，伴隨著香客鈴聲的迴響，兩個人漸行漸遠。

　　本劇從1978年初演開始一直持續到2011年，其中1996年的演出榮獲多

項大獎；2002年以《最後的身毒丸》為題在全國巡迴演出；2008年又以《身毒丸復活》為題在幾個大城市巡迴公演。

2003年，中山可穗的中篇小說《弱法師》[1]問世，能劇裏的弱法師從家裏被驅逐，因悲傷過度而失去了視力，在天王寺周圍流浪乞討。改編成小說叫朔也，是一個因患惡性腦瘤而失去視力的絕世美少年。雖然身患絕症，但少年的精神美若夢幻，具有魔鬼般的魅力。婚戀、事業一帆風順的鷹之，是某所大學醫院的一名優秀的腦神經外科醫生，成為了絕症少年的主治醫生。在給朔也治病時，接觸到了朔也的母親映子，一下子就被母子二人驚人的美麗宿命般地吸引，為此，他和妻子離了婚，拋棄了家庭，辭掉了醫院的工作，自己的人生目標也不要了，為朔也專門開設了一家設備齊全的診所，閉門不出，打算全身心投入來給朔也治病。在沉溺於和映子糜爛的性生活的同時，鷹之對繼子朔也也產生了一種超越了父子底線的感情。映子說：「這孩子，常常用女人的眼神看你。」最後，母親因事故死亡，少年計畫和自己的網友一起集體自殺，醫生卻被遺忘了。可以說，作品描寫一位元元元醫生同時戀愛美麗的母子二人，為此，他捨棄了家庭、拋棄了事業，選擇了只為這母子二人的生活。這樣的情節設計，比起此前的任何一個文本，不僅亂倫而且色情。亂倫是指「母子共侍一男」，色情是指演繹成了男同性戀。這樣的情節演繹，當然與人類日趨複雜、多元的生活大環境密不可分，當代日本社會更不消說。

總之，俊德丸的故事在日本廣泛流播，其題材也被多種藝術形式所採用、改編、演繹，這中間除了折口信夫改編的短篇小說《死者之書身毒丸》[2]、以謠曲為基礎的落語《弱法師》[3]和三島由紀夫改編的現代戲劇

---

[1] 見《別冊文藝春秋》，2003年5月號。

[2] 〔日〕折口信夫：《死者の書・身毒丸》中央公論新社，1917年。另外還有以謠曲為基礎的落語《弱法師》、改編的現代戲劇《弱法師》。

[3] 「謠曲をもとにした翻案に落語の「弱法師」がある」，見http://wpedia.goo.ne.jp/wiki/弱法師#.E8.AC.A1.E6.9B.B2.E3.80.8E.E5.BC.B1.E6.B3.95.E5.B8.AB.E3.80.8F

《弱法師》[1]之外，其他主要文本則明顯呈現出從最初簡單的善惡果報主
題到中間的情感追求主題再到最後的性愛亂倫母題的演化軌跡和趨勢。身
毒丸故事的流播及演繹從一個側面顯示出日本文學的亂倫審美趨向。

第五節　白河法皇與孫媳

這個亂倫故事牽扯到三個歷史人物：白河法皇、鳥羽天皇和藤原璋
子，其中藤原璋子則可以說是整個故事的中心人物。

據史書記載，白河天皇（1053—1129）本名貞仁，日本第72代天皇，
1072年至1086年在位，1086年退位後做了上皇，繼續聽政。他仿效父親後
三條天皇實行院政，是第一位實行院政的法皇（退位後的天皇稱上皇，上
皇出家稱法皇）。曾誇口道：「賀茂川之水、雙六的賭局與山法師，天
下間唯有這三件事不如我意！」。鳥羽天皇（1103—1156）本名宗仁，日
本第74代天皇，1107年至1123年在位。出生後不久母親病逝，由祖父白河
法皇養育。出生7個月後就被立為太子。父親堀河天皇死後，5歲的鳥羽天
皇即位，政務全部由白河法皇管理。1117年娶白河法皇的養女藤原璋子為
妻並立為皇后，二人生育有五男二女。1123年1月23日，在白河法皇的主
持下，鳥羽天皇禪位給了長子崇德天皇，實權仍由白河法皇掌握。藤原
璋子（1101—1145年），大納言藤原公實之女，1117年12月，認白河為幹
爹，進入生父的表弟、鳥羽天皇的後宮，四天後被宣旨為妃。剛剛過了一
個月的1118年元月，就被冊封為皇后。大納言之女成為皇后，自第67代三
條天皇朝的藤原娍子於長和元年二月宣下成為皇后以後，就只有藤原璋子
而已，為此在將璋子宣下為皇后時，的確引起朝中一陣非議。兩人之間生
有：顯仁親王（崇德）、禧子內親王、統子內親王、雅仁親王、通仁親
王、君仁親王、本仁親王五子二女。在長子顯仁親王（即日後的75代崇德
天皇）出生時，鳥羽天皇還為此赦免了部分罪行較輕的犯人。

---

[1]　〔日〕三島由紀夫：『弱法師』（『聲』1960年7月號），『近代能楽集』新潮文
　　　庫，1968年。

　　然而野史和傳說，尤其是故事集《古事談》[1]卻給人們提供了另外一個版本：藤原璋子年幼時即在宮中成長，深受鳥羽天皇的祖父白河天皇的寵愛，白河天皇時常將璋子抱在懷中，等到璋子稍稍年長後，終於成為了白河天皇的情人。也就是說璋子是以白河天皇的養女兼情人的雙重身分嫁給白河天皇的孫子鳥羽天皇成為其皇后的。璋子表面上是白河法皇的養女，其實是法皇的情人。白河法皇這麼做，一是為了掩人耳目，二是為了能繼續與璋子保持關係。據說，白河天皇每夜都離不開璋子，璋子成為孫子的皇后以後，白河上皇仍然與她保持著曖昧關係，而且生了一個孩子，這個孩子就是顯仁親王。惟其如此，白河法皇在鳥羽天皇21歲時就又命令他讓位給了這個他和孫媳的私生子崇德天皇。當時，白河法皇的權利極大，鳥羽天皇只能接受。在崇德天皇即位後，藤原璋子女院宣下，號待賢門院。即位初期，由白河法皇實行院政，但白河法皇於1129年崩禦後，璋子立即被鳥羽天皇所疏遠，而鳥羽天皇也立即諷刺性的迎娶白河法皇之妾侍——藤原泰子為皇后，而璋子所生的五子二女，也一一難逃鳥羽天皇的迫害：除女兒禧子內親王及統子內親王兩人分別在幼年時出仕賀茂齋院以外，通仁親王和君仁親王皆未滿十歲紛紛夭折、雅仁親王被鳥羽天皇培養成「不文不武的遊藝皇子」，而最年幼的本仁親王出生即被下令出家。就連崇德天皇也在白河法皇崩禦後，被鳥羽天皇改稱為「叔父子」（意即非親生子），並在1142年逼迫崇德天皇退位，讓自己的寵妃美福門院之子——體仁親王登基為76代近衛天皇。而藤原璋子在美福門院得寵後，相

---

[1]　鎌倉初期故事集。源顯兼編，1212年至1215年間出現。收集了從奈良時代到平安中期為止的462個故事。由《王道後宮》、《臣節》、《僧行》、《勇士》、《神社仏寺》《亭宅諸道》六卷構成，每卷按年代順序排列，文體以漢字為主，也有一些句子使用了假名。多從貴族社會的軼事趣聞、在職故事、民間傳說取材，對此前文獻引用較多，與同時期的作品相比尚古傾向較淡，毫無顧忌地對以天皇為代表的顯貴們的私密給予暴露，展開了一部不同於正史的別樣世界的充滿了人性的王朝史。由於醜聞暴露尺度過大，還出現了刪節了許多淫穢故事的省略本。這是一本關於天皇、貴族、僧侶世界的奇聞和秘史的故事集，為故事文學史上的重要作品，以1219年出現的《續故事談》為首，對《宇治拾遺物語》等後來的故事集產生了很大影響。見小林保治校注、源顯兼著：《古事談》（上下）＜古典文庫＞現代思潮新社，新裝版2006年。

當怨恨，便召人詛咒美福門院，事發之後被囚居，近衛天皇登基的那年，璋子在仁和寺法金剛院出家，法名真如法。1145年四月生了場重病，四個月後崩殂，得年四十五歲。

　　以上兩個版本到底哪個是真哪個是偽？哪個是事實哪個為虛構？這不是文學關心的事情，而應該是歷史研究的問題。但此後文人騷客對本歷史故事的演繹、加工和改造，則明顯呈現出亂倫審美的志趣和趨向，則是不爭的事實。

　　1985年角田文衛的歷史小說《待賢門院璋子的一生》[1]問世，小說以首創院政制度的白河法皇與其孫子鳥羽天皇的皇后璋子的情交為中心，描寫了皇室貴族的秘史：俘獲了最高掌權者的剛毅的女性璋子，雖不是受封的妃子或女院稱號的攝政關白家出身，但是從嬰兒時候開始，就作為當時最高掌權者白河法皇寵愛的妃子祇園妃子的養女在皇宮撫養長大，因為過於聰明可愛，白河法皇經常親自抱在懷中哄睡。法皇起初對璋子抱有的也是祖父或者父親的心情，然而，隨著璋子的美麗長大，終於發展成為男人和女人之間的關係，並成為了皇宮朝臣之間公開的祕密。璋子沒有什麼得力的背景，白河法皇很擔心自己死後璋子的將來，所以特意讓璋子入宮與自己的孫子鳥羽天皇成親，並且在入宮後還公然保持著與璋子的曖昧關係。作者運用自己的描寫，充分證明瞭作為鳥羽天皇長子的崇德天皇實際上是白河法皇之子的事實。也就是說，鳥羽天皇把崇德天皇當做「叔父了」而疏遠討厭不是無道理的事情。後來鳥羽上皇掀掉了白河法皇這塊壓在自己身上的重石而重獲自由，寵愛上了美福門院藤原得子，並生下了他們的兒子近衛天皇，仗權自傲的璋子的命運開始走向衰落，出家後不久因病而亡，終結了她45歲的生涯。在其最心愛的兒子崇德上皇與同樣是其兒子的後白河天皇的爭鬥之前死去，對她來說應該是一件比什麼都幸運的事情。

　　書評者認為：這本書的魅力在於——首先是璋子本人的清純可愛；其

---

[1] 〔日〕角田文衛：《待賢門院璋子の生涯——椒庭秘抄》，朝日新聞社，1985年。

次是用今天的道德觀念來判斷而不覺羞恥的璋子的大膽以及仍然平靜地包容著璋子的丈夫鳥羽天皇的深情；再就是作者對這一切所持有的理解甚至溫暖的態度。

1999年又有安永明子歷史小說《待賢門院璋子——保元之亂前夜》[1]問世。書評有如下評語：一邊仔細觀察著把白河上皇有時當父母有時當戀人而依靠的璋子及其兩個人之間的關係，一邊被璋子的美麗與憐愛所俘虜的鳥羽天皇的微妙心情被小說淋漓盡致地表現了出來。

2011年，著名作家渡邊淳一同樣取材的的歷史小說《天上紅蓮》[2]出版，小說描寫了「當時擁有最高權力的白河法皇與集其萬千寵愛於一身的璋子」的情愛，成就了渡邊文學的集大成。作者憑藉此作榮獲《文藝春秋》第72屆讀者獎。書評如此介紹：「描寫了63歲的白河上皇和他15歲的養女待賢門院璋子之間的愛情，相差近50歲左右的兩個人的愛情彷彿要燒光平安貴族社會似的激烈地燃燒了起來」。這部小說的出版一時成為熱門話題。

2012年，小穀野敦的歷史小說《妓女公主——待賢門院和白河院》問世，該書筆致冷靜而透徹，是描寫皇家的爭鬥和被禁斷的性愛的官能美的王朝畫卷，是以史料為基礎的進行了詳細考證的歷史小說。小說的前半部分以白河院與璋子的男女關係為中心，後半部分在藤原攝關家的次子賴長與與哥哥忠通的權力爭鬥中，又敘述了廣泛的糾纏不清的男同性戀關係。現摘錄一段，以資鑒照：「法皇很喜歡去熊野神社朝拜，今年打算第四次前往。這一年閏九月，法皇決定在九月出發。法皇想在前一個九月見璋子，於是，九月二十日晚上，璋子密密地離開皇宮進入了法皇的住處，與法皇一同居住到二十五日。然後，法皇閏九月七日出發前往熊野。第二個九月璋子發現沒來月經，於是就想：難道是上一個月與法皇幽會而懷孕了嗎？這樣的想像讓璋子喜悅得渾身顫抖。因為璋子只有十八歲，法皇已經六十五歲，如果能給兩個人生下個男孩的話那簡直就是上天的旨意了。十

---

[1] 〔日〕安永明子：《待賢門院璋子——保元の乱前夜》，日本図書刊行会，1999年。
[2] 〔日〕渡邊淳一：《天上紅蓮》，文藝春秋，2001年。

月五日，法皇從熊野平安返回，一回到居所，『皇后好像懷孕了』的消息就密密地傳到了他的耳朵。『我的兒子！』法皇也異常歡喜。當然，出生的孩子在表面上是天皇的孩子。」這部歷史小說，由於男女情事描寫得有點露骨，加之又融入了男同性戀的元素，因而被有的讀者稱之為「前衛歷史小說」。

　　白河上皇與藤原璋子的亂倫故事，在隨後眾多以平安末期歷史事件和人物為題材的作品中都有出現。例如女作家瀨戶內晴美的歷史文學《祇園女禦》[1]以白河法皇晚年的寵妃祇園女禦（因為不能生育，白河法皇和她收藤原璋子為養女）為中心，描寫了平安末期白河法皇和他的女人們的故事。高田要文的歷史小說《保元・平治亂象》[2]對白河法皇、鳥羽天皇和藤原璋子的亂倫關係也做了描述，但重点則放在了後來由此引發的日本歷史上著名的「保元平治之亂」；橋本治的改編小說《雙調平家物語》[3]共有15卷，由中央公論新社出版，1998年第1卷問世，2007年出完。其中第7卷名為《亂之卷》（2000年），對歷史上的這一亂倫故事及由此引發的天下大亂進行了重點描寫；辻邦生的歷史小說《西行花傳》[4]以平安時期歌人西行的生涯為主要表現內容，同時也涉獵到了這一亂倫故事。

第六節　日野富子與兒子

　　日野富子（1440—1496）是日本歷史上室町幕府第八代將軍足利義政（1436—1490）的正妻，第九代將軍足利義尚（1465—1489）的母親。因為想讓兒子足利義尚繼承將軍之位，便與也想當將軍的義政的弟弟義視（1439—1491）一方成了死對頭，這件事成了1467年發生的應仁之亂的起因，並進而帶來了此後大約持續了100年左右的戰國時代的到來。

---

[1]　〔日〕瀨戶內晴美：《祇園女禦》，講談社，1975年。
[2]　〔日〕高田要文：《保元・平治乱菊紋樣——平城講談本》，近代文芸社，1994年。
[3]　〔日〕橋本治：《雙調平家物語》，中央公論新社，1998—2007年。
[4]　〔日〕辻邦生：《西行花伝》，新潮社，1995年。

　　日野富子在十六歲時嫁給當時二十歲的將軍義政做正室。在1459年時生下第一個孩子，但小孩一出生就夭折了，當時有傳說這件事是義政的乳母今參局在暗中詛咒，於是今參局因此被判流放到琵琶湖的沖之島，而她在流放的路上就自殺了。此外，義政的另外四名側室，也因為受到這次事件的牽連，都被流放。之後富子也只生下女兒，沒有產下子嗣。眼看著將軍跟富子結婚已經十年，卻沒有繼承人，便決定讓義政已經出家的弟弟義尋還俗，改名足利義視，讓他做義政的繼承人。沒想到就在第二年，富子竟生下一個兒子，即後來的足利義尚。義政與富子既然已經有親生的兒子，自然就希望讓兒子繼承將軍之位，這件事卻引來義視的不滿。以將軍家的繼承問題為原因之一，再加上周遭其他家族也跟著有繼承問題，造成了長達十年之久的應仁之亂。在戰亂中的1473年，年僅九歲的義尚繼承將軍之位，而義政則隱居至小川禦所，與富子分居。由於義尚年紀還小，於是富子便協助掌政。1476年，將軍府邸花之禦所被燒，於是富子與義尚母子也改遷至小川禦所。戰亂之後，不但京都需要重建，幕府也需要經費，於是從1480年起，富子在京都設立了七個關口，課征關稅。此外她還向各國諸侯放高利貸，以及囤米以高價賣出，在政治方面則收取他人賄賂。1483年，義政築好東山山莊，再次與富子分居。1489年，年僅二十五歲的將軍義尚在爭討六角高賴暴亂時，竟耽溺於酒色，在軍營中病逝；第二年，隱居的義政也接著過世。於是迎立了之前曾一度被當做繼承人的足利義視之子足利義材為將軍。但是義視在當時繼承人的事件中，曾經與富子有嫌隙，富子因此也連帶不喜歡義材。於是在1491年義視過世後，開始謀畫更換將軍之事。1493年，富子與細川政元合作，廢除義材的將軍之位，改立堀越公方足利政知之子足利義澄當將軍。富子在丈夫過世後，便出家為尼，但是對幕府仍頗具影響力。1496年過世，法號為「妙善院從一位慶山大禪定尼」，據說現在京都的華開院還留有她的墓。而在她長女出家所在的寶鏡寺裏，則留有一尊以她出家後模樣為主的木像。

　　日野富子在政治上橫加干涉，經濟上橫徵暴斂，雖然滿足了她個人的私欲，但也使得她聲名狼藉，很多人對其心懷不滿，最後連她傾注了愛

情的兒子也疏遠了她。由於輿論的惡評，她被後世定格為「惡女」、「惡妻」、「惡人」。也有人評價她是創建巨大財富的商才、積極的活動家，而且好不容易保住了幕府的體面。日野富子藉助化裝與兒子的私通成為日本歷史上著名的亂倫事件。日本後世文人創作了許多以日野富子為主人公的文學作品。

首當其衝的是女作家永井路子的長篇歷史小說《銀館》[1]。這部作品描寫了在天下大亂的室町後期，作為將軍足利義政正妻、手握重權的日野富子的一生，生動地展示了一直被人惡評的日野富子意外真實的生活圖景。值得一提的是，作者還描述了中世紀藩主及貴族家庭裏的奶媽與幼主之間的特殊關係。從中可以看出，從幼年就開始照顧幼主的奶媽，對於幼主來說，既是母親，也是妻子；既是女僕，也是戀人，還是妓女。因此，幼主和奶媽之間發生性關係的事情並不少見，一旦建立了性關係，就會噴發出類似於亂倫式感情的濃厚愛情。足利義政和其奶媽今參局就是一例。據史料記載：今參局（15世紀？—1459）原本是足利義政的奶媽，後來卻成為了他的側室。由於她身為義政乳母的關係，對幕府很具有影響力。義政在1449年成為將軍後，她便經常介入人事問題，惹出不少事端。1455年，今參局為十九歲的義政生下一個女兒。1459年，義政的正室日野富子生下一個孩子，但是不久便夭折了，於是盛傳今參局有詛咒之事。當時義政對於富子與今參局之間的爭執也相當苦惱，最後只好下令將今參局流放到琵琶湖的沖之島。今參局在流放的途中自殺，而在幕府裏與今參局同黨的派系也被流放。（也有一種說法認為，今參局之死是富子派人將她暗殺的）這部小說裏關於男主人與奶媽之間的亂倫關係描寫，與歷史事實是對應的。

其次是女作家平岩弓枝的短篇小說集《日野富子》[2]。這部集子共收錄了7篇短篇小說，其中的標題作《日野富子》直接描寫了母親日野富子把兒子義尚作為自己的傀儡進行亂倫交合的故事。作品採用歷史上的真實

---

[1]　〔日〕永井路子：《銀の館》，文藝春秋，1980年。
[2]　〔日〕平岩弓枝：《日野富子》，読売新聞社，1971年。

人物創作小說，不僅描寫了日野富子與哥哥日野勝光的愛欲、與細川勝元
的私通，更有甚者，就是描寫她藉助化妝隱藏了自己的原形與兒子足利義
尚的亂倫私通。關鍵的亂倫場面，是儘管上了年紀但看起來年輕的日野富
子裝扮成看守的女官給她兒子施用了陰謀詭計而構成的。

在無拘無束的環境中長大的美少女日野富子，成為了幕府第八代將軍
足利義政正式的妻子，不過她的丈夫足利義政已經有了姬妾，日野富子的
不幸婚姻就此開始。不久，日野富子制定策略，想以自己的美貌和財力為
武器，讓自己的兒子足利義尚繼承將軍的寶座。日野富子作為惡女臭名昭
著，然而這本小說卻給人們描寫了一個孤獨的女性的姿容。

另外還應提到的作品有：大約產生於十五世紀末期、作者不詳的軍紀
物語《應仁記》[1]；池波正太郎的短篇歷史小說《應仁之亂》[2]、南條範夫
的長篇歷史小說《室町抄》[3]、山田正三的長篇歷史小說《日野富子》[4]、
內村幹子的短篇歷史小說集《混亂的富子》[5]、松本幸子的長篇歷史小說
《日野富子》[6]、高野澄的長篇歷史小說《火焰之女》[7]、風卷弦一的長
篇歷史小說《日野富子的一生》[8]和《妖豔的花——日野富子》[9]；寺林
峻的長篇歷史小說《亂世妖女》[10]、島津隆子的長篇歷史小說《狂亂地綻
放》[11]、阿井景子的歷史小說《華麗之花》[12]、青木重數的歷史小說《日野富

[1]　《応仁記》，龍門文庫，1986年。
[2]　〔日〕池波正太郎：《応仁の乱》，東方社，1960年。
[3]　〔日〕南條範夫：《室町抄》，講談社，1984年。
[4]　〔日〕山田正三：《日野富子》，勁文社，1993年。
[5]　〔日〕內村幹子：《富子繚亂》，講談社，1993年。
[6]　〔日〕松本幸子：《日野富子——物語と史蹟をたずねて》，成美堂，1993年。
[7]　〔日〕高野澄：《炎の女 日野富子》，德間書店，1994年。
[8]　〔日〕風卷絃一：《炎の女 日野富子の生涯》（知的生きかた文庫）三笠書房，
　　　1993年。
[9]　〔日〕風卷絃一：《大乱妖花伝 小説・日野富子》，春陽文庫，1994年。
[10]　〔日〕寺林峻：《妖華日野富子乱世を生きぬいた炎の女》，広済堂，1994年。
[11]　〔日〕島津隆子：《乱に咲く・日野富子》，新人物往来社，1994年。
[12]　〔日〕阿井景子：《華頂の花 日野富子》，プレジデント社，1994年。

子》[1]、海音寺潮五郎的史傳文學《日野富子》[2]、岡田秀文的小說《應仁秘譚抄》[3]等等。這些取材於當時歷史事件和歷史人物的文學作品，有的直接以日野富子母子的亂倫故事作為主要表現內容，有的則是對其有所描寫，有的則是對其稍微涉及。有些以日野富子為主人公的作品雖未寫及她的亂倫，但也不能排除她身上承載的亂倫元素對作者和讀者的潛在刺激和吸引；換言之，某種程度上，正是發生在日野富子身上的亂倫故事提高了這一題材的知名度，方才引得作者和讀者對其人其事趨之若鶩，催生了這麼多文學文本。另外，我們注意到，這些作品的創作時間從中古一直綿延到當代，足見日本文壇及廣大受眾對這一亂倫故事的持續關注和濃厚興趣。

　　總之，日野富子母子亂倫的故事在日本盡人皆知，日本文壇及廣大受眾對其人其事的持續關注和濃厚興趣，無疑也從一個側面顯示出日本文學的亂倫審美趨向。

---

[1]　〔日〕青木重數：《日野富子》，文芸館，2006年。

[2]　〔日〕海音寺潮五郎：《悪人列伝》（近世篇），文藝春秋，2007年。

[3]　〔日〕岡田秀文：《応仁秘譚抄》，光文社，2012年。

第六章　日本「涉亂」文學文本列舉

　　日本歷史經歷了繩文時代（大約為中國的先秦）、彌生時代（西元前3至3世紀，大約為中國的兩漢）、古墳時代（3世紀後半、4世紀初至7世紀前半、8世紀初，大約為中國的魏晉南北朝）、飛鳥時代（6世紀末至710，大約為隋唐前期）、奈良時代（710—793，中國的唐代）、平安時代（794—1192，中國的唐代、五代、宋代）、鎌倉時代（1192—1333，中國的宋代、元代）、南北朝時代（1334—1392，中國的元代、明代）、室町時代（1392—1573，亦稱「戰國時代」，中國的明代）、安土桃山時代（1573—1598，即所謂的「織豐時代」，織田信長和豐臣秀吉時期，中國的明代）、江戶時代（1603—1867，中國的明末、清代）、明治時代（1868—1911，中國的清末）、大正（1912—1926，中國的北洋軍閥時期）、昭和（1926—1988，中華民國、中華人民共和國）、平成（1989—）等朝代。

　　日本學者習慣上將日本文學史劃分為如下五個時期：

　　古代文學（710—1192），包括奈良（710—793）時代和平安王朝（794—1192）時代兩個歷史階段的文學，這一時期日本處於奴隸制的社會條件下。

　　中近世文學（1193—1867），包括鎌倉、室町時代（1193—1602）和江戶時代（1603—1867）三個歷史階段的文學。日本中世紀是武士階級登上歷史舞臺的時代。武士階級的興衰也決定了這一時期的文學特徵。日本稱鎌倉、室町時代為「中世」，稱江戶時代為「近世」，前者以日本封建社會的確立與發展為標誌，後者以封建社會由鼎盛走向衰落為標誌。江戶文學始於十七世紀，延續二百餘年。這期間町人階級成長起來，商品經濟對文學的影響是深刻的。鎌倉、室町時代佛教影響最大，而江戶時期儒家

思想的影響最廣。對儒學採取批判態度的國學在江戶後期有很大發展。

　　近代文學（1868—1911），即明治時代的文學，始於明治維新，止於第一次世界大戰結束。一般被分成啟蒙（1868—1884）、奠基（1885—1905）、發展（1906—1911）和分化（1912—1911）四個歷史階段。維新後最初二十年，文學處於啟蒙階段。資本主義文明初到到日本，政治小說在這一時期影響頗大。隨後寫實主義理論與創作開始生根，接著浪漫主義文學高漲。日俄戰爭(1904－1905)結束後，浪漫主義消退，自然主義崛起，並向私小說發展。明治末期，反自然主義的流派開始流行，有批判現實主義、白樺派、新思潮派和唯美主義。

　　現代文學（1912—1950），始於第一次世界大戰的結束，指大正後期、昭和年代及平成年代的文學。二十年代和三十年代初，有無產階級文藝與新感覺派的對壘；其後，新興藝術派一度很活躍，隨之有新心理主義文學。戰後初期，民主主義文學發展很快。

　　當代文學（1950—至今），四十年代末五十年代初，出現了對戰爭採取批判態度的戰後派；其後，第二次戰後派登場。五十年代中期，出現了以城市生活為題材的第三代新人。五十年代後期，反傳統道德的小說開始流行。在經濟高度發展的六十年代，有吉佐和子等的作品受到歡迎。七十年代前期出現了一批關心社會問題的作家。七十年代和八十年代，被稱為「內向的一代」作家開始嶄露頭角，之後，「空虛的一代」登上文壇。戰後，推理小說有很大發展。在大眾化的文學中，出現了將純文學和通俗文學統一起來的「中間小說」。

　　本章結合日本天皇制的改朝換代歷史，並參照日本學者對日本文學史的分期方法，即：古代文學（710—1192）、中近世文學（1193—1867）、近代文學（1868—1911）、現代文學（1912—1950）當代文學（1950—至今），而將日本文學史劃分為：古代奈良時期（710—793）、古代平安時期（794—1192）、中世（鎌倉、室町）時期（1192—1598）、近世（江戶）時期（1603—1867）、近代時期（1868—1911）、現代時期（1912—1950）和當代時期（1950—至今），並詳細列舉了日本

文學史上除過「色情小說」或「官能小說」（無論紙質版的或電子版的）之外的所有「涉亂」描寫的敘事文學文本，力圖對日本文學史上迄今為止出現的「涉亂」敘事文學文本做到「一網打盡」。

第一節　古代（奈良）時期（710—793）

　　太安万侶（おおのやすまろ、不詳—723）所撰著的日本最古老的文史著作**《古事記》**（712）中，有好几個亂倫故事，呈現出多重亂倫關係：首先，是伊邪那岐命與伊邪那美命兄妹結合繁衍人類的故事[1]。其次，有同母兄妹沙本毘古王和沙本毘賣命的亂倫之愛[2]。再次，是皇太子木梨之輕皇子與其同母異父妹妹輕大郎女的亂倫故事。三島由紀夫後來據此創作了《輕王子和衣通姬》。另外，還有姨母與外甥結婚的故事：鸕茸草茸不合命為天公的後代山幸彥與海神的女兒豐玉毗賣所生。豐玉毗賣因為被偷窺了原形返回了大海，作為代替，妹妹玉依毗賣從海裏上來養育外甥鸕茸草茸不合命。鸕茸草茸不合命長大成人後和姨母玉依毗賣結了婚。他們之間生了四個皇子，最小的就是日本歷史上著名的神武天皇[3]。

　　舍人親王（とねりしんのう、676—735）、**太安万侶**等編撰的**《日本書紀》**（720）中寫：敏達天皇娶同父異母妹妹豐御食炊屋姬尊為皇后。《日本書紀》還寫：飽田女緬懷航海去韓國的丈夫荒木，哭著說：「我丈夫是我母親的兄弟，也是我的兄弟啊！」原來荒木的母親福那賣與山木生了荒木、與畑生了個女兒那庫賣，而那庫賣與山木（母親的前夫）生了飽田女。從飽田女的角度看，她的丈夫荒木是自己的母親那庫賣的同母異父兄弟的同時，也是自己的同父異母的兄弟。《日本書紀》還寫：允恭天皇戀愛著皇后的妹妹妹衣通郎姬，打算強迫皇后讓她進宮，衣通郎姬害怕姐

---

[1]　《日本書紀》也有類似的記述：伊邪那岐與伊邪那美夫妻同是青橿城根尊（《古事記》中作：阿夜訶志古泥神）的孩子。

[2]　《日本書紀》中也有這個故事，但人名作狹穗彥王和狹穗姬命。

[3]　《日本書紀》也有類似的故事。

姐妒忌堅決拒絕。後來由於臣下的計策，衣通郎姬雖然入宮，但因為在皇后分娩的那天晚上皇帝想去衣通郎姬的身邊，皇后大怒，想燒了產房一死了之。從此以後，天皇與小姨子就只好「明修棧道暗度陳倉」了。另外，《日本書紀》中同樣描述了皇太子木梨之輕皇子與其同母異父妹妹輕大郎女的亂倫故事[1]：木梨之輕皇子容姿佳麗，見者均讚，於是被立為太子。同母異父妹妹輕大娘皇女也長得豔妙無比，令太子日夜渴念，但害怕犯罪只能將欲念深埋於心。然而，情欲的火焰已經燒得太子死去活來，就想：「我將白白死去，刑罰再嚴又有何懼！」於是就與妹妹發生了亂倫，進而心境才稍稍平息。這是當年陽春三月的事。第二年仲夏六月，禦膳房制做的羹湯端上來時突然凝固成了冰塊，天皇非常詫異，於是讓一個巫師占卜緣由。巫師說：有內亂，好像是發生了近親相姦的事情。於是就有人揭發：是木梨輕皇子與同母異父妹妹輕大娘皇女相姦。天皇叱問二人，得以證實。由於太子是儲君，因而沒有施以刑罰。於是就貶謫輕大娘皇女去了伊予[2]。

第二節　古代（平安）時期（794—1192）

　　平安朝初期出現了**景戒**（きょうかい/けいかい、生沒年不詳）所著的日本最早的佛教故事集《日本國現報善惡靈異記》，簡稱《**日本靈異記**》（822），其中描寫了母親對於兒子的性愛：母親轉生與兒子結婚。男女二人供奉著一座墳墓，墓裏埋的是男子的亡父和亡母。其時，佛陀從墳墓的附近經過，察覺到這個女人是男子亡母的轉生，他給弟子阿難加以說明：這個女子前世生了一個男孩，並深愛著兒子。三年後女子得病而亡，她向佛祈求說：「我想生生世世與兒子成為夫妻！」於是，她作為

---

[1]　據三島由紀夫講：「在《日本書紀》裡，姬則是父皇之後的妹妹，亦即輕干子的嬸母」，也就是說亂倫關係不是兄妹而是姨甥。見《川端康成三島由紀夫往來書簡集》，許金龍譯，北京：昆侖出版社，2000年，第30-31頁。
[2]　見《日本古典文學大系67.日本書紀上》，岩波書店，1983年，第447-449頁。

鄰居家的女兒投胎轉生，終於在現世成了兒子的妻子[1]。很明顯，這個故事是通過母子關係與夫妻關係在前世來生的轉換來表達並實現母子亂倫的訴求。

平安初期出現的作者不詳的《伊勢物語》初段寫：剛行過成年禮的一位男子，去奈良京的春日山狩獵，在那裏意外窺視到了一對美豔無比的姐妹，心裏撲通撲通亂跳。男子扯下凌亂的印花衣服的一角，在上面寫了一首和歌「春日的郊外，那淡紫色的衣裾，是無限凌亂的思念」，然後贈予她們。

據說作者為**源順**（みなもとのしたごう、911—983）、出現於平安朝中期的日本文學史上最古老的長篇物語《宇津保物語》[2]（約980）第十卷寫：正賴左大將的第七子仲澄侍從愛上了同母異父的妹妹宛宮，期望與她結婚，但遭到了妹妹的拒絕。宛宮後來入宮做了太子妃，為此，仲澄悲歡不已、病臥不起，不久死去。另外還寫：一條北方戀愛著丈夫桔千蔭的兒子，也就是自己的繼子忠社，被拒絕後，震怒的的北方偷走了桔千蔭珍藏的祖傳的寶物，出賣給了賭徒卻嫁禍於忠社，然而桔千蔭卻沒有譴責忠社，北方的企圖沒能得逞。後來，因為北方又一次讒言誣陷，桔千蔭懷疑上了忠社，忠社很是悲歡，就剃度出家了。

和泉式部（いずみ しきぶ、976—1036）的日記文學作品《和泉式部日記》（約1008年），描述了和泉式部與自己的小叔子敦道親王的戀愛故事。

作為平安文學代表作的**紫式部**的（むらさきしきぶ、約978—約1014）《源氏物語》（約1008）更是把男主人公光源氏與其繼母藤壺的私通生子描寫得纏綿悱惻、肝腸寸斷。此外，還涉及多重亂倫關係。

菅原孝標女（すがわらのたかすえのむすめ、1008—1059）的物語《夜不成寐》[3]（約1059）寫姐姐大君和左大臣的長子中納言定了婚約，

---

[1]　見《日本古典文學大系70.日本靈異記》，岩波書店，1983年，第294-295頁。
[2]　日語寫做《うつほ物語》，也叫《樹洞物语》。
[3]　日語原文為《夜半の寝覚》。

不過中納言在探訪奶媽之前，因為一件偶然的事件卻與有區別的中君發生了關係並山盟海誓。其實，是中納言把她當成了別的女人就離開了，但一夜情卻使中君懷上了中納言的孩子，連對方是誰都不知曉的情形讓中君非常苦惱。在一無所知的情況下中納言和大君結了婚，但後來他明白了中君是大君的妹妹，悄悄接走了中君生的公主，在父親左大臣身邊撫養。然而祕密沒延續多久，妻子大君後來知道了他與妹妹中君的關係，他們的婚姻生活終於出現了裂痕。中君被迫與老關白結了婚，但婚前與中納言的一次幽會使她再次懷孕。不過老關白儘管知道事情的真相，仍然愛著中君及其所生的男孩，中君不久也向寬宏大量的丈夫說明瞭一切。中君開始有意疏遠中納言，對此，失意的中納言傾心於皇帝的妹妹女宮並與之結了婚，因為這個原因，妻子大君悲歎不已，在生下一女後就去世了。不久老關白也死了，中君成了寡婦。平安後期還出現了《夜不成寐》的改編之作《夜不成寐物語》[1]。

　　菅原孝標女的另一部物語**《濱松中納言物語》**（約1059）中寫：兒子與投胎轉生父親的母親發生了關係，這可以看做是孫子與祖母之間的亂倫：中納言的父親式部卿宮死後投胎轉生為大唐帝國第三皇子。中納言渡海赴唐與三皇子的母親河陽縣皇后有了關係。對於中納言而言，河陽縣皇后因為是自己投胎轉生父親的媽媽，也就成了自己的祖母。中納言與自己的祖母發展成了夫妻關係。從河陽縣後的角度看，自己所生的皇子的「前世的兒子」也就是自己的孫子，現在卻成了夫妻關係。晚年的三島由紀夫受到這個故事的強烈吸引，留下了以輪迴轉生為主題的《豐饒之海》。

　　出現於平安時代後期的民間故事集**《今昔物語集》**（約1077）收錄了印度、中國和日本大約一千多個故事傳說，其中有一個故事寫：印度的大天，父親因為做生意去了海外，在這期間，他外出尋找應該成為自己妻子的美女，但是沒有找到。回到家裏看見母親，就想：「只有母親才是最美的美女！」於是和母親結了婚。父親回來後害怕父親追究就殺了父親。此

---

[1]　日語原文為《夜寢覚物語》。

後，大天滿意地過著日子，不過，他發現母親有時去鄰居家，以為母親可能是與別的男人私通，就殺了母親。《今昔物語集》還有一個故事寫了繼母對繼子的引誘：阿育王后戀愛著繼子俱摩羅太子，私下裏總想誘惑太子。由於太子拒絕，王后懷恨在心，在國王面前控告說：「太子對我圖謀不軌，一定要懲罰他!」《今昔物語集》之第二十六卷第十個故事還寫了一對親兄妹的亂倫婚配：乘載著土佐國兄妹的船隻隨著海潮漂流至遠離海岸的海面中的一個孤島上，兩個人在那裏定居，結為夫妻，繁衍後代[1]。

據說作者為**六条齋院宣旨**（ろくじょうさいいんのせんじ、生沒年不詳）的、同樣形成於平安時代後期的物語傑作**《狹衣物語》**（約1077）寫：堀川關白的兒子狹衣愛著像兄妹一樣一起長大的表妹源氏宮，但她卻沒有回應。賀茂的神諭把源氏宮定為了西院，她就成為了狹衣遙不可及的禁忌的人。狹衣後來發現了酷似源氏宮的式部卿宮公主，儘管和她結了婚，但無法停止對源氏宮的思念。

平安時代後期出現的無名氏的**《篁物語》**是具有實錄風格的短篇物語，表現了同父異母兄妹相愛的主題：小野篁在給同父異母妹妹教學漢籍詩文的過程中愛上了她，終於進了妹妹的臥室，使得妹妹懷孕在身，被憤怒的母親關了禁閉，不久就死了。谷崎潤一郎後來還用現代日語把它改寫成了《小野篁兄妹戀歌》。

平安後期出現的、作者不詳的物語**《黎明的分別》**[2]寫：左大將和妻子生了一個公主，卻又性侵了妻子與其前夫所生的女兒，也就是自己的繼女，並生了個男孩。繼女被左大將性侵後，和左大獎的兒子也發生了關係，並產下一女。

出現於平安時代末期的**平康賴**（たいらのやすより）的佛教故事集**《宝物集》**[3]（約1179）中寫：幼年就上了天台山修學的明達律師想見自己的母親，因而前往故鄉下野，而母親也因為思念自己的孩子而奔赴京

---

[1]　此後13世紀前半葉出現的《宇治拾遺物語》也有類似的描寫。

[2]　日語寫做《有明けの別れ》。

[3]　也叫《康賴實物集》。

城，兩個人旅途中在某家旅館住宿時相遇，在互相不知道是母子的情況下發生了關係。

　　散見於許多文本的民間故事《**女兒島的傳說**》[1]中寫：從前，大海嘯襲擊了八丈島，島上的居民和牲畜全都被淹死了，只有一個名叫丹那婆的孕婦抱著一棵樹活了下來。她在海邊的一個洞穴住下，後來生下一個男孩，這個男孩長大後與母親交合使子孫繁衍生息。

第三節　中世（鐮倉、室町）時期（1192—1598）

　　傳說作者為**中山忠親**（なかやま ただちか、1131—1195）的故事集《**水鏡**》（約1195）中描寫了因詛咒天皇而被囚禁一室的王室母子——井上內與他互相愛生女的故事。

　　鐮倉時代初期出現的民間傳說故事集《**宇治拾遺物語**》（1213—1221）第四卷之第五十六個故事描寫了土佐國的「妹背島」的故事傳說：土佐國的一對農家夫婦從事著到處替人插秧的工作。除了稻作的用具之外，食品及生活用品都要隨船搬運。有一次，到達目的地後，夫婦二人剛一登岸，小船就被海流沖走了，而船中此時還沉睡著一對兄妹。小船就這樣來到了海上，被風吹送著到達了遙遠的一個南方的小島。兄妹倆只好無可奈何地在這個小島安家落戶。開始只能忍饑挨餓，後來經過長時間的辛苦努力，終於培育成了許多農作物，兄妹倆於是海誓山盟、結為夫婦。不僅生育了很多孩子，而且子子孫孫繁衍不息。

　　鐮倉時代成書、作者不詳的《**平家物語**》（約1230）中寫二條天皇不顧舉世非難，在自己的叔父——近衛天皇去世後強娶自己的叔母——號稱「天下第一美人的」皇太后藤原多子，使藤原多子一下子處於一身兼二職——太皇太后和皇后兩種身分的尷尬境地而痛苦不堪。這件事在遭到在位三年便讓位給他的、自己的父親後白河天皇的勸誡後二條天皇卻這樣回

---

[1]　日語寫做《女護ヶ島の伝説》。故事中的小島就是現在的東京都八丈島。

答：「天子無父母，我憑了十善的戒功，得萬乘之寶座，這區區小事，還不能由我的意思嗎？」這一故事情節，在後世文人作家改編自《平家物語》的文學作品中還不斷出現，成為盡人皆知的亂倫故事。

鎌倉時代形成的、作者不詳的物語**《木幡的陣雨》**[1]寫：奈良兵部卿右衛門督的二女兒中君是個美貌的公主，因為她的奶媽是父親的小妾，她被自己的生母疏遠，父親死後被人欺負。某年的秋天，中君因為禁食（忌諱），在木幡閉門不出，被因陣雨而找住處的中納言初見，兩個人相交並立下了婚誓。然而，因為母親的計謀兩個人卻被分開，中納言和中君的妹妹三君結了婚，中君被禁閉在石山寺。兩年後又因為陣雨卻與式部卿宮（後來的太子）相交並盟誓。中君為式部卿宮生下了雙胞胎兒子，而三君與中納言之間生下了雙胞胎女兒。不久，中君遭藏人兵衛佐求婚，由於環境的原因被強迫著結了婚。陷入窮境的中君正想投水自殺時，被中納言所救，兩人再一次結合。三君則和式部卿宮結了婚。後來，式部卿宮即位，三君成為了皇后，中君所生的雙胞胎兒子由於是在式部卿宮身邊撫養，分別成了太子、兵部卿宮。中納言榮升關白，讓雙胞胎的女兒（生母為三君）與雙胞胎的繼子結了婚，家族相當繁榮。《木幡的陣雨》中的故事情節較為複雜，涉及的亂倫元素有：姐妹換夫，各自的孩子互婚——表兄妹結婚，父親讓親生女兒嫁給現任妻子的親生兒子、自己的繼子。

大約在1271年以前形成的**《隨風物語》**[2]寫：皇后的妹妹阿姬進宮探訪姐姐的時候被皇帝（後來的吉野院）瞥見，皇帝對她傾心不已，很想接近。妹妹阿姬卻又驚又恐，藉口身體不舒服離開了皇宮，皇后生下皇子後死了，天皇一邊追憶著皇后，一邊戀慕著皇后的妹妹阿姬，但是妹妹阿姬對此卻沒有回應，她把皇子作為對皇后姐姐的紀念養育了起來。

鎌倉時代形成的長篇物語**《苔衣》**[3]（約1271）描寫了表兄弟姐妹之間的婚戀：苔衣大納言戀慕母親前齋宮的妹妹西院上的女兒，也就是母方

---

[1]　日語寫做《木幡の時雨》。
[2]　日語寫做《風につれなき物語》。
[3]　日語寫做《苔の衣》。

的表妹姬君，結了婚。兩個人生的女兒長大後，也和父親大納言的姐姐藤壺中宮的兒子、也就是父方的表兄東宮結了婚。然而，東宮的弟弟兵部卿宮卻戀愛著她。

鎌倉時代產生的無名氏的長篇物語**《自尋自小姐》**[1]寫關白之子和天皇二皇子對貌美的自尋自小姐一見鍾情，而自尋自其實是關白與二皇子生母的私生女，這樣他們與她之間就成了同父異母或同母異父兄妹的亂倫關係：水尾帝的皇后與關白私通，生出公主。公主不知道自己的父母是誰，在一位當尼姑的遠親身邊長大。關白的兒子三位中將(其實是公主同父異母的哥哥)和水尾帝的王子二宮(其實是公主同母異父的哥哥)各自分別看見公主，都愛上了她，並托人求婚。 三位中將不久就知道了公主是自己同母異父的妹妹，然而，二宮卻依然被蒙在鼓裏，渾然不知公主是自己同母異父的妹妹，想要強行締結關係，最後遭到拒絕。公主跟太子結婚，隨後成為皇后。故事將近結束時，自尋自在57歲的年齡死去。

鎌倉時代中期**無住道曉**（むじゅうどうぎょう、1227—1312）的佛教故事集**《沙石集》**（1283）中寫主人公前世是人間的夫妻，現世轉生為犬類的子與母：山寺的狗生了五只小狗。他們在前世是應召女和她的五個丈夫。五個丈夫中其中一個任性隨意，害苦了應召女，應召女因此投胎轉生為一隻母狗，不讓五隻小狗中的那只小狗吃到奶，還露出獠牙咬它。這個故事無疑是通過夫妻與母子關係在前世來生的轉換來表達並實現母子亂倫的訴求。

鎌倉時代中期的女作家**后深草院二条**（ごふかくさいんのにじょう、1258—沒年不詳）的**《脫口而出》**[2]（1306左右）寫：后深草院年少時跟著大納言典侍學習作歌，後來悄悄愛上了她，然而她卻嫁給了久我雅忠，不久生下了女兒二条。後深草院等待著二條長大，在自己二十九歲、二條十四歲的那一年的正月，強行和二條發生了關係，上演了一場愛母不遂轉向其女的亂倫情戀。

---

[1]　日語寫做《我身にたどる姬君》。
[2]　日語寫做《問わず語り》或《はずがたり》。

　　室町時代初期形成的、**觀阿彌**（かんあみ、1333—1384）作、**世阿彌**（ぜあみ、1363—1443?）改寫的能劇**《松風》**寫：造訪須磨的行僧看到海邊有一顆松樹，下立牌子、上掛木箋，一打聽，得知這是名叫松風、村雨的漁家女姐妹的遺蹟。原來，詩人在原行平流放須磨時，同時愛上了姐妹倆。到了夜裏，二姐妹的魂靈顯現，她們回憶著二人被曾經流放此地的在原行平一同寵愛的日子，邊講邊舞。本劇描寫了二姐妹對在原行平的真摯眷戀之情。

　　室町時代出現的、**藤原某**編寫的故事集**《垃圾場的故事》**[1]（1552），輯錄了從鎌倉到室町時代人物的奇聞趣事，其中有一個故事是這樣的：源義經通過吉野這個地方的時候，聽到十多歲的孩子背著三四歲的孩子互相稱呼「伯父」「伯父」。源義經立即就察覺他們的關係，說道：「不忠的人們啊！」原來是：夫妻之間有一兒一女兩個孩子，男孩子與母親、女孩子與父親交合各自生下的兩個男孩子之間稱呼彼此為「伯父」。近世的井原西鶴後來在其短篇小說集**《櫻花樹下巧斷案》**[2]（1689）中對此也有相似的描述。

　　室町時代出現的短篇小說「禦伽草子」[3]**《和泉式部》**（約14世紀至16世紀）描寫了母親與自己兒子的亂倫：和泉式部十三歲時與十九歲的桔保昌相愛，十四歲的那年春天生下一子，將孩子同自己的佩劍一起拋棄於五條橋。孩子被一個市民收養長大，不久上了比叡山成了一名出色的學僧，名叫道命阿闍梨。道命阿闍梨十八歲的那年，在皇宮宣講法華經的時候，遇到了美麗的和泉式部（其實就是自己的親生母親），深深愛上了她，兩人共度一夜。第二天早晨，由於道命阿闍梨的佩刀，才知道兩個人是母子。

---

[1]　日語寫做《塵塚物語》。

[2]　日語原文為《本朝桜陰比事》。

[3]　「御伽草子」（おとぎぞうし），室町時代至江戶時代產生的插圖短篇物語及其形式。廣義上也指以室町時代為中心的中世小說的全部，或從室町時代到江戶初期創作的樸素的短篇小說的總稱。

　　無名氏創作的說經淨琉璃《愛護若》[1]（約1661年前成立）寫二條藏人清平的後妻雲居前，愛上了繼子愛護若，不斷地送情書。愛護若拒絕了她，雲居前因愛生恨，誣陷他把傳家寶偷出去賣了，其父清平大怒，用繩子綁了愛護若，吊在櫻樹下。

第四節　近世（江戶）時期（1603—1867）

　　首當其沖的是大約出現於此期的古典落語《衣錦還鄉》[2]（約江戶時代，具體時間不詳）寫：父親早亡，母親一手將兒子養大。長到17歲的兒子戀上了三十幾歲的母親，並因此一病不起。母親不得已只好滿足兒子只有一次的願望。上床進被窩時，看見兒子渾身上下穿綢著緞很是拘謹，母親為了消除尷尬故意問其原因，兒子回答：「不是說要衣錦還鄉嗎！」

　　近世江戶時代**井原西鶴**（いはらさいかく、1642—1693）的長篇浮世草子[3]《**好色一代男**》（1682）中寫到男主人公世之介深深戀愛著自己的表姐阿阪，並托一位和尚給表姐寫了情書。此外小說中還有這樣的描寫：世之介在旅館中與若狹、若松姐妹二人同床共枕，上演了一場「一男同淫姐妹」、「姐妹同侍一男」的亂倫場景。其中，還描寫到了在日本民間風俗中至今仍然存在的濫交與亂倫：

　　從位於寂光院的朦朦朧朧的清水河邊，沿著山後的小路，撥開小松樹，他們來到了大原村。夜色漆黑，但仔細觀察，就可以發現天真無邪的少女四處逃跑的身影。還有即使被抓住了手仍然在表示拒絕的女人，也有

---

[1] 日語寫做《あいごの若》。

[2] 日語原文為《故鄉へ錦》。

[3] 「浮世草子」（うきよぞうし），江戶時代產生的插圖長篇小說形式，又稱「浮世本」。當時流行於京都、大阪一帶，創始人是十七世紀日本小說家井原西鶴。「浮世」這個詞有兩個意思，首先是現世之意，其次是情事、好色之意。「草子」又寫作「草紙」，意為「裝訂成冊的書籍」或「帶插圖的小說」。後來「浮世草子」或「浮世草紙」就專指「通俗艷情小說」。這種載體突破了過去以描寫貴族、武士生活為中心的文學傳統，而以反映城市中下層市民生活為主，逐漸形成頗受歡迎的庶民文學。十八世紀末葉日趨衰落。

的女人在主動挑逗男人，還可以看到兩個人正在一起卿卿我我的交談著，更有趣的是兩個男人正在爭奪一個女人。有的男人抓住了年過七旬的老嫗而大吃一驚，還有的男人竟然制服了伯母，也有的男人故意找主人老婆的麻煩。最後人們放蕩無羈地鬧作一團，有哭的，有笑的……這充滿樂趣的場面真是百聞不如一見。[1]

井原西鶴的另外一部長篇浮世草子**《西鶴諸國故事》**[2]（1685）中有富姬的傳說：他戶親王是光仁天皇與井上皇后所生的皇太子。在當時爭權奪利的漩渦中，母親井上內親王因為有惡咒天皇的嫌疑，他戶親王的皇太子也被廢了，母子一起被幽禁，最後被毒殺。傳說井上內親王後來變成了龍神，與其子他戶親王愛戀交合生出女兒富姬。取代他戶親王成為天皇的桓武天皇，害怕母子的怨靈，給他們修墳墓追封號建神社，進行熱誠的祭祀。從此有了禦靈信仰。本故事在此前中山忠親的故事集**《水鏡》**中也曾出現。

江戶時代**夜食時分**（やしよくじぶん、生卒年不詳）所著的短篇浮世草子**《長崎船》**[3]（1703）寫：長崎五十三歲的暴發戶角左衛門喜歡難波色里的一個十九歲的頭等妓女，幾乎天天來看望，終於花重金為其贖了身。然而在慶祝酒宴上才知道兩人是父女關係。在喜宴上角左衛門講起了自己的身世，說自己以前貧窮的時候曾經拋棄過一個六歲的女兒，見到這個妓女就想：「女兒也活著的話恰好也這般歲數開始戀愛了」。聽到這個情況，妓女說：「這樣的話我就是你的女兒」，於是取消了贖身。妓女感歎說：「雖然此前我不知道，但曾和親生父親上床也讓人太難為情了」。巧舌如簧的妓女姐姐卻說：「你曾讓父親那麼興奮，這是連二十四孝也做不到的孝順父母呀！」於是妓女才留了下來。

近松門左衛門（ちかまつ もんざえもん、1653—1725）的淨琉璃[4]戲

---

[1] 〔日〕井源西鶴：《好色一代男》，王啟元、李正倫譯，濟南：山東文藝出版社，1994年，第75頁。

[2] 日語原文為《西鶴諸国ばなし》。

[3] 見浮世草子集《好色敗毒散》（1703）。

[4] 也叫「木偶淨琉璃」，是日本的一種古典戲劇形式。

劇《情死天网島》[1]（1720）中有這樣的內容：紙店老闆治兵衛與自己的表妹阿三相愛結婚，並生有兩個孩子。近松的另外一部戲劇《**津國女夫池**》（1722）採用了親兄妹婚戀的題材：足利幕府的管領淺川藤孝的家臣冷泉造酒之進與將軍義輝饌膳房的侍女清瀧私下相好、山盟海誓。逆臣三好長慶起兵殺了義輝，造酒之進與清瀧一起守衛著饌膳房和少主，後來安全逃離到父母的身邊。造酒之進父母通過查看清瀧的全身，最後判定：清瀧就是他們小時候拋棄的女兒、也就是造酒之進的親妹妹。

都賀庭鍾（つがていしょう、1718—1794？）的短篇小說《**陰曹地府斷積案**》（1749）[2]中寫：建禮門院德子和哥哥平宗盛私通生亂倫生下的兒子就是後來的安德天皇。

產生於此期、作者不詳的落語《**沒有沒有！**》（1783）寫：女性裝扮的男演員出去旅行，借宿在一戶百姓家裏，那一家有父親、母親和女兒三人。那天夜裏，男演員恢復成男性的本來面目，強暴了這家的妻子和女兒。這時男主人卻在想著男演員真是「漂亮的女人啊」，次日早晨去看他時就順便說了出來。然而，這個男演員順帶也侵犯了男主人。男演員走後，沒法平靜的三個人互相問，「有什麼奇怪的事情發生了嗎？」結果大家異口同聲地回答「沒有沒有！」

山東京傳（さんとうきょうでん、1761—1816）的話本小說《**昔話稻妻表紙**》[3]（1806）中描寫了桂之助與藤波、於龍姐妹精神上的亂倫。破戒僧人清玄與美豔少女櫻姬之間的愛情悲劇在日本為許多藝術形式所演繹傳寫，山東京傳的傳奇小說《**櫻姬全傳曙草紙**》[4]（1806）卻把二人描寫成為同父異母的兄妹關係，從而使得這一著名的愛情故事帶上了亂倫的色彩[5]。

---

[1]　日語原文為《心中天網島》。

[2]　日語寫做《紀任重陰司に至り滯獄を斷くる話》，見《英草紙》，也叫《古今奇談英草紙》（1749），都賀庭鍾改編自中国《三言》的短篇小說集。

[3]　日語原文為《昔話稻妻表紙》。

[4]　日語寫做《桜姫全伝曙草紙》。

[5]　參見〔日〕原田武：《文学と禁断の愛——近親姦の意味論》，青山社，2004年，第56頁，

　　江戶時代後期的**鶴屋南北**（つるや なんぼく、1755—1829）創作的歌舞伎腳本**《東海道四谷怪談》**（1825）在阿岩殺死丈夫伊右衛門這一中心故事的基礎上，又加入了阿岩的妹妹阿袖和伊右衛門的夥計直助權兵衛的戀愛故事——阿袖誤以為丈夫被殺，為了替丈夫和父親報仇，違心地對一直迷戀自己的、開藥店的直助權兵衛以身相許。當為了策劃替過去的主君報仇而在外奔走的丈夫重返家園時，阿袖羞愧難當，親自導演了丈夫與直助權兵衛的決鬥，並最後讓自己倒在了兩人的刀下。從阿袖留下的遺物中，直助權兵衛發現自己與阿袖原本是親兄妹，自知罪孽深重的直助權兵衛於是以自殺身亡的方式進行了自我了斷。這個故事後來又被京極夏彥（1963—）改寫為長篇小說**《可笑的伊右衛門》**（2004）。鶴屋南北根據自山東京傳的小說**《昔話稻妻表紙》**改編的九幕歌舞伎腳本**《豔戀之電》**（1823年初演）[1]描寫了哥哥不破伴左衛門與妹妹傾城葛城在渾然不知的情況下發生了亂倫。其中一部，現在作為**《鈴森》**、**《鞘當》**經常獨立上演。

　　三遊亭圓朝（さんゆうてい えんちょう、1839—1900）的落語**《神經怨婦》**（1859）[2]寫：深見新左衛門的二兒子新吉跟主人的小妾阿賤結為夫婦，做盡了各種各樣殺人越貨的壞事。但是，實際上阿賤是新左衛門與自己的小妾阿熊所生的女兒，那麼，新吉就在渾然不知的情況下跟自己同父異母的妹妹結為了夫婦。

　　河竹默阿彌（かわたけ もくあみ、1816—1893）的七幕歌舞伎腳本**《三個叫吉三的人》**[3]（1860年初演）寫：和尚吉三的爸爸土左衛門傳吉曾經當過盜賊，金盆洗手之後開始經營一家從事街頭拉客的下等妓女店——夜鷹宿。傳吉膝下本來有三個孩子，長子是和尚吉三，另外兩個是一對孿生兄妹。孿生兄妹中的男孩剛一出生就被傳吉給扔了，而孿生兄妹

---

[1]　日文原名為《浮世柄比翼稻妻》，見〔日〕南博：《家族內性愛》，朝日出版社，1984年，第162頁。
[2]　日語原文為《真景累ケ淵》。
[3]　日語寫做《三人吉三廓初買》。

中的女孩阿歲則做了賣春女。被扔掉的那個男孩十三郎被人收養長大後成
了一個舊貨商的小夥計。一次，十九歲的十三郎在替老闆收取貨款的歸途
中與同是十九歲的賣春女阿歲邂逅相逢、一見鍾情、結為夫婦。然而他們
卻不知道自己是孿生的兄妹。他們的哥哥和尚吉三擔心兩個人一旦知道真
相，悲歡至極會以死明志，於是，趁他們互相還不知道是兄妹時殺死了他
們。

第五節　近代時期（1868—1911）

　　二葉亭四迷（ふたばてい しめい、1864—1909）的長篇小說《浮雲》
（1887）描寫了表兄妹之間的戀愛：內海文三在叔父家寄宿，經過苦學成
為了一個下級官吏。二十三歲的文三和表妹阿勢成為了戀人，叔母阿政也
有打算讓二人結婚的心思。然而，由於官署人員調整，文三很快就被解雇
了，阿政的態度大變，苛刻地對待文三，阿勢則移情於文三的同事、善於
處世的本田升。

　　廣津柳浪（ひろつ りゅうろう、1861—1928）的短篇小說《黑蜥蜴》
（1895）描寫養父公公吉五郎對兒媳婦百般蹂躪甚至虐待，養子與太郎無
奈特意娶了又黑又醜的麻臉醜女都賀為第七個妻子，還是逃不過養父公公
的蹂躪，憤恨至极的兒媳婦都賀最後毒殺了這個無賴公公然後自殺，被稱
為悲慘小說。

　　小栗風葉（おぐり ふうよう、1875—1926）的短篇小說《晚裝》[1]
（1896）描寫了特殊部落出身的兄妹之間的亂倫之愛，當時被禁止發行，
結果，作為日本近代第一部禁書而名揚天下。

　　國木田獨步（くにきだ どっぽ、1871—1908）的短篇小說《命運》[2]
（1903）中寫：大塚信造進入青年期後，知道了原以為自己的父母其實是
養父母。他聽說親生父母都因病去世了。其實他的親生母親還活著。大塚

---

[1] 　日語寫做《寢白粉》，見《文藝俱樂部》，1896年9月。
[2] 　日語寫做《運命論者》。見《山比古》，1903年3月。

信造當了律師，和戀人高橋裏子結了婚，成了高橋家的養子，然而，岳母高橋梅其實就是信造的親生母親。阿梅之所以二十幾年前拋棄年幼的信造和患病的丈夫，就是為了和情人私奔。大塚信造渾然不知地娶了自己同母異父的妹妹為妻。

伊藤左千夫（いとう さちお、1864—1913）的短篇小說**《野菊之墓》**（1906）描寫了男主人公政夫與自己的表姐民子的悲戀故事：「我」（政夫）母親病了，表姐民子來到家裡幫忙干家務。那年我十五歲、民子十七歲。青梅竹馬的表姐弟之間萌生的淡淡的戀情，開始遭到周圍人們的流言蜚語。害怕世俗眼光的大人們為了將二人分開，硬是要把民子嫁給另外的男人。不得不放棄一切的民子把政夫的面容深埋於內心，然後服從了大人們的安排，第二年流產而死。記得有一次，「我」（政夫）和民子去田地裏採棉花，民子看見野菊花說：「我好喜歡野菊花。我是野菊花轉生的呢。」民子死後，「我」來到民子的墓地，周圍不可思議地長滿了野菊花。從那以後，在一周的時間裏，我每天都去那裏，在她墓地周圍種滿了野菊花。

夏目漱石（なつめ そうせき、1867—1916）的長篇小說**《虞美人草》**（1907）寫：法律專業畢業的外交官宗近一和研究哲學的多病羸弱的甲野欽吾不僅是堂表兄弟也是新交的好友。宗近一的妹妹藤尾愛上了表兄甲野欽吾，二個人結了婚[1]。夏目漱石的另外一部長篇小說**《行人》**（1912）則描寫了嫂嫂對小叔子的誘惑：「自己（長野二郎）」與哥哥一郎的妻子阿直共同在和歌山的旅店住了一宿。由於暴風雨造成了停電，房間裏漆黑一片，嫂嫂阿直脫了衣服換上浴衣進行化妝，而且對「自己」說：「準備隨時死亡！」態度分明在引誘。嫂嫂說：「我們馬上就去和歌浦，大浪也罷，海嘯也罷，一起跳進去試試看！」「我」哄勸她道：「你今天晚上太興奮啦。」「男人大體上在關鍵時刻都是膽小鬼呀。」她在床上說。其實，哥哥對他們叔嫂二人的關係一直就很懷疑。他的長篇小說**《心》**

---

[1] 這部小說在被改編成電影后，更是突出了亂倫元素，把整個故事處理成為了一出同父異母兄妹深陷亂倫情感深淵中的悲劇。

（1914）中則提到：我沒有按照叔父的意願和叔叔的女兒結婚，因為「我只是不愛我的堂妹，但並不討厭她」。

　　泉鏡花（いずみ きょうか、1873—1939）的中篇小說**《草迷宮》**（1908），描寫男主人公阿明彷徨於故鄉迷宮般的世界，始終難以忘懷亡母。他之所以喜歡母親的朋友菖蒲，是因為菖蒲身上有母親的影子。透射出明顯的母子精神亂倫的色彩。

　　柳田國男（やなぎた くにお、1875—1962）是日本著名的民俗學家，他發表於1910年的**《遠野物語》**，既是日本民俗學的名著，也是一部民間故事集。它彙集了流傳於日本遠野地方的傳說、故事、軼聞等，其中充滿了「貧困、飢餓、嚴酷的自然環境、亂倫、殺嬰、棄老等這個世界過於殘酷的寫照」，被稱為「描寫了日本業已失去和正在失去的原生態生活的、充滿魅惑的民間故事」，「毫無疑問應該進入名著部類」。第六十九個故事描述了一個父親對女兒戀獸的強烈嫉妒：很久以前有一個貧窮的農夫。他沒有妻子，只有一個美麗的女兒和他相依為命。這個農夫還飼養著一匹馬，結果發現自己的女兒愛上了此馬，一到夜晚就去馬廄睡覺，竟然和這匹馬成為了夫妻。一天夜裏，做父親的知道了這件事，第二天就瞞著女兒，把馬牽出屋栓吊在一棵桑樹下給殺死了。到了晚上，女兒尋不見愛馬，便追問父親，得知愛馬已被殺死，驚愕而又傷悲地她來到桑樹下，緊抱著馬頭痛哭不已，父親見狀更加生氣，從後面揮斧頭把馬頭砍下。忽然，這個農夫的女兒騎在馬頭上升天而去[1]。有一種觀點認為這是因為父親對馬產生了嫉妒心理，是一種三角關係，屬於亂倫。柳田國男後來又與京極夏彥共同編寫出版了**《遠野物語拾遺》**（2014），其中第一百六十七個故事描寫了父親亡靈對自己女兒的戀戀不捨：剛剛去世的父親死而復生，每天晚上都滯留在女兒臥室的天花板上，邀請女兒：「一起出去啊！」女兒終於衰弱而死，被埋在了父親墳墓的旁邊。

　　長塚節（ながつか たかし、1879—1915）小說**《土》**（1910）中描寫

[1]　譯文參考〔日〕柳田國男：《遠野物語 日本昔話》，吳菲譯，上海：三聯書店，201年，第39頁。

父女已經瀕臨亂倫的邊緣：鬼怒川西岸的貧衣勘次因為破傷風死了妻子阿品，身後留下了十五歲的女兒次子和三歲的兒子與吉。姐姐一抱與吉，他就撫弄次子的乳房。雖說次子二十歲了，但勘次卻沒有一丁點讓女兒嫁人的意思。堪次既不續弦也不嫁女就是因為在女兒的事情上，父親的嫉妒之情已經達到了冷笑和嘲弄的地步。說白了，就是因為他從女兒的身體想起已故的妻子，總是感覺到一種難耐的刺激。村民們也覺得：「勘次和次子像一對夫婦」。

鈴木三重吉（すずき みえきち、1882—1936）的長篇小說《小鳥之巢》（1910）寫主人公十吉與已婚的表妹万千子的戀情與通奸。

島崎藤村（しまざき とうそん、1872—1943）的長篇小說《家》（1911）中有一個情節，透射出叔叔對美麗姪女的情愛衝動：男主人公小泉三吉在妻子不在家的一天晚上，林中散步時突然緊緊握住了姪女阿俊的手。在長篇小說《新生》（1918）中叔叔與姪女的亂倫之愛則進一步升級：發現姪女節子已有身孕，主人公岸本害怕自己的背德行為暴露，曾一度決定輕生，一死了之，後來跑到法國躲風，節子回到鄉間生下一個男孩，岸本自愧弗如，回國再次同節子一起生活，公開這種亂倫的情事，請求社會的批判和懲罰，他相信只有這樣做才是兩人獲得「新生」的唯一的道路。

武者小路實篤（むしゃのこうじ さねあつ、1885—1976）的劇本《養父》（1913）描寫男主人公未能與自己喜歡的姑娘結婚，卻收養了這位姑娘與別人生的女兒並對其產生了情欲，故事涉及到一個男子對母女二人的亂倫情欲和養父對養女的不倫情欲。劇本《他的妹妹》[1]（1915）描寫明治末期在戰爭中失去視力的畫家野村廣次與美麗的妹妹靜子相依為命，暫時寄居在叔父家。廣次想藉助妹妹的手寫小說，展現自己的文學才華。妹妹成為了哥哥的眼睛和拐杖，全身心地支持哥哥，與哥哥形影不離。叔父和叔母卻想把美麗的妹妹嫁給自己上司的兒子。兄妹二人為此離開了叔父

---

[1]　日語原文為《その妹》。

家。妹妹靜子一邊說明哥哥整理筆記，一邊忘我地支持在絕望中尋找作家之路的哥哥。雖然沒有超越底線，但兄妹之間表現出了濃郁的姐弟之情。三幕劇《父與女》（1923）寫：在妻子去世後，末弘時次就把自己的全部感情寄託在了女兒末弘敏子身上，總是以別的男人都不可靠為理由，限制女兒找男朋友；而女兒也在想：怎麼能既擁有男朋友，同時又不拋棄父親。另一個劇本《愛欲》（1926）描寫了兄弟二人與一個女人的三角關係：天生駝背的天才畫家野中英次與天生麗質的千代是一對夫妻，然而，千代卻與作為優秀演員的英次的哥哥信一相愛。理性的愛情與本能的欲望之間的糾葛，通過夫婦、兄弟和情人各自的關係得以展現，留戀和嫉妒的結果是：為激情所驅使的丈夫最後扼殺了自己的妻子。

久米正雄（くめ まさお、1891—1952）的劇本《牧場的兄弟》（1914）寫男主人公源吉在妻子孕期誘惑自己的弟媳婦。

宇野浩二（うの こうじ、1891—1961）的自傳體長篇小說《苦難的世界》[1]（1919）寫男主人公鶴丸是一位不得志的無名畫家，因為生活窘迫，於是不得不同意他的同居情人——藝妓朝顏被自己喜歡的另外的男人贖身。在名古屋車站的檢票口，鶴丸遠遠地一看，發現來迎接朝顏的男人竟是自己的父親。本故事無疑屬於父子同淫一女的亂倫。

谷崎潤一郎（たにざき じゅんいちろう、1886—1965）的短篇小說《惡魔》（1912）寫男主人公佐伯瘋狂地愛上了自己的表妹，而表妹則蔑視其這種放蕩不羈的行為。中篇小說《戀母記》[2]（1919）寫男主人公潤一戀母、尋母的故事。中篇小說《各有所好》[3]（1928）寫男主人公阿要對岳父的情人久子產生了朦朧愛欲。中篇小說《吉野葛》（1931）寫：津村幼年喪母，他來到吉野町尋找幻影中的母親，與一位名叫和佐的年輕親戚邂逅，和佐酷似自己的母親，津村就想把她娶過來。長篇小說《盲人

---

[1]　日語寫做《苦の世界》。
[2]　日語寫做《母を恋うる記》。
[3]　日語原文為《蓼喰ふ虫》。

的故事》[1]（1931）寫一位盲人對母女兩代人的愛慕之情：自小雙目失明的彌市在給自己美麗高貴的女主人按摩的過程中接觸到其柔軟而年輕的肉體，從而對其產生了一種偶像崇拜式的愛情。後來，在背負主人的女兒──公主逃離仇家追趕的過程中，他感到早就潛藏在心中的對母女兩代的戀情，現今如願以償了。長篇小說**《小野篁兄妹戀歌》**[2]（1950）改寫自平安時代出現的短篇物語《篁物語》，表現了同父異母兄妹相愛的主題：小野篁在給同父異母妹妹教學漢籍詩文的過程中愛上了她，終於進了妹妹的臥室，使得妹妹懷孕在身，被憤怒的母親關了禁閉，不久就死了。中篇小說《刈蘆》（1932）寫父子倆一直保持著對已經嫁人的父親昔日戀人阿遊的戀慕之情，是繼《吉野葛》之後，又一篇以「思母、戀母和表現『永恆的女性』為主題的小說。」[3]長篇小說**《少將滋幹之母》**（1949）寫長大成人後的滋幹總是難忘母親，一直戀慕著母親昔日的風采。**《乳野物語：元三大師的母親》**（1951）描寫了日本平安時代天臺宗高僧元三大師良源戀母的故事。長篇小說**《鑰匙》**[4]（1956）描寫了岳母與女婿之間的亂倫：鬱子雖已四十五歲，但小自己二十歲的女兒敏子在外貌上都不如她。鬱子與女兒敏子的戀人木村有性愛關係，害死了五十六歲的丈夫。按照木村的計畫，不久，他在形式上與敏子結了婚，住進了鬱子的房間。敏子為了顧全面子，彷彿有一種為母親而犧牲自己的決心。長篇小說**《夢之浮橋》**（1959）寫：「我」（阿糾）六歲時生母去世，九歲時父親再婚，阿糾有了一個大自己十二歲的繼母。發香、乳香、玉足、水聲、搖籃曲，是幼年阿糾對逝去母親深深的懷念。不過，繼母與生母在阿糾的生活裏，無論是形象、習慣、喜好均沒有區別，兩人合而為一，戀母的阿糾鑽進她的懷裏，盡情吸吮，幸福生活再次展開。父親對阿糾的不倫行徑，知情卻毫無怨言，在病逝前，只請求阿糾娶個妻子兩人一起好生照顧繼母終老，

---

[1] 日語原文為《盲目物語》。
[2] 日語原文為《小野篁妹に恋する事》。
[3] 葉渭渠：《谷崎潤一郎傳》，北京：新世界出版社，2005年，第110頁。
[4] 日語原文為《鍵》。

並交代繼母，視阿糾為昔日的丈夫一般。阿糾長大後和繼母發生了關係。父親去世後，阿糾娶了妻子，不過，三年後由於妻子的不小心，繼母被百足蟲蜇了胸部，三十五歲就死了。也許是妻子故意把百足蟲放在了睡著的繼母胸部。長篇小說**《瘋癲老人的日記》**（1961）描寫七十七歲的老人卯木督助對兒媳婦颯子感到了情欲，已經喪失性能力的他狂吻沐浴中的兒媳婦，尤其對兒媳婦美麗的腳崇拜得五體投地。兒媳婦則是個放任的女性，有一股征服男人的強烈欲望，所以任憑公公撫愛。老人在撫愛中，憶起了自己兒時戀母、撫愛母親的腳的情景，將母親與兒媳婦迭印在一起，產生了一種神祕的感情。最後老人想將兒媳婦那只像佛腳般的腳，拓刻在自己的墓碑上，以求得死後永恆的愉悅和永恆的美。

第六節　現代時期（1912—1950）

　　橫光利一（よこみつ りいち、1898—1947）的處女作**《你》**[1]（1924）描寫：大學生末雄非常喜歡自己的姐姐，姐姐生了一個女兒，起名幸子。末雄聽聞後喜不自勝，立刻回鄉探望。他覺得外甥女幸子可愛得讓他受不了。只要是有關幸子的事情他都會上心，他會為她一會兒喜一會兒憂，還會為她一個人大吵大鬧。其實，末雄已經對兩歲的外甥女產生了狂熱的戀情，他和她接吻、自定她為自己的妻子等等這些寵愛的作法已經超越了對於親戚的界限。然而對方還是一個正在牙牙學語的兩歲兒童。末雄為此感覺到了從未有過的痛苦。自己的愛戀不能夠實現，末雄後來覺得自己逐漸憎恨起外甥女來。這篇作品被認為是日本文學史上描寫了最年少的「萌」[2]女主人公的短篇小說。

　　志賀直哉（しが なおや、1883—1971）的**《暗夜行路》**（1921—1937）寫公公與兒媳婦亂倫生下男主人公時任謙作，而時任謙作在祖父去世后又愛上了祖父的小妾阿榮。後來，時任謙作在京都取漂亮的直子為

---

[1]　日語原文為《禦身》。
[2]　日本學界流行一種類似亂倫意識的「萌」理論，參見本書第十章第十五節。

妻，直子卻與自己的表兄阿要通姦。

　　夢野久作（ゆめの きゅうさく、1889—1936）可以說是描寫逆倫背德的「愛妹妹」小說的大家，他作品中出現的妹妹雖然嘴里叫著「哥哥」，但卻都是哥哥狂熱的追求者。書信體短篇小說《瓶裝地獄》（1928）由三封裝在瓶中的信組成，描寫了兄妹之間的亂倫：因船隻遇難漂流到遠離海岸的孤島上的十一歲的哥哥太郎和七歲的妹妹綾子，在只有他們兩個人度過的十年左右的日子裏，終於被肉欲所打敗發生了關係。不久，營救船隻到來時，兄妹投身深淵自絕性命。短篇小說《貼花的奇跡》[1]（1929）寫女鋼琴家井之口年子確信一位名叫菱田新太郎、酷似自己母親的演員是自己的孿生哥哥，深深愛上了他。相愛的兩個人是不是久別的兄妹讓人很難區別。小說《腦髓地獄》[2]（1935）被稱為「幻魔怪奇偵探小說」，雖無性交描寫，但卻有亂倫的色彩。主人公是住進九州島大學精神科病房的一個呆子青年，是一個連自己的名字、自己為何得精神病都不知道的人。小說內容本身是描寫男主人公回憶自己名字和某個事件過程的推理小說。亂倫色彩體現在：有一個叫吳モヨ子的美少女，是主人公吳一郎的表妹和未婚妻，她深愛著主人公，而且已經因愛生恨，恨不得取代對方。

　　太宰治（だざい おさむ、1909—1948）的短篇小說《魚服記》（1933）寫茶館的女兒被醉酒的親生父親強暴，投身瀑布自殺變生為鯽魚的故事：單純、敏感的山里少女斯瓦與父親在馬禿山中相依為命，快樂天真的她在山中游泳、采蘑菇、賣茶，過著優游自在的生活。不料，在一個雪夜竟被酒後的父親強暴，悲憤的她淒然躍入瀑布中自盡，最後化身為一條小鯽魚在水裏自由自在地遊憩。

　　室生犀星（むろう さいせい、1889—1962）的小說《兄妹》[3]（1934）描寫了原本關係密切，但由於妹妹懷孕而激烈對立的哥哥伊之吉與妹妹赤座蒙之間複雜的愛情。

---

[1]　日語寫做《押絵の奇蹟》。
[2]　日語寫做《ドグラ・マグラ》。
[3]　日語原文為《あにいもうと》。

　　中島 敦（なかじま あつし、1909—1942）未完成的長篇小說《**北方行**》（1942）寫：折毛傳吉前往中國，只注冊了個學籍就過起了游樂的生活。有一個日本女人嫁給了中國人白雄文，被稱為白夫人。丈夫去世後，白夫人成了寡婦。折毛傳吉與白夫人及其女兒麗美都保持有性關係。傳吉看到白夫人的肉體在逐漸衰老，而麗美的肉體卻越發水靈嬌嫩。然後，他想起了自己什麼時候讀的祝詞中有這樣的話語：「讓母親和孩子犯的罪」「讓孩子和母親犯的罪」，「那麼，自己屬於哪一種呢？」他問自己。所謂「讓母親和孩子犯的罪」是指和這個女人發生了關係後，又和這個女人的女兒發生關係之罪過。所謂「讓孩子和母親犯的罪」，是指和這個女人發生了關係後，又和這個女人的母親也發生了關係的罪過。

　　永井荷風（ながい かふう、1879—1959）的短篇小說《**不問自講**》[1]（1946）描寫：一位老畫家背著妻子，先是與自己家中的女傭松子發生了關係，後來又與自己妻子帶來的女兒，也就是自己的繼女雪江發生了關係。

　　田村泰次郎（たむら たいじろう、1911—1983）的小說《**牽牛花**》[2]（1948）寫：哥哥成田典五是一個經歷戰爭創傷、剛剛複員的士兵，回到家裡看到妹妹諾布從事著像妓女一樣的工作，還那麼平靜坦然、無憂無慮、毫無廉恥，憤怒、嫉妒、憎惡的情感在他心頭聚集，強烈刺激著他。最後，被嫉妒沖昏了頭腦的哥哥終於性侵了妹妹。

　　久生十蘭（ひさお じゅうらん、1902—1957）取材於歷史的短篇小說《**無月物語**》（1950）寫平安末期的貴族藤原泰文舉止如同暴君，他性侵女兒，找借口說：「生下孩子必為聖賢」，後來，被后妻所生的兒子和女兒花世謀殺。短篇小說《**母子像**》（1954）則寫：一位叫和泉太郎的少年即使怎樣被冷落，也無法放棄對母親的思戀，他經常快樂而幸福地侍奉在母親身邊。後來，他聽說母親不知從何時開始在從事像妓女一樣的工作，於是他悄悄鑽入了母親的床下，從而知道了母親和客人所幹的可憎

---

[1]　日語原文為《問はずがたり》。

[2]　日語寫做《朝顏》。

的事情。從此以後，這位少年的內心充滿了悲歡和絕望，但尤為突出的
則是嫉妒。

大岡升平（おおおか しょうへい、1909—1988）的小說《**武藏野夫
人**》（1950）寫：大學生阿勉寄宿在法語教師秋山的家裡。秋山的妻子道
子和阿勉是表姐弟關係。二人經常一起外出散步。有時走得很遠，阿勉向
稻田的農夫問道：「這是什麼地方？」農夫答道：「戀之窪啦！」聽到這
個地名時，道子感覺到了自己對阿勉的情欲。兩個人儘管沒有發生肉體關
係，但此後不久，道子自殺身亡。

石坂洋次郎（いしざか ようじろう、1900—1986）的短篇小說《**不
幸的女人**》[1]（1950）寫：42歲的溫泉藝妓時子曾經是富裕的棉花批發商
的女兒。但她的父母極其吝嗇。不光是家裏的小夥計，就連父母本人、
自己的弟妹手腳都不乾淨。這個美麗成長的女子在四年級時嫁給了K港的
船東山津家。當家堪兵衛有六個小老婆，時子要嫁的是他的兒子堪吉。相
親時，她看到的分明是一個美男子，可新婚第二天早晨，對方卻變成了毫
不相像的另外一個人——醜八怪堪吉。時子痛哭流涕，堪吉哄勸她說：的
確是欺騙了你，但這是你父母同意的。從這一天開始，堪吉家所有親戚的
態度都發生了變化。常來家裏的本家人虎五郎，是一個賭徒，他同情時
子，說如果有一千日元就幫助她逃跑。虎五郎與主人的小妾從岩石間劃來
一隻小木船。時子沉睡中突然發現到虎五郎壓在自己身上。後來，時子在
遠離家鄉的溫泉鎮生下一個男孩。生產康復後，她在堤壩上遇見了一個英
俊的學生，是堪兵衛女僕的兒子，叫風間，在上大學。他說：相親時的替
身就是自己，他不得不這樣做，已經無法忘記時子的面容。風間離開了大
學，在東京的一個股票交易所找到了一份經紀人的工作，時子和他生活在
了一起。風間一喝酒性情就大變，總是嘮嘮叨叨地責問時子：那個醜八怪
是怎麼疼愛你的？因為股票投機失敗，時子離開了風間，最後淪落為一個
三等藝妓，過著酗酒賣身的日子。有一天，她終於發現：作為客人偶爾委

---

[1] 日語寫做《不幸な女の卷》，見石板洋次郎短篇小說集《石中先生行狀記》（共4
卷）新潮社，1949-1954.

身於對方的青年山津甲一其實就是她那次婚姻所生的親兒子。她竟然淪落到了賣身與自己親生兒子的地步！在接連不斷的打擊面前，她已經完全失去了活下去的欲望。作為女酒鬼、作為三等藝妓，時子最後把自己的身體沉入了水中。短篇小說《玉地藏》[1]（1954）描寫的則是一個輪迴的亂倫故事：遠離城鎮的山丘上有一個觀音寺廟，寺廟一角有一個地藏菩薩的玉像。它是怎麼來的呢？當年，左兵衛22歲，阿玉17歲，兩人結為夫妻。阿玉是公認的美人。生下兒子左金吾，在他們的孩子四歲時，左兵衛去世了。生活未受影響。年輕的寡婦阿玉，正值女人的花期，愈加美麗，有一股凜凜的妖媚之氣。直接面對阿玉的人，就會被一種可怕的力量所擊倒。年輕美麗的阿玉對死去的丈夫很忠誠。婆婆看她年輕貌美，總是擔心會發生什麼不可挽回的災難，多次勸她再婚，她都不聽，經常穿著與婆婆一樣花紋的和服。婆婆去世後，各種各樣的男人藉故來訪。她把鎮子裏的年輕姑娘們召集起來，教給她們女紅。此刻的她彷彿觀音附身越發光鮮。左金吾十八歲了，彷彿多年的辛勞得到了回報似地出脫成了一個凜凜的美男子。有一天，前來見習禮儀的鄉下姑娘夏子，邊哭邊說左金吾追求她。阿玉聽後歇斯底里地顫抖不已，非常生氣，為了現場當面對兒子進行訓斥，她更換了夏子和自己床鋪的位置。在等兒子到來的過程中，消氣後的阿玉不知不覺地進入了夢鄉。她夢見死去的丈夫左兵衛和自己熱烈愛撫，殊不知是自己的親生兒子。阿玉咬著被角忍不住流下了絕望的熱淚。忍受著長期鬱悶的寡婦生活，到頭來卻是令人毛骨悚然的回報。她背著兒子左金吾把夏子送回了鄉下。兒子左金吾離家去江戶工作。阿玉懷了孕，在自己的奶媽家裏生了一個女兒。奶媽什麼也不過問。左金吾說他永不結婚，因為他無法忘懷與「夏子」的一夜情。阿玉聽說後想用小刀刺向自己的胸部。夏子後來病逝。在阿玉五十二歲的那年春天，三十五歲的左金吾帶著十七歲的小百合回家了。小百合是左金吾在江戶工作的小堀左衛門的養女。在充滿笑聲的家裏，阿玉和兒媳婦一起洗著衣服。無風的小河，兩個人的臉

---

[1] 日語寫做《お玉地蔵の卷》，見石板洋次郎短篇小說集《石中先生行狀記》（共4卷），新潮社，1949-1954.

倒映在水面上像極了。阿玉探尋著她的來歷，打聽她的父母，最後不得不接受眼前的這位兒媳竟是自己與兒子亂倫所生的女兒這一事實。阿玉抱著女兒盡情地哭泣。亂倫的恐懼使得她每天都去參拜觀音。經過二十一天的祈願，觀音啟示：此後三代都將蒙受畜生道的詛咒，但如若用自己的生命交換，就可到她這一代為止。阿玉向神佛祈求：絕不能讓他們二人生孩子，神佛答應了她的祈求後阿玉自殺身亡。奶媽夫婦建造了阿玉地藏像。左金吾小百合夫婦，還有孩子雖然不幸，但卻像父女一樣、兄妹一樣，和睦地盡享天年。這個世界上最悲慘的母親阿玉，就是遊客絡繹不絕前來參拜的地藏。長篇小說**《水寫的故事》**[1]（1960）描寫了兒子對美麗母親的戀慕以及同父異母兄妹的結婚：平凡的工薪族松穀靜雄和美麗的母親靜香二個人一起生活。由於體弱多病的父親經常住院，家裏大多情況下都沒有人。母親與鎮長橋本傳藏有婚外情，但靜雄不憎恨母親，反而對偷情的母親感到一種魅力，這種戀母情感經常糾纏著靜雄。當母親和傳藏勸說靜雄與弓子結婚時，靜雄畏縮了。看著從小青梅竹馬一起長大、天真無邪的弓子，靜雄的腦海裏掠過了母親與傳藏的關係。看著傳藏與母親高興的神情，靜雄向傳藏質問他和母親的關係。靜雄大喊著：「我們是同母異父的兄妹，這是亂倫的婚姻！」傳藏一邊否定一邊也感到了畏縮。靜雄的腦海裏縈繞著年輕母親的面影，美麗而清爽。多少次嚮往的童心，如今怎麼會對人們數落的母親的私情感到憂鬱呢？數月後，靜雄和弓子結了婚，然而，靜雄卻隱隱約約覺得：弓子和自己是同父異母的兄妹，並為此感到憂鬱而煩惱。不知內情的弓子覺得靜雄難以理解。靜雄離開公司，放棄了所有的生活訪問了母親的家鄉。美麗的母親、雪白的肌膚，靜雄被一種奇怪的肉欲所俘虜。已經沒有什麼希望的靜雄勸母親自殺。靜雄與晚上來訪的弓子第一次進行了瘋狂的交合，並覺得在他們二人之間已經萌生了一種拘泥的愛情。不過，此時的靜香卻斷絕了與橋本傳藏之間曖昧而背德的關係。弓子緊緊抱住了在河邊哭泣的靜雄。

---

[1] 日語寫做《水で書かれた物語》。

第七節　當代時期（1950以後）

　　橫溝正史（よこみぞまさし、1902—1981）的小說《倉庫》[1]（1935）描寫了因担心傳染別人而獨自住在倉庫里的患肺結核的姐姐小雪與戀慕著她、並照看她的弟弟笛二之間的濃郁情感。1948—1949在報刊上連載的的長篇推理小說《夢遊》[2]中描寫哥哥仙石直記深愛自己同父異母的妹妹古神八千代。1950—1951在報刊上連載的小說《犬神家族》[3]中有叔父與姪女之間的婚約，還有三代之內近親的愛戀。1951—1952在報刊上連載的長篇推理小說《蜂王》[4]中寫到大道寺欣造內心深處潛伏著對自己繼女大道寺智子強烈的情欲衝動。1951—1953在報刊上連載的長篇推理小說《惡魔吹著笛子來》[5]寫：三島東太郎是血親兄妹相愛而出生的孩子，又與同父異母的妹妹小夜子產生性愛而懷了孩子。1975—1977在報刊上連載的小說《醫院坡道上的上吊屋》[6]涉及多重亂倫關係：五十嵐彌生與法眼琢也為表兄妹亂倫；山內小雪與山內敏男為親兄妹亂倫；五十嵐彌生與五十嵐猛藏為繼父女亂倫；由香利與法眼滋兩個人是同一個曾祖父，屬於三代以內的表親亂倫；山內小雪與法眼滋屬於表姑和表侄亂倫。

　　坂口安吾（さかぐち あんご、1906—1955）的長篇推理小說《非連續殺人事件》[7]（1948）中，描寫了同父異母的哥哥歌川一馬與妹妹歌川加代子的亂倫之愛。他的劍豪小說《女忍術的使用》[8]（1951）和《女劍士》（1954）中都出現了父女亂倫。

　　女作家壺井榮（つぼい さかえ、1899—1967）《沒有母親的孩子與

[1] 日語寫做《蔵の中》。
[2] 日語寫做《夜步く》。
[3] 日語寫做《犬神家の一族》。
[4] 日語寫做《女王蜂》。
[5] 日語寫做《悪魔が来りて笛を吹く》。
[6] 日語寫做《病院坂の首縊りの家》。
[7] 日語寫做《不連続殺人事件》。
[8] 日語寫做《女忍者使ひ》。

沒有孩子的母親》[1]（1951）寫：住在小豆島的虎妞阿姨在空襲中死了丈夫，因為事故又失去了兒子。虎妞阿姨的堂表舍男被扣留在蘇聯，妻子在家鄉病死了，留下了一郎和四郎兩個孩子。喜歡孩子的虎妞阿姨覺得一郎和四郎像自己的孩子一樣可愛，精心照顧他們。不久舍男被釋放回到了小豆島。由於周圍人們的勸說，虎妞和舍男結了婚。

　　林芙美子（はやし ふみこ、1903—1951）的小說**《飯》**（1951）描寫了叔叔與姪女之間的曖昧情感：在大阪公司工作的初之輔和妻子三千代結婚已有五年，但沒有孩子。三千代每日為家事所累，對這種日子產生懷疑。那時候，初之輔的姪女二十歲的裏子，討厭被父母勸告結婚而離家出走，來到初之輔家裏。初之輔非常親切地照顧裏子，裏子也說「我其實喜歡的是像初之輔這樣的人」。三千代心裏很不平靜，回到了東京的娘家，想就這樣在東京找工作。但是女性一個人想自立很是困難，三千代還是和前來迎接她的初之輔一起回到了大阪。

　　川端康成（かわばた やすなり、1899—1972）的短篇小說**《殉情》**[2]（1926）描寫丈夫、妻子和女兒之間的三角關係、亂倫之愛；中篇小說**《針、玻璃和霧》**[3]（1930）則以意識流動的手法描寫了女主人公朝子自小就有戀父情結，發現丈夫有了外遇后，又被與自己住在一起的弟弟所吸引；短篇小說**《反橋》**（1947）中的男主人公行平具有明顯的戀母心態；短篇小說**《陣雨》**[4]（1949）寫兩個男人與雙胞胎姐妹的亂交；短篇小說**《住吉》**（1949）可以說就是以戀母為主題；中篇小說**《千只鶴》**[5]（1952）中寫男主人公菊治與父親的情婦太田夫人發生性關係之後，又與太田夫人的女兒文子發生了性關係；中篇小說**《湖》**（1953）中的男主人公桃井銀平的「戀母」心態非常突出；長篇小說**《山之音》**[6]（1954）則

---

[1]　日語寫做《母のない子と子のない母と》。

[2]　日語寫做《心中》。

[3]　日語寫做《針と硝子と霧》。

[4]　日語原文為《しぐれ》。

[5]　日語寫做《千羽鶴》。

[6]　日語寫做《山の音》。

描寫了公公信吾對兒媳菊子的朦朧的欲念；短篇小說《隅田川》（1971）的前半部情節與1949年發表的短篇小說《陣雨》相關聯——寫主人公行平和其好友須山兩個人與一對雙胞胎姐妹相交，后半部情節則是《陣雨》中所沒有的，寫主人公行平從與雙胞胎姐妹的混亂關係中卻不由得聯想到了自己生命歷程中同樣是姐妹的另外兩位漂亮的女性——自己的養母和生母，這分明是在宣泄對母親的一種朦朧的亂倫欲望。

　　三島由紀夫（みしま ゆきお、1925—1970）的長篇小說**《輕王子和衣通姬》**（1947）改編自《古事記》和《日本書紀》中的《衣通姬的傳說》，描寫了木梨輕太子與母后的妹妹，也就是自己的姨母衣通姬的浪漫愛情。這一日本史上最經典最浪漫的亂倫故事，通過三島由紀夫的再創作越發淒美動人。短篇小說**《家族定位》**（1948）[1]描寫了在只有兄妹二人生活的家庭裏，主稅和輝子之間的曖昧心理和行為。長篇小說**《愛的饑渴》**[2]（1950）中描寫了女主人公杉本悅子與其公公杉本彌吉的亂倫關係；短篇小說**《水聲》**（1954）寫哥哥正一郎與妹妹喜久子偷偷相愛，但父親卻常常趁機猥褻患病的妹妹，在妹妹的一再勸誘下，哥哥最後投毒殺死了父親，哥哥被捕入獄，妹妹則選擇了平靜的死亡。長篇小說**《幸福號出航》**（1955）描寫了同母異父的兄妹之間永無終止的愛情之旅：虛無、孤僻但姿容出眾的敏夫，深深地愛著妹妹三津子。在名為「幸福號」的船隻到手後，敏夫和因為走私而被追的妹妹一起，為了生活在純美的愛情中，踏上了逃避之旅。三幕劇**《熱帶樹》**（1960）描寫了性格柔弱的阿勇被母親律子引誘，但又與患病的妹妹鬱子亂倫，最後在痛苦糾結的三角關係中，阿勇既沒有答應母親讓自己殺死父親的要求，也沒有完成妹妹要自己殺死母親的願望，而是選擇了與妹妹跳海殉情自殺。長篇小說**《音樂》**（1964）寫弓川麗子深深愛戀著大自己10歲的美男子哥哥，在內心深處一直想生一個哥哥的孩子。雖然很早就被表哥奪去了貞操，但卻是在一次與哥哥的纏綿中感到了性高潮，從此以後，麗子對別的男子就有了性冷淡，

---

[1]　日語寫做《家族合せ》。
[2]　日語寫做《愛の渇き》。

再也無法愛上別人。然而，在上小學四年級時她卻看到哥哥與伯母做愛。這件事情暴露後哥哥就失蹤了。等到兄妹倆再聯繫上後，哥哥已經與一個陪酒女鬼混在了一起。雖然當著嫉妒得發狂的陪酒女的面，但麗子再一次從哥哥那裏感到了久違的性快感，於是她終於沒有使用事先藏在枕頭下面的剪刀。

　　沼正三（ぬま しょうぞう、1926—2008）花費了三十七年完成的長篇科幻小說**《家畜人鴉俘》**[1]（1956），也被稱為描寫施虐狂和受虐狂(SM)的小說，其中第五卷描寫了兄妹亂倫——小說虛構了一個叫EHS的未來帝國，EHS人由白人（人類）、黑人（半人類）和日本人（家畜鴉俘）構成，日本人因為是家畜，必須通過近親交配來改良品種。

　　石原慎太郎（いしはら しんたろう、1932—）的短篇小說**《太陽的季節》**（1955），描寫了兄弟兩人共享一女的亂倫性愛：高中生津川龍哉在勾引少女武田英子與自己發生了肉體關係之後又以五千日元把她推銷給了同樣喜歡英子的自己的哥哥津川道久，英子知道實情后憤怒地把錢還給了道久，金錢交換的契約游戲在三人之間不斷重複。但是英子發現自己懷了龍哉的孩子，於是去醫院做人流手術。然而，手術失敗，英子由於腹膜炎併發症而死亡。在葬禮上，龍哉感覺到了英子對自己的拚命復仇，他用香爐砸向英子的遺像，第一次留下了眼淚。回到學校的健身房，他一邊打著衝壓包，一邊想起了英子偶然說過的一句話：「你為何不能愛得更加坦率一些呢？」龍哉不顧一切地痛打了那個在瞬間看見的英子笑臉的幻影。該小說同年拿下第一屆文學界新人賞，次年拿下第34屆芥川獎。

　　他的長篇小說**《秘祭》**（1984）則描寫了這樣一個故事：人口只剩下六個家族的十七人，與西南諸島遙遙相望的理想化的孤島，旅遊公司的青年敏夫在島內任職。前任在島上經歷了死亡，他不知何時被島上的女子高子的魅力吸引而來到島上。當他注意到被禁忌的島上的祕密時，每年一度的祕密節日拉開了帷幕——為了防止人口過稀，每年的這一天在島上選一

---

[1]　日語寫做《家畜人ヤプー》。

對青年男女，於島人聚集的地方進行性交。而在人口如此稀少的情況下，幾乎就等於亂倫。例如，新城是高子爸爸的表弟，也就是高子的表叔，但高子卻和他發生了性關係。目前，島上出生的人及其有血緣關係的人已經達到400人以上。

　　女作家**幸田文**（こうだ あや、1904—1990）為日本著名作家幸田露伴的女兒，她的小說**《弟弟》**[1]（1956）描寫了正在上學的十七歲的姐姐阿原對繼母帶來的比自己小三歲的弟弟碧郎的無微不至的關愛，直到弟弟最後因肺結核病故。在姐姐阿原心目中，弟弟就是自己的夥伴和戀人。這部小說由於情感細膩悲涼，後來不斷被改變成電影和戲劇[2]。

　　山本周五郎（やまもと しゅうごろう、1903—1967）的短篇小說**《親愛的哥哥》**[3]（1956）描寫哥哥與喜愛自己的妹妹發生關係之後，非常自責、懊悔不迭。當最後知道二人沒有血緣關係之時，彷彿解除了附身的魔鬼一樣輕鬆，但面對不再是自己妹妹的女人，相反，卻希望仍能擁有作為妹妹的情愛。長篇小說**《沒有季節的街》**[4]（1962）寫：因父親失蹤而被母親拋棄的少女被伯父誘姦，又刺傷了對自己滿懷善意的少年，伯父否認事實，舉家連夜潛逃，少女只好人流。小說**《油炸豆腐》**[5]（1962）同樣描寫了被伯父凌辱的長相和智商都不行的女兒常人難以理解的悲哀心情。

　　深澤七郎（ふかさわ しちろう、1914—1987）的小說**《楢山節考》**（1956）中寫：媽媽竟然動員自己的老姐妹阿金婆讓她同自己從未碰過女人的體臭兒子利助睡上一晚。男主公辰平竟然要求自己的妻子阿玉讓其體臭的弟弟「玩上一夜」。丈夫得病彌留之際，為了讓屋神赦免家族，竟然要求妻子阿江跟村上的每個男人都「獻身」一次。其中的人物之間雖然不是血親，但亂倫味道濃鬱十足。

---

[1]　日語原文為《おとうと》，《婦人公論》1956年1月號至1957年9月號連載，1956年中央公論社單行本。

[2]　1960年和1976年被改編成電影；1958年、1981年、1990年被改編成戲劇。

[3]　日語原文為《あんちゃん》。

[4]　日語寫做《季節のない街》。

[5]　日語原文為《がんもどき》。

藤井重夫（ふじい しげお、1916—1979）的小說《家徽之果》[1]（1958）描寫了這樣一個故事：兒子為了得到給妓女花的錢，把自己的身體給了母親。

劇作家田中千禾夫（たなか ちかお、1905—1995）的戲劇《千鳥》（1959）中的外祖父佐葦田光之進與外孫女千鳥關係曖昧，有亂倫的嫌疑：佐葦田光之進是一個大家族的統治者，也是村子里最厲害人。平日裏孩子們都不敢接近他。蠻橫至極的他唯獨對外孫女千鳥例外。儘管外祖父一再謙讓，但千鳥的欲求仍然很多。人們也曾看到千鳥與外祖父熱吻，兩個人關係曖昧的風聲在村子裏不脛而走。千鳥的母親與不合外祖父心意的男人私通，外祖父曾經以此為理由把千鳥的母親囚禁在黑暗的洞穴裏。儘管發生過如此悲慘的事情，但千鳥卻斷定她就一直這樣生活在祖父的身邊。日本學者如此評述：「可以認為：不知道主張自己的權利、與近代的自我觀念等等還有相當距離的千鳥的聖性，與道德以前的、也是向自然本身回歸的她的亂倫行為是相互通和的。」[2]

椎名麟三（しいな りんぞう、1911—1973）的象徵劇《養蝎子的女人》[3]（1959）中有姐弟亂倫的意味：在即將坍塌的懸崖下住著姐弟二人和他們的父母，有兩個男人向姐姐求愛，關於不知何時可能坍塌的房屋，如果不失度的話，父母與求愛的男人們，都只能依靠不靠譜的說辭了。但感情深厚的姐弟最後決心留在家裏，想法設法來找來柱子加固房屋。「誰也不許拔，在這無聊的世界，它非常重要！」面對拿他們關係開玩笑的人，弟弟如此回答：「兄弟姐妹嘛，談情說愛的可能當然是有的！」在這個戲劇裏，這種近似亂倫的關係，雖然被空疏的觀念與語言所對置，但其中的意味還是相當明顯的。[4]

---

[1] 日語寫做《家紋の果》。

[2] 見〔日〕原田武：《文学と禁断の愛——近親姦の意味論》，青山社，2004年，第171-172頁，

[3] 日語寫做《蝎を飼う女》。

[4] 見〔日〕原田武：《文学と禁断の愛——近親姦の意味論》，青山社，2004年，第173頁，

　　富田常雄（とみた つねお、1904—1967）在報刊上連載的長篇歷史傳奇小說《鳴門太平記》（1961—1962）所插敘的故事中有父親與女兒交合的場面。

　　北杜夫（きた もりお、1927—2011）的長篇小說《幽靈——青春物語》[1]（1960）寫：「我」年幼時死了父親，此後不久母親就離開了家。「我」在松本上高中時，從瞭解母親年輕時代的人那裏第一次看見了母親少女時代的照片。母親的容顏很像「我」暗戀的一個連名字也不知道的少女。那年夏末，「我」在濃霧籠罩的北阿爾卑斯山看到了母親的幻影。很明顯：作者通過男主人公在潛意識裏很難分清楚母親和戀人的情節構思表達了對自己母親的戀愛。

　　柴田煉三郎（しばた れんざぶろう、1917—1978）的忍者小說《紅色人影》[2]（1960）中描寫了母子亂倫：主人公女忍者母影為了不讓作為忍者的兒子被女人誘惑，把自己的身體給了兒子若影。歷史小說《猿飛佐助》（1962）寫真田大助（真田幸村之子）因為殊死戰鬥成了殘疾，哀傷的母親給其提供了自己的肉體。劍客小說《孤獨的劍客》（1962）中還有這樣的情節：老劍客因為成了殘疾而不能擁抱妻子，於是讓自己的兒子和母親交合。歷史小說《真田幸村》（1963）則描寫了母親澱君和兒子秀賴的亂倫：澱君因為兒子秀賴結了婚（兒媳奪走了兒子）而嫉妒得發狂，於是，不停地出入於秀賴的內室。短篇小說《會津白虎隊》（1968）寫白虎戰士認為處女戰死疆場羞恥而性侵了自己的姐姐。

　　寺內大吉（てらうち だいきち、1921—2008）的小說《歡喜曼陀羅》[3]（1960）中出現了父親與女兒交合的場面。

　　野坂昭如（のさかあきゆき、1930—）在他的長篇小說《情色指導師》[4]（1963）中，既提到父女亂倫是人們的一種隱秘的願望，也描寫了

---

[1]　日語寫做《幽靈—或る幼年と青春の物語》。
[2]　日語寫做《赤い影法師》。
[3]　日語寫做《歡喜まんだら》。
[4]　日語寫做《エロ事師たち》。

實際的父女亂倫。短篇小說《**賣火柴的少女**》[1]（1966）中寫：身為最下層妓女的不幸的女主人公，在把嫖客當做自己的父親、覺得是在給未曾見面的父親撒嬌（服務）之後，艱難的工作就能承受了。短篇小說《**饑餓峰的死人草**》[2]（1969）中既寫了哥哥節夫與妹妹吉田的亂倫，還寫了父親與吉田的亂倫。短篇小說《**灌腸與瑪利亞**》[3]（1969）描寫了年巨與繼母竹代的曖昧關係。短篇小說《**午夜的瑪利亞**》（1971）中有這樣一個情節：兒子看到父親自慰，問誰是他想像的媒介，父親回答說：「真由美！這孩子最近太有女人味了。」而真由美是自己還在上高中的妹妹[4]。小說《**螢火蟲之墓**》[5]（1972）寫哥哥清太對妹妹節子懷有亂倫的秘望。

　　吉行淳之介（よしゆきじゅんのすけ、1924—1994）的短篇小說《**出口**》（1962）寫某地大河邊有一個小鰻魚店，只有店主和他老婆兩個人，來到店里的我卻發現了一個祕密：這兩個人其實是兄妹。兄妹二人對外以夫婦的名義住在一起差不多有20年了。《**沙灘上的植物群**》[6]（1964）寫：有婦之夫伊木一郎和酒吧女招待京子有性愛關係，但卻擔心京子是自己同父異母的妹妹。

　　三浦綾子（みうらあやこ、1922—1999）的長篇小說《**冰点**》（1964—1965）《**續冰点**》（1970—1971）[7]描寫了以純真的心生活在一起的哥哥阿徹與妹妹陽子之間的愛戀感情。在知道妹妹是父母收養的養女、與自己沒有血緣關係之後，阿徹對妹妹的愛戀就更加義無反顧。《**積木之箱**》[8]（1967—1968）寫：十五歲的中學生佐佐林一郎是北海道旅遊業巨頭佐佐林豪一的兒子。與母親朱鷺、大姐奈美惠及二姐阿綠生活在一起。有

---

[1]　日語寫做《マッチ売りの少女》
[2]　日語原文為《骨餓身峠死人葛》。
[3]　日語寫做《浣腸とマリア》。
[4]　手淫時幻想著自己的血親，叫做「替代性亂倫」，見〔英〕B·卡爾：《人類性幻想》，耿文秀等譯，上海：華東師範大學出版社，2011年，第147頁。
[5]　日語寫做《火垂るの墓》。
[6]　日語寫做《砂の上の植物群》。
[7]　三浦綾子：《冰點》，田肖霞譯，北京：十月文藝出版社，2012年。
[8]　日語寫做《積木の箱》，1967年4月至1968年5月《朝日新聞》連載。

一天，他窺見自己戀慕的大姐竟然與父親在臥室裏交合，心靈受到了莫大打擊的他，內心充滿了對奈美惠的憎恨，但同時又殘留些許的戀慕。二姐注意到了弟弟的苦惱，告訴他：大姐是父親從小抱養的棄嬰，是父親的女兒，也是父親的情人。但他還是不能接受母親及二姐對父親妻妾同居的默忍。從此他拒絕在家裏吃飯，每天外出買麵包。被麵包店女老闆久代的優雅和她獨生子和夫的天真爛漫所吸引。此時，他又陷入了對久代母子的溫情與誘惑他的奈惠美的邪惡感情之間不能自拔。於是他向二姐發誓要從父親那裏奪回奈惠美。不久他抱住了挑逗他的奈惠美，讓她答應不再與父親同床，然而，父親與奈惠美的房間有暗門相通，奈惠美不僅打破了約定，還告訴他：久代在給他父親當秘書時受到其性侵而生下了和夫。聽說了父親如此種種獸行，一郎手持利刃向父親迫近。

　　倉橋由美子（くらはし ゆみこ、1935—2005）的小說《**聖少女**》（1965）寫因車禍而喪失記憶的未紀的筆記里記述的過去——未紀和青年K的愛戀、未紀和「爸爸」的愛戀、青年K與姐姐L的愛戀。故事從青年K「我」講述他幾年前與未紀相識的經過開始。少女未紀數月前因為車禍失去了母親，自己也喪失了記憶。記憶尚未恢復她就出了院，不久後，她給我寄來了她失憶前寫的筆記，筆記中記述的是「爸爸」和她的愛戀。託管筆記的「我」作為她的未婚夫，從中嗅到了亂倫的氣息，從而也勾起了「我」與姐姐進行的亂倫的記憶。「爸爸」和未紀、未紀和K、K和姐姐L，在充滿禁忌的三角關係中，呈現了「聖性」與「惡性」兩種面貌的愛情，而且讓其在最殘酷的程度上進行展現，從而構成了一個美麗而危險的情戀故事。短篇小說《**結婚**》[1]（1966）通過孿生子K以及L的濃密的亂倫之愛的過濾而描寫了一場鬧劇式的婚禮。在長篇小說《**蠍子**》[2]（1968）中，K和L再一次登場，一邊享受著既是雙胞胎又是戀人的世界。短篇小說《**向日葵之家**》[3]（1968）描寫了孿生姐弟之間的亂倫之戀。

---

[1]　見倉橋由美子短篇小說集《妖女のように》，冬樹社，1966年。
[2]　日語寫做《蠍たち》。
[3]　日語寫做《向日葵の家》，見作者短篇小說集《反悲劇》，河出書房新社，1971年。

　　司馬遼太郎（しば りょうたろう、1923—1996）的多卷本歷史小說
《龍馬奔走》（1962—1966）中，有這樣的場景：在去江戶修煉劍術之
前，坂本龍馬和還是處女身的姐姐坂本乙女摔跤，看見了姐姐的私處，姐
姐脈脈含情地（話中有話地）對龍馬說：「不要為無情的女人而迷失了自
己！」此後，姐弟二人的關係就一直曖昧，招致龍馬的妻子阿料只要聽到
乙女的名字，就會產生強烈的嫉恨。

　　大江健三郎（おおえ けんざぶろう、1935—）的長篇小說《万延元年
的足球隊》（1967）中的男主人公根所鷹四長期引誘自己的弱智妹妹與自
己亂倫導致其自殺身亡，後來又與自己的嫂嫂菜菜子通奸。他的書信體長
篇小說《同時代的遊戲》[1]（1979）以「我」向孿生妹妹的訴說為構思，
由旅行在外的「我」寫給妹妹的書信聯綴而成，其中多次寫到哥哥對妹妹
的色欲衝動。

　　推理小說家江戶川亂步（えどがわ らんぽ、1894—1965）的中篇小說
《恐怖的畸形人》[2]（1969）寫主人公人見廣介與秀子相愛，到後來才知
道二人是兄妹關係。短篇小說《雙胞胎》（1924）描寫了孿生兄弟共淫
一女。

　　石堂淑朗（いしどう としろう、1932—2011）的劇本《無常》
（1970）寫：作為世家的日野家的繼承人正夫與姐姐百合有曖昧關係。百
合懷上了一個男孩。為了掩人耳目，正夫讓毫不知情的學生岩下與百合結
了婚。孩子出生後，岩下目睹正夫與百合性交的場面，受到強烈刺激，於
是跳入新幹線高速鐵路自殺身亡。正夫雖然從事佛像研究，但卻否定地獄
和極樂，主張塵世的規矩毫無意義。男孩繼承了日野家的家業，表面為舅
舅實際為生父的正夫成為了監護人。

　　古井由吉（ふるい よしきち、1937—）的短篇小說《在深紫色的天空

---

[1]　日語原文為《同時代ゲーム》。
[2]　日語寫做《恐怖奇形人間》。

里》[1]（1970）描寫了血親兄妹岩崎與昨枝之間濃郁的愛戀。在作品中，到處都能讓人感到主人公和他妹妹的亂倫關係，但又處理得非常巧妙。

立原正秋（たちはら まさあき、1926—1980）的長篇小說《**能劇世家**》（1970）中描寫了男主人公室町道明與小姨子室町類的勾搭成奸。

詩人兼作家**高橋睦郎**（たかはし むつお、1937—）主編的《**被禁忌的性**》[2]（1974），雖是基於對一百個亂倫當事人的實際調查，但由於本書採用的是講故事的方式，並且講述了一百個人的亂倫故事，所以又被稱為「成人小說」。

女作家**森茉莉**（もり まり、1903—1987）依據自己的心路歷程創作了長篇小說《**甜蜜的房間**》[3]（1975），作品描寫了父親林作和女兒瑪依拉之間濃密的愛戀，是作家自身戀父情結的表露。

女作家**平岩弓枝**（ひらいわ ゆみえ、1932—）的短篇小說《**日野富子**》（1971）直接描寫了母親日野富子把兒子足利義尚作為自己的傀儡進行亂倫交合的故事。小說不僅描寫了日野富子與哥哥日野勝光的愛欲，還直接描寫了她藉助化妝裝扮成看守的女官與兒子的亂倫私通。她的另一篇短篇小說《**私通**》（1975）寫：無論是作為俳句詩人還是作為畫家都有很高知名度的建部綾足有一個不能碰觸的舊傷，那就是年輕時與嫂嫂清枝的私通。哥哥津輕監物是津輕藩國地位僅次於將軍和藩主的高官。能唱流行歌曲的嫂嫂自殺了，綾足出奔國許。年輕時和嫂嫂私通導致其自殺，現如今成了名，但發現妻子的肉體酷似嫂嫂，綾足怎麼也不能靜心。會不會再犯相同的錯誤呢？綾足產生了試探一下妻子的強烈欲望。平岩弓枝的長篇小說《**女人的算盤**》（1979）寫小野寺集團企業董事長的孫子小野寺浩一與大都銀行行長的女兒洋子結婚後不久，宿命般地邂逅了空姐早苗並陷入了狂熱的戀愛之中。然而，早苗卻是小野寺董事長和以前的秘書所生的孩

---

[1]　日語寫做《菫色の空に》，見〔日〕古井由吉短篇小說集：《畫圓圈的女人們》，日語寫做《円陣を組む女たち》。

[2]　日語原文為《禁じられた性 - 近親相姦・100人の證言》。

[3]　日語寫做《甘い蜜の部屋》。

子。也就是說侄子愛上了自己的姑母。

中山愛子（なかやま あいこ、1923—2000）的短篇小說《奧山相奸》（1971）描寫母親接受了痴呆兒子高夫的性欲——在深遠的山村，母親擁抱著欲望激烈的痴呆兒子大叫：這是要下地獄的呀！他們一邊詛咒著命運，一邊頑強地生活著。她的另外一篇小說《地獄花》[1]（1980）描寫了主要是由於狹隘的地方風俗的緣故，而不可抗力地發生了同父異母兄妹近親通婚這樣的事件。

五島勉（ごとう べん、1929—）的《近親相愛》（1972）中有這樣的故事：父母因交通事故雙亡，在親人的遺像前，上初中的十三歲的妹妹與上高二的哥哥因太過寂寞，情不自禁地緊緊擁抱接吻，妹妹說：「我做了什麼不好的事情嗎？」

女作家山崎豐子（やまさき とよこ、1924—）的長篇小說《浮華世家》[2]（也譯作《華麗家族》，1973年）中有公公對兒媳婦的性侵：兒子万俵大介不在家，剛過門不久的漂亮兒媳婦万俵寧子洗澡時突然暈厥，公公万俵敬介趁機性侵了她。兒子懷疑妻子所生長子萬俵鐵平為公媳亂倫的產物，並對妻子與長子一直懷恨在心，最後導致長子萬俵鐵平自殺身亡。

三枝和子（さえぐさ かずこ、1929—2003）的小說《不規則反射》[3]（1973）直接以亂倫為主題。

中上健次（なかがみ けんじ、1946—1992）在日本被稱為「亂倫小說家」，他的絕大部分作品都有涉亂描寫，長篇小說《岬角》（1975）中的亂倫描寫最為濃密：不僅寫到叔父弦叔對親姪女美惠的糾纏不休，還寫主人公秋幸的父親濱村龍造包養了一個妓女久美做自己的小妾，而這個妓女卻是父親的私生女；而主人公為了報復父親，又去性侵了這個同父異母的妹妹。

---

[1] 日語寫做《地獄花—赤根沢長者窪》。

[2] 日語寫做《華麗なる一族》。从1970年3月到1972年10月，在《週刊新潮》連載。1973年，由新潮社全三卷出版。

[3] 日語寫做《亂反射》。

　　向田邦子（むこうだ くにこ、1929—1981）的敘事性隨筆集《父親的道歉信》[1]（1976—1978）有兄妹亂倫。

　　筒井康隆（つつい やすたか、1934——）的長篇科幻小說《俄狄浦斯的戀人》[2]（1977）寫：火田七瀨是一所私立高中教務科的女職員，她有著能讀懂人心的超級感應力。她身材高挑、容貌美麗。就職半年後，23歲的她與上高二的學生香川智廣相識，並陷入了情網。在其交合的瞬間，從這個世界消失如今已經化身為另一個世界女神的智廣的母親附身上了七瀨的身體。原來，智廣的母親深愛著留存在大地上的兒子，於是藉助七瀨的身體實現了自己的夙願。即使離開現身上升為女神，她還是沒能擺脫亂倫的欲望。

　　西村壽行（にしむら じゅこう、1930—2007）的冒險小說《我居幻界》[3]（1978）描寫了這樣一個故事：警視廳的探員濱村千秋辭去了警察職務，踏上了尋找十四年前被誘拐的女兒濱村朱美的征程，在東京與一伙殺人越貨的盜賊交上了手，在看見其中一個名叫「鬼女」的美少女時，千村簡直不敢相信自己的眼睛，她與自己的女兒長得幾乎一模一樣，其實這就是自己的親生女兒。經過一番鬥智鬥勇，千秋最後終於奪回了自己已經成為別人殺手的美麗女兒。在悲喜交加的糾葛與衝突中，父女之間不乏情感與心理上的一絲曖昧。他的海洋冒險小說《無賴船》（1981）中有男主人公包木一膳與養父的女兒小縣廣子的亂倫的場面。

　　岡部耕大（おかべ こうだい、1945—）的戲劇《肥前松浦兄妹情死》[4]（1979）取材於歷史，描寫了古代肥前國一對兄妹相愛卻不能結合，無奈最後雙雙殉情自殺。

　　女作家曾野綾子（その あやこ1931—）的短篇小說《戀母情結》[5]

---

[1]　日語寫做《父の詫び狀》。
[2]　日語原文為《エディプスの恋人》。
[3]　日語寫做《われは幻に棲む》。
[4]　日語原文為《肥前松浦兄妹心中》。
[5]　日語原文為《溫かいフランスパン》，見作者短篇小說集《夫婦の情景》，新潮社，1979年。

（1979）寫：兒子賢次郎因為戀母娶了一個和母親長相酷似的女孩做妻子，母親苑子對兒子也懷有一種複雜的心態。她的長篇小說**《在這個悲傷的世界》**[1]（1986）描寫：已為人妻的節子與年少自己的青年善彥陷入了不倫之戀。有一天，他們發現他們二人是分別長大的同父異母的姐弟。然而，難捨的情愛，最後還是讓節子生下了一個男孩。

　　重兼芳子（しげかね よしこ、1927－1993）的短篇小說**《山中的煙》**[2]（1979）是芥川文學獎的獲獎作品，小說描寫了這樣一個故事：母親接受了兒子在突發精神病狀態下對自己的性要求。兒子阿渡因為有精神病，不能過正常人的生活。於是，母親正子切斷了與家族和親戚的一切聯繫，帶著獨子離家出走，最後在兒子臨死前用自己的身體滿足了兒子的性欲。

　　北泉優子(きたいずみゆうこ、生卒年月？)的小說**《惡魔的時刻》**（1982）不僅描寫了母子亂倫，而且還有岳母與女婿的亂倫：由於丈夫婚外戀且自己受到嚴酷的家庭暴力，母親涼子移情於兒子水尾深。一段禁忌之戀，讓兩個孤單的人兒愈加孤單。於是，阿深逃離了混亂破敗的家庭，漂泊到了一個偏遠的漁港小鎮，在一家魚店打工，決定忘記過去轉而開始新的生活。為了見到兒子，涼子連夜坐車來到漁港，但對已第二次現身的母親，兒子阿深卻態度冷淡。因為，他非常後悔和母親越過了那條底線。追隨而來的涼子租借了公寓，難捨阿深。涼子所住公寓對面藥店的老闆花井邀涼子去釣魚。花井相繼死了妻子和岳母，大家都懷疑他是因為騙保而殺了她們。魚店老闆的女兒葉子愛上了阿深，魚店的一位職工因此用刀刺傷了阿深，涼子把阿深帶到了花井藥店，請求花井的醫生朋友西方給予治療，但因魚店職工的自首，此事作為公開發生的刑事案件又引來了員警對花井的懷疑。花井告訴涼子，他妻子其實是由於和西方在賓館開房而引發心臟病死亡的。不久花井給涼子留了封信就消失了。對於涼子來說，只要能照看阿深就是自己的幸福，但是阿深卻與來找自己的葉子一起離開了花

---

[1]　日語寫做《この悲しみの世に》。
[2]　日語寫做《やまあいの煙》。

井家，涼子請求阿深，並向徘徊躲避的阿深打開了自己的激情，兩個人互相思戀。幾天後，花井回到了漁港，他把自己與岳母私通並因此毒死岳母的事告訴了涼子，涼子也把自己與兒子的亂倫向花井做了坦白，兩個人在賓館相愛。次日，花井投水自盡。涼子斬斷了對兒子的留戀獨自一人離開了海港。

村松友視（むらまつ ともみ、1940—）的小說**《古董店的老闆娘》**[1]（1982）中寫到：男主人公阿安與其養母菊池松江在年輕的時候發生了亂倫關係。

永井路子（ながい みちこ、1925—）的長篇歷史小說**《銀館》**（1983）取材於日本歷史上著名的亂倫故事——日野富子化粧誘子：日野富子（1440—1496）是日本歷史上室町幕府第八代將軍足利義政（1436—1490）的正妻，因為想讓兒子足利義尚（1465—1489）當將軍，便與也想當將軍的義政的弟弟義視（1439—1491）一方成了死對頭，這件事成了1467年發生的應仁之亂的起因，並進而帶來了此後大約持續了100年左右的戰國時代的到來，因此而被稱為「惡女」。她利用戰亂從關卡徵收關稅，並向各國諸侯放高利貸，從而聚斂了大量的財富，遺產據說達到七萬貫（約合70億日元）。其財力雖為幕府第一，但有很多人對其心懷不滿，最後連她傾注了愛情的兒子也疏遠了她。由於輿論的惡評，她被後世定格為「惡女」、「惡人」。也有人評價她是創建巨大財富的商才，而且好不容易保住了幕府的體面。日野富子藉助化裝誘子亂倫成為日本歷史上著名的亂倫故事。日本後世文人創作了許多以日野富子誘子亂倫為題材的文學作品。

《銀館》還描寫了中世紀藩主及貴族家裏的奶媽與幼主之間的特殊關係。從中可以看出，從幼年就開始照顧幼主的奶媽，對於幼主來說，既是母親，也是妻子；既是女僕，也是戀人，還是妓女。因此，幼主和奶媽之間發生性關係的事情並不少見，一旦建立了性關係，就會噴發出類似於亂

[1]　日語寫做《時代屋の女房》。

倫式感情的濃厚愛情。

笠井潔（かさい きよし、1948—）貫穿了思考、科幻與推理的短篇小說《俄狄浦斯之城》[1]（1984）十分少見，小說對未來社會中人類的性愛樣態進行了大胆描寫，是一篇關於未來社會里母子產生性愛的故事。地球處於毀滅狀態，家庭已經解體，但人類的性衝動仍然存在。「阿悠只愛媽媽，媽媽只愛阿悠！」居住在巨蛋型城市俄狄浦斯的少年們，無論是誰，都只與母親兩個人生活。阿悠也是如此。一到晚上，母親竹宮惠子就與兒子阿悠脫光衣服相擁而眠。阿悠對這樣的生活很是滿足，直到有一天，阿悠遇見了一個名叫愛子的少女之後，阿悠的心中才滋生了對母親的怨憎。在作為抑制俄狄浦斯情結的裝置而成立的現在的家庭制度崩潰的設定下，在這個名為俄狄浦斯的巨蛋型的城市中，男孩和女孩被分別養育長大，男孩被規定有與母親交合的義務。在故事中，不想承擔這個義務的少年，因為與同年齡段的少女相愛，所以試圖對這一制度進行抵抗。

荒俣宏（あらまた ひろし、1947—）的長篇科幻小說《帝都物語》（1985）中寫:妹妹辰宮由佳里自小就對哥哥辰宮洋一郎懷有戀愛的感情，而哥哥洋一郎也深深眷戀著妹妹，一直到妹妹擁有超能力及妹妹女兒辰宮雪子的出生，都和他有關係。

宮本輝（みやもとてる、1947—）的長篇小說《避暑地的貓》[2]（1985）中的故事發生在日本避暑胜地、靜謐而多霧的輕井澤。主人公修平是輕井澤一位豪華別墅看守人的兒子，他與跛足的父親、美麗的母親、神祕嫵媚的姐姐，幫財閥佈施金次郎照看別墅。每年夏天，主人金次郎總會帶著夫人跟一對女兒到此度假。就在修平十七歲的那個夏天，他察覺到男主人與母親、姐姐的雙重不倫關係，滿心憎恨的他，在親情、欲望、嫉妒的煎熬下，殺意頓起，於是，佈施夫人慘遭殺害，陳屍別墅門前，而後修平又在地下室演練其更大的殺人計畫……。作家的另外一部長篇小說

---

[1]　日語原文為《エディプスの市》。
[2]　日語寫做《避暑地の貓》。

《**最後的篝火**》[1]（1997）描寫了身為上班族的34歲的茂樹和27歲的美花這一對同父異母兄妹超越了禁忌的強烈愛情：住在島根縣海角鎮的美花是茂樹同父異母的妹妹。打小茂樹就喜歡去海角找美花。二人兩小無猜、青梅竹馬，而且兩個人都喜歡篝火。父母相繼離世後，美花的祖母也去世了，再也沒有人知道他們二人的身世了，自小就戀愛著茂樹的美花向想要探究他們出身之謎的茂樹提出二人一起生活的建議。於是，在露營住在同一個帳篷的那天晚上，兩個人終於越過了不可以越過的河。「我覺得自小就一直戀愛著美花。」「我也是。」從此，兄妹倆都辭去了工作，沉迷於被禁忌的愛情生活之中，享受著無盡的快樂。

　　栗本薫（くりもと かおる、1953—）是日本的女性小說家及評論家。她的長篇多部推理小說《**天狼星**》（1986）中描寫了一對孿生的姐弟——真珠子和遊佐安雲的亂倫之愛。

　　田邊聖子（たなべ せいこ、1928—）的短篇小說《**戀之棺**》[2]（1987）描寫了姨母與外甥的亂倫：兼備有惡婦與聖女兩重性格的29歲女子，玩弄著自己19歲外甥的肉體和精神，而且還想將他們的不倫之愛封存進棺材之中進而達到永恒不滅。最後，在山頂的賓館裏，為了裝飾愛情最後的輝煌，妖豔微笑的主人公宇禰對成為她俘虜的青年有二說：「我們在山頂黑色的土壤中挖一個巨大的洞穴，來埋葬我們不為人知的愛情之棺吧！」

　　谷口優子（たにぐち ゆうこ、1946—）的長篇紀實文學《**尊親殺人罪消失的日子**》[3]（1987）是根據1968年10月5日發生在日本栃木縣矢板市衣村的一樁女兒絞殺親生父親的真實案例寫成的：上中學二年級的相澤綾子，在十四歲時的某天深夜被親生父親相澤文雄性侵，雖然告訴了母親，但母親卻被父親拿刀嚇回了娘家。此後，在與父親長達十年以上的生活

---

[1] 日語寫做《焚火の終わり》。
[2] 日語寫做《恋の棺》，見田邊聖子短篇小說集《ジョゼと虎と魚たち》，角川書店，1987。
[3] 日語原文為《尊属殺人罪が消えた日》。

中，先後生下了五個孩子，還有六個流產。綾子最後用布帶絞死了父親，成為了殺人犯，然而由於律師的精彩辯護，最高法院最後做出了尊親殺人罪違反憲法的判決。不過在這一改寫日本刑法歷史的劃時代判決的背後，卻是背負著殘酷命運而生存下去的一位女性的慟哭的眼淚。

悟郎（まさき ごろう、1957—）的短篇小說**《最上面的哥哥》**[1]（1988）描寫了兄妹之間的亂倫之愛，作品主要採用了由妹妹一方自我告白的描寫方式。

歷史小說家**白石一郎**（しらいし いちろう、1931—2004）的短篇小說**《異母兄妹》**[2]（1986）中有主人公與小姨子的色情描寫。

笹澤左保（ささざわ さほ、1930—2002）的長篇小說**《愛之亂》**[3]（1981）為了一生的紀念，白妙鐵也和扶美子這對情侶報名到電視節目「早安新婚先生」來當嘉賓。兩個人是在旅途中偶然同宿於三宅島的一個家庭旅館時相識相愛並結婚的。鐵也出生於群馬縣的桐生市，扶美子在兵庫縣的筱山長大，二人都有著少見的姓氏。然而，這對幸運而甜美的新婚夫婦，在上了電視之後卻收到了這樣一封惡魔般的信件：「你們二人是兄妹，要立刻離婚！」不是惡作劇，因為發信人很清楚他們兩個人的情況。是誰掌握著他們二人出生的祕密？小說描寫了被命運捉弄的人類的艱險和浪漫。

女作家**久美沙織**（くみ さおり、1959—）的九卷系列小說**《鏡中的檸檬》**[4]（1989—1991）寫：嬌生慣養、自我陶醉、任性奔放的美少女結實，在學校屬於戲劇部，因為長得漂亮而經常被關注。甚至連個人的生活也被父母及哥哥阿圭呵護溺愛，過著沒有什麼不自由的幸福的每一天。結實對完美無缺的哥哥抱有一種超越了對親人的愛以上的感情。不久，平靜的生

---

[1] 日語寫做《いちばん上のお兄さん》，見《S-Fマガジン・セレクション1988》（《推理杂志・挑选》），早川書房，1989。

[2] 最初發表於《問題小說》1986年01月號，後收錄於系列歷史小說《刀——十時半睡事件帖》，青樹社，1988年。

[3] 日語原文為《愛姦の道》。

[4] 日語原文為《鏡の中のれもん》。

活突然起了變化。與結實性格完全相反的、內向懦弱的表姐妹待子和結實住到了一起，此前的生活和心情開始被打亂。

夢枕獏（ゆめまくら ばく、1951）多部科幻小說《獅子吞月》[1]（1989）里描寫了史前進化過程中，人類剛剛成為了人類時，有許多近親亂倫的場面。以古代印度為舞臺、描寫悉達多的長篇小說《神獸變化——涅盤之王》（1991—1996）裏也有不少亂倫故事。

女作家大庭美奈子（おおば みなこ、1930—2007）的短篇小說《絲瓜》[2]（1990）寫：老男人和女人住在一個長有絲瓜的小屋，被趕走的時候把絲瓜種進花盆帶走了，在花盆里了放入了他們死去嬰兒的頭骨。

吉本芭娜娜（よしもとばなな、1964—）的長篇小說《N·P》（1990）里既有父女亂倫也有姐弟亂倫：故事圍繞著一部名為《N·P》的小說集展開，《N·P》既是這部長篇本身的題目，也是作品中一個貫穿全篇的重要道具。活躍在作品中的是四個年輕人。加納風美是整個故事的目擊者和講述者。高中時代的她和翻譯家戶田莊司交往。他當時正在翻譯活躍於美國的日本作家高瀨皿男的小說遺作《N·P》。一次，風美被莊司帶到了出版社舉辦的一個聚會上，見到了高瀨皿男留下來的一對兒女——學生的姐弟阿咲和乙彥。不久，莊司在翻譯過程中突然自殺身亡。數年後的某個夏日，風美在日本與學生姐弟又偶然重逢，於是開始了與兩個人的交流。原來，阿咲和乙彥曾同父母一起旅居美國，在他們十四歲時父親高瀨皿男自殺身亡，留下了一部招致多人死亡的短篇小說集《N·P》。不過，此後不久，在風美的面前又出現了一個叫做阿翠(箕輪萃？)的女性。她說她是高瀨皿男的另外一個孩子，而且在風美與莊司交往之前就和莊司交往。風美被阿翠帶來的神祕氣氛所吸引，便和她也親近了起來。小說中所有的人物都是帶著已知身分登場亮相的，只有阿翠不是。在大量鋪墊之後阿翠的真實身分被層層揭開：她是阿笑和乙彥同父異母的姐姐，因父親高

---

[1]　日語原文為《上弦の月を喰べる獅子》。

[2]　日語原文為《からす瓜》，見大庭みな子：《虹の繭 自選短篇集》，学芸書林，1990年。

瀨皿男的「一夜情」而降生到世上。不可思議的是，她與作品中出現過的
所有男性都發生了親密關係，在這個人物身上糾結著小說最重要的主題之
一：近親亂倫。而且，她的亂倫故事發生在與最難以置信的人之間──自
己的父親和弟弟：旅居美國時她和自己的親生父親保持有關係，現在又和
自己的弟弟乙彥交往。有一天，阿翠吐露說她懷了乙彥的孩子，就從大家
面前消失了。不久，她寄來了一封信說：「決心去生下這個孩子！」阿翠
走了，大家又開始了各自的生活。《哀愁的預感》（1988）既描寫了作為
姐姐的彌生對弟弟哲生那一股濃濃的戀意，又表現了在恢復兒時記憶的過
程中「我」和「阿姨」之間一段情感上的纏綿和糾葛，讀者在溫馨寧靜的
月光樹影之間突然看到姐弟倆的長吻，原來彌生與哲生並非親生姐弟，而
彌生的阿姨雪野其實是「我」的姐姐。吉本芭娜娜的另外一部長篇小說
《甘露》[1]（1994）描寫了名叫朔美和真由的兩姐妹與同一個男人龍太郎
的戀愛故事（百度百科之「吉本芭娜娜」：描寫姐弟之間的愛情故事；百
度百科之「甘露」：姐弟之間的親密無間）。

　　山崎洋子（やまざき ようこ、1947—）的短篇小說**《甜蜜的血》**[2]
（1991）里寫：唐澤江里子是一家大型家具制造公司的公關負責人，因為
接待一個名叫笹戶的客戶而被帶去觀看虐戀表演，她感覺到自己被這位外
表平凡的馴獸師深深吸引。與這個男人再會並度過了神祕一夜的她，卻發
現自己陷入了母子亂倫的陷阱。短篇小說**《美麗的肌膚》**[3]（1992）描寫
母親和兒子互相戀慕併發生了關係，直到最後才發現雙方沒有血緣關係。
不過，二人在感到放心的同時，又體味到了一絲淡淡的失望。她的長篇推
理小說**《石榴館》**（1996）寫：在海港城市橫濱從事風俗業的小姐接連離
奇被殺，而且都是內臟被掏出、子宮被切碎。親眼目擊事件的前原透被嚇
成了瘋子。與前原透有著同樣心靈創傷的原風俗業小姐森岡沙季，為了追

---

[1]　日語原文為《アムリタ》。
[2]　日語寫做《甘い血》，見《別冊婦人公論》，一九九一年春號。或見山崎洋子短篇
　　小說集《禁じられた吐息》，中央公論社，1992年。
[3]　日語原文為《蜜の肌》。

查犯人，以前原透的片言隻語為線索，把自己喬裝成為護理員來到了一個富有的醫生一家所居住的位於山手的一棟叫做石榴館的別墅，終於發現了潛藏於這座美麗洋房的可怕祕密——父親藤枝長期對親生女兒阿透進行性虐待、哥哥阿煉與妹妹希和一直亂倫。

科幻作家**神林長平**（かんばやし ちょうへい、1953—）的長篇科幻小說**《猶豫的月亮》**[1]（1992）寫：額頭上長著第三只眼睛的卡米斯人（月人）在人造衛星卡米斯上居住，他們利用事像控制裝置控制著在行星林波斯上面過著群居社會生活的林波斯人（地球人）。卡米斯中央機構的理論家伊西斯戀愛著作為詩人的弟弟阿西裏斯，然而，姐弟戀在卡米斯是被禁止的。於是伊西斯使用事像控制裝置，開始了能使自己的戀愛正當化的世界的模擬演示。他的短篇小說**《回來！》**[2]（1981）寫：父母為了取得養育孩子的資格，憑藉姐弟亂倫來生育孩子。短篇小說**《爬山虎的紅葉》**[3]描寫了母親女兒父親之間的三角關係

立松和平（たてまつ わへい1947—2010）的小說**《陽光下的水滴》**[4]（1992）描寫了小春和夏子姐妹二人與親生哥哥之間的亂倫之愛。他們不知道這是他們的地獄還是他們的天堂。長篇小說**《母親的乳房》**（1997），寫已經長大成人的「我」看到小弟弟纏住母親的乳房不放，突然覺得自己也還眷戀著母親的乳房。在他的另外一篇小說**《裸妹》**[5]（1998）中，「自稱為兄妹的二人是否故意將自己當做兄妹，格外模糊不清。但在第二章裏，亂倫附帶的不安和恐懼原封不動地發揮了它的魅惑作用」[6]。

伊達一行（だて いっこう、1950—）的長篇小說**《什麼在誘惑》**[7]

---

[1] 日語寫做《猶予の月》。
[2] 日語原文為《返して！》，見〔日〕神林長平：《狐と踊れ》（新版2010），早川書房。
[3] 日語寫做《蔦紅葉》。
[4] 日語寫做《日溜まりの水》。
[5] 日語寫作《裸の妹》。
[6] 見原田武第35頁。
[7] 日語寫做《かく誘うものの何であろうとも》。

（1992）是以書法家為奮鬥目標的兄妹之間的故事：當妹妹海堂惠發覺自己的親生母親與自己的親哥哥有性關係之後，羨慕嫉妒恨的心理通過其書法作品暴露無遺。見此情景，哥哥貴信也有了把妹妹當做異性的意識。

新井千裕（あらい ちひろ、1954——）的長篇小說《**100万分之一的結婚**》[1]（1992）描寫哥哥與殘疾妹妹之間卿卿我我、關係曖昧：六年前父母雙亡，家裡只有「我」與身患肌無力病症不能動彈的妹妹二個人生活。從洗澡到換衣服，在照顧臥床不起的妹妹的過程中，兄妹的關係變得如同一對戀人。書中還有這樣的情節：「喂，哥哥，現在如何啊？」「嗯，什麼！」「可以摸一下嗎？」「稍微一下下吧！」妹妹「嗯」了一聲，就從我睡衣褲子的上面摸到了我的陰莖。我的陰莖就算不如白種男人的但也的確挺大。「好堅硬啊，果然像劍山似的。」妹妹這樣說著，多次撫摸了我的陰莖。

姬野薰子（ひめの かおるこ、1958—）的小說《**變奏曲**》（1992）描寫了發生在雙胞胎姐弟洋子和高志之間的官能的亂倫之愛，時代背景設定為大正、昭和、平成和未來（平成、戰前、戰後和未來？）四個時期，全書由四章構成。她的短篇小說《**只喜歡你**》[2]（1994），描寫了姐姐對弟弟的誘惑及亂倫：從婚外偷情得不到滿足的女大學生圓子，離開了用情專一的對方，誘惑弟弟鷹志與自己交歡，第一次體驗到了真正的愉悅。從口交開始，姐姐這樣親吻完弟弟後在其耳邊小聲說：「這就是你的味道喲！」

圖子慧（ずし けい、1960—）的小說《**桃色珊瑚**》（1993）描寫了兄妹之間被禁斷的初戀。

著名科幻作家**小松左京**（こまつ さきょう、1931—2011）的短篇小說《**石頭**》（1993）描寫了「我」深愛著的兒子是一個異常早熟的天才，但是卻發生了他性侵「我」年輕妻子這樣的惡夢。

坂東真砂子（ばんどう まさこ、1958—2014）的長篇小說《**狗神**》

---

[1] 日語寫做《100万分の1の結婚》。

[2] 日語原文為《あなただけが好き》，見短篇小說集《H》（1997）。

（1993），以高知縣的尾峰為舞台，圍繞著犬神的傳說，描寫了以亂倫為題材的悲劇和恐怖：41歲的坊之宮美希，居住在尾峰的某個村子，她一邊從事海苔加工和造紙的工作，一邊謹慎地過著自己的日子。她從很小的時候就渾然不知地與自己的哥哥隆直保持有肉體關係，經歷了哥哥的背叛和嬰兒死產的艱辛，她對人生和愛情已經澈底死心。不久，她與來附近的池野中學任教的青年奴田原晃相識。面對著年齡差異很大的原晃的積極追求，被魅惑的她終於不能自已。她的祖家坊之宮家，作為狗神的後代被村民嫉恨嫌棄，逐漸地發生了村民倒地神志不清的怪現象，因此村民們對她和她的家族變得越來越殘酷無情，和她青梅竹馬的土居造紙廠老闆的長子土居誠一郎在村子裏成了她唯一的夥伴，然而，沒過多久，土居誠一郎也在發出了謎一樣的叫聲之後相貌變異倒地不起。美希於是接受了原晃的求歡。當哥哥主持的祖先祭祀儀式開始的時候，從未有過的慘劇又發生了——原來原晃竟是哥哥致使自己懷孕而生的那個兒子。她的長篇小說《善魂宿》（2002）不僅有母親與自己親生兒子永吉的亂倫，而且還描寫了作為哥哥的永吉與自己親生妹妹拉努的亂倫。

女作家**內田春菊**（うちだ　しゅんぎく、1959—）的小說《**養父與我**》[1]（1993）是作者以親身體驗為基礎寫成的自傳體長篇小說。描寫了一個14就歲被養父性侵，而且經歷了懷孕、墮胎的少女——靜子內心的彷徨。妓院的女老闆是「我」的親生母親，僅有的一個客人是她的情夫、是「我」的養父。人們常說我長得像妓女，「我」也以為自己是父親的妓女。每晚的虐待、苦於與養父關係的少女，16歲的早晨，為尋求精神的解放而離家出走。這部作品據說是作者以自己親身所受到的、連自己親生母親也公認的、來自養父的性虐為體驗而大膽創作的小說。故事梗概如下：

主人公靜子與對自己沒有感情的媽媽及一個比自己小兩歲的愛撒嬌的妹妹在一起生活。父親在外邊有女人，偶爾回家來不是向母親要錢就是實行家暴，因此，靜子自小就極其討厭父親。她是在母親對父親的仇恨中

---

[1]　日語原文為《ファザーファッカー》。

長大的。所以，她非常厭惡自己名字中的父親姓氏。有一天，突然來了一
個男人，他是做女招待的母親的男客，來和母親同居。這個男人就成了靜
子的養父。這個養父有著異常的支配欲，他讓靜子稱呼自己為「爸爸」，
以蠻橫的態度讓家人服從他。養父對處在青春期的靜子的身體異常敏感，
一邊讓有關性的東西遠離靜子，同時又經常撫摸早熟的靜子的身體。這樣
的家庭狀況毫無情感可言，靜子精神很不穩定，但迫於父母又不敢放鬆
學習，於是在初中取得了優秀的成績。然而，在初中三年級時與交往的男
孩浩樹第三次性交後懷孕了。知道這個消息後，養父異常震怒，以「讓孩
子流產」為名義性侵了靜子。後來，靜子通過人流手術打掉了孩子，但來
自養父的性交要求卻沒有停止，母親覺得這樣做是讓養父安心的最好手
段，所以也不插嘴，就連靜子也不再抵抗。不久，靜子進入了高中，結交
男友、學習抽煙等，接觸到了一個新的世界，於是堅定了離開這個家的決
心，終於在高中一年級暑假後離家出走。

　　蔦屋兵介（つたや　へいすけ）的長篇小說《**扭曲的夏天**》[1]（1993）
描寫十七歲的兒子在情欲衝動時被母親接受，從此以後在這個家庭，母親
就有了兩個丈夫。

　　女作家**仁川高丸**（にがわ　たかまる、1963—）《**索多瑪與哥摩拉的混
浴**》[2]（1993）描寫了上大學的姐姐「我」與比自己小兩歲的弟弟貴士之
間的亂倫之愛，充分展現了愛的多樣性，具有強烈的衝擊力。姐弟二人是
在因病住院的母親瀕臨死亡之時第一次發生了關係。

　　今邑彩（いまむら　あや、1955—）的短篇小說《**茉莉花**》[3]（1993）
描寫了父親與女兒茉莉花的曖昧關係。短篇小說《**雙頭之影**》[4]（1995）
則描寫了哥哥宗一郎與妹妹的亂倫之愛。短篇小說《**黃泉路上**》[5]
（1998）則寫到吉井與自己的叔母同居。

---

[1]　日語原文為《母と息子・歪んだ夏》。
[2]　日語原文為《ソドムとゴモラの混浴》。
[3]　見《小説すばる》，19993年十一月號。
[4]　日語寫做《双頭の影》，見《小説すばる》，1995年十一月號。
[5]　日語原文為《よもつひらさか》，見《小説すばる》，1998年一月號。

久世光彥（くぜてるひこ、1935—2006）的長篇小說《**多想回到從前**》[1]（1994）中寫：阿醬是鎮子裏一個大戶人家的女兒，長得像紅山茶一樣美麗，然而剛過二十歲的她卻突然發了瘋。只要有人說喜歡她，她對誰都會投懷送抱。所以村子裏的男人都和她有關係。就連她的親哥哥寬一在追查使妹妹懷孕的男人的過程中，也對妹妹產生了強烈的欲望並最終與妹妹發生了亂倫。在久世光彥的作品中，狂女和亂倫——兄妹亂倫的主題被不斷重複，在久世光彥的腦袋裡，好像就是因為有這對兄妹。在關於這對兄妹亂倫的隨筆裏有人這樣評價：「這是一個令人討厭得想吐但定睛一看又絢爛美麗的故事」。

女小說家**長野真由美**（ながの まゆみ、1959—）的中篇小說《**銀銀河電燈譜**》（1994）描寫了哥哥宮澤賢治與妹妹宮澤俊夫之間被禁忌的愛情。在她的短篇小說《**幕間**》（1995）中，戀愛著弟弟上枝曉的姐姐深澤柳丁的行動力和嫉妒心被充分描寫了出來。

淺田次郎（あさだ じろう、1951—）的長篇小說《**乘坐地鐵**》[2]（1994）中寫男主人公小沼真次與自己的同事輕部滿子相愛，在輕部滿子懷孕后，才知道輕部滿子是自己同父異母的妹妹。

花村万月（はなむら まんげつ、1955—）的長篇小說《**触角記**》（1995）描寫男主人公次郎先后和自己的兩個女朋友發生關係。有一天，寂寞難耐，一個人自慰時恰好被母親撞見，母親當時心疼地抱了兒子，不久後就與兒子發生了亂倫關係。儘管雙方都有些後悔，決心再不做此事，但最後還是以再次發生關係結束。

京极夏彥（きょうごく なつひこ、1963—）的長篇推理小說《**鐵鼠的牢籠**》[3]（1995）描寫哥哥松宮仁如與妹妹松宮鈴子發生亂倫關係並致使鈴子懷孕。長篇推理、傳奇小說《**魍魎之匣**》[4]（1995）寫近代醫學研

---

[1]　日語原文為《早く昔になればいい》。
[2]　日語寫做《地下鉄に乗って》。
[3]　日語寫做《鉄鼠の檻》。
[4]　日語寫做《魍魎の匣》。

究所的所長美馬阪幸四郎為了和自己美麗的女兒柚木陽子結合一直持續著對於「匣」的研究，而14歲的少女柚木加菜子有一天終於知道了自己出生的祕密，原來自己是父親美馬阪幸四郎與姐姐亂倫所生的孩子，在外人面前作為與自己年齡相差很大的31歲的姐姐柚木陽子同時也是自己的生母。長篇推理小說《圖佛的宴會》[1]（1998）中描既寫了哥哥佐伯亥之介與妹妹佐伯布由之間的亂倫之愛，還描寫了侄子甚八對嬸嬸初音子的愛戀與性侵。另外還有長篇小說《可笑的伊右衛門》[2]（2004），寫開藥店的直助權兵衛趁阿袖的丈夫外出不在時佔有了阿袖，事後發現阿袖竟是自己的親妹妹，便切腹自殺。

山口椿（やまぐち つばき、1931—）的短篇小說《愛護若》[3]（1996）改編自江戶初年無名氏的同名說經淨琉璃，描寫了作為長谷觀音菩薩所賜的孩子而出生的愛護若，因為拒絕繼母雲居前的戀慕而被其羅織罪名誣陷為賊人，愛護若跳入瀑布自殺，後來卻被供奉為山王。

三浦哲郎（みうら てつお、1931—2010）的小說《百日紅不開的夏天》[4]（1996）描寫了同胞姐弟之間的亂倫之愛：在口腔醫院工作的二十歲的姐姐比佐和在汽車修理廠工作的十七歲的弟弟砂夫，在父親突然去世、母親離家出走之後分別被領養長大，時隔十年姐弟二人再次相逢。此後，弟弟每週都來看望姐姐而且在姐姐處留宿。夜晚來臨，姐姐的被褥像孩子一樣撫蓋在弟弟身上，孤獨的姐弟二人因為歲月之重和相愛之深而激動顫抖。雖然早已進入了夏天，但在寒冷的北國的城市，百日紅都沒有開放，但此時重逢的姐弟卻堅定了他們相愛的方向。

响野夏菜（ひびきの かな、1972—）的系列小說《雨音州秘聞錄》[5]

[1] 日語寫做《塗仏の宴》。
[2] 日語寫做《嗤う伊右衛門》，是對江戶時代鶴屋南北四世（1755—1829）創作的歌舞伎腳本《东海道四谷怪谈》（1825）的小說化。
[3] 日語寫做《愛護の若》，見〔日〕江口椿：《日本残酷物语》，日本文藝社，1996年。
[4] 日語寫做《百日紅の咲かない夏》。
[5] 日語原文為《雨の音州秘聞》，包括《闇灯籠心中　桜の章》（1996）、《闇燈籠心中　吹雪の章》（1996）和《朧月鬼夜抄》（1997）全三冊。

（1996—1997）描寫貴族的女兒櫻花公主與自己的親哥哥暴風雪王相愛，卻因為政略婚姻被嫁給了東宮太子。為了這被禁忌的愛戀，他們火燒皇宮趁亂逃跑了。最後走投無路，他們決定投河殉情。然而，平靜的死亡並未到來，暴風雪王撿回一命，被重新抓回京城，成為哥哥陰謀的工具悲慘度日。櫻花公主則被殘酷的咒語變成了一個醜陋的鬼。

岩井俊二（いわい しゅんじ、1963—）的長篇小說**《華萊士人魚》**[1]（1997）以十九世紀末英國生物學家華萊士出版的奇書《香港人魚》為線索，講述了一段跨越一個多世紀的人類與人魚之間的愛情故事。其中，描寫了潔西與海原密這一對親兄妹之間的亂倫之愛：兩人初次見面時，潔西還不知道自己的真實身分，他們一見鍾情。當潔西知道自己是人魚並且和海原密是親兄妹時，曾一度深受打擊，決心遺忘這段感情。然而，當海原密生死未蔔時，面臨做人類還是做人魚這一選擇的潔西，還是放棄了人類社會倫理法則的約束，坦然承認了對妹妹的愛情，獨自潛入海洋救回海原密，兩人最後以人魚的身分生活在了一起。

櫻井亞美（さくらい あみ、生卒年代？）的小說**《無罪的世界》**[2]（1997）寫：通過體外受精而出生的高中女生阿米為了尋找精子的提供者與智障的哥哥卓也一起踏上了旅途。最後到達了醫生高森和其妻子經營的診療所。於是，奇妙的四人同居生活開始了，導致阿米先後與同父異母的哥哥及親生父親發生了亂倫關係。小說**《光的迴響》**[3]（1999）描寫的是因親生父女亂倫而出生的高中女生薩莉娜的故事：寫少女薩麗娜由親生父女亂倫而生，被家族視為惡魔。她曾親眼目睹了父親（也是祖父）與母親赤裸在床攪在一起的場面。然而，有一天，薩麗娜在澄海潛水時與天使般的少年賽以亞邂逅相逢，從高度6000英尺的高度二人歡聚一堂下降的時候，薩麗娜感到了美麗的生命的豐富多樣。**《魔力之牆》**（2001）寫就讀於醫學院的霧娜有兩個誰也不能說的祕密：一是與弟弟的亂倫關係；另一

---

[1] 日語原文為《ウォーレスの人魚》。
[2] 日語原文為《イノセント ワールド》。
[3] 日語寫做《光の響き》。

個是高三時打掉了戀人的孩子。有一天，研究室的同學告訴了她大學裏有一個像謎一樣的水槽，她才知道了自己的過去關係到很大的犯罪。

薄井有事（うすい　ゆうじ、1949—）的長篇小說**《怕冷的彩虹》**[1]（1998）寫：我和一個既是妹妹又是妻子的女性生活在一起。但她留下了一封寫有「再見！」字樣的信件後就消失了。我踏上了尋找她的旅程。我們兩個人出生的祕密逐漸變得明朗。這是一部描寫旨在超越性行為的兄妹之愛的長篇小說。

東野圭吾（ひがしの　けいご、1958—）的小說**《祕密》**（1998）寫：有一年的冬天，杉田平介的妻子直子帶著女兒藻奈美回娘家參加堂兄的葬禮，她們乘坐的雪地巴士在途中的一個三岔路口因司機疲勞駕駛翻落雪崖，盡管兩人被送到了醫院，但直子被玻璃刺入心臟不治身亡，女兒藻奈美雖說奇蹟般獲救，但因腦部受到劇烈震蕩卻一直處於一種假死狀態。而已經死去的妻子直子的魂靈卻住進了十一歲女兒藻奈美的身體。面對如此複雜情況，平介儘管不知所措，但仍然和「她們」過起了奇妙的「亦妻亦女」的祕密生活。不久女兒二十歲了，與宿住在女兒身體裏的妻子的生活逐漸使他在內心感到很高興。此時，直子又通過了以醫學專業為目標的升學考試。在奇妙的雙重生活到達極限的某一天，女兒藻奈美長時間沉睡的意識再度甦醒，代替了亡母的靈魂。小說末尾是父親跌坐在地上聲嘶力竭的痛哭。東野圭吾的推理小說**《我殺了他》**[2]（1999）寫知名的劇作家穗高誠在與新晉的女詩人神林美和子舉行婚禮的當天被毒殺了。嫌疑人有三個：被害人的經紀人、新娘的哥哥和一個著名的編輯。這三個人都曾自言自語：是我殺了他！事發之後，三人私下追述往事。原來，哥哥神林貴弘一直愛著妹妹神林美和子，早年父母雙亡，兄妹離散15年後再次相逢，同居後陷入了亂倫關係。眼看著妹妹就要和別人結婚，妒火中燒的哥哥在婚禮當天毒死了妹夫。長篇推理小說**《嫌疑人X的獻身》**[3]（2003）寫遊手好

---

[1]　日語寫做《寒がりな虹》。
[2]　日語寫做《私が彼を殺した》。
[3]　日語寫做《容疑者Xの献身》。

閒的富堅慎二因貪汙公款被公司開除，離婚後不僅騷擾前妻花岡靖子的平
靜生活，還不斷糾纏繼女花剛美裏，最後被母女二人失手殺死。

　　長坂秀佳（ながさか しゅうけい、1941—）的小說**《弟切草》**
（1999）描寫少女菊島奈美在養父家長大，在毫不知情的情況下，與親生
父親有栖川耀一郎發生了亂倫之戀。

　　信濃武（しなのたけし、1912—不詳）的隨筆小說**《性的去向——我
人生最後的性》**[1]（1999）中有這樣一個故事：一個男子決定娶自己懵懂
的親妹妹為妻，卻想不出什麼好辦法，於是去請教橫濱的一位知名的老和
尚，老和尚哈哈大笑，認為這是近親結婚而不是血親亂倫：「你們這是近
親結婚啊！從前世的因緣來看沒有什麼是偶然的。與佛教所禁止的五惡、
十惡中的邪淫完全不同，這是正確的選擇。哈哈哈哈！」

　　貴志祐介（きし ゆうすけ、1959—）**《藍色的火焰》**[2]（1999）寫：
十七歲的高中生櫛森秀一，與獨自一人承担著家計的母親及上初中二年級
的天真漂亮的妹妹櫛森遙香三個人生活在一起。然而和睦團圓的家庭生活
被一個突然出現的闖入者給踐踏了。這就是十年前與母親離婚的養父曾根
隆司。曾根隆司無所顧忌地滯留在秀一家，不僅霸佔母親的身體還想對妹
妹動手動腳。秀一明白：員警和法律都不能幫自己奪回家人的幸福，於是
他下了決心。他用自己的手親自葬送了這個惡棍。

　　天童荒太（てんどうあらた、1960—）長篇推理小說**《永遠的孩
子》**[3]（1999）有父女亂倫的描寫。因為兒童虐待等家庭問題而在孤兒院
長大的三個主人公，成為律師、警官和護士後再次相逢了，他們各自被過
去的創傷所折磨，一面痛苦不堪，一面互相幫助，邊生活邊反抗，是一部
以現代日本親子關係的陰暗面為題材的作品。三個主人公兒童時期受到過
各種虐待。久阪優希受到過父親久阪雄作的性虐待。長瀨笙一郎被熱衷於
玩樂的母親棄養。有澤梁平受到過被母親把香煙塞入體內的虐待。三個人

---

[1]　日語寫做《性の行方——僕の人生最後のセックス》。
[2]　日語寫做《青の炎》。
[3]　日語寫做《永遠の仔》。

在醫院邂逅相逢，談起了自上小學開始到再次見面所發生的每一件事。

　　岩井志麻子（いわい しまこ、1964—）的短篇恐怖小說《岡山悚聞》[1]（1999）描寫了明治時期，一個出生在岡山縣深山裡，剛一懂事，立即就被父親強迫做了自己性伴的醜陋的妓女的身世。以專門殺嬰為業的助產婦的母親。難以置信的苛刻的、淒慘的娼家的每天。在意想不到的赤貧的生活中，和她的心唯一相通的是黏附在她頭部的所謂的人面瘡。長篇小說《歡樂的流放地》[2]（2003）描寫了姐弟之間的亂倫之愛：在城市地勢低窪的貧民窟生活著美麗的姐姐悅子和眼盲的弟弟由紀夫。姐姐常常從她自己上班的餐廳帶回一位女作家寫壞而丟棄的小說手稿，從不外出的弟弟最大的快樂就是讓姐姐給自己念讀這些故事。從偷看小說開始的虛構世界逐漸進入了姐弟亂倫的關係。淫靡而罪惡的愛欲生活之夢幻與現實交錯的最後，是令人震驚的結局，是官能和幻想的爆炸。這是一部把罪惡深重的禁斷的愛欲聯綴成了神祕而豔麗的官能幻想的小說。

　　狗飼恭子（いぬかい きょうこ、1974—）的長篇小說《戀之罪》[3]（2000）描寫了兄妹之間的亂倫之愛。

　　森福都（もりふく みやこ、1963—）的系列短篇小說《孿生兄妹奇幻歷險記》[4]（2001）以中國唐代女皇武則天君臨洛陽為背景，描寫了被作為宦官而獻上的美少年馮九郎，與因為戀愛哥哥而進宮做了女官的美麗的雙胞胎妹妹香連，如何遇到並解除了在宮廷和城鎮發生的種種怪事，最後終於脫離了黑暗的爭權奪利的戰場。

　　岳本野薔薇（たけもと のばら，1968—）的《鱗女》[5]（2001）寫京都的名門、龍鳥家的長女樓子，因美麗的肌膚和漂亮的容顏人人誇讚。但美麗的樓子卻有一個重大的祕密。11歲初潮那年，她的下身周圍開始長出魚鱗，而且隨著歲月的推移魚面積圍不斷擴大。對樓子的舉止感到奇怪的

---

[1]　日語原文為《ぼっけえ、きょうてえ》。
[2]　日語寫做《悦びの流刑地》。
[3]　日語寫做《恋の罪》。
[4]　日語原文為《雙子幻綺行——洛陽城推理譚》。
[5]　日語寫做《鱗姫》。

叔母黎子有一天發現自己也有了相同的魚鱗，進而明白了這就是龍烏家族女性相傳的一種怪病。傳播怪病的龍烏家族的祕密是什麼呢？魚鱗向全身擴展的恐怖、美麗容顏的即將失去、最愛的哥哥的離去，就在櫻子被絕望包圍的時候，發現了延緩鱗病的唯一療法，那就是：把自己身體浸泡在動物或者人類的鮮血中。就在櫻子治療的過程中，儘管感染的危險幾乎是百分之百，但血親哥哥琳太郎還是與其進行了瘋狂的交合。

赤川次郎（あかがわ じろう、1948—）的系列浪漫神祕小說《天使與惡魔》中的**《對天使的淚與笑》**[1]（2001）寫：無數的動物在人類面前紛紛自殺？原因何在？經過一番推理最後終於明白——原來在人類中發生了惡魔般的父女亂倫事件：浩子是野本廣士與原來的妻子所生的女兒。由於母親的反對，廣士原來的妻子不得不帶著女兒離開。十幾年後，浩子長大成人，重新出現在廣士面前，廣士瘋狂地愛上了浩子，他並不知道這就是自己的女兒，浩子是作為女人而被廣士所愛的。在知道是父女關係之後，浩子痛苦不堪，最後在廣士的別墅裏自殺身亡。

高橋文樹（たかはし ふみき、1979—）的小說**《途中下車》**（2001）描寫男主人公即使違反道德、即使不被世人認可，他也要一直戀愛妹妹，這是他自己選擇的生活方式，他為此感到非常幸福。

林真理子（はやし まりこ、1954—）**《初夜》**（2002）小說講述了一個叫做恭子的老姑娘的故事。雖說與近親戀愛有所不同，但描寫了父親對女兒可憐的甘美的妄想：恭子出身沒落地主之家，父母從小對她進行非常「純潔」的教育。尤其是恭子的母親多惠子，她認為像恭子這樣純潔優秀的女孩子是不愁嫁的，因此阻止男生追求恭子，用十分苛刻的眼光來替恭子擇夫，最後終於在恭子27歲的時候開始被男方拒絕，並一發不可收拾，接連被拒。隨著時光荏苒，恭子漸漸年老色衰，被擋在婚姻殿堂之外。在多惠子身患癌症去世之後，恭子也被檢查出患了子宮肌瘤，面臨子宮被切除的命運。在去醫院手術的前夜，父親純男在女兒房中入睡。純男為女兒

---

[1]　日語原文為《天使に淚とほほえみを》。

沒有接觸過男人就要切除子宮的命運痛苦不已，他想通過自己和女兒發生關係以彌補這個遺憾——

「純男的呼吸急促了。他要自己抱起恭子！伸出手三十釐米的地方就睡著可愛的姑娘。他要給這個姑娘以最初和最後的記憶。父親和女兒發生關係，為什麼是犯罪呢⋯⋯。

終於從床上發出了睡著的聲音。這睡眠的寂靜是誰也不能打破的，但他還是決定要打擾她了。純男自己問自己：你也睡著了嗎？

和女兒一起睡，一起醒？他要和女兒一起分擔這不幸，但他終於明白，那只有一個辦法⋯⋯」

高橋彌七郎（たかはし やしちろう）的系列小說**《灼眼的夏娜》**[1]（2002）中描寫了入侵人類世界的「紅世使徒」愛染自與妹妹愛染他之間的亂倫之愛，人類則分別稱這對兄妹為蘇拉特與蒂麗亞。

村上春樹（むらかみ はるき、1949—）的長篇小說**《1973年的彈子球》**（1980）[2]中寫：「我」大學畢業后從事英語翻譯工作謀生，奇怪地與一對難以分辨的雙胞胎姐妹同居於高爾夫球場旁邊的公寓里。長篇小說**《海邊的卡夫卡》**[3]（2002）中的男主人公田村卡夫卡殺死了父親，不僅和親生母親佐伯發生了關係，而且還與養女姐姐櫻花有染。他的另外一部長篇小說**《1Q84》**（2009）中寫：男性「領袖」Receiver藉助與女兒Perceiver的「交合」來到這邊的世界，並損傷了女兒的子宮。領袖說：「這個表達方式更接近真相。而且我與之交合的，說到底是作為觀念的女兒。交合是一個多義詞。要點在於我們二人合為一體，作為感知者和接受者。」

小池真理子（こいけ まりこ、1952—）的長篇小說**《在每個夜晚的黑暗深處》**[4]（1993）描寫了一位父親的矛盾心理：畑中秀治一方面強烈

[1] 日語原文為《灼眼のシャナ》。
[2] 日語原文為《1973年のピンボール》。
[3] 日語原文為《海辺のカフカ》。
[4] 日語原文為《夜ごとの闇の奥底で》，見〔日〕原田武：『インセスト幻想—人類最後のタブー』，人文書院，2001年，第163頁。

畏懼女兒亞美自立並與別的男人建立親密關係，另一方面又期待著她與誰相愛。《戀》（1995）描寫的是：在渾然不知情況下結婚的同父異母的兄妹，在血緣關係暴露後，突然改變生活方式的故事。兩個人做出了婚姻生活保持原樣、互相之間什麼也不干涉也不嫉妒、在常識和道德之外生活下去的選擇。她的另外一篇小說《檸檬亂倫》[1]（2003）寫出生後不久就被綁架而一直下落不明的弟弟昭吾出現了。時隔24年再次見到的弟弟，遺傳了父親高大的身材和與端莊的模樣。姐姐阿澪真摯率性、生動美麗，弟弟一邊打工賺取生活費一邊考大學。儘管知道彼此不能相愛，但兩個人還是無法控制地吸引相合。這是一個描寫以禁忌的愛為主題的純粹的愛情之未來的美麗故事。

西尾維新（にしおいしん、1981—）的長篇小說**《你和我壞了的世界》**[2]（2003）：寫哥哥柜內樣刻非常疼愛妹妹柜內夜月，妹妹的同班同學因為欺負了妹妹很快就變成了尸體。而妹妹也深愛著哥哥，只要發現哥哥接觸別的女孩子就嫉妒得發狂。兄妹二人終於以現在進行時的方式超越了被禁止的底線。

女作家**乃南朝**（のなみ あさ、1960—）的長篇小說**《晚鐘》**（2003）中有主人公與表妹的亂倫。

村山由佳（むらやま ゆか、1964—）的小說**《星星之舟》**[3]（2003）中寫：養母因為蛛网膜出血而跌倒，阿曉從外地回到了長年離開的老家。在因為參加葬禮而逗留的日子裏，阿曉想起了過去在老家的日子，尤其是與同父異母妹妹沙惠的亂倫。沙惠幼兒時受到與父親住在一起的父親的部下的性虐待，上高中時又被性侵，加上母親又事關自己的戀人，沙惠對自己的魔性深信不疑，並為此苦惱不已。雖與鄰家青梅竹馬的清太郎有了婚約，但仍然不能忘記自己的哥哥，以至於清太郎知道了沙惠與哥哥的關係，最後導致婚約解除。

---

[1]　日語原文為《レモン・インセスト》。
[2]　日語寫做《きみとぼくの壊れた世界》。
[3]　日語寫做《星々の舟》。

　　新井輝（あらい てる、生卒年代？）**《1301房間》**[1]（2003）寫：一所普通中學的高中生絹川健一很有女生緣，剛剛遭到同班同學大海千夜子的愛情告白，又結識了謎一樣的少女桑畑綾。比弟弟大三歲的姐姐絹川螢子在美術學院讀大一，也很喜愛弟弟。由於父母從事室內裝修出口工作常年不在家，家裏實際上只有姐弟二人一起生活。絹川健一對桑畑綾有自卑感，姐姐以此為契機，衝動之下與弟弟有了肉體關係。後來，他們的關係被偶然回家的父母發現，遭到嚴厲斥責後弟弟被帶走了，姐姐則與青年實業家圭一郎相了親並準備結婚，不過姐姐對健一的感情沒有變化，還說想借結婚的機會給健一生個孩子，希望二人的關係一直保持到孩子出生。

　　絲山秋子（いとやま あきこ、1966—）長篇小說**《海上仙人》**[2]（2004）中寫：男主人公河野買彩票中了巨獎，於是搬到了美麗的海濱居住。他一邊陷入了與兩個女人的戀愛之中，一邊又不得不克服他在性方面的精神性傷害。原來他由於受到過去與血親發生的亂倫事件的困擾，如今在兩個情人面前均成了一個性功能障礙病患者。

　　津原泰水（つはら やすみ1964—）的小說**《信天翁》**[3]（2004）描寫了白痴姐姐和正常弟弟之間的亂倫。

　　白石公子（しらいし こうこ、1960—）的長篇小說**《我的雙胞胎妹妹》**[4]（2004）描寫了哥哥直毅與自己的一對雙胞胎妹妹——實子和穗子的三角戀愛。

　　森橋賓果（もりはし ビンゴ、1979—）的小說**《三月、七日》**（2004）描寫了學生兄妹濃烈的戀情。

　　佐藤友哉（さとう ゆうや、1980—）的**《孩子們的憤怒憤怒憤怒》**[5]（2005）是以未成年人為主人公的短篇小說集，登場的人物機近瘋狂，孩子們也不例外。可謂是一個殺人、虐待、亂倫、強姦等的大拼盤。其中

---

[1]　原文為《ROOM NO.1301》，日語為《ルーム ナンバー1301》。
[2]　日語原文為《海の仙人》。
[3]　日語寫做《アルバトロス》。見短篇小說集《綺譚集》，集英社，2004。
[4]　日語寫做《僕の双子の妹たち》。
[5]　日語寫做《子どもたち、怒る怒る怒る》。

《**孩子們的憤怒憤怒憤怒**》寫「我」和妹妹相互之間都有強烈的性愛衝動，但是最終還是「我」克制住了；另一篇《**屍體與……**》中寫：「女人」因為仇恨而強姦了「青年」，而「女人」與「青年」其實是姐弟關係；《**大洪水中的小房子**》[1]講述了「我」（春哥）、文男、梨耶兄妹三人的故事：一場大洪水中「我」和弟弟文男成了屋頂上的倖存者，而妹妹梨耶卻不見了，於是「我」決定回到家中尋找妹妹。在尋找妹妹的時候，我一直在回憶三人的生活：兄妹三人完全構成了一個封閉的世界，他們不在乎三人之外的任何事物，在三人之外，一切都是其他的，與自己無關的。三個人總是想辦法尋找一些「獨處」的時間，比如夜深人靜父母睡去的時候，我們三人縮在「粉紅色涼被」裏。盡可能地相互依偎，如沉睡般地閉上眼睛。我、文男和梨耶，想像著三人融合的情景。而實際上，我們也融合了。三人的熱氣與體溫充斥於密閉的「粉紅色涼被」內部，我們開始流汗。這就是我們每晚度過的「時間」。小說的敘述雖然含混朦朧，但兄妹三人之間的關係透射出明顯的曖昧性和亂倫的暗示性。

深町秋生（ふかまち あきお、1975—）《**無盡的干渴**》[2]（2005）中寫父親藤島秋弘在不知情的情況下性侵了自己上高三的女兒加奈子。

兒童文學作家**安房直子**（あわ なおこ、1943—1993）的短篇小說集《**夢的盡頭**》[3]（2005）中不僅有兄妹之間的亂倫，也有繼父與兒媳之間的亂倫。

女作家**櫻庭一樹**（さくらば かずき、1971—）於2006—2007年發表在報刊上的長篇連載小說《**我的男人**》寫：9歲的竹中花在大地震引發的海嘯中失去了雙親成了一個孤兒，親戚腐野淳悟收養其做了自己的養女，從此以後，兩個人過起了既是父女又是戀人的生活。腐野淳悟是「我的養父」也是「我的男人」。竹中花雖然下決心和腐野淳悟永不分離，但是長大後卻想與美郎結婚。小說以時間回溯的方式進行敘描：第一章寫竹中

---

[1]　日語原文為《大洪水と小さな家》。

[2]　日語原文為《果てしなき渇き》。

[3]　日語原文為《安房直子十七の物語 夢の果て》，瑞雲舍，2005。

花新婚旅行歸來卻發現腐野淳悟消失了；第二章寫她與未婚夫美郎的不期
而遇；第三章寫已經上高中的竹中花和腐野淳悟殺人；第四章寫竹中花殺
人；第五章以小町為中心進行描寫直到結束。花子和淳悟兩個人15年間互
相給予、互相爭奪。可以說，整個故事以被禁忌的父女之間的愛情為描
寫中心。2008年榮獲日本第138屆直木賞，被日本媒體譽為「日本的《呼
嘯山莊》。長篇小說《**糖果子彈**》[1]（2009）中不僅描寫了兄妹之間的亂
倫，還描寫了父親海野雅愛與女兒海野藻屑之間的曖昧關係。

　　鳥越碧（とりごえ みどり、1944—）的長篇小說《**兄妹**》[2]（2007）
取材於日本著名俳句詩人正岡子規與其妹妹阿律的故事，描寫了兄妹之間
的終極之愛。俳句詩人正岡子規身染肺結核，妹妹阿律一直支持他到最
後。生與死，慈愛與禁斷——這是一部從大膽的視角來描寫正岡家與可怕
的疾病進行鬥爭的日日夜夜的長篇小說。

　　女作家**橋口育夜**（はしぐち いくよ、1974—）的小說《**我愛妹妹**》[3]
（2007）描寫了同上高三的雙胞胎兄妹阿賴與阿郁的戀愛故事。

　　伏見官吏（ふしみ つかさ、1981—）的小說《**我的妹妹沒那麼可
愛**》[4]（2008—2013）描寫上高中的哥哥高坂京介與自己上初中的妹妹桐乃
之間的曖昧關係。

　　女作家**佐藤亞有子**（さとうあゆこ、1969—）的《**花朵的墓碑**》[5]
（2008）是一部自傳體小說，寫作家亞有子和作家的姐姐受到親生父親的
性虐待並患有精神病的事情。

　　大石圭（おおいし けい、1961—）的小說《**絕望的秋千**》[6]（2009）
描寫了美麗的盲人姐姐與戀慕著她的弟弟之間的愛情故事：母親是馬戲團
高空秋千節目的演員，由於秋千運轉發生了意外事故，不得已離開了馬戲

---

[1] 日語原文為《砂糖菓子の弾丸は撃ち抜けない》。
[2] 日語原文為《兄いもうと》。
[3] 日語寫做《僕は妹に恋をする》。
[4] 日語原文為《俺の妹がこんなに可愛いわけがない》。
[5] 日語寫做《花々の墓標》。
[6] 日語原文為《絕望ブランコ》。

團，父母也因此離婚，感情深厚的一對姐弟也不得不分手。弟弟跟著漂浮不定的父親在社會的底層長大，姐姐跟著冷漠的母親一起生活，不僅在十八歲那年失去了視力，而且還遭到了男友的拋棄。當二十八歲的姐姐與二十七歲的弟弟再一次相逢的時候，難以抑制的思戀使他們毅然決然地住在了一起。

　　水原涼（みずはらりょう、1989—）的小說**《甘露》**[1]（2011）是以父親與姐姐的亂倫為題材的作品。通過一個歸鄉省親的大學生的視角描寫了自己的家族。其中充滿了大膽的性描寫。第112界文學界新人獎獲獎，第154屆芥川獎和直木獎提名。

　　中山七里（なかやま しちり、1961—）的推理小說**《連續殺人魔鬼》**[2]（2011）中寫：嵯峨島ナツオ與父親辰哉二個人一起生活，從母親離家出走的那天開始，她幾乎每天都會受到父親的性虐待。

---

[1]　見《文學界》2011年6月號。
[2]　日語原文為《連続殺人鬼カエル男》。

第七章　世界敘事文學
亂倫母題審美學類辯

　　如果就世界文學史上採用「亂倫」母題的敘事文學作品進行分類的話，中國學者楊經建在其論文《亂倫母題與中外敘事文學》中，把「亂倫」作為創作母題的中外敘事文學作品大致分為兩大種四個類型:第一種是「天契型亂倫」或曰「命定型亂倫」；第二種包括三個類型，分別是「性虐取型亂倫」、「性愛型亂倫」、「情愛型亂倫」[1]:

第一節　「命定型」

　　在這類作品中，亂倫都是一種在主人公們毫無知曉的情狀下無法逃避的宿命般的劫難。作品的主人公們並不存在任何人性畸變的表現，他們是正常的乃至正直、正派的人，感情也是正常的感情，然而在一種動機(精神化的行動主體或是主觀上想千方百計避免犯罪或是自認為追求正常的符合人性規範的情愛)與效果(亂倫的罪惡結果)、意志與客觀情境的矛盾設置中，宿命意識構成了敘事文本的精神邏輯規律，人們(作者和讀者)對既不能用理智去說明，也不能在道德情感上得到合理解釋的「必然性」力量產生敬畏與驚奇。當這種「必然性」力量以「亂倫」的形式來顯示時，所有的人都無法擺脫精神上的「宿命」。

　　縱觀人類文學史，「命定型」作品數量不多，但分量頗重，具有巨大的藝術感染力和情感衝擊力。因為，「命定型」作品體現著典型的悲劇形態，具有典型的、正宗的悲劇意味。前面提及的那種悲劇性激情在此體

---

[1]　楊經建：《亂倫母題與中外敘事文學》，《外國文學評論》，2000年第4期。

現為一種抑鬱、慘烈色調的充塞，一種難以排遣的莫名重負的擠壓，一種殘酷的詩意的折磨。尤其當所有人物在宿命的魔圈中從自我生存、自我感覺的極度強化轉而成為自己命運的否定者，巨大的人生落差使人只能「認命」。「亂倫」因此也無異於天性的遺傳，「亂倫者」只能在強烈的「原罪感」中以肉體的泯滅來謀求心靈的救贖。這意味著作家們在窮究似地追尋著歷史的非理性與存在的不可理喻的緣由，而終極緣由則是人的欲望的無限性和歷史行為的有限性、人類生存的隨意性和文明進程的有序性之間的根本衝突，人幾乎無法擺脫這種永恆的「宿命」。

據此而言，古希臘歐裏庇德斯的《俄狄浦斯王》，應該是世界文學史上最為典型的「命定型」亂倫母題作品。但是，縱觀日本文學史，完全具備上述要素的亂倫母題文本幾乎沒有。如果只是依據其最根本的一點「在主人公們毫無知曉的情狀下」，那麼，前述《寶物集》（1179，幼年失散的母子在互尋途中共宿後終於相認）、《自尋自小姐》（1259，同父異母同母異父兄妹）、《和泉式部》（棄子成人後與所愛共宿後方知是母子）、《長崎船》（1703，暴發戶為心儀的妓女贖身發現對方是自己的棄女）、《豔電之戀》（1823，激情過後才知道互為兄妹）、《東海道四穀怪談》（1825，事後發現對方是自己親妹便切腹自殺）、《三個叫吉三的人》（1860，哥哥在深深相愛並準備結為夫婦的孿生兄妹明白真相前殺死了二人）、《命運》（1903，男主人公渾然不知地娶了自己同母異父的妹妹）、《惡魔吹著笛子來》（1951，男主人公為兄妹相愛所生又渾然不知地讓異母妹妹懷了孕）、《不幸的女人》（1952，母親棄養被騙婚所生的兒子，出逃後淪落為藝妓，在委身給作為客人的青年後，終於發現對方是自己的親生兒子）、《玉地藏》（1954，母親睡夢中誤子為夫做愛後懷孕生女送養他人，兒子在外娶此女為妻母親自殺）、《恐怖的畸形人》（1969，相愛後才知道二人是兄妹關係）、《女人的算盤》（1979，男主人公宿命般地愛上了祖父的私生女）、《狗神》（1993，最後才發現自己的情人是少女時代與哥哥亂倫所生之子）、《戀》（1995，在渾然不知情況下結婚的同父異母兄妹，當血緣關係清楚後只得改變生活方式）、《無

罪的世界》（1997，體外受精而生的女孩在尋父途中與異母哥哥及生父發生了關係）、《對天使的淚與笑》（2001，瘋狂相愛的父女在知道真相之後，女兒在父親的別墅裏自殺身亡）、《海邊的卡夫卡》（2002，母子、姐弟在不知的情況下發生了亂倫）等等當屬此列。

　　不過，我們仍然要指出：以上絕大部分作品除了《東海道四穀怪談》（主人公事後發現對方是自己親妹便切腹自殺）、《三個叫吉三的人》（哥哥在結為夫婦的孿生兄妹明白真相前殺死了二人）、《惡魔吹著笛子來》（男主人公為兄妹相愛所生又渾然不知地讓異母妹妹懷了孕，最後造成妹妹一屍二命、生父被殺的結局）、《不幸的女人》（母親棄養被騙婚所生的兒子，淪落為藝妓後，卻發現經常光顧自己的嫖客竟然是自己那個已經長大成人的棄子，於是跳河自殺）、《玉地藏》（母親誤子為夫懷孕生女送養他人，兒子在外娶此女為妻母親自殺）、《狗神》（最後才發現自己的情人是少女時代與哥哥亂倫所生之子，最後造成兩死一傷）、《對天使的淚與笑》（在知道真相之後，女兒在父親的別墅裏自殺身亡）之外，其餘大部分均談不上「宿命般的劫難」和「正宗的悲劇意味」。因為在這些作品中，幾乎看不到男女雙方由於誤入亂倫而在心理上產生了什麼極大的恐懼或在道德上背負了多麼嚴厲的譴責，並因此而痛苦不堪、自責不已，甚至自我懲戒、自殺身亡。更多的則是一種不知不為過或者是過亦小過的心理狀態，社會輿情也不會對他們或她們橫加指責、不依不饒，當事人最後頂多也就是改變現狀或從此消失。前者如小池真理子的小說《戀》：同父異母兄妹在渾然不知情況下結婚，當血緣關係清楚後只得改變生活方式；後者如無名氏的小說《和泉式部》：當女方發現與自己共宿的喜愛自己的男子是自己已經長大成人的棄子後於是隱居了起來。這其中較為獨特的應算是夜食時分的小說《長崎船》了：當一個暴發戶在為自己喜愛的妓女舉行的贖身儀式上發現雙方原為父女關係時，男方沒有驚愕、沒有自責，女方有的只是一點點難為情。而眾人則如此評說：「你曾讓父親那麼興奮，這是連二十四孝也做不到的孝順父母呀！」這樣一說，曾經亂倫的父女雙方不僅相安無事，而且還有點心安理得。最為獨特的則是曾

野淩子的短篇小說《在這個悲傷的世界》：儘管已經發現雙方是分別長大的同父異母的姐弟，面對亂倫的事實，不僅沒有自責和恐懼，反而繼續交往，最後導致女方懷孕生子。

第二節　「虐取型」

「虐取型」，究其實質，這類作品的「亂倫」其實是封建宗法制度的變態反應和家族權力的病態炫耀。其「亂倫」關係具體呈現於父輩對女兒輩或媳婦輩的性關係上的強取豪奪。在這些作品中，作家們並不是以某些欲望化的場景和對性事的實證主義描述來招人眼目，而是以「亂倫」來抓住宗法文化和家庭文明的特殊軸心，貫穿於亂倫過程的動機就是由極端化的家族權力專制誘發的畸型的性欲，而畸形的性欲又是在家族權利專制的支配、慫恿下淪變為獸性的呈露。「亂倫」因此成為宗法文化和家族文明業已蛻變腐敗並走向全面潰敗時代的佐證。

在世界文學史上，代表性的作品如福克納的《去吧，摩西》。福克納的《去吧，摩西》中的卡諾薩斯・麥卡斯林是美國一個典型的南方家族的「酋長」，他的意志和強悍使其了孫們無時無刻不感到自己被籠罩在他的陰影下。他冷酷無情，寡廉鮮恥，特別令人髮指的是他不僅強姦了家中的黑人女奴，而且和由此生下來的親生女兒托梅發生亂倫關係，並生下一子托梅的圖爾。這一駭人聽聞的罪孽不僅使那個女奴跳河自殺，而且像惡夢一樣不斷折磨著他的了孫，成為他家族頭上的詛咒。

另外還有中國張宇的《疼捅與撫摸》（老族長對其家族中女兒輩的水秀）、葉兆言的《走進夜晚》、蘇童的《南方的墮落》等。

在日本文學史上，此類作品不少。前述《黎明的分別》（左大將父子性侵繼女）、《平家物語》（1230，天皇強娶自己貌美的叔母）、《黑蜥蜴》（1895，公公對兒媳百般蹂躪）、《土》（1910，母親病故後，父親不許女兒出嫁，企圖讓女兒替代母親）、《暗夜行路》（1921，公公趁兒子在國外性侵兒媳婦生子）、《魚服記》（1933，遭到父親強暴後女

兒投水自殺）、《無月物語》（1950，貴族藉口必生聖賢性侵女兒後被殺）、《沒有季節的街》（1962，少女被伯父誘姦後拋棄）、《浮華世家》（1973，公公趁兒媳洗澡昏厥時性侵）、《避暑地的貓》（1985，在發現有錢的老闆與母親及姐姐的雙重不倫後修平開始殺人）、《尊親殺人罪消失的日子》（1987，自十四歲開始就被父親性侵直至殺死父親）、《養父與我》（1993，女主人公十四歲就開始被被養父暴力性侵）、《永遠的孩子》（1999，親生父親以暴力性虐女兒）、《岡山慄聞》（1999，女兒剛一懂事就被迫做了父親的性伴）《連續殺人魔鬼》（2011，寫女主人公從母親離家出走的那天開始幾乎每天都會受到父親的性虐待）、《花朵的墓碑》（2008，寫作者及姐姐一直受父親性虐）等等當屬此列。

眾所周知，日本是典型的男權社會，大男子主義不僅潛存於人們的思想，而且還左右著人們的言行。而建立在「男權」基礎上的「皇權」、「族權」、「特權」，尤其是家長制背景下的「父權」更是為所欲為甚至飛揚跋扈。體現在兩性關係上，就是男性長輩（或主人、或上司）對女性晚輩（或女僕、或下屬）的「性掠奪」和「性霸佔」。例如《平家物語》中天皇強娶自己貌美的叔母、《黑蜥蜴》中公公不放過每一個兒媳、《土》中性饑渴的父親不許女兒嫁人、《無月物語》中貴族冠冕堂皇地性侵自己的女兒、《浮華世家》中公公趁兒子不在性侵洗澡的兒媳、《避暑地的貓》中老闆霸佔母女二人、《岡山慄聞》中父親讓剛懂事的女兒做自己的性伴等等。可以說，在日本，尤其是舊社會的日本，「父輩對女兒輩或媳婦輩的性關係上的強取豪奪」現象不僅普遍存在，而且還多少透射出一種理所當然、心安理得的心理來。在強大的男權面前，女性一方則大多忍氣吞聲、默默忍受，很少不從或反抗。即使不悅，也多以自甘墮落、破罐破摔的方式；即使反抗，也只能以消極逃避甚或自殺身亡的方式。

第三節　「性愛型」

　　這裏所指的「性愛」是人的性本能在生理和心理這兩個層面的交相呈現，其中以生理層面為主而心理層面為輔。如果說它是性欲和愛欲的結合，那麼其間必然是「性」多「情」少，或者說「情」由「性」起，「情」隨「性」移，而且往往是「性」的自由性導致「情」的破損感。

　　「性愛型」作品所敘寫的「亂倫」關係類型有繼母與養子之間、嫂子與小叔子之間，但最典型、最常見的是「兒子和繼母」的「亂倫」模式[1]。

　　在世界文學史上，較為典型的作品如《雷雨》中的繁漪，這是一個有著「強悍的心，敢於衝破一切梗桔，做一次困獸猶鬥」的、被性愛燃燒得近於半瘋狂狀態的女性。性愛的自由衝動使其死死拽住周萍不惜墜入「罪惡」和「可恥」的深淵。對於周公館而言，整個家族關係的膠合力與情感的離散力實際上都緊系於她一身。她「義無反顧」地像一場驟然而至的「雷雨」將一切毀於一旦，連同她自己對性愛的追求。其他如《榆樹下的欲望》中的艾比、《希波呂托斯》中的費得爾、《水滸傳》中的潘金蓮等。

　　在日本文學史上此類作品數量較多。例如：前述《源氏物語》（10世紀初，兒子與繼母通姦生子）、《新生》（1918，叔父與前來幫忙家務的姪女偷情生子）、《瓶裝地獄》（1928，淪落荒島的兄妹）、《牽牛花》（1948，經歷戰爭創傷的哥哥性侵了當妓女的妹妹）、《千隻鶴》（1952，兒子與父親的情婦及女兒）、《家徽之果》（1958，兒子為了錢財將身體給了母親）、《紅色人影》（1960，母為為了預防兒子受其他女人誘惑先將自己的身體給了兒子）、《猿飛佐助》（1962，母親為在戰鬥中致殘的兒子提供了自己肉體）、《真田幸村》（1963，母親在兒子結婚

---

[1] 有學者將「兒子與繼母」的亂倫母題稱作「亞戀母情結」或「亞戀子情結」的母題，見王向峰：《中外悲劇作品中『亞戀母情結』的戲劇表現》，《社會科學》，2004年第六期。

後抓緊一切機會）、《聖少女》（1965，女主人公與姐夫、與父親）、《萬延元年的足球隊》（1967，男主人公長期誘姦弱智妹妹還與嫂嫂通姦）、《日野富子》（1971，母親把自己化裝成別的女人誘惑兒子）、《奧山相奸》（1971，母親接受了智殘兒子的性衝動）、《俄狄浦斯的戀人》（1977，亡故的母親附身兒子的老師與兒子交合）、《無謂之煙》（1979，母親接受了精神病兒子在發病狀態下突然提出的性要求）、《惡魔時刻》（1982，母與子、女婿與岳母）、《只喜歡你》（1994，從婚外偷情得不到滿足的姐姐誘惑弟弟與自己交歡）、《觸角記》（1995，母親看見兒子自慰遂與之交合）、《鱗女》（2001，即使冒著被感染的危險哥哥也要與患怪病的妹妹交合）、《甘露》（2011，主人公發現父親與姐姐長期通姦）等等皆屬此列。

然而，有所不同的是，日本「性愛型」作品所敘寫的「亂倫」關係類型不僅僅限於「兒子與繼母之間」、「小叔子與嫂嫂之間」，也不以這兩種類型的作品數量為最多，而是幾乎遍及到了人類的所有血緣關係類型，其中，尤以母子之間最為突出。

第四節　「情愛型」

所謂「情愛型」是指「亂倫」的雙方在情感投合、愛意萌生的情況下「情」不自禁地鼓湧著「亂倫」的欲望，做出「亂倫」之舉，並且既無後怕，更不後悔。

在世界文學史上，《兒子與情人》、《喧嘩與騷動》、《洛麗塔》等作品較為典範。《兒子與情人》中的莫雷爾太太本是個感情豐富的人，由於失去了丈夫的情愛逐漸將自己的感情移注於兒子身上；《喧嘩與騷動》中渴望得到母愛的昆丁也因其母親的自私、冷漠而轉向妹妹凱蒂那裏去尋求他渴望的親情。雖然這兩部作品的「亂倫」之愛不能排除「戀母情結」的因素，帶有某種人性「扭曲」的意味，然而在作家們的敘事中「性」被植入敘述的抒情描寫組織而且具有一種明顯的將「亂倫」予以漂潔化

的處理傾向：男女主人公有精神上的「亂倫」意念而沒有實質性的「亂倫」行為。

在日本文學史上，此類作品數量也不少。前述《簧物語》（皇族兄妹）、《輕王子和衣通姬》（皇族兄妹）、《水鏡》（1195，被囚禁的王室母子）、《陰曹地府斷積案》（1749，貴族兄妹相愛生子）、《晚裝》（1896，兄妹）、《倉庫》（1935，患病的姐姐與照看她的弟弟）、《水聲》（1954，相愛的兄妹共同謀殺了調戲妹妹的父親，哥哥入獄妹妹自殺）、《幸福號出航》（1955，同母異父的兄妹駕船開始了他們的愛情之旅）、《出口》（1962，兄妹二人以夫婦的名義在一個偏僻的地方經營魚店二十年）、《蠍子》（1968，既是孿生兄妹又是情人）、《無常》（1970，懷了弟弟孩子的姐姐，在與弟弟的學生結婚後，仍與弟弟亂倫）、《在深紫色的天空裏》（1970，血親兄妹濃烈相愛）、《甜蜜的房間》（1975，父女）、《枯木灘》（1977，親兄妹自殺前同居）、《肥前松浦兄妹情死》（1979，兄妹愛而不能最後殉情自殺）、《在這個悲傷的世界》（1986，已知雙方是同父異母姐弟，但仍然難捨難分，並導致女方懷孕生子）、《雨音州秘聞錄》（1996，一對象愛的兄妹為了不被拆散決定投河殉情）、《最後的簧火》（1997，同父異母兄妹）、《魔力之牆》（2001，與弟弟的亂倫是她的高度機密）、《檸檬亂倫》（2003，姐弟）、《我愛妹妹》（2007，孿生兄妹拒絕各自的追求者一定要在一起）等等不勝枚舉。

不過，特別之處在於，日本「情愛型」作品所敘寫的「亂倫」關係類型更多發生在同輩的兄弟姐妹之間，也以這種類型的作品數量為最多，尤其是血親兄妹之間。所以，可以說，日本「情愛型」作品所敘寫的「亂倫」關係類型雖然集中在兄弟姐妹之間，但最典型、最常見的是「哥哥與妹妹」的「亂倫」模式。

辨析以上，不難看出，楊經建先生的劃分，更多依據的是文學審美的視角，突出的是人物心理態度的不同。但從中卻看不出人類這一性愛現象之所以被稱之為「亂倫」的一個本質屬性——生物學或社會學意義上的

具有近親關係的男女之間的性行為或性欲念，也就是對家族內部的親疏有序、長幼有別的常規倫理關係的擾亂及破壞。

其實，敘事文學中的亂倫母題可以從不同的角度有不同的分類：社會學的視角、文學審美的視角、心理態度的視角、人際血緣的視角等。而且，既可以是宏觀粗線條的，也可以是微觀細緻的。

比如楊經建先生的劃分也可以相應置換為：宿命型、強佔型、欺騙型、引誘型、自願型等；依據人物的主觀動機和情感成分的不同就可以將其分為：性欲型、色情型、情愛型、親情型等；依照人物心理態度的視角就可以將其分為：渾然不知型（無意觸碰到的亂倫）、強取豪奪型（明知不可為而強為的亂倫）、兩廂情願型（隱形的情感亂倫）等；若從發生亂倫者的輩分出發，可分為兩大類：第一類是隔代型，是指發生在有著不同輩分的人之間的亂倫，如：數量極少的祖輩與孫輩之間（間隔兩代）；親生父母與其子女、繼父母與與其養子女、公公與兒媳及岳母與女婿、叔叔與姪女及嬸母與侄子、舅父與外甥女及外甥與姨母等（間隔一代）。第二種是同代型，是指有著同輩身分的人之間的亂倫，包括：同父同母兄弟姐妹、同父異母及同母異父兄弟姐妹、大伯與弟媳及小叔與嫂嫂等。若從亂倫雙方之間的血緣關係來劃分則為三大類：父母與子女型（涵蓋繼父母與繼子女、公公與兒媳及岳母與女婿）、兄弟與姐妹型（包括同父異母及同母異父兄弟姐妹及堂表兄弟姐妹）和其他亂倫關係類型。其他亂倫關係類型則是指數量較少的且不屬於前兩類的類型，如叔叔與姪女及嬸母與侄子、舅父與外甥女及外甥與姨母等。

惟其如此，拙著出於「把複雜的問題簡單化、明晰化」的目的，從人類社會學的視角出發，只對日本文學中的亂倫母題做人際血緣的類分和辨析。

第八章　日本敘事文學
亂倫母題人類學類辯

　　美國學者在《性犯罪研究》一書中指出：「在亂倫犯罪中，父親對女兒的犯罪比較多。年輕力壯的男性和他們的姐妹亂倫又比父親對女兒亂倫犯罪要多一些。但是兄妹之間的亂倫行為很可能不認為是違法犯罪。兒子與母親發生亂倫行為的犯罪極少見，但也並不是說不存在。可見，亂倫的形式有父女之間的亂倫、母子之間的亂倫、兄妹之間的亂倫和其他無名亂倫。」[1]那麼，如果按照數量的多少對亂倫進行分類排序，到底會呈現出一種什麼樣的狀態呢？據學者們的統計：「一般來講，母子亂倫並不多見，父女亂倫的暴露機率更高一些，而兄妹亂倫的比例往往是父女亂倫比例的5倍。母子亂倫的舉報率很低，兄妹亂倫更是如此，因為這兩者中的強迫性並不明顯。父女亂倫多起源於父親對女兒的強迫，但往往會發展成自願的性關係，但即使如此，作為刑事案件舉報的亂倫個案中，父女亂倫無疑佔有絕對優勢」[2]。也就是說，若按數量多少來統計，兄妹亂倫最多，父女亂倫次之，母子亂倫第三，其他亂倫第四。文學來源於人類生活，即使不是人類生活的機械反映，也必然與人類的現實生活存在著一定的對應關係，所以，以上數字既可以說是純粹人類學的統計，也可以看做是對文學作品中母題描寫的統計。

　　日本敘事文學中的亂倫母題若從人際血緣視角並結合現有文本「涉亂」數量的由多到少來劃分，則可以劃分為如下幾類，也就是：數量最多

---

[1] 〔美〕倫那德D 塞威特茲等 1 《性犯罪研究》，陳澤廣譯，武漢．武漢出版社，1988年，第161頁。

[2] 方剛：《「性自願」與「性禁忌」——關於亂倫禁忌的現代思考》，《青年探索》，1996年第6期。

的兄妹型；數量次之的母子型；數量第三的父女型；數量第四的公媳型；排在第五的其他型（包括繼父母與繼子女、伯叔父母與侄子女、岳母與女婿、祖父母與孫子女、祖父與孫媳等等）。拙著擬從這五大類型出發對日本敘事文學中的亂倫母題作進一步深入論析。

第一節　兄妹型

本節所謂「兄妹型」主要是指存在有直接血緣關係的同父同母所生的兄妹與姐弟之間，還是指存在有間接血緣關係的同父異母及同母異父所生的兄妹與姐弟之間，同時也包括血緣關係較遠的堂表兄妹和堂表姐弟之間發生了亂倫之情。

人類的血緣婚史上，兄妹婚或姐弟婚出現的時間稍晚一些，持續的時間也相對較長一些，在日本歷史上更是如此。這時，不同輩分之間的亂倫婚戀——比如父女婚、母子婚等已經被禁止，所以恩格斯在談及古希臘神話中第二代主神克洛諾斯取其妹瑞亞為妻的描寫時由衷地發出讚歎：這是人類文明史上的一大進步[1]。除過古希臘的這一神話傳說之外，世界各國尤其是東方諸多民族國家的神話傳說對人類歷史上這一浪漫的婚戀模式都有著明確的記憶和描述。比如古埃及神話傳說中的奧西裏斯與其妹妹伊西斯、古印度神話傳說中的閻摩羅迦和閻摩羅密兄妹、中國神話傳說中的伏羲氏與妹妹女媧、日本神話傳說中的伊耶那岐命和伊耶那美命兄妹等等。人類童年時期這種亂倫的體驗和歷史的記憶，隨著文明社會倫理道德禁忌的日益強大，不是澈底灰飛煙滅而是逐漸潛存於內心深處，並積澱成為一種集體無意識。如中國流傳下來的很多民間口頭文學，尤其是那些傳播甚廣、膾炙人口的民歌中常常出現的「阿哥、阿妹情意長」之類的述說範式，「阿哥、阿妹」這種稱呼實際上正是原始文明時期兄妹血緣婚戀或者說人類「亂倫欲望」的一種固定化指向的集體無意識的遺傳形式。正

---

[1]　〔德〕恩格斯：《家庭、私有制和國家的起源》，《馬克思恩格斯選集》（第四卷），中共中央編譯局譯，人民出版社，1972年，第29頁。

如有學者指出：「在往古，姊妹和兄弟之間性的結合是各民族的普遍習慣。……在《愛情歌》裏面，『兄弟』（阿哥）和『姊妹』（阿妹），這些字的意義，就是與『姘夫』，和『姘婦』這兩個字的意義相同。」[1]美國學者莫達爾正是在此意義上提出「兄妹情結」這一概念的[2]。其實，生活中實際的情形也差不了多少。人類學家經過調查研究發現：「就整個人類社會而言，血緣家庭時代早已過去，然而它的遺跡卻未完全消失。特別是在偏遠地區，仍存在著孿生兄妹婚、兄弟共妻制、姊妹共夫制、轉房婚、表親婚等血緣家庭的遺風」[3]。這也就是在人類所有的亂倫遺風中兄妹亂倫在不同文化中亂倫禁忌較為寬泛的緣由。正因為兄弟姐妹之間的亂倫在「亂倫禁忌」中要寬放得多，因而在人類集體無意識的心理遺傳結構裏，兄妹亂倫形式較之母子亂倫、父子亂倫所佔據的空間位置亦更為寬裕、更為穩固。

　　日本民族不僅毫不例外，而且有過之而無不及。與世界其他民族國家的同類神話故事相比較，前述日本神話傳說中伊耶那岐命和伊耶那美命兄妹的性愛故事不僅浪漫灑脫、大膽露骨，而且還成為了日本民族和國家的起源——因為兩兄妹結合後，生下日本諸島、山川草木，以及支配諸島和萬物的太陽女神天照大神。正如日本學者堀越英美所強調：「根據《古事記》的記述，日本是從兄妹戀誕生的國家」。「在《萬葉集》時代，『妹妹』這樣的詞語指的就是『妻子或戀人』」[4]。堀越英美還舉例說：「在平安時代末期的《今昔物語集》之第二十六卷第十個故事和鎌倉時代初期的《宇治拾遺物語》的第五十六個故事裏分別出現了土佐國的『妹背島』的佳話軼事：和父母走散後，兩個漂流到孤島的兄妹結了婚，進而子孫繁榮，實在可喜可賀。人們講起這種故事來毫不在意、津津樂道。聽說，這

1　〔法〕沙爾・費勒克《家族進化論》，許楚生譯，上海文藝出版社，1990年，第23頁。
2　〔美〕莫達爾：《愛與文學》，鄭秋水譯，長沙・湖南文藝出版社，1987年，第50頁。
3　楚雲：《亂倫與禁忌》，上海：上海文藝出版社，2002年，第63頁。
4　〔日〕堀越英美：《萌える日本文学》，幻冬舍，2008年，第4頁。

種『兄妹來到無人島成為夫婦』的『妹背島』的民間傳說在日本各地都有流傳，由此就能看出日本人對自己的妹妹是多麼的喜愛。」[1]可以說，這些遙遠的歷史記憶及其現實傳承，不僅一直潛存於這個民族的集體無意識，而且還不斷鼓湧著它的兄弟姐妹走向亂倫之愛。惟其如此，日本敘事文學中才有了兄弟姐妹亂倫性愛這一頭號強大且綿延不斷的母題描寫及審美訴求：

古代奈良時期的《古事記》中其實共有三個兄妹亂倫的故事：神界的伊邪那岐與伊邪那美兄妹結合繁衍人類的故事[2]首當其衝；其次，有同母兄妹沙本毘古王和沙本毘賣命的亂倫之愛[3]。其三是木梨之輕皇太子與其同母異父妹妹輕大郎女衣通姬的亂倫故事[4]。本故事被稱為日本史上最經典最浪漫的亂倫故事，日本近現代作家三島由紀夫在1947年據此創作發表了小說《輕王子和衣通姬》。舍人親王編撰的《日本書紀》（720）（卷20敏達天皇5年3月）中寫：敏達天皇娶同父異母妹妹豐禦食炊屋姬尊為皇后。《日本書紀》卷15仁賢天皇6年是秋寫：飽田女緬懷航海去韓國的丈夫荒木，哭著說：「我丈夫是我母親的兄弟，也是我的兄弟啊！」菱城邑人鹿父察覺到其中的原因，對友人進行了說明：「荒木的母親福那賣與山木生了荒木、與畑生了個女兒那庫賣，而那庫賣與山木生了飽田女。從飽田女的角度看，她的丈夫荒木是自己的母親那庫賣的同母異父兄弟的同時，也是自己的同父異母的兄弟。」

古代平安朝中期出現了據說作者為源順的日本文學史上最古老的長篇物語《宇津保物語》，其中描寫了哥哥期望與妹妹結婚，卻遭到了妹妹的拒絕：正賴左大將的第七子仲澄侍從愛上了同母異父的妹妹宛宮，期望與她結婚，但宛宮入宮做了太子妃，為此，仲澄悲歡不已、病臥不起，不

[1] 〔日〕堀越英美：《萌える日本文学》，幻冬舎，2008年，第5頁。
[2] 《日本書紀》卷1・第2段中也有類似的記述：伊邪那岐与伊邪那美夫妻同是青檀城根尊（《古事記》中作：阿夜訶志古泥神）的孩子。
[3] 見〔日〕梅原猛《諸神流竄》，卞立強、趙瓊譯，北京：經濟日報出版社，1999年，第57頁。《日本書紀》（720）中也有這個故事，但人名作狹穗彥王和狹穗姬命。
[4] 《日本書紀》第13卷允恭天皇24年6月，也有相同的故事。

久死去。平安朝時期,還有無名氏的《篁物語》表現了同父異母兄妹的相愛,後來谷崎潤一郎用現代日語把它改寫成了《小野篁兄妹戀歌》。

中世紀的鎌倉時代形成的長篇物語《苔衣》(約1271)描寫了表兄弟姐妹之間的婚戀:苔衣大納言戀慕母親前齋宮的妹妹西院上的女兒,也就是母方的表妹姬君,結了婚。兩個人生的女兒長大後,也和父親大納言的姐姐藤壺中宮的兒子、也就是父方的表兄東宮結了婚。然而,東宮的弟弟兵部卿宮卻戀愛著她。鎌倉室町時代,則有物語文學《自尋自小姐》寫關白之子和天皇二皇子對貌美的自尋自小姐一見鍾情,而而自尋自其實是關白與二皇子生母的私生女,這樣他們與她之間就成了同父異母或同母異父的亂倫關係。

近世江戶時期都賀庭鐘的短篇小說《陰曹地府斷積案》(1749)[1]中寫:建禮門院德子和哥哥平宗盛私通生子安德天皇。後期有鶴屋南北四世創作的歌舞伎腳本《東海道四穀怪談》寫開藥店的直助趁阿袖的丈夫外出不在時佔有了阿袖,後發現阿袖竟是自己的親妹,便切腹自殺。這個故事後來又被京極夏彥改寫為長篇小說《可笑的伊右衛門》(2004)。他的另外一部作品《豔戀之電》同樣也描寫了兄妹亂倫。河竹默阿彌的七幕歌舞伎腳本《三個叫吉三的人》(1860年初演)寫:十九歲的夜鷹與同是十九歲的木屋手代十三郎邂逅相逢、一見鍾情。二人結為夫婦但他們是孿生的兄妹。兩個人一旦知道真相,悲歡至極恐怕會以死明志,所以,他們的哥哥和尚吉三趁他們互相還不知道是兄妹時殺死了他們。

近代的明治時期,二葉亭四迷的長篇小說《浮雲》(1889)描寫了表兄妹之間的戀愛;小栗風葉的《晚裝》(1896)描寫了兄妹之間的亂倫之愛。國木田獨步的小說《命運》(1903)描寫男主人公大塚信造渾然不知地娶了自己同母異父的妹妹為妻。伊藤左千夫的小說《野菊之墓》(1906)描寫男主人公政夫與自己的表姐民子的不倫愛戀,最後以悲劇收場。夏目漱石的長篇小說《虞美人草》(1907)描寫女主人公愛上了自己

---

[1] 見《英草紙》,也叫《古今奇談英草紙》(1749),都賀庭鐘改編自中國《三言》的短篇小說集。

的表哥，二個人結了婚。鈴木三重吉的長篇小說《鳥巢》（1910）寫主人公十吉與已婚的表妹萬千子的戀情與通姦。

　　到了現當代時期，日本文學中的兄弟姐妹亂倫現象更是有增無減：有島武郎的《迷戀的兄妹》（1921）描寫了兄妹之間的愛欲。志賀直哉的《暗夜行路》（1921—1937）中寫女主人公直子與自己的表兄通姦。夢野久作短篇小說《瓶裝地獄》（1928）寫：因海難漂流到孤島上的11歲的哥哥和7歲的妹妹，在只有他們兩個人度過的十年左右的日子裏，終於發生了關係。短篇小說《貼花的奇跡》（1929）寫一位鋼琴家確信一位酷似自己母親的演員是自己的孿生哥哥，深深愛上了他。川端康成的《針、玻璃和霧》（1931）以意識流動的手法描寫了女主人公朝子自小就有戀父情結，發現丈夫有了外遇後，又被與自己住在一起的弟弟所吸引。室生犀星的《兄妹》（1934）描寫了原本關係密切，但由於妹妹懷孕而激烈對立的兄妹之間複雜的愛情。大岡升平的《武藏野夫人》（1950）描寫表姐弟之間的曖昧關係。女作家壺井榮《沒有母親的孩子與沒有孩子的母親》（1951）描寫了一對表兄妹的結合。橫溝正史的《惡魔吹著笛子來》（1951）寫：三島是兄妹相愛而出生的孩子，又與同父異母的妹妹產生愛欲並讓對方懷了孩子；《醫院坡道上的上吊屋》（1954）描寫了兄妹戀；《倉庫》（1975）寫住在倉庫裏的患肺病的姐姐和照看她的弟弟之間的愛情。沼正三的長篇科幻小說《家畜人鴉俘》（1956）有兄妹亂倫描寫。石阪洋次郎的長篇小說《水寫的故事》（1960）描寫松穀靜雄與母親情夫的女兒弓子青梅竹馬、一起長大，他儘管感覺到：弓子和自己是同父異母的兄妹，但在母親及其情夫的勸說下他還是和弓子結了婚。吉行淳之介的短篇小說《出口》（1962）寫：來到某地大河邊一個小鰻魚店的「我」發現了一個祕密：老闆和老闆娘其實是兄妹，他們對外以夫婦的名義住在一起差不多有20年了。他的《沙灘上的植物群》（1964）則寫：有婦之夫伊木一郎擔心酒吧女招待京子是自己同父異母的妹妹，但仍然和京子保持著性愛關係。在倉橋由美子的《聖少女》和（1965）《蠍子》（1968）中，反覆登場的K和L，一邊享受著既是雙胞胎又是戀人的生活。司馬遼

太郎的代表作《龍馬走了》（1966）中，有這樣的場景：在去江戶修煉劍術之前，阪本龍馬和還是處女身的姐姐阪本乙女摔跤，看見了姐姐的私處，姐姐話中有話地對龍馬說：「不要為無情的女人而迷失了自己！」這種描寫，明顯透射出亂倫的意味。柴田鍊三郎短篇小說《會津白虎隊》（1968）中寫：白虎戰士認為處女戰死疆場羞恥而性侵了自己的姐姐[1]。野阪昭如的短篇小說《飢餓峰的死人草》（1969）中描寫了哥哥節夫與妹妹吉田的亂倫。古井由吉的短篇小說《在深紫色的天空裏》（1970）[2]描寫了兄妹的愛情，作品到處都能讓人感到主人公和他妹妹的亂倫關係。大江健三郎《萬延元年的足球隊》（1967）寫男主人公鷹四長期與弱智妹妹保持有亂倫關係。野阪昭如的《飢餓峰的死人草》（1969）中有兄妹亂倫；江戶川亂步的中篇小說《恐怖的畸形人》（1969）寫主人公人見廣介與秀子相愛，到後來才知道二人是兄妹關係。石堂淑朗的劇本《無常》（1970）寫：日野家族的繼承人正夫與姐姐百合亂倫致使百合懷孕懷生子。正夫為掩人耳目讓毫不知情的岩下與百合結婚。孩子出生後，岩下目睹姐弟二人的性交場面，受到強烈刺激，跳入高速鐵路自殺身亡。男孩繼承了家族的產業，舅舅兼生父的正夫成為了監護人。《螢火蟲之墓》（1972）寫哥哥對妹妹懷有亂倫秘望。平岩弓枝取材於歷史的短篇小說《日野富子》（1971）中有日野富子與哥哥日野勝光的私通。中上建次的《海角》（1976）和《枯木灘》（1980）均描寫了親生兄妹的亂倫。岡部耕大的《肥前松浦兄妹情死》（1979）描寫了古代肥前國一對兄妹相愛卻不能結合，無奈最後雙雙殉情自殺。曾野綾子的長篇小說《在這個悲傷的世界》（1986）寫：有夫之婦節子與男青年善彥深深相愛，儘管後來他們知道二人是分別長大的同父異母的姐弟，但難捨的情愛，還是讓節子生下了一個男孩。中山愛子的《地獄花》（1980）描寫了同父異母兄妹的亂倫之愛。荒俣宏的科幻小說《帝都物語》（1985）中描寫了兄妹之間被禁斷的愛。栗本薰的長篇推理小說《天狼星》（1986）描寫了孿生姐弟之間

---

[1]　見〔日〕柴田鍊三郎：《日本男子物語》，集英社，1988年。
[2]　見〔日〕古井由吉：《円陣を組む女たち》，中央公論新社，1974年。

的愛情。久美沙織的《鏡中的檸檬》（1989）也描寫了兄妹戀。吉本芭娜娜的長篇小說《NP》（1990）描寫了親生姐弟之間的亂倫；她的另外一部長篇小說《甘露》（1994）描寫了同母異父姐弟之間的情愛故事。太田忠司的《霞田兄妹》（1991—2009）也描寫了兄妹戀。立松和平《陽光下的水滴》（1992）描寫了親生兄妹的亂倫。伊達一行的《誘惑》（1992）描寫了親生兄妹的亂倫。新井千裕的長篇小說《100萬分之一的結婚》（1992）描寫哥哥在照顧殘疾妹妹的過程中，兄妹二人卿卿我我、關係曖昧；姬野熏子的《變奏曲》（1992）則是孿生姐弟的亂倫之愛，她的《只喜歡你》（1994）也是。圖子慧的小說《桃色珊瑚》（1993）描寫兩個人雖說都是初戀，但卻是被禁斷的兄妹戀。阪東真砂子的《狗神》（1993）中有兄妹亂倫生子。她的《善魂宿》（2002）中寫男主人公永吉不僅和自己的母親亂倫，而且還與自己的妹妹拉努偷情。仁川高丸的《索多瑪與哥摩拉的混浴》（1993）描寫了姐弟之間的亂倫之愛。久世光彥的長篇小說《多想回到從前》（1994）寫哥哥寬一在追查使妹妹懷孕的男人的過程中，最終也與妹妹發生了關係。長野真弓的《銀河電燈譜》（1994）寫兄妹愛情。京極夏彥的《鐵鼠之籠》（1995）寫兄妹愛情。今邑彩的短篇驚悚小說《雙頭之影》（1995）寫哥哥宗一郎與妹妹關係曖昧。《佛畫的盛宴》（1998）同樣是寫兄妹愛情。三浦哲郎的《百日紅不開的夏天》（1996）描寫同胞姐弟的亂倫之愛。山崎洋子《石榴館》（1996）寫兄妹愛情。岩井俊二的《華萊士人魚》（1997）寫：潔西與海原密是一對親兄妹，他們深深戀愛著對方，為了擺脫人類倫理道德的束縛，他們最後選擇做人魚從而生活在了一起。櫻井亞美的《無罪的世界》（1997）寫通過體外受精而出生的高中女生在尋找生父的過程中與同父異母的哥哥及親生父親發生了亂倫關係；她的《弟切草》（1999）中既有父女亂倫，又有兄妹亂倫；《魔力之牆》（2001）寫上醫學院的霧納有兩個祕密：一是與弟弟的亂倫關係；另一個是高三時打掉了戀人的孩子。宮本輝的長篇小說《最後的篝火》（1997）描寫了34歲的茂樹和27歲的美花這一對同父異母的的兄妹超越了禁忌的強烈的愛情。薄井有事的《怕冷的彩虹》（1998）

描寫兄妹戀情。東野圭吾《我殺了他》（1999）寫兄妹愛情。狗飼恭子《戀之罪》（2000）寫兄妹愛情。乙一的《夏天的焰火》（2000）寫兄妹愛情。嶽本野薔薇的《鱗女》（2001）寫兄妹愛情。森福都的《雙子幻綺行》（2001）描寫學生兄妹的愛情。村上春樹長篇小說《海邊的卡夫卡》（2002）中的卡夫卡不僅和自己的親生母親發生了關係，還與自己的姐姐有染。小池真理子的《戀》（1995）描寫：在渾然不知情況下結婚的同父異母的兄妹，在血緣關係暴露後，兩個人做出了婚姻生活保持原樣、互相之間什麼也不干涉也不嫉妒、在常識和道德之外繼續生活下去的選擇。她的《檸檬亂倫》（2003）寫姐姐時隔24年與酷似父親的弟弟重逢，雙方無法控制地吸引相合。村山由佳的《星星之舟》（2003）描寫同父異母兄妹的亂倫之戀。白石公子的《我的雙胞胎妹妹》（2004）寫學生兄妹愛情。森橋賓果小說《三月七日》（2004）描寫學生兄妹的愛情。佐藤友哉的短篇小說《孩子們的憤怒憤怒憤怒》（2005）寫「我」和妹妹相互之間都有強烈的性愛衝動，但最終還是「我」克制住了；另一篇《屍體與⋯⋯》中寫：「女人」因為仇恨而強姦了「青年」，而「女人」其實是「青年」的姐姐；《大洪水中的小房子》則寫：我（春哥）、文男、梨耶兄妹三人總喜歡在夜深人靜父母睡去的時候縮在被窩裏盡可能地相互依偎，並想像著三人融合的情景，而實際上，我們也融合了。

　　櫻庭一樹的長篇小說《少女七灶與七個可愛的大人》（2009）和《糖果子彈》（2009）中均描寫了兄妹亂倫現象。鳥越碧的長篇小說《兄妹》（2007）描寫了正岡子規與妹妹阿律之間的禁斷的終極之愛。松浦理英子的小說《犬身》（2007）中有兄妹亂倫的表現。橋口一夜的《我愛妹妹》（2007）寫學生兄妹的愛情。大石圭的小說《絕望的秋千》描寫了美麗的盲人姐姐阿翼與戀慕著她的弟弟翔太之間的愛情故事，如此等等，不勝枚舉[1]。

　　這其中最為典型的當舉《我愛妹妹》，瑤裏和菁子是一對孿生兄妹，

---

[1]　以上例舉並不包括日本流行的情色小說。

自小雙方就情深意切,並約定:妹妹將來要做哥哥的新娘。長大後,兄妹二人同在一所學校讀高中,回到家裏又住在同一個房間的上下鋪。終於,瑤裏不可抑制地愛上了自己的孿生妹妹,但一直把這份情感深藏於自己的心低。有一天,當他發現有別的男孩子開始追求妹妹時,於是決定不再欺騙自己,當天晚上就在兄妹二人同住的房間向妹妹做了表白:「我一直很喜歡你,不要再自欺欺人了。選擇吧!選我還是其他男人?如果選我的話,善子就吻我吧!」儘管妹妹善子猶豫思考了好久,並嗔怨哥哥好過分,但當哥哥準備轉身離去時,她還是主動吻了哥哥。當晚,兄妹二人就跨越了雷池。瑤裏緊緊擁抱著善子說:「善子,對不起,我喜歡上了你,已經難以自拔!」妹妹說:「我們果然做了離經叛道的事!」哥哥則認為:正因為離經叛道,自己才會擁有從小就喜歡的人。哥哥問:害怕嗎?妹妹答:怕倒是不怕!哥哥問:有罪惡感嗎?妹妹說:兄妹為何不能相愛呢?後來,又發生了善子與追求自己的男孩一起遊覽海洋館及哥哥與喜歡自己的女生勉強約會的事情,兄妹二人為此還大鬧了一場,但最後還是如膠似漆地難捨難分。但哥哥明白這種亂倫之愛最終是見不得人的,於是對著同樣傷感哭泣的妹妹說:是我騙了你!善子,我根本不可能讓你成為我的新娘!儘管他仰天長歎:我愛上的人為何是自己的妹妹?但兄妹二人最後還是堅信:從小時候開始,心中只有對方!

我們發現,以上描寫兄妹亂倫之愛的文本例舉,除了極少量屬於渾然不知型,絕大部分都是有意追求型的。其中有好幾部作品則描寫的是兄妹愛而不能直至殉情自殺的悲劇,並由此在日本文學史上形成了亂倫母題的中的一個非常突出的子項——「兄妹心中」[1]。「情死」可以說是世界各國文學中普遍存在的主題,但尤以日本最為突出。正如美國研究日本的著名學者本尼迪克特在其名著《菊與刀》中所言:「情死是日本人喜歡閱讀和談論的話題。」[2]近世的如近松門左衛門的情死劇《曾根崎

---

[1] 「心中」為日語,翻譯成漢語意思為「殉情」。

[2] 〔美〕魯斯·本尼迪克特:《菊與刀——日本文化諸模式》,呂萬和、熊達雲、王智新譯,北京:商務印書館,2012年,第164頁。

情死》（1703）和《天網島情死》（1720），現代的有川端康成的短篇小說《情死》（1926），太宰治的自傳體中篇小說《人間失格》（1948）和《斜陽》、廣津柳浪的《今戶情死》（1951）等，當代的如渡邊淳一的小說《失樂園》（1995）等。而這其中有相當一部分是有血緣關係的哥哥與妹妹的殉情自殺。最早的當屬《古事記》（712）中同母異父的兄妹輕王子與衣通姬，其他則有夢野久作的短篇小說《瓶裝地獄》（1928）、三島由紀夫的戲劇《熱帶樹》（1960）、中上健次的長篇小說《枯木灘》（1977）、岡部耕大的戲劇《肥前松浦兄妹情死》（1979）、栗本薰的短篇小說《天浦島情死》（1981）、響野夏菜的系列小說《雨音州秘聞錄》（1996）等等，呈現出情死母題與亂倫母題的交叉狀態。由此，既可以看出日本民族在兩性情愛上的羅曼蒂克及決絕貞烈，也可以窺見這個民族在兄妹感情上的複雜深刻。總而言之，在日本敘事文學中，兄妹亂倫的描寫不僅相當濃密而且十分突出，而且從古至今呈現出明顯不可逆轉的增多上升的態勢。由此，可以下結論了——日本文學中存在著一個強大的描寫兄弟姐妹亂倫之愛的傳統。可以說，對兄弟姐妹亂倫之愛的描寫不僅貫穿了日本文學的古今，而且成為了日本文學傳承關係中一個綿亙不斷的潛流。

雖說兄弟姐妹亂倫（尤其是兄妹亂倫）現象在人類的現實生活和文學描寫中數量、頻率都排在第一位，然而，像在日本文學中如此的綿亙不絕和如此的強大濃密，尤其在當代文壇如此的勢不可擋，還是極其少見、極其特異的。

第二節　母子型

本節所謂「母子型」主要是指存在有血緣關係的親生母親與親生兒子之間，同時也包括不存在血緣關係的繼母與繼子之間發生了亂倫之情。

一般說來，在任何一個民族的「亂倫禁忌」中，母子亂倫是最為忌諱並被深惡痛絕的。因為「母子亂倫是一種特別嚴重的通姦。不僅妻子對丈夫『不忠』，而且兒子對父親也『不忠』，因此母子之間亂倫是一種最不

常見的然而在主體文化上又是極其可怕和令人憎惡的通姦。父女亂倫比母子亂倫多一些，因為人們在性行為標準上厚於父親而薄於母親，而且父親若犯通姦也不像母親那樣容易受到懲罰。」[1]以上情況，日本也不例外，但又有所不同。

南博在《家族內性愛》中說，自古以來母子兄妹的相姦多有記錄，特別是母子相姦明確被視為重罪。但是，到了現代，母子間的連帶感與日俱增，日本母親可以為了滿足準備大學聯考的兒子的性欲而與之相姦，這和美國多是父女相姦的案例成為對比。依據佛洛德的說法，兒子有所謂的俄狄浦斯情結，如果考慮母親對兒子的性愛需求，那麼借用羅馬暴君尼羅的母親之名，可稱為「阿格麗皮娜情結」。當日本母親對丈夫的性愛不滿，或希望壓抑來自其他女性、特別是妨礙兒子讀書的女性之性愛時，都會產生母子相姦。[2]

與此相應，日本敍事文學中同樣也存在著一個描寫母子亂倫的強大傳統與不絕潛流：

古代平安時期景戒的《日本靈異記》（822）寫：有個女子前世生了一個男孩，並深愛著兒子。三年後女子得病而亡，她向佛祈求說：「我想生生世世與兒子成為夫妻！」於是，她作為鄰居家的女兒投胎轉生，終於在現世成了兒子的妻子。在紫式部的小說長篇《源氏物語》中，男主人公光源氏與其繼母藤壺的私通及其後來娶紫上為妻，一個重要的原因就是因為這兩個女性都長得像自己未曾見過的生母；平安末期平康賴的佛教故事集《寶物集》（約1177—1181）中寫：幼年就上了天臺山修學的明達想見自己的母親，因而前往故鄉，而母親也因為思念自己的孩子奔赴京城，兩個人旅途中在某家旅館住宿時相遇，在互相不知道是母子的情況下發生了關係。平安末期的民間故事集《今昔物語集》中寫：印度的大天，父親因

---

[1]　〔美〕馬文・哈裡斯《文化人類學》，李培茱、高地譯，東方出版社，1988年，第150頁。

[2]　〔日〕南博：《日本人論——從明治維新到現代》，邱淑雯譯，桂林：廣西師範大學出版社，2007年，第266頁。

為做生意去了海外，在這期間，他外出尋找應該成為自己妻子的美女，但是沒有找到。回到家裏看見母親，就想：「只有母親才是最美的美女！」於是和母親結了婚。父親回來後害怕父親追究就殺了父親。此後，大天滿意地過著日子，不過，他發現母親有時去鄰居家，以為母親可能是與別的男人私通，就殺了母親。散見於許多文本的《女兒島的傳說》中寫：從前，大海嘯襲擊了八長島，只有一個孕婦憑藉小船保住了性命。孕婦生了個男孩，後來她與這個男孩交合使子孫繁衍生息。室町時代無名氏的短篇小說《和泉式部》（約14至16世紀）寫：和泉式部十三歲時與十九歲的桔保昌相愛，十四歲的那年春天生下一子，將孩子同自己的佩劍一起拋棄於五條橋。孩子被一個市民收養長大，不久上了比壑山成了一名出色的學僧，名叫道命阿闍梨。道命十八歲的那年，在皇宮宣講法華經的時候，遇到了美麗的和泉式部，深深愛上了她，兩人共度一夜。第二天早晨，由於道命的佩刀，才知道兩個人是母子。

室町時代藤原某作的故事集《塵塚物語》（1552）中寫：源義經通過吉野這個地方的時候，聽到十多歲的孩子背著三四歲的孩子互相稱呼「伯父」。義經立即就察覺他們的關係，說道：「不忠的人們啊！」原來，夫妻之間有一兒一女兩個孩子，男孩子與母親、女孩子與父親交合各自生下的兩個男孩子之間稱呼彼此為「伯父」。江戶時代的井原西鶴後來在其短篇小說集《櫻花樹下巧斷案》（1689）中對此也有相似的描述。井原西鶴在他的言情小說《西鶴諸國故事》（1685）中還描述了被囚禁的王室母子相愛生女的傳說：他戶親王是光仁天皇與井上皇后所生的皇太子。在爭權奪利的漩渦中，因為母親惡咒天皇，皇太子被廢，母子被幽禁在一起，同病象憐、交合生女。此後的著名故事集《水鏡》中也有相似的描寫。

江戶時代出現的古典落語《衣錦還鄉》寫：父親早亡，母親一手將兒子養大。長到17歲的兒子戀上了三十幾歲的母親，並因此一病不起。母親不得已只好滿足兒子只有一次的願望。上床的進被窩時，看見兒子渾身上下穿綢著緞很是拘謹，母親為了消除尷尬故意問其原因，兒子回答：「不是說要衣錦還鄉嗎！」

　　到了近現代時期，首當其衝的是谷崎潤一郎的「戀母小說」：《戀
母記》（1919）寫七八歲的潤一深夜裏走在鄉下的路上，他以為農村的婦
人是自己的母親，非常眷戀，但人家說：「你不是我的兒子」把他趕了出
來。道路延續到了海濱，月亮升上了海面。他看見一位年輕美麗的追鳥女
邊走邊演奏三弦琴，於是發出了呼喚，這個女子就是潤一苦苦找尋的母
親。《吉野葛》（1931）寫：津村幼年喪母，他來到吉野町尋找幻影中的
母親，與一位名叫和佐的年輕親戚邂逅，和佐酷似自己的母親，津村就想
把她娶過來。《少將滋幹之母》（1949）寫：滋幹五歲時母親因為被左大
臣藤原時平搶走而離開了父親國經大納言的身邊。此後的數年間，國經、
時平離世，不久，母親出家。長大成人後的滋幹總是難忘母親，一直戀慕
著母親昔日的風采。春天的夜晚，他找到了母親居住的地方，時隔四十年
後，與已經一身尼姑打扮的母親再次相見。

　　其次是川端康成的「戀母作品」：短篇小說《反橋》（1947）中的男
主人公行平具有明顯的戀母心態；短篇小說《住吉》（1949）則可以說就
是以戀母為主題的；中篇小說《湖》（1953）的男主人公桃井銀平的「戀
母」心態更加突出。短篇小說《隅田川》（1971）是作者1972年自殺身亡
前發表的最後作品，小說情節的前半部與1948年發表的短篇小說《陣雨》
相關聯——寫主人公行平和其好友須山兩個人與一對雙胞胎姐妹相交。小
說情節的後半部是《陣雨》所沒有的，寫主人公行平從與雙胞胎姐妹的混
亂關係中卻不由得聯想到了自己生命歷程中同樣是姐妹的另外兩位漂亮的
女性——自己的養母和生母。把作為自己生母養母的相像的親姐妹與和自
己發生了肉體關係的長得一摸一樣的雙胞胎妓女相提並論，說自己在覺得
「兩個母親的容貌毫無二致」之後，「於是，我有緣認識那一對一摸一樣
的雙胞胎妓女」；還說：妓女用指甲撓他後背讓他想起當年母親撓他後背
的感覺，這分明是在宣洩對母親的一種朦朧的亂倫欲望。中篇小說《千隻
鶴》（1949）描寫男主人公菊治與其亡父的情人——太田夫人發生了性愛
關係，可以說是戀母主題在川端康成文學作品中的集中體現。

　　還有志賀直哉的《美妙的夢》（1951）寫男主人公在夢中分不清妻子

和母親，藉以表達對母親的朦朧欲念：「我」的妻子在夢中成了我的母親。夢中的母親因病躺在床上，「因為父親的原因她被拖垮了，現在和父親分居看起來挺好。」正這樣想的時候「我」醒來了。「夢中的父親」是「夢中的母親」＝「我的妻子」的丈夫，所以就是「我」。昨天晚上，「我」覺得我的妻子很討厭，「我」才在夢中譴責父親＝「我」自身。

　　到了現當代時期，日本文學中的母子亂倫描寫更是有增無減：石阪洋次郎的短篇小說《不幸的女人》（1953）寫：藝妓時子有一天終於發現作為客人偶爾委身的青年山津甲一其實就是自己以前結婚生而棄養的親生兒子；短篇小說《玉地藏》（1954）寫：武家年輕美麗的寡婦小玉，謹慎地過著日子，期待著獨子的成長。但是卻發現兒子愛上了自己的女僕。於是就打算抓個現行對兒子當面訓斥，當她替換女僕進入房間等待兒子到來時，自己卻不知不覺地進入了睡夢。兒子以為床上躺的是自己的女友，而她則以為自己和丈夫熱烈愛撫，其結果是小玉祕密地生下一女，送出寄養。十幾年後，兒子迎娶了年輕的媳婦，但這就是小玉和自己的兒子所生的女兒。小玉於是向神佛祈求：自己用生命作交換，不能讓他們二人生孩子。聽到神佛答應了自己的祈求，小玉自殺身亡。長篇小說《水寫的故事》（1960）寫兒子松穀靜雄和美麗的母親靜香二個人一起生活。由於體弱多病的父親經常住院，家裏大多情況下都沒有人。母親與鎮長橋本傳藏有婚外情，但靜雄不憎恨母親，反而對偷情的母親感到一種魅力，這種戀母情感經常糾纏著靜雄。當母親和傳藏勸說靜雄與鎮長的女兒弓子結婚時，靜雄的腦海裏縈繞的是年輕母親的面影，美麗的容貌、雪白的肌膚。於是，靜雄被一種奇怪的肉欲所俘虜。久生十蘭的小說《母子像》（1954）曲折地表達了兒子對母親的亂倫欲念：當兒子瞭解到自己思戀的母親在從事娼婦一樣的工作後，內心既充滿了悲歡和絕望，也充滿了強烈的嫉妒。藤井重夫的小說《家徽之果》（1958）描寫兒子為了得到給妓女花的錢，把自己的身體給了母親。北杜夫的長篇小說《青春物語》（1960）寫：「我」年幼時死了父親，此後不久母親就離開了家。「我」在松本上高中時，從瞭解母親年輕時代的人那裏第一次看見了母親少女時

代的照片。母親的容顏很像「我」暗戀的一個連名字也不知道的少女。那年夏末，「我」在濃霧籠罩的北阿爾卑斯山看到了母親的幻影。柴田煉三郎的忍者小說《紅色人影》（1960）中寫：主人公女忍者母影為了不讓作為忍者的兒子被女人誘惑，把自己的身體給了兒子若影。歷史小說《猿飛佐助》（1962）中寫：真田大助因為殊死戰鬥成了殘疾，哀傷的母親給其提供了自己的肉體。歷史小說《真田幸村》（1963）描寫了母親澱君和兒子秀賴的亂倫：澱君因為兒子秀賴結了婚而嫉妒得發狂，於是，不停地出入於秀賴的內室。柴田煉三郎的劍客小說《作品名稱？》中還有這樣的情節：老劍客因為成了殘疾而不能擁抱妻子，於是讓自己的兒子和母親交合。水上勉的中篇小說《越前竹偶》（1963）寫竹工藝匠喜助得知亡父的相好妓女玉枝酷肖自己的生母，思慕不已，將其娶進家門，但不行夫妻之禮，一味敬為母親。但後來有位玉枝的前嫖客強溫舊夢致使玉枝懷孕，玉枝進城墮胎病死，喜助悲不自勝也自縊身死。野阪昭如的短篇小說《飢餓峰的死人草》（1969）中寫到母親與兒子臼杵的亂倫。他的《灌腸與瑪利亞》（1969）則描寫了年巨與繼母竹代的曖昧關係。平岩弓枝的短篇小說《日野富子》（1971）取材於歷史上的真實事件，描寫日野富子裝扮成看守的女官誘惑自己的兒子。中山愛子的短篇小說《奧山相奸》（1971），描寫了母親接受了癡呆兒子的性欲要求：在深遠的山村，母親擁抱著欲望激烈的癡呆兒子大叫：這是要下地獄的呀！筒井康隆的長篇科幻小說《俄狄浦斯的戀人》（1977）寫一位母親深愛著自己的兒子，雖然已經化身為另一個世界女神，也要藉助具有超級感應力的高中女職員的身體，實現與兒子的亂倫之愛。曾野綾子的短篇小說《戀母情結》（1979）寫：兒子因為戀母娶了一個和母親長相酷似的女孩做妻子，母親對兒子也懷有一種複雜的心態。重兼芳子的短篇小說《無謂之煙》（1979）描寫了這樣一個故事——母親接受了兒子在突發精神病狀態下對自己的性要求：兒子阿渡因為患有精神病，不能過正常人的生活。於是，母親正子切斷了與家族和親戚的一切聯繫，帶著獨子離家出走，最後在兒子臨死前自己滿足了兒子的性欲。北泉優子的小說《惡魔的時刻》（1982）描寫了一個與兒子有肉體

關係的女人的愛情，展現了深陷亂倫關係中的母子的熾熱欲望。村松友視
的小說《古董店的老闆娘》（1982）中寫：男主人公阿安與其養母菊池松
江在年輕的時候發生了亂倫關係。笠井潔在其短篇小說《俄狄浦斯之城》
（1984）中想像未來社會家庭解體後人類的性愛是這樣的：男孩與女孩被
分別養大，男孩與母親單獨生活，並且承擔著與母親交合的當然義務。在
作伊達一行的小說《什麼在誘惑》（1992）是以書法家為奮鬥目標的兄妹
之間的故事：知道母親與哥哥有性關係，妹妹海堂惠妒火中燒，強烈的欲
念在其書法作品中暴露無遺。見此情景，哥哥貴信也有了把妹妹當做異
性的意識，並最終走向了亂倫。小松左京的短篇小說《石頭》（1993）描
寫：「我」深愛著的兒子是一個異常早熟的天才，但是卻發生了他性侵
「我」年輕妻子這樣的惡夢。阪東真砂子的小說《狗神》（1993）寫：年
屆中年的坊之宮美希小時候渾然不知地與哥哥保持有肉體關係，經歷了哥
哥的背叛和嬰兒死產的艱辛，她對愛情已經徹底死心。不久，來附近中學
任教的青年奴田原晃愛上了她。面對著年齡差異很大的原晃的積極追求，
被魅惑的她終於不能自已。當哥哥主持的祖先祭祀儀式開始的時候，慘劇
又發生了──原來原晃竟是哥哥致使自己懷孕而生的那個兒子。她的另
外一部長篇小說《善魂宿》（2002）寫男主人公永吉不僅和自己的母親亂
倫，而且還與自己的親生妹妹拉努偷情。山口椿的短篇小說《愛護若》
（1996）寫愛護若因為拒絕繼母雲居前的戀慕而被其羅織罪名誣陷為賊
人，無奈跳入瀑布自殺。戀母情結則是村上春樹作品中的突出主題，長篇
小說《海邊的卡夫卡》（2002）中的卡夫卡不僅與其姐姐有染，還與其母
親有亂倫關係……如此等等，也是不勝枚舉。

　　這其中最為典型的當屬《惡魔的時刻》：由於丈夫婚外戀且自己受
到嚴酷的家庭暴力，母親涼子於是移情於兒子水尾深。一段禁忌之戀，讓
孤單的母子二人愈加感到孤單。於是，阿深逃離了混亂破敗的家庭，漂泊
到了一個偏遠的漁港小鎮，在一家魚店打工，決定忘記過去轉而開始新的
生活。為了見到兒子，涼子連夜坐車來到漁港，但對已經第二次現身的母
親，兒子阿深卻態度冷淡。因為，他非常後悔和母親越過了那條底線。追

隨而來的涼子租借了公寓，難舍兒子阿深。涼子所住公寓對面藥店的老闆
花井邀約涼子去釣魚。花井相繼死了妻子和岳母，大家都懷疑他是因為騙
保而殺了她們。魚店老闆的女兒葉子愛上了阿深，魚店的一位職工因此用
刀刺傷了阿深，涼子把阿深帶到了花井藥店，請求花井的醫生朋友西方給
予治療，但因魚店職工的自首，此事作為公開發生的刑事案件又引來了員
警對花井的懷疑。花井告訴涼子，他妻子其實是由於和西方在賓館開房而
引發心臟病死亡的。不久花井給涼子留了封信就消失了。對於涼子來說，
只要能照看阿深就是自己的幸福，但是阿深卻與來找自己的葉子一起離開
了花井家，涼子請求阿深，並向徘徊躲避的阿深打開了自己的激情，兩個
人互相思戀。幾天後，花井回到了漁港，他把自己與岳母私通並因此毒死
岳母的事告訴了涼子，涼子也把自己與兒子的亂倫向花井做了坦白，兩個
人在賓館相愛。次日，花井投水自盡。涼子斬斷了對兒子的留戀獨自一人
離開了海港。

　　這部小說人物眾多，情節豐富。充滿了多種元素：家庭、婚姻、偷
情、暴力、亂倫、出走、追尋、愛情、嫉妒、傷害、謀殺、自殺等等，但
其中最為突出的元素無疑是血親之間的亂倫，尤其是親生母親與親生兒子
之間的亂倫之愛。如果說導致母子發生亂倫之愛的最初緣由——由於父親
有了婚外戀且實施家庭暴力，使得母子二人從同病象憐自然地走向了男女
相戀——還說得過去，那麼在兒子後悔與母親越過了底線因而選擇離家出
走之後所發生的一切則顯然體現了日本母子之間情感的深刻與複雜，說白
了就是母子之間深隱的亂倫情愫：兒子為了躲避母親離家出走來到了一個
陌生的城市，面對追尋而來的母親態度已經冷淡，表面看起來是因為他
非常後悔和母親越過了那條底線而且他已經與自己打工的魚店老闆的女兒
相愛。但兒子的主動逃離和母親的執著追尋都在昭示著二人之間的難以割
捨。試想一下，路途遙遠且茫然不知目標，母親卻毫不猶豫地追尋而來。
這只能說明母親深知兒子戀愛著自己，但由於這種戀情的被禁忌，兒子才
不得不離家躲避。惟其如此，當兒子因被情敵刺傷而被母親送醫治療之
後，雙方情感的閘門就不可關閉的再一次打開了，即使是當著兒子新交女

朋友的面也無所顧忌。

　　我們發現，以上例舉，除了少量是在母子雙方渾然不知的情況下走向亂倫的，如平安末期《寶物集》中描寫的明達與自己的母親、室町時代《和泉式部》描寫的和泉式部與道命阿闍梨母子、現當代時期《狗神》中描寫的坊之宮美希與奴田原晃母子、《玉地藏》中描寫的小玉母子（其實母子若是少小離別長大不識發生亂倫還說得過去，像《玉地藏》中所寫由於偶然的時空變換而母子不識導致亂倫是非常勉強的，道理非常簡單：母子相互對對方的音容笑貌甚至氣息存在有直覺，尤其是母親對兒子，所謂「母子連心」，二人完全可以不視而現），其他絕大部分不是兒子對母親欲念難抑，如《今昔物語》；就是母親千方百計引誘兒子，如《日野富子》、《俄狄浦斯的戀人》；最後的結果當然就是雙方明知故犯，如《惡魔的時刻》。更有甚者的是許多母親的自薦枕席，像古典落語《衣錦還鄉》（約1603—1867，具體時間不詳）、柴田煉三郎的《紅色人影》（1960）、《猿飛佐助》（1962）、中山愛子的《奧山相奸》（1971）、重兼芳子的《無謂之煙》（1979）、蔦屋兵介的《扭曲的夏天》（1993）、花村萬月的《觸角記》（1995）等，其中母親為了兒子而主動獻身導致亂倫發生的情節和描寫，儘管令人錯愕不已，但卻具有日本特色，反映了這個民族母子關係中的一些特殊性。特別值得一提的是《俄狄浦斯之城》，這是一篇大膽描寫未來社會家庭解體之後人類性愛樣態的小說，身為知名小說家和評論家的作者笠井潔，竟然會把其設想為男孩子只和母親居住並擔當著與母親當然的交合義務，如此願景這般構思的作品最後竟然還會被允許公開發表，錯愕之餘，就更加令人相信日本民族母子情感的複雜和另類了。

　　如果說佛洛德的「俄狄浦斯情結」是對母子亂倫中兒子主動型的概括，那麼，南博的「阿格麗皮娜情結」則可以說是對母子亂倫中母親主動型的表徵。統計分析以上例舉，如果說「俄狄浦斯情結」是人類男性的一種集體無意識，那麼，「阿格麗皮娜情結」則可以說是日本母親的一種集體無意識。因為，比起佛洛德提出的男人們的普遍「戀母（愛母）」，日

本的母親則更顯得普遍地「戀子」。更準確地說，日本的母親對兒子具有一種極富有犧牲精神的依戀和關愛。而這一犧牲精神一旦超越了正常狀態的母子關係就會導致亂倫的發生。因為母親們由於對兒子的過度關愛就會奉獻自己的一切——從精神到肉體。前述例舉文本中的母子亂倫故事，儘管兒子主動「戀母」型的占大多數，但許多母親最後富有犧牲精神的主動「獻身」還是令人驚訝不已，充分顯示出了日本女性的特異。如果是母親主動「戀子」，其結果就更不言而喻。反過來說，也許正因為日本的母親過於「粘子」、「戀子」、「為子獻身」，所以日本的男人才更加地「粘母」、「戀母」、難捨母親。這也許就是全世界都是父女亂倫多於母子亂倫而日本恰恰是母子亂倫多於父女亂倫的緣由所在。

第三節　父女型

本節所謂「父女型」主要是指存在有血緣關係的親生父親與親生女兒之間，同時也包括不存在血緣關係的繼父與繼女之間發生了亂倫之情。

與前述兩種類型——「兄妹型」和「母子型」相比，在從古至今的日本敘事文學中，雖然談不上存在著一個強大的描寫父女亂倫的傳統，但涉及父女亂倫描寫的敘事文學作品同樣可以列舉出很多：

古代平安後期出現的、作者不詳的物語《黎明的分別》[1]寫：左大將和妻子生了一個公主，卻又性侵了妻子與其前夫所生的女兒，也就是自己的繼女，並生了個男孩。繼女被左大將性侵後，和左大獎的兒子也發生了關係，並產下一女。

中世時期室町時代出現的、藤原某編寫的故事集《垃圾場的故事》[2]（1552），輯錄了從鎌倉到室町時代人物的奇聞趣事，其中有一個故事是這樣的：源義經通過吉野這個地方的時候，聽到十多歲的孩子背著三四歲的孩子互相稱呼「伯父」「伯父」。源義經立即就察覺他們的關係，

---

[1]　日語寫做《有明けの別れ》。
[2]　日語寫做《塵塚物語》。

說道：「不忠的人們啊！」原來是：夫妻之間有一兒一女兩個孩子，男孩子與母親、女孩子與父親交合各自生下的兩個男孩子之間稱呼彼此為「伯父」。近世的井原西鶴後來在其短篇小說集《櫻花樹下巧斷案》[1]（1689）中對此也有相似的描述。

　　近世江戶時代夜食時分所著的短篇浮世草子（短篇小說）《長崎船》[2]（1703）寫：長崎五十三歲的暴發戶角左衛門喜歡難波色裏的一個十九歲的頭等妓女，幾乎天天來看望，終於花重金為其贖了身。然而在慶祝酒宴上才知道兩人是父女關係。在喜宴上角左衛門講起了自己的身世，說自己以前貧窮的時候曾經拋棄過一個六歲的女兒，見到這個妓女就想：「女兒也活著的話恰好也這般歲數開始戀愛了」。聽到這個情況，妓女說：「這樣的話我就是你的女兒」，於是取消了贖身。妓女感歎說：「雖然此前我不知道，但曾和親生父親上床也讓人太難為情了」。巧舌如簧的妓女姐姐卻說：「你曾讓父親那麼興奮，這是連二十四孝也做不到的孝順父母呀！」於是妓女才留了下來。

　　近代時期柳田國男編撰的民間故事集《遠野物語》（1910）是日本民俗學的名著，其中輯錄了這樣一個故事：有一個農夫飼養了一匹馬，結果發現這匹馬和自己的女兒談起了戀愛，農夫一怒之下砍下了馬頭。於是，這匹馬便和這個農夫的女兒升天而去。有一種觀點認為這是因為父親對馬產生了嫉妒心理，是一種三角關係，屬於亂倫。在後來出版的與京極夏彥合著的《遠野物語拾遺》中又有一個關於父親亡靈戀愛女兒的故事：剛剛去世的父親死而復生，每天晚上都滯留在女兒臥室的天花板上，邀請女兒：「一起出去啊！」女兒終於衰弱而死，被埋在了父親墳墓的旁邊。

　　長塚節的長篇小說《土》（1910）描寫了一對父女的曖昧關係：妻子病故後貧農勘次就和女兒一起生活一起勞動。雖說女兒二十歲了，但勘次卻不允許她出嫁。一提此事，堪次就嫉妒得發狂，因為女兒的身體總是讓他回憶起亡妻，常常帶給他一種難耐的刺激。村民們也都覺得這父女二人

---

[1]　日語原文為《本朝桜陰比事》。
[2]　見浮世草子集《好色敗毒散》（1703）。

關係曖昧。

　　近代作家武者小路實篤的劇本《養父》（1913）描寫男主人公未能與自己喜歡的姑娘結婚，卻收養了這位姑娘與別人生的女兒並對其產生了情欲，故事涉及到一個男子對母女二人的亂倫情欲和養父對養女的不倫情欲。他的另外一部劇本《父與女》（1923）則描寫了父女情感上的糾葛與矛盾：在妻子去世後，末弘時次就把自己的全部感情寄託在了女兒末弘敏子身上，總是以別的男人都不可靠為理由，限制女兒找男朋友；而女兒也在想：怎麼樣才能既擁有男朋友，同時又不拋棄父親。

　　現代時期太宰治的短篇小說《魚服記》（1933）寫茶館的女兒被醉酒的親生父親強暴，投身瀑布自殺變生為鯽魚的故事：單純、敏感的山裏少女斯瓦與父親在馬禿山中相依為命，快樂天真的她在山中游泳、采蘑菇、賣茶，過著悠遊自在的生活。不料，在一個雪夜竟被酒後的父親強暴，悲憤的她淒然躍入瀑布中自盡，最後化身為一條小鯽魚在水裏自由自在地遊憩。

　　當代作家久生十蘭的取材於日本歷史的短篇小說《無月物語》（1950）寫平安末期的貴族藤原泰文舉止如同暴君，他性侵女兒，找藉口說：「生下孩子必為聖賢」，後來，被後妻所生的兒子和女兒花世謀殺。

　　橫溝正史的長篇推理小說《蜂王》（1951）中寫到：做了大戶人家上門女婿的男主人公大道寺欣造內心深處一直潛伏著對妻子此前所生的女兒，也就是自己的繼女大道寺智子的強烈情欲衝動。

　　三島由紀夫的短篇小說《水聲》（1954）中寫：父親謙造一有機會就猥褻患病的女兒喜久子：「謙造一直在病人臉部的上方端詳著，並伸手來插進了女兒的胸部。那只手徑直朝她的胸乳遊移而去。喜久子不知任何人情世故似的，仰著臉看著父親萎垂的咽喉的皮膚。她的眼角生痛。謙造嘻嘻笑著。喜久子大聲叫喊了起來。父親的手掌正溫柔地愛撫著女兒的乳房。哥哥正一郎慌慌張張地爬著梯子上來，抓住了父親的肩膀。」

　　阪口安吾的劍豪小說《女劍士》（1950）中出現了父女亂倫。

　　富田常雄在報刊上連載的長篇歷史小說《鳴門太平記》（1961—

1962）中出現了父親與女兒交合的場面。

　　寺內大吉的小說《歡喜曼陀羅》[1]（1960）中出現了父親與女兒交合的場面。

　　野阪昭如在他的長篇小說《情色指導師》[2]（1963）中，既提到父女亂倫是人們的一種隱秘的願望，也描寫了實際的父女亂倫。短篇小說《賣火柴的少女》（1966）中的身為妓女的女主人公則有這樣的心理：雖然處在最不幸的下層，但在把嫖客當做自己的父親、感覺是在給未見面的父親撒嬌賣萌之後，艱難的工作就能承受了。短篇小說《飢餓峰的死人草》[3]（1969）中有母子亂倫也有兄妹亂倫。短篇小說《午夜的瑪利亞》（1971）中有這樣一個情節：兒子看到父親自慰，問誰是他想像的媒介，父親回答說：「真由美！這孩子最近太有女人味了。」而真由美是自己還在上高中的妹妹[4]。

　　當代女作家倉橋由美子的小說《聖少女》（1965）寫因車禍而喪失記憶的未紀的筆記裏記述的過去——未紀和青年K的愛戀、未紀和「爸爸」的愛戀、青年K與姐姐L的愛戀。故事從青年K「我」講述他幾年前與未紀相識的經過開始。少女未紀數月前因為車禍失去了母親，自己也喪失了記憶。記憶尚未恢復她就出了院，不久後，她給我寄來了她失憶前寫的筆記，筆記中記述的是「爸爸」和她的愛戀。託管筆記的「我」作為她的未婚夫，從中嗅到了亂倫的氣息，從而也勾起了「我」與姐姐進行的亂倫的記憶。「爸爸」和未紀、未紀和K、K和姐姐L，在充滿禁忌的三角關係中，呈現了「聖性」與「惡性」兩種面貌的愛情，而且讓其在最殘酷的程度上進行展現，從而構成了一個美麗而危險的情戀故事。

　　著名女作家森茉莉的長篇小說《甜蜜的房間》[5]（1975）描寫了父親

---

[1]　日語寫做《歡喜まんだら》。

[2]　日語寫做《エロ事師たち》。

[3]　日語原文為《骨餓身峠死人葛》。

[4]　手淫時幻想著自己的血親，叫做「替代性亂倫」，見〔英〕B.卡爾：《人類性幻想》，耿文秀等譯，上海：華東師範大學出版社，2011年，第147頁。

[5]　日語寫做《甘い蜜の部屋》。

林作和女兒瑪依拉之間濃密的愛戀。

女作家轂口優子的長篇紀實文學《尊親殺人罪消失的日子》[1]（1987）寫：母親拋棄女兒逃回了娘家，綾子十四歲時被親生父親性侵，在與父親長達十年以上的生活中，先後生下了五個孩子，還有六個流產。綾子最後殺死了父親，成為了殺人犯，然而由於律師的精彩辯護，最高法院最後做出了尊親殺人罪違反憲法的判決。

女作家大庭美奈子的短篇小說《絲瓜》[2]（1990）寫：老男人和女人住在一個長有絲瓜的小屋，被趕走的時候把絲瓜種進花盆帶走了，在花盆裏了放入了他們死去嬰兒的頭骨。

當代著名女作家吉本芭娜娜的長篇小說《N·P》（1990）裏既有父女亂倫也有姐弟亂倫：故事圍繞著一部名為《N·P》的小說集展開，《N·P》既是這部長篇本身的題目，也是作品中一個貫穿全篇的重要道具。活躍在作品中的是四個年輕人。加納風美是整個故事的目擊者和講述者，她多年以前認識了孿生姐弟阿笑和乙彥，後來在日本重逢。阿笑和乙彥曾同父母一起旅居美國，在他們十四歲時父親高瀨皿男自殺身亡。高瀨死後留下了招致多人死亡的短篇集《N·P》。小說中所有的人物都是帶著已知身分登場亮相的，只有箕輪萃不是。在大量鋪墊之後箕輪萃的真實身分被層層揭開：她是阿笑和乙彥同父異母的姐姐，因父親高瀨的「一夜情」而降生到世上。不可思議的是，她與作品中出現過的所有男性都發生了親密關係，在這個人物身上糾結著小說最重要的主題之一：近親亂倫。而且，她的亂倫故事發生在與最難以置信的人之間——自己的父親和弟弟。

女作家小池真理子的長篇小說《在每個夜晚的黑暗深處》[3]（1993）描寫了一位父親對於自己美麗女兒的矛盾心理：一方面強烈畏懼女兒自立並與別的男人建立親密關係，另一方面又期待著她與哪個男人相愛。

---

[1] 日語原文為《尊屬殺人罪が消えた日》。

[2] 日語原文為《からす瓜》，見大庭みな子：《虹の繭 自選短篇集》，学芸書林，1990年。

[3] 日語原文為《夜ごとの闇の奥底で》，見〔日〕原田武：『インセスト幻想——人類最後のタブー』，人文書院，2001年，第163頁。

　　女作家內田春菊的小說《養父與我》[1]（1993）是作者以親身體驗為
基礎寫成的小說。描寫了一個14就歲被養父性侵，而且經歷了懷孕、墮胎
的少女內心的彷徨。妓院的女老闆是「我」的親生母親，僅有的一個客人
是她的情夫、是「我」的養父。人們常說我長得像妓女，「我」也以為自
己是父親的妓女。每晚的虐待、苦於與養父關係的少女，16歲的早晨，為
尋求精神的解放而離家出走。這部作品據說是作者以自己親身所受到的、
連自己親生母親也公認的、來自養父的性虐為體驗而大膽創作的小說。

　　今邑彩的短篇驚悚小說《茉莉花》（1993）描寫了父親與女兒茉莉花
的曖昧關係。

　　女作家櫻井亞美的小說《無罪的世界》[2]（1997）寫：通過體外受精
而出生的高中女生阿米為了尋找精子的提供者與智障的哥哥卓也一起踏上
了旅途。最後到達了醫生高森和其妻子經營的診療所。於是，奇妙的四人
同居生活開始了，導致阿米先後與同父異母的哥哥及親生父親發生了亂倫
關係。小說《光的迴響》[3]（1999）描寫的是因親生父女亂倫而出生的高
中女生薩莉娜的故事：寫少女薩麗娜由親生父女亂倫而生，被家族視為惡
魔。她曾親眼目睹了父親（也是祖父）與母親赤裸在床攪在一起的場面。
然而，有一天，薩麗娜在澄海潛水時與天使般的少年賽以亞邂逅相逢，從
高度6000英尺的高度二人歡聚一堂下降的時候，薩麗娜感到了美麗的生命
的豐富多樣。她的《弟切草》（1999、H描寫）《弟切草》中既有父女亂
倫，又有兄妹亂倫？

　　東野圭吾的小說《祕密》（1998）寫：有一年的冬天，杉田平介的妻
子直子帶著女兒藻奈美回娘家參加堂兄的葬禮，她們乘坐的雪地巴士在途
中的一個三岔路口因司機疲勞駕駛翻落雪崖，儘管兩人被送到了醫院，但
直子被玻璃刺入心臟不治身亡，女兒藻奈美雖說奇跡般獲救，但因腦部受
到劇烈震盪卻一直處於一種假死狀態。而已經死去的妻子直子的魂靈卻住

---

[1]　日語原文為《ファザーファッカー》。
[2]　日語原文為《イノセント ワールド》。
[3]　日語寫做《光の響き》。

進了十一歲女兒藻奈美的身體。面對如此複雜情況，平介儘管不知所措，但仍然和「她們」過起了奇妙的「亦妻亦女」的祕密生活。不久女兒二十歲了，與宿住在女兒身體裏的妻子的生活逐漸使他在內心感到很高興。此時，直子又通過了以醫學專業為目標的升學考試。在奇妙的雙重生活到達極限的某一天，女兒藻奈美長時間沉睡的意識再度甦醒，代替了亡母的靈魂。小說末尾是父親跌坐在地上聲嘶力竭的痛哭。

長阪秀佳的小說《弟切草》（1999）描寫少女菊島奈美在養父家長大，在毫不知情的情況下，與親生父親有棲川耀一郎發生了亂倫之戀。

貴志佑介的《藍色的火焰》[1]（1999）寫：十七歲的高中生櫛森秀一，與獨自一人承擔著家計的母親及天真漂亮的妹妹三個人生活在一起。然而和睦團圓的家庭生活被一個突然出現的闖入者給踐踏了。這就是母親十年前再婚立刻又離開的男人曾根。曾根無所顧忌地滯留在秀一家，不僅霸佔母親的身體還想對妹妹動手動腳。秀一明白：員警和法律都不能幫自己奪回家人的幸福，於是他下了決心。他用自己的手親自葬送了這個惡棍。

天童荒太的長篇推理小說《永遠的孩子》（1999）有父女亂倫的描寫。因為兒童虐待等家庭問題而在孤兒院長大的三個主人公，成為律師、警官和護士後再次相逢了，他們各自被過去的創傷所折磨，一面痛苦不堪，一面互相幫助，邊生活邊反抗，是一部以現代日本親子關係的陰暗面為題材的作品。三個主人公兒童時期受到過各種虐待。久阪優希受到過父親的性虐待。長瀨笙一郎被熱衷於玩樂的母親棄養。有澤梁平受到過被母親把香煙塞入體內的虐待。三個人在醫院邂逅相逢，談起了自上小學開始到再次見面所發生的每一件事。

赤川次郎的浪漫神祕小說《對天使的淚與笑》（2001）寫：無數的動物在人類面前紛紛自殺？原因何在？經過一番推理最後終於明白——原來在人類中發生了惡魔般的父女亂倫事件：浩子是野本廣士與原來的妻子所

---

[1]　日語寫做《青の炎》。

生的女兒。由於母親的反對，廣士原來的妻子不得不帶著女兒離開。十幾
年後，浩子長大成人，重新出現在廣士面前，廣士瘋狂地愛上了浩子，他
並不知道這就是自己的女兒，浩子是作為女人而被廣士所愛的。在知道是
父女關係之後，浩子痛苦不堪，最後在廣士的別墅裏自殺身亡。

　　女作家林真理子的小說《初夜》（2002）小說講述了一個叫做恭子的
老姑娘的故事：恭子出身沒落地主之家，父母從小對她進行非常「純潔」
的教育。尤其是恭子的母親多惠子，她認為像恭子這樣純潔優秀的女孩子
是不愁嫁的，因此阻止男生追求恭子，用十分苛刻的眼光來替恭子擇夫，
最後終於在恭子27歲的時候開始被男方拒絕，並一發不可收拾，接連被
拒。隨著時光荏苒，恭子漸漸年老色衰，被擋在婚姻殿堂之外。在多惠子
身患癌症去世之後，恭子也被檢查出患了子宮肌瘤，面臨子宮被切除的命
運。在去醫院做手術的前夜，父親純男在女兒進入了女兒的房間。純男為
女兒沒有接觸過男人就要切除子宮的命運痛苦不已，他想通過自己和女兒
發生關係以彌補這個遺憾。

　　著名作家村上春樹的長篇小說《1Q84》（2009）中寫：男性「領袖」
瑞斯夫藉助與女兒珀斯芙的「交合」來到這邊的世界，並損傷了女兒的子
宮。

　　女作家櫻庭一樹於2006—2007年發表在報刊上的長篇連載小說《我
的男人》寫：9歲的竹中花在大地震引發的海嘯中失去了雙親成了一個孤
兒，親戚腐野淳悟收養其做了自己的養女，從此以後，兩個人過起了既是
父女又是戀人的生活。腐野淳悟是「我的養父」也是「我的男人」。

　　女作家佐藤亞有子的《花朵的墓碑》[1]（2008）是一部自傳體小說，
寫作家和作家的姐姐受到親生父親的性虐待並因此患有精神分裂症的事
情。

　　水原涼的《甘露》（2011）寫從城裏回鄉探親的大學生阿惇發現：一
到夜深人靜的時候，年近花甲的父親就會和自己因患抑鬱症而從研究生院

----

[1]　日語寫做《花々の墓標》。

退學的長姐，悄悄進入隔壁的一個奶奶以前當做自己服裝間、現在成為家裏的貓房的三鋪席的小房間進行亂倫。

中山七裡的推理小說《連續殺人魔鬼》（2011）中寫：自從母親離家出走的那天開始，嵯峨島夏小幾乎每天都會受到父親辰哉的性虐待。

——如此等等，同樣是不勝枚舉。

據學者們的統計：兄妹亂倫與母子亂倫的舉報率都很低，是因為這兩者中的強迫性並不明顯；父女亂倫的暴露機率更高一些，是因為父女亂倫多起源於父親對女兒的強迫[1]。

但通過以上所列舉的日本敘事文學的文本來觀察和分析，日本的父女亂倫則略顯有所不同，這就是父親對女兒的強迫性並不明顯。與此相應，父女亂倫的暴露機率也不比兄妹亂倫和母子亂倫更高。

原因何在呢？日本有學者通過對既有18例和新增5例總共23例父女亂倫事例的分析研究，得出以下第次的結論：貧困且缺乏交談對象的小家庭容易發生；父親性格上問題多，懶惰、酗酒、脾氣暴躁；母親有強烈的默認亂倫的心理傾向；女兒，尤其是長女輕浮，自尊情感弱情愛欲望強。女兒的不良行為以及懷孕已經成為暴露的線索；有的女兒接受父親。[2]

南博在談到此點時有卻有如下論述：父親對於自己的女兒原本就有某種帶有性愛色彩的情感。母親對於兒子的這種欲望叫「阿格麗皮娜情結」，父親同樣對自己的女兒也有著性愛色彩的情感。奇怪的是，關於這一點幾乎沒有研究。此前有「俄狄浦斯情結」說，但父親對於女兒的這種欲望卻未被命名。如果找一個與「阿格麗皮娜情結」相對應的名稱的話，他建議用「羅得情結」。因為，在《聖經·創世紀》中，羅得先後與自己的二個女兒交合，雖說是他的女兒趁他睡眠時誘姦了他，侵犯了他，但父親與自己的女兒發生了性行為卻是不爭的事實。[3]

---

[1]　方剛：《「性自願」與「性禁忌」——關於亂倫禁忌的現代思考》，《青年探索》，1996年第6期。

[2]　〔日〕荒堀憲二、番內和枝：《家族內性愛にする研究》

[3]　〔日〕南博：《家族內性愛》，朝日出版社，1984年，第46頁。

　　南博還明確指出：在日本，父親最悲傷的事情就是女兒結婚。日本的男人就連自己的母親去世都不流淚或者說很少流淚，但是女兒結婚卻是個例外。人人都說：女兒結婚是最難忍受的。母親方面卻不是這樣。母親之所以面對女兒的結婚不會像父親那樣難受，就是因為存在著某種對於女兒的潛意識心理。也就是說，母親對於作為自己競爭對手的女兒，懷有一種嫉恨的心理。可以叫做「白雪公主情結」。就如同《白雪公主》中所描寫的：「魔鏡啊魔鏡，世界上最美麗的女人是誰？」美麗而漸漸長大的女兒，對於作為同性的母親就是一個情敵。想早把女兒嫁出去，也想讓自己早放心，想讓女兒結婚並獲得幸福，這是母親們的共同心願。不過，往更深層面講的話，則是由於母親們嫌女兒變得比自己美麗而不想再見到靚麗的女兒。這種對於將要奪去丈夫愛情的女兒的情敵意識，潛藏於母親們的心理深層，現在，通過想快嫁女兒表露了出來。這一點在意識層面往往是看不到的。[1]可以說，那些描寫父親、母親和女兒之間明爭暗鬥之三角關係的小說，就是南博理論的很好注腳，如川端康成的短篇小說《殉情》（1926）描寫了丈夫、妻子和女兒之間的三角關係；神林長平的短篇小說《爬山虎的紅葉》描寫了母親女兒父親之間的三角關係。

　　日本另一學者齋藤茂太則言：「父親對即將出嫁的女兒的感情，比戀愛的感情還要強烈，具有把女兒的身體，當做自己身體的一部分的強烈的一體感。」說白了：「女兒是父親最後的戀人，這是『父親和女兒的戀愛關係』的非常含蓄的表達。」而從女兒一方來說：「女兒什麼也不提供給父親，而把自己的愛情毫無條件地寄與父親。」「總而言之，女兒是喜歡父親的，如果說喜歡是不恰當的話，那麼，可以說女兒是從父親身上追求男性的理想形象的。」[2]

　　近代作家武者小路實篤的劇本《父與女》（1923）就描寫了父親與女兒這種情感上的糾葛與矛盾：在妻子去世後，末弘時次就把自己的全部

---

[1]　〔日〕南博：《家族內性愛》，朝日出版社，1984年，第50頁。
[2]　〔日〕齋藤茂太：《女性的心理騷動》，耿仁秋、王洪明譯，北京：中國文聯出版
　　公司，1987年，第150、146、145頁。

感情寄託在了女兒末弘敏子身上，總是以別的男人都不可靠為理由，限制女兒找男朋友；而女兒的內心同樣也很糾結，她一直在想：怎麼樣才能既擁有男朋友，同時又不拋棄父親。當代女作家小池真理子在她的長篇小說《在每個夜晚的黑暗深處》[1]（1993）中也充分地展示了父親對於女兒的這一矛盾複雜心理：一方面強烈畏懼女兒自立並與別的男人建立親密關係，另一方面又期待著她與哪個男人相愛。而女作家林真理子的小說《初夜》（2002）中所講述的故事，雖說有點荒唐不經，但卻把父親對於女兒的這種複雜矛盾心理展現到了極致：由於父母的過分挑剔，美麗的女兒終於被擋在了婚姻的殿堂之外。更為不幸的是因為患上了腫瘤女兒明天將會被切除子宮。母親已經因癌症去世，父親為女兒還沒接觸過男人就要被切除女人特有器官的命運痛苦不已。經過一番深情而嚴肅的思考，他決定通過自己和女兒發生關係以彌補這個缺憾。於是，當晚他走進了女兒的臥室。其實，這個故事中父親的行為，與其說是出於心疼女兒、補償女兒的心理，還不如說是潛意識中對女兒的情愛欲望占了上風。野阪昭如的短篇小說《賣火柴的少女》（1966）寫：女主人公過著在花街柳巷賣春的不堪生活，但在有了把嫖客當做自己的父親、感覺是在給未見面的父親撒嬌賣萌之後，艱難的工作就輕鬆多了。這篇小說則可以說是從一個特殊的側面展示出了女兒對於父親的這種難以割捨的曖昧心理。而野阪昭如的《情色指導師》（1963）、倉橋由美子的《聖少女》（1965）、森茉莉的《甜蜜的房間》（1975）、今邑彩的《茉莉花》（1993）、水原涼的《甘露》（2011）中的父女，已經不再為此糾結矛盾，而是進入了兩情相悅甚至兩廂情願的地步，所以，既是這種心理的寫照，更是這種心理的踐行。

[1] 日語原文為《夜ごとの闇の奥底で》，見〔日〕原田武：『インセスト幻想—人類最後のタブー』，人文書院，2001年，第163頁。

第四節　公媳型

本節所謂「公媳型」主要是指不存在血緣關係的兒子的父親與兒子的妻子之間，同時也包括兒子的繼父或養父與兒子的妻子之間發生了亂倫之情。

眾所周知，西方文化把人與人的一切關係變為和氏族血緣關係無關的政治法律關係，用公民之間的契約關係取代了氏族血緣關係。這一點體現在兒媳與公婆的關係及稱呼上尤為明顯，這就是：西方文化普遍把對方當做一般的親朋對待，即使勉強當做父母，也只能是法律意義上的[1]。而東方尤其是東亞文化則完全不同，兒媳嫁過來後大都與丈夫的父母生活在一起，她自然就成為了這個大家庭中的一員，其地位類同於丈夫父母的女兒，所以也就把丈夫的父親親切地稱呼為「爸爸」。應該說，東方這樣的氏族血緣式關係以及大家庭式的家居生活方式，是其公媳亂倫現象頻發的一個不同於西方的主因。

南博在談及日本公媳亂倫現象的緣由時有以下論述：此時的公婆不再與自己的丈夫做愛。因為在日本，高齡婦女如果有性欲會被人們稱為「色情」、「變態」，她們因此覺得性生活是一件丟人的事情[2]。與此相反，公公一方的性欲還相當亢奮，而現實的情況是：離公公最近的異性就是兒媳婦了。另外，在日本與婆媳關係難處相反，公公與兒媳的關係則比較和諧。婆媳之間有爭鬥，公公通常都是站在兒媳婦一邊。在日本，兒媳婦與自己的父親關係不和諧，但由於公公慈祥、會體貼人，所以公公與兒媳關係卻普遍融洽。公公祖護兒媳婦，公婆心裏當然不高興。如果公公再讓年輕的兒媳婦給自己捶捶背什麼的，儘管沒有任何情色的意味，公婆也是接

---

[1] 此種境況一般稱為「法律上的父母」，英語表述為「father（mother）in law」。

[2] 例如：川端康成在其小說《山音》中寫道：女主人公菊子的母親懷孕後，就覺得這把年紀還懷孕真丟人，甚至詛咒自己的身子。見〔日〕川端康成：《川端康成文集・山音湖》，葉渭渠譯，北京：中國社會科學出版社，1996年4月，第14頁。

受不了的。公婆外出不在家時，公公就會向兒媳婦說「苦了你啦！」「你就忍著點吧！」諸如此類的關心體貼的話。因為，在男人的潛意識裏，兒媳婦比自己的老妻更能讓人有心情。對於這些事情公婆都是很敏感的。這樣的事情反覆循環，就變成了：嫉妒使公婆虐媳越來越厲害，公公對兒媳反而越來越慈祥。

因為都是老年人，他們不會互相揪扯著吵架，這時，公婆就會卑鄙地說：「你和兒媳婦有一腿吧！」公公害怕被人知道，儘管想說出事實真相，最後也會選擇沉默。這種情況下，公公就有利可圖啦[1]。

與此相應，日本敘事文學中描寫公媳亂倫的作品，雖說不像前兩中類型那麼多，但也為數不少：

廣津柳浪的短篇小說《黑蜥蜴》（1895）描寫養父公公對兒媳婦百般蹂躪甚至虐待，養子無奈特意娶了又黑又醜的麻臉醜女為第七個妻子，還是逃不過養父公公的蹂躪。谷崎潤一郎的長篇小說《瘋癲老人的日記》（1961）描寫七十七歲的老人卯木督助對兒媳婦颯子感到了情欲，已經喪失性能力的他狂吻沐浴中的兒媳婦，尤其對兒媳婦美麗的腳崇拜得五體投地。兒媳婦則是個放任的女性，有一股征服男人的強烈欲望，所以任憑公公撫愛。最後老人想將兒媳婦那只像佛腳般的腳，拓刻在自己的墓碑上，以求得死後永恆的愉悅和永恆的美。志賀直哉的長篇小說《暗夜行路》（1921—1937）寫：男主人公時任謙作的祖父與其兒媳婦——時任謙作的母親之間發生亂倫關係。祖父在身分上是時任謙作的爺爺，實際上是時任謙作的生身父親。原來，時任謙作是其父親在德國留學期間，由於他的祖父和母親的曖昧關係而生出來的。三島由紀夫的長篇小說《愛的饑渴》（1950）描寫公公杉本彌吉對兒媳婦杉本悅子慈祥體貼、關愛有加，於是，在丈夫患病去世後，山本悅子自然而然、毫無選擇地投入了公公彌吉的懷抱之中，她接受了公公所傳遞過來的所有曖昧，和他一起睡，一起洗澡，接受他的愛撫。川端康成的中篇小說《山之音》（1952）描寫公公信

---

[1] 〔日〕南博：《家族內性愛》，朝日出版社，1984年，第203—204頁。

吾對於漂亮溫柔的兒媳婦菊子產生了一種難於抑制的朦朧愛欲，而菊子在
感情上對公公也是難捨難分，雙方差一點就走向了實際的亂倫。女作家山
崎豐子的長篇小說《浮華世家》[1]（也譯作《華麗家族》，1973）中有公
公對兒媳婦的性侵：兒子萬俵大介不在家，剛過門不久的漂亮兒媳婦寧子
洗澡時突然暈厥，公公趁機性侵了她。兒子懷疑妻子所生長子萬俵鐵平為
公媳亂倫的產物，並對妻子與長子一直懷恨在心，最後導致長子萬俵鐵平
自殺身亡。兒童文學作家安房直子的短篇小說《夢的盡頭》[2]（2005）中
不僅有兄妹之間的亂倫，也有繼父與兒媳之間的亂倫。

　　這其中川端康成的小說《山之音》就頗為典型。作品中的公公信吾對
年輕漂亮的兒媳疼愛有加，兒媳婦菊子對精力充沛的公公也體貼入微。公
媳雙方就是這樣先從生活層面上的關愛發展到心理層面上的依戀，再從心
理層面上的依戀最後發展到潛意識層面上的欲望。雙方雖然沒有發生嚴格
意義上的肉體關係，但在情感上和精神上已經滑向了亂倫。尤其是公公信
吾，最後藉助夢境中的替代者實現了與兒媳婦菊子的亂倫。

　　在作品中，兒媳婦菊子身材苗條、膚色潔白、脖頸細長、眼睛大大、
牙齒美麗。「剛出嫁過來的時候，信吾發現菊子沒有聳動肩膀卻有一種動
的美感。他明顯感到一種新的媚態。」兒子修一在外面有了情婦，經常不
回家，這成了信吾關愛兒媳婦的第一個理由。「信吾也意識到由於兒媳婦
的關係，自己在感覺上憎恨兒子，有點異常，但他卻無法抑制自己。」其
實，在信吾的潛意識裏，已經只有兒媳而沒有兒子了，所以全家四口人，
公公卻只買了三隻海螺，無意中就把兒子修一排除了。菊子母親因高齡懷
孕造成菊子難產，「是用夾子夾住額顱拽出來的」──菊子連如此私密的
事情也告訴了公公，還按住劉海讓公公看她額頭上隱約可見的傷痕。從那
以後信吾就覺得菊子很可愛。對她的疼愛也愈來愈深。有一次菊子流鼻
血，信吾的照顧和體貼很不像公公對兒媳，但菊子卻坦然接受：

---

[1]　日語寫做《華麗なる一族》。從1970年3月到1972年10月，在《週刊新潮》連載。
　　1973年，由新潮社全三卷出版。
[2]　日語原文為《安房直子十七の物語 夢の果て》，瑞雲舍，2005。

菊子把自己準備洗臉的水放掉，又給信吾放了一臉盆新水。

血滴滴答答地滴落在水裏。⋯⋯

菊子用毛巾捂住了鼻子。

「仰臉，仰臉。」信吾把胳膊繞到菊子的背後。菊子彷彿要躲閃似的，向前搖晃了一下，信吾一把抓住她的肩膀，往後拉了拉，一隻手按著菊子的前額，讓她仰起臉來了。

「啊！爸爸，不要緊的。對不起。」

菊子說話的時候，血順著手掌一直流到胳膊肘。

「別動！蹲下去，躺下！」

在信吾的攙扶下，菊子就地蹲了下來，靠在牆壁上。

「躺下！」信吾重複了一遍。

菊子閉上眼睛，一動也不動。她那張失去血色的白臉上，露出了一副恍如對什麼事物都死了心的孩子那種天真爛漫的表情。她的劉海髮下的淺淺的傷疤，跳入了信吾的眼簾。[1]

信吾還經常從年輕貌美的菊子聯想到妻姐，那是信吾少年時代的初戀——這成了信吾愛戀兒媳婦的第二個理由。兒子修一彷彿察覺到了什麼，委婉地勸誡信吾：「對外來人，爸爸用不著這麼客氣嘛。」在信吾「什麼意思！」的反詰之下，修一只好默不作聲。出嫁的女兒房子回到娘家後也看出了父親對菊子的這份特殊感情，心生妒意說：「爸爸對菊子很和藹，真好啊！」「信吾感到房子的話像捅了自己內心的祕密。」其實有誰知道「對信吾來說，菊子是這個沉悶的家庭的一扇窗。」「是信吾灰暗的孤獨情緒中僅有的閃光？」

那麼，菊子面對公公對自己的這份特殊感情又作何反應呢？「信吾對菊子很慈祥，這一點，不僅修一和保子，就是菊子心裏也是明白的，只是誰都沒有掛在嘴上。這卻被房子說出來了，信吾頓覺掉進了寂寞的深淵。」

---

[1]　〔日〕川端康成：《川端康成文集·山音湖》，葉渭渠譯，北京：中國社會科學出版社，1996年4月，第115-116頁。

　　這首先說明菊子對公公對自己的關愛知情領情。雖說「菊子沒有猜疑到信吾這般年紀的心理，也沒有警惕信吾」，但每當公公在其他家人的面前誇讚她、對她表示出關愛或者說話關涉到私密時，她都會「臉頰飛起一片紅潮，一直紅到耳朵根，」甚至不知所措。這當然是菊子天真本性的流露。雖不敢說這就是菊子對公公信吾的曖昧心理體現，但起碼說明菊子對年邁的公公並不討厭。不僅不討厭反而還知恩圖報。在作品中菊子對公公也關懷備至、也體貼入微：端茶倒水、遞煙拿報、換衣擦汗等等，以上則成了信吾疼愛並思戀菊子的又一個理由。而菊子也彷彿對公公有一種精神上的依戀似的，極力創造與公公單獨相處的機會，於是，在兩次回娘家返回婆家之前都單獨邀約公公與自己一起散步交談。尤其是第一次的「御苑之約」，其他家人都毫不知曉，事後兩人也沒打算告訴其他家人。

　　公媳的「御苑之約」，雖然是公公先打的電話，但卻是兒媳主動邀約公公，而且明確提出不願意在公公的公司見面，目的在於避開熟人，所以選擇了新宿御苑。而新宿御苑情侶如織的背景特點以及作品中的暗示性描寫，則充分昭示出公媳二人內心湧動著的曖昧之情。

　　信吾以為自己先到，悠悠漫步，卻不知菊子早已坐在背向池畔銀杏樹的長椅上相候了。

　　……

　　「接到爸爸的電話，真高興，馬上就出門了。真不知有多麼高興啊！」菊子快嘴地說。

　　「那麼，你等了好久囉？穿得這麼單薄行嗎？」

　　「行，這是我學生時代穿的毛衣。」菊子頓時靦腆起來。

　　……

　　菊子穿的是深綠色的短袖毛衣，今年信吾似是第一次看到菊子裸露的胳膊。

　　菊子為回娘家住宿一事，向信吾鄭重地道了歉。信吾頓時不知所措，慈祥地說了聲：

　　「可以回鐮倉嗎？」

「可以。」菊子坦率地點了點頭,「我很想回去呢。」說著動了動美麗的肩膀,凝視著信吾。她的肩膀是怎麼動的呢?信吾的眼睛無法捕捉到,但他嗅到了那股柔和的芳香,倒抽了一口氣。

……

菊子緊靠著信吾,從大山毛櫸樹下走到寬闊的草坪上。

眼下一片翠綠,信吾豁然開朗了。

在寬闊的草坪上所看到的人,幾乎都是成雙成對的年輕情侶,有的成對躺著,有的坐著,還有的休閒漫步在草坪上。

……

信吾和菊子走進草坪,從幽會的情侶中穿行而過,可誰也沒注意他們兩個人。信吾儘量回避他們走過去。

菊子怎麼想法呢?僅就一個年邁的公公和一個年輕的兒媳上公園來這件事,信吾就覺得有點不習慣了。

菊子來電話提出在新宿皇家花園會面時,信吾並不太在意,但來到這裏一看,總有點異樣的感覺。

草坪上屹立著一棵格外挺拔的樹,信吾被這棵樹吸引住了。

信吾抬頭仰望大樹。……大自然蕩滌著自己和菊子之間的鬱悶。……

這是一棵百合樹。靠近才知道原來是由三棵合成一棵的姿態。花像百合,也像鬱金香,豎著的說明牌上寫道:亦稱鬱金香樹。原產北美,……樹齡約五十年。

「哦,有五十年嗎?比我年輕啊。」信吾吃驚地仰視著。

葉茂的枝柯凌空地伸張著,好像要把他們兩人摟抱住隱藏起來似的。

信吾落坐在長椅上。但是,心神不定。

他旋即又站立起來。菊子感到意外,望瞭望他。

「那邊有花,去看看吧」信吾說。

草坪對面有個高處,像是花壇。一簇簇潔白的花,同百合樹的垂枝幾乎相接觸,遠望格外妖豔。

……

花壇兩側栽種著成排蒼勁的樹，信吾落坐在樹與樹之間的長椅子上。

菊子站在他跟前，說道：

「明早我就回去啦。……」

說罷，她就在信吾的身旁坐了下來。

「回家之前，倘使有什麼話要跟我說，就……」

「跟爸爸說？我有滿肚子的話想說呢！……」[1]

此後，菊子更是多次借機表達對公公的依戀和難舍。第一次是當信吾提到他們夫妻二人有沒有另立門戶的打算時，菊子的回答既堅決又激烈：

「不。按我說，爸爸心疼我，我願意和爸爸在一起。離開爸爸的身邊，該不知多膽怯啊！」[2]

第二次當信吾問菊子一旦同修一分手，是否就去當茶道師傅，菊子明確地說：

「即使分手，我也想住在爸爸這兒，伺候您品茶。」[3]

第三次是信吾舊話重提：

「菊子打算同修一分手嗎？」

菊子認真地說：

「假如真的分手了，我也希望爸爸能讓我照顧您，不論什麼。」

「這就是菊子的不幸。」

「不，我心甘情願，沒有什麼不幸的。」

信吾有點吃驚：這是菊子第一次表現出來的熱情。他感到危險了。

「菊子對我好，是不是錯把我當成修一了呢？這樣以來，對修一反而會產生隔閡啦。」

「對他這個人我有些地方我難以理解。有時候突然覺得他很可怕，真

---

[1]　〔日〕川端康成：《川端康成文集・山音湖》，葉渭渠譯，北京：中國社會科學出版社，1996年4月，第190-195頁。

[2]　〔日〕川端康成：《川端康成文集・山音湖》，葉渭渠譯，北京：中國社會科學出版社，1996年4月，第140頁。

[3]　〔日〕川端康成：《川端康成文集・山音湖》，葉渭渠譯，北京：中國社會科學出版社，1996年4月，第161頁。

沒辦法啊。」菊子以明朗的表情望瞭望信吾傾訴似的說。[1]

其實，與其說兒媳在訴求，不如說公公在試探。當信吾終於明白兒媳對自己也同樣心存依戀之後，不僅坦然地當面表白：「就說我吧，因為有菊子在身邊，不知得到了多大的安慰。如果你另立門戶，定會感到寂寞的。」而且對菊子的思戀及憧憬也變得越來越強烈了，並逐漸超越了純粹的精神層面而顯現出些許的變態來：

晚上睡覺時，信吾在自己臥室會側耳細聽樓道對面菊子臥室的動靜：一次「傳來了修一和菊子的說話聲。菊子在撒嬌。」還有一次，「修一脫下長袖襯衫，更換內衣，這時候信吾發現他乳頭上和肩膀上呈現一片紅暈。他心想：說不定是颱風之夜被菊子鬧的呢。」——信吾對兒媳婦菊子的想像無疑已經開始有了性色的成分，其中當然也含有自己的一絲妒恨和無奈。

日有所思，夜有所夢。小說後來多次寫到信吾的性夢，而夢中信吾的性愛對象也逐漸從模糊變得清晰。比如松島之夢，在夢裏他和姿影模糊的年輕女性擁抱、接吻，撫摸女性，感受到一種「天國的邪戀的激動」，可是醒來，少女的容貌、少女的肢體已經了無印象。比如能劇面具之夢，夢見能劇面具在老花眼中幻影出少女潤滑的肌膚，差點要跟它親吻，可是醒來，這無生命的面具空幻成無形的菊子的化身。比如蛋之夢，夢見兩個蛋，一個鴕鳥蛋，一個是蛇蛋，可是醒來卻以為是菊子和娟子的胎兒等等，這些都是通過非現實的夢幻表達著信吾在潛意識中對兒媳婦的性衝動。到了最後信吾在內心深處已經難以控制，並最終在夢境中完成了與兒媳婦的亂倫：

信吾撫摸著細尖而下垂的乳房。乳房一如原來的柔軟。……

信吾撫觸了女子的乳房，卻不知道女子是誰。與其說不知道，莫如說他壓根兒就沒去考慮她是誰。女子沒有臉面，也沒有身子，彷彿只有兩個乳房懸在空中。於是，信吾才開始思索她是誰。女子這就成了修一的朋友

---

[1] 〔日〕川端康成：《川端康成文集‧山音 湖》，葉渭渠譯，北京：中國社會科學出版社，1996年4月，第274頁。

的妹妹。

……

「啊！」信吾恍如觸電似的。

夢中的姑娘不就是菊子的化身嗎？就是在夢中，道德也的的確確在起作用，難道不是藉助了修一的朋友的妹妹作為菊子的替身嗎？而且為了隱瞞亂倫關係，也為了掩飾良心的譴責，不是又把替身的妹妹，變成比這姑娘更低下的毫無風趣的女人嗎？[1]

事後在內心卻相當的坦然：

「就算在夢中愛上菊子，不也是很好嗎？幹嗎連做夢都害怕什麼、顧忌什麼呢？就算在現實裏愛上菊子，不也是很好嗎？」[2]

應該說這是一部探討生命的強度與愛之深度的小說。作品通過在年邁公公與年輕兒媳之間所產生的朦朧愛欲的描述，表達了生命有限、性愛無限的主要題旨。

三島由紀夫的小說《愛的饑渴》（1950）同樣典型，而且有過之而無不及——儘管公媳還以父女相稱，但已經當著家人的面公開同宿一室；而且作為補償，公公還默許兒媳追求家中的年輕男僕三郎。同《山之音》一樣，在作品中，公公對年輕漂亮的兒媳婦悅子一直慈祥體貼且關愛有加，而悅子的丈夫良輔則經常夜不歸宿尋花問柳，並且還借此來刺激折磨悅子。與《山之音》不同的是：公公早就死了老婆，兒媳很快死了丈夫。但這也只能是公媳最後走向亂倫的外因，內因在於兒媳的孤獨寂寞、公公的關愛有加。

小說剛開始時，悅子猶如一個平常的青年寡婦，有著人們預想之中的隱忍的溫柔，以及和煦的冷漠。作為妻子的悅子從各種跡象中猜測出丈夫已有了外遇，而狡猾的丈夫一面對此諱莫如深，一面又要盡小花招來刺

1　〔日〕川端康成：《川端康成文集·山音湖》，葉渭渠譯，北京：中國社會科學出版社，1996年4月，第209-210頁。
2　〔日〕川端康成：《川端康成文集·山音湖》，葉渭渠譯，北京：中國社會科學出版社，1996年4月，第213頁。

激悅子，並以此為樂。這讓本性敏感多疑的她受盡折磨。在丈夫不在家的
那段時間裏，她已置身在一個由現實和幻想交織的世界裏，她對所有腦中
意象深信不疑，怨憤極深，復仇的種子深深埋下，而她卻被自己臉上平靜
的表情所欺騙。直至丈夫患病，種子便破土而出，被日益增長的仇恨澆灌
地茁壯蔥鬱了。在外人看來，她是一個負責任的體貼的妻子，夜以繼日、
無微不至地照顧著生病中的丈夫，她貪婪地抓住每分每秒與丈夫獨處的
時間，她照顧他，卻不希望他好起來──不然他還會離開她的。直至靈柩
入殮那天，她彷彿豁然開朗，重獲新生。可悅子的內心再度受到孤寂的衝
擊。公公一直慈祥體貼且對自己關愛有加，於是，當公公向她發出邀請，
她沒怎麼猶豫就來到鄉下，住進了公公的別墅。她對即將要發生的事情當
然是有預感的：

　　在到這裏約過了一個月前後的一天，彌吉要悅子替他縫補農耕用的舊
西裝和褲子。因為彌吉等著要，一直縫補到深更半夜。半夜一點鐘，該是
早睡了的彌吉到悅子的房裏來了。他稱讚她的熱心，把手臂伸進已修補好
了的西裝袖子，一聲不響噴著煙鬥，過了一會兒……

　　「近來睡得好嗎？」

彌吉問道。

　　「啊，同東京不同，好靜……」

　　「你說謊。」

彌吉重複地這樣說。悅子率直地回答說：

　　「實在，近來正為睡不著而苦哩。一定是太靜了，我以為是太靜的緣
故哪。」

　　「那不行，不邀你來便好。」

　　……

　　當悅子應彌吉之邀，下決心來米殿村時，她是早已預料會有這種夜晚
來臨的。她毋寧希望著它的來臨。[1]

<hr>

[1] 〔日〕三島由紀夫：《愛的饑渴》，金溟若譯，北京：作家出版社，1987年，第
　　45-46頁。

　　所以，與其說是公公引誘兒媳，不如說是兒媳投懷送抱，至少也是兩廂情願：

　　那天晚上一點鐘，彌吉為取修補的東西進了悅子的房間，銜著煙門，問悅子睡不睡得好時，她感到了什麼呢？每晚每晚朝著悅子臥房傾聽的老人的耳……隔著走廊每夜惦記著悅子房間的動靜而亮著的老人的耳……大家都睡靜了的夜間像孤獨的動物一般沉著呼吸不睡的那耳朵的存在，悅子偶然感到可親。老人的耳朵不是清淨而充滿著睿智，有如洗淨的貝殼一般嗎？人類的頭部中與動物最相似的耳朵，在老人好像是智慧的化身似的。悅子感到彌吉這種心意不一定盡屬醜惡，是不是緣此之故？

　　不不，那種好聽的理由只是牽強附會罷了。彌吉站在悅子後面，看了柱上的日曆說：

　　「真是的，這樣懶散，還是一個星期前沒動。」

　　悅子回頭望了一下，「對不起哪」這樣說。

　　「不是對得起對不起啦。」

　　彌吉用滿高興的聲音這樣自語著，隨即響起一張一張撕日曆的聲音。聲音停止了，悅子感到肩頭被抱住，冷冰冰細竹一般的手伸進了她的胸口。她用身體擋了擋，但沒有發出聲音。不是想發而發不出，是沒有發。

　　這一瞬間悅子的斷念，或則僅僅的自甘墮落，求安逸，該做如何解釋呢？是不是如口渴者呷浮著鐵銹的汙濁的水一般，悅子才接受的嗎？這是不會的。悅子並沒有渴，一無所求，早成為悅子的本色。……多半，悅子是好溺者無心地喝了海水一般，只是依自然的法則喝下的吧。一無所求，是喪失掉取捨選擇的權利之謂。既這樣說，就非得喝幹不可，就是海水也罷……。

　　……可是，這之後的悅子，也看不出來有溺死了的女人的苦澀表情。也許直到臨死的那一瞬間，就一直沒有被人所注意。她沒有呼喊，這個用自己的手掩住自己嘴巴的女人。[1]

---

[1]　〔日〕三島由紀夫：《愛的饑渴》，金溟若譯，北京：作家出版社，1987年，第70-71頁。

　　溫柔美麗的悅子樂於付出，但她卻未從丈夫那裏獲得一絲慰藉，丈夫
死後她更如波濤洶湧的大海中孤孤漂行一葉扁舟一般尋求不到方向。愛的
饑渴使她毫無選擇地投入了一直慈祥體貼且對自己關愛有加的公公的懷抱
尋求愛的庇護。所以，即使公公彌吉夜襲自己，她也只是稍作反抗卻未呼
喊，想喊卻沒喊出來，她麻木地被像公牛般強勢的公公彌吉接收，接受了
他所傳遞過來的所有曖昧。從此以後，她和公公一起睡，一起洗澡，坦然
而無奈地接受他的不盡如意的愛撫。還要聽其他家庭成員的猜測與流言蜚
語並且裝著若無其事：丈夫死了不到一年的女人，怎麼會委身丈夫的父親
呢？年紀還輕，再婚也蠻有把握的人，怎會做這種自埋後半生的事來呢？
其實此時的悅子早已陷於丈夫死後的抽空感，心中僅存的一些便是放不掉
的嫉妒了。對愛的饑渴找不到泉源，她又怎麼會在乎某些人嚼舌根呢？她
並不期望什麼，只是像溺水者一般無奈地咽了海水，遵循自然規律喝了
下去。

　　已喪偶的一家之長彌吉作為老年人，有著年齡所能加給他的眾多優
勢：頗成功的資產者、權威感、自得，同時又有身體的衰老加給他的在年
輕身體前的怯懦，雖充滿欲望卻已是垂垂老翁。作為一家之主，因為喪偶
且喪子所以不用再顧忌老妻、顧忌兒子，更不怕被人知道，他可以完全遵
從自己的潛意識去窺探、親近、佔有自己美麗溫柔的兒媳以滿足自己依舊
蓬勃的欲望，他夜夜屏住呼吸，整夜傾耳靜聽隔著走廊的悅子房間裏的起
居動靜，利用權力把悅子與自己系在一起，但悅子並不拒絕，這種隱秘的
私情到底是不是愛？是的。彌吉是一個可憐的人物，他妒忌悅子對三郎的
單相思，但在生理上無法滿足悅子，於是從一開始就默認了悅子對於三郎
的情愫。他在家裏給予悅子的偏愛，是其他後輩無法獲得的，也許他甚至
還有些懼怕悅子，即使當悅子殺了三郎之後，他也只是責備了一句「你這
個女人真可怕。」另外，當悅子看到老人的無力又貪婪的妒意，竟產生了
一種對誰都自豪的心情。其實，悅子真正愛上的是自己的痛苦，而一切痛
苦的根源，正是她內心裏曲折隱蔽的欲望。一種危險把悅子和彌吉放在了
一種基於妒忌的同盟關係上，而這危險的結果就是三郎被殺，小說由此在

高潮中結束。

　　這是一部探求人類對於愛情的需求的小說，正因為它著重於需求才更讓讀者明白愛是具有雙向性的。拚命索取是一種愛的缺失的表現，更會導致對愛的更大缺失，因為人在愛情的需求與付出中才能成全自我，才能填補那塊難填的「壑」。

第五節　其他型

　　本節所謂「其他型」是指已然出現在日本敘事文學作品中的、除過上述四種類型之外的一切類型，主要包括存在血緣關係的伯叔父母與侄子女之間、姨舅與外甥之間、祖父母與孫子女之間等發生的亂倫；還包括沒有血緣關係的岳母與女婿之間、嫂嫂與小叔子之間、大伯與弟媳婦之間、姐（妹）夫與小（大）姨子之間、祖父與孫媳之間發生的亂倫等等。

1、伯叔父母與侄子女：

　　平安時期紫式部的《源氏物語》（10世紀初）中寫：光源氏把已故前皇太子的遺孀、年長自己七歲的六條禦息所做為自己的情人。前皇太子是桐壺帝異父同母的弟弟，從桐壺帝的次子光源氏的角度看，相當於光源氏的叔父。作為他妻子的六條禦息所與光源氏之間，就成了（雖無直接血緣關係的）叔母與侄子的關係。

　　鐮倉時代成書的《平家物語》（13世紀）中寫二條天皇不顧舉世非難，在自己的叔父——近衛天皇去世後強娶自己的叔母——號稱「天下第一美人的」皇太后藤原多子，在遭到在位三年便讓位給他的、自己的父親後白河天皇的勸誡後卻這樣回答：「天子無父母，我憑了十善的戒功，得萬乘之寶座，這區區小事，還不能由我的意思嗎？」這一故事情節，在後世文人作家改編自《平家物語》的文學作品中還不斷出現，成為盡人皆知的亂倫故事。

近代作家島崎藤村的長篇小說《家》（1911）中有一個情節，透射出叔叔對美麗姪女的情愛衝動：男主人公小泉三吉在妻子不在家的某天晚上，林中散步時突然緊緊握住了姪女阿俊的手。另外一部長篇小說《新生》（1918）則集中描寫了男主人公與自己哥哥的女兒──自己的親姪女節子之間的亂倫關係。作品從節子告訴主人公岸本自己有了身孕寫起。岸本害怕自己同姪女節子的違背道德的行為暴露，曾一度決定輕生，一死了之，後來跑到法國躲風，節子回到鄉間生下一個男孩，岸本自愧弗如，回國再次同節子一起生活，公開這種亂倫的情事，請求社會的批判和懲罰，他相信只有這樣做才是兩人獲得「新生」的唯一的道路。

當代作家山本週五郎的小說《沒有季節的街》[1]（1962）寫：因父親失蹤而被母親拋棄的少女被伯父誘姦，又刺傷了對自己滿懷善意的少年，伯父否認事實，舉家連夜潛逃，少女只好人流。

中上建次的長篇小說《岬角》（1975）中寫：叔父弦對自己的親姪女美惠糾纏不休。

今邑彩的短篇驚悚小說《黃泉路上》（1998）寫：主人公吉井與自己深愛著的叔母毅然決然地同居了，但不久叔母就莫名其妙地死去了。

京極夏彥長篇推理小說《圖佛的宴會》（1998）中有嬸嬸初音子與侄子甚八之間的亂倫。

2、姨舅與外甥：

奈良時期的《古事記》（712）中寫：天津日高日子波建鵜茸草茸不合命長大後娶了自己母親的妹妹，也就是自己的姨母玉依毗賣命為妻，生下的兒子叫五瀨命。

同是奈良時期的《日本書紀》（720）中寫：飽田女緬懷航海去韓國的丈夫荒木，哭著說：「我丈夫是我母親的兄弟，也是我的兄弟啊！」原

---

[1] 日語寫做『季節のない街』。

來荒木的母親福那賣與山木生了荒木、與畑生了個女兒那庫賣，而那庫賣與山木（母親的前夫）生了飽田女。從飽田女的角度看，她的丈夫荒木是自己的母親那庫賣的同母異父兄弟的同時，也是自己的同父異母的兄弟。

平安時期的《源氏物語》（10世紀初）中寫：朱雀帝的母親是弘徽殿太后。弘徽殿太后把自己的妹妹六君（也就是朧月夜）作為貴妃，讓朱雀帝納入後宮。朱雀帝非常寵愛母親的妹妹也就是自己的姨母朧月夜。然而朧月夜與光源氏也有性愛關係，這件事成了光源氏倒臺的一個原因。

當代女作家田邊聖子的短篇小說《戀之棺》（1987）描寫了姨母與外甥的亂倫：兼備有惡婦與聖女兩重性格的29歲女子，玩弄著自己19歲外甥的肉體和精神，而且還想將他們的不倫之愛封存進棺材之中進而達到永恆不滅。最後，在山頂的賓館裏，為了裝飾愛情最後的輝煌，妖豔微笑的主人公宇禰對成為她俘虜的青年有二說：「我們在山頂黑色的土壤中挖一個巨大的洞穴，來埋葬我們不為人知的愛情之棺吧！」

3、祖父母與孫子女：

平安時期菅原孝標女的《濱松中納言物語》（11世紀中葉）中寫：兒子與投胎轉生父親的母親發生了關係，這可以看做是孫子與祖母之間的亂倫：中納言的父親式部卿宮死後投胎轉生為大唐帝國第三皇子。中納言渡海赴唐與三皇子的母親河陽縣皇后有了關係。對於中納言而言，河陽縣皇后因為是自己投胎轉生父親的媽媽，也就成了自己的祖母。中納言與自己的祖母發展成了夫妻關係。從河陽縣後的角度看，自己所生的皇子的「前世的兒子」也就是自己的孫子，現在卻成了夫妻關係。晚年的三島由紀夫受到這個故事的強烈吸引，留下了以輪迴轉生為主題的《豐饒之海》。

近代作家志賀直哉的長篇小說《暗夜行路》（1921—1937）寫：男主人公時任謙作與自己祖父的小妾阿榮之間，雖不存在血緣關係，但名分上無疑屬於繼祖母與繼孫子關係，然而時任謙作卻對阿榮產生了強烈的情欲，最後實在無法控制，就打算娶她為妻。

當代劇作家田中千禾夫的戲劇《千鳥》（1959）寫：作為一個大家族
的統治者，佐葦田光之進蠻橫至極，孩子們都怕他，但外孫女千鳥卻例
外。儘管外祖父一再謙讓，但千鳥的欲求仍然很多。因為母親交往的男人
不合外祖父的心意，外祖父曾經把千鳥的母親囚禁在黑暗的洞穴裏。儘管
這種悲慘的事情被千鳥親眼目睹，但千鳥卻斷定她就一直這樣生活在外祖
父的身邊。人們也曾看到千鳥與外祖父熱吻，兩個人關係曖昧的風聲在村
子裏不脛而走。

4、岳母與女婿：

近代文豪谷崎潤一郎的長篇小說《各有所好》（1928）寫男主人公對
岳父的女人產生了朦朧愛欲：阿要與美佐子夫婦關係冷淡。有一天，岳
父邀請他們觀賞木偶戲，阿要覺得同席的岳父的情人久子就像木偶一樣溫
順，他被她深深地吸引了。故事的結尾是：岳父邀請阿要夫婦到自己家裏
來住，岳父自己又約女兒外出談話，故意留下阿要和久子在家。作者描寫
了阿要、岳父、岳父的情婦久子之間微妙的情愛。他的另外一部長篇小
說《鑰匙》（1956）同樣描寫了岳母與女婿之間的亂倫：鬱子雖已四十五
歲，但小自己二十歲的女兒敏子在外貌上都不如她。鬱子與女兒敏子的戀
人木村有性愛關係，害死了五十六歲的丈夫。按照木村的計畫，不久，他
在形式上與敏子結了婚，住進了鬱子的房間。敏子為了顧全面子，彷彿有
一種為母親而犧牲自己的決心。

日本當代女作家北泉優子的小說《惡魔的時刻》（1982）中寫：藥店
的老闆花井與岳母私通並因此毒死了岳母。

5、嫂嫂與小叔：

平安時期的詩人和泉式部在丈夫為尊親王去世後約十個月，就接受
了為尊親王的弟弟帥親王也叫敦道親王的追求，成為他的情人。這一浪漫

亂倫的戀愛故事，不僅被和泉式部本人記錄在《和泉式部日記》（1008）中，也被後世的文人騷客描述於眾多體裁和文本。

近代文豪夏目漱石的長篇小說《行人》（1913）則描寫了嫂嫂對小叔子的誘惑：「自己（長野二郎）」與哥哥一郎的妻子阿直共同在和歌山的旅店住了一宿。由於暴風雨造成了停電，房間裏漆黑一片，嫂嫂阿直脫了衣服換上浴衣進行化妝，而且對「自己」說：「準備隨時死亡！」態度分明在引誘。嫂嫂說：「我們馬上就去和歌浦，大浪也罷，海嘯也罷，一起跳進去試試看！」「我」哄勸她道：「你今天晚上太興奮啦。」「男人大體上在關鍵時刻都是膽小鬼呀。」她在床上說。

大江健三郎的長篇小說《萬延元年的足球隊》（1967）寫男主人公鷹四與嫂嫂菜菜子發生了通姦行為。

當代女作家平岩弓枝的短篇小說《私通》（1986）寫：無論是作為俳句詩人還是作為畫家都有很高知名度的建部綾足有一個不能碰觸的舊傷，那就是年輕時與嫂嫂清枝的私通導致其自殺，現如今成了名，但發現妻子的肉體酷似嫂嫂，綾足怎麼也不能靜心。

6、大伯與弟媳：

近代作家久米正雄的劇本《牧場的兄弟》（1914）寫男主人公源吉在妻子懷孕期間誘惑自己的弟媳婦。

7、姐（妹）夫與小（大）姨：

《日本書紀》（720）寫：允恭天皇戀愛著皇后的妹妹妹衣通郎姬，打算強迫皇后讓她進宮，衣通郎姬堅決拒絕。後來由於臣下的計策，衣通郎姬雖然入宮，但因為在皇后分娩的那晚皇帝想去衣通郎姬的身邊，皇后大怒，想燒了產房一死了之。

古代平安時期紫式部的《源氏物語》寫：柏木娶了姐姐落葉公主為

妻，後來又與其妹三公主私通生子。

中世室町時代觀阿彌與世阿彌父子創作的能劇《松風》描寫了詩人在原行平流放須磨時，與名叫松風、村雨的漁家兩姐妹戀愛相交的浪漫故事。

近世江戶時代井原西鶴的長篇小說《好色一代男》（1682）中有這樣的描寫：男主人公世之介在旅館中與若狹、若松姐妹二人同床共枕，上演了一場「一男同淫姐妹」、「姐妹同侍一男」的亂倫場景。

川端康成的短篇小說《陣雨》（1948）和《隅田川》（1971）均寫到兩個男子——主人公行平和其好友須山與一對雙胞胎姐妹的亂交。

8、祖父與孫媳：

白河法皇因為喜歡乖巧可愛的璋子姑娘，所以將其收為自己的養女，併發生了性關係。為了方便自己繼續與璋子保持曖昧關係，後來又命令自己的孫子娶璋子為妻，最後在孫子這塊遮羞布的遮掩下終於生下了他與璋子的孩子。白河法皇與養女及孫媳婦待賢門院璋子的亂倫故事廣為日本流傳，並見於日本文學史上的諸多文本，不勝枚舉。

9、「父子共淫一女」：

是指在排除了以婚姻家庭為前提的繼母與繼子亂倫類型的情況下有血緣關係的父子二人與同一個女子發生或存在有性關係。該女子雖然與該父子二人不存在血緣關係，同時也沒有與他們組成婚姻家庭，但在名分倫常上，從父親的角度講該女子應屬於該兒子的母輩；從兒子的角度講該女子當屬於父親的子女輩。雖不好說分別屬於「兒子與繼母」或「公公與兒媳」的類型，但毋庸置疑也是一種亂倫狀態。

平安後期出現的、作者不詳的物語《黎明的分別》[1]寫：左大將和妻

---

[1] 日語寫做《有明けの別れ》。

子生了一個公主，卻又性侵了妻子與其前夫所生的女兒，也就是自己的繼女，並生了個男孩。繼女被左大將性侵後，和左大獎的兒子也發生了關係，並產下一女。在這個文本中，前一種情況就屬於繼父與繼女的亂倫，後一種就是「父子共淫一女」的現象。

近代作家宇野浩二的自傳體長篇小說《苦難的世界》[1]（1919）寫：男主人公鶴丸是一位不得志的無名畫家，因為生活窘迫，於是不得不同意他的同居情人——藝妓朝顏被自己喜歡的另外的男人贖身。在名古屋車站的檢票口，鶴丸遠遠地一看，發現來迎接朝顏的男人竟是自己的父親。

川端康成的中篇小說《千隻鶴》（1952）中寫男主人公菊治在父親去世後與父親的情婦太田夫人發生了肉體關係。

10、「母女共侍一男」：

是指在排除了以婚姻家庭為前提背景的繼父與繼女亂倫類型的情況下有血緣關係的母女二人與同一個男子發生或存在有性關係。該男子雖然與該母女不存在血緣關係，同時也沒有與她們組成婚姻家庭，但在名分倫常上，從母親的角度講該男子應屬於女兒的父輩；從女兒的角度講該男子當屬於母親的子輩。雖不好說分別屬於「岳母與女婿」或「繼父與繼女」的類型，但毋庸置疑也是一種亂倫狀態。

現代時期川端康成的中篇小說《千隻鶴》（1952）中寫男主人公菊治在與父親的情婦太田夫人發生性關係導致其自殺之後，又和太田夫人的女兒文子發生了肉體關係。既存在有「父子共淫一女」的亂倫現象，又存在有「母女共侍一男」的亂倫現象。

當代作家宮本輝的長篇小說《避暑地的貓》[2]（1985）寫主人公修平在17歲時發現自己美麗的母親、嫵媚的姐姐皆與大財閥佈施金次郎有肉體關係之後，開始了自己的殺人計畫。

---

[1]　日語寫做《苦の世界》。
[2]　日語寫做《避暑地の貓》。

　　紫式部的《源氏物語》寫一個男子與姑侄三人都有性關係（光源氏與藤壺及其姪女紫上並外甥女三公主）也可以劃歸此類型：光源氏愛戀繼母藤壺女禦，而且有了私生子。然而此後藤壺女禦堅拒光源氏的求愛。光源氏渴望藤壺女禦的容顏，就和藤壺女禦哥哥的女兒也就是藤壺女禦的姪女紫上結了婚，不過沒有生子。後來，光源氏又迎娶了藤壺女禦妹妹的女兒，也就是藤壺女禦的外甥女三公主。但是，三公主沒與光源氏、而是與柏木生了一個孩子（熏），而光源氏還必須把他當做自己的孩子加以撫養。

11、「兄弟共淫一女」：

　　是指在排除了「大伯與弟媳」或「嫂嫂與小叔」亂倫類型的情況下有血緣關係的兄弟二人與同一個女子發生或存在有性關係。該女子雖然與兄弟二人沒有血緣關係，同時也均不存在婚姻關係，但在名分倫常上，對於哥哥來說該女子就是弟媳，對於弟弟來講該女子就等於是嫂嫂。所以，雖不好說分別屬於「大伯與弟媳」或「嫂嫂與小叔」的類型，但毋庸置疑也是一種亂倫狀態。

　　這其中，最典型的莫過於日本當代作家石原慎太郎的短篇小說《太陽的季節》（1955），小說描寫了兄弟兩人共用一女的亂倫故事：高中生津川龍哉在勾引少女武田英子與自己發生了肉體關係之後又以五千日元把她推銷給了同樣喜歡英子的自己的哥哥津川道久，英子知道實情後憤怒地把錢還給了道久，金錢交換的契約遊戲在三人之間不斷重複。

12、「姐妹共侍一男」：

　　是指在排除了「姐夫與小姨」或「妹夫與大姨」亂倫類型的情況下有血緣關係的姐妹二人與同一個男子發生或存在有性關係。該男子雖然與姐妹二人沒有血緣關係，也都不存在婚姻關係，但在名分倫常上，若從男方

的角度看，對於姐姐來說，妹妹就是男方的小姨子；對於妹妹說來，姐姐就是男方的大姨子。若從女方的角度出發，對於妹妹來說，男方就是自己姐夫；對於姐姐說來，男方就是自己的妹夫。所以，雖不好說分別屬於「姐夫與小姨」或「妹夫與大姨」的類型，但毋庸置疑也是一種亂倫狀態。

中世室町時代觀阿彌與世阿彌父子創作的能劇《松風》描寫了詩人在原行平流放須磨時，與名叫松風、村雨的漁家兩姐妹戀愛相交的浪漫故事。

近世江戶時代井原西鶴的長篇小說《好色一代男》（1682）中有這樣的描寫：男主人公世之介在旅館中與若狹、若松姐妹二人同床共枕，上演了一場「一男同淫姐妹」、「姐妹共侍一男」的亂倫場景。

川端康成的短篇小說《陣雨》（1948）和《隅田川》（1971）均寫到兩個男子——主人公行平和其好友須山與一對雙胞胎姐妹的亂交。

縱觀以上「其他型」例舉，前三類即：伯叔父母與侄子女、姨舅與外甥、祖父母與孫子女之間存在有血緣關係，應屬於嚴格意義上的亂倫；而後幾類例如岳母與女婿、叔嫂伯媳之間等等則不存在血緣關係，按理不屬於嚴格意義上的亂倫。但因為在性愛關係上同樣破壞和擾亂了人類的綱常倫理及等級次序，因而一般也被當做一種廣義上的亂倫樣態。正如有學者所言：社會向文明邁進的過程中，倫理名分的嚴格確立，使無血緣關係的雙方——比如繼母與丈夫前妻的兒子之間的愛情——也成為非道德的畸形之戀。因為，「在人類社會的婚姻關係進化和發展中，最先被否定的是血親婚配，父母與子女和兄弟與姐妹之間的婚戀即是這種被否定的關係。兒子與繼母之間雖無血緣關係，但在倫理文明的社會裏也常受到各種不同的限制，首先是道德輿論的限制，特別是在父親與繼母仍保持婚姻關係的情況下，兒子的插足被公認為亂倫，所以在劇中也都是以掩蔽形式進行的。亂倫的當事人不僅要掩蓋這種關係，還要承擔道德心理的壓力，並難免要自責，如無仇恨報復心理的支撐則更難維持；即使有心理上的支撐力，當

事者也往往會發生心理的極端變態，致使戀情因繞不過現實的阻障而被撞得粉碎。」但該學者同時又指出：這種現像是血緣相戀的轉移和置換，也就是說其深層動因和潛在訴求還是一種基於血緣關係的亂倫之愛，因此，可以稱之為「亞戀母情結」或「亞戀子情結」[1]。

　　總而言之，通過以上日本敘事文學文本中亂倫描寫的分類及列舉，尤其是本節「其他型」的分類及列舉，我們發現，雖然在類型上多少不同、古今有異，程度上輕重不同、靈肉有別，像伯叔父母與侄子女之間、姨舅與外甥之間這樣隔代的亂倫現象相對較少，像祖父母與孫子女之間這樣隔著兩代的極端的亂倫現象更少，但我們卻不難得出一個結論，這就是：日本文學中的亂倫描寫幾乎遍及了人類血緣關係的全部類型，並囊括了人類亂倫關係的所有樣態。這無疑又從一個側面給我們說明瞭這個民族亂倫現象之頻發和多樣，進一步證明瞭日本敘事文學亂倫描寫之濃烈與執著。

---

[1] 　王向峰：《中外悲劇作品中『亞戀母情結』的戲劇表現》，《社會科學》，2004年第六期。

第九章　亂倫成因的人類普遍性考察

　　早已進入文明社會的人類為什麼還會有亂倫現象發生？而且從古至今呈現出愈發頻仍多樣的態勢？問題雖然複雜難辨，但答案並非無從稽考。

一、種屬性為人類性的多向性和隨意性在客觀上提供了條件

　　某種程度而言，男女之間的性愛關係並非只拘限於個體，而是指向了整個種屬。也就是說，每一個男子在生理上都可以成為每一個女子的性伴或配偶，每一個女子在生理上同樣也可以成為每一個男子的性伴或配偶。人們之所以能夠在眾多的異性中選擇性伴或配偶，首先是以生理上的相互適應為前提的。這種種屬性為人類性欲的多向性和對象上的隨意性在客觀上提供了條件[1]。

二、亂倫是人類自身獸性發作的一種體現

　　達爾文的「人獸同種說」告訴我們：人類源自於動物，儘管是具有智慧的高級動物，但畢竟還是動物，所以在人性深處潛藏有禽獸性，而禽獸沒有倫理道德意識，在性行為上基本是亂交亂倫的。如果說，血親亂交是動物的標誌性體現，那麼人類的亂倫行為應該是人類自身的禽獸性發作的一個體現。正如叔本華所言：從本質上講，人就是一個野獸，一個殘忍恐怖的畜牲。我們所認識的人，只是經過馴化和教育，我們才稱之為文明；

---

[1]　參見郭青：《追尋：在情愛與理性之間》，石家莊：河北人民出版社，1990年，第52頁。

但是，無論何時，也無論何地，法律和秩序的鎖鏈一旦脫落，社會一旦進入無政府狀態，人便會露出自己的真實面目[1]。也就是說，即使是文明社會的人類，只要一有機會他就會露出自己的禽獸性。柏拉圖也把亂倫視作人類獸性的體現，他在《理想國》第九卷裏說：我們在夢中滿足自己和母親亂倫的動物本性[2]。佛洛德的亂倫（戀母、戀父情結）情結理論也被稱為「人獸同欲說」[3]，也就是說亂倫被視為文明人的獸欲，正如有人明確指出：「亂倫被文明社會視為獸欲」[4]。

三、與人類童年時期長時間的血緣婚戀體驗有關

即使是從禽獸進化為人、從動物種群演化到人類社會之後，人類也保持了較長時間的合法的亂倫婚戀，這一事實不僅成為了人類一段抹不去的鮮明的歷史記憶，也鑄就了其自身一種難忘而強烈的童年體驗。因此，亂倫從生物學意義說也是一種「返祖」行為[5]。人類原始社會時期經歷了三個發展階段：原始制、血緣家族、氏族公社。人類學家已證明前兩個階段普遍存在著血親間的性關係。按照榮格的原型理論，人類祖先反覆出現的心理經驗，會慢慢凝結成心理的殘餘物，這便是人們通常所說的人類集體無意識。這種集體無意識反映了人類在以往歷史進程中的集體經驗，是一種可以通過積澱濃縮，遺傳給千百代人的心理認知模式，是一種從難以計數的千百億年來人類祖先經驗的沉積物。這種集體無意識深深隱藏在人類

---

[1] 〔德〕叔本華：《拾遺與補充》，見《叔本華論說文集》，北京：商務印書館，范進、柯錦華、秦典華等譯，2002年，第517頁。

[2] 見〔美〕阿爾伯特・莫德爾：《文學中的色情動機》，劉文榮譯，上海：文匯出版社，2006年，第50頁。此句又譯為：「在夢中我們的獸性本能會與母親亂倫」，見莫達爾：《愛與文學》，鄭秋水譯，長沙：湖南文藝出版社，1987年，第45頁。

[3] 張甲坤：《中國哲學——人類精神的起源與歸宿》，北京：中國社會科學出版社，1991年，第186頁。

[4] 吳衛華：《不倫之戀：〈無名的裘德〉敘事母題探析》，《外國文學研究》，2006年第2期。

[5] 楊順：《亂倫：一個變態的母愛》，《健康天地》，1998年第2期。

心靈最深處，久而久之便成為一種「情結」。人類童年歷經了漫長的血緣婚時期，血緣婚性質的性體驗的反覆出現，經過時間的漫長沉澱最終凝練成了「亂倫情結」。佛洛德則認為，「亂倫情結」是人類普遍存在的集體無意識，可分為戀母情結與戀父情結。雖然，學界對佛洛德所謂的「亂倫情結」的普泛性一直存在爭議，但否認這種「亂倫情結」無疑是不符合實際的。「雖然促使『亂倫』產生的遠古時期血緣婚配的形式早已廢止，但血緣婚配這種觀念的影子卻依然存在於人類意識深處，並表現為朦朧的、躁動不安的潛意識衝動。」[1]正如有人所言：我們可以把這種亂倫情結看作人類在長期的性愛活動中，性的本性與性的文化相互作用的結果，是人類「集體無意識」的一種，即人類先天的遺傳在長期的性經驗和性活動中所產生的文化在個人肌體上的積澱[2]。

　　眾所周知，人類這一合法的亂倫婚戀情況在世界各國的歷史文獻和神話傳說中都得到了充分的反映。例如古希臘神話中，大地之母該亞懷孕而生天空之神烏拉諾斯和海之神蓬托斯，然後該亞與其子烏拉諾斯結合生下五女六男11個神，以及雷電三神和三個有著50顆腦袋的獨眼巨人；又與二子蓬托斯結合生下四個子女。到了第二代天神克洛諾斯則取其妹瑞亞為妻，生下了以宙斯為首的奧林波斯神系。到第三代天神宙斯的時候，他與其親姐姐赫拉結婚，又與另一個姐姐德墨特爾生下春之神泊爾塞福涅，他還與姑母生了九個文藝女神，又與表姐妹勒托生下太陽神阿波羅和月亮神阿爾忒彌斯，他還與大洋女神的三個女兒保持有性關係，並與一些晚輩女神通姦。在另一則神話中則有美拉對自己親生父親的誘姦。以上神話中父母輩與兒女輩的結合是當時母子婚或父女婚的寫照。在古埃及神話中，太陽神拉抱著自己的影子生孿生兄妹空氣之神舒和雨水女神泰芙努特。兩兄妹結合後又生大地神蓋布和天空女神努特，這對孿生兄妹再次結合又生了四個兄妹，四兄妹最後又互相結為夫妻：長子奧西裏斯與大妹妹伊西斯結

[1]　楊經建：《亂倫母題與中外敘事文學》，《外國文學評論》，2000年第4期。
[2]　陳洪兵：《厄勒克特拉原型與中外敘事文學》，天津師範大學研究生學位論文，2003年5月，第3頁。

為夫妻，生子荷魯斯；次子賽特與小妹妹奈芙蒂斯結為夫妻，生子阿努比斯[1]。古希伯來的《聖經·舊約》中也記載了這個民族大量的「亂倫」故事，比如大洪水之後挪亞一家為繼續繁衍人類，亞伯拉罕娶同父異母的妹妹撒拉為妻，艾薩克娶堂姪女利百伽，猶大娶兒媳他瑪等等。印度詩歌的濫觴《梨俱吠陀》中抒發對太陽神蘇裏耶的讚美之情時敘說了黎明女神烏霞有時是他的母親，有時是他的妻子。日本神話中有哥哥伊邪那岐與妹妹伊邪那美的浪漫交合，中國神話中有伏羲和女媧兄妹倆的交媾，而在中國少數民族的神話傳說中這樣的記述也不少，如黎族的神話《黥面紋身的來歷》中說，在毀火世界的洪水來臨之際，只有母子二人遺留下來。為了繁衍人類，母親將而孔刺了許多花紋，使兒子認不出來，然後與他婚配。在鄂溫克族的神話中，大洪水後留下的遺民不是母子而是父女，經過神的啟示，父女婚配再傳後代。滿族神話《人的來歷》中說，有姐弟二人上山打柴，在一石獅旁睡了一覺，夢中得石獅指點，在獅身中避過了滿天洪水。後來二人婚配再繁衍出人類。另外還有雲南怒族的傳說、納西族的史詩《創世紀》、傣族的敘事長詩《布桑該·那桑該》、哈尼族的神話中都有兄妹婚配的故事原型，北歐神話中有尼奧爾神與妹妹通婚生下一個兒子的故事，印度神話中有妹妹閻摩羅密對冥神哥哥閻摩羅迦的狂熱求歡等等。

　　神話是對人類早期生活中經驗意識的記錄，正如拉法格所言：「神話是保存關於過去的回憶的寶庫，若非如此，這些回憶便會永遠付之遺忘」[2]。這些神話中的「亂倫」敘事是對早期人類血婚制的反映，也充分說明人類早期的性愛生活不僅早早的被人類所關注，而且被明確記錄在文本當中。

　　從以上文本數據可以看出，兄妹婚或姐弟婚明顯多於母子婚或父女婚，但它們都是人類進入氏族社會以後血親婚制的反映。當然，母子婚或父女婚的時間更早，它允許不同輩分之間的亂倫婚戀，所以也就更動物更野蠻。而兄妹婚或姐弟婚稍晚一些，持續的時間也更長一些，這時，不同

---

[1]　符福淵、陳鳳麗編譯：《埃及古代神話故事》，北京：國際文化出版公司，1989年。

[2]　保爾·拉法格：《宗教與資本》，王子野譯，北京：三聯書店，1963年第53頁。

輩分之間的亂倫婚戀則被禁止，所以恩格斯在談及古希臘神話中第二代天神克洛諾斯取其妹瑞亞為妻的描寫時由衷地發出讚歎：這是人類文明史上的一大進步[1]。人類童年時期這種亂倫的體驗和歷史的記憶，隨著文明社會倫理道德禁忌的日益強大，不是澈底灰飛煙滅而是逐漸潛存於內心深處，並積澱成為一種集體無意識。如中國流傳下來的很多民間口頭文學尤其是那些傳播甚廣、膾炙人口的民歌中常常出現的「阿哥、阿妹情意長」之類的述說範式，「阿哥、阿妹」這種稱呼實際上正是原始文明時期兄妹血緣婚戀或者說人類「亂倫欲望」的一種固定化指向的集體無意識的遺傳形式。正如有學者指出：「在往古，姊妹和兄弟之間性的結合是各民族的普遍習慣。……在《愛情歌》裏面，『兄弟』（阿哥）和『姊妹』（阿妹），這些字的意義，就是與『姸夫』，和『姸婦』這兩個字的意義相同。」[2]其實，實際的情形也差不了多少。人類學家經過調查研究發現：「就整個人類社會而言，血緣家庭時代早已過去，然而它的遺跡卻未完全消失。特別是在偏遠地區，仍存在著孿生兄妹婚、兄弟共妻制、姊妹共夫制、轉房婚、表親婚等血緣家庭的遺風」[3]。這也就是在人類所有的亂倫遺風中兄妹亂倫在不同文化中亂倫禁忌較為寬泛的緣由。

四、與人類的色情欲念有關，是人類色情本能的體現

眾所周知：愛情是文學的一個永恆主題，永恆的主題當然就是文學母題。然而，即使愛情再偉大、再純粹，色欲都是其原初的、潛在的動因，「戀愛，是把好色之念加以文化性的修飾新造的詞，就是以性欲衝動為基

---

[1]　〔德〕恩格斯：《家庭、私有制和國家的起源》，《馬克思恩格斯選集》（第四卷），中共中央編譯局譯，人民出版社，1972年，第29頁。

[2]　〔法〕沙爾・費勒克《家族進化論》，許楚生譯，上海文藝出版社，1990年，第23頁。

[3]　楚雲：《亂倫與禁忌》，上海：上海文藝出版社，2002年，第63頁。

礎的男女之間的激情」[1]，換言之：性欲是愛情的生理基礎。因為，沒有
了雄性荷爾蒙與雌性荷爾蒙的相互刺激和相互吸引，人與人之間的互相愛
慕和互相誘惑根本無從談起。中國作家賈平凹指出：「對於性這種欲的衝
動，人類在有了文明後帶有兩種說法，一是稱作愛情，給以無以復加的歌
頌，作為所有藝術的永恆專題；一是斥為色情，給以嚴厲的詆毀和鞭打。
可是，誰能說清愛情是什麼呢？色情又是什麼呢？它們都是精神的活動，
由精神又轉化為身體的行動，都一樣有個『情』字，能說是愛情是色情的
過濾，或者說，不及的性就是愛情，性的過之就是就是色情嗎？不管怎麼
說，它們原是沒有區別的」[2]。正如有人所言：「無論文明人出於道德觀
念和羞恥意識怎樣地回避性這個問題，但男女愛情的基礎還是性關係，情
和欲是無法分開的。哪怕是同性戀，他們或她們之間結合的基礎也是一種
非常態的性關係，同性戀和異性戀之間的差別只不過是性滿足的方式不同
而已」[3]。如果說愛情是文學中的一個顯性母題，那麼潛含其中的性欲或
著色欲就是文學中的一個隱性母題。美國人類學家莫德爾正是在此意義上
認為：「所有的love poetry（愛情詩）都是erotic poetry（色情詩）」的。
莫德爾指出：「正兒八經的文學作品之所以常常被人疏遠，往往就是因為
人性中總有那麼一種不正經的傾向或者渴求」。這種「不正經的傾向或者
渴求」被莫德爾稱之為「色情動機」、「色情欲望」或「色情本能」——
「人人心中都有色情欲望，而往往又不願意承認這一事實。」「人的本性
生來就是色情的；……他承襲了千百年來由無數祖先遺傳下來的色情本
能」[4]。法國學者喬治・巴塔耶在談及亂倫問題時直言：「人的性欲通常

---

[1]　〔日〕太宰治：《雜文》，轉引自〔日〕南博：《日本人的心理》，劉延州譯，上
　　海：文匯出版社，1991年，第125頁。

[2]　賈平凹：《關於女人》，《賈平凹散文選》，北京：人民文學出版社，2009年，第
　　114頁。

[3]　郝祥滿：《日本人的色道》，武漢：長江出版傳媒、湖北人民出版社，2012年，第
　　105頁。

[4]　〔美〕阿爾伯特・莫德爾：《文學中的色情動機》，劉文榮譯，上海：文匯出版
　　社，2006年，第20、22、21頁。

是色情的，如同它不只是獸性的」[1]。所謂色情是指「邪惡而不道德的性行為或性意識；它成了縱欲、變態和淫亂的同義詞」[2]。說其不道德，是因為它不符合人倫；說其縱欲，因為它不選擇對象；說其變態，是因為它不屬常態；說其淫亂，是因為它亂了綱常。而亂倫的性行為和性意識具備了上述所有質素，可以說是人類色情欲念的一個基本的同時也是最主要的表現方式。如果說精神上的亂倫是人類的一種色情幻想，那麼實際發生的亂倫則是人類的一種色情實踐。

五、人的內心深處潛存著一種亂倫的欲望

人類到底有沒有亂倫的欲望？佛洛德認為，一個人的性心理在出生後便開始顯現，「小孩最早期的性欲和好奇心，都以自己最親近的人，或者那些因其他理由而為自己所喜愛的人——如父母、兄弟姐妹或保姆為目標」。[3]由此形成了佛洛德所說的「近親相奸」的亂倫欲望。在對古希臘悲劇《俄狄浦斯王》進行深入闡釋後，佛洛德以「俄狄浦斯情結」來命名一般所說的亂倫欲望。與佛洛德同時代的美國著名學者莫德爾則明確指出了兄弟姐妹之間亂倫意識的普遍存在：「對妹妹或者姐姐的依戀是對母親依戀的一種轉移，而且幾乎每個男人或多或少都有」。儘管在本質上是戀母的轉移，但莫德爾更喜歡將這一亂倫意識單獨稱為「兄妹情結」[4]。實際情況是：血親之間的性意識的確是一個客觀存在，這就決定了血親之間的性吸引的確也是一個客觀存在。佛洛德認為，互為親屬關係的人彼此之間傾向於回避性欲的認識是天真的，「正好相反，人類之於性的對象之

---

[1] 〔法〕喬治·巴塔耶：《色情史》，劉暉譯，北京：商務印書館，2010年，第17頁。
[2] 〔美〕阿爾伯特·莫德爾：《文學中的色情動機》，劉文榮譯，上海：文匯出版社，2006年，第20頁。
[3] 〔奧〕佛洛德：《精神分析學引論·新論》，羅生譯，南昌：百花洲文藝出版社，1996年，第247頁。
[4] 〔美〕阿爾伯特·莫德爾：《文學中的色情動機》，劉文榮譯，上海：文匯出版社，2006年，第57、56頁。

選擇，第一個通常為近親，如母親或姐妹，要阻止這種幼年的傾向見諸實行，便不得不有最嚴厲的懲罰和禁忌」。[1]其實，佛洛德這一學說在學術界的普遍流行和廣泛運用的事實已經為這一問題提供了肯定性答案。有人則用文學作品中反覆出現亂倫母題來反證這一點，認為文藝作品中的亂倫描寫是人們的亂倫欲望在嚴厲的文化禁忌時代的替代品：「雖然漫長的血緣婚時代走向了歷史的深處，亂倫禁忌已經是一種極具普遍性的文化現象，人們在生活中也總是在刻意規避亂倫行為，但或許是血緣婚作為人類的一種集體無意識已經深深地嵌入人們的心底深處，與生俱來的『俄狄浦斯情結』使人欲罷不能，人們在內婚制已然轉換為外婚制並面對由此而來的嚴厲的文化禁忌的時代，尋找替代物來滿足自身需要的衝動就從沒有停止過。其中文學藝術作為一種人類文化的特殊表達方式一直受到人們的青睞和鍾情。」[2]

有學者這樣歸結文明社會人類亂倫現象的終極緣由：「是人的欲望的無限性和歷史行為的有限性、人類生存的隨意性和文明進程的有序性之間的根本衝突」。[3]受此啟發，我們不妨將人類的亂倫欲望看做是「人的欲望的無限性」和「人類生存的隨意性」中的組成部分及表現方式。

六、與人類某些特有的精神心理特徵有關

有人說得好：「亂倫本身飽含了複雜的生理和心理因素」[4]。如果全面深入思考，除了上述幾點之外，亂倫現象還的確與人類獨有的一些精神心理有關：其一「性親心理」。心理學的臨床證據表明，想與自己的親密

---

[1] 馬克思、恩格斯：《馬克思恩格斯選集》（第四卷），北京：人民出版社，1972年第32頁。
[2] 吳衛華：《不倫之戀：〈無名的裘德〉敘事母題探析》，《外國文學研究》，2006年第2期。
[3] 楊經建：《亂倫母題與中外敘事文學》，《外國文學評論》，2000年第4期。
[4] 薛向麗：《文學作品中的亂倫現象的原型分析》，《文學界》（理論版），2010年第7期。

夥伴發生性結合的願望是強烈和普遍的。也許性的結合是人與人之間最深刻、最親密的行為模式，也就是說，愛情能讓親情更親，性愛會使親人親上加親，所以他們或她們把性的結合看成了兩個人最高親密度的一個實現或維繫。正如他們或她們將其他需求固定在某些親人身上一樣，他們或她們把自己的性需求也固定在某些人身上，在與外界交往不多的情況下會更是這樣。他們或她們將自己的性需求集中在最親近的人身上，就如同解決其他需求（比如飢餓）那樣，在性方面找到了確定的方向和固定的對象。其二「禁果心理」。意即：因為被禁止反而更渴望嘗試。也就是說，某種程度上如果沒有「亂倫禁忌」或許就沒有「亂倫欲望」，正如有人所言：「人類亂倫的本能與禁忌就像一個硬幣的兩面，對立分明而又互為存在。」[1]其三「冒險心理」。應該說，作為個體的人的每一次新的性愛都是一次冒險，那麼被禁忌的性愛更是一種冒險。就生理機制本性講，人是一個充滿好奇、創造、開拓心理的生命體，這種好奇、探索心理必然反映在人類的性愛和婚戀上，尤其是人類男性的性愛與婚戀上。日本性愛文學大師渡邊淳一指出：「簡單地說，在性涉獵中，男人是探險家。探險家為好奇心及欲望所驅使，踏上前所未知充滿艱辛的世界。男人對待性的態度與之相近，對於未知的女性及其肉體，總是抱著強烈的好奇心，即使要冒一定的風險，也樂於挑戰」[2]。試想一下，如果不結婚生子只是享受愛之親性之樂，你又怎能說它不是對人類未知的情愛領域的一種大膽的探險和體察？其四「喜新厭舊」心理。日本著名學者今道友信指出：喜新厭舊是性愛的一般規律[3]，這是頗有道理的。因為，追求陌生化或新奇感是人類的普遍心理趨向。性愛上也不例外。渡邊淳一如是說：「很多時候對男

[1] 古大勇：《中外敘事文學中的「後母／繼子亂倫」敘事》，《北華大學學報學報》，2008年第3期。

[2] 〔日〕渡邊淳一：《男人這東西》，炳坤、鄭成譯，北京：文化藝術出版社　香港天地圖書有限公司，1998年，第72-73頁。

[3] 〔日〕今道友信：《關於愛和美的哲學思考》，王永麗、周浙平譯，北京：三聯書店出版社，2004年，第96頁。

人來說最關鍵的往往是新鮮感，男人為這種對新鮮感的渴望所驅使，有時……僅僅因為她有未知性，所以極大地吸引了他們的注意力」[1]。法國學者喬治巴塔耶更是高屋建瓴：人類在性愛的方向上追求一切可能性的經驗[2]。經驗的已盡數洞悉，未驗的則永遠是謎。而被禁忌的大都是未曾體驗過的新奇和神祕，有時就難免會撩撥人類的好奇。可以說，亂倫有時候就是在人類的這種心理「內驅力」的驅動下發生的，也就是說人類為了追求和體驗新奇而超越了倫理道德。

七、與法律上缺少對亂倫明確而嚴厲的懲罰有關

亂倫在世界大部分國家還都屬於輿論譴責和道德監控的範疇，而不被法律強行懲罰。具體說來，就是世界上大部分國家的法律都沒有明確設置「亂倫罪」。實際情況是：男女血親之間的亂倫（尤其是長輩男性與晚輩女性之間的亂倫，比如父女之間的亂倫）一旦暴露，法律大都是對男方以強姦罪論處。因此可以說，各國法律對亂倫行為基本上都是事前禁止，而缺少事後罰則。立法上的這種曖昧或空白，在某種程度上也會成為一種暗示，也會縱容某些人敢冒天下人倫之大不韙。

---

[1] 〔日〕渡邊淳一：《男人這東西》，炳坤、鄭成譯，北京：文化藝術出版社、香港天地圖書有限公司，1998年，第73頁。

[2] 〔法〕喬治·巴塔耶：《色情史》，劉暉譯，北京：商務印書館，2010年，第148頁。

第十章　亂倫成因的日本特殊性考察

　　日本文學中的亂倫描寫為何比較突出？毋庸諱言，文學作品中的亂倫描寫應當是現實生活中亂倫事實的藝術折射。這是否就是說：這個民族的亂倫現象也相對較多？答案應該是肯定的。

　　翻看日本現代民法，第七百三十四條中明確規定了「限制近親結婚」：「直系血親或三親等內的旁系血親不得結婚」[1]。包括禁止直系親屬和三代以內旁系親屬通婚。所謂直系親屬，指的是祖父母、父母、子孫等。兩代親屬，指的是兄弟姐妹。三代親屬，指的是伯父母、叔父母、侄子、姪女、外甥和外甥女等。

　　但實際情況是：「儘管如此，日本的禁忌近親亂倫的意識，仍讓人感到似乎並不那麼強烈。就是在強調『限制近親通婚』的近代法實施後的今天，日本仍有報導亂改戶口的叔、伯父與姪女近親通婚或把兄弟的女兒作為性體驗的最初對象的母子亂倫和父女亂倫的情況『流行』，這些行為屬於某些民族視為必須自殺的禁忌事例。不過日本卻很少從近親亂倫的行為中窺見到地獄般的災難。」正如日本文化人類學者波平惠美子所斷言：「把亂倫看做一種嚴屬禁止的對象進行明確制裁，並施行嚴酷處罰的傾向在日本是找不到的」[2]。日本學者還明確指出：日本人淡薄的亂倫禁忌意識並非源自深層心理，而是基於法律規定的婚姻制度。換個說法就是：關於亂倫，法律規定是一回事，人的情感心理需要則是另一回事：「在提到禁忌亂倫的時候，我們必須把已得到成文法和習慣法承認的婚姻中關於禁止近親通婚的規定，與雖屬隱私而實際易於發生的近親之間發生性關係的

---

[1]　見《日本民法典》第七百三十四條。
[2]　轉引自〔日〕原田武：《インセスト幻想—人類最後のタブー》，人文書院，2001年，161頁。

行為區別開來。前者，已完全形成一種社會制度，或者國家制度，而後者
多附帶有只限於心理方面的要素。」[1]也就是說，在這個國家，亂倫的婚
配雖不被允許，但亂倫的偷情則又當別論：「在日本不僅可以在媒體上常
見到有關亂倫的報導和介紹，而且有時人們也喜歡議論涉及亂倫的消息，
就好像我們中國人喜歡抱著獵奇心理議論某某和某某的不正當男女關係一
樣。和國內不一樣的是，日本民間或人們私下裏對那些『不傷害當事人且
不危及他人』的亂倫事件是保持比較寬容的態度的，這樣一來亂倫行為的
私密性就不是特別強，不少日本人都認為亂倫沒什麼大不了的，只要兩相
情願就等同於一般的男女偷情，某些人在議論別人的亂倫行為時不以為恥
甚至帶著有些豔羨的語氣。難道血緣相同的父女、母子之間的異常性關係
能等同於情人關係？可這的確是日本人的邏輯。」[2]惟其如此，日本社會
生活中的亂倫事件才頻發不斷。

　　讓我們先來看幾組統計資料：1957年第五卷第12期《廣島醫學》雜誌
發表了一篇題為《關於近親相姦的研究》的調查報告，文章作者報告了36
例亂倫事件，其中父女亂倫15例、兄妹姐弟亂倫15例、母子亂倫3例、舅
母外甥亂倫1例、叔父姪女亂倫1例、祖母孫子亂倫1例。父女亂倫與兄弟
姐妹亂倫各占41.7％，母子亂倫占8.3％。[3]1972年作家五島勉發表了他的調
查報告《近親相愛》[4]，本書收集了大約30篇男性的亂倫體驗手記，多數
為兄妹亂倫故事，另外，父女亂倫6例，姐弟3例，但沒有母子亂倫。本書
也進行了亂倫發生率的調查。作者通過電話或面談的方式總共調查了1229
位女性，結果4.7%的人都承認在自己身上發生了實際的亂倫行為。1974年
詩人、作家高橋睦郎（たかはし　むつお、1937──）又出版了他主編的

1　〔日〕大井正：《性與婚姻的衝突》，張治江譯，長春：吉林人民出版社，1988
　　年，第121、130、131、122頁。
2　關西傑：《一個曖昧的國度：我所知道的日本國的亂倫現象》，http://www.douban.
　　com/group/topic/20713064/?author=1（2015-9-5）。
3　〔日〕久保攝二：《近親相姦に關する研究》，《広島医学》第五卷，12號，
　　1957年。
4　〔日〕五島勉：《近親相愛》，海潮社，1972年。

《被禁忌的性——近親相奸・100人的證言》[1]，本書盡管採用的是講故事的方式，但卻是基於對一百個亂倫當事人的實際調查。除過以上數據外，在日本還存在有大量關於亂倫問題的論文和著述，影響較大、引用率較高的著作有：川名紀美的《密室中的母與子》[2]、南博的《家族內性愛》[3]、原田武的《亂倫幻想——人類最後的禁忌》[4]、澀澤龍彥等的《近親亂倫》[5]等等。有關亂倫問題的論述如此之多，從一個側面也說明瞭日本社會亂倫現象之突出。對此有人撰文指出：根據佛洛德的精神分析論的說法，人們有戀母情結不足為怪，估計哪個國家都有亂倫這種事發生，可是當整個社會把亂倫都不當成一回事的時候，這個國家的民族心理就值得注意了。……其實，日本的法律也禁止亂倫，官方輿論對亂倫行為是嚴厲譴責和極力反對的，對父親強姦女兒或兒子強姦母親的要處以重刑。可是，日本在媒體經常有有關亂倫的報導和介紹，而且有時人們也喜歡議論涉及亂倫的消息。日本民間或人們私下裏對那些「不傷害當事人且不危及他人」的亂倫事件的態度寬容到令你難以置信的程度[6]。總而言之，「由於亂倫已成為日本社會秩序中無法回避的固有現象，還有就是日本文化中具有敢於向禁忌挑戰的民族傳統，這樣就使得作家和導演對母子、兄妹、父女等亂倫題材非常關注。」[7]

　　看來，問題同樣是複雜的，但答案並非無跡可尋。筆者以為，亂倫現象之所以在這個民族及其文學中比較突出，除了上述那些人類共有的普遍性因素外，還應該考慮以下獨與這個民族有關的特殊性緣由：

[1]　〔日〕高橋睦郎：《禁じられた性 - 近親相姦・100人の證言》，潮出版社，1974年。

[2]　〔日〕川名紀美：《密室の母と子》，潮出版社，1980年。

[3]　〔日〕南博：《家族內性愛》，朝日出版社，1984年。

[4]　〔日〕原田武：《インセスト幻想—人類最後のタブー》，人文書院，2001年。

[5]　〔日〕澀澤龍彥等：《近親相奸》，見《現代思想 臨時增刊 總特集：近親相奸》，青土社，1978年。

[6]　歐米伽：《日本的亂倫情結令人瞠目》，《悅讀文摘》，2008年第3期。

[7]　關西傑：《一個曖昧的國度：我所知道的日本國的亂倫現象》，http://www.douban.com/group/topic/20713064/?author=1（2015-9-5）。

一、與這個民族血親婚史持續時間較長有關

　　日本經歷了漫長的史前發展，於西元初進入文明階段。據數據顯示，歷史上，在族內婚發展到了族外婚時，日本「只排除了同母兄弟姐妹之間的婚姻關係，並沒有排除庶母（父）、與庶子（女）之間、叔侄及異母兄弟姐妹之間的婚姻關係」[1]。日本學者南博也提到：「在古代日本，同母所生的兄弟姐妹之間的性愛成為了一種禁忌，但異母兄弟姐妹的結婚則不被限制。看一下《古事記》和《日本書紀》就會明白：在古代的皇家，異母兄妹的結婚是很平常的事情。」[2]的確如此，《古事記》中關於日本皇室血親結婚的記載比比皆是，這部書如果要說它是歷史典籍，也只能算是天皇家族的情愛史。

　　另外，日本歷史上很長時間都是流行走訪婚，一直到江戶時代末期，甚至到19世紀末的明治初期。在走訪婚時代，男子夜晚能夠到多遠的地方去走訪女子呢？倘若不是遊獵，他們在定居的情況下，晚上遊蕩的範圍方圓不過三十裏左右，如此一來，近親結婚就很難避免，上至天皇下至平民百姓，異母兄弟姐妹之間結婚甚至是非常頻繁的事，這些均可見於歷史的記載。甚至同母兄弟姐妹結婚的事也有發生。總之，他們的性愛夥伴、性關係的對象範圍很廣，或者說結婚的對象範圍很廣，即使兒子去走訪母親所在的村莊或部落，除了母親以外，與父親的其他妻子，或同父異母的姐妹發生性關係都不會受到指責，因為還沒有那樣的道德約束他[3]。

　　當時的異母兄弟姐妹之間之所以能夠自然而然地結婚或發生性關係，一個重要的緣由是因為他們並不住在同一家庭，相互之間的近親意識很淡薄，甚至沒有，父親往往是難以確定的，家庭制度尚未完善。比如《扶桑

---

[1]　張萍：《日本的婚姻與家庭》，北京：中國婦女出版社，1984年，第10頁。

[2]　〔日〕南博：《家族內性愛》，朝日出版社，1984年，第157頁。

[3]　郝祥滿：《日本人的色道》，武漢：長江出版傳媒、湖北人民出版社，2012年，第15頁。

略記》一書記載：日本第十七代天皇仁德的兒子第十八代履中天皇，已經六十六歲的他在即位的第六年（406年）「乙巳正月，以幡梭皇女立為皇后，是仁德天皇之女也」。仁德天皇有「王子男五人，女一人」[1]。幸好仁德這唯一的皇女不是履中天皇的同母妹妹。「不過，同母兄弟姐妹結婚在5、6世紀的日本仍然存在」[2]，甚至發生在最早接受大陸文明的日本皇室，發生在大和王朝的皇太子身上。

日本歷史上並不嚴格的族外婚制和走訪婚制特點對後世的通婚原則產生了廣泛而深刻的影響。比如，時至今日，有血緣關係的表兄妹或堂兄妹在日本就可以結婚（事實上日語不分堂兄和表兄，通常用同一個詞「いとこ」表示），這一点還被日本的法律所明確規定。日本的法律術語表示為「4等親以外的非直系親屬關係可以結婚」，而法律術語的「以內」「以外」通常包含本數字。按照日本4等親的演算法，你和你的父母是一等親，你和你的爺爺奶奶是二等親，你和你的姑姑、叔叔是3等親，你和表妹堂妹剛好是4等親[3]。日本1983年的統計數據表明，堂表兄妹結婚占婚姻總數的1.8%。在歐美，大多數國家都是禁忌表親之間通婚的。在中國，以前曾經有過「親上加親」的說法，比如宋代大詩人陸遊和表妹唐婉的愛情故事就被傳為千古佳話，但現行的道德和法律則明確禁止堂表兄妹之間的婚戀[4]。

通過以上現代國家立法之簡單比較就可以看出，日本民族在血親性愛關係上的相對鬆散與寬容，而這一現狀之出現及形成，不能不說與其歷史上並不嚴格的族外婚制和走訪婚制有關。也就是說，日本民族歷史上較長的血親婚制和走訪婚制體驗，勢必層積出這個民族較為厚重的亂倫集體無意識。

---

[1]　〔日〕黑板勝美編：《新訂增補國史大系·12.扶桑略記》，吉川弘文館昭和七年（1932年）版，第13頁。

[2]　郝祥滿：《日本人的色道》，武漢：長江出版傳媒、湖北人民出版社，2012年，第15頁。

[3]　見《日本民法典》第七百二十六條。

[4]　中國《婚姻法》第六條規定：「直系血親和三代以內的旁系血親禁止結婚」。

二、與這個民族曾把亂倫看做貴族特權
的價值觀念有關

　　據數據記載，歷史上這個民族曾經長期把亂倫看做是王公貴族的一種特權：「很久以前，雖然有父親與女兒、母親與兒子、哥哥和妹妹相愛的事情，但這是王族的特權。賤民壓根就沒有進行亂倫的資格。就是如此，賤民之間的亂倫只能產生出劣等的和醜惡的東西，也就是說，只能開始頹廢。」[1]日本學者原田武還借引小說家約翰·阿布迪克的話說：「下層階級強姦，中產階級通姦，貴族階級亂倫。」[2]

　　傳說大和民族是天上的神祇太陽神天照大神的後裔，而皇親貴族則是這一天神在人間的代表。為了保證皇親貴族血統的純正，實行族內婚制便成了一種理所當然的選擇。不過，隨著人類社會歷史的進步，族外婚制被普遍推行，皇親貴族當然也不能逆歷史潮流而動。但是，「相比之下，日本皇室在這方面進行得要比普通百姓慢一些。亂倫禁忌的產生是因為認識到同血統生育帶來的病態，而不同血統生育通常相對比較健康。但日本皇室和世界上其他少數皇室（如古埃及）一樣，為了防止平民們褻瀆了皇室的血統而不惜亂倫。此時日本皇室亂倫禁忌的底線是同父同母兄妹的結婚，對他們之間的性關係態度卻很曖昧」[3]。因為，就人類的性愛自由度而言，族外婚對外是擴大了，對內卻成了一種限制。而皇族長期的族內婚制勢必造成相應的心理積澱，加之對性愛自由度被限制的牴觸，所以使得他們更願意把亂倫看做是貴族的一種特權，並藉以享受所謂的「家族內性愛」[4]。「日本是一個極力崇拜權威的社會，人們首先崇拜神，其次崇拜

---

[1]　〔日〕小倉齊：《倉橋由美子論——從〈妖女〉到〈老人〉》，《淑德國文38》，第13頁。

[2]　見〔日〕原田武：《亂倫幻想——人類最後的禁忌》，人文書院，2001年，第95頁。

[3]　郝祥滿：《日本人的色道》，武漢：長江出版傳媒、湖北人民出版社，2012年，第15頁。

[4]　日本人類學家南博語，見〔日〕南博：《家族內性愛》，朝日出版社，1984年。

貴族，因此神和貴族的行為成為普遍模仿的對象」[1]。而皇室貴族曾經長期作為特權而享受的事物對黎民百姓的誘惑力自不待言，雖不能說日本亂倫的多發就是人們對皇室貴族的豔羨和模仿，但在心理深層「亂倫曾是貴族的特權」的價值觀念無疑具有一定的導向作用的。正所謂「上有所好，下必甚焉」。

前述鎌倉時代的《平家物語》中就有這樣的例證。《平家物語》第一回中寫：二條天皇不顧舉世非難，在自己的叔父——近衛天皇去世後強娶自己的叔母——號稱「天下第一美人」的皇太后藤原多子，在遭到在位三年便讓位給他的、自己的父親後白河天皇的勸誡後卻這樣回答：「天子無父母，我憑了十善的戒功，得萬乘之寶座，這區區小事，還不能由我的意思嗎？」[2]二條天皇所言「天子無父母」的含義應該有三：第一層意思是「皇族是天神的後裔」；第二層意思是「皇貴不受倫理常規限制」；第三層意思就是「皇貴在性愛上享有絕對的自由」。

三、與這個民族血親意識相對比較淡薄有關

日本社會人與人之間關係稀薄，缺乏牽絆，這種現象在日本被稱為「無緣社會」[3]。如果說性欲的衝動活躍於潛意識之中，那麼長幼尊卑的人倫道德則逞強於意識層面。惟其如此，在進入文明社會尤其是近現代社會之後，這個民族反而不看重血親關係，而是形成了濃厚的利益集團意識。或者說正是濃厚的集團意識沖淡甚至替代了原有的親屬意識。眾所周知：日本不是一個宗法社會，而是一個血緣關係淡薄的社會；日本的社會細胞不是家族而是集團。淡薄的血親意識和親屬關係，使得他們或她們在

---

[1]　郝祥滿：《日本人的色道》，武漢：長江出版傳媒、湖北人民出版社，2012年，第107-108頁。

[2]　參見《平家物語》（第一卷·十《兩代皇后》），北京：人民文學出版社，1981年，第21—22頁。

[3]　張同彤：《超一成日本女生援助交際，解密背後隱情》，《中國日報網》，2015年11月12日。

性問題上對其親屬甚至血親輕易就跨越了倫理道德的雷池。

在日本「家」制度中講究的是無血緣關係的「親分—子分」關係：「與中國『家』的概念不同，日本的『家』不是根據出身形成的血緣團體，而是人為構成的模擬血緣關係，即一種特定場合下的社會組合。某個機構、組織、集團都可以視為『家』。在『家』中，『親分』相當於父輩，包括領主、上司等；『子分』則相當於子嗣，包括家臣、下屬等。『親分』領導、照顧『子分』，『子分』有服從、效忠『親分』的義務。」[1]

劉達臨在其《浮世與春夢——中國與日本的性文化比較》一書中強調：「世界上很少有一些民族像日本人那樣具有強烈的家族意識與集團意識」[2]。一方面是淡薄的血親意識，另一方面卻是強烈的家族意識。不管是淡薄的血親意識還是強烈的家族意識，然而，兩者的心理發展態勢都是同向的，這就是一致「向內」。正如日本學者所指出的：日本思想的顯著特點是極端重視封閉式的人際關係[3]。這樣的心理定勢和思維習慣所導致的行為結果是顯而易見的：前者會使日本人在潛意識中把自己的血親當做沒有血緣關係的友朋看待，後者則會使日本人把自己情欲問題的解決更多地寄託於家族內部。

社會學及心理學的「家族情結」理論，也給我們的論斷提供了支撐。在社會行為的進化過程中，遺傳始終是個重要的因素，並由此產生出兩種特有的社會吸引，一種是「家族吸引」，一種是「性吸引」。從理論上來講，這兩種吸引之間是存在差別的，許多倫理學的數據也支持這種觀點。源於童年的純粹的親密聯繫可能會形成家庭吸引。這個過程從本質上會促進合適的親屬導向行為，如親屬間的優先利他行為和亂倫回避。這種現象

---

[1] 孫上林：《從〈古事記〉神話看日本民族的「恥意識」》，《名作欣賞》，2012年第29期，第147—150頁。

[2] 劉達臨：《浮世與春夢——中國與日本的性文化比較》，北京：中國友誼出版公司，2005年，第76頁。

[3] 〔日〕土居健郎：《日本人的心理結構》，閻小妹譯，北京：商務印書館，2012年，第108頁。

就是所謂的「家族情結。」

　　相反，薄弱不安全的家族情結是亂倫的原因之一：家族情結可能會由於進化上的異常和適應不良而形成受阻，出現薄弱環節。在這種情況下，家族吸引就難以形成，其結果是親屬之間的利他行為減少，出現性的衝突與矛盾。許多臨床數據表明，亂倫的侵犯者和受害者在童年有被拋棄和感情被剝奪的經歷。這就是說，亂倫可發生於同胞之間，也可以發生於父母與孩子之間。

　　沒有建立家族情結的個體最可能發生亂倫：童年與直系親屬分離是完全不能建立起家族情結的因素。在這種情況下，家族吸引就不會形成。因此，他們一旦相遇，就會體驗到性的吸引，有時發生亂倫。面對嬰兒期分開的同胞，雖然在理智上都知道亂倫回避，但他們並不厭惡將對方當作性伴侶。在實驗時將正常養育下會避免亂倫的動物在早期分開餵養，成熟後就會變得非常具有亂倫性。

　　在詩歌、小說和戲劇等文學作品中我們可以看到許多典型的例子，在這些故事中，亂倫是文學的主題。主人翁們在童年時分離，在亂倫時相遇。俄狄浦斯的神話最為著名。從家族情結的角度來看，俄狄浦斯神話描述了一個確切的真理，那就是童年的分離削弱自然的亂倫回避。[1]

　　三島由紀夫的三幕劇《熱帶樹》（1960）也可以作為一個典型的例子。劇本給我們講述了這樣一個故事：性格柔弱的阿勇被母親律子引誘，但又與患病的妹妹鬱子深深相愛。媽媽希望借他的手殺死爸爸惠三郎，妹妹卻希望他除掉媽媽律子。妹妹提醒爸爸媽媽想要他的命，但爸爸卻認為這個人就是兒子阿勇。因為「這傢夥耽愛母親，早就陰謀割斷父母的關係」。一邊是媽媽要求他發誓比起妹妹更愛自己，一邊是妹妹催促他儘快殺死媽媽。面對此種人際，阿勇痛苦地叫道：「在這個家裏沒有親屬，只有男人和女人」。最後在痛苦的糾結中，阿勇既沒有答應母親讓自己殺死父親的要求，也沒有完成妹妹要自己殺死母親的願望，而是選擇了與妹

---

[1]　徐漢明、劉安求：《亂倫禁忌與家族情結》，《醫學與社會》，1998年第2期。

妹跳海殉情自殺。京極夏彥根據鶴屋南北的歌舞伎《東海道四谷怪談》
（1825）改寫的長篇小說《嗤笑伊右衛門》中寫伊東喜衛兵姦汙了養育自
己的母親和妹妹，一個重要的原因就是：在其做武士的父親教導下，他覺
得妹妹和母親不過是女人而已（見作品第169頁）。

四、與這個民族不設防的家居結構方式有關

眾所周知，日本傳統民居的特點是：屋子不用石頭這類堅固永久的
素材搭建，而更樂於用木頭、竹子、泥土和紙這種容易燃燒，且容易腐朽
的素材；另外，日本人樂於使用不定性的物品，如讓空間與外部相聯繫的
可移動的紙拉門和屏風等這些不固定的結構的東西[1]。這就是所謂的「和
室」——「無論宗教建築或一般住居，日本傳統建築的主要材料是木材、
紙。通常房屋離地面二三十公分，地板上鋪著「疊」（たたみ 榻榻米），
再用「袄」（ふすま）或「障子」（しょうじ）隔間。」[2]「襖」就是紙
門，用來隔間，沒有鎖，可以隨時卸下讓兩個或三個和室連起來；「障
子」只在木條框子貼上日本紙而已，算是一種格子紙窗門。總之，無論
「襖」或「障子」都是木條和紙製成的。本尼迪克特指出：「日本的房屋
結構，薄薄的板壁既不隔音，白天又敞著。因此，沒有能力修築圍牆和庭
院的人家，私生活就完全亮在外面」[3]。那麼，日本這種半開放的、不設
防的家居結構及生活方式與其亂倫現象叢生到底有無一定程度的關聯呢？
答案應該是肯定的。我們用兩個數據來加以說明。一個是外國人的恐懼和
擔心：「不瞭解日本文化的人到日本老式的旅館投宿，最感吃驚、最感困

---

[1] http://lt.cjdby.net/forum.php?mod=viewthread&tid=1693650

[2] 〔日〕茂呂美耶：《字解日本：食、衣、住、游》，桂林：廣西師範大學出版社，
2009年，第146頁。

[3] 〔美〕魯斯‧本尼迪克特：《菊與刀──日本文化諸模式》，呂萬和、熊達雲、王
智新譯，北京：商務印書館，2012年，第256頁。

惑的就是紙拉門，既不能隔音，又不結實，令人提心吊膽徹夜難眠。」[1]
一個是日本學者的感言和慨歎：日本的「許多家居是用木板隔開房間的，
不隔音有時還透光，少年在晚上會把偷聽偷看父母的性行為當作一種睡前
遊戲，發展到極限時會對母親有不好的想法」[2]。前者從反面、後者從正
面都給我們道出了其中的關連。所以，有人詫異：「日本父母洗澡時居然
不避諱兒女，甚至做愛時也不在乎兒女偷聽和偷看」，殊不知，這種不設
防的家居結構，根本無法做到避諱。

的確，歷史上，這個民族晚上的睡眠大都是男女血親同在一個空間，
人們的睡房大多是用不隔音的輕易就能推開的紙質隔扇分隔，這不僅極易
造成性欲的衝動，同時，也給性行為的實施提供了客觀便利，一旦控制不
住就會拉開隔扇，鑽進對方的床鋪。這幾種情況在日本文學作品中都有描
寫，有趣的是作品中都明確提到了是居住方式提供了方便。

井源西鶴的小說《好色一代男》中所描寫的男女老少在同一個空間的
混居，由於與宗教信仰有關，不僅神聖，而且成為了一種民俗：

在日本古都京都附近的愛宕郡市原地方的鄉村神社，有一傳承了不知
多少年的被大家稱為「雜魚寢」的風俗：每一年都有這麼一天，按照當地
的風俗，屬於這個神社的村民無論男女都必須集中到這個神社的大殿上一
起睡，而且直到雞叫以後才能離開神社，各自回家，所有村民是不允許不
來的。「無論是村長的太太、女兒、女用人，還是男僕人，也不分老少，
大家都睡在大殿上。唯獨今夜無論幹什麼都可以」。[3]

而在石川達三的小說《蒼茫》中，則寫有位男子夜深人靜時在男女混
居的房間輕易就鑽進了一位女子的被窩，事後只說了一聲「對不起！」

夜裏阿夏做了一個夢，是個令人害羞的夢，領口都給汗濕了。她一睜

1　祝大鳴：《獨特的日本人：島國文化之解讀》，北京：中國畫報出版社，2009年，
　　第71頁。
2　轉引自關西傑：《一個曖昧的國度：我所知道的日本國的亂倫現象》，http://www.
　　douban.com/group/topic/20713064/?author=1（2015-9-5）
3　〔日〕井源西鶴：《好色一代男》，王啟元、李正倫譯，濟南：山東文藝出版社，
　　1994年，第72頁。

開眼，就彷彿看見助理監督小水摘掉眼鏡的蒼白的臉在她眼前，這好像還在做夢一樣。

阿夏是個不懂得採取任何抵抗辦法的姑娘。她既沒有呼喊救命，也沒有招呼弟弟，雖然他就睡在相隔只有兩尺的床上。她只是轉過臉去，閉上眼睛，無情無緒、不拒不斥地躺著。

床鋪接連排列著，在房間兩側各有五張。罪過也許就出在這種房間設備上。孫市也沒留意，他應該換換床位，讓姐姐靠窗子睡，可她本人也似乎根本沒有理會小水助理監督。他悶不作聲地回到自己床頭的時候，阿夏已經背向著他，把毛毯拉到嘴邊要睡著了。

對她來說，這倒不是破題兒頭一遭。她認為男人都跟這個小水一樣，對女人專會攻其不備。崛川也是如此。父親病死的前幾天，為看望父親，下班後到監督室去請一天假，那時節就發生過同樣的事情。當時阿夏也是個不會進行抵抗的姑娘。……她絕不是淫蕩的女人，但也完全不懂什麼叫貞操。她認為做女人就該隨時接受男人的這種對待。她一邊聽著雪粒沙拉沙拉拍打窗子的聲音，一邊回憶家鄉的深雪，漸漸地將要入睡了。這時，小水的手從毯子下麵伸過來握住她的手，輕輕地在她耳邊說：「對不起……」

在紫式部的小說《源氏物語》中，男主人公光源氏正是得益於紙隔扇的方便，在晚上先是偷聽了空蟬與其弟弟關於自己的談話，然後又悄然推開紙隔扇進入空蟬的睡房從床上把空蟬抱進了自己的臥室，最後神不知鬼不覺地佔有了自己部下年輕的繼母空蟬。與自己父皇的妻子弘徽殿女禦的妹妹朧月夜的亂倫也可以說是在此情況發生的。光源氏還把此當做了自己的一個重要發現。

當時，光源氏喝醉了酒，他向門內窺看，裏面的小門開著，而人聲全無。源氏公子想道：「世間女子為非犯過，都是由於門禁不嚴之故。」他便跨進門去，向內窺探。眾侍女似乎都已睡著了。……源氏公子便將朧月夜抱進自己的房裏，關上了門。朧月夜因為事出意外，一時茫然若失，她渾身顫抖，喊道：「這裏有一個陌生人！」源氏公子對她說：「我是大家

都容許的。你喊人來，有什麼用處呢？還是靜悄悄的吧。」朧月夜聽了這聲音，料定他是源氏公子，心中略感安慰。她覺得此事尷尬，但又不願做出冷酷無情的樣子。源氏公子這一天飲酒過多，醉得比往常厲害，覺得空空放過，豈不可惜。朧月夜年輕幼稚，也無力堅拒。兩人就此成其好事。

　　上面這段描寫不僅明確地顯示出其起居結構的非閉鎖式特點，而且還詳細地交代了這種不設防的起居結構方式如何誘發了男女的性衝動以致他們走向亂倫的心理過程。

　　三島由紀夫的小說《愛的饑渴》中寫：即使隔著走廊，公公彌吉也能聽見寡居的兒媳悅子房間裏的起居動靜，這對他們二人最後終於走向亂倫不能不說是一個潛在而漸進的誘因。

　　石原慎太郎的小說《太陽的季節》中的情節描寫雖說有點露骨，但卻更加典型和說明問題：受到刺激而性欲發作的拳擊手龍哉急不可耐地用勃起的陰莖直接捅破分隔房間的障子的紙，闖入一個女子的房間，宣佈自己的到來。

　　從浴室出來身體掛滿水珠的龍哉，此時第一次對英子有了衝動。他把毛巾搭在赤裸的上半身，剛一進屋就從隔扇的外面喊了一聲：

　　「英子！」

　　當房間的英子面朝這邊的時候，他把勃起的陰莖從外面向隔扇刺了過去。隔扇發出乾燥的聲音當即被刺破。見此情景，英子使出渾身的力氣把正在讀的一本書甩向了隔扇，那本書精准地擊中了目標，然後漂亮地落在了榻榻米上。

　　那一瞬間，龍哉感到了好像全身繃緊的舒適。現如今他則體味到了那種耀眼的被抵抗的人類的喜悅。[1]

　　榖口優子的長篇紀實文學《尊親殺人罪消失的日子》中也寫到了發生父女亂倫的家居因素：其時，相澤一家九口人擠睡在狹小的兩個房間，父母睡在茶室，讓長女綾子打頭、兩個妹妹和四個弟弟七個人擠睡在四迭

---

[1] 〔日〕石原慎太郎：《太陽の季節》，新潮社，1957年，第36頁。

半的裡間。於是，父親文雄才能得以半夜悄悄鑽入綾子的被窩，突然強要
她的身體。綾子驚慌中本來想喊，但又恐怕吵醒家人，於是咬著嘴唇接受
了父親的性侵。父親還威脅她不許告訴母親。有了這第一次之後，文雄一
旦背過妻子香代的視線就會頻繁地要求綾子。幾乎一週一次，一到半夜就
進入綾子的床鋪，撫摸玩弄她的身體。多數時候是三天一次，也有兩天連
續的。綾子討厭早晨看見父親的臉，最終不能忍受，於是在事發大約一年
後，向母親香子訴說了此事。香子知道後極其震驚，在孩子不在場時，她
嚴厲叱問文雄：「你竟然對自己的親生女兒做出這樣可怕的事！」沒想到
丈夫勃然大怒，竟然拿起菜刀向她沖來，最後把她打得鼻青臉腫。香代於
是留下綾子和正在上中學的二女兒良江在丈夫身邊，帶著其他孩子逃回了
北海道娘家。於是，這個家便成了父親文雄、綾子和良江三個人的家庭，
而綾子則實際成了這個家的家庭主婦。不久，良江中學畢業去一家工廠上
班，從此以後，文雄和綾子過起了儼然像夫婦一樣的生活。

橋口育夜的小說《我愛上了妹妹》中的兄妹二人已經長大成人，但由
於家庭居住條件的限制，他們的母親只能繼續讓兄妹二人同居一室，而且
還是上下鋪，這無疑給兄妹二人從最初的情感依戀發展到最後的實際亂倫
提供了決定性的條件，等母親有所發覺並意識到問題的嚴重性時，生米已
經煮成了熟飯。

在水原涼的小說《甘露》中，正是由於這種不隔音、而且容易偷窺的
家居結構，不僅使回鄉探親的大學生阿惇得以看到了父親與姐姐的亂倫行
為，而且還刺激自己對姐姐產生了強烈的亂倫欲望。

其實，綜觀人類的亂倫現象，客觀環境尤其是客觀居住環境常常是
誘發亂倫的一個重要原因：「大多是單獨住在較偏遠或者獨住一處的家
庭」[1]，或者是血親雙方長期單獨在家，或者是血親雙方同居一室，尤其
是晚上同宿一床。美國學者在談及導致父女亂倫現象產生的誘因時指出：
「有些是由於酒精飲料刺激，有些則是由於住房太擠、『幾代同堂』造成

---

[1] 〔美〕倫那德D·塞威特茲等：《性犯罪研究》，陳澤廣譯，武漢：武漢出版社，
1988年，第162頁。

的。尤其是在那些父親和女兒同睡一床的情況下，亂倫發生得最多。」[1]
日本學者南博在論及日本近來母子亂倫現象比較突出的緣由時，就此提出
了「母子密室」的概念，而且明確指出是「母子秘室」在一定程度上促進
了日本母子的亂倫：

　　近來，在日本關於母子亂倫的報告似乎多了起來。據調查，這種事件
在擁有單獨居住條件和個人房間孩子中間的比例較高。日本是個高學歷社
會，孩子從小就要面對高強度的復習考試。在家裏，孩子必須悶坐在分配
給自己的個人房間裏專心致志於復習考試。只有母親才能進入孩子的個人
房間給送點食物什麼的，而孩子不會從房間裏出來。

　　兒子們到了高中階段，性就充分地成熟了。現在連初中生也有性早熟
的。復習考試持續不斷，他們在性方面的壓抑也在增強。作為獨立房間的
孩子的臥室，當然就成了母親和孩子的一個很大的私密場所。……如果父
親在外地任職，家裏只有兒子和母親的話，可以說整個家中都成了母與子
的一個私密場所。由於性成熟的提前，連中學生也已經有了性的訴求，但
現實情況是：孩子們只能在私塾、學校和家庭這種三角形的線路上來回奔
跑。而當今社會有關的性的資訊和報導又極度氾濫，這樣一來，結果只能
是導致兒子方面對母親是一個性的態度或接近[2]。

　　而另一個學者原田武則指出，「密室」是所有亂倫的共同場所：「家
族間的性愛隱藏世間躲避眾目，不在密室中進行當然是不可能的。除過習
慣化的少數的情況之外，大多數的情況下，它不可能完全期待社會的同
意，只是本人的私密之事。」原田武列舉了前述吉行淳之介的《出口》
（兄妹二人在遠離人群的河邊經營一家鰻魚店）、仁川高丸的《索多瑪與
哥摩拉的混浴》（媽媽因病一直住在醫院，只有姐弟二人在家）、深澤七
郎的《飄搖的家》[3]（來自農村的兄妹住在流經都市的河流上的一條小船

1　〔美〕倫那德D·塞威特茲等：《性犯罪研究》，陳澤廣譯，武漢：武漢出版社，
　　1988年，第162頁。
2　〔日〕南博：《家族內性愛》，朝日出版社，1984年，第30-32頁。
3　見〔日〕高橋睦郎：《禁じられた性──近親相姦・100人の證言》，潮出版社，
　　1974年。

裏）、京極夏彥的《魍魎の匣》（父女二人長期生活在一個像匣子一樣閉鎖的環境空間）等等這些「以狹窄的場所裏的亂倫為題材的作品」。但他同時認為：「密室」的含義並不一定是指現實社會當中那些封閉的空間，像夢野久作《瓶裝地獄》中汪洋大海中的孤島，像《飢餓峰的死人草》中與世隔絕的深山等等，對於一心只想避人眼目的亂倫當事人來說，都有「密室」的含義。他最後說：「一般認為：家族內性愛的發生與居住環境之間有著強烈的關係。還應該考慮：在小家庭越發推進、家族越發封閉、所謂的家族主義彌漫的當今社會，父母子女兄弟姐妹越來越接近的情況。」[1]

五、與這個民族思想上沒有絕對的道德準則有關

荷蘭的日本研究專家伊恩・布魯瑪明確指出：在日本沒有絕對的道德準則[2]。這並不是說日本人沒有倫理道德準則，而是說日本人的倫理道德感相對比較淡薄，倫理道德標準也相對比較靈活。他們「很少用抽象的道德原則來進行思考，而是更多地從具體情況和人類複雜的感情來進行思考的」[3]。原因在於日本人的思想深處固存有一種觀念：世界上沒有什麼絕對好或絕對壞的東西。「他們並不像西方人那樣感到什麼都有罪，對於是非也沒有那麼明確不變的界限。他們認為不存在明顯地充滿罪惡的生活領域。大多數行為只要不以其他方式造成危害都是允許的。」[4]賴肖爾因此稱之為「相對主義的倫理道德」[5]，土居健郎則稱之為「無原則的原則、

---

[1] 〔日〕原田武：《インセスト幻想—人類最後のタブー》，人文書院，2001年，第176-177頁。

[2] 〔荷〕伊恩・布魯瑪：《日本文化中的性角色》，張曉凌等譯，北京：光明日報出版社，1989年，第38頁。

[3] 〔美〕愛德溫・賴肖爾：《日本人》，孟勝德、劉文濤譯，上海：譯文出版社，1980年，第148頁。

[4] 〔美〕愛德溫・賴肖爾：《日本人》，孟勝德、劉文濤譯，上海：譯文出版社，1980年，第150頁。

[5] 〔美〕愛德溫・賴肖爾：《日本人》，孟勝德、劉文濤譯，上海：譯文出版社，1980年，第153頁。

無價值的價值」[1]。

　　十九世紀的一位日本社會的觀察家佛朗西斯・奧蒂韋爾也十分敏銳地察覺到這一點。他在《日本的歷史》一書中寫道：「我感到日本女人的貞潔不是出於宗教觀點的壓力，而是由於父母的命令。貞潔對她來說不是什麼原則問題，而是順從不順從的問題。」[2]也就是說，縱欲與否根本不是什麼倫理道德問題。為了滿足性欲而不顧人倫之理，在道德意識強烈的社會看來，是名副其實的「好色」、亂倫、變態。亂倫無疑首先是蒙昧時代先民習慣的遺留，我們說那是「蒙昧」的時代，是因為他們亂倫但卻並沒有感覺到在亂倫，生在蒙昧時代大人們還未意識到亂倫，還沒有亂倫觀念，自然沒有自我控制力。然而，在文明社會，道德倫理觀念是人類控制、自我淨化的內力，是對自身性欲的克制，在倫理觀念養成之前的唯一克制手段是禁忌、是恐懼。即使是克制性欲的禁忌，在日本人中也很少有，原因在於「沒有什麼道德」，美國人本・尼迪克特也說到了這一點：

　　對於性享受，我們有許多禁忌，日本人可沒有。在這個領域裏日本人沒有什麼道德說教，而我們則裝得道貌岸然。日本人認為，如同其他「人情」一樣，性行為是完全正當的，是一種生活小節。「人性」絲毫也沒有邪惡可言，因此沒有必要對性享受作道德說教。[3]

　　賴肖爾也明確指出：

　　日本人沒有西方那種把性關係視為有罪的觀念。對他們來說，飲食男女是一種自然現象，在生活中應當有它適當的位置。男女亂交本身並不比同性戀愛更成問題，因此，他們對待這類事情一向採取的是縱容的態度。[4]

---

[1]　〔日〕土居健郎：《日本人的心理結構》，閻小妹譯，北京：商務印書館，2012年，第53頁。

[2]　〔荷〕伊恩・布魯瑪：《日本文化中的性角色》，張曉凌等譯，北京：光明日報出版社，1989年，第38頁。

[3]　〔美〕本・尼迪克特：《菊花與刀——日本文化中的諸模式》，杭州：浙江人民出版社，1987年，第155頁。

[4]　〔美〕愛德溫・賴肖爾：《日本人》，孟勝德、劉文濤譯，上海：譯文出版社，1980年，第221頁。

　　儘管亂倫禁忌和亂倫恐懼在全世界具有普泛性，但日本人的這種相對主義的思維方式對於人類的這一深層心理無疑會構成一種緩釋和淡化，久而久之則會積澱成為這個民族獨有的集體無意識。

六、與這個民族重美而輕善的審美理念有關

　　眾所周知，大和民族是一個風流雅致的民族，對於「美」的東西，他們可能有著比其他民族更為敏銳的感受性，正如他們的著名學者土居健郎所自詡的那樣：「日本人總的來說可能比外國人追求美感的意識更強」[1]。問題在於：由於缺乏絕對的道德準則，日本民族的審美理念及審美實踐注重的是「美」與「真」，而一直淡化「善」。說白了，也就是淡化倫理道德。伊恩·布魯瑪因此稱日本為無罪性娛樂天堂[2]。如果說中國文化和詩學屬於倫理型，注重善的訴求，宣揚善為美，是一種善美相間的審美觀，那麼，日本文化和詩學則屬於情感型，注重美的追求，宣揚真為美，是一種真美一體的審美觀。美學觀念中沖淡了道德倫理，勢必造成文學作品中的性愛描寫也很少顧及或不顧及倫理道德。

　　日本學者大井正就認為：性愛即美。道理很簡單：人類是追求享樂的動物，快樂就是享樂中產生的感覺，性是有享樂性的，性之美感首先就取決於性之享樂。他還藉助康得的理論說明：應該把倫理道德從性愛中驅逐出去——我認為，性感覺也就是性觸覺也應當是美的一個源泉。關於美的體現，康得曾指出：美，首先是指那些與人的所有關心和厲害都無關的，能夠從中體驗到快感的對象和事物。譬如日語中的美味一詞，不用說指的是與人的味覺有關的事情，如果按照康得對美的定義，所謂美味指的是人在飲酒時不要考慮酒是否會有礙於肝臟的健康。……假如我們把這種『不

---

[1]　〔日〕土居健郎：《日本人的心理結構》，閻小妹譯，北京：商務印書館，2012年，第113頁。

[2]　〔荷〕伊恩·布魯瑪：《日本文化中的性角色》，光明日報出版社，1989年，第50頁。

計較利害的滿足感」移植到性的觸覺方面，那它指的便是這樣一種狀態，即不計較利害得失或不考慮後果，也即是採取聽憑主觀意志和只圖一時快樂的態度，自己沉浸在皮膚接觸的樂趣之中，並擅長此事，這就是性愛之美。[1]日本美學家近松良之也明確指出：「日本式美的價值體驗包含兩個層面：一、是性愛上的興奮，二、是宗教上與自然合二為一」[2]，而「性愛上的興奮」被其置於頭條的位置。

七、與這個民族寬以待人的性格做派有關

　　日本人追求和睦的人際關係。日本學者水穀修在談及此點時指出：共同參與和積極配合的語言心理和行為是日本人追求和睦的人際關係、增添和諧氣氛所特有的心理和行為方式，也就是說，是「和」的思想理念造成的一種自發性的合作意識。「和」的精神還體現在「拒絕」言語行為中。日本人重視人際交往中的和諧關係，對別人的請求、邀請、建議等即使辦不到或不能答應，也很少說「不」，而多用一些間接性的拒絕表達方式。日本人之所以很少說「不」，是擔心傷害對方的感情。對日本人來說，不管怎樣，對別人明確地講「不」是於心不安的[3]。「他們十分注意尊重對方，對對方的請求或要求等不輕易拒絕」[4]。日本人認為直接拒絕、否定他人的請求，是對別人人格的否定，這樣做是會損害人際關係的[5]。

　　很難否認在兩性關係上、即使是亂倫的兩性關係上日本人也會如此考慮。試想一下：出於「和為貴」的目的，日本人對他人的請求（尤其是女人面對男人發出的請求）不輕易說「不」或者不直接拒絕，這首先就意味

[1] 〔日〕大井正：《性與婚姻的衝突》，張治江譯，長春：吉林人民出版社，1988年，第78頁。
[2] 轉引自〔日〕南博：《日本人論》，邱琡雯譯，桂林：廣西師範大學出版社，2007年，第264頁。
[3] 李朝輝：《言外之意與日本人的嬌寵心理》，《社會科學》2006年第3期。
[4] 祝大鳴：《獨特的日本人：島國文化之解讀》，北京：中國畫報出版社，2009年，第66頁。
[5] 〔日〕水谷修：《話しことばと日本人》，創拓社，1979年，第106—112頁。

著有「進一步」的可能性；既然有「進一步」可能性，那訴求者就會想法設法把這種可能轉化成現實——或拜託懇求、或糾纏不休、或貿然闖入、或強行親近；一旦到了這個地步，被訴求對象（尤其是日本女性）即使真正想說「不」或拒絕也相當為難或者來之不及了。

　　例如《源氏物語》中光源氏與其繼母藤壺之間亂倫關係的發生就很典型。對於繼子光源氏對於自己的心思，藤壺妃子是早有預感的。然而，她非但沒有直接說「不」或明確拒絕，反而給光源氏多次提供接近她的機會。直至最後她出宮修養、遠離天皇丈夫、光源氏又一次請求見面，按理說，這應該是最危險的時候，但她仍然沒有說「不」來明確拒絕，而是同意他進入內室見面。到了這個時候，儘管她依然擔心事情敗露而很不情願，但面對著光源氏「哪怕一次，請了卻思念」的含淚懇求，她也只能半推半就了。

　　《愛的饑渴》中公媳雙方最後走向亂倫，則更為典型。首先是寡居的兒媳悅子沒有拒絕喪偶的公公對自己發出的來鄉下小住的邀請，這對雙方都意味著「進一步」的可能性。當兒媳婦應邀已然住進公公在鄉下的公寓後，訴求者就會想法設法找機會把這種可能轉化成現實了：

　　　在到這裏約過了一個月前後的一天，彌吉要悅子替他縫補農耕用的舊西裝和褲子。因為彌吉等著要，一直縫補到深更半夜。半夜一點鐘，該是早睡了的彌吉到悅子的房裏來了。[1]

　　眼前當下「公公深更半夜進入寡居兒媳臥室」這種異常情況的出現無疑是此前兒媳未曾明確並直接拒絕公公之邀而循序漸進產生的必然結果，因而，連作者自己接下來也只能如此敘寫：

　　　當悅子應彌吉之邀，下決心來米殿村時，她是早已預料會有這種夜晚來臨的。她毋寧希望著它的來臨。[2]

----

[1]　〔日〕三島由紀夫：《愛的饑渴》，金溟若譯，北京：作家出版社，1987年，第45頁。

[2]　〔日〕三島由紀夫：《愛的饑渴》，金溟若譯，北京：作家出版社，1987年，第45-4頁。

　　如果說此時屬於訴求者「貿然闖入」的話，那麼，緊接著就是訴求者典型的「強行親近」了：

　　……彌吉站在悅子後面，看了柱上的日曆說：

　　「真是的，這樣懶散，還是一個星期前沒動。」

　　悅子回頭望了一下，「對不起哪」這樣說。

　　「不是對得起對不起啦。」

　　彌吉用滿高興的聲音這樣自語著，隨即響起一張一張撕日曆的聲音。聲音停止了，悅子感到肩頭被抱住，冷冰冰細竹一般的手伸進了她的胸口。[1]

　　而一旦到了這個地步，被訴求者即使真正想說「不」或拒絕也相當為難或者來之不及了。所以：

　　她用身體擋了擋，但沒有發出聲音。不是想發而發不出，是沒有發。

　　……該做如何解釋呢？是不是如口渴者呷浮著鐵銹的汙濁的水一般，悅子才接受的嗎？這是不會的。悅子並沒有渴，一無所求，早成為悅子的本色。……多半，悅子是好溺者無心地喝了海水一般，只是依自然的法則喝下的吧。

　　……她沒有呼喊，這個用自己的手掩住自己嘴巴的女人。[2]

　　這其中所謂「自然的法則」其實指的就是鰥夫的公公與寡居的兒媳相互之間的理解與寬容，以及在此基礎上的、進一步的接納與擁有。而在《永遠的孩子》中，女兒開始是拒絕父親的性要求的，但後來還是接受了，因為父親半嗔半怒地對她說了這樣的話：「你這是要拋棄爸爸嗎？壞孩子，你是個壞孩子！」其他，像古典落語《衣錦還鄉》（約1603—1867，母親不忍兒子的戀母之苦，滿足了兒子）、中山愛子的《奧山相姦》（1971，母親一邊大叫：這是要下地獄的呀！一邊接受了癡呆兒子激

---

[1] 〔日〕三島由紀夫：《愛的饑渴》，金溟若譯，北京：作家出版社，1987年，第70-71頁。

[2] 〔日〕三島由紀夫：《愛的饑渴》，金溟若譯，北京：作家出版社，1987年，第70-71頁。

烈的性要求）、重兼芳子的《無謂之煙》（1979，母親接受了兒子在突發精神病狀態下對自己的性要求）、蔦屋兵介的《扭曲的夏天》（1993，母親最後接受了十七歲兒子的情欲衝動）、林真理子的《初夜》（2002，父親在從未接觸男人的女兒就要失去子宮的前夜走進了女兒的臥室）等等，如果推究導致亂倫發生的最終原因，都不能排除被訴求方對訴求方的寬容與理解。

大和民族的「和」思想有其悠遠的歷史淵源和深刻的文化根源：西元539年，聖德太子所制定的日本歷史上第一部憲法——十七條憲法中的第一條就是「以和為貴」的詞條，從法律上明確了「和」的主張。從而也就形成了大和民族「以和為貴」的「和」文化意識。可以說，「和為貴」自古以來就被這個民族作為最高的道德準則來奉行了。惟其如此，「日本人一般不喜歡雙方意見衝突，他們在需要決定某件事時，總是盡量地想獲得一致通過的裁決」[1]。

劉達臨在其《浮世與春夢——中國與日本的性文化比較》一書中指出：總的說來，日本民族是一個文雅的民族。在日常生活中，日本人「輕柔、溫順、禮貌而且溫和」，他們是以「溫和的人的感情」而不是以「乾巴巴的、生硬的理論思想」來表達他們自己的。和大多數其他民族相比，日本人更受感情的約束。例如，當兩個人爭論時，西方人往往生氣地說：「你難道不明白我說的意思嗎？」而如果是日本人，他會將怒火和不悅隱藏在禮貌的面具之下，說道：「你難道不明白我的感情嗎？」從總的看來，日本人比較寬容，常常用不同的方式維持表面的和諧，衝突總是被一層溫和的、禮貌的面紗所掩蓋。在西方，人們習慣於把自己的觀點公開的表達出來，而在日本，人們如果有什麼不同觀點，也是個人獨自保持著，或者謹慎地把它和別人的觀點中和起來。人們一般往往避免討論政治，避免批評別人，日語的結構使人說起話來總像在尋求別人的讚同，即使有衝突時也以這樣的句子開始：「當然，你是完全的對的，不過……」這樣，

---

1 〔日〕土居健郎：《日本人的心理結構》，閻小妹譯，北京：商務印書館，2012年，第101頁。

就大大緩和了矛盾衝突的一面。意見一致往往可能是一個公開的表面，然而這個表面在日本的社會生活中卻是至關緊要的[1]。所以，日本人「有時不惜扼殺自己的尊嚴去維護表面的『和』」[2]。可以說，「這種不加區別，不分善惡，包容一切的精神，……自古以來就一直深深紮根於日本人的心中」[3]。

「和為貴」的理念造就了日本人寬以待人的性格做派，加之好壞善惡沒有絕對性這一特有的心理習慣和思維定勢，日本民族在人際交往中對別人的所作所為大都抱有一種與人為善、對人寬容的態度和做派。「日本人善於體察對方的心境」，「不願將自己的看法強加於人，這是個民族性格的問題」[4]。所以，在面對亂倫這樣的事情上，日本民族表現得既相對寬容又不那麼殘忍。儘管「日本的法律也禁止亂倫，官方輿論對亂倫行為是嚴厲譴責和極力反對的，並要處以重刑。但日本民間或人們私下裏對那些『不傷害當事人且不危及他人』的亂倫事件的態度寬容到令你難以置信的程度。」[5]這種寬鬆的人際氛圍也成為其亂倫行為生髮的一大誘因。

八、與這個民族「秘戀」的傳統及審美情趣有關

在近世的武士時代，日本曾經實行歷史上最嚴格的性愛管理，這就是：絕對禁止男女接觸，即使戀愛也是以男色為主題，目的是為了突出和轉化對主君的忠愛。男女之間的愛與性於是便成為了一種地下的「秘戀」。與此相關，十八世紀初問世的《葉隱》一書，則對男女戀情明確提

---

[1] 劉達臨：《浮世與春夢——中國與日本的性文化比較》，北京：中國友誼出版公司，2005年，第27頁。

[2] 馬晶：《關於日本人的「曖昧性」分析》，《考試週刊》，2008年，第35期。

[3] 〔日〕土居健郎：《日本人的心理結構》，閻小妹譯，北京：商務印書館，2012年，第53頁。

[4] 祝大鳴：《獨特的日本人：島國文化之解讀》，北京：中國畫報出版社，2009年，第71頁。

[5] 歐米伽：《日本的亂倫情結令人瞠目》，《悅讀文摘》，2008年第3期。

出了「戀愛的頂峰為暗自偷戀」的見解[1]。對此，作家三島由紀夫高度讚賞：公開戀愛是最低品味，如果是真正的戀愛，一生都不公開，這是最高品味的戀愛[2]。人類學及性學的研究成果告訴我們：人類的「性行為幾乎在所有開化社會中一般都是一種隱蔽的行為，而且人類的性行為和動物、獸類行為的最大區別，一般是極力隱蔽，防止被旁觀、被窺視」[3]。的確如此。考察全部人類情愛史，我們就會發現，從古到今，儘管人類的性愛從內容到方式不斷發生著變化，但有一點是亙古不變的，這就是：人類的性行為的高度私密性[4]，即使是婚姻對象之間的性行為也是如此。亂倫的性愛由於不符合文明社會的倫理道德而見不得陽光，因此更希望不為人知，而日本恰好存在「秘戀」的傳統和審美趣味。很明顯，在日本，「秘戀」與亂倫這兩者之間是存在有一定的對應關係的，也就是說「秘戀」的傳統和審美趣味一定程度上迎合了日本人的亂倫，或者說給其營構了某種默許和寬容的氛圍。

我們還可以從另外一個角度對這一點加以說明，這就是日本人的曖昧。眾所周知，日本人一般不願把事情說得很明確，反而喜歡曖昧，特別喜歡含蓄的言外之意，認為高級的東西不在容易懂得的東西中，而在深奧玄秘之中。學習日語的人也都知道：日語由於自身形式性辭彙多、話長意短、詞冗意少、核心詞語（比如動詞、判斷詞、肯定或否定等）全部置後，加之常見的無主語、省略對象語甚至省略半句話的現象存在，「與其他語言相比，具有曖昧不清、邏輯不強的特徵」[5]。可以說，日本人極端厭惡事物處在明確固定的狀態中，不論在語言上還是行動上都拒絕明朗化，這就滋生了日本人在價值取向和審美意識上的曖昧性。大江健三郎在

---

[1] 轉引自〔日〕大井正：《性與婚姻的衝突》，張治江譯，長春：吉林人民出版社，1988年，第64頁。

[2] 唐月梅：《怪異鬼才三島由紀夫傳》，作家出版社，1994年，第181頁。

[3] 郝祥滿：《日本人的色道》，武漢：長江出版傳媒、湖北人民出版社，2012年，第171頁。

[4] 見〔美〕蕾伊‧唐娜希爾：《原始的激情——人類情愛史》，李意馬譯，昆明：雲南人民出版社，1988年，第120頁。

[5] 馬晶：《關於日本人的「曖昧性」分析》，《考試週刊》，2008年，第35期。

其諾貝爾文學獎受獎辭《曖昧的日本的我》中對此曾做過詳細述說[1]。

由是推之，男女之間正常的愛戀、法定的婚姻、固定的性關係都不具備上述品貌特徵或審美趣味。而亂倫的性愛——無論是現實生活中發生的還是文藝作品中描寫的——正好相反，因為其藏而不露所以曖昧朦朧；因為其有悖人際倫常，所以深奧玄秘。無疑，日本人的「曖昧」與亂倫這兩者之間也應該存在有一定的對應關係，也就是說「曖昧」的民族性情和審美趣味一定程度上迎合了日本的亂倫，或者說給其營構了某種「理所當然」的氛圍。

九、與這個民族盛行大男子主義思想有關

眾所周知，在人類的性關係中，男人一般是始作恿者，而女人總是被動接受者。這種不對稱性應該是自然選擇的作用，因為雌性在生養下一代中要付出更大的努力和代價，她們在判斷選擇配偶時就會顯得謹慎小心。澳大利亞心理學專家斯考特·麥格雷爾指出：從整體上講，男人比女人更開放，因為男人在繁殖中的投入比女人少，一個男人就能令多個女人懷孕；女人在生殖中的投入相對較多，而且每次只能懷一個男人的孩子。這決定了在跟誰發生性關係的問題上，女人比男人挑剔得多，即男人偏向性開放、女人偏向性保守[2]。與此相應，在亂倫的性愛關係中，男女也是不對等的。「男性犯積極性的亂倫犯罪活動較多，但也有女性參與亂倫犯罪的情況」[3]。一般來講，在亂倫關係中，男性通常是亂倫的慫恿者，而女性是回避者或被動接受者。

雖說，自從母系氏族社會瓦解之後，人類社會就普遍進入了父權（男

---

[1]　參見〔日〕大江健三郎：《我在曖昧的日本》，王中忱、莊焰等譯，海口：南海出版社，2005年。

[2]　轉引自伍君儀：《性開放 PK 性保守：繁殖後代各顯神通》，《廣州日報》，2012年12月30日。

[3]　〔美〕倫那德 D·塞威特茲等：《性犯罪研究》，陳澤廣譯，武漢：武漢出版社，1988年，第161頁。

權）中心時代，但由於獨有的歷史和傳統，父權至上、男尊女卑的大男子主義在日本則尤為突出，而且逐漸積澱成為了一種社會的集體無意識。有學者指出：「在日本古代社會，家庭絕對是父權制的，這也是傳統社會的一個突出標誌。父親是一家之主，無所不能，家庭成員沒有自由可言，這樣家庭才擁有自由，因為家庭不但是生產的經濟單元，而且是決定秩序的社會單位。成與敗，續與亡，不取決於個人，而取決於家庭。父親的權利是專制的，他有權留下孫子，而把媳婦、女婿逐出家門。他有權處死淫蕩的女兒，還可以將兒女販賣為奴隸為娼妓。他可以任意與妻子離婚，也有權娶三妻四妾。他可以對妻子不忠，在外面尋花問柳也無關緊要」[1]。因為，在日本，占統治地位的家族制度就是武士階級的家族制度。這種家族制度中的社會關係的基本原理就是「權威」和「恭順」。家族制度是一個特別牢固的「秩序」，這個秩序本身就是不可動搖的權威。這種神聖不可動搖的秩序的實現者，首先是家長，其次是父親，再次是丈夫，他們均為男性。這些男人們對各個家庭、妻子、子女擁有權力。這一權力不僅僅是物理性的暴力那樣的力量，而且對服從者的精神也有絕對的威力，使得服從者意識到難以反抗，主動地服從。換句話說，這種服從不是那種雖然心裏有反抗，但在外力的壓制下被迫的服從，而是在心中意識到自己的低下，意識到自己的無能為力，心甘情願的服從。正如中國作家梁曉聲所言：「在漫長的日本社會的歷史過程中，日本男人漸漸將他們的女人『調教』得類乎他們的婢女了。而她們並不，也許從來不覺得，從家庭到社會對她們的要求和定位，有什麼不妥有什麼不好。甚至早已一代代地習慣了，反而認為是天經地義的了。」[2]

總而言之，「日本是一個父系文化為主的社會，男性掌握權力，女性

---

[1] 劉達臨：《浮世與春夢——中國與日本的性文化比較》，北京：中國友誼出版公司，2005年，第92頁。

[2] 梁曉聲：《感覺日本》，見《梁曉聲作品精選集》（上），北京：紅旗出版社，2002年，第396頁。

只能順從，這跟男女平等的西方社會截然不同」[1]。「在輕視婦女的武家政治和武士道看來，對婦女溫柔體貼和武士的本色水火不容。在這一思想的影響下，男人在性行為中也就不必照顧女人的感受了。」[2]惟其如此，本來關乎男女雙方的性愛，在日本卻逐漸演變成了一種以男性中心的性享受。「武士們在性愛上表現得非常橫暴，這種橫暴的性格，隨著明治維新以來『四民平等』口號的鼓吹傳遞給了所有日本男人。」[3]日本男人的這種橫暴不僅體現在性行為過程中，也體現在對性對象的選擇上。也就是說，極度的男權思想使得日本男人在性對象的選擇上會更加霸道，更加肆無忌憚，當然也就會更加不顧人倫道德的限制。性關係上男人必然霸道、女人當然順從的社會心理，自然也就成了這個民族亂倫較多的一個重要誘因。

　　有人從日本社會歷史和現狀的深層看出了這種黃色文化和色情審美十分適合日本社會的國情：日本社會一向是公認的以「男性為中心」的社會，女人是男人的附屬，為男人而生存是潛伏於日本女性頭腦中的深層意識。她們認為為自己創造了幸福生活的男人獻出一切是她們應該做的。或許正是出於同樣的原因，日本的男人對女人的愛好以及由此衍生出變態的亂倫的性行為便是理所當然的了[4]。

　　前述日本文學中亂倫事件的發生，絕大部分都是男性主動或施動，而男人依仗男權、父權等特權霸道亂倫的例子也不勝枚舉。《平家物語》（1230）中寫二條天皇不顧舉世非難，在自己的叔父去世後強娶自己的叔母，遭到父親勸誡後他卻這樣回答：「天子無父母，我憑了十善的戒功，得萬乘之寶座，這區區小事，還不能由我的意思嗎？」宮本輝的長篇小說

---

[1]　《日色情文化根源令西方費解 性在日本有家園含義》http://www.sina.com.cn 2010年04月18日09:09 環球時報

[2]　郝祥滿：《日本人的色道》，武漢：長江出版傳媒、湖北人民出版社，2012年，第141頁。

[3]　郝祥滿：《日本人的色道》，武漢：長江出版傳媒、湖北人民出版社，2012年，第140頁。

[4]　歐米伽：《日本的亂倫情結令人瞠目》，《悅讀文摘》，2008年第3期。

《避暑地的貓》（1985）寫大財閥依仗自己「主人」和「老爺」的身分長期性侵給自己照看別墅的母女二人。長塚節的長篇小說《土》（1910）寫父親不許女兒出嫁，企圖讓女兒替代病故的母親。太宰治的《魚服記》（1933）寫女兒遭到醉酒親生父親強暴後投身瀑布自殺。佐藤亞有子的自傳體小說《花朵的墓碑》（2008）寫自己和姐姐長期受到親生父親性虐。穀口優子的紀實文學《尊親殺人罪消失的日子》（1987）寫親生父親酒後性侵了女兒，不僅嚴詞威脅女兒不許告訴媽媽，而且還將試圖保護女兒的媽媽打得鼻青臉腫，說什麼：「讓自己的女兒自由享受，有什麼不好？」天童荒太的《永遠的孩子》（1999）寫親生父親以暴力性虐女兒。岩井志麻子的《岡山悚聞》（1999）寫女兒剛一懂事就被迫做了父親的性伴。《連續殺人魔鬼》（2011）寫女主人公從母親離家出走的那天開始幾乎每天都會受到父親的性虐待。還有京極夏彥根據鶴屋南北的歌舞伎《東海道四谷怪談》（1825）改寫的長篇小說《嗤笑伊右衛門》（2004）中寫：伊東喜衛兵性侵了養育自己的母親和妹妹，一個重要的原因就是：做武士的父親給其灌輸的作為男人的霸道思想——父親說女人都是賣春婦，所以他認為妹妹和母親不過是女人而已。這其中最為典型的就是久生十蘭的短篇歷史小說《無月物語》（1950），小說描寫平安時期的貴族藤原泰文依仗自己的男權父權霸道地性侵了自己的女兒，在遭到人們的非議後，他竟然毫無廉恥地給自己找了一個冠冕堂皇的藉口：「如此生下孩子必會成為聖賢」。生父尚且如此，伯父對姪女、養父對養女、公爹對媳婦就更無所顧忌了：志賀直哉的長篇小說《暗夜行路》（1921）寫公公趁兒子在國外性侵兒媳婦；山本週五郎的小說《沒有季節的街》（1962）寫伯父性侵姪女後舉家連夜潛逃，姪女只好人流；內田春菊的小說《養父與我》（1993）描寫女主人公受到養父性虐，當年只有14歲；山崎豐子的長篇小說《浮華世家》（1973）寫公公趁兒媳婦洗澡暈厥時性侵了她；廣津柳浪的短篇小說《黑蜥蜴》（1895）描寫養父公公對兒媳婦百般蹂躪，養子特意娶了一個醜女為第七任妻子，但還是逃不過養父公公的蹂躪。

十、與這個民族女性心中普存有對男性的 「獻身心理」有關

　　由於歷史和現實的緣由，日本男性大多在社會和家庭事務中擔當「主角」，他們為國家和「會社」（即公司）拚命工作，肩負著養家糊口的重任。惟其如此，自「江戶時代以來，日本女人養成了依賴男性的心理，在經濟生活上的依賴加強了在精神上的依賴」[1]。另外，日本文化的一個道德標準即日語所謂的「義理」就是報恩，所以，日本女性比較容易順從男性。「自從她們懂事的時候起，她們就受到一種教育：無論什麼事情都是男人當先。……她們必須尊重的處世規則是，不容許有公然表白自我主張的特權」[2]。道理非常簡單——既然，男人們能為國家和家庭「獻身」，女人們就應該義不容辭地為男人們「獻身」。中國作家梁曉聲指出：「從傳統上看，日本婦女在『男權中心』主宰的悠久歷史陰影下，幾乎處於一種類乎婢女的地位。從家庭到社會，從勞役義務到性義務，都類乎婢女」[3]。本尼迪克特則說得更明確更透徹：「她們從小到大都被各種禁忌捆綁著，唯獨在性方面沒被限制。當男人性欲暴漲時，她們要盡全力配合男人，越淫蕩越會讓男人滿足；同樣，如果男人向她們掞出性要求時，她們要盡力控制自己的欲望，而滿足男人的欲望」[4]。如果說，女性的這種「獻身心理」是日本色情文化氾濫的一個重要背景，那麼女性的這種心理自然也就成了日本亂倫現象叢生的一個誘因。因為「日本是個男人統治的社會，男尊女卑的觀念及男性的超人地位比中國這種傳統國家更強，再加

[1]　郝祥滿：《日本人的色道》，武漢：長江出版傳媒、湖北人民出版社，2012年，第144頁。

[2]　〔美〕魯斯·本尼迪克特：《菊與刀——日本文化諸模式》，呂萬和、熊達雲、王智新譯，北京：商務印書館，2012年，第249頁。

[3]　梁曉聲：《感覺日本》，見《梁曉聲作品精選集》（上），北京：紅旗出版社，2002年，第396頁。

[4]　〔美〕魯斯·本尼迪克特：《菊與刀》，嚴雪麗譯，南京：鳳凰出版社，2012年，第257頁。

上尚武精神的影響，即使現代日本，女人也往往被看成男人附屬，女人經肉體來取悅、服務男人是對男性世界的貢獻。」[1]在這種思想觀念和社會心理驅使影響下，服務男人、順從男人、取悅男人、滿足男人就成了日本女性理解的的一種天經地義，就會壓倒一切，自然也就會壓倒倫理道德。

一個不爭的事實就是：二戰初期，日本軍隊的慰安婦主要是日本女人，來自本國的慰安婦基本都出自自願，因為日本女人相信，這是她們為國家獻身出力的最好方式，成為慰安婦竟能成為日本女人的自豪和榮耀。所以，有人直言不諱地指出：「從大量的歷史文獻和文學作品看來，日本女人雖有施虐的傾向，但更有受虐的渴望，在使用或被使用自身的性器官的時候，她們多是以捨身救助的菩薩姿態出現，她們完全是一個犧牲者和奉獻者。所以，日本曾經湧現出眾多主動地接受野獸般的『皇軍』士兵們輪奸的慰安婦。日本電影、文學等藝術作品也是在鼓勵日本女人受虐、忍耐」[2]，「更暴露出日本男人的虐待狂和女人的受虐狂」傾向[3]。

日本軍紀物語的代表性作品《平家物語》中有這樣的描寫：天皇常常把自己喜愛且已經身懷有孕的女人作為獎賞送給給自己有功的臣子或下屬，而且公開約定：若生女孩就當做自己的孩子；若生男孩則做對方的兒子，而當事女子都會平靜、欣然地接受[4]。這樣的故事情節不僅流露出一定的淫亂色彩——「君臣共淫一女」或「一女同侍二男」，而且充分體現出了日本女性在性愛關係上的「被動性」、「順從性」和獨有的「獻身心理」。

橫溝正史的小說《惡魔吹著笛子來》寫：由兄妹亂倫而出生的三島在毫不知情的情況下又與同父異母的妹妹小夜子產生性愛並讓對方懷了孩

---

[1] 東鄰：《日本色情文化》http://www.tianya.cn/publicforum/Content/1937/1/2207. shtml。2011-10-27

[2] 郝祥滿：《日本人的色道》，武漢：長江出版傳媒、湖北人民出版社，2012年，第43頁。

[3] 郝祥滿：《日本人的色道》，武漢：長江出版傳媒、湖北人民出版社，2012年，第72頁。

[4] 參見《平家物語》（第六卷·十《祇園女禦》），北京：人民文學出版社，1984年，第252頁。

子，最後導致小夜子自殺身亡。當一切已經發生，三島為了向悲劇製造者
們復仇而終於見到生母秋子時，秋子告白和懺悔的核心內容也是順從和犧
牲：「我當時也是被逼無奈的，是無法違逆兄長要求的！」大江健三郎的
小說《萬延元年的足球隊》中也是這樣：剛開始，妹妹對於哥哥鷹四的要
求心懷厭惡而且害怕，但在哥哥的強迫下妹妹只能順從，甚至妹妹模模糊
糊地覺得如果和哥哥分開，她將活不下去。最後，為了獲得安慰和心理平
靜，妹妹甚至「送貨上門」，主動要求與哥哥發生關係。

十一、與日本女性過度或畸形的母愛情懷有關

　　與日本男尊女卑的男權社會大背景有關，與日本女人性格上相對較
多的「被動」、「柔順」元素有關，更與上述日本女人對男人的「獻身心
理」有關，日本的女性、尤其是母輩的女性，對男人、尤其是對子輩的男
人，明顯具有著一種過度甚至畸形的母愛情懷，其突出表現就是盡可能事
無巨細地、毫無原則地關愛他們，其中也包括他們的性苦悶、性壓抑甚至
性問題的解決。比如，在日本，一般是由母親來擔當兒子的性啟蒙老師
的。日本母親會很大方地、詳細地給男孩子講解各種性知識，包括女性的
身體結構、女性的月經、男性的遺精、性行為和性道德、避孕方法等。儘
管親如母子，但必定男女有別。眾所周知，在人類通常的思維與感受中，
性是人的隱私，所以，性也就是人的底線。一個人（尤其是一個異性）如
果能夠跨越「性」這個底線給予你親切的關懷，甚至詳盡照顧，那麼，在
潛意識中你必定就會把這個人當成你心目中非常重要的人。所以，在日
本，對於一個男孩子來說，母親不僅是其最交心的異性朋友，而且「母親
在孩子心中已成為性的化身」[1]。日本著名學者鈴木大拙因此明確指出：
歐美人的思維方式重在父性，而日本人的心靈深處則充滿了母性，「母愛
乃包容世間所有一切，它不附加任何條件，無論善惡，一概包容，不易不

---

[1]　關西傑：《一個曖昧的國度：我所知道的日本國的亂倫現象》，http://www.douban.com/group/topic/20713064/?author=1（2015-9-5）

改」[1]本尼迪克特也明確指出：在日本，對於孩子「媽媽永遠是一個什麼願望都答應滿足的人」[2]。惟其如此，有一種心理或者說看法在日本相當流行，這就是：女方自願走向亂倫常常是她們「異常濃厚的母性愛」的體現。因為有這種心理和情懷，所以男女之間即使存在血緣關係，也常常是：男方一旦苦苦哀求，女方就會動其惻隱之心，最終導致倫理道德底線被突破。像這樣亂倫事件的發生，對於因邊緣化而處於弱勢地位的日本女性而言，若是母親之於兒子，可以說是「愛極則亂」的母愛情懷的畸形體現；若是女人之於其他血親，也不排除女人此時對自己竟然「柔能勝剛」甚至「以柔克剛」（藉助肉體征服男人）的自豪感和獨有價值的追求。

前述《源氏物語》（九世紀）中，繼母藤壺開始對繼子光源氏的性愛訴求是堅辭的，但光源氏多次探訪，最後一次兩人單獨見面時光源氏眼含熱淚苦苦哀求：「哪怕一次也好，請了卻自己的思戀之情！」藤壺女禦這才動了惻隱之心，答應了光源氏，致使二人終於陷入了亂倫的境地。古典落語《衣錦還鄉》（約江戶時代）中的母親早年死了丈夫，自己一手將兒子拉扯長大。性成熟的兒子愛上了中年的母親，並因此一病不起。母親不得已也只好滿足兒子只有一次的願望。前述柴田煉三郎的小說《猿飛佐助》（1962）則寫真田大助因為殊死戰鬥成了殘疾，哀傷的母親於是給兒子提供了自己的肉體。中山愛子的短篇小說《奧山相奸》（1971）寫母親明知要背負道德的詛咒，但還是接受了癡呆兒子的性要求。重兼芳子的短篇小說《無謂之煙》（1979）寫兒子因為有精神病，不能過正常人的生活。於是，為了瘋癲的兒子，母親切斷了與家族和親戚的一切聯繫，帶著獨子離家出走，最後在兒子臨死前用自己的肉體滿足了兒子的性欲。蔦屋兵介的長篇小說《扭曲的夏天》（1993）描寫母親不忍看著兒子痛苦難

---

[1] 轉引自〔日〕土居健郎：《日本人的心理結構》，閻小妹譯，北京：商務印書館，2012年，第53頁。

[2] 〔美〕魯斯・本尼迪克特：《菊與刀——日本文化諸模式》，呂萬和、熊達雲、王智新譯，北京：商務印書館，2012年，第237頁。

受，於是接受了十七歲兒子的性欲衝動，從此，在這個家庭母親就有了兩個丈夫。花村萬月的長篇小說《觸角記》（1995）描寫男主人公次郎有一天性欲難抑，一個人自慰時恰好被母親撞見，母親當時心疼地擁抱了兒子，不久後就自薦枕席與兒子發生了亂倫關係。儘管雙方都有些後悔，決心不再做此事，但最後還是以再次發生關係結束。

十二、與這個民族較為獨特的性觀念、性認知有關

這個民族在性認知上最大的特別之處就是好色縱欲。日本人的好色在世界上是出了名的，可資鑒照的數據也是多如牛毛，我們這裏只舉其四。

首先，甲午戰爭以前，中國有關日本的文字記載雖然不多，但其中有關日本人好色的記載卻相對突出，例如《清代海外竹枝詞》就有這樣的記載：

儂是含苞豆蔲葩，含羞帶怯到夫家。

阿郎久慣風流事，惱煞桃源路不賒。

新婦不是處子，倒不嫌惡，唯愛精於床笫。遇含貞帶怯處子，反說平日不知行樂，必然愚笨。[1]

這首詩及附後的解說實際上是批評日本人毫無貞操觀，婚前性關係混亂。新郎竟然不喜歡處女，嫌處女不懂性技巧，不能馬上讓自己享受床笫之樂，這顯然很能說明日本人好色了。

日本人的好色還可以從日本的文字中尋找到絕好的證據。《鐵槌傳》就是一篇日本人自古以來非常推崇的美文，「鐵槌」乃日本人對男人陽具的美稱之一：

予雁門散吏，蝸舍閒居，寓目縴縑，遊心文籍。鐵處士有名無傳。處士采葉嵩高（嵩高山多仙靈神草也——原書注，以下同），潛身袴下。老病痿躄，不好出仕，是以前史闕而不祿。夫以生育我者父母，導引我者鐵

---

[1]　轉引自郝祥滿：《日本人的色道》，武漢：長江出版傳媒、湖北人民出版社，2012年，第191頁。

槌，陰陽之要路，血脈之通門也。籲嗟！吾生之所因出也。予綴集見聞，粗續行事，非備自記，以資盧胡雲。

鐵槌，字蘭笠，袴下毛中人也，一名磨裸。其先出自鐵脛，身長七寸，大口尖頭（相經雲：有狼口鯖頭也），頸下有附贅。少時隱處袴下，公主頻召不起。漸及長大，出仕朱門，甚被寵倖，頃之擢為開國公（國當作黑字也）。性甚敏給，能案賦極，夙夜吟玩，切磨無倦。琴弦麥齒之奧，無不究通（琴弦麥齒賦極篇名）。為人勇悍，能破權勢之朱門。天下號為破勢。少時名卑微。同郡人兩公，友善之。朝夕相隨，不敢離貳，召為門下掾。身居脂膏之地。潤澤居多。雖有外交。而不懼內利、故號曰不懼利。一名下重，常嬰沈，能豫之風雨之氣候。時人謂之為巢處公，鐵槌子汲水，汲水子哀沒，哀沒子走破勢，走破勢嗣衰。鹿豬代立。淫溺益盛。然偶人也。……

這裏的「鐵槌」就是陰莖神的代稱。這篇文章收錄於日本《本朝文粹》卷第十二《紀傳》。這是一部非常嚴肅的文集，便捷目的是要顯示日本「文物之興隆，與中華可以抗衡」。諸如此類的「美稱」和「美文」在日本有不少。

其次，據學者分析，日本人具有較強的露陰癖和窺陰癖。中國學者郝祥滿在其《日本人的色道》一書中說：露陰癖在日本的存在比較普遍，同時，日本人還有一種窺探他人尤其是名人隱私的心理。「從性行為的自我暴露到性心理的自我暴露，反映日本民族是一個受到暴露欲望和偷窺壓抑夾擊的族群」[1]。世人皆知的、流行日本的「男女混浴」便與此有關。提起日本的男女混浴，可謂蔚為壯觀、驚世駭俗：那女老少，一絲不掛，旁若無人，樂在其中。社會上的公共浴池如此，家庭裏的私家浴池也是如此。在日本人看來「人類的肉體特別是女性的肉體是一種強烈的性表像」[2]，所

---

[1] 郝祥滿：《日本人的色道》，武漢：長江出版傳媒、湖北人民出版社，2012年，第31、57、59頁。

[2] 〔日〕渡邊京二：《看日本：逝去的面影》，楊曉鐘等譯，西安：陝西人民出版社，2009年，第191頁。

以「這種混浴的風俗實則包含著一種性的暗示」[1]。日本學者坦承：「在澡堂的暗處或是晚上會為所欲為地進行一些見不得人的勾當」[2]。日本人在異性面前隨隨便便赤身裸體，雖不排除一定的歷史的緣由——「日本全體國民衣冠楚楚地文明起來是明治維新以後的事，在此之前農工商階級日常工作時常常是赤身裸體的」[3]，但在進入服飾文明社會之後，日本人的「露陰癖」和「窺陰癖」無疑則是好色的表現，因為無論是「露陰」還是「窺陰」，其最大的願景還在於交合；即使根本不可能如願，也不失為一種對性色的想像性補償。而且「共同的偷窺欲望也培養了日本人相互體諒的默契，所以日本人可以在電車、地鐵等各種公共場合旁若無人地偷窺，可以旁若無人地當眾購買或租借黃色書刊、音像製品等，因為他們有一個共賞的環境」[4]。

即使後來衣服遮體，也不能阻擋這個民族的好色追求——據有關資料，這個民族主要的服飾——和服的設計和形成就寓含著性的目的或者說充滿了的性元素：據說和服在寬衣解帶上的極其簡便就是為了方便隨時隨地交合[5]；女性和服的空開無領設計是為了充分展示女人白皙的脖頸，給男人以延伸的想像。「日本藝妓那層層包裹、嚴嚴實實的和服之所以在領部網開一面，留下極大的空當，留給好色的日本男子想像的『空間』，是因為日本男子對女人脖子的感覺就如同西方男子對女人大腿的感覺一

1　〔日〕渡邊京二：《看日本：逝去的面影》，楊曉鐘等譯，西安：陝西人民出版社，2009年，第194頁。

2　〔日〕松浦靜山：《甲子夜話・2》，平凡社東洋文庫，1977年，第283頁。

3　郝祥滿：《日本人的色道》，武漢：長江出版傳媒、湖北人民出版社，2012年，第31頁。

4　郝祥滿：《日本人的色道》，武漢：長江出版傳媒、湖北人民出版社，2012年，第76頁。

5　日本的服裝設計流行「一塊布」理念，和服就是典型體現，幾乎是非常少的剪裁和縫製，都不用紐扣，只用一條打結的腰帶。所以，和服系上腰帶是衣服，解開腰帶就成了床單。某種程度上可以說是一條隨身攜帶的簡便床單。即使不解帶子，也可從下擺撩至腰部，加之日本女性多不穿內褲，故而可以隨時隨地進行前後體位的交合。

樣，希望被煽動」[1]。即使在寒冷無比的冬天，女人也要穿著開叉露腿的和服，則是性色的展示和誘惑；甚至，連女性和服上的圖案設計也極力追求富有性色的含義[2]。

第三，我們來看看長期研究日本的美國著名學者本尼迪克特給我們提供的數據：「日本人對於自淫性享樂也不認為是道德問題。再沒有其他民族像日本人那樣有那麼多的自淫工具。在這個領域內，他們也試圖避免過於昭彰，以免外國人非議。但他們絕不認為這些工具是壞東西。西方人強烈反對手淫，歐洲大部分國家比美國還要強烈，這一點，在我們成年以前就已經印象很深。大人會悄聲地告訴小男孩，手淫會得神經病、頭髮會禿掉等等。母親從孩子小時候起就監視著，發現這種事，就會非常嚴厲對待，施以體罰，甚至把雙手縛住。或者說，這樣會受上帝懲罰。日本的幼兒和少年沒有這種體驗，他們長大後也不可能與我們採取同樣的態度。他們絲毫不覺得自淫是罪惡而認為是一種享樂，只須在嚴謹的生活中把它放在微不足道的地位，就能充分控制。」[3]男人們如此，女人們怎麼樣呢？本尼迪克特說：「丈夫如果只迷戀其他女人，妻子就會求助於日本人通認的手淫習慣。自農村以至高貴家庭，婦女都秘藏有用於這種事的傳統器具。」[4]日本人不僅好色，而且「變態」：「在日本，同性戀也在傳統的『人情』範圍之列。舊時的日本，同性戀被武士和僧侶等地位高貴的階層視為是一種公認的樂趣。到了明治時期，由於受到西方人的指責，日本制定了很多禁止舊俗的法律條文，同性戀也在此列。直到現在，同性戀在日本還仍然存在著，只要不影響正常的家庭關係，同性戀是不違反道德觀念的『人情』的。在美國，人們會覺得同性戀是不光彩的，但日本人卻不

---

[1] 郝祥滿：《日本人的色道》，武漢：長江出版傳媒、湖北人民出版社，2012年，第74頁。

[2] 關西傑：《一個曖昧的國度：我所知道的日本國的亂倫現象》，http://www.douban.com/group/topic/20713064/?author=1（2015-9-5）

[3] 〔美〕魯斯·本尼迪克特：《菊與刀——日本文化諸模式》，呂萬和、熊達雲、王智新譯，北京：商務印書館，2012年，第168頁。

[4] 〔美〕魯斯·本尼迪克特：《菊與刀——日本文化諸模式》，呂萬和、熊達雲、王智新譯，北京：商務印書館，2012年，第253頁。

這麼看，甚至有的日本男人會去當一個職業男藝妓。」[1]美國學者賴肖爾在其名著《日本人》中也說：在日本，「同性戀一直是允許的，而且在中世紀的封建武士和佛教和尚之中是相當公開的。」[2]現如今，「在日本有『紅燈區』，有『同性戀街』，有『性表演』，電影院裏幾乎天天在放映色情電影，書店裏有比比皆是的色情書籍、畫刊，有許多作家在一部接一部地寫性方面的『官能小說』」[3]。

最後，我們要引用互聯網上廣泛流播的一段文字：「日本男人個個都像君子，待人彬彬有禮，可一旦涉及到性問題，很多人就好像換了個人似的，變得特別放肆。……談論起女人和性來，個個眉飛色舞、毫無顧忌，他們會詳細描述自己和女性做愛時的每個細節，包括女性生殖器官的形狀、自己的動作姿態、女性的反應如何，還互相交流心得」；更加令人驚異的是，他們居然會公開談論父母的性隱私，包括母親的裸體、臀部、乳房甚至生殖器等，交流對父母做愛的偷窺情形。說時眉飛色舞，毫無羞恥之心。[4]

日本人為何這般好色？大概有以下緣由：

1、日本人普遍性早熟，尤其是男性。日本著名作家渡邊淳一說：日本「男孩子從4至5歲時起早早地就體味到『性』這種東西，或者說『性感』了」[5]。本尼迪克特在其關於日本研究的名著《菊與刀》中不僅指出日本人普遍性早熟，而且還簡略分析了其中的緣由：「日本孩子的性意識萌生的很早。主要有這樣幾個原因：一、大人常常當著他們的面談論一些

[1] 〔美〕魯斯・本尼迪克特：《菊與刀》，嚴雪麗譯，南京：鳳凰出版社，2012年，第171頁。
[2] 〔美〕愛德溫・賴肖爾：《日本人》，孟勝德、劉文濤譯，上海：譯文出版社，1980年，第150-151頁。
[3] 梁曉聲：《感覺日本》，見《梁曉聲作品精選集》（上），北京：紅旗出版社，2002年，第395頁。
[4] 關西傑：《一個曖昧的國度：我所知道的日本國的亂倫現象》，http://www.douban.com/group/topic/20713064/?author=1（2015-9-4）
[5] 〔日〕渡邊淳一：《男人這東西》，炳坤、鄭成譯，北京：文化藝術出版社、香港天地圖書有限公司，1998年，第4頁。

跟性有關的話題；二、日本家庭的屋子比較小，經常會男女同住；三、母親在和男孩子玩耍或是給他們洗澡時，出於疼愛，經常會弄弄他們的小雞雞。所以，只要注意場合和對象，日本的父母是允許孩子玩性遊戲的。」[1]其實，造成日本人性早熟的一個重要原因在於日本人過早而不當的性教育。

據一位中國留日學者提供的數據：日本青少年的性教育開展得十分普遍，學校裏講，家長也講，媒體上也講，各種性資訊紛紛湧入青少年的大腦。一個日本小學生就懂「媽媽的卵子和爸爸的精子在媽媽的肚子裏結合最終形成了我」這樣的道理，大中學生更不用說了。……但日本的性教育中過於注重器官和性行為本身的知識，而對性倫理道德品質的培養明顯不足，還有就是對青少年過多地講解在這個年齡無法理解把握的性知識，例如，日本一本中學性教育教材上竟有男子身體和女子身體上下迭在一起的性交插圖，其中的性器官描繪十分清晰。我認為，在青少年身體發育成熟而倫理道德意識卻非常淡漠的時候，大量接受具體的性資訊弊大於利，通俗地說，就是「明白」比「糊塗」的危險性還要大。因此日本的性教育並沒有改變日本各級學校中經常發生未婚性行為、騷擾女教師、強姦女同學、少年嫖妓、近親亂倫等事件的現狀。[2]日本的現狀是：「日本人的性教育早就提前到小學階段，初中後步入青春期的學生書包裏，都塞有家長準備的避孕套」[3]

「在中國傳統文化思想裏性是隱秘的，是人類社會生活的附屬品，是為了傳宗接代的一種綱倫限制很強的活動，不應具有玩樂色彩。因此中國人在生活中通常要回避性，羞於談起性，甚至認為性是不潔的下流的，好色是古今中國人最惡劣的品質。在日本性崇拜是其文化的主要特色，日本

---

[1] 〔美〕魯斯・本尼迪克特：《菊與刀》，嚴雪麗譯，南京：鳳凰出版社，2012年，第244頁。

[2] 關西傑：《一個曖昧的國度：我所知道的日本國的亂倫現象》，http://www.douban.com/group/topic/20713064/?author=1（2015-9-5）

[3] 《令人瞠目無比的日本性產業》http://www.360doc.com/content/13/0227/15/11329422_268238706.shtml（2015-9-4）。

人認為性是聖潔的快樂的維持生存的超越的人類本性，日本人不分男女老少談性從不羞澀，性在日本人生活中無所不在，就連婦女和服上的花紋都具有性含義。因此日本青少年自小時候起就受到這種文化思想的薰陶，他們對性的認識很早，但對性的現代文明限制卻瞭解不多甚至有牴觸心理，當青少年認為性乃至高無上超越一切之物的時候，就會作出違反倫理道德的事來，這是日本青少年中發生亂倫行為比較多的一個根源，在亂倫發生後一些青少年的思想意識裏也並不感到慚愧。」[1]——這是從日本大的文化背景而言。若從大的社會背景審視，日本全國氾濫的色情文化產品對日本中小學生無疑是一個既形象又直觀的性色知識大課堂和性色知識大排檔，正如有人所言：「日本色情電影、雜誌及很多高銷量的成人漫畫造成了日本學生的性早熟和性開放的思想」[2]。

　　而父母的言傳身教更是不可或缺：在日本家庭裏性是公開的話題和活動。日本父母不僅夫妻之間會經常交流性的體會，甚至會和孩子進行不同程度的交流討論，日本一家人坐在飯桌旁邊吃邊議論著和性有關的話題是很正常的事情。日本父親會當著孩子的面去擁抱親吻母親，甚至撫摩母親的胸部臀部，孩子們不會大驚小怪。日本夫妻的性生活頻度很高，他們不會因為有孩子在家就停止自己的性活動，日本人不僅平均壽命比較長，夫妻性生活持續年代也很長，很多日本夫妻在60歲以後還會有性生活，日本青少年一般都知道父母夜裏會做什麼，他們很理解父母的行為，不會象中國孩子那樣認為父母在做「老不正經」的事。

　　在日本裸露身體是一種天性，並不認為這會有不良影響，日本的教育就是如此，幼稚園的男女兒童只要天氣允許，都不穿衣服光著小屁股在外面玩耍。日本母親在客人面前穿著很正規是因為禮節，在家人孩子面前卻可以袒胸露懷。日本母親可以和未成年男孩子一起洗澡、一起睡覺，在未成年孩子面前裸露身體甚至裸露性器官也被認為是合情理的。總之，日本

[1]　關西傑：《一個曖昧的國度：我所知道的日本國的亂倫現象》，http://www.douban.com/group/topic/20713064/?author=1（2015-9-5）
[2]　歐米伽：《日本的亂倫情結令人瞠目》，《悅讀文摘》，2008年第3期。

母親在孩子眼裏的性特徵非常突出。日本家庭中的性色彩比較強烈，孩子在這種環境中長大不能不受影響，好的影響是孩子長大以後會坦然面對婚姻中的性問題，結婚後性生活品質比較高；壞的影響是在無自我控制能力的情況下對性有如此多的感性認識會作出一些「傻事」，尤其是日本青少年在日常生活中對母親的身體過於接近過於瞭解，很可能在性衝動來臨之時不自覺地將母親作為性幻想對象，輕者產生一定程度的戀母心理，重者會發生母子亂倫行為。

在中國家庭，母親的婦女用品和性用品都是要藏起來不讓孩子看到觸到的，如避孕套、避孕藥、月經帶、乳罩等，……在日本這些東西都是對孩子公開的，母親忙不過來時甚至會讓男孩子幫自己去商店購買衛生巾，在日本商店裏有時還會看到男孩子在婦女櫃檯前幫媽媽參謀女內衣的質地和款式。日本夫妻有一個傳統習慣，他們會把新婚之夜的場景記錄下來作為紀念，早期是用自拍相機，現在都用攝像機。在重大慶典或結婚周年日的時候父母會把這種「寫真」錄影帶拿出來播放，孩子也有機會一睹父母的「真容」。……日本孩子心目中性沒有神祕感，太過於隨意，母親在孩子心中已成為性的化身，有個孩子還在中學作文中稱自己母親為「性感女神」，這不利於母子關係的正常發展。

中國的父母大多不會親自給孩子傳授性知識，母親可能會對青春期的女孩子講講女性衛生知識，但不會給男孩子講身體發育過程中碰到的問題，中國母親們一般都不知道男孩子有遺精現象。中國父母的做法不符合青春期教育的要求需要改進，但日本父母的做法卻走了另一個極端。在日本處於青春期的男孩子也象中國男孩子那樣常常注意談論女性、做性夢、手淫等，但卻不需要瞞著父母。日本的母親們深受日本文化的影響，對性的認識和日本男性一樣，她們會坦然地面對家裏男孩子的性問題。日本父親由於養家糊口的工作負擔特別重，回家後很少管家裏的事，教育孩子的責任基本都落在母親身上，對孩子進行性教育也常常是由母親承擔的。日本母親會很大方地給男孩子講解各種性知識，包括女性的身體結構、女性的月經、男性的遺精、性行為和性道德、避孕方法等。我認為，一對一的

性教育的確是必要的，但應該由同性的長輩來承擔，如父親對兒子，母親對女兒。……母親給兒子講解性知識常會引起兒子的一些額外聯想，有時會影響純潔的母子情感。[1]

　　總而言之，日本人「從小開始就有各種性教育的情境，人們瞭解性並不是『猥褻』，而是『長大成人』的一種象徵」[2]。惟其如此，日本人普遍性早熟，而且大都以此為榮。

　　2、把性色當做神祇來進行膜拜，造成了過度的性色崇拜。這是一個自古「靠天吃飯」的民族，所以有著強烈而深厚的「自然崇拜」心理。如果說史前人類的「生殖崇拜」還具有著某種人類普遍性和傳承性的話，那麼，對於大自然的崇拜則鑄就了日本民族獨特而過度的性色崇拜意識。正如日本學者中村元所言：「日本人傾向於一如原狀地認可外部的客觀的自然界，與此相應，他們也傾向於一如原狀地承認人類的自然的欲望」[3]。中國學者邱紫華也指出：「日本人尊崇人類自然天性的思維特徵表現在審美思維中，就是對人類天性情感和欲望的讚美，對兩性肉體快樂的傾慕和渴求」[4]。大自然意味著生命的根源，而性愛是生命本真最自然的一種體現，將性愛與自然一同崇拜，這是日本民族好色意識最深層的根底。

　　如果說世界上不少民族對性的避諱和壓抑是一個極端，那麼日本民族對性的膜拜和虔誠則走向了另一個極端。無論是從日本的宗教還是從日本的民俗，都能讓我們明確感覺到：「日本人強烈地崇拜著性神」[5]。的確如此，還沒有完全擺脫原始的生殖崇拜的日本人今天依然熱衷於各種

[1] 關西傑：《一個曖昧的國度：我所知道的日本國的亂倫現象》，http://www.douban.com/group/topic/20713064/?author=1（2015-9-4）
[2] 〔日〕南博：《日本人論》，邱琡雯譯，桂林：廣西師範大學出版社，2007年，第264頁。
[3] 〔日〕中村元：《東方民族的思維方法》，林太、馬小鶴譯，杭州：浙江人民出版社，1989年，第238頁。
[4] 邱紫華：《東方美學史》，北京：商務印書館，2003年，第1048頁。
[5] 郝祥滿：《日本人的色道》，武漢：長江出版傳媒、湖北人民出版社，2012年，第46頁。

與性、與性器官相關的祭拜活動或民俗慶典（日語叫做「祭」，意即節日），這是其他國家或民族絕無僅有的：

　　生殖器崇拜是性崇拜的一個主要內容，日本古代這方面的表現象當突出。據北野博美查考，有這方面內容的神廟至今還有400座左右。許多神廟所供奉的神像，包括男神和女神，都露有生殖器，而這是神聖的和力量的象徵。分佈較廣的男神有道祖神，以甲州、信州為最多；還有塞神，又名幸神、石神，以九州島較多；還有金精神，以奧州最多；又有道鏡神，以九州島、奧州最多。人們尊崇這些神像，也尊崇他們的生殖器，常去撫摸、親吻。

　　日本古代還十分崇尚外形類似男女生殖器的石頭，認為它們是神靈，於是朝它們頂禮膜拜。他們將這些類似男女生殖器的石頭稱為「陰陽石」或「凹凸石」，直至今日，「陰陽石」或「凹凸石」還遍佈日本的許多地區，人們把它們看成是一種奇景、一種聖物。特別是日本的女陰崇拜多以天然的洞窟或凹形的自然石為其象徵，最有名的是土佐長岡郡介良村朝峰神社背後的洞窟，深五丈餘，形似女性生殖器，朝拜者絡繹不絕[1]。

　　這其中最為突出的就是男根的崇拜和祭祀。日本宗教神話中有一個叫猿田昆古的陰莖神，除過印度教神話傳說中的濕婆林迦外，這在世界各國的宗教神話中都是極少見的。在宗教神話中藉助幻想創造出陰莖神，這本已顯示出這個民族的好色傾向。不過，關於這位神祇的祭祀儀式，則進一步給我們顯示了日本人的性色崇拜意識：

　　在名古屋以北的小牧市，神社裏祭祀的大神就是男性生殖器，該神社每年3月15日都要舉行所謂的「豐年祭」，這是日本人認為自古有名的「天下奇觀」。祭祀之日，人們用轎子抬出主神像——那是一個大約長7米、直徑1米的木制陰莖，走街串巷地巡遊，民眾紛紛向它歡呼膜拜。尤其是男人們，競相去抬陰莖神。可以說，這個日本人一直抬著遊行至今的大陰莖就是日本開天闢地的兄妹二神圍繞遊戲的「天柱」。遊行隊伍中有

---

[1]　劉達臨：《浮世與春夢——中國與日本的性文化比較》，北京：中國友誼出版公司，2005年，第41-42頁。

五位身穿綠色和服的姑娘，每人手中捧著一個木制的大陽具，緩緩而行。有的參加祭祀的男子有時拿了一根木雕陽具叫觀眾中的婦女撫摸，或是在有的女性胸前比劃。神社裏有間內殿，稱為「奧宮」，人們用木頭特製了各種性器，惟妙惟肖，栩栩如生，其中最長的木制陰莖有15米。神社還兼出售各種性器紀念品，其中最具代表性的是一個小鈴鐺，鈴中的小錘就是一個陰莖。

男根神被日本人一直供奉、抬舉著，對女陰神的祭祀待遇後來雖然不及男陰神，但依然存在。據數據記載，在「日本一個生殖崇拜遺址中，曾發現有一個巨大而形象的陰門雕刻品，幾個世紀以來朝聖的香客不斷地前來敬拜。虔誠的崇拜者不厭其煩地用舌頭親吻和愛撫這個雕刻品，由於親吻的人數太多，以至把它磨得又光又滑，這女陰也因而顯得鮮活肉感」[1]。而鐮倉鶴崗八幡宮內的女陰石朝拜更是聞名：「石頭約三尺長，大自然鬼斧神工，在上面留下了女性生殖器狀的東西。石頭四周用木柵欄圍著，立在古木的濃蔭裏。這一奇特的偶像沐浴著整個帝國民眾對它的景仰之情，被稱作『女陰娘娘』。巡禮的人們從各個地方踏尋到此，並給它大筆施捨。特別是不能得子的女人為了告別石女這一羞恥的名聲虔誠地來此許願。新婚夫婦、姑娘甚至還有孩子都祈求著它的福澤」[2]。如果說女性的陰門開始是作為「生命之門」受到頂禮膜拜的，但是隨著人類生殖與「性福」的截然二分，女陰則逐漸成為了性色的純粹象徵或托寄，在日本更是如此。

日本的宗教神話中還有一個故事，說的是陰莖神猿田昆古有一個又紅又長的鼻子，這是個會行走的陰莖，是生命力的象徵，具有強大無比的神威，令魔鬼聞風喪膽。但當「高天駭人女神」脫下自己的裙子露出自己的陰門時，猿田昆古的這個陰莖就會象花朵一樣枯萎癱軟。因為「高天駭

人女神」下身的展示更具有神奇的力量。日本古代神話中還有這樣一個故事：兩個女子被一群鬼怪追趕，她們乘船逃走，鬼怪窮追不放，兩個女子走投無路，巧遇女神，女神教這兩個女子露出陰門，自己先做示範，兩個女子照著做，於是眾鬼神懼而散去。這種有關女陰魔力的傳說和神話故事很多，並且廣為流傳於後世[1]。由此可見，女性隱藏起來的部位具有無可比擬的神力，「女性的魅力在於神先天賦予了女性隱藏起來的部位」[2]。可以說，日本人對性色的延伸和幻想發跡於女性隱藏起來的部位。從以上資料不難看出日本人的「女陰魔力」思想和陰門崇拜意識。直到現在，日本民間仍然存在有對「姬之寶」和「花之窟」的祭拜活動。所謂「姬之寶」和「花之窟」，便是造形逼真的女性外陰模型。巨大的「姬之寶」和「花之窟」或平日陳列於殿堂，或祭日巡遊於街市，這個民族對性色的孜孜以求和熱衷耽想不言自明[3]。

3、視性為一種純粹的、高尚（神聖）的快樂。純粹是指他們更願意把人類的性行為看做是一種單純的快樂。高尚是指他們不僅不認為性享樂是淫亂、淫穢，反而覺得性享樂是一種高級的樂趣：「在日本好色並不被認為是可恥的事，大多數情況之下，男人認為博得好色之名乃是美名」[4]。簡而言之就是：不以為恥，反以為榮。眾所周知，人類的性行為具有生殖的機能，還伴有享樂的意義。如果說這是人類（尤其是早期人類）的一個普遍認識的話，那麼大和民族則更強調後者，也就是說這個民族更注重對「性樂」或「性福」的追求與享受。他們深知：與動物相比，「人在性生活上超季節性的保障條件是人的物質生產力的提高，並使人用於性享樂的時間也變得更為充足，從而讓人擺脫了性生活的季節性制

---

[1] 劉達臨：《浮世與春夢——中國與日本的性文化比較》，北京：中國友誼出版公司，2005年，第49頁。

[2] 〔日〕梅原猛：《諸神流竄：論日本〈古事記〉》，卞立強、趙瓊譯，北京：經濟日報出版社，1999年，第20頁。

[3] 嚴紹璗、中西進主編：《中日文化交流史大系‧文學卷》，杭州：浙江人民出版社，1996年，第42頁。

[4] 郝祥滿：《日本人的色道》，武漢：長江出版傳媒、湖北人民出版社，2012年，第87頁。

約」[1]。所以，他們更強調人類性行為的享樂意義，主張讓性交成為人的一種純粹的樂趣，正如他們的學者大井正所言：「人的性行為不僅具有導致直接生殖的機能，而且還伴有十足的享樂意義。即便是那些只在一定季節發情的動物，也都是在享樂欲的誘發下發情的，並非直接志向於繁衍和生殖。」「因此，我在談及性的神聖性時，將慶祝人的出生禮儀中的神聖性與豐收禮儀中那種類感於生殖的神聖性相區別，也把性享樂神聖性劃為特殊的範疇」[2]。惟其如此，他們認為「不應把性的享樂視為『淫亂、淫穢』的行為，也不應進行道德上的譴責。那種認為性享樂對動物來說是一種本能，而人是有文化的，故此便從道德上把性享樂斷定為『淫亂、淫穢』行為的觀點，其實是對人類文化的一種誤解」[3]。也就是說這個民族不僅將性看做是一種純粹的樂趣，而且還認為性是一種高尚甚至神聖的樂趣。這裏不妨套用中國的一句古話：「萬惡淫為首」，日本民族則是「百樂性為先」。

　　4、視性為生命力旺盛的標誌。在日本人看來，情欲彷彿就是生命的動力。因為，日本人一直覺得人的「生命通過肉體而活著」，所以非常重視「情欲的肉體表達」[4]。日本學者信濃武專門著書《性即生》，明確提出：性的尊嚴就是生的尊嚴[5]。佛洛德始終堅信：性某種程度上是體現人類本質的一種東西。尼采則把性欲看成是生命意志的最強烈表達，在一定意義上，可以將生殖衝動看成世界意志創造生命的衝動在族類和個體身上的體現，尼采認為以性欲為核心的肉體活動是一種內在的生命力，而生

[1]　〔日〕大井正：《性與婚姻的衝突》，張治江譯，長春：吉林人民出版社，1988年，第56頁。
[2]　〔日〕大井正：《性與婚姻的衝突》，張治江譯，長春：吉林人民出版社，1988年，第52頁。
[3]　〔日〕大井正：《性與婚姻的衝突》，張治江譯，長春：吉林人民出版社，1988年，第56頁。
[4]　劉達臨：《浮世與春夢——中國與日本的性文化比較》，北京：中國友誼出版公司，2005年，第177頁。
[5]　見〔日〕信濃武：《性即生》，三一書房，1998年。

命力就是創作力[1]。日本作家田村泰次郎替日本人的表述則更為具體和形象：人類生活中「只有肉體是真實的」，唯有通過肉體「才能感到自己活著」[2]，這可以說是日本人「性色即我命」觀念的集中表達。

5、在日本人看來，性色還會給一個人帶來難得的自信和勇氣，而且，一個人的性能力如果旺盛的話，那麼，他或她的事業同樣也會旺盛。眾所周知，具有健碩性器或者性力旺盛的人（也就是「很行」的人）比與此相反的人（也就是「不行」的人）更賦有自信和勇氣，雖說這是人類的普遍心理，但對於日本人（尤其是日本的男性）來說，這一心理則更加突出：他們需要通過偷情來激發自己，需要年輕的肉體來使自己激動。正如渡邊淳一許多揭示現代生活的小說中所反映的那樣，「為了消滅這種生命的無力感和虛無感，男人總是不可救藥地愛上一個女人，在與女人細緻溫柔的纏綿中，在肉體的相互撫慰下，不可自拔地沉淪下去」。這個女人總是比他小十幾歲或二十幾歲的少女或者少婦，他要從她們青春的肉體中復活自己的青春[3]。因為，「日本人非常迷信性行為的作用，並習慣從中尋找自信和勇氣」[4]，進而認為「性的能力與事業的能力是相通的」[5]。

6、性色的踐行意味著征服和「統治」對方。泰戈爾指出：性愛關係是雙方互為奴隸和主人的關係[6]。因為，性愛暗含著要求對方的奴隸性自由，希望「制約」對方、「俘虜」對方和「同化」對方。這就像黑格爾關

---

[1] 〔德〕尼采：《黃昏的偶像 悲劇的誕生 尼采文選集》，周國平譯，北京：作家出版社2012年，第71頁。
[2] 轉引自南博：《日本人的心理》，劉延州譯，上海：文匯出版社，1991年，第121頁。
[3] 郝祥滿：《日本人的色道》，武漢：長江出版傳媒、湖北人民出版社，2012年，第183頁。
[4] 郝祥滿：《日本人的色道》，武漢：長江出版傳媒、湖北人民出版社，2012年，第176頁。
[5] 郝祥滿：《日本人的色道》，武漢：長江出版傳媒、湖北人民出版社，2012年，第180頁。
[6] 參見〔印度〕泰戈爾：《飛鳥集》（85首）：「藝術家是自然的情人，所以他是自然的奴隸，也是自然的主人」。

於主奴關係的著名論斷[1]一樣，是主人對奴隸的關係。無論哪一方都暗含
著要求對方的「奴隸性自由」；無論哪一方，只有他征服的東西不只是對
方的身體而是他或她的主觀性的時候，才能成為真正意義上的性愛對象。
也就是說，性愛能使兩個先前獨立存在的個體互相隸屬。通俗一點講就
是：人們「在性行為中達到絕對的相互佔有」。毋庸置疑，男女一旦發生
性行為，不僅意味著雙方澈底「赤誠相見」，而且意味著將自己最私密、
最珍貴的東西，或者說自己的全部呈現給了了對方、奉獻給了對方。所
以，從心理感受上說，性行為的實現不僅意味著擁有對方、佔有對方，更
是對對方的征服與「統治」。日本民族是一個尚武的民族，武士精神大行
其道，並由此層積為其民族的重要價值觀——「武士道」。這樣的歷史與
文化，造成了這個民族已經習慣於將「性與野心勃勃的征服和統治欲望聯
繫在一起」[2]，對於男子更是這樣，性色是男子漢氣質的體現，更是男人
權威和統治的象徵。

　　7、性在日本具有家園含義。日本一位大學教授對《環球時報》記者
說，日本民族的很多習慣都可以從民族歷史中找到根源。在日本古代，海
洋漁業佔有重要地位，日本人經常要在船上活動，長期出海。因此日本人
第一不會有多少對性的顧忌，包括對性的羞怯；第二，男人長期局促於船
艙，女人守望於岸邊的無性生活，自然讓古代日本人充滿對性的渴望和幻
想。在日本人的潛意識中，性因此有了家園的含義，並因此帶有文化上的
崇高。這也是日本性觀念開放、色情產業發達的文化根源。這一點，與亞
洲其他民族有著相當大的不同。世界其他國家很難理解這一點。[3]

　　8、與風流雅致的民族心理性格有關。郝祥滿在其《日本人的色道》
一書中指出：「日本民族是一個喜歡追求『風流』，而且喜歡說風流、

---

[1] 參見〔德〕黑格爾：《精神現象學》（上），賀麟、王玖興譯，上海：世紀出版集
團、上海人民出版社，2013年，第186頁。

[2] 郝祥滿：《日本人的色道》，武漢：長江出版傳媒、湖北人民出版社，2012年，第
36頁。

[3] 林夢葉等：《日本色情業輸出招多國不滿 文化根源令西方費解》，《環球時報》，
2010年4月18日。

道風流的民族。那麼日本式的風流又是什麼樣的風流呢？在奈良、平安時代，日本從中國輸入了這一概念，用來指一種瀟灑的情色生活，一種意境、一種趣味」[1]。一言以蔽之「性色＋情趣」或曰「性色的情趣化表達和實現」，這既是日本式風流的基本，也可以說是日本式風流的全部。其實，日本人更喜歡使用從中國輸入的另一個辭彙來表徵其風流雅致的性情，這就是「好色」。中國研究日本的著名學者葉渭渠先生指出：日本人的「好色」理念，有色情的含義，但又不全是漢語的「色情」意思。從語源來說，「色」字最初是色彩和表情之意，後來增加了華美和情趣的內容。而「好」字含有選擇之意，「好色」是一種選擇女性對象的行為，不完全是漢語的色情意思。「好色是美的戀愛情趣，健康的道德感情，多角的男女關係，是一種風流的遊戲」[2]，反之，就會被人誤認為是不懂感情的粗鄙之人。正如本尼迪克特所言：「浪漫主義的戀愛也是日本人培養的另一種『人情』。這在日本已成為習慣，儘管它和日本人的婚姻方式、家庭義務全然相反。日本小說充滿了這類題材。和法國文學作品一樣，書中的主角都是已婚者。」[3]惟其如此，《源氏物語》中的有夫之婦空蟬，雖然表面上屢次拒絕光源氏的交歡要求，但在她自己內心，寧願忍受再大的痛苦，也不願裝作不懂感情。在她看來，「不解情味、不懂風雅」是比受辱、比死去還要可怕的惡諡。「色情」是將性色工具化、機械化和非人化，而日本人的「好色」是包含肉體的、精神的與審美的結合。好色文學以戀愛情趣作為主要內容，即通過詩歌表達戀愛的情趣，以探求人情與世相的風俗，把握人生的深層蘊涵。這樣，日本人的「好色」就與其風情、風雅、物哀的審美意識相連了。惟其如此，當時稱得上「好色家」的必須具備兩個基本條件：一是和歌的名手，二是崇拜美。吉田兼好直言：「不好色的人，猶如玉杯之無底，在人格上存在根本性的缺陷。」本居宣長則

[1] 郝祥滿：《日本人的色道》，武漢：長江出版傳媒、湖北人民出版社，2012年，第105頁。

[2] 葉渭渠：《日本文學思潮史》，北京：經濟日報出版社，1997年，第259頁。

[3] 〔美〕魯斯‧本尼迪克特：《菊與刀——日本文化諸模式》，呂萬和、熊達雲、王智新譯，北京：商務印書館，2012年，第164頁。

以「出污泥而不染」的荷花來比喻好色者[1]。總而言之，「那時『好色』
乃是『紳士』必須具備的一種教養」[2]。

　　受此影響，「在日本好色並不被認為是可恥的事，大多數情況之下，
男人認為博得好色之名乃是美名，尤其是在江戶時代，好色還是一件很講
究的事，規矩很多，甚至被美稱為『色道』」[3]。好色何以能上升成為一
種「藝道」呢？關鍵就在於日本人風雅的民族心理性格。談及日本人的風
雅，本尼迪克特如此描述：「日本人一向以陶情於自然樂趣而聞名，諸如
觀櫻、賞月、賞菊、遠眺新雪，在室內懸掛蟲籠子以聽蟲鳴，以及詠和
歌、俳句，修飾庭院、插花、品茗等等。」[4]井原西鶴的小說《好色一代
男》中有一段描寫，可謂是其「性色」與「雅趣」融合的典型──男主人
公世之介一次遇到了一位極具鑒賞力的妓女，兩人都見過一直香木？而覺
得十分有緣，世之介因此便愛上了她。世之介說：「那麼今晚會共用美夢
嗎？」接著便躺了下來。正當他為流出汗水而煩惱時，妓女讓侍女把許多
一直活到秋天的螢火蟲包在紙裏拿了過來，讓它們在蚊帳裏飛舞，並且把
插著荷花、水桔梗、睡蓮的桶也放進蚊帳裏。世之介覺得很舒服，見到妓
女的柔姿，怎麼也忍受不住了。隨後兩人便開始了魚水之歡。

　　至於作詩賦俳、吟詠和歌在日本更是普遍。日本學者芳賀矢一對此
也頗為自詡，他在其《國民性十講》一書第四章裏說：「在全世界上，
同日本這樣，國民全體都有詩人氣的國，恐怕沒有了。無論什麼人都有
歌心。」[5]在日本生活了很久最後加入日本國籍並取了個日本名字的英國
人小泉八雲也深有體會地說：「日本或有無花木的小村，卻絕沒有一個小
村，眼裏看不見詩歌；窮苦的人家，就是請求或是情願出錢也得不到一杯

1　轉引自葉渭渠：《日本文學思潮史》，北京：經濟日報出版社，1997年，第261頁。
2　劉達臨：《浮世與春夢──中國與日本的性文化比較》，北京：中國友誼出版公
　司，2005年，第210頁。
3　郝祥滿：《日本人的色道》，武漢：長江出版傳媒、湖北人民出版社，2012年，第
　86-87頁。
4　〔美〕魯斯・本尼迪克特：《菊與刀──日本文化諸模式》，呂萬和、熊達雲、王
　智新譯，北京：商務印書館，2012年，第261頁。
5　〔日〕芳賀矢一：《國民性十講》，富山房，1938年，第61頁。

好茶的地方，但我相信決難尋到一家裏面沒有一個人能作歌的人家」[1]。
日本人愛作歌的理由很簡單，只有會作歌他或她才能得到心上人的垂青；
在現代日本流行作歌是因為日本從歌謠時代、口傳文學時代走出不遠。日
本許多地方通過歌謠求愛的傳統一直延續到10世紀以後，在一些相對偏僻
的鄉村一直延續到明治維新以後。這樣，自然把作歌的天賦傳承給了廣大
的日本人，使日本人普遍地成為歌者[2]。

　　「在日本古代，男人和妓女（或情婦）的一場情愛高潮並不僅僅在
那雲雨之夜，更在那第二天黎明依照嚴格的藝術規則作出的標準雅詩中。
這些有許多陳詞濫調的詩歌很少提到愛情，也很少提到被愛的人，卻去描
述那黎明時分滴滿淚水的和服袖子，或是宣告分別時刻來臨的無情的雞
啼聲」[3]。正如有人所言：「在歷史上，多數日本人既重視情欲的肉體表
達，又講究端莊體面、風情雅致」[4]——這就是從平安時代延續至今的日
本人的「好色」和「色道」。惟其如此，平安時代才造就了一大批風流倜
儻的「好色家」：既是詩人又是「色鬼」；惟其如此，才有了藝術與情色
的結合體——藝妓：既是情色對象又是高級藝術品[5]；惟其如此，也就產
生了「食色一體」的「女體盛」[6]：既是情色托寄又是飲食文化。正如本
尼迪克特在其名著《菊與刀》中所言：「他們把肉體享樂當作藝術一樣加
以培養，品嘗個中滋味」[7]。中國學者郝祥滿也告訴我們：「9、10世紀以

---

[1]　以上轉引自周作人：《周作人自編文集・藝術與生活》中《日本的詩歌》一文，石
　　家莊：河北教育出版社，2002年，第108-109頁。
[2]　郝祥滿：《日本人的色道》，武漢：長江出版傳媒、湖北人民出版社，2012年，第
　　49頁。
[3]　劉達臨：《浮世與春夢——中國與日本的性文化比較》，北京：中國友誼出版公
　　司，2005年，第168頁。
[4]　劉達臨：《浮世與春夢——中國與日本的性文化比較》，北京：中國友誼出版公
　　司，2005年，第177頁。
[5]　在日本，藝妓就是頗為清高的「藝術化的妓女」——見郝祥滿：《日本人的色
　　道》，武漢：長江出版傳媒、湖北人民出版社，2012年，第91頁。
[6]　「女體盛」日語意為用少女裸露的身軀作盛器，裝盛大壽司的宴席。詳解見後。
[7]　〔美〕魯斯・本尼迪克特：《菊與刀——日本文化諸模式》，呂萬和、熊達雲、王
　　智新譯，北京：商務印書館，2012年，第160頁。

來的平安貴族以風流著稱，是後起的武家和上層平民模仿的物件。追求風
流是日本歷來的時尚，日本人對於風雅和風流的追求自然影響了遊藝（色
情）行業」[1]。

　　9、與其情色二分的思維習慣有關。如前所述，這個民族不僅將生殖
主義的性與享樂主義的性高度分離並側重後者，而且，受訪婚制的影響，
他們也早已習慣將婚姻家庭與性愛情色進行二元分離，尤其擅長將性色與
情愛進行二元分離。到了武士時代更是如此：「在武士的情感生活中，性
色與愛情是分離的，情愛與婚姻之間也是如此。婚姻是家族的事，是孝
的責任之一；而情愛則是私事」[2]。伊恩·布魯馬也明確指出：「在古代
日本武士階層的道德觀念中，愛情和婚姻曾是兩件互不相干的事情」[3]。
的確，比起早前的訪問婚制，後來的嫁娶婚制限制了一部分人的性自由，
即對「浪漫戀愛」的追求。但「作為男子無疑更希望將性愛和家庭分離，
以逃避養育子女的經濟責任等」[4]——這既是性愛與生育的分離，更是婚姻
與性愛的分離。「男子結婚後完全可以毫無顧忌地在外面享受性的歡樂，
這樣做毫不會侵犯妻子的權利，也不會威脅到家庭關係」[5]。「他們把屬
於妻子的範圍和屬於性享樂的範圍劃得涇渭分明，兩個範圍都公開、坦
率，而不像美國生活中那樣，一個可以公之於世，另一個則只能避人耳
目」[6]。其實，恩格斯早就明確指出：「與文明時代相適應的」一夫一妻

[1]　郝祥滿：《日本人的色道》，武漢：長江出版傳媒、湖北人民出版社，2012年，第
　　97頁。
[2]　郝祥滿：《日本人的色道》，武漢：長江出版傳媒、湖北人民出版社，2012年，第
　　139頁。
[3]　〔荷〕伊恩·布魯瑪：《日本文化中的性角色》，張曉凌等譯，北京：光明日報出
　　版社，1989年，第41頁。
[4]　郝祥滿：《日本人的色道》，武漢：長江出版傳媒、湖北人民出版社，2012年，第
　　88頁。
[5]　〔美〕魯斯·本尼迪克特：《菊與刀——日本文化諸模式》，呂萬和、熊達雲、王
　　智新譯，北京：商務印書館，2012年，第253頁。
[6]　〔美〕魯斯·本尼迪克特：《菊與刀——日本文化諸模式》，呂萬和、熊達雲、王
　　智新譯，北京：商務印書館，2012年，第165頁。

的現代婚姻家庭制度，是「以通姦和賣淫作為補充」而存在的[1]。現代「酷兒理論」（Queer）也極力反對「那種僅僅把婚內的性關係和以生殖為目的的性行為當作正常的、符合規範的性關係和性行為的觀點」[2]。如果說婚姻與性愛的分離是人類社會歷史上的一個普遍現象，那麼日本人則更加擅長並習慣於對性與愛或者色與情的截然二分。這一點在娼妓業上表現最為突出。「從日本的平安時代起，就有這麼一個社會規範，在男女交往過程中遊戲只能是遊戲，而不能傻吃禁果，這個禁果是愛情，而不是性交。男子尋花問柳不是罪，和妓女性交也不是罪，但是如果和妓女產生了真正的愛情，則是大罪，因為這會影響到男子的社會地位和動搖家庭這個社會的根基」[3]。一句話，妓院，拒絕愛情。在這裏「色情是合法的，而愛情是違法的」[4]。這種色與情分離的傳統心理和思維定勢也滲延到了社會上的所有男女婚戀關係上，這就是靈與肉的不一、精神性的情愛與肉體性的性行為的二分。對此，作家渡邊淳一直言不諱：「總之，對男人來說，性同愛是兩碼事」[5]。日本著名學者南博在其《日本人的心理》一書中也指出：「日本人的戀愛觀，即使今日，精神主義的因素也佔有極大的比重」；「肉體的性行為與精神性的愛，基本上是兩種東西，不包括或不考慮肉體關係的精神愛是可能的，而且比包括肉體條件的愛『高尚』。這樣的想法，至今也難以擺脫。」因此，日本女人在決定離開情人和別的男人結婚時，常常對原來的情人表白：「我就是結婚，心也是屬於你

[1] 〔德〕恩格斯：《家庭、私有制和國家的起源》，見《馬克思恩格斯選集》（第四卷），中共中央編譯局譯，北京：人民出版社，1972年，第71頁。

[2] 見《百度百科》「酷兒理論」，http://baike.baidu.com/link?url=NWJvKmrR79P9C-mT5-K1eZnF6N7X04lCbKZiCz3VNjD_gidTexVS7gG4Kh9iZb3Wlqpo4y-tVSo7zXBwO8h2sK，2016/3/6。

[3] 劉達臨：《浮世與春夢——中國與日本的性文化比較》，北京：中國友誼出版公司，2005年，第166頁。

[4] 劉達臨：《浮世與春夢——中國與日本的性文化比較》，北京：中國友誼出版公司，2005年，第174頁。

[5] 〔日〕渡邊淳一：《男人這東西》，炳坤、鄭成譯，北京：文化藝術出版社、香港天地圖書有限公司，1998年，第76頁。

的。」[1]既然，不包括或不考慮肉體關係的精神愛是可能的，那麼，反過來說，不包括或不考慮精神因素（包括所有非肉體因素）的純粹肉欲之樂也是可能的、可行的。正如日本學者大井正所言：假如我們把這種「不計較利害的滿足感」移植到性的觸覺方面，那它指的便是這樣一種狀態，即不計較利害得失或不考慮後果，也即是採取聽憑主觀意志和只圖一時快樂的態度，自己沉浸在皮膚接觸的樂趣之中，並擅長此事[2]。毋庸置疑，相比於「無性之愛」而言，日本普遍存在的是「無愛之性」。普存於日本人意識深處的這種靈肉不一、情色二分的觀念和心理，自然也會影響到血親之間的性關係。道理非常簡單：性與愛分離，色情與愛情分離，這時的性行為已經被抽掉了所有精神的因素而剝離成為一種純粹的遊戲或樂趣，自然就會少了許多精神心理上的牽絆，當然也就少了除性色之外的許多顧慮，而性色之外的一個最大顧慮─倫理道德上的負罪感自然也就被排除在外了。在這種心理的驅動下，血親之間的性行為，就不再會顧慮重重，更談不上恐懼躲避，反而會變得心安理得，甚至無關緊要。這從中日兩國對同一事件的不同表述上就可以看出。對於血親之間發生性行為，中國稱之為「亂倫」，無疑突出的是其禍亂倫理、大逆不道的道德罪惡感。在日本，亂倫一般有三種表述：一曰「インセスト」（讀「音賽斯托」）；二曰「近親相奸」（或「近親性交」），三曰「家族內性愛」（或「肉親愛」「近親相愛」）。第一種被稱作「外來語」，是英文「incest」的音譯，一般流行於學術界，社會大眾很少使用；後兩種則是本色的日本語表達。針對這一禍亂文明社會人類倫理綱常的背德逆倫行為，日本人的前一種表述明顯有點輕描淡寫，後一種表述反而顯示出稍許的詩意與浪漫來。

　　10、與日本女人的「嬌寵心態」有關。日本著名精神分析學者土居

---

[1]　〔日〕南博：《日本人的心理》，劉延州譯，上海：文匯出版社，1991年，第123、125頁。

[2]　〔日〕大井正：《性與婚姻的衝突》，張治江譯，長春：吉林人民出版社，1988年，第78頁。

健郎把日本社會結構歸納為「嬌寵構造」，或者說「矯情構造」[1]：「嬌寵」不僅是一種心理狀態，同時也是日本人人際關係的模式。它不是像歐美人的那種強調個人獨立、自由平等的模式，而是一種強調相互依賴的模式。但也不是像中國人那樣的在一個龐大的宗族網路中完全對等的相互依賴模式。它是具有日本特點的縱式相互依賴關係。它比較強調上位與下位的關係，下位者對上位者的依賴。這種上下位關係不是一種冷冰冰的、只強調權威與服從，而是一種溫情脈脈的關係。所謂的「嬌寵型」人際關係，類似於子女與父母、奴僕與主人、教徒與神明之間關係的混合物。它強調個人服從父母、上司以及所有處於上位者，同時從他們那裏得到嬌寵、愛護和呵護。上位者對下位者擁有權威，同時也從下位者對自己的尊敬、孩子般的依賴中得到滿足，並感到自己的責任。而且上位者有時也像孩子般地依賴下位者[2]。可以說，日本人是一個「嬌寵」的民族，子女對父母、學生對老師、公司職員對上司、低年級生對高年級生的「嬌寵」，在日本是十分自然的的事[3]。

「在兩性關係上的確如此。從女子高中生的表現看，她們在追求性開放、性自由方面，從穿著到行為，越來越大膽暴露，日本女人真是一代勝過一代。性開放的表現之一就是自我表現，表現性感、追求性感。日本的性騷擾很大程度上也是由於這些男性受到了挑逗。從各種報導看，日本男人中比較普遍的性變態行為就是性騷擾，男人的性騷擾既出自本性和欲望，也來自日本女學生、女青年的挑逗。日本女人一年四季都愛穿裙子，甚至在冬天也有人穿短裙，露出性感的大腿。尤其是女學生，一年四季的校服基本上都是裙子。

[1] 見〔日〕土居健郎：《甘えの構造》，弘文堂，1981年。「甘え」是從日語動詞「甘える」（撒嬌）而來，作名詞的時候意為「撒嬌的行為」。這個詞很難確切翻譯成其他語言。漢語有時譯作「撒嬌」、「嬌慣」、「嬌縱」、「依賴」等，但都不貼切。英文等皆音譯作「amae」，這裡暫譯為「嬌寵」。
[2] 尚會鵬：《土居健郎的「嬌寵」理論與日本人和日本社會》，《日本學刊》1997年第1期，第128頁。
[3] 尚會鵬：《土居健郎的「嬌寵」理論與日本人和日本社會》，《日本學刊》1997年第1期，第123頁。

其次，在許多公眾場合，日本女性對於陌生男性的性騷擾是忍讓的，或者說是遷就的，她們不希望引來關注或者麻煩，如果對方是一個醉鬼或者一望可知的色狼，她們更是拚命地忍耐。至於在某些特殊場合對於熟悉的異性的騷擾更是網開一面，比如公司男女職員們一起喝酒的時候，課長會假裝醉酒摸女職員的屁股或者乳房，女職員一般也只不過推開她的手，說聲：『討厭，色鬼。』因此，我們可以說日本的性騷擾在一定程度上是日本的女人們『驕縱』的結果。日本文化的『驕縱構造』在這方面表現特別明顯，性騷擾在日語詞典中有一個專有名詞『癡漢行為』，公眾和媒體這樣稱呼這種缺乏道德的行為，從漢語語義理解來看，明顯對此舉有輕描淡寫的味道。」[1]另外，從網路上流傳的一則「段子」也頗能看出日本女人對男人的這種「驕縱」心態來。這則「段子」講的是幾個國家的女人被男人撩起裙子時的不同反應：中國女人會抬手給對方一個響亮的耳光，並罵道：「流氓！」韓國女子則會一個飛腿，說：「難道你不知道我是跆拳道黑二嗎？」法國女子則雙手環抱對方的脖子說：「給我一枝花，並請我喝咖啡。」日本女子會深鞠一躬說：「不好意思，裙子太短給您添麻煩了。」泰國女子則雙手合十說：「沒關係，我以前也是男的。」

第三，普遍流行的「援交」現象既是日本社會「嬌寵構造」的典型代表，更是日本女性「嬌寵心態」的集中體現。日本色情電影、雜誌及很多高銷量的成人漫畫造成了日本女生的性早熟和性開放的思想。越來越多的小女生喜歡穿性感誘人的迷你裙和白色襪子，連酒吧內的女侍應也落落大方穿上性感的「學生制服」，賺取金錢買名牌服裝，就在這一環境下，「援交一族」應運而生。

「援交」是援助交際的簡稱，最早於二十世紀八十年代末九十年代初期在日本東京出現，最初是指少女為獲得金錢而答應與男士約會，但不一定伴有性行為。然而，現如今卻變成了一種特殊的「雙向互動」的色情交易：「少女（特別是尚未走向社會的女『中學生』）接受成年男子的

---
[1]　郝祥滿：《日本人的色道》，武漢：長江出版傳媒、湖北人民出版社，2012年，第188-189頁。

『援助』，包括金錢、服裝、飾品和食物等物質享受；成年男子則接受少女的『援助』——性的奉獻」。這種行為其實與處女賣春妓女賣淫沒多少區別。可是，日本人不僅習以為常，而且加入這支持交大軍的人越來越多。據報導，擔任聯合國買賣兒童、兒童賣淫和兒童色情製品問題特別報告員的莫德·德布爾—布基契奧在調查後指出，日本大約有13％的女中學生在從事所謂「援助交際」[1]。「援助交際」在女子高中生中的比例更是高得令人吃驚，高二女學生中有32.3％有援助交際行為，高三女學生更高達44.7％。像朝日電視臺等頗有影響的媒體還將此製作成娛樂節目公開播放，甚至廣告播放「援助交際女」的聯繫電話、價格、玉照等。事實上，「援助交際」並不僅僅存在於女子高中生中，這種「援助交際」還存在於女子大學生、女護士、女教師、家庭主婦等等日本女人之中。如此廣泛的「援助交際」恐怕就是日本女性對日本社會的全面撒嬌和普遍援助了。為此，中國作家梁曉聲在其《感覺日本》一文中形象地稱日本女人為日本社會的「乳膠」：「日本女人是日本的溫而順的婢女。過去是，現在依然是。過去是勞苦的婢女。現在是『襲人』那種身分的婢女。過去她們無論怎樣總難免受到男人們的輕蔑。現在男人們開始重視她們對他們對日本的不可取代的意義和作用。開始學著溫愛她們了。像溫愛溫而順的任勞任怨的婢女。她們因此而心懷滿足。心懷感激。愈發愛她們的國。更加愛她們的男人了。像婢女一樣地去愛。正是她們這一種特殊的愛，如同乳膠，牢牢地將日本男人們粘成整體，形成她們的國的骨骼。甘居男人之下的『職業女性』、賢妻良母式的『家庭婦女』、性羞恥感淡漠的『新生代』年輕女人、色情娛樂業中的女人、妓女，所有這些形形色色的女人，共同組成一張散發著溫馨和甜膩氣息的大網，將日本罩在其中。日本男人們，在這樣一張網中，在甜膩膩的頹廢之風的薰陶之下，拚命地為日本，為他們自己，也為他們的女人們創造和積累財富。他們明白，這是日本和他們的女人們寄託於他們的責任與使命。他們得到的犒勞，是可以盡情地、光明正

---

[1] 《日本超一成女學生賣春？》，見《山西晚報》（多媒體數位版），2015年11月14日。http://epaper.sxrb.com/shtml/sxwb/20151104/288286.shtml

大地去享受那一種溫馨的，常以性為佐料的，甜膩膩又醉沉沉的頹廢……日本式的頹廢。它的特徵不是刺激，而是甜膩膩。」[1]

11、認為性色神聖，與道德無關。日本學者大井正指出：在價值評判方面，「聖與真、善、美相比，『聖』處於首位，而且只有聖才確實具有任何價值觀念都需要的那種絕對性」[2]。惟其如此，在「聖」與「善」的關係上，或者說在性愛與道德的關係上，日本人才認為性愛高於道德，甚至覺得性愛與道德無關。「對一般女子來說，墮落並不就是毀滅，忠孝以外的道德觀念不被日本人重視」[3]。許多學者都指出了這一點：「日本宗教、歷史和文化影響了日本人，使他們追求性享受而不願受倫理道德的約束」[4]。

日本人之所以會有這樣的性認知，主要是受到了本民族宗教的影響。在全世界各個民族的宗教中，與佛教的密宗相類似，日本的「神道教是一個反對禁欲的宗教，甚至是一個縱欲的宗教」[5]。一個民族的傳統性文化，與這個民族所信仰的宗教及其教義有著深厚的關係，人們都在模仿本民族傳說中的英雄或宗教理想中的神。日本社會各階層對於好色的寬容與追求，與日本社會流行的傳統宗教——神道密切相關。由於神道是開放的，日本「英雄時代」的英雄或原始宗教中的理想之神都不是禁欲的，甚至是縱欲的和放縱的，而美國著名的的人類學家本尼迪克特也很清楚地看到，「日本人不像西方人那樣在人與神之間劃一條鴻溝，任何日本人死後都成為『神』」，於是日本人在死前都在崇拜著、模仿著他

[1]　梁曉聲：《感覺日本》，見《梁曉聲作品精選集》（上），北京：紅旗出版社，2002年，第400-401頁。

[2]　〔日〕大井正：《性與婚姻的衝突》，張治江譯，長春：吉林人民出版社，1988年，第53頁。

[3]　劉達臨：《浮世與春夢——中國與日本的性文化比較》，北京：中國友誼出版公司，2005年，第124頁。

[4]　郝祥滿：《日本人的色道》，武漢：長江出版傳媒、湖北人民出版社，2012年，第47頁。

[5]　郝祥滿：《日本人的色道》，武漢：長江出版傳媒、湖北人民出版社，2012年，第9頁。

們的民族之神——好色並好戰的神，沒有性禁忌的神——這就形成了日本性文化的特徵[1]。

在日本神道教的經典《古事記》中，伊邪那岐命與伊邪那美命的交合是有文字記錄以來日本人的第一次性行為，而這第一次性行為是在神靈之間發生的，而且是在兩位兄妹神之間，世界創造、國家起源和人類繁衍都是從這兩位兄妹神的交合開始的。所以，按著神道教的觀念，性欲與道德上的罪惡是無論如何也聯繫不到一起的。上述兄妹兩神的交合還被稱為「神婚」，所以，日本神道教認為性愛是屬於神的，是以神的意志來行動的，這種「性色無罪反而神聖」觀念，對日本人一直具有極強的規範性的意義：既然「性沒有什麼罪惡，因此對性的享受就不受倫理道德的約束。不僅武士如此，普通的日本人都是如此。日本人不是禁欲主義者，而是享樂主義者」[2]。

性色本是神聖崇高的「行事」，加之缺少了道德的束縛，惟其如此，這個民族的好色縱欲不僅「師出有名」，而且會「師出無忌」。正如有人所言：「因為沒有來自宗教和道德的禁忌，當然也感受不到性壓抑，只要有衝動，日本人就會尋找釋放的對象和機會」[3]。

12、與其色情文化流行且高度產業化有關。可以說，世界上很少有民族像日本民族這樣賦予性色這麼豐富的文化意蘊，而且能在此基礎上將其盡可能最大化地產業化了。「由於日本人相信性具有神奇的生產力，自然而然地就有了『得天獨厚』的發展色情產業的強大動力。在日本，色情產業主要有妓院、書刊、電視節目和AV影視等，此外，個人或社團組織的性活動也包括在內。日本的色情產業每年實現產值5000多億，竟然比他們

---

[1] 郝祥滿：《日本人的色道》，武漢：長江出版傳媒、湖北人民出版社，2012年，第27頁。

[2] 郝祥滿：《日本人的色道》，武漢：長江出版傳媒、湖北人民出版社，2012年，第141頁。

[3] 郝祥滿：《日本人的色道》，武漢：長江出版傳媒、湖北人民出版社，2012年，第47頁。

的高科技產業還要龐大，而且利潤還要豐厚」[1]。據資料：日本的色情產業占其國內生產總值的1％，恰好是國防預算的上限[2]。日本無疑是世界上色情產業最發達的國家。在日本，產業化使得色情文化不但具備了巨大的經濟價值而且釋放出強烈的財富誘惑。這既是日本人好色縱欲的結果，也是日本人好色縱欲的要因。或者說兩者相輔相成、互為因果。唯其如此，當今日本社會色情文化才如此流行、如此氾濫。伊恩・布魯馬如是說：「沒有多少比日本的黃色作品更氾濫的國家了。日本的黃色作品也許不是最露骨的，但卻是數量最多的。連住家隔壁的最小也積存了大量的黃色雜誌、連環畫和書。街角還設有方便的自動售貨機，可以提供各種各樣的黃色連環畫和『骯髒照片』。一度興旺的日本電影工業目前殘存的最大的公司之一如今只生產輕度的黃色電影。除了偶爾幾部兒童影片外，其電影生產率為每月一部片子」[3]。有位日本劇作家也毫不諱言：「在日本有『紅燈區』，有『同性戀街』，有『性表演』，電影院裏幾乎天天在放映色情電影，書店裏有比比皆是的色情書籍、畫刊，有許多作家在一部接一部地寫性方面的『官能小說』」[4]。中國學者這般描繪：「日本色情業還有一個巨大的功能，就是藉助於文字和音像工具將大量的色情淫穢資訊拋向社會，其範圍之廣內容之多是相當驚人的，不僅日本成年人喜歡閱讀或觀看色情材料，日本青少年在成長過程中也基本上都看過色情材料，在日本很容易弄到色情書刊，大多印刷精美、圖文並茂對青少年有極大的誘惑力，其中雖然也介紹一些科學的必要的性知識，但更多的是不堪入目的色情內

[1]　《令人瞠目無比的日本性產業》http://www.360doc.com/content/13/0227/15/11329422_268238706.shtml（2015-9-4）。
[2]　《日本色情業輸出招多國不滿 文化根源令西方費解》，《環球時報》，2010年4月18日。
[3]　〔荷〕伊恩・布魯瑪：《日本文化中的性角色》，張曉淩等譯，北京：光明日報出版社，1989年，第58頁。
[4]　梁曉聲：《感覺日本》，見《梁曉聲作品精選集》（上），北京：紅旗出版社，2002年，第395頁。

容。」[1]外國遊客也感受鮮明：「走在日本街頭，就可以感到其色情業的發達。不但在歌舞伎町這樣的娛樂街上到處是妖精打架一般的廣告，連一般的24小時晝夜小賣部，都會有一個專區放置色情刊物。在日本的書店裏，一面可以是精美的學術著作，另一面就是赤裸相見的色情寫真集。而日本寂靜無聲的電車裏，除打盹的乘客外，幾乎人人都在看書。然而若稍稍注目，就會發現其中不少人手裏拿的是色情雜誌，日本的色情雜誌通常只有幾十分鐘的生命，上車買，下車就扔到垃圾桶裏。現在日本越發進步了，已經經常可以看到有人拿著手機在打色情遊戲。在日本，色情行業已經形成一個完整的產業鏈條。比如日本色情影碟中經常演出令人驚悚的情節，但實際其中參與的演員不乏專家，比如專業的捆綁人員，使用的道具也不乏特製產品，例如低溫下燃燒的蠟燭。據參加拍攝的人員形容，日本拍攝色情片有一定儀式。開拍前全體人員要對女演員雙手合十表示感謝，而後按照劇情設計亦『毫不手軟』。規模化經營後，日本色情片的製作如同流水線，這一點是其他國家的同行望塵莫及的。」[2]其實，日本社會的實際情況要遠比這複雜得多、突出得多，真可謂有過之而無不及。我們這裏僅舉幾例，或者說僅列舉幾個方面：

（1）日本漫畫充斥色情。互聯網進入人們的日常生活之前，那些沒有到過日本的人最先對日本黃色文化的印象始於日本漫畫。毋庸諱言，日本漫畫經歷過一段時間的「清純時代」，湧現過一批致力於漫畫創作的畫家。這是日本漫畫得以漂洋過海，在亞洲一些國家成為時尚讀物的一個重要原因。

可是，日本濃厚的黃色文化背景決定了日本漫畫不可能永遠潔身自好。於是，成人漫畫迅速成為日本漫畫的主流。這個時候，人們才注意到，除了延續了擅長講述浪漫愛情故事這一吸引青少年的特長外，日本漫

1　關西傑：《一個曖昧的國度：我所知道的日本國的亂倫現象》，http://www.douban. com/group/topic/20713064/?author=1（2015-9-4）

2　《日本色情業輸出招多國不滿 文化根源令西方費解》，《環球時報》，2010年4月 18日。

畫幾乎像是從色情染缸裏撈出的一樣，處處透露著性色的資訊。你只要隨手拿起一本日本漫畫，就很容易看到許多曖昧字眼，像一本名為「愛是什麼——天使難眠之夜」的日本漫畫，裏面充斥著各種性騷擾畫面；一本名為「唯美夢想」的漫畫更是藏有裸露男體和性幻想的文字。

（2）影視明星不脫不紅。日本漫畫是日本人難以自抑的性幻想的產物，但日本人絕不僅限於幻想，他們更喜歡動真格的。說到日本的色情產業，不能不說說AV。所謂AV就是日本的成人影視作品，也就是我們通常所說的三級片或毛片。AV產品裏的女主角稱為女優，女優在日本擁有極高的地位，日本女人拍攝AV，不僅不以為恥，反感榮耀。日本的知名導演都是拍AV出身的，AV片不僅是日本影視界的入門科目，而且是日本色情產業的主力軍。「日本著名作家井上節子在《AV產業》一書中稱，日本的色情影像產業市場規模高達3000億日元以上。……如果再把色情片租賃產業、銷售產業、製作公司、AV女性派遣事務所、膠片公司、手機以及網路線上銷售等都算上的話，日本的色情產業市場規模超過1萬億日元。」[1]在西方國家，成人電視頻道並不是什麼新鮮東西，可是日本的成人電視頻道播出的內容之五花八門絕對可以奪世界冠軍。很多國家都對色情光碟頭疼，日本色情片產量之高，內容之奇，同樣是其他國家所不可比擬的。如果說其他歐美國家的色情片還講求一點「美感」的話，那麼日本色情光碟內容只能用「變態」和「噁心」來形容了。最近一段時間，英國一家電視臺推出「裸體新聞」，女主持人邊播音邊脫衣服，直到脫得一絲不掛。很多媒體對此進行了報導。其實在日本，「裸體新聞」根本不足為奇。歐美的「裸體新聞」要麼只有女主持人，要麼只有男主持人，而日本的這類新聞則是男女主持人赤膊上陣，肉體橫陳。沒有見過這陣勢的人根本搞不清楚他們是在主持節目，還是在色情表演。

在這樣的風氣帶動下，為了滿足觀眾的變態心理，日本主流娛樂界也只能隨波逐流，一脫為快了。所以，影視明星不出上幾本露點的寫真集，

[1]　《日本色情業輸出招多國不滿 文化根源令西方費解》，《環球時報》，2010年4月18日。

她就不配享用「紅得發紫」這個詞。日本人玩自己的身體，時間久了，演員、觀眾自然就膩味了，這個時候，跑到其他國家，折騰其他國家的女性又成了日本色情業的拿手好戲。有些日本人常常跑到其他國家偷拍女性裙底風光，再把偷拍的照片在日本色情網站公開展示，讓你糊裡糊塗地成為「色情明星」。由於日本色情業太過發達，本土婦女供不應求，於是便千方百計地引進外國的年輕女郎。在日本黑社會勢力的利誘下，每年都有數以千計的女孩懷抱著發財夢，從世界各地一頭紮入日本的風月場中。

（3）以女人裸體為飯桌。在日本，還有一個獨特得令人瞠目結舌的性色文化——「女體盛」。古代日本飲食文化受中國的影響很大，如果說刺身(生魚片)、壽司(紫菜米飯團)是從中國傳入日本的話，那麼，「女體盛」則是日本人自己的發明創造，其在日本已有一千多年的歷史，可謂日本色情文化在其飲食文化中的一個滲透和體現。

「女體盛」，日語意為用少女裸露的身軀作盛器，裝盛大壽司的宴席。從事這種職業的人也稱「藝伎」。「上菜」時，「女體盛」一絲不掛，赤身裸體地躺在房間中央，擺好固定姿勢，整個人宛如一隻潔白的瓷盤。頭髮被拆散呈扇形攤開，並綴以花瓣。陰部等羞處被飾以樹葉或花瓣，乳頭按客人的要求或掩或露。「女體盛」藝伎一動不動靜靜地躺著，儼若石雕玉琢一般，聽任食客在她身上挾持各種壽司。有些食客只顧欣賞「美器」，取食時心不在焉，將湯汁、飲料潑灑在女體盛的臉上或身上，日語稱「淚箸」，這是常有的事。有的故意用筷子夾乳房、陰部；有的喝酒微熏發酒瘋，滿嘴不堪入耳的髒話，甚至將蓋在下身羞處的樹葉揭去。更使人難堪的是，有人喝多了，嘔吐時竟將嘔吐物吐在「女體盛」的身上，難聞的惡臭令人窒息。

在日本，作為「女體盛」就必須體現藝伎倫理的最高原則，那就是對客人的完全服務、娛樂和服從。靜靜的躺著，不能說，更不能動，眼睛凝視天花板，不得左顧右盼。一位「女體盛」自嘲：這彷彿是一具躺著的屍體。忍受著不守規矩的舉止和汙穢語言的挑逗，忍受著低級趣味食客的羞辱和嘲笑。

以下例舉，不僅僅是變態，甚至有點「邪性」：

（1）魔鏡房裏的少女。

晚上9點整，正在讀高中三年級的美吉和往常一樣，背著又大又沉的書包來到打工地點。雖然高考一天天臨近，復習非常緊張，她還是儘量抽出時間完成自己的「工作」。美吉和其他女孩一樣，換上自己的工作裝——一身漂亮的水兵服，在一個大約10平米的房間裏和大家一起玩著卡拉OK。直到有客人挑選了她，美吉被帶進另外一個小房間，胸前掛上牌號，手裏拿起價目表。上面列出的P、B、L、D、S分別是底褲、乳罩、短襪、唾液和尿液的縮寫字母，邊上的數字則是1000日元鈔票的張數。她們可以根據客人的要求，出賣自己的底褲，甚至體液，但無需讓客人接觸自己的身體。客人在隔著布簾的另一側，對面是一面很大的魔鏡。通過鏡子，他可以把美吉看得一清二楚，而美吉卻根本看不到他。

在這家名為「最後幻想曲」的夜總會裏，只要客人挑選了自己喜歡的女孩子，就被帶到單獨的小房間裏，隔著魔鏡與女高中生「見面」。讓人意外的是，在這裏打工的女孩子中，出身不錯、嬌生慣養的「公主小姐」格外多。像美吉的父親就是一家著名企業的高級職員，母親也是一位職業婦女，擁有位於東京某高級居住區的豪宅，是一個很體面的家庭。「也許有人會覺得出賣自己的底褲這種事情很無聊，但對我來說卻是個最快的賺錢手段，不過也有一整個晚上吃『白板』的時候。」美吉口氣平淡地說。她在這裏不僅玩得愉快，每個月還可以有近20萬日圓的收入，一口唾液就能賣到11000日元，比起在麥當勞拚命地死做，也只不過850日元的時薪，這真是太容易了。

（2）昂貴的少女「金粒餐」。據說，在東京有一家頂級的會員制俱樂部裏面為那些懷有強烈的少女崇拜心理的男人們提供一種價格超高的食物——金粒餐。

金粒餐俱樂部餐廳先要在眾多的候選美少女(當然必須是處女)中選出在未來的十天內沒有流紅的十五歲少女——注意，十三歲和十四歲的少女都是不可以的。然後，讓這些選定的少女每天嚴格按照俱樂部詳細制定的

要求運動、喝水、吃飯、起居。一個星期以後，餐廳就派人再選取她們中最符合要求的排泄物作為原料，再佐以各種名貴的調料鍋蒸油炸，之後按照嚴格的工藝標準進行造型——做成中藥丸子那樣一粒一粒的形狀和大小，表面要看起來極其光滑。也有些則需要按照客人的指定做成大便的形狀，最後再裹上食用金粉，金粒餐就大功告成了。另外，據說因為想嘗試金粒餐的客人不少，而製作週期偏長，所以要想品嘗到金粒餐的「美味」的話，即使是俱樂部的VIP會員也需要提前很長時間預約。

毋庸置疑，性產業化的基礎是性商品化，而性商品化的前提是性自由、性放縱的價值理念。對於存在於日本社會年輕一代中的「性」自由，尤其是女子中的「性」商品化趨勢，日本社會似乎一直持一種不置可否的態度。中國作家梁曉聲指出：「日本的色情文化，日本的色情業，正在潛移默化地消弭著日本女人的羞恥感。正在使她們習慣於接受一種觀念——性是微不足道的。性是有利可圖的。對於一心想賺錢的男人們是這樣的。對於一心想賺錢的女人們也是這樣。對於日本更是這樣。性還是可以被策劃為娛樂的方式的。男人們需要這一種娛樂。女人們未嘗也不需要。起碼參與了同時可自娛其身。日本更需要類似的娛樂方式，以減輕男人們的心理浮躁和工作壓力，以安定日本社會。」[1]

總而言之，強大的性產業和無所不包的性文化，使得性變態在日本社會四處氾濫。日本以對性近乎膜拜的姿態發展著性產業，樂此不疲地探索著性的花樣，各種各樣的變態花樣通過藝術美化包裝後，被成批地推向社會，日本社會對性變態已經習以為常。「日本色情行業和其他國家地區最大的不同就是除普通的一夜之歡外，還能提供各種各樣極其變態的性服務，花樣繁多千奇百怪，充分滿足各類人群提出的服務要求。例如，有一種並不需要上床做愛的『吸乳』服務，讓豐滿的女性服用催乳劑後裸露胸部仰坐在躺椅上，顧客跨坐在她的腿上象嬰兒一樣用嘴在乳房上吸食乳汁。此外還有多人同床亂交、性能力競賽、真人現場作愛表演、性虐待

---

[1] 梁曉聲：《感覺日本》，見《梁曉聲作品精選集》（上），北京：紅旗出版社，2002年，第398頁。

等極度令人噁心的專案。在日本色情業真可謂不怕做不到，就怕想不到。來這裏的不僅僅是喜好尋花問柳的嫖客，許多日本職員學生因工作學習壓力大、婚姻不幸、夫妻生活不和諧、精神狀態不佳也來此尋求解脫，也有不少日本人是為了滿足自身的變態心理需求常光顧此地。可以說，日本色情行業完全能夠展示日本社會的畸形特徵以及不少日本人扭曲變態的靈魂。」[1]

在日本，性色既是豐富的文化又是昌盛的經濟。賦予了性色這麼豐富的附加值，這個民族當然就把性色之事看得非常重要了，甚至看得神聖不可干涉。體現在民族心理性格上就是好色縱欲，表現在個體言談舉止上就是樂此不疲。「這個國家有著非同一般的性文化，正是這種文化催生著日本社會特有的亂倫、變態、慰安及色情產業。」[2]而日本社會色情文化、色情產業之空前氾濫，對這個民族的「全民好色」不僅是強大的刺激和誘發，更是全面的縱容和教唆。惟其好色，所以就會訴求性色的最大自由度；惟其好色，所以就會千方百計尋求色情尺度的最大化；惟其「最大化」，所以就不會顧及道德倫理的束縛與限制。日本學者輕描淡寫地說：「不自覺觸犯的亂倫頂多不過是性行為的變種而已」[3]。而中國學者則指出：日本人性自由的最大尺度就是亂倫[4]。因為「日本文化中精神和性愛是相互並列緊密結合的，只要是存在於大腦精神世界中的女人，不管倫理約束、長幼尊卑、美醜高矮、背景立場、理想觀念、情感心情等因素，都可以引發性欲念，這也是日本亂倫現象較為嚴重的一個原因。」[5]京極夏彥的長篇小說《嗤笑伊右衛門》（2004）中所寫就是一個很好的注腳：男主人公伊東喜衛兵之所以姦汙了養育自己的母親和妹妹，其中一個

---

[1]　關西傑：《一個曖昧的國度：我所知道的日本國的亂倫現象》，http://www.douban.com/group/topic/20713064/?author=1（2015-9-4）

[2]　《令人瞠目無比的日本性產業》http://www.360doc.com/content/13/0227/15/11329422_268238706.shtml（2015-9-4）。

[3]　〔日〕野口武彥：《近親相姦と文学の想像力》，見《現代思想 臨時增刊 縮刷集：近親相姦》，青土社，1978年，第86頁，

[4]　http://forum.china.com.cn/thread-2749036-1-1.html?bsh_bid=165256807（2015-9-2）。

[5]　http://bbs.hefei.cc/viewthread.php?tid=174530（2011-10-27）

重要的原因就是：在其做武士的父親教導下，他覺得妹妹和母親不過是女人而已。其實，道理非常簡單：一個非常好色的民族發生亂倫事件的概率無疑大於一個不太好色的民族。正所謂：「民有好色之性，故有大婚之亂」[1]，這裏的「大婚」意即雜交群婚。

十三、與這個民族開放混亂的兩性關係現狀有關

在東方各民族中，日本人的性觀念和性行為一直顯得比較開放。民俗學的知識告訴我們，古墳時代以前的日本人流行的是群婚制，性關係非常自由，即使到了12世紀平安時代的晚期，日本的婚姻制度依然處在訪妻婚階段。「日本在很長的一個歷史時期內實行『問妻制』，即男方前往女家訪問的制度，夫妻不同住，男方每隔一段時間來探望住在娘家的妻子，這有些和中國雲南瀘沽湖的摩梭人實行『走婚制』相仿。這是一種並不穩定的婚姻制度，夫妻雙方都很容易分手，另結新歡，甚至一面保持夫妻關係，一面另結新歡，這實際上還有群婚雜交的殘餘」[2]，「所謂的夫妻只是一種相對密切的『夥伴』」[3]。有學者認為：在某種程度上，性開放是一種可以遺傳的特性[4]。毋庸置疑，「日本人在性行為上的寬放來源於深厚的走訪婚姻習俗」[5]，加之20世紀60年代又受到西方興起的「性革命」、「性解放」浪潮的衝擊，日本人的性觀念一直就比較開放。請看下列資料：「在日本性崇拜是其文化的主要特色，日本人認為性是聖潔的快樂的維持生存的超越的人類本性，日本人不分男女老少談性從不羞澀，

---

[1] 見《淮南子·泰族訓》。

[2] 劉達臨：《浮世與春夢——中國與日本的性文化比較》，北京：中國友誼出版公司，2005年，第83頁。

[3] 郝祥滿：《日本人的色道》，武漢：長江出版傳媒、湖北人民出版社，2012年，第105頁。

[4] 轉引自伍君儀：《性開放PK性保守：繁殖後代各顯神通》，《廣州日報》，2012年12月30日。

[5] 郝祥滿：《日本人的色道》，武漢：長江出版傳媒、湖北人民出版社，2012年，第108頁。

性在日本人生活中無所不在，就連婦女和服上的花紋都具有性含義」[1]；「在日本有一首非常流行的歌曲，其中有一句歌詞很特別——『醜聞是男人的勳章』。這裏的醜聞主要指婚外情，儘管外人對此難以理解，但卻體現了日本社會對『性』的寬放。」「在社會上，日本男性還以擁有情人而自豪，雖然不讚成離婚，但是卻對婚外情很是讚賞。男性往往很自豪地聲稱自己有情人，即使開玩笑也愛把自己和公司年輕漂亮的女職員的關係說得曖昧一些。」[2]

　　性觀念的開放勢必帶來性關係的混亂。請看下列資料：「他們如果有錢就去另找情婦。」「多數男子則是不時與藝妓或妓女玩樂。這種玩樂完全是公開的。妻子為出去夜遊的丈夫梳洗打扮，妓院可以給他的妻子送帳單，妻子照單付款，視為當然。妻子可能對此感到不快，但也只能自己煩惱」[3]。「日本戰後一大變革就是，在婚外情上男女平等了，它不再是男人的專利了。由於日本男人或丈夫不斷地尋找外遇，使女人和妻子也感到很寂寞，男人需要女人，女人也需要男人，於是她們也去尋找自己喜愛的男人。這樣性也就越來越開放」；「現代日本，隨著女人在經濟上的獨立，……於是出現了所謂的『自願情婦』。說她們是『自願』的情婦，是因為她們和男人（主要是已婚的）發生性行為，……是為了滿足情感的慰藉和身體本能的需要」；「一旦分手她們一般不會向男人提出補償的要求。喜歡集團性的日本民族是一個害怕孤獨的民族，尤其在茫茫人海之中最感寂寞的女人，她們往往因此而做他人的情婦」[4]；而日本「男子即使帶上了綠帽子也能忍受」，「有些丈夫即使察覺到妻子有外遇的跡象，

[1]　關西傑：《一個曖昧的國度：我所知道的日本國的亂倫現象》，http://www.douban.com/group/topic/20713064/?author=1（2015-9-4）
[2]　林夢葉等：《日本色情業輸出招多國不滿 文化根源令西方費解》，《環球時報》，2010年4月18日。
[3]　〔美〕魯斯·本尼迪克特：《菊與刀——日本文化諸樣式》，呂萬和、熊達雲、王智新譯，北京：商務印書館，2012年，第166-167頁。
[4]　郝祥滿：《日本人的色道》，武漢：長江出版傳媒、湖北人民出版社，2012年，第178-179頁。

也睜一隻眼閉一隻眼，不想弄清事實真相」[1]；「日本還有種很奇怪的現象，那就是妻子有時會『鼓勵』丈夫到婚外去發洩一下」[2]。據「朝日新聞社出版的週刊《AERA》的特集稱，日本公司職員中有20％以上的人有婚外情」[3]。

在年輕人身上，這種開放和混亂更是有過之而無不及：「日本十分發達的色情業，從電影電視到書籍漫畫，可謂無孔不入，從而嚴重影響了青少年心理的正常發育。在日本的澀穀新宿，有很多十六七歲的少女當街物色賣春對象，一個很美的少女價格通常在800美元左右，甚至很多AV攝製組當街物色演員，很多人就是這樣從一個普通職員變成了女優。日本每年都有女優大賽，藉以選出新星。在日本很多少女剛剛發育成熟就開始從事色情行業，大部分人並不藉以謀生，而是用自己的肉體賺些外快，日本的少女甚至可以為了一個髮卡出賣自己。在澀穀，很多還不到20歲的女孩子就有『百人斬』、『千人斬』的記錄，目前日本很多初中和高中女生甚至是小學女生都在從事色情行業」[4]。前述「援助交際」現象既是日本少女對日本男人的集體撒嬌，更是日本女青年性開放與性混亂的一個集中體現。據資料，這種開放與混亂業已蔓延至日本的男中學生：「現時援交並不限於少女向成年男子賣春，也有少男向成年男子或成年女子賣春」[5]，這種現象則被稱之為「逆援」。

為什麼說日本亂倫較多與其性關係混亂的現狀有關呢？道理非常簡單：一個性觀念開放且兩性關係混亂的民族發生亂倫事件的概率無疑大於一個相反的民族。

[1] 〔日〕渡邊淳一：《丈夫這東西》，李迎躍譯，上海：上海人民出版社，2004年，第173-174頁。
[2] 劉達臨：《浮世與春夢——中國與日本的性文化比較》，北京：中國友誼出版公司，2005年，第101-102頁。
[3] 《日本色情業輸出招多國不滿 文化根源令西方費解》，《環球時報》，2010年4月18日。
[4] 《令人瞠目無比的日本性產業》http://www.360doc.com/content/13/0227/15/11329422_268238706.shtml（2015-9-4）。
[5] http://www.baike.com/wiki/援助交際

十四、與這個民族好奇心過重有關

　　筆者在前文提到：人類具有著一些特有的精神心理，比如「禁果心理」、「喜新厭舊」心理等。其實，策動這些心理活動的「內驅力」就是人類的好奇心。就生理機制本性講，人是一個充滿好奇、創造、開拓心理的生命體，這種好奇、探索心理必然反映在人類的性愛訴求上，尤其反映在人類男性的性愛訴求上。正如法國學者喬治·巴塔耶所言：人類在性愛的方向上追求一切可能性的經驗[1]。日本學者今道友信則直言不諱：喜新厭舊是性愛的一般規律[2]。日本性愛文學大師渡邊淳一則述說得更加明瞭具體：「簡單地說，在性涉獵中，男人是探險家。探險家為好奇心及欲望所驅使，踏上前所未知充滿艱辛的世界。男人對待性的態度與之相近，對於未知的女性及其肉體，總是抱著強烈的好奇心，即使要冒一定的風險，也樂於挑戰。相反，對早已熟悉的、毫無新奇感的女性，他們則產生不了探險的衝動。男人與同一女性發生數次關係後，就會逐漸產生厭倦心理，隨後便將注意力轉移到陌生的異性身上去。」[3]親身經驗的已盡數洞悉，未曾體驗的則一直是謎。而被禁忌的大都是未曾體驗過的新奇和神祕，有時就難免就會撩撥人類的好奇心。可以說，亂倫有時候就是在人類的這種心理「內驅力」的策動下發生的，也就是說人類為了追求和體驗新奇而超越了倫理道德。

　　相較而言，大和民族有著更為濃重的好奇心理，尤其是它們的男性。正如日本學者土居健郎在其《日本人的心理結構》一書中所言：「外國人

---

[1]　〔法〕喬治·巴塔耶：《色情史》，劉暉譯，北京：商務印書館，2010年，第148頁。

[2]　〔日〕今道友信：《關於愛和美的哲學思考》，王永麗、周浙平譯，北京：三聯書店出版社，2004年，第96頁。

[3]　〔日〕渡邊淳一：《男人這東西》，炳坤、鄭成譯，北京：文化藝術出版社、香港天地圖書有限公司，1998年，第73頁。

早就發現日本人好奇之心特別強烈」[1]。這句話既是局外人對日本民族國民性的觀察和評價，也是日本人自己對自己性格特點的坦白與承認。日本社會學家鶴見和子在其《好奇心與日本人》一書中也明確指出：日本人對自身以外的所有事物都具有強烈的好奇心[2]。一個既好奇又好色的民族，性亂之事必然就多。正如他們的性愛文學大師渡邊淳一所言：「男性是女性難以想像和理解的具有強烈的性好奇心的動物。對於異性，他總想通過觀賞、撫摸甚至是進入對方身體等手段來滿足自己的性好奇心。這種強烈的性好奇心同愛情分屬兩個領域，兩者之間沒有必然的聯繫」[3]。也就是說，日本人是因為好奇方才好色的。「好奇」是他們的主觀動機，「好色」只是其客觀效果。惟其「好奇」，所以他們喜歡「偷窺」；惟其「好色」，所以他們無所謂「性亂」；惟其「性亂」，所以他們不在乎亂倫。同樣是渡邊淳一的話給我們提供了注腳：他們「就像探險家一樣，對尚是未知世界的女性的軀體抱著強烈的渴望，希望探明其內在的奧秘。這種欲望促使他去觀察瞭解他所不知道的，去觸摸他所不曾接觸過的女性。」「只要有合適的機會，就想一泄為快。至於對方究竟是什麼樣的女性倒並不重要。」「造物主賦予男性性器官以強烈的性欲求，使其對性交對象不加任何選擇，只要能滿足性欲望即可」[4]。毋庸置疑，在這個民族「好奇」的國民性與其亂倫頻發的事實之間，是存在著一定程度的關聯的。

雖說性愛及性體驗上的「好奇求新」屬於一種深隱難察的深層心理，甚至屬於一種難以言說的無意識心理，但在上述日本文學作品的描寫中也不難找出這樣的蛛絲馬跡。比如川端康成的短篇小說《陣雨》（1949）和《隅田川》（1971）均描寫了兩個男人與一對雙胞胎姐妹的互換亂交，刺

[1] 〔日〕土居健郎：《日本人的心理结构》，閻招晩譯，北京：商務印書館，2012年，第29頁。

[2] 見〔日〕鶴見和子：《好奇心與日本人》，詹天興等譯，西安：西安交通大學出版社，1987年，第？頁。

[3] 〔日〕渡邊淳一：《男人這東西》，炳坤、鄭成譯，北京：文化藝術出版社、香港天地圖書有限公司，1998年，第74頁。

[4] 〔日〕渡邊淳一：《男人這東西》，炳坤、鄭成譯，北京：文化藝術出版社、香港天地圖書有限公司，1998年，第72-75頁。

激與好奇則是其中男主人公的主要心理動因：

　　即使雙胞胎姐妹長得毫髮不爽，但跟她們數次交合之後，就會感覺到姐妹之間還是存在著微妙的差異。

　　等到我不再見這兩姐妹以後，回想起來，這種微妙的差異確實存在。

　　我和須山對這姐妹倆神魂顛倒，合二為一、一分為二地分辨不清，尋歡作樂的日於完全沉溺於虛幻的淫逸、墮落的麻醉。[1]

　　這是一個因為明說而比較直白的例舉，而絕大部分文本涉及此點時則都寫得含蓄而隱秘。比如女作家山崎豐子的長篇小說《浮華世家》（1973年）中寫公公在兒媳婦洗澡突然暈厥時性侵了她，原因在於：「貴族家的女人皮膚就是白啊！」村上春樹的長篇小說《1973年的彈子球》（1980）中寫：男主人公大學畢業後從事英語翻譯工作謀生，奇怪地與一對難以分辨的雙胞胎姐妹同居於高爾夫球場旁邊的公寓裏。伊達一行的長篇小說《什麼在誘惑》（1992）中寫：當知道母親與哥哥有性關係，妹妹妒火中燒。見此情景，哥哥對妹妹也產生了朦朧的情欲。在這部小說中，親兄妹之所以後來也會互動心思，除了媽媽的示範和刺激外，主要是出於一種攝奇獵豔心理。姬野薰子的短篇小說《只喜歡你》（1994）寫：女大學生圓子從婚外偷情得不到滿足，於是就誘惑弟弟鷹志與自己交歡。蔦屋兵介的長篇小說《扭曲的夏天》（1993）描寫十七歲的兒子在情欲衝動時被母親接受，從此以後在這個家庭，母親就有了兩個丈夫。在以上例舉中，若分析導致人物最後陷入亂倫的緣由，除了情欲的衝動之外，主要當事人的好奇求新心理都起了重要作用。其實，前舉日本涉亂文學作品中，那些「明知故犯型」中的當事人都可以認為有「好奇心」從中作祟。

---

[1]　〔日〕川端康成：《再婚的女人》，葉渭渠、鄭民欽等譯，桂林：灕江出版社，1998年，第373頁。

十五、與這個民族心理性格上對異性複雜而多重的精神訴求有關

「許多文化人類學、社會學的研究者發現，日本男子不善於結識陌生女子，不善於與女子交往，因此日本是一個充滿自我壓抑的社會」[1]。例如，賴肖爾就指出：「日本人不大輕易結交朋友。雙方作為陌生人比結交成朋友感到更輕鬆自在。」「日本人傾向於在已經形成的小圈圈內交往，而把所有其他人都劃為『外人』」[2]。惟其如此，就有了這個民族下面三點「向內」而不是「向外」的精神心理訴求：

1、「女人都是母親、男人都是兒子」的深層心理。說白了，就是日本的男性大都有較強的戀母情結而女性則有明顯的戀子欲望。長期生活在日本的美國日本學家賴肖爾早就注意到了這種情況，他在其名著《日本人》中寫到：「佛洛德心理學裏的支配一切的父親，在日本人的心理上並不存在。但佛洛德學說中的另一面，即母親極其喜愛男孩子，男孩子則依戀母親，這是日本人心理上一個較為重要的問題。」[3]何以如此呢？賴肖爾以美國為參照進行了對比闡說：日本的嬰孩和兒童是相當受嬌慣的，他們幾乎同母親形影不離，這與美國人嚴格地安排孩子的起居飲食的做法形成鮮明的對照。在美國，孩子一生下來就同父母分開單獨睡覺，有時還要交給不相識的嬰孩照管人去照料，父母只是逗逗孩子而很少抱他們。日本的嬰孩哺乳期較長，飲食也不強調定時定量，他們總能得到母親的愛撫。在具有更多傳統習慣的地方，母親出門時總是把嬰孩背在身上，晚上由父母帶著睡覺，一直到長大。即使長大後，也往往睡在同一房間裏，而不單

---

[1] 郝祥滿：《日本人的色道》，武漢：長江出版傳媒、湖北人民出版社，2012年，第77頁。

[2] 〔美〕愛德溫・賴肖爾：《日本人》，孟勝德、劉文濤譯，上海：譯文出版社，1980年，第153頁。

[3] 〔美〕愛德溫・賴肖爾：《日本人》，孟勝德、劉文濤譯，上海：譯文出版社，1980年，第226頁。

獨分開。對孩子的教育，不是採取通常的訓斥和懲罰的辦法，更多的是通過親切的關懷和耐心的教誨。總之，日本的孩子是被當作嬰孩看待，而不是當作日後要成年的孩子對待的。其結果則毫不奇怪地形成了某種程度的依賴性，特別是對母親的依賴，這在西方是不常見的[1]。可以說，在日本，母子之間的這種「依賴性」和「連帶感」幾乎貫穿了日本人的一生。惟其如此，賴肖爾指出：在日本「一個丈夫有時似乎是妻子身旁的一個成年的大孩子，他像其他孩子一樣，需要溫柔地照顧和溺愛。」[2]伊恩・布魯瑪的論斷則更直截了當：「對於男女之間的關係，人們很難避開這種感覺，日本女人都是母親，男人都是兒子。」這也就是日語中一個相應的動詞「甘える」（讀為「あまえる」阿嗎艾魯）[3]所表達的：「利用另一個人的愛，裝成孩子」。這句話換一種表達方式就是：裝成孩子接近母親（或母輩女性）、享受母性式的情愛，這是日本人追求與親人一體化的一種愛情欲求。按照日本精神分析學者土居健郎的觀點，這是理解日本人性格的關鍵所在——母親需要施愛於兒子般的男人，男人則需要受愛於母親般的女人[4]。唯其如此，在傳統的日本家庭裏，妻子更多的是扮演著一個母親樣的角色，而丈夫則象一個永遠長不大的孩子。

　　我們還可以從一個側面來瞭解這一點，即日本男人對妓女的特殊性訴求。「全世界的妓女業，年輕貌美是妓女最大的生產力，年老珠黃往往預示著妓女生涯的行將終結。但是，這一通行的規律在日本很難成立，日本

---

[1] 〔美〕愛德溫・賴肖爾：《日本人》，孟勝德、劉文濤譯，上海：譯文出版社，1980年，第149頁。

[2] 〔美〕愛德溫・賴肖爾：《日本人》，孟勝德、劉文濤譯，上海：譯文出版社，1980年，第226頁。

[3] 土居健郎認為，「嬌寵」心理的原型是母子關係中的嬰兒依賴母親的心理。嬰兒的精神發育到一定的程度，已知曉母親是與自己不同的存在，但仍否定母子分離的事實（見土居健郎：《「嬌寵」的結構》，弘文堂，1981年第80頁），換句話說就是一種嬰兒試圖與母親親近、同母親一體化的心理。這種撒嬌式的性格心理，即使到了不再撒嬌的年齡，也仍然不能擺脫心靈上的母子關係，並會適時轉化為「同他人成為一體的感情和行為」。

[4] 〔荷〕伊恩・布魯瑪：《日本文化中的性角色》，張曉凌等譯，北京：光明日報出版社，1989年，第19-21頁。

最吃香的妓女不是年輕女人，老年妓女卻是愈老彌香。大家可不要以為光顧這些妓女的都是老年男人，恰恰相反，年輕男子才是老年妓女的真正主顧。日本男子追逐老年妓女的風潮，可不是看中了他們徐娘半老的風騷，而是為了排解鬱積於心的母子亂倫情結。在日本，無法、不敢或不能同母親亂倫的青年男子，常常會找與母親相似的老年妓女排遣心懷」[1]。中國著名性文化學者劉達臨在其《浮世與春夢——中國與日本的性文化比較》一書中也談到了這一點：有人說日本人的妻子既是妓女（供丈夫發洩情欲），又是母親（無微不至地照顧丈夫），這種關係有時也表現在嫖客和妓女之間，特別是表現在年輕的嫖客和妓女之間。這時的妓女往往已超出了單純被人發洩性欲的工具，而有時要通過對嫖客的愛撫，使男子感到安詳，感到親切，感到溫暖。換句話說就是，在性愛過程中，妓女要讓男人對自己有母親一樣的感覺。這正如野阪昭如在《情色指導師》中所描寫的：

　　你像孩子似的躺在一張按摩椅上，然後閉上你的眼睛，什麼也不想，一切都由那女人來管。她長得怎麼樣，她想什麼，這都無關緊要，她用手指尋找著你身體上最敏感的地方。這就是「特別照顧」的最精彩的部分。只有男人在這種「特別照顧」中享受快樂，女人不允許有任何感覺。總之，就好像你在自己的母親面前……母愛是，我該怎麼說呢？對，你們知道，是伺候，是奉獻，這一切有些殘忍。當你達到高潮時，女人必須裝出吃驚的樣子，然後替你擦乾淨。在那個時刻，她真的成了你的母親。你用雙臂摟著她，她不會在意你的行為，就像母親對孩子那樣。[2]

　　還有一個數據，這就是：在日本，真正的「好色者」應該包括喜好「老色」，即年紀比自己大很多的女人。中國學者郝滿祥在其《日本人的色道》一書中指出：「一般認為，好色是追求美色、迷戀美女，其實這在

1　《令人瞠目無比的日本性產業》http://www.360doc.com/content/13/0227/15/11329422_268238706.shtml（2015-9-4）。

2　劉達臨：《浮世與春夢——中國與日本的性文化比較》，北京：中國友誼出版公司，2005年，第177-178頁。

日本算不上真正的好色，真正的好色者是老醜之女也不拒絕，猶如饑不擇食之人。」[1]他還以日本文學的經典《源氏物語》中的描寫為例證：

皇上雖然春秋已高，在女人面上卻並不疏懶。宮女之中采女和女藏人（采女是服侍禦膳的宮女，女藏人是身分較低的打雜的宮女——原注），只要是姿色美好而聰明伶俐的，都蒙皇上另眼看待。因此當時宮中美女甚多。如果源氏公子肯對這些女人略假辭色，恐怕沒有一人不趨奉他。但他大約是看慣了之故吧，對她們異常淡然。有時這些女人試把風情的話來挑撥他，他也只是勉強敷衍應對。因此有的宮女都嫌他冷酷無情。

卻說其中有一個上了年紀的宮女，叫做源內侍，出身榮貴，才藝優越，人望也很高。只是生性異常風流，在色情上完全不知自重。源氏公子覺得奇怪：年紀怎般老大了，何以如此放蕩？試把幾句戲言來挑撥她一下，豈知她立刻有反應，毫不認為不相稱。源氏公子雖然覺得無聊，推想這種老女也許另有風味，便偷偷地和她私通了。但生怕外人得知，笑他搭交這些老物，因此表面上對她很疏遠。這老女便引為恨事。[2]

源氏是日本人理想中的人物，他的情趣自然有普遍性的影響，其實在同一部書中，像這樣不拒絕老醜的也不止源氏一個人，還有一個頭中將，我們且看頭中將在得知源氏公子和老女偷情事件後的表現：

別人聞知此事，也都認為意想不到，大家紛紛談論。頭中將聽到這話，想到：「我在色情上也總算無微不至的了，但老女這門道卻不曾想到。」他很想看看春心永不消減的模樣，便和這內侍私通了。這頭中將也是一個矯矯不群的美男子，內侍將他來代替那個薄情的源氏公子，也可聊以慰情。[3]

更有甚者，源氏公子和頭中將後來還為這個老女人爭風吃醋起來。

[1] 郝祥滿：《日本人的色道》，武漢：長江出版傳媒、湖北人民出版社，2012年，第108頁。

[2] 〔日〕紫式部：《源氏物語》（上），豐子愷譯，北京：人民文學出版社，1982年，第139頁。

[3] 〔日〕紫式部：《源氏物語》（上），豐子愷譯，北京：人民文學出版社，1982年，第141頁。

　　劉達臨在其《浮世與春夢》一書中也提及此點：「平安王朝的貴公子們大都好色，但同時也講『義氣』，如果遇到女子不分老少妍醜，只要女方有這需要，貴公子們也都不惜捨身伺候」[1]。

　　現如今不少日本男人則專門去找比自己年長很多的女人。據資料：在日本很怪，從十幾歲到六十歲各個年齡段的妓女都有，而且都很受歡迎。從一些書刊中瞭解到，日本色情服務中常會碰到一種很特別的「老少配」現象，即中老年男性嫖客喜歡追尋有青春氣息的年輕妓女，而有些年輕人來此的目標有時候卻是那些上了些年紀的中老年妓女。前者倒也罷了，後者頗令人費解。其實原因有二，一是：年輕人如此已不單單是為了肉體的滿足，還有對內心交流的精神渴望，因為高一輩的女性更能理解體貼他們，更願意傾聽他們的心聲，在社會競爭中奮鬥拼殺的青年在長輩女性這裏會有更強的溫暖感和安全感。二是：現代日本青年中有戀母傾向和亂倫欲望的已不在少數，但他們又非常有理智，不會幹出傷害親人破壞家庭的事來，因此通過這種途徑解決問題。日本色情場所中專門有一種叫作「熟女宅」、「晚間水月」、「秋葉」之類名稱的單套房屋，提供服務的都是一些40歲以上的中年和老年妓女。來這裏的一多半都是青年人，甚至也有不懼違規的未成年人。那種稱作「秋葉」的房屋相對比較文雅，沒有什麼色情意味，不是什麼人都可以來的，主人有權謝絕你入內，房屋的女主人也許相貌平平，但有一定文化水準，往往閱歷豐富、談吐不俗、善解人意，而且略通琴棋書畫。這裏主要注重文化思想、情感人生、藝術花卉等方面的溝通交流，也就是說出賣的主要是精神財富，女主人一般年齡在50歲左右，象老師家長那樣和來訪的青年交談。來此的青年一般不會提出性要求，個別青年提出交歡的請求時，大多會被拒絕，偶爾也能被接受。這裏雖沒有直接的性服務，但收費昂貴，看來精神財富有時候重於物質財富。……為幫助有亂倫願望的人，日本還出現了一個獨特的仲介公司，假若你是顧客，你只要把你母親和你本人的包括照片在內的詳細資料送到公

---

[1]　劉達臨：《浮世與春夢——中國與日本的性文化比較》，北京：中國友誼出版公司，2005年，第209頁。

司，他們會為你找到一位和你母親在年齡、外貌、舉止、思想、對你的態度等方面幾乎一致的妓女，讓她在你指定的地點和你共同生活一到三天，在這期間她要完全模仿你母親的生活過程，如起居、做飯、洗衣、和你交談等，除此之外，還要帶著感情和你作愛。在日本色情業以外還有一些似乎和亂倫無關的情況，但也足以讓中國人大吃一驚，比方說，在日本的一些澡堂裏為顧客搓背、倒水、遞毛巾衣物的竟是五、六十歲的婦女，在日本某些溫泉茶座裏陪茶的除美麗的小姐外還有一些老婦，服務的對象卻都是青年。[1]

　　日本社會還流傳著這樣的說法：一個男人一生中有三個女人：第一個是自己的母親——母親是日本男人的初戀情人；第二個是自己的妻子——承擔著亦妻亦母的雙重角色；第三個是酒吧女老闆或者包括藝妓在內的陪酒女郎——日本男人常常下班後在外喝酒，向包括藝妓在內的陪酒女郎傾訴自己的苦惱。[2]

　　歸結以上，我們不能不有如下的判斷：在這個民族的潛意識裏，對於男性來說，既然妻子被當做了母親，那麼反過來說母親也就有可能被當成妻子。而對於女性來說，既然丈夫被當做了兒子，那麼反過來說兒子也就有可能被當成丈夫。妻子與母親、丈夫與兒子在心裏深層的這種角色互換和情感錯位，久而久之，難免就會造成性愛對象上的角色混淆與情感錯位，使其「情」不自「禁」地走向亂倫。日本作家谷崎潤一郎及其作品就是一個很典型的例子。穀崎本人就具有濃鬱的戀母情結，因而「母性思慕是穀崎文學的重要主題之一，也是穀崎文學世界的一個支點，貫穿了他文學生涯的始終。」[3]而穀崎的「母性思慕」與「女性崇拜」是相結合的，「母」與「女」的統一，這正是穀崎追求的「理想女性」的內涵，也是美的極致。據說，其長篇小說《癡人之愛》中的女主人公直美就是穀崎以自

---

[1]　關西傑：《一個曖昧的國度：我所知道的日本國的亂倫現象》，http://www.douban.com/group/topic/20713064/?author=1（2015-9-4）
[2]　李德純：《美是生命之花——川端康成論》，《當代外國文學》，2005年4期。
[3]　齊佩：《日本唯美派文學研究》，北京：中國社會科學出版社，2009年，第180頁。

己母親輩的小姑為模特兒而創作的。他曾一度迷戀過她，然而好像收穫不大[1]。在1919年發表的《戀母記》中作者更是借作品中的人物津村之口這樣說：「自己思念母親的心情是一種對『未知女性』的朦朧憧憬。這恐怕與少年期的戀愛萌芽有關。對自己來說，無論是往日的母親，還是將來成為妻子的戀人，都同樣是『未知女性』，那是一條無形的因緣之線把自己同其維繫在一起。」有學者指出：這番話昭示了這部作品的深層主題——戀母與戀妻（女）在性質上是統一的，「母」與「女」的結合體就是穀崎追求的「理想女性」[2]。伊恩・布魯瑪也有同樣的發現，但卻表達得相當直白：愛情的場面在日文中歷來被稱作「努萊拔」（濡場ぬれば）即濕淥淥的場面。在日本，性經驗常與水這個最具母性的象徵相結合。因此，在連環畫和電影中，隨著性愛的高潮場面相繼而來的是傾瀉的波濤或陡峭、洶湧的大瀑布[3]。

　　對於日本母親的戀子欲望，日本學者南博則直接將其表述為「阿格麗皮娜情結」。阿格麗皮娜是古羅馬暴君尼羅的母親，眾所周知，她對自己的兒子尼羅持有強烈的性愛。南博指出：佛洛德的俄狄浦斯情結，是從俄狄浦斯在不自知的情況下殺父娶母的神話中抽出而進行的理論歸結，是從兒子的角度對母子亂倫提出的概念。而他的「阿格麗皮娜情結」則是從母親的角度對母子亂倫提出的概念。並說與俄狄浦斯情結相比，這一概念是針對那些對於自己兒子有近親亂倫欲望的母親之潛意識心理的不可或缺的表述。翻看日本古代的法律，就會發現：在近親亂倫中，母子亂倫是作為重罪被立法而父女亂倫卻不是[4]，這從一個側面反映出了當時母子亂倫事件之多。南博不僅提到：日本古代有一條「國罪」叫「誘子罪」，就是為

---

[1] 〔荷〕伊恩・布魯瑪：《日本文化中的性角色》，張曉凌等譯，北京：光明日報出版社，1989年，第56頁。

[2] 齊佩：《日本唯美派文學研究》，北京：中國社會科學出版社，2009年，第185頁。

[3] 〔荷〕伊恩・布魯瑪：《日本文化中的性角色》，張曉凌等譯，北京：光明日報出版社，1989年，第65頁。

[4] 〔日〕南博：《家族內性愛》，朝日出版社，1984年，第51頁。

了禁止母親誘惑兒子亂倫的[1]；而且還明確指出：與美國父女亂倫較多相比，在日本具有強烈「阿格麗皮娜情結」色彩的母子亂倫則多得多[2]；南博最後還舉出了日本電影文學作家新藤兼人的作品《絞殺》為例。

在作品中，母親狩場良子48歲，兒子狩場勉是高中二年級學生，父親狩場保三50歲。其中有這樣一段描寫：

阿勉：媽媽，你每晚都和那傢夥上床？

良子：你說「那傢夥」指誰？

阿勉：就是我爸爸。

良子：不是每天晚上。

阿勉：別再和那種傢夥上床了。

良子抬起頭，屏住了呼吸。阿勉用男人的目光鄙視地看著。良子躲閃著身子想站起來。阿勉抓住了她的肩膀。良子想掙開，阿勉一下子抱住了她。瞬間，良子呆地看著阿勉。阿勉推倒了良子。良子喊著「小勉！」阿勉壓在了良子的身上。「小勉！」良子邊喊邊按住自己衣服的下擺盡力地掙紮。「阿勉，不要！」阿勉弄開了她前胸的衣服。良子拚命跳起，向走廊跑去，阿勉在後面緊緊追趕。良子逃到了客廳，阿勉追了上來，緊緊地抱住了良子。「啊啊，小勉，好……」良子又逃向房間，阿勉再追。良子被追上。「小勉，饒恕我……」阿勉緊緊抱住良子，把她扭住胳膊按到。此時，在良子的拚命抵抗裏，有一種誘人而入的甜美的縫隙顯現了出來。（或譯：這時的良子雖在拚命抵抗，但同時也顯露出一種誘人而入的美妙的氣息。）「饒恕我啊，小勉，不行啊，小勉！」阿勉掀開了她胸部的衣服，狂熱地吸吮她的乳房。[3]

從這段描寫可以看出，雖然兒子阿勉是始動的一方，但母親良子對兒子也並非無動於衷。當良子告訴兒子「不是每晚都上床」這種極其私密性的答案時，誘惑就已經潛含其中了；及至兒子緊緊抱住了她，而她嘴裏蹦

---

[1] 〔日〕南博：《家族內性愛》，朝日出版社，1984年，第34頁。

[2] 〔日〕南博：《家族內性愛》，朝日出版社，1984年，第43頁。

[3] 見〔日〕南博：《家族內性愛》，朝日出版社，1984年，第35-37頁。

出的則是「饒恕」一詞,則直接透露出良子的內心開始動搖;所以,最後當然就有了良子「雖在拚命抵抗,但同時也顯露出了一種誘人而入的美妙神情」。一句話——在這部作品裏,對於自己兒子不倫的性愛要求,作為母親的良子只在意識層面拒絕而在潛意識層面是歡喜的。當然,南博先生並未簡單而抽象地認為這就是母親戀子情結的體現實例,而是在指出日本的母親們這一集體無意識的同時,還談及了造成作品中母子發生亂倫的其他一些原因:兒子身處激烈的升學考試競爭、父子之間缺乏應有的對話、夫妻之間交流的長時間缺失、家庭內部暴力行為的存在等等。不過,他又明確指出這些都只是這部作品中造成母子發生亂倫的一些外部條件和原因[1]。

總而言之,在日本,由於歷史和現實的多種緣由,「日本青少年的心理問題特別嚴重,青少年自殺率非常高。以戀母心理為主的性心理疾病自六十年代以來成為一種多發易發的常見心理疾病,病因和日本文化的缺陷、社會形態的弊病以及青少年成長環境有密切關係。尤其是在單親、父母情感或性生活不和諧、父親有外遇、母親能幹而兒子內向懦弱、母親曾經受過情感或性的傷害、母親缺少文化且沒有經濟收入、母親對兒子依賴性強、兒子有殘疾影響婚姻、母親或兒子精神異常、母親或兒子行為放蕩、母親對兒子的性教育不恰當,家中只有獨生子等情況下極易產生戀母心理疾病。」[2]

惟其如此,在日本文學史上,才會有那麼多母子亂倫的故事和小說,如古典落語《衣錦還鄉》寫:父親早亡,母親一手將兒子養大。長到17歲的兒子戀上了三十幾歲的母親,並因此一病不起。母親不得已只好滿足兒子只有一次的願望。平安末期的民間故事集《今昔物語集》中寫:印度的大天,父親因為做生意去了海外,在這期間,他外出尋找應該成為自己妻子的美女,但是沒有找到。回到家裏看見母親,就想:「只有母親才是最

---

[1] 〔日〕南博:《家族內性愛》,朝日出版社,1984年,第34—38頁。

[2] 關西傑:《一個曖昧的國度:我所知道的日本國的亂倫現象》,http://www.douban.com/group/topic/20713064/?author=1(2015-9-4)

美的美女！」於是和母親結了婚。散見於許多文本的《女兒島的傳說》中
寫：從前，大海嘯襲擊了八長島，只有一個孕婦憑藉小船保住了性命。孕
婦生了個男孩，後來她與這個男孩交合使子孫繁衍生息。近代作家井原西
鶴的《西鶴諸國故事》（1685）則描述了被囚禁的王室母子相愛生女的傳
說：他戶親王是光仁天皇與井上皇后所生的皇太子。在爭權奪利的漩渦
中，因為母親惡咒天皇，皇太子被廢，母子被幽禁在一起，同病象憐、交
合生女。現當代作家藤井重夫的小說《家徽之果》（1958）描寫兒子為了
得到給妓女花的錢，把自己的身體給了母親。北杜夫的小說《青春物語》
（1960）寫：「我」年幼時死了父親，此後不久母親就離開了家。「我」
在松本上高中時，從瞭解母親年輕時代的人那裏第一次看見了母親少女
時代的照片。母親的容顏很像「我」暗戀的一個連名字也不知道的少女。
那年夏末，「我」在濃霧籠罩的北阿爾卑斯山看到了母親的幻影。柴田煉
三郎的忍者小說《紅色人影》（1960）中寫：主人公女忍者母影為了不讓
作為忍者的兒子被女人誘惑，把自己的身體給了兒子若影。歷史小說《猿
飛佐助》（1962）中寫：真田大助因為殊死戰鬥成了殘疾，哀傷的母親給
其提供了自己的肉體。歷史小說《真田幸村》（1963）描寫了母親澱君和
兒子秀賴的亂倫：澱君因為兒子秀賴結了婚而嫉妒得發狂，於是，不停
地出入於秀賴的內室。平岩弓枝的小說《日野富子》（1971）描寫日野
富子裝扮成看守的女官誘惑了自己的兒子。中山愛子的短篇小說《奧山
相奸》（1971），描寫了母親接受了癡呆兒子的性欲要求：在深遠的山
村，母親擁抱著欲望激烈的癡呆兒子大叫：這是要下地獄的呀！重兼芳
子的短篇小說《無謂之煙》（1979）描寫了這樣一個故事：兒子因為有
精神病，不能過正常人的生活。於是，母親切斷了與家族和親戚的一切
聯繫，帶著獨子離家出走，最後在兒子臨死前自己滿足了兒子的性欲。
北泉優子的小說《惡魔的時刻》（1982）描寫了一個與兒子有肉體關係
的女人的愛情，展現了深陷亂倫關係中的母子的熾熱欲望。蔦屋岳介的
長篇小說《扭曲的夏天》（1993）描寫十七歲的兒子在情欲衝動時被母
親接受，從此以後在這個家庭，母親就有了兩個丈夫。花村萬月的長篇

小說《觸角記》（1995）描寫男主人公次郎有一天性欲難抑，一個人自慰時恰好被母親撞見，母親當時心疼地擁抱了兒子，不久後就自薦枕席與兒子發生了亂倫關係。儘管雙方都有些後悔，決心不再做此事，但最後還是以再次發生關係結束。

　　有些作品甚至通過母子關係與夫妻關係的前世現世的輪迴轉換、或夢境與現實的曖昧難分的故事設計來表達母子亂倫的潛在的願望。如《日本靈異記》寫前生為母子現世為夫婦；《砂石集》寫前生為夫妻現世為母子；志賀直哉的《奇妙的夢》寫現實中的夫妻在夢中變為母子等等。而那些把女方構思為繼母、養母、似母或者父親情婦的小說，則可以說是這一願望的間接表達。因為著名心理學家榮格告訴我們：「母親原型同其他原型一樣，幾乎可以表現為無限多樣的形式。我在這裏提出的只是最有特色的幾種形式。首先是個人的生母和祖母，繼母和岳母，然後是所有同個人有某種關係的女人，如保姆、女教師或一個女祖先。然後是形象意義上的母親，如女神，特別是神母，……在形象意義上的母親象徵還可以表現某些代表著我們渴望回歸的目標的事物:如天堂、神國、天上的聖城。」[1]上述例舉如紫式部的《源氏物語》中，男主人公光源氏與其繼母藤壺的私通及其後來娶紫上為妻，一個重要的原因就是因為這兩個女性都長得像自己未曾見過的生母；谷崎潤一郎的《吉野葛》（1931）寫：津村幼年喪母，他來到吉野町尋找幻影中的母親，與一位名叫和佐的年輕親戚邂逅，和佐酷似自己的母親，津村就想把她娶過來。川端康成的《隅田川》（1971）寫男主人公行平從與雙胞胎姐妹的混亂關係中不由得聯想到了自己生命歷程中同樣是姐妹的另外兩位女性——自己的養母和生母。把作為自己生母養母的相像的親姐妹與和自己發生了肉體關係的長得一摸一樣的雙胞胎妓女相提並論，說自己在覺得「兩個母親的容貌毫無二致」之後，「於是，我有緣認識那一對一摸一樣的雙胞胎妓女」；還說：妓女用指甲撓他後背讓他想起當年母親撓他後背的感覺，這分明是在宣洩對母親的一

---

[1]　轉引自李繼凱：《錘鍊對女性的纖細感融》，《唐都學刊》1989年，第4期

種朦朧的亂倫欲望。他的《千隻鶴》（1949）描寫男主人公菊治與其亡父的情人——太田夫人發生了性愛關係。水上勉的中篇小說《越前竹偶》（1963）寫竹工藝匠喜助得知亡父的相好妓女玉枝酷肖自己的生母，思慕不已，將其娶進家門，但不行夫妻之禮，一味敬為母親。但後來有位玉枝的前嫖客強溫舊夢致使玉枝懷孕，玉枝進城墮胎病死，喜助悲不自勝也自縊身死。曾野綾子的短篇小說《戀母情結》（1979）寫：兒子因為戀母娶了一個和母親長相酷似的女孩做妻子，母親對兒子也懷有一種複雜的心態。村松友視的小說《古董店的老闆娘》（1982）中寫：男主人公阿安與其養母菊池松江在年輕的時候發生了亂倫關係。

2、「萌」理論所揭示的日本人的「萌心理」。所謂的「萌心理」廣義是指一個人對異性懷有性的關心的性情或心理，狹義是指具有血緣關係的異性之間對對方懷有性的關心的性向或心理[1]。此時，雙方自然而然就陷入了亂倫的精神心理狀態。在日本「萌」又具體分為「兒子萌」——指母親對於兒子懷有性的關心的性情；「媽媽萌」——指兒子對於母親懷有性的關心的性情。以此類推，還有「姐姐萌」、「妹妹萌」、「女兒萌」等，其中，「女兒萌」也叫做「洛麗塔情結」——所謂「洛麗塔情結」（Lolicon），是指比起對成年女性而言，中年男子對於未成年的少女更具有性方面的興趣或抱有戀愛情感的一種傾向。也指成熟女人對青澀女孩的嚮往，時光在她們身上彷彿就此停滯倒退，她們渴望永遠地被定格在「那一段」美好的年齡。其本質都是對自我的追求和對青春的無限嚮往男人需要在情感中超越年齡對自己的束縛，體驗著長輩、哥哥和情人相互混雜的角色。女人通過與比自己年長許多的男性交往，享受著一種永遠的依靠與信賴。具有洛麗塔情結的女人樂意「以小博大」，用一種天真、幼稚包裹下的成熟扮演著被支配的主角，從而獲得依賴和安全感。衍生詞還有「蘿

---

[1] 維爾納在《艾爾貝號船長幕末記》寫到：「情色物品被當做玩具公然在商店裡出售，做父親的會將這些玩具買給女兒，母親買給兒子，哥哥也會買給妹妹」。轉引自渡邊京二：《看日本逝去的面影》，楊曉鐘等譯，西安：陝西人民出版社，2009年第194頁。

莉」「蘿莉心態」等，語源均來自俄國作家納博科夫的小說《洛麗塔》，該作品敘述了一個身為大學教授的中年男子與自己未成年繼女蘿莉塔的戀愛故事。

受此影響，「受到黑暗力量蠱惑的人被純潔少女拯救這樣的情節，在日本的各種作品中似乎屢見不鮮。日本人很迷戀少女純潔無邪的美，認為這種美可以戰勝各種邪惡。這種觀念有強烈的性意味，但是畢竟還算比較含蓄，而在此之上發展出來的蘿莉控、怪叔叔等現象就有點兒毫不掩飾，直接流淌著淫邪的口水了。」[1]有人甚至認為：根據《古事記》的記述，整個日本就是從妹妹萌誕生的國家[2]，換言之：日本列島及日本民族都是天神亂倫的產物。日本的理論批評界也充滿了帶「萌」的術語，如「萌文學」「萌文化」「萌要素」等，還產生了不少運用「萌理論」進行文學解讀或評介的著作，如牧野武文的《文學名著萌解導讀》[3]、堀越英美的《日本萌文學》[4]、甘鹽米子等的《萌文學名著》[5]等。堀越英美在介紹野阪昭如的「涉亂」小說《飢餓峰的死人草》時就明確將小說中的「亂倫」「亂交」描寫認定為這本小說的「萌要素」。[6]

毋庸質疑，日本獨有的「萌」理論，充分證明瞭日本人亂倫心理的普遍存在，同時對日本人的這種心理也是一種誘導。

3、「妹之力」理論所揭示並渲染的兄妹性吸引心理。

兄弟姐妹之間的感情到底深藏而隱秘到何種地步？在民俗學著名論文《妹之力》中，日本學者柳田國男通過對日本民間殘留的「姐妹神」崇拜的調查，明確指出：在女性身上潛藏著某種引導男性兄弟的「靈力」。在日本，女性自古就被男性兄弟認為是指導行事和守護某些場合的精靈。每

---

[1] 《日本人的碎叨與少女迷戀——〈天帝妖狐〉》，http://www.blogbus.com/littlebasin-logs/175231610.html

[2] 指的是：《古事記》中伊邪那岐命和伊邪那美命兄妹二神交合生下日本列島及日本民族。見〔日〕堀越英美：《萌える日本文學》，幻冬舍，2008年3月，第4頁。

[3] 見〔日〕牧野武文：《萌えで読み解く名作文學案內》，2007年，インフォレスト。

[4] 見〔日〕堀越英美：《萌える日本文学》2008年，幻冬舍。

[5] 見〔日〕甘塩米子等：《萌える名作文学》，2010年，コアマガジン。

[6] 見〔日〕堀越英美：《萌える日本文学》2008年，幻冬舍，第47頁。

當男人們外出之際，總會把姐妹的頭髮和陰毛或手巾以及她慣常貼身使用的物品隨身攜帶，這種風俗據說一直持續到近代。例如大江健三郎的長篇小說《同時代的遊戲》（1979）中就有這樣的描寫：「我離開故鄉後，常常想像著孿生妹妹的裸體進行手淫。在妹妹所送的關於她的陰毛的彩色幻燈片的鼓勵下，我把故鄉的神話寫進信裏寄給妹妹。」[1]

可以說，「妹之力」是古代日本關於女性靈力的一種咒術性信仰。這裏所謂的「妹」，不限於現代生物學或者社會學定義上的妹妹，而是對年輕的母親、姐妹、伯母和表姐妹等同族女性的泛稱，但以有血緣關係的姐妹為主。在古代日本，由於男性掌管政治、女性掌管祭祀，為了求得護佑，女性血親就會給自己的親人分配靈力。長期的信仰實踐和心理體驗，終於演化為一種妹妹對於哥哥的性動力，或哥哥對於妹妹的一種性牽掛，並進而積澱為這個民族兄弟姐妹內心深處的一種亂倫情結。日本作家五島勉在其著作《近親相愛》中還調查到這樣的事例：有些男人即使沒有妹妹，但仍然抱有與可愛的妹妹相思相愛的幻想；有些女人儘管沒有哥哥，但卻懷有以兄為夫、希望被幻想中的哥哥性侵的空想。

與此相關，在日本理論和批評界充斥著諸如此類的術語，例如「妹之萌」、「妹之力」、「妹文化」等等，日本的批評界也常用這種理論來解讀某些作家作品，例如，說近松門左衛門的劇作中充滿了「妹之力」元素[2]；說《瓶裝地獄》的作者夢野久作就是創作「妹之力」小說的大家；說三島由紀夫的文學創作深受「妹之力」的影響等等。

日本獨有的「妹之力」理論，不僅充分證明瞭日本人這種兄妹亂倫心理的普遍存在，同時對日本人的這種心理某種程度上也是一種誘導和薰陶。

由於以上精神心理的深層存在，自然就會導致日本人覺得「亂倫無所謂」、「亂倫沒什麼大不了的」，甚至「亂倫合情合理」的情感認知。惟

---

[1] 見〔日〕堀越英美：《萌える日本文学》2008年，幻冬舍，第50頁。

[2] 〔日〕日野龍夫：《近松劇における「妹の力」》，見《現代思想 臨時增刊 總特集：近親相姦》，青土社，1978，第166頁。

其如此，日本學者才坦言：「日本文學描寫亂倫的時候，心中的糾葛相當稀薄」[1]。可以說，這句話既是對這個民族「涉亂」文學作品的品評，更是對這個民族「涉亂」現實生活的暗示，因為，文學來源於生活。

十六、與這個民族「好色」的文學傳統有關

眾所周知，日本文學和日本審美歷來是淡化社會功利、注重內心感悟的。憫物宗情、重情輕理是其一貫的傳統。而日本神道教及日本民族對人類性愛的寬容態度則深深影響了、或者說規制了日本文學宗情的方向和重點，這就是：日本文學一直偏重對性愛之情的描寫及欣賞。日本文學史上不關涉情愛的小說幾乎沒有，以戀愛、性愛為題材的小說更是數不勝數。日本不僅成立了「日本戀愛文學振興會」，還在1994年專門設立了提倡和獎掖性愛題材小說創作的文學大獎——「戀愛文學獎」，這在世界文壇上至今都是獨一無二的[2]。對於日本文學的這一「好色」傳統，中國著名學者葉渭渠先生有明確論述：日本神道對於愛與性這種寬容態度，不僅影響了日本人對於愛與性的倫理觀，而且影響著日本人的審美情趣。與《古事記》、《日本書紀》同時代的《萬葉集》，以及平安時代的《竹取物語》、《伊勢物語》、《源氏物語》、《古今和歌集》，中世武家時代的謠曲、狂言等各種文學樣式，大多以愛與性作為主題，逐漸形成了日本文學的好色審美理念。到了近世江戶時代，井原西鶴的小說和近松門左衛門的淨琉璃、歌舞伎等，更是將好色審美情趣提到一個新的高度，從而形成具有日本特色的性愛主義文學思潮[3]。「至於明治維新以後的日本，描寫性愛、性變態的私小說、色情小說、暴力小說舉不勝舉。這些事實說明，

---

[1]　〔日〕古橋信孝：《自然過程・禁忌・心の闇》，見川田順造編《近親相交とそのタブー——文化人類学と自然人類学のあらたな地平》，藤原書店，2001年12月。

[2]　全稱為「島清戀愛文學獎」，由日本戀愛文學振興會主辦，是一個專門獎勵以戀愛為題材的小說的獎項，由作家島田清次郎在1994年倡議設立，除了獎狀，還有50萬日元的獎金。

[3]　葉渭渠：《日本文學思潮史》，北京：經濟日報出版社，1997年，第254頁。

在日本人眼裏，『黃色書刊』體現的『好色』不是一般的東西，而是值得看重的人倫之情[1]。葉渭渠先生同時還指出：日本的「好色是美的戀愛情趣，健康的道德感情、多角的男女關係，這是一種風流的遊戲」[2]。

與此相應，還有學者認為：日本民族將其好色的審美情趣上升至詩學、美學的高度，積澱成為日本古典文論中的一個重要審美範疇「豔情」[3]，其獨特內涵在與以一對一為基礎的傳統的「貞情」審美的比照中截然二分：豔情與貞情互有迭合與包容，因為它們都是男女之情。但是，它們之間的對立與區別也顯而易見：貞情的對像是唯一的、固定的、矢志不渝的男女之間的愛情，它崇高純潔，甚至可以表現出淒美慘烈的愛情悲劇的形態；豔情的對象則是多元的、不確定的、隨機的男女邂逅之緣，它充滿著變數，因而也就具有廣闊的想像空間和強烈的審美期待。作為情欲主體的心理內驅力，它可以導致充滿「異質」意味的行為，演繹出豐富複雜的結果，並且常常可能使青年男女的自然情欲違背社會倫理道德規範。因此，豔情至少可說具有以下幾種蘊含：（1）生活中的一種男女傾慕歡愛之情，既是現實人生的重要內容，也是審美心理的一種潛規則；（2）作為文學描寫的重要母題，是人類精神史上的一種特殊情感體驗；（3）在一些重要文化與文學中，「豔情」觀具有審美原則或文藝理論的維度，如印度、日本等[4]。

毋庸諱言，日本文學中的確存在著一個強大的「好色」的傳統，這在日本最古老的「記紀文學」——《古事記》和《日本書紀》中就已初露端倪。在這兩部經典中，日本民族對於男女性器官及其交合都表現出了極

---

[1] 郝祥滿：《日本人的色道》，武漢：長江出版傳媒、湖北人民出版社，2012年，第86頁。

[2] 葉渭渠：《日本文學思潮史》，北京：經濟日報出版社，1997年，第259頁。

[3] 日語寫做「妖艷」（ようえん），是日本十大古典文論之一。見呂元明：《日本文學史》，長春：吉林人民出版社，1987年，第396頁。

[4] 麥春芳：《「豔情」文學模式與〈一千零一夜〉的情欲旨趣》，《東方叢刊》2004年第1輯。

大的關注和興趣，因此，被稱為日本「性愛、色情描寫的濫觴」[1]。以至
於明治初期(約一百三十年前)，英國學者張伯倫赴日留學，打算將《古事
記》譯成英文出版，結果譯文被誤認為色情小說，留下趣談。

　　這兩本書的開篇就是描述男神伊邪那岐命身體「多長了一處」的陰莖
和女神伊邪那美命身上「少長了一處」的陰道，以及他們如何把「多長了
的一處」和「少長了的一處」進行互補交合的故事：

　　二神於是降臨到這島上，立起天御柱，建造了漂亮的宮殿。這時，伊
耶那岐命問他的妹妹說：「你的身子長的怎麼樣？」伊耶那美命回答說：
「我的身子已經完全長成，只有一處不足。」伊耶那岐命說：「我的身子
也完全長成，可是多出一處地方。因此我想用我多出的地方插進，並填塞
你的不足之處，然後產生國土。你看如何？」伊耶那美命趕忙說道：「那
太好了！」[2]

　　接著則是日本國土生成神話中描繪的被燒壞了的女性生殖器的故事：

　　伊邪那美命生火之迦具主神（火神）時，因陰戶被燒傷而去世。伊邪
那岐命盛怒之下，砍下了火之迦具主神的腦袋。[3]

　　接下來就是神化作箭矢刺進蹲在廁所的女子的陰門的故事：

　　據說，日本三島的湟咋氏族的一個女兒名叫勢夜陀多良比賣，姿容美
麗。美和地方的大物主神見了之後心生歡喜，乘少女上廁所大便的時候，
化為一支塗著赤土的箭，從那廁所所在的河流的上游流下來，經過廁所下
面的時候突然上沖少女的陰門。於是少女驚慌失措，狼狽奔走，回家後隨
手將持來的箭放在床邊，這支箭突然變化成一個強壯的漢子，於是娶了這
個美麗少女並生了孩子，取名為富登多多良伊須須岐比賣命，亦名為比賣
多多良伊須氣餘理比賣（這是因為嫌忌「富登」的名字，後來所改的名

---

[1] 郝祥滿：《日本人的色道》，武漢：長江出版傳媒、湖北人民出版社，2012年，第
　　86頁。
[2] 〔日〕梅原猛：《諸神流竄：論日本〈古事記〉》，卞立強、趙瓊譯，北京：經濟
　　日報出版社，1999年，第11頁。
[3] 〔日〕梅原猛：《諸神流竄：論日本〈古事記〉》，卞立強、趙瓊譯，北京：經濟
　　日報出版社，1999年，第12-13頁。

稱）。因為這個緣故，人們稱她作「神之禦子」。

　　即使這樣露骨的描寫，有學者還覺得這是當時因受到中國儒家禮樂文化的影響而「雅化」了，「因此我們不能僅從字面上去理解上述記載，而應該這樣來理解這個故事」：

　　「大物主神」見到少女「勢夜陀多良比賣」的時候，被她的美貌所勾攝，天天偷窺她，盯梢她，終於有一天發現勢夜陀多良比賣要上廁所，於是色膽包天的大物主神尾隨而去。要知道，那個年代的日本廁所非常簡陋，一般都是建在河邊的水洗廁所，所以日本俗語中廁所又作「川屋」，正如谷崎潤一郎在《陰翳禮讚》「關於廁所」一篇所介紹的，往往是一種高臺式建築，當你踏上腳板跨開兩腿從腳下木板的縫隙中往下望時，「令人目眩的下面，可以看到遠處河灘上的泥土和野草，菜地上有盛開的菜花，蝴蝶紛飛，行人往來，這一切都歷歷在目」。當然，下面的人如果留意，也肯定能夠看到廁所裏面正在方便的人。大小便就這樣從幾米甚至十米高的地方直掉進河裏，隨流水而去。這就是夏目漱石和谷崎潤一郎等日本大文豪們非常推崇的反映日本文化的廁所。

　　當勢夜陀多良比賣蹲下方便的時候，大物主神就鑽到廁所下伸頭偷窺少女的陰部，看著看著他終於忍不住拿手中的箭（或者是河邊的樹枝之類）來撥弄少女的外陰。少女大吃一驚，用手來抓箭，同時站起身就跑，手中抓著的箭也忘記丟掉。大物主神一看少女拿著箭跑了，非常懊惱，已經被撩撥得欲火焚身、頭腦發脹的他顧不得多想，跟著追了過去。少女跑到屋裏，撲到床上羞辱難耐，忘記了關門，箭也帶到了床上。實際上那時日本也根本沒有今天意義上的床，不過是睡地鋪而已，箭實際上就是扔在地上。大物主神破門而入，那時的門同樣也不是今天日本人住宅中的那種門，只是裝飾而已。他乘少女不注意撲上去強姦了她。

　　這裏判定勢夜陀多良比賣是被強姦的理由是：她因強姦而生的女兒先取名為「富登多多良伊須須岐比賣命」，後改為「比賣多多良伊須氣餘理比賣」，改名的原因就是因為她嫌忌「富登」這個名字。「富登」是日語音讀，意指女性生殖器，訓作「女陰」；「多多良」即指「踏鞴」；而

「伊須須岐」意為「狼狽奔走」，可見少女是被傷害了的。[1]

在這個故事之後，則是高天原裏織女由於受到男神的驚嚇而被織布的梭子刺穿了自己生殖器的故事：

有一次，天照大禦神在機房的淨室裏織神衣的時候，須佐之男命（海神）把機房的天棚打開了一個洞，把剝了皮的斑馬從洞口扔了進去。正在織神衣的織女看了大吃一驚，叫梭子沖了陰戶死去了。[2]

最後則是高天騃人女神當眾展示自己乳房和陰門的故事：

且說任性的男神須佐之男命，因和姐姐天照大神在天安省鬥法中取勝，於是得意忘形，在天照大神管理的高天原大肆破壞，還在每年舉行的新嘗慶典的大殿上到處拉屎，倒剝天馬之皮，梭刺織女之陰。天照大神看到弟弟的這些無賴之舉，非常害怕，於是開「天岩屋戶」，躲進裏面不出來。她這一隱藏致使「高天原皆暗，葦原中國悉暗」[3]，就好像陷入永遠也不會恢復光明的長夜。於是千千萬萬的神趁著黑夜起鬧，那喧囂的身影就像是五月的蒼蠅充滿了葦原中國，尤其是「萬妖悉發」，好像世界末日來臨。豈止葦原中國的人類，就是高天原的眾神也無法忍受這樣的黑暗和恐怖！但是眾神無論怎麼勸求天照大神，大神都絲毫不為所動。於是，眾神設法引誘膽小的天照大神出洞。在一切準備充分之後，一口缸被扣在大神隱居的打個洞前，高天騃人女神——天鈿女神爬到缸頂上，像舊式巫女那樣進入一種恍惚狀態，並開始躁腳，發出轟隆隆的響聲。起初節奏很慢，漸漸地越來越快，同時轉動眼珠，揮舞矛搶。在眾神的喝彩聲中，她情欲發狂，露出乳房，並將她的裙子扯到陰部以下，若遮若露。女神的表演逐漸達到了令人戰慄的高潮，眾神一雙雙眼睛全盯著她那神聖的生殖器，忍不住爆發出一陣陣狂笑，整個宇宙都能聽見。

[1] 郝祥滿：《日本人的色道》，武漢：長江出版傳媒、湖北人民出版社，2012年，第30-31頁。

[2] 〔日〕梅原猛：《諸神流竄：論日本〈古事記〉》，卞立強、趙瓊譯，北京：經濟日報出版社，1999年，第12-13頁。

[3] 「天岩屋戶」是日本神道中的神境，「高天原」是天照大神等眾神居住的地方，「葦原中國」是人類居住的地方，而「黃泉國」則是神道中死者的世界。

　　因害怕而賭氣躲藏起來的天照大神不能理解，當她躲藏起來致使世界一片黑暗之時，眾神為何依然那樣開心？她當然不知道洞外有精彩的脫衣舞表演，迷惑的她將頭伸出洞口，想看看究竟有什麼如此好笑。立即，一面鏡子被推到她面前，她的光芒被反射到世間。高天駿人女神叫嚷道：「發現了一位新女神。」這下，驕傲自負的天照大神完全失去了冷靜，拚命伸手去抓她在鏡中的影子。一個叫「強臂郎」的神乘機捉住她，將她從躲藏的洞裏拖了出來。人間世界葦原中國又重現光明。[1]

　　上述故事中，尤以伊邪那岐命和伊邪那美命兄妹二神肉體上的「互通有無」最為重要。因為這是日本文學作品中出現的第一次性描寫，而這第一次性行為是在神靈之間發生的，而且是在兩位兄妹神之間，世界創造、國家起源和人類繁衍都是從這兩位兄妹神的交合開始的。所以，按著日本神道教的觀念，情欲與道德上的罪惡是無論如何也聯繫不到一起的。日本人對自然神的崇拜也包括對性色的崇拜，所以，其古代文學對性的表現非常坦率、非常認真。前述《古事記》中的神話傳說對天神伊邪那岐和伊邪那美兄妹交合過程的描述就相當大膽而坦率，想必大家還記憶猶新，我們不妨於此再稍作回顧——他們看見一對情鴿親嘴，他們也學著親嘴；目睹一對對飛鳥結合，受到啟發，伊邪那岐問：「你的身體怎麼樣？」伊邪那美答：「我的身體逐漸完整了，唯有一處沒有閉合。」伊邪那岐就說：「我的身體有個多餘的地方，那麼就獻給你吧。」伊邪那美同意了。於是這對男女神便無從自掩地合而為一，最後生下日本諸島及支配諸島和萬物的天照大神和其他眾神[2]。

　　上述兄妹兩神的性愛交合被稱為「神婚」，日本古代文學中最早的性愛描寫就是這種「神婚」，所以，日本神道教認為性愛是屬於神的，是以神的意志來行動的，這具有極強的規範性的意義。日本神道教對性愛的

---

[1]　〔日〕倉野憲司等校注：《日本古典文學大系・1.古事記》，岩波書店，1958年，第163頁。

[2]　〔日〕梅原猛：《諸神流竄：論日本〈古事記〉》，卞立強、趙瓊譯，北京：經濟日報出版社，1999年，第19頁。

這種寬容與賞玩態度，首先影響了日本人對性愛的倫理觀，這就是：把性愛行為與藝術審美緊密結合甚至互相等同，從而就有了全世界獨一無二的藝妓制度；把女性酮體與餐飲文化（「食」「色」結合）相交融，從而才產生了全世界獨一無二的「女體盛」；其次影響著後世日本文學的審美情趣，這就是：日本文學大量描寫戀情和性愛，以及與此相關的曖昧、調情、風流、私情、外遇、偷窺、通姦、狎妓、同居、殉情、強暴等；而為了突出性愛，有時甚至超越倫理不顧道德，這就表現為「亂倫」。伊恩布魯瑪指出：「沒有多少比日本的黃色作品更氾濫的國家了。」[1]為了吸引更多的讀者，他們在與社會道德的博弈中總是尋求色情尺度的最大化。日本文學中的亂倫描寫就可以說是日本文學性愛主義描寫的非理性化和氾濫化型態，或者說是日本文學性愛主義審美的色情化追求和極端化形式。

十七、與「私小說」的廣泛流行及受眾對其的習慣接受有關

眾所周知，日本文學的主流是淡化社會功利、遠離政治的「純文學」，而構成「純文學」主幹的則是「私小說」。雖說在日語裏「私小說」的「私」不是漢語「隱私」的意思而指的是第一人稱「我」，但「私小說」以創作者個人隱秘壓抑甚至陰暗的性欲心理為主要描寫對象卻是不爭的事實，比如私小說的鼻祖、田山花袋的小說《棉被》就是以大膽暴露已有妻兒的男主人公「我」對年輕漂亮的女弟子橫山芳子難以控制的性欲心理為主要表現內容的，它因此也被稱為「暴露小說」、「告白小說」。

如果說，「是日本人愛自我暴露和偷窺的雙重心理」[2]促使了日本私小說這種「暴露」與「告白」的書寫方式或表現視角的形成，那麼，日本

---

[1] 〔荷〕伊恩・布魯瑪：《日本文化中的性角色》，張曉凌等譯，北京：光明日報出版社，1989年，第58頁。

[2] 郝祥滿：《日本人的色道》，武漢：長江出版傳媒、湖北人民出版社，2012年，第57頁。

私小說的這種「暴露」與「告白」的書寫方式或表現視角正好又對應了亂倫性愛的「陰暗性」和「隱秘性」，也就是說，由於背逆人類倫理道德而隱秘人前的亂倫之性愛自然就成為了日本「私小說」取之不盡的素材，而這種文體久而久之必然會培養出日本讀者喜歡暴露、喜歡告白的閱讀習慣和審美趣味，就如同被戲稱為「歌舞片」的印度電影與之於印度電影的受眾一樣。甚至可以說，「私小說」這種文體正好為日本人的亂倫情結提供了一個客觀載體，這個客觀載體反過來又會不斷刺激、濡染甚至強化日本讀者的亂倫心理。

主張性欲告白的「私小說」與在人前秘而不宣的亂倫之愛，兩兩對應、相輔相成，成為了日本文壇不同於世界其他國家的一道獨特的景觀現象。惟其如此，日本文壇許多「涉亂」的文學文本都是「私小說」，而許多著名的「私小說」又都描寫了亂倫，例如島崎藤村的《新生》描寫了叔父與姪女的亂倫，志賀直哉的《暗夜行路》主要描寫了公公與兒媳的亂倫、中上健次的《岬角》主要描寫了兄妹的亂倫等。所以，在談及私小說與日本色情文學的關係時，有人明確指出：「在近現代日本色情文學中，私小說佔有重要地位。」[1]

通過以上分析，想必大家對日本民族如此濃鬱的亂倫情結就能有所明白了。然而明白之餘還是難免有點詫異，甚至怪異。其實，當下風行的「酷兒理論」頗能給我們釋疑解惑。「酷兒」（Queer）由英文音譯而來，原是西方主流文化對同性戀的貶稱，有「怪異」之意，後被性的激進派借用來概括他們的理論，含反諷之意。酷兒理論是二十世紀九十年代在美國流行起來的一種關於性與性別的理論。它起源於同性戀運動，但是，很快便超越了僅僅對同性戀的關注，成為為所有性少數人群「正名」的理論。酷兒理論認為性別認同和性傾向不是「天然」的，而是通過社會和文化過程形成的。酷兒理論的中心思想就是：人的性取向是流動的，認為人在性行為與性傾向上均是具有多元的可能的。「酷兒」這一概念指的是

[1] 郝祥滿：《日本人的色道》，武漢：長江出版傳媒、湖北人民出版社，2012年，第57頁。

在文化中所有非常態（nonstraight）的表達方式。這一範疇既包括男同性戀、女同性戀和雙性戀的立場，也包括所有其他潛在的、不可歸類的非常態立場。

第十一章　亂倫題材作品的
獨特美感效應

　　美國人類學家懷特直言不諱地指出：「亂倫的主題對於人有一種奇特的魅力。在發明文字書寫以前很久，人們就已為它所吸引。我們在無數民族神話中，發現了亂倫的情節，在已經發展了的文化中，從索福克勒斯到尤金・奧尼爾，亂倫一直是全部文學作品中最為流行的主題，人們對它似乎從不厭倦，不斷地發現它是永遠新穎，引人入勝。我們確實應當把亂倫看作是人們生活中頗感興趣的主題。」[1]

　　文學審美為何頻頻光顧亂倫？亂倫題材作品到底有著怎樣獨特的美感效應？回答這個問題就像回答文明人類為何仍會有亂倫一樣，答案同樣是複雜多樣的，但也是有跡可尋的。

一、文學中的亂倫題材是人類集體無意識的藝術呈現

　　筆者以為，文學創作中的亂倫描寫首先是對人類有關「亂倫」問題之集體無意識的審美關涉和藝術透射。人類有關「亂倫」問題的集體無意識也可以稱作人類的「亂倫情結」，其內涵有二：一是深隱的「亂倫禁忌」，二是更為深隱的「亂倫欲望」。

　　人類學家已經證實，「亂倫禁忌」雖然也有一定的民族性與時代性的差異，但是，它普遍存在於世界各民族中卻是一個不爭的事實。人類為什

---

[1]　〔美〕L.A.懷特：《文化的科學——人類與文明的研究》，沈原等譯，濟南：山東人民出版社，1988年，第299頁。

麼施行嚴格的亂倫禁忌?各國學者眾說紛紜,形成多種理論與答案[1]。其中英國學者愛德華‧泰勒的「社會進化說」為大多數人接受。他認為:「族外婚能使一個發展中的部落,通過與其分散的氏族的長期聯姻而保持自身的緊密團結,能使它戰勝任何一個小型的孤立無助的族內婚群體。」[2]對族內婚的限制與族外婚的實行,從而確立了「亂倫禁忌」的原則。為了強化這種亂倫禁忌,人類不但在社會心理、文化與民俗等意識形態層面進行價值認同,而且,世界上各個國家和民族(甚至一個家族)都制定了禁止亂倫的法律或法規,違反者將受到最高處以死刑的嚴厲懲罰。人類漫長歷史中的亂倫禁忌,已經在世界各民族人民心中發展到一種亂倫恐懼的程度。久而久之,「亂倫禁忌」和「亂倫欲望」一樣,成為人類心靈深處的集體無意識。

問題也確實在於,一方面是人類本能的「亂倫欲望」,一方面是人類文明的「亂倫禁忌」,本能與文明既對立分明又糾纏不清,所以,亂倫問題一直是而且仍將是一個古老而又新鮮的文學論說話題。質言之:正是由於「亂倫」是人類集體無意識深層的一種複雜、模糊、神祕、不可琢磨的現象,所以對於文學創作才具有了永恆的吸引力。

眾所周知,科學認知是一種力求精確的抽象型思維方式,它要解決的是人類對外在自然與內在自然的「知」與「不知」的問題。它依賴的是數學化的標準、嚴密的邏輯和推理化的語言,但其最終駐足點是那個能對「量」作出確定性驗證的結論和答案,當一切都水落石出後,此前的所有過程都可以被捨棄和無視。因為,現有的各類科學認知領域無法明確解析「亂倫」現象,西方當代著名人類學家奧格本教授說:「人們可以對亂倫禁忌和婚姻規則作出詳盡的歷史和文化的描述,然而,關於亂倫和婚姻禁律仍存在某些明顯的不可思議之處,文化學上的這個論據是無法滿足

---

[1] 參見楚雲:《亂倫與禁忌》,上海文藝出版社,2002年;愛彌爾‧塗爾幹:《亂倫禁忌及其起源》,上海人民出版社,2003年。

[2] 轉引自楚雲《亂倫與禁忌》,上海文藝出版社,2002年,第150頁。

人們的好奇心的。」¹這種「不可思議」說到底是對人的心靈深處的「隱秘」、人類精神的曖昧不清、莫名其妙的深潛層次的無可辨識和無法釋說，而這正好為文學藝術提供了逞能使性之域。其實，對「亂倫」目前最合理的解釋也許是來自於人類主體不覺察的情況下對長期的歷時性的意識經驗的積澱與秘傳，因此更具備原始意義上的必然性，更易於在人類文化心理上引起持久不衰的相通共鳴，並天然地轉換為敘事文學創作的母題資源。而「母題」也正好屬於「人類的精神現象，曾經一再出現，並將繼續重複出現」²。說白了，亂倫題材作品獨特審美快感的機理就在於：人們觀看亂倫作品的同時也是對自己亂倫潛意識的釋放。也就是說，人們在意識層面和理性世界中無法釋放的東西，藉助文學作品得以宣洩。正如日本學者原田武所言：「原本潛藏於意識深層的亂倫性愛欲望，這樣委婉地被（文學作品）揭示出來，是符合人性實情的」³。原田武的話有兩層意思：一是說人的意識深層潛藏有亂倫性愛的欲望；二是講這種欲望都通過文學作品來宣洩。有人在評論日本當代著名作家吉本芭娜娜的亂倫選材時如是說：她「希望通過文字說明讀者實現潛意識中觸犯禁忌的幻想。文學作品可以使讀者通過閱讀來體驗真實的生活中不可能實現的種種幻想。」⁴因為，當讀者進入藝術世界後，也就與整個（充滿理性的功利世界）帶有功利性的現實世界相脫離，這種「距離」感就會使讀者無拘無束地陶醉其中，文本體驗與心理體驗同時生髮，最後的效能是：既釋放了潛藏的本能，又淨化了「負罪」的心靈。中國著名學者葉舒憲先生認為文學能滿足人類五個方面的高級需要：符號（語言）遊戲的需要、幻想補償的需要、排解釋放壓抑和緊張的需要、自我確證的需要、自我陶醉的需

¹　〔美〕萊斯利‧A懷特《文化科學》，曹錦清等譯，浙江人民出版社，1988年，第298頁。
²　轉引自北京師範人學中文系、比較文學研究組編選《比較文學研究資料》，北京：北京師範大學出版社，1986年，第341頁。
³　〔日〕原田武：《文学と禁断の愛——近親姦の意味論》，青山社，2004年，第26頁，
⁴　周閱：《近親亂倫背後的深層意蘊——吉本芭娜娜長篇小說〈N·P〉主題試探》，《中華讀書報》，2004年8月18日。

要[1]。文學中的亂倫描寫，當然也不例外。

　　總之，隨著人類文明的不斷進化，亂倫問題已當然結晶為穩定的社會文化心理並通過集體無意識的方式沉澱、延傳下來，當它層積為一種說不清、釋不透的理性認知範疇時，文學作品正是以審美的模糊性而成為這種特定的集體深層意識的藝術轉譯方式。也就是說亂倫題材的文學作品同時擔承著人類精神深層的兩種訴求、渲染著人類心理的兩種情緒：宣洩亂倫欲望同時傳遞亂倫禁忌。正如有人所言：文學的功用在於鬆懈我們（既包括讀者，也包括作者）被壓抑的情感；情感的表現就是從感情中解脫，而從世界性的痛苦中脫身；觀看一齣悲劇或閱讀一部小說，也被認為是心靈所經歷的放鬆和解脫的過程，觀眾或讀者的情感集中於作品上，在美感享受之餘，留下了「心靈的平靜」。文學既宣洩了我們的情感，同時也激起了我們的情感。[2]

二、亂倫題材是文學對人性特殊性的大膽關涉與探究

　　如前所述，人類制定亂倫禁忌的緣由儘管眾說紛紜，但「亂倫被文明社會視為獸欲而深惡痛絕的主要原因是人類有反對純種繁殖的傾向，近親婚姻的結果會使人種退化，所謂『男女同姓，其生不蕃』」[3]。假如果真是如此，那麼有血緣關係而且相愛的男女，如果不結婚生子僅僅只是享受愛之親性之樂，人們又有什麼天大的理由對其加以反對和制止？如果換個角度，你又憑什麼不能說它是對人類自身未知的情愛領域的一種大膽體察？日本民族就不怎麼反對出於雙方情感心理需要的亂倫，在他們看來

---

[1]　葉舒憲：《導論：文學治療的原理及實踐》，見葉舒憲主編：《文學與治療》，北京：社會科學文獻出版社，1999年，第6-12頁。

[2]　宋琛：《川端文學的精神分析闡發——以俄狄浦斯情結為中心》，吉林大學博士學位論文，2009年。

[3]　吳衛華：《不倫之戀：〈無名的裘德〉敘事母題探析》，《外國文學研究》，2006年第2期。

「只要兩廂情願就等同於一般的男女偷情」[1]；有論者還從生物學的角度指出：現代社會「隨著離婚率和再婚率的增高，非親父母角色增多。從生物學的角度來看，繼父母家庭的性接觸不是亂倫」[2]。其實，時下風行的「酷兒理論」（Queer）也為這些「性少數人群」提供了理論支撐：酷兒理論明確主張人的性取向是流動的，認為人在性行為與性傾向上均是具有多元可能的。所以，它擁護性文化中所有非常態（nonstraight）的表達方式，也包括所有其他潛在的、不可歸類的非常態立場[3]。惟其如此，我們就不難理解：對於大詩人拜倫與自己同父異母妹妹奧古斯塔的情愛關係，有人會這般評價——這是對人類未知的情愛領域的大膽體驗和探索。

如果說現實生活中出於情感需要的「亂倫」之愛是對人類未知的情愛領域的一種大膽探索的話，那麼，文學關涉亂倫，就可以看做是人類藉助文學對人性特殊性的一種勇敢探察。高爾基「文學是人學」的論斷，切中肯綮，振聾發聵。受此影響，我們早已習慣文學對人性普遍性進行觸及和表現，卻一直忽略文學對人性特殊、特異性進行觀照和探究。正如人類的精神世界是由理性和非理性構成而文學要給予它們同樣的關照一樣，全面完整、豐富多樣的人性當是由人性的普遍性與特殊性構成的，文學當然也要給予兩者同樣的關照。拙著前述人類特有的「性親心理」、「禁果心理」、「冒險心理」「喜新厭舊」心理及其在性愛婚戀上的體現都可以看做是人性特殊、特異性的一些具體內涵。與此相關，如果說亂倫禁忌是文明時代人性普遍性的體現，那麼亂倫欲望則可以說是文明時代人性特殊性的透射。日本學者河合隼雄正是在此意義上提出「近親亂倫的人類性」這一命題的。他從亂倫從古到今在全世界普遍存在的事實出發，認為亂倫既

---

[1] 〔日〕大井正：《性與婚姻的衝突》，張治江譯，長春：吉林人民出版社，1988年，第121、130、131、122頁。

[2] 徐漢明、劉安求：《亂倫禁忌與家族情結》，《醫學與社會》，1998年4月第11卷第2期。

[3] 見《百度百科》「酷兒理論」，http://baike.baidu.com/link?url=NWJvKmrR79P9C-mT5-K1eZnF6N7X04lCbKZiCz3VNjD_gidTexVS7gG4Kh9iZb3Wlqpo4y-tVSo7zXBwO8h2sK，2016/3/6。

是人性的體現，又是人性的標誌[1]。其理由和邏輯在於：動物出於本能而亂倫，它們沒有亂倫意識；人類雖有亂倫意識，但卻一直在亂倫。由此可見，亂倫欲望和亂倫禁忌均是人性的透射。

《不倫之戀：〈無名的裘德〉敘事母題探析》一文的作者如是說：文學向來關注對人性特殊性的表達，文學史上那些對既定倫理道德具有強烈反叛意味的作品，一如《紅樓夢》、《尤利西斯》、《洛麗塔》，卻是最大可能地拓寬了人性的內涵和歷史深度，但也經常不得不承擔巨大的道德風險。類似於作家納博科夫的小說《洛麗塔》出版後所遭到的低毀與誣衊，《無名的裘德》脯一問世，雖然不少人已經指出故事的結局表明這又是一部關於既定「道德與宗教的訓示集」，但仍有人堅持將這部小說冠以「不道德」和「粗鄙下流」的惡諡。在各種各樣被臚列的罪狀背後其實指涉的是「自然的法律」公然挑戰「文明的法律」這一實質，隱含著亂倫這一尚未被道破又異乎尋常敏感的創作母題。

眾所周知，在《無名的裘德》中，女主人公淑是男主人公裘德親姑姑的女兒，但是這一對表兄妹卻深深相愛。對此，文章的作者這樣論說：小說中愛情的發生發展必不可免地背離了現世人類文明的倫理精神與道德準則，卻又不失為一種最純真、最符合人性的存在。相對於只是一紙契約的婚姻形式，心心相印的愛情為什麼被世俗所不容?哈代在小說中的困惑依然困擾著今天的男男女女，作家將一個難以解答的悖論交給了讀者。更主要的，作品通過裘德和淑的愛情悲劇，具體地詮釋了「俄狄浦斯情結」作為無意識的本能是在如何左右著人物的命運走向，完成了對亂倫敘事母題和人性特殊性追求的一次隱形書寫，實現了對人類愛情與婚姻問題的某種獨特思考和超越性反省。文章的作者最後說：小說通過對人性極端化狀態的呈現，並將之轉化為文學性的審美意蘊、表現情境和修辭效果，依靠小說敘事不斷賦予人物以正面品質，使一個有違傳統人倫道德禁忌的亂倫

---

[1]　〔日〕河合隼雄：《象徵としての近親相姦》，見《現代思想 臨時增刊 總特集：近親相姦》，青土社，1978，第40頁。

故事獲得了合理性的內涵[1]。中國當代女作家蘇童在評價納博科夫的《洛麗塔》時如是說：「亂倫和誘姦是猥褻而骯髒的，而一部出色的關於亂倫和誘姦的小說竟然是高貴而迷人的，這是納博科夫作為一名優秀作家的光榮。他重新構建了世界，世界便消融在他的幻想中，這有多麼美好。」[2]

　　被文明社會普遍否定和唾罵的「亂倫」在一部文學作品中竟然獲得如此這般的美感效應，雖不敢說是小說作者哈代的有意為之，但作為人類的一種集體無意識，則完全可以說是廣大小說讀者的隱隱盼之。日本著名作家渡邊淳一在談及自己文學創作中的不倫描寫時曾言：「人世間潛在的非倫理的欲念，用知性、理性的方式去處理有時往往是不可能的」。這些故事「在現實中不會發生」，「但我想，在男人或女人心中，或許都有一點點這樣的願望，希望發生小說中的這種事情，我只要把男女的這種心態描寫出來就好了。」[3]渡邊淳一的話既道出了人類非倫亂倫欲念的實際存在，又指出了文學審美是這些非理性的人性元素的可能的甚至是當然的表現手段和實現方式。其實，遠不僅於此——由於文學藝術本身具有情感審美功能，現實社會中為道德所禁忌、為人們所不齒的亂倫，一旦進入文學作品，是很容易被「情感化」、「放大化」甚至「美麗化」的。也就是說，亂倫藉助文學創作使自身合法化、道德化，還通過文學描寫讓自身得以美麗化。有學者從文學消費的角度明確指出：「亂倫」是我們社會的道德禁忌，但是小說戲劇製造者給它穿上了美麗的外衣——文學，大眾會在藝術力量的遮蔽下完成對它的消費[4]。其實，藝術的魅力正在於成功地發掘著人們心中存在的各色欲望，尤其是那些深藏不露的欲望，並赤裸裸地展示給人們，幫助人們進行情感的宣洩或情結的釋放。如此看來，文學中的亂倫題材不僅是人類亂倫潛意識的隱形表達，更是人類的這一集

---

[1]　吳衛華：《不倫之戀：〈無名的裘德〉敘事母題探析》，《外國文學研究》，2006年第2期。

[2]　蘇童：《虛構的熱情》，南京：江蘇人民出版社。2003年，第195頁。

[3]　《日本情愛文學大師與中國讀者面對面》，見《北京青年報》，2003年9月28日。

[4]　馮瑞杰、苗曉雪：《解讀作為消費符號的「亂倫」》，《網絡財富》，2008年第11期。

體無意識的審美顯現。至此，我們可以下結論了：文學需要亂倫，亂倫更需要文學。

三、亂倫題材給文學提供了一種獨特的敘事模式

除了亂倫問題本身，亂倫題材在藝術上還給文學提供了一種獨特的敘事模式：神話原型模式或者叫隱喻象徵模式。

神話最早反映了人類祖先的亂倫，而後作家們通過神話原型的「置換變形」以文學的方式將這種故事情節得以延續。弗萊指出：「神話主要是具有一定特殊社會功能的故事、敘事或情節」[1]，「它賦予儀式以原型意義，又賦予神諭以敘事的原型。因而神話就是原型，不過為方便起見，當涉及敘事時我們叫它神話，而在談及含義時便改稱原型」[2]。可見，神話和原型實際上是一個事物的兩面，相當於形式的意義和意義的形式。這樣，「從神話到現實主義的全部文學，就都建立在比喻這種共同的結構基礎上了」[3]。那麼，作為明喻的一種轉化，隱喻不僅是語言修辭學問題，它已經變成了一種認知人類和表現世界的方式，文學作品因此出現了由敘述組成的表層結構和由原型組成的深層結構，此時的神話原型實際上如同隱喻象徵，「亂倫情節只作為一種敘事的手段存在，起深化主題的作用」[4]。

在古希臘悲劇《奧狄浦斯王》和《希波呂托斯》中，「亂倫」是整個戲劇的中心情節，但明顯不是戲劇的核心意蘊。俄狄浦斯的「弒父娶母」和費得爾的「表白遭拒反誣陷」，都清楚地表明瞭神諭的權威性和不

---

[1] 吳持哲主編：《諾思洛普‧弗萊文論選集》，北京：中國社會科學出版社，1997年，第227頁。

[2] 《文學的原型》，見吳持哲主編：《諾思洛普‧弗萊文論選集》，北京：中國社會科學出版社，1997年，第89頁。

[3] 葉舒憲：《文學與人類學——知識全球化時代的文學研究》，北京：社會科學文獻出版社，2003年，第132頁。

[4] 馮瑞傑、苗曉雪：《解讀作為消費符號的「亂倫」》，《網路財富》，2008年第11期。

可褻瀆。《僧侶》是一部哥特式小說，它借用「殺母奸妹」的亂倫母題表現了宗教聖人安布羅西奧的虛偽和殘忍，藉以諷刺宗教對人性的扭曲和壓制並導致其變態。《僧侶》以神話隱喻的方式結構全文，到結尾部分才用魔鬼言明的方式將小說的喻體和本體合二為一，而在結構方式上依然借鑒了《奧狄浦斯王》的「無知─有知」亂倫模式。這一敘事模式在現實主義來到以後便被改頭換面，以一種更為直接的明喻方式構思出來。《源氏物語》和《無名的裘德》中的亂倫故事近似於現實世界中的人類生活，「現實主義」作家逼真的再現了生活的本來面貌。但《源氏物語》中的「亂倫」原型仍然可以解釋為隱喻了佛教的「色空」或虛無的思想，而《無名的裘德》裏亂倫的表兄妹隱喻了宗教社會的不合理和反人性。我們還可以舉出《哈姆萊特》和《莎樂美》，這兩部戲劇作品中新國王都娶了自己的嫂子，此時的亂倫則隱喻著欲望導致世界的混亂和人性的墮落。像這樣的作品，在「亂倫」母題的運用上已經明顯超出了古希臘悲劇的傳統模式，大大強化了亂倫母題在文學作品中方式方法的作用。然而，這一亂倫模式的運用都在神話與原型或者形式與意義兩者關係上存在明顯可以判斷的聯繫。而到了「現實主義」作品，神話與原型之間的張力在逐漸擴大，喻體明顯地敘述出來，而本體卻隱隱約約或直接省略。例如《悲悼》要表達清教主義思想對人性的壓制和扭曲，然而這樣重要的中心意義文本絲毫沒有顯露，需要讀者去猜去想。從文學發展的整體性來看，「亂倫」神話原型模式越來越走向深度，神話與原型分離且不再那麼輕易地被認識。

　　到了20世紀，「亂倫」神話原型不再指向亂倫本身，從而真正體現出深度神話模式。在以往的亂倫文學作品裏，「亂倫」既是本體也是喻體，既以亂倫形式表現深層次的隱喻意義，也以亂倫形式表現亂倫現象的現實意義，亂倫的現象與本質二者共同結構小說。但是20世紀的「亂倫」神話原型模式已經演變為一種象徵符號，亂倫的能指與所指脫離，沒有本體而只剩下指涉性的喻體，亂倫不再是亂倫，它已經成為文學作品結構的一種方式和手法。馬爾克斯的《百年孤獨》裏，布恩蒂亞家族在馬貢多的第一代開拓者霍塞·阿卡迪奧·布恩蒂亞與表妹烏蘇拉結婚卻沒同房，原

因是，很久以前霍塞・阿卡迪奧・布恩蒂亞的叔叔和烏蘇拉的姑姑結婚生下一個長豬尾巴的兒子，烏蘇拉也怕近親結婚而重蹈前輩覆轍，堅決不與丈夫同房。後來布恩蒂亞家族人口繁衍越來越多，然而一代卻不如一代。在前兩代人的身上，還保存著積極進取的精神，努力探索世界的奧秘，領導馬貢多土著居民實現自由、平等和民主，雖最終失敗，仍不失英雄的雄渾偉岸，以後各代卻日漸衰微。布恩蒂亞家族不僅多以近親結婚生子，而且在生活方式上多保守而重複，時間似乎在這裏打轉，循環往復。第4代奧雷良諾第二反覆的修理門窗，第6代奧雷良諾上校晚年不停地縫製裹屍布，雷梅苔絲每天需要花很多時間來洗澡等等，甚至於連姓名也是重複的，名字始終在阿卡迪奧和奧雷良諾之間叫來叫去。儘管時間在向前推移，但是馬貢多居民的生活方式、價值觀念和思維方式卻百年如故。馬貢多人反覆上當受騙，他們遠離科學，拒絕文明，又加上外國經濟勢力的入侵，使得進步的步伐基本停滯不前。這一切都與布恩蒂亞家族第6代奧雷良諾・布恩蒂亞與自己的姑媽阿瑪蘭塔・烏蘇拉亂倫生下了家族的第七代傳人——一個長豬尾巴的孩子有關。亂倫如同其他意象那樣表達了同一敘事功能，即時間的重複和生活的閉鎖，而這一重複和閉鎖不是指向亂倫本身，亂倫像一個空殼，它沒有本體性的意義，既不跟以往文學作品指涉的倫理道德、社會習俗相關，也不跟人的本能欲望相關，亂倫僅僅就是一個名詞概念，它象徵性地指向哥倫比亞的保守、封閉、落後、孤獨，甚至指向整個拉丁美洲的「百年孤獨」。眾所周知，發生亂倫的家庭或家族基本上對外都是封閉的，或者說對外封閉的家庭或家族極易發生亂倫。而布恩蒂亞家族在性指向、性行為上正好都呈現出一味地「內部解決」的封閉性且循環重複。可以說，在這部作品中，「亂倫」作為一種隱喻象徵模式，它的「能指」是顯而易見的，也是深刻內斂的。總而言之，到了20世紀，「亂倫」母題的符號敘事功能愈發明顯，呈現出一種由意義到形式再到意義的深度模式，這既是對《奧狄浦斯王》神話隱喻模式的跨時空回歸，更是對這一神話隱喻模式的超越性昇華。

四、亂倫題材能夠強化藝術文本的審美張力

　　亂倫題材的文學作品在宣洩人類潛在的亂倫欲望的同時又傳遞著人類對於亂倫的恐懼和禁忌。如果脫離了某一個具體的藝術文本，我們很難釐清這相互背悖的兩種質素到底哪一種占的比重更大一些。但就一般意義而言，潛在的欲望與強大的禁忌，所呈現的是一種恒久而強烈的二元背反結構和精神對峙狀態。日本學者野口武彥如是說：「假如近親之間的相互交媾為當事人之間的家常便飯的話，其實這裏什麼問題也沒有。另外，如果明知有交通法規，仍然以違法駕駛的心情觸犯的話，也同樣沒有任何問題。問題就在於：亂倫的禁忌意識帶來侵犯的罪孽感、背德的戰慄、自我控制的緊張等形狀的時候，均是針對第一次發生而言的。禁忌本身在意識內部被對象化，或者不如說，積澱於意識、形成為深層心理的複合體時，就自然轉化為文學想像力的酵母」。野口武彥不僅把亂倫與禁忌衝突的張力場看成是文學想像力的酵母，而且還認為這是「有關日本文學的近親亂倫的傳統的想像力中的一種」[1]。

　　其實，無論表述為藝術審美的張力還是表述為文學創作的想像力，二者在本質內容上都是相同的，這就是：其中都蘊涵著豐厚的情感和心理，充盈著複雜的矛盾和性格。而情感的豐富性和性格的複雜性正是文學藝術的強大魅力所在。正如著名學者劉再複所言：文學的魅力就在於人物性格的豐富複雜和故事情節的豐富複雜[2]。說白了：文學作品關涉亂倫題材，在審美上恰恰通合了文學文本創造尤其是敘事性文學文本創造的一個簡單定律——情節的複雜性和內蘊的豐厚性。因為描寫亂倫就是描寫情感糾葛和矛盾衝突，描寫情感糾葛和矛盾衝突就必然會增強一個藝術文本內蘊的複雜性與豐富性；而藝術文本內在張力的豐富與複雜，無疑就是藝術審

---

[1]　〔日〕野口武彥：《近親相姦と文学の想像力》，見《現代思想 臨時增刊 總特集：近親相姦》，青土社，1978年，第86頁，

[2]　劉再複：《性格組合論》，北京：中國人民大學出版社，2010年。

美上的詩性與戲劇性的最大化實現。日本學者原田武在談及此點時說：
「講述血親亂倫故事，因為採用的是迂迴間接性的敘述方式，所以能增
強作品的深度，同時，也會提高作品之餘韻及暗示的效果。亂倫題材文
學作品的魅力就在這裏」[1]。熱衷於亂倫題材的日本作家三島由紀夫也指
出：亂倫情節或亂倫故事可以使小說的「規模因此演變得比較大」，並
由此具有魅力[2]。

　　中國學者周閱在評價吉本芭娜娜的小說《N·P》的亂倫主題時如是
說：一般來說，近親亂倫的主題蘊涵著雙重意義：一方面它在遠古神話傳
說中以比喻的形式展示著世界的起源；另一方面它在現實生活中作為一種
禁忌代表著打破常規的畸形的愛。……然而，《N·P》中所描寫的近親亂
倫顯然不具有神話的啟示性意義，它無疑是作為有悖於道德規範和不符合
社會秩序的行為來描述的。但是通觀全篇，作者並沒有批判和鞭撻這種行
為，對箕輪萃這個人物也沒有表現出厭惡和唾棄，相反還寄予了一些理解
甚至同情。那麼，在近親亂倫的背後，芭娜娜試圖表現的究竟是什麼呢？

　　該論者闡述了三點見解：首先，她希望自己的創作能夠滿足讀者的獵
奇心理，這源於吉本芭娜娜一貫的創作原則——「澈底的顧客制度」。對
她來說，讀者不僅是被動的接受者，而且是主動的消費者，因而自己的創
作活動必須考慮「顧客」的消費傾向。她總是把讀者的趣味置於前方，使
整個創作過程不至脫離大眾的閱讀需求。選擇血親亂倫的主題可以迎合現
代社會中相當一部分讀者的好奇心。第二，吉本芭娜娜還希望通過文字說
明讀者實現潛意識中觸犯禁忌的幻想。文學作品可以使讀者通過閱讀來體
驗真實的生活中不可能實現的種種幻想。第三，為自己的作品製造賣點，
這也是日本當代文學創作的一大趨勢。（該論者在談到滿足讀者的獵奇心
理、幫助讀者實現潛意識中的亂倫幻想、給自己的作品製造賣點之後，明

---

[1]　〔日〕原田武：《文学と禁断の愛——近親姦の意味論》，青山社，2004年，第
　　26頁，
[2]　見《川端康成三島由紀夫往來書簡集》，許金龍譯，北京：昆侖出版社，2000年，
　　第30-31頁。

確指出）第四，以最為極端的事例表現人的心靈的掙紮，這是吉本芭娜娜
創作這篇小說最重要的目的。如果說前三點都與現實的商業利益有關，
那麼第四點則完全是源於文學創作的衝動。這既是作者渴望表達自己對
人性理解的衝動，也是作者期待自己的思考得到認同的衝動。著名評論
家吉本隆明的女兒和當代走紅作家的雙重身分，使吉本芭娜娜兼具對時
代的靈敏嗅覺和對文學的深刻感悟。因此，她既不拒絕大眾文化的消費
特性和市場效益，也不放棄純文學的審美功能和精神撫慰作用。她創作
小說《N‧P》的最根本出發點還不在於講述一個奇異的故事，也不是要鞭
撻違背倫常的行為，而是試圖展現一種極端痛苦卻又難以自拔的精神狀
態以及擺脫和超越的過程。作品中複雜而異常的家族故事只是一個精心
設計的載體和依託，主人公們觸犯禁忌的行為成為他們不可輕易昭示於
人的忌諱，由於背負著這樣的人生祕密，他們的心靈日益嚴密地對外封
閉。於是精神上的一切矛盾痛苦都被壓制在心底，這種壓制又進一步使
得痛苦的程度成倍地增長。這樣，近親亂倫的情節構架就成為表達作者
思考的最有效的管道。[1]一言以蔽之，亂倫作為最極端的事件，最容易表
現人物心靈的複雜與掙紮。

五、亂倫題材作品往往具有較多的形式美感元素

　　比起正常婚戀題材，亂倫婚戀題材明顯秉具更多的形式美感元素。
「亂倫主題的文學比起非亂倫題材的文學，僅就敘述的多樣性而言就遠遠
超越了後者。……為了讓體驗了令人覺得不規則且有點厭惡的愛的狀態的
讀者獲得共鳴，要求作者有這樣相應的構思和方法」[2]。也就是說，是亂
倫性愛本身的「不正常」「不規則」造就了亂倫題材文學作品敘述上的多

---

[1]　周閱：《近親亂倫背後的深層意蘊——吉本芭娜娜長篇小說〈N‧P〉主題試探》，
　　《中華讀書報》，2004年8月18日。
[2]　〔日〕原田武：《文学と禁断の愛——近親姦の意味論》，青山社，2004年，第
　　21頁。

樣複雜、跌宕起伏。其實，且不說亂倫題材帶給文學文本的「文似看山不喜平」的形式美學方面的審美效應，單就其情感基調上由愛到恨或由恨到愛的突轉，也會使它給自身平添許多別的題材少有的戲劇性。亂倫之性愛由於其先天的不道德性，當事人「跨越雷池」必定是下了極大的決心，因而一旦遭到拒絕一般都會立即由愛轉恨，比如拉辛的悲劇《費得爾》中繼母費得爾對繼子希波呂托斯示愛遭拒後的仇恨與報復。即使雙方早已「暗渡陳倉」，一旦暴露，強大的輿論和道德壓力或對強大的輿論和道德壓力的擔心也會使當事人「愛恨突轉」，比如紫式部的小說《源氏物語》中的繼母藤壺對繼子光源氏的先愛後恨。當然，也存在一切風平浪靜之後雙方又祕密地由恨轉愛的，儘管少了不少突轉之妙，但卻孕育著新的懸念，比如奧尼爾的悲劇《榆樹下的欲望》中伊本對繼母愛碧的恨愛轉化。

總而言之，亂倫題材的敘事文學作品與其他非亂倫題材的作品相比較，不僅開端、發展、高潮和結局的藝術架構顯得更加緊湊完整，而且其中還常常充滿了鮮明的對比、激烈的衝突、大幅的跌宕、較強的懸念等形式美感元素，並進而給廣大受眾帶來重度的刺激、緊張的期待、強烈的震撼、意外的錯愕等情感體驗和心理效應。例如，有人在評論日本「亂倫小說家」中上健次的亂倫小說時如是說：「中上健次通過這種驚世駭俗的、超越傳統倫理的褻瀆性敘事，刺激讀者的神經，使其產生不快與震驚，繼而開始思索作者的真實用意。在小說中，性欲、亂倫、暴力、偷盜、死亡等內容構成了敘事張力，中上健次的價值立場是個人倫理性的，這讓習慣於歷史敘事和道德倫理敘事的讀者感到震驚與不安，它顛覆了人們既成意識形態與價值規範。」[1]也就是說，吸引受眾、作用讀者的並非思想內容層面上的道德共鳴或價值認同，但也不是相反，而恰恰是顛覆傳統道德和價值觀念所造成的讀者情感體驗和心理感覺上的震驚與刺激。

---

[1] 李東軍：《中上健次：日本文學中的魔幻現實主義》，《江南大學學報》，2013年4期。

六、亂倫題材是對常規性愛題材的陌生化處理

　　從接受美學的角度說，亂倫母題作品的出現，在將人們內心深處的某些集體無意識通過藝術文本轉化為理性社會所能容忍的方式再現出來的同時，也在不同程度上給人們帶來審美的多樣化和新鮮性滋味。也就是說，文學作品中時不時地出現亂倫性愛描寫，除了合理釋放人類的集體無意識這一功效，也許正是對人類文學中恒久不變的基於正常婚戀的老套情愛故事的一種時不時的新奇化處理或陌生化訴求。

　　愛情是文學作品的一個永恆的主題，無疑也就成了文學作品的一個傳統而老舊的主題，或者說就成了文學創作中一個極易乏新可陳、極易落入俗套的主題。然而，人類的審美心理趨勢或審美規律卻恰恰與之相反，這就是：需要不斷地推陳出新、不斷地新奇別致。正如俄國形式主義批評家們所提倡：陌生化是文學表現生活的必然規律和當然手段，也是文學創作最本質、最活躍的一個內在要求[1]。一言以蔽之曰：文學創作上的陌生化就是藝術鑒賞上的審美化。所以，不能否認一些作家選擇亂倫性愛題材是對常規愛戀、老舊性愛的一種新奇化處理和陌生化訴求，目的在於撩撥或迎合讀者的好奇心。中國學者周閱在論及日本當代女作家吉本芭娜娜長篇小說《N·P》近親亂倫主題所蘊涵的意義時就明言：「它在現實生活中作為一種禁忌代表著打破常規的畸形的愛」；「選擇這個主題可以迎合現代社會中相當一部分讀者的好奇心」[2]。在日本評論界，就存在有「普通の戀愛」（意即：一般、傳統的戀愛）與「近親相姦風戀愛」[3]（意即：亂倫風格的戀愛）的用語之分。

---

[1] 參見〔俄〕什克洛夫斯基等：《俄國形式主義文論選》，方珊等譯，北京：三聯書店，1989年。

[2] 周閱：《近親亂倫背後的深層意蘊──吉本芭娜娜長篇小說〈N·P〉主題試探》，《中華讀書報》，2004年8月18日。

[3] 日本女作家津島佑子還專門寫有《近親相姦風恋愛》的隨筆文章，見〔日〕津島佑子：《私の時間》，人文書院，1982年。

　　眾所周知，隨著現代社會生活的多元化進展，人類的情感心理需求也愈來愈呈現出多樣化、複雜化、個體化甚至特異化的趨向，比如「同志」（同性戀的簡稱，英語叫Gay，其中又分「男同」和「女同」，「女同」也叫百合、「拉拉」、「蕾絲邊」、Lesbian、LES，「男同」之間的情感也叫「基情」）、雙性戀、跨性戀、虐戀、性虐待（SM）、蘿莉控、大叔控、戀童癖、戀物癖等這些「非常規的畸形的性愛」樣態的出現和流行，其本身合理與否、正常與否暫且不論，但一個不爭的事實是：現如今的文學作品、影視藝術一旦對此有所涉及或描寫，不是引起轟動，就是成為熱點。事實就是這樣，第一個吃螃蟹的人總是受到關注。例如美國作家納博科夫的《蘿莉塔》（1955），如奧地利女作家耶利內克的《鋼琴教師》（1983）。前者因為描寫了繼父與繼女的亂倫之戀加之男人戀童和少女戀長的心理訴求而暢銷全球；後者因為描寫了性愛中的施虐與受虐傾向而轟動一時並進而獲得2004年諾貝爾文學獎。這到底是為什麼呢？其中一個重要的原因就在於：讀者在閱讀或觀看此類作品的過程中，體味到了一種不同於以往作品中常規情愛故事老套描寫的新鮮刺激和別有滋味。毫無疑問，文學作品中的亂倫性愛作為「非常規的畸形的愛」之一種，當然也具有同樣的審美效應，會時不時地衝擊並刷新傳統情愛故事帶給廣大受眾的審美疲勞。

　　與此相應，不排除一些作者和讀者通過亂倫描寫和閱讀來追求一種對傳統愛情主流價值顛覆和叛逆的快感。也就是說，不同於正常性愛的亂倫之愛的描寫與欣賞其實是一些人對主流文化價值觀的一種抵制或顛覆。當今世界是個多元化、多極化的世界，每種價值觀都在找尋市場；現代社會是個浮躁的社會，每個個體都渴望與眾不同。你要天天給他灌輸主流文化價值觀，他偏不吃你那一套。尤其是生生不息、浮躁不安的年輕群體，對傳統文化、主流價值有一種天生的對抗和逆反，但是又沒有不斷更新的文化和價值滿足他們，於是，大家開始顛覆背叛，於是，大家開始自娛自樂：你讓我聽古典音樂，我偏聽聲嘶力竭；你要我陽春白雪，我偏下裏巴人；你追求宏大敘事，我偏偏齷齪講述；你讚賞英雄美人，我偏愛男盜女

娼；你真愛永恆，我偏始亂終棄；你循規蹈矩，我偏亂倫變態；你走你的陽光道，我偏過我的獨木橋；你想引我上天堂，我偏獨自下地獄。一些人傾向於集體找尋存在感，我異故我在，其實也反映了內心缺少安全感。當我高雅不了、高尚不了、漂亮不了、和諧不了、常規不了，那我就低俗、猥瑣、粗鄙、混亂、變態。做不了天才我做偏才，做不了英雄我做劫匪，做不了貴婦我做情婦，做不了天使我做魔鬼。當很多人都和我一樣，我也就有了存在感，也就有了安全感。

七、亂倫題材的作品一般具有較強的悲劇美學的特徵

亂倫從根木上是一種違背道德倫常的罪孽，必然遭到詛咒。即使亂倫之愛也算一種性愛樣態，也只能是性愛的殘缺、性愛的異化、性愛的另類。惟其如此，「世界上任何文明社會，任何國度，都存在著亂倫禁忌，雖然不同的文明時期不同民族對亂倫的咒語各不相同，但其可怕和毒辣一樣的匪夷所思。要麼用生命之血來洗刷，要麼受到終身的譴責。『亂倫』本身就是一個既荒誕又悲情的行為，只有以悲劇終結才能慰藉現行的社會文明。即使在虛構的小說中也擺脫不了這一最終命運。」[1]

其實，亂倫題材本身的情欲性和不道德性就決定了它的破碎性和另類性；而它的破碎性和另類性也就決定了它的悲劇性品格。所以，從古到今所有的亂倫題材作品基本上都是以死亡或毀滅為終點的，這就使「亂倫」母題的作品也同其他悲劇（這裏包括悲劇性戲劇和悲劇性小說）一樣擁有悲劇美學特徵。亞裏士多德是這樣定義悲劇的：「悲劇是對一個嚴肅、完整、有一定長度的行動的模仿，它的媒介是經過『裝飾』的語言，以不同的形式分別被用於劇的不同部分，它的模仿方式是藉助人物的行動，而不

---

[1] 張瓊：《「亂倫」母題在中國當代小說中的運用及其文學價值》，《大眾文藝》，2009年第7期。

是敘述，通過引發憐憫和恐懼使這些情感得到疏泄」[1]。的確如此。人對美的藝術品的審美態度是複雜的，在痛感中也夾雜著快感，在憐憫、恐懼和傷心欲絕中也疏泄了內心的積鬱。

中國的魯迅先生說：「悲劇將人生有價值的東西毀滅給人看，喜劇將那無價值的撕破給人看」[2]。就「亂倫母題」作品而言，這裏所謂的「價值」應該是倫理價值，作家體驗到了這種價值，同時又藝術地轉述了這種體驗，從這個意義上說，作家總是從對具體的人物、事件以及人物關係的想像性體驗中獲得某種情感態度，而只有情感態度才能轉化成審美態度，所以這種情感態度的審美化表述形態就是魯迅所說的或悲劇性或喜劇性激情。很明顯，「亂倫母題」作品傳達出的是悲劇性激情以及悲劇性激情在情感強度上的弱化形式——感傷性激情。前者如古希臘悲劇《俄狄浦斯》、《希波呂托斯》、莎士比亞的《哈姆萊特》、陀思妥耶夫斯基的《卡拉馬佐夫兄弟》、福克納的《喧嘩與騷動》、曹禺的《雷雨》，後者如勞倫斯的《兒子與情人》、紫式部的《源氏物語》、納博科夫的《洛麗塔》、曹雪芹的《紅樓夢》、當代中國作家趙玫的《朗園》、陸天明的《泥日》等等。然而不論是哪一種，其間無一不透現著或強或弱、或隱或現的道德承諾和關注，不能不包含活脫脫的道德品味。這種品味使作家們常常陷入苦腦、哀愁裏難以自拔，不免自作多情、替人分憂，甚至三分憂鬱、一抹傷感。通過否定具有片面性價值的東西而不無痛苦地肯定有價值的東西的方式，其情感特徵是建立在「痛苦」的基礎上，藝術審美的意韻也大多由此而滋生。

「亂倫」母題一般存在於悲劇當中，這是由它本身的性質所決定的。需要強調的是並不是因為有「亂倫」母題的出現使得原本不悲的小說變成了悲劇，而是這些小說原本就是悲劇，只是由於「亂倫」母題的

---

[1] 〔古希臘〕亞里斯多德：《詩學》，陳中梅譯，北京：商務印書館，2002年，第63頁。

[2] 魯迅：《再論雷鋒塔的倒掉》，見《魯迅雜文精選集》，北京：燕山出版社，2009年，第20頁，

加入使得它更加悲情，「亂倫」在此起的不是決定性作用而是催化劑的作用。

八、日本亂倫文學作品則多呈現出和諧靜穆的美感特徵

　　悲劇的這種複雜的痛感和快感都來源於它的激烈性，激烈性是西方悲劇呈現的主要風格之一，更明顯地表現在亂倫題材作品裏。但日本亂倫文學作品卻呈現出另外一種美的形態——東方文學藝術一貫追求的和諧之美及靜穆的精神境界。這卻是為何呢？首先，所謂和諧之美，也「就是多樣化中的統一，就是有序、有節奏感之美，就是變化之中的美」[1]，所以日本亂倫題材的作品很少直接地表現人物內心或與他人之間的強烈衝突，甚至沒有糾葛與衝突，就像日本學者所言：「日本文學描寫亂倫的時候，心中的糾葛相當稀薄」[2]，人物的情感大多隱忍而憂傷，「亂倫」往往被自然美、人性美和靜穆美所淡化。志賀直哉的小說《暗夜行路》裏主人公時任謙作得知自己乃祖父和母親亂倫所生時異常痛苦，為排遣內心的隱痛，他隻身投入大自然當中，借自然之美緩衝內心的捆擾，並且在自然美之中尋求自我、完善自我；川端康成的小說《千隻鶴》裏作者將文子的純美上升到人類之美的高度，「雖然她自身潔淨無垢，但卻傾心於對潛藏在人性中罪惡意識的深刻理解與同情，並以巨大的愛犧牲自己去救助他人，這就是文子」[3]。為拯救因母親而陷入絕境的菊治又委身於他，人性之美遠超越了亂倫的罪惡。川端康成的這種美學思想繼承了日本民族的傳統審美意識，日本是一個重視生命，崇尚生命之美的民族，對人的自然情欲一般不予壓抑，所以《源氏物語》中的男女關係較容易發生，深沉的亂倫負罪感

---

[1] 邱紫華：《東方美學史》(上卷)，北京：商務印書館，2003年，第145頁。

[2] 〔日〕古橋信孝：《自然過程・禁忌・心の闇》，川田順造編《近親相姦とそのタブー——文化人類学と自然人類学のあらたな地平》，藤原書店，2001年12月。

[3] 轉引自孟慶樞：《〈千隻鶴〉的主題與日本傳統》，《日本學論壇》，1999年第3期，第46頁。

多在佛教的實體本質「空」的思想裏獲得慰藉。但儒家的倫理觀念又常常與之形成對抗，因此《源氏物語》的柏木和《千隻鶴》中的太田夫人還是羞愧而死了。其次，日本民族一個重要的審美標準就是「人之美一定要有內心的善即內心的純淨以及與萬物相處的親和感。……以清白之心（善）同人相處就是親親合群、友善待人，所以親和感是日本美學的重要思想」[1]。因此，在面對亂倫這樣的事情上，日本民族表現的既相對寬容又不那麼殘忍，在悲劇性上顯然也沒有西方那麼劇烈。東方人內心情感的劇烈衝突往往在作家筆下化作讀者自身的體悟，不肆意張揚，埋沒於字裏行間，那麼，當我們不論讀《源氏物語》還是《暗夜行路》，或者《山音》與《千隻鶴》都在表面的靜穆美中傳達出濃濃的情感與罪感。第三就是日本民族一貫的「雅美」追求。伊恩・布魯瑪在《日本文化中的性角色》一書中明確指出：「日本文學沒有描寫性結合的本身，而是描寫情事後面令人憂傷的感歎，多半將感情傾瀉在美的方程式中。所以狂熱的愛情及其性的表現不受任何抽象道德觀念的制約，完全是為了美本身，為了得體。戀愛變成一種藝術，傾注在憂鬱的詩歌和日記中。其文學之典雅，至今絕無僅有。」[2]即使是情色文學、亂倫題材，「當他們詮釋愛情的時候，往往在他們的筆下幻化成一種場景、一種情緒，甚至是一個眼神，而不是一個故事。」[3]至此，我們就不難理解為何多為悲劇的亂倫題材文學作品，為何在日本卻更多呈現出和諧靜穆的美感特徵了。

九、日本亂倫題材作品還具有負面美學的「審醜效應」

有人在評論王爾德的《莎樂美》時指出：「王爾德著重強調了劇中

[1] 邱紫華、王文戈：《東方美學簡史》，北京：高等教育出版社，2004年，305頁。
[2] 〔荷〕伊恩・布魯瑪：《日本文化中的性角色》，張曉凌等譯，北京：光明日報出版社，1989年，第頁。
[3] 鄔東來：《從美的徒勞到愛的淪喪》，《萬象》，2004年，第9期。

負面之物，如死亡、邪惡、復仇和欲望等的一系列行動並因此將常理拋之腦後。」尤其是劇中莎樂美的情欲，不僅背德逆倫，而且血腥恐怖。然而「這卻給觀眾從視覺上和心理上都產生了強大的衝擊，並令他們體驗到一種截然不同的人類激情。」何以如此？「根據古典哲學家如蘇格拉底的觀點，美只存在於善與真，因此絕不能與惡共同存在。相反地，王爾德的創新性質的將惡引入美的表達方式使他的作品與上述觀點分離開來，並啟發了同時代的唯美主義作品，使其得以擺脫古典美學的局限性。……這也就是說，王爾德的創新為現代美的概念掃清了道路。因此，美的範圍和概念被擴大了，進入了一個之前鮮有人提及的領域」[1]，這一領域就是對醜惡現象和負面元素進行審美，簡稱「審醜」。

　　長期以來，文學的特徵在於使人們領略崇高、壯烈和悲憤，給人一種崇高的美感和靈魂的洗禮。然而一個不爭的事實是：不和諧、反和諧的衝突性卻是現代文學的一大精神特徵；「醜」的描寫在現代作品中也呈現更為明顯的上升趨勢。原因何在？因為「醜普遍存在於自然、社會和藝術領域，是一種特殊的審美對象」[2]，甚至「醜比美要更為普遍」[3]、「醜比美更深刻」[4]；因為「美與醜都是生活的本真形態」，「醜比美更生活化，更易於接近」[5]，所以「醜是審美主體把握和體驗世界的一種重要形式」[6]；因為人類歷史「美的歷程事實上也是醜的歷程」，所以「只愛美的人性是不完整的人性」[7]；更因為「醜」與「美」同樣是人類的感性範疇，都是感性學的研究對象，而人的感性具有多元取向的訴求。惟其如

---

[1]　葉楓：《〈莎樂美〉的負面美學》，《西安航空技術高等專科學校學報》2010年7月第4期。

[2]　楊辛、甘霖：《美學原理》，北京：北京大學出版社，2001年，第？頁。

[3]　潘知常：《美醜之間——關於審美活動的橫向闡釋》，《鄭州大學學報》（哲學社會科學版），1997年第2期。

[4]　陳思羽：《簡論審醜的歷史演變及美學意義》，《電影評價》，2010年第7期。

[5]　董莎莎：《論審醜現象》，《語文學刊》1999年第六期？

[6]　陳思羽：《簡論審醜的歷史演變及美學意義》，《電影評價》，2010年第7期。

[7]　潘知常：《美醜之間——關於審美活動的橫向闡釋》，《鄭州大學學報》（哲學社會科學版），1997年第2期。

此，文學對於醜及惡的表現就獲得了合法性甚至獨立性[1]。中國學者潘知常甚至認為：「美總是一種限定，但醜是卻反限定的，是向美的普遍性提出挑戰。……因此，醜沒有轉化為美，而是替代了美」[2]，也就是說，「醜」具有獨立存在的價值和效應。「審醜的藝術甚至比審美更具美學價值」[3]。

有人指出：從形態上來看，藝術中的醜多表現為生理上的畸形、道德上的敗壞、精神上的怪癖、扭曲，即「極度不和諧的形式」[4]；也有人列舉了小說中的種種「審醜的範式」：1、對人物活動的骯髒環境的展覽；2、對人物身體與精神的病態的描繪；3、對暴力、流血場面情有獨鐘的展示；4、對性的觀賞式的裸呈；5、對祖輩的挖苦和嘲弄等等。[5]那麼，這些負面、病態、背德之醜惡現象何以就會成為文學藝術中的快感和美感了呢？以一部《醜的美學》而被奉為現代醜學開創人的羅森克蘭茲說：醜只能代表人性的負面，是與美相比較、相對立而存在的生活樣態，是人的本質力量的扭曲與異化[6]。也就是說：文學藝術中的「審醜」或者說負面審美的根源在於人性中的破壞、暴力、死亡、陰暗、殘忍、扭曲等負面情緒或情結。正如李斯托威爾所言：醜存在的理由在於「它有自身的優點，那便是表現人格的陰暗面」[7]。還有人把審醜看作是「審美疲勞」的產物，吃慣了「精米細飯」的人們都想再嘗嘗「五穀雜糧」，也就是說「審醜」是對傳統美學的顛覆，是對主流審美的陌生化處置。克羅齊表述為：「美

[1] 劉東：《西方的醜學——感性的多元取向》，北京：北京大學出版社，2007年。
[2] 潘知常：《美醜之間——關於審美活動的橫向闡釋》，《鄭州大學學報》（哲學社會科學版），1997年第2期。
[3] 鄭曉薇：《公安文學創作中的「審醜」及其意義》，《湖北警官學院學報》，2003年第4期。
[4] 陳思羽：《簡論審醜的歷史演變及美學意義》，《電影評價》，2010年第7期。
[5] 董小玉：《先鋒文學創作中的審醜現象》，《文藝研究》，2000年第6期。
[6] 〔德〕卡爾·羅森克蘭茲：《醜的美學》，轉引自〔英〕鮑桑葵：《美學史》，張今譯，北京：商務印書館，1997年，第512頁。
[7] 〔英〕李斯托威爾：《近代美學史評述》，蔣孔陽譯，上海：譯文出版社，1980年，第232頁。

表現為整一，醜表現為雜多」[1]。雨果更是透徹：「美只有一種典型，醜卻千變萬化」[2]。還有人認為「審醜」是一些人反崇高或躲避崇高的一種方式：一方面，醜的描寫是人的感性解放的一部分；另一方面，醜的展覽強烈刺激了人們的感官，它能滿足人們的好奇心尤其是對畸趣的奇怪需要。

　　總而言之，在現實生活中被否定、被貶斥的種種醜惡現象，一旦進入文藝創作理所當然就成了一種美感元素了。美學將其稱之為「審醜」、「負面美學」（Negative aesthetics）[3]，文藝理論稱之為「文學的審醜屬性」[4]，波德萊爾用其詩歌及詩學實踐將其表徵為「惡之花」。如果說，人類的亂倫是一種醜惡現象，那麼，在日本的敘事文學創作及其現代審美中，對這種「醜惡」的描寫就顯得特別突出和獨到，也就是說日本文學描寫亂倫具有一定的自覺性，或曰日本文學描寫亂倫其實是美學上的一種「審醜」或曰「負面審美」。惟其如此，日本亂倫文學作品就具有「負面美學」的獨特效應了。

　　就文本而言，《楢山節考》（1956）就相當典型。這部小說在與世隔絕、偏僻落後的大背景之上，在陰冷、壓抑、死寂、赤貧、飢餓的氛圍之中，充分展示出野合、迷信、亂交、亂倫、獸奸、殺嬰、棄老等等一系列醜惡的負面元素，雖無人倫道德可言，但卻具有強烈的感官刺激性，從而

---

[1] 〔意〕克羅齊：《美學原理》，朱光潛譯，上海：上海人民出版社，2007年，第109頁。

[2] 〔法〕雨果：《〈克倫威爾〉序》，《雨果論文學》，上海：譯文出版社，1980年，第37頁。

[3] 「負面美學」也譯為「負面審美」，由法蘭克福學派代表阿多諾在《美學理論》中提出。阿多諾認為在資本主義時代，存在著虛假的同一性：普遍性對特殊性、技術對自然等的壓抑。而現代主義藝術的卻清楚地表達了人類處於這種壓抑下的苦難意識，表達的方式就是以自發性、偶然性、即興性等非理性的方式對傳統藝術發起了反抗。而在這種表達方式中，需要注意的一個問題就是：傳統美學從美與醜的共從中剔除了醜而達到了一種虛假的和諧，所以在現代生活中，人們應該充分地利用醜來表現這個世界。見〔德〕阿德諾：《美學理論》，王柯平譯，成都：四川人民出版社，1998年。

[4] 董學文：《醜就在美的身旁——文學的審醜屬性》，《文學知識》，1987年第3期。

給讀者帶來了巨大的震撼力,可謂日本亂倫文學中具有「負面美學」效應
的典範之作。《飢餓峰的死人草》(1969)也十分突出。這部小說構思了
這樣一個故事:有一種植物只有寄生在死人身上才能存活,有一群人只有
食用這種植物才能生存。這樣,在與世隔絕的環境裏,除了吃死人草就不
能存活的人們,為了獲得死人草的營養,接連不斷地生孩子又接連不斷地
殺死他們;為了接連不斷地懷孕生子,就接連不斷地血親亂倫。故事本身
的殘忍恐怖、陰暗壓抑自不待言,其中的某些描寫更是「醜惡」得登峰造
極、無以復加。例如:「可以清晰地嗅到因需求男人而濕漉漉泛著白光的
女陰的味道。而且,一旦把鼻子靠近漆黑的茂密中,你就可以看到蛆蟲緊
密地擠在一起的蠕動。」這樣的場面描寫,雖然腐臭無比、骯髒之極,但
同時也令人戰慄、令人窒息。可以說,與波德萊爾《惡之花》中的代表性
詩作《腐屍》有著異曲同工之妙。在《飢餓峰的死人草》這部小說中,偏
僻、貧窮、飢餓、骯髒、亂倫、血腥、殘酷等等,構成了豐富的負面元
素,可謂「審醜現象」之集大成,使這部小說也成為了「負面美學」的典
範之作。

就作家而言,谷崎潤一郎則可以說是「以醜為美」的大師。他不僅創
作了眾多亂倫母題的文學作品,而且還提出了一系列「負面美學」的理論
主張。穀崎承認自己「生來便有著病態般的性欲」[1],而且認為:「藝術
就是性欲的發現。所謂藝術的快感,就是生理的官能的快感,因此藝術不
是精神的東西,而完全是實感的東西。」[2]由此出發,亂倫、變態,甚至
施虐、受虐,這些被常人視為異端的欲望,穀崎卻把它們作為美的對象來
描繪與謳歌,所以穀崎文學被稱為「唯美主義」文學。穀崎文學的確與唯
美主義有許多相通之處:排除藝術中的道德因素、追求感官享受,甚至是
變態的官能刺激。因而,在他的作品中,無所謂道德倫理上的對錯之分,
只有藝術審美上的美醜之別。他甚至提出:「藝術到了同國家不相容的

[1] 轉引自葉渭渠:《谷崎潤一郎傳》,北京:新世界出版社,2005年,第54頁。
[2] 〔日〕谷崎潤一郎:《饒舌錄》,汪正球譯,北京:中國文聯出版社,2000年,第5頁。

地步才可貴，食物到了同衛生背戾的地步才產生真正的味兒。」[1]那麼，
現實生活中的背德逆倫怎麼就會轉化昇華為文學藝術之中的審美快感了
呢？唯美主義大師王爾德告訴我們：「從藝術角度看，惡人是有趣的，他
們代表色彩、變化和奇特。好人則增強人們的理智，壞人則煽動人們的想
像。」[2]谷崎在其名著《陰翳禮讚》中也有相似的表述：「我們的幻想往
往是在黑暗之中遨遊」。惟其如此，他極力宣導「陰翳之美」、「病態之
美」、「頹廢之美」甚至「惡魔之美」，而且明確表示：「一旦涉及惡，
就會給人一種激烈的痛和快感。」[3]谷崎歸結日本美的特質是：「我們的
祖先就是這種思維方式。美並非存於某物，而是存在於物體與物體之間
製造出的陰翳之中，正如夜明珠放在暗處閃爍光芒，如果置於白日之下其
魅力則蕩然無存。離開陰翳就談不到什麼美。」[4]也就是說，如果將人性
置放於陰暗醜惡之中就更加會迸射出藝術的光芒。在這裏，「醜惡」不僅
與人性深層中的某種本質性的東西相勾連，而且還成為了這種本質的藝術
表現手段。例如波德萊爾的《惡之花》就是一個用負面手法來展現社會和
人性的典型例子[5]。「陰翳之醜惡」或者「醜惡之陰翳」到底會給人帶來
一種什麼樣獨特的美感體驗呢？永井荷風和伊藤整如此評價：谷崎的作品
充分表現了「從肉體的恐怖中產生的神祕幽玄」[6]、「倫理由於性行動遭
到破壞時的恐怖」[7]。眾所周知，這兩種審美快感我們都不會拒絕，甚至
會主動地去訴求，因為它們獨特而稀缺。

　　著名作家川端康成也有著同樣的追求。川端康成與谷崎潤一郎都創作

[1]　見〔日〕谷崎潤一郎：《妾宅》，轉引自葉渭渠：《谷崎潤一郎傳》，北京：新世界出版社，2005年，169頁。

[2]　王爾德：《致・聖詹姆斯公報的編輯》，趙澧、徐京安：《唯美主義》，北京：中國人民大學出版社，1988年，第184頁。

[3]　轉引自葉渭渠：《谷崎潤一郎傳》，北京：新世界出版社，2005年，第170頁。

[4]　〔日〕谷崎潤一郎：《陰翳禮讚》，孟慶樞譯，石家莊：河北教育出版社，2002年，第30頁。

[5]　華棚：《〈茶樂羹〉的負面美學》，《西安航空技術高等專科學校學報》2010年7月第4期。

[6]　〔日〕永井荷風：《谷崎潤一郎的作品》，《三田文學》1911年11月。

[7]　〔日〕伊藤整：《谷崎潤一郎の文学》，中央公論社，1970年。

了許多亂倫題材的小說，其晚期的作品如《千隻鶴》、《山之音》、《睡美人》、《一隻胳膊》等被普遍評之為「背德逆倫」「頹廢墮落」，殊不知這是作家對「負面美學」的有意訴求。

川端康成非常推崇「入佛界易，進魔界難」這句話，這是日本中世紀有名的「狂僧」一休宗純的名言。一休生活在戰亂頻繁的十五世紀，他以驚世駭俗的「瘋狂」言行來抗議當時崩潰的世道人心，尤其是宗教的虛偽，試圖恢復人的本能和生命的本性。以禪宗傳人的身分公開聲明自己「淫酒淫色亦淫詩」，對骨子裏非常嚴肅、思想深遂的一休來說，這恐怕確實比一心修禪需要更大的勇氣。放浪形骸是憤世嫉俗的極致，但世人未必都能理解。但川端康成卻說：

我頗為這句話所感動，自己也常揮筆題寫這句話。它的意思可作各種解釋，如果要進一步往深處探討，那恐怕就無止境了，繼「入佛界易」之後又添上一句「進魔界難」，這位屬於禪宗的一休打動了我的心。歸根到底，追求真、善、美的藝術家，對「進魔界難」的心情是，既想進入又害怕，只好求助於神靈的保佑，這種心境有時表露出來，有時深藏在內心底裏，這興許是命運的必然吧。沒有「魔界」就沒有「佛界」，然而要進入「魔界」就更加困難。意志薄弱的人是進不去的。[1]

惟其如此，川端康成認為作家「要敢於有『不名譽』的言行，敢於寫違背道德的作品，做不到這點，小說家就只好消亡。」[2]「假使不是虛構，不論寫任何不道德、任何猥褻都無妨。」[3]他還說：「我的風格，表面上看不明顯，實際上頗有點背德的意味。」[4]正如葉渭渠先生所言：川端的頹廢的傾向，帶有一定的自覺性[5]。然而，必須指出的是，川端康成

[1] 〔日〕川端康成：《川端康成文集・美的存在與發現》，中國社會科學出版社1996年，第207頁。

[2] 〔日〕川端康成：《夕照的原野》，《川端康成全集》，第28卷，第365頁。

[3] 〔日〕川端康成：《關於小說的虛構》，《川端康成全集》，第31卷，第268頁。

[4] 轉引自牛水蓮：《〈千鶴〉的超常之愛——菊治戀母文子戀父情結探秘》，《河南師大學報》1996年，第5期。

[5] 葉渭渠：《東方美的現代探索者——川端康成評傳》，中國社會科學出版社，1989年，第172頁。

小說中的亂倫故事發生在精神層面的明顯多於肉體接觸，即使存在有肉體關係，也很少大膽露骨的描寫，這則與川端文學一貫的含蓄、蘊藉、朦朧的風格相一致，同時也是前述「日本亂倫文學作品多呈現和諧靜穆的美感特徵」的具體體現。

　　總而言之，「文學對亂倫題材素來情有獨鐘，不僅僅是它常常觸及人類的集體深層心理和文明進化程度，還與現存的所有文明幾乎都要恪守亂倫禁忌，以及迄今對亂倫現象無法作出科學解釋相聯繫。正是由於這一現象的複雜、神祕和某種不可言說性，而使得它成為了文學創作的一個經久不衰的重要資源。」[1]

---

[1]　吳衛華：《不倫之戀：〈無名的裴德〉敘事母題探析》，《外國文學研究》2006年第2期。

附錄

附一：神山重彥《物語要素事典》亂倫條目選譯 （2015年版，雅虎日本，主頁）

『物語要素176』（1996年，近代文藝社，紙質圖書）
『物語要素事典』（2015年，雅虎日本，家庭網頁）
作者：神山重彥

一、目次

あ

【合言葉】【合図】【愛想づかし】【アイデンティティ】【赤ん坊】【悪魔】【足】【足跡】【仇討ち】【頭】【穴】【兄嫁】【尼】【雨乞い】【雨宿り】【雨】【蟻】【あり得ぬこと】【アリバイ】【泡】【暗号】【暗殺】【安楽死】

い

【言い間違い】【息】【生き肝】【異郷訪問】【生霊】【生贄】【遺産】【石】【石つぶて】【椅子】【一妻多夫】【一夫多妻】【糸】【井戸】【従兄弟・従姉妹】【犬】【犬婿】【猪】【入れ替わり】【入れ子構造】【祝い直し】→〔のりなおし〕【因果応報】【隠蔽】

う

【飢え】【魚】【誓約（うけひ）】【兎】【牛】【後ろ】【嘘】【歌】【歌問答】【うちまき】【宇宙人】【うつほ舟】【馬】【海】【占い】【占い師】【瓜二つ】【ウロボロス】【運命】

え

【絵】【映畫】【ABC】【エレベーター】【円環構造】【演技】【縁切り】【宴席】

お

【尾】【王】【狼】【大晦日】【教え子】【おじ・おば】【夫】【夫殺し】【落とし穴】【踊り】【鬼】【斧】【親孝行】【親捨て】【泳ぎ】【恩返し】【恩知らず】【温泉】

か

【貝】【開眼】【怪物退治】【かいま見】→〔のぞき見〕【蛙】【顔】【鏡】【書き間違い】【架空の人物】【隠れ身】【影】【駆け落ち】【賭け事】【影武者】【過去】【笠（傘）】【重ね著】【仮死】【火事】【風】【仮想世界】【片足】【片腕】【片目】【語り手】【河童】【蟹】【金】【鐘】【金貸し】【壁】【鎌】【神】【髪】【神がかり】【神隠し】【雷】【亀】【蚊帳】【烏（鴉）】【川】【廁】【観相】【観法】

き

【木】【記憶】【聞き違い】【偽死】【貴種流離】【傷あと】【犠牲】【狐】【狐女房】【きのこ】【器物霊】【偽名】【肝だめし】【吸血鬼】【九十九】【九百九十九】【経】【狂気】【競走】【兄弟】【兄妹】【兄妹婚】【凶兆】【共謀】【巨人】【去勢】【金（きん）】【金貨】【禁忌】【禁制】

く

【空間】【空襲】【偶然】【空想】【盟神探湯（くかたち）】【草葉】
【くじ】【薬】【口】【唇】【口封じ】【靴（履・沓・鞋）】【國見】
【首】【首くくり】【熊】【雲】【蜘蛛】【繰り返し】【クリスマス】

け

【系図】【契約】【けがれ】【下宿】【結婚】【月食】【決闘】【仮
病】【剣】【幻視】【原水爆】

こ

【戀文】【戀わずらい】【交換】【洪水】【声】【古歌】【誤解】【五
月】【極楽】【心】【子殺し】【乞食】→〔物乞い〕【子捨て】【琴】
【言挙げ】【言忌み】【言霊】【五人兄弟】【五人姉妹】【小人】【殺
し屋】

さ

【再會】【最期の言葉】【さいころ】【最初の人】【裁判】【催眠術】
【坂】【逆さまの世界】【作中人物】【桜】【酒】【さすらい】【猿】
【三者択一】【残像・残存】【三題噺】【三度目】【三人兄弟】【三人
姉妹】【三人の魔女・魔物】【三人目】

し

【死】【死因】【塩】【鹿】【仕返し】【時間】【時間旅行】【死期】
【識別力】【地獄】【自己視】【自己處罰】→〔自縄自縛〕【自殺願
望】【自傷行為】【自縄自縛】【地震】【地蔵】→〔神仏援助〕【舌】
【死體】【死體変相】【七人・七匹】【嫉妬】→〔妬婦〕【自転車】
【死神】【芝居】【紙幣】【島】【姉妹】【死夢】【弱點】【寫真】
【銃】【十五歳】【十三歳】【十字架】【手術】【入水】【出產】【出

生】【壽命】【殉死】【乘客】【肖像畫】【升天】【娼婦】【成仏】【食物】【處刑】【處女】【女裝】【女中】【初夜】【虱】【心中】【心臟】【人造人間】【人肉食】【神仏援助】【人面瘡（人面疽）】

す

【水沒】【水浴】【すりかえ】【すれ違い】【寸斷】

せ

【精液】【性器】【性交】【生死不明】【成長】【性転換】【切腹】【接吻】【背中】【千】【前世】【戦争】【千里眼】

そ

【僧】【象】【像】【葬儀】【裝身具】【蘇生】

た

【體外離脱】【太陽】【鷹】【宝】【多元宇宙】【蛸】【堕胎】【たたり】【立ち聞き（盗み聞き）】【脱走】【狸】【旅】【旅立ち】【玉（珠）】【卵】【魂】【樽】【誕生】【男性遍歴】【男裝】

ち

【血】【知恵比べ】【誓い】【力くらべ】【地球】【地図】【父子關係】【父殺し】【父さがし】【父と息子】【父と娘】【父の霊】【父娘婚】【乳房】【地名】【仲介者】【蝶】【長者】【長壽】

つ

【追放】【通訳】【杖】【月】【辻占】【土】【唾】【壺】【妻】【妻争い】【妻殺し】【釣り】

て

【手】【手紙】【手相】【掌】【手毬唄】【天】【天狗】【転校生】【天國】【天使】【転生】【天地】【天人降下】【天人女房】【電話】

と

【同一人物】【同音異義】【盗作】【同日・同月】【投身自殺】【同性愛】【逃走】【動物援助】【動物音声】【動物教導】【動物犯行】【動物傳育】【同名の人】【毒】【髑髏】【時計】【土地】【隣の爺】【扉】【妬婦】【ともし火】【虎】【鳥】【取り合わせ】【取り替え子】【取り違え】【取り違え花婿】【取り違え花嫁】【取り違え夫婦】【鳥の教え】【泥棒】【トンネル】

な

【菜】【名當て】【泣き声】【謎】【名付け】【名前】【波】【涙】【難題】【難題問答】

に

【虹】【二者択一】【二者同想】【にせ花婿】【にせ花嫁】【にせもの】【日食】【尿】【鶏】【人魚】【人形】【人間】【妊娠】【人数】

ぬ

【濡れ衣】

ね

【願い事】【貓】【寝言】【鼠】【熱湯】【眠り】【閨】

の

【のぞき見】【乗っ取り】【のりなおし】【呪い】

は

【葉】【歯】【灰】【売買】【蝿】【墓】【秤（はかり）】【白髪】【禿げ頭】【化け物屋敷】【箱】【箱船（方舟）】【橋】【梯子】【裸】【八月十五夜】【八人・八體】【花】【鼻】【母子婚】【母殺し】【母さがし】【母と息子】【母と娘】【母なるもの】【母の霊】【腹】【針】【反魂】【半死半生】【犯人さがし】

ひ

【火】【光】【飛行】【飛行機】【美女奪還】【額】【棺】【人買い】【人質】【人魂】【人違い】【一つ覚え】【人妻】【一つ目】【人柱】【一夜妻】【一夜孕み】【一人三役】【一人二役】【祕密】【百】【百物語】【憑依】【病院】【病気】【瓶（びん）】【貧乏神】

ふ

【封印】【笛】【福の神】【袋】【不死】【豚】【雙面（ふたおもて）】【雙子】【二つの宝】【二人夫】【二人妻】【二人同夢】【二人一役】【仏舎利】【舞踏會】【船】【不能】【不倫】【風呂】【分割】【分身】

へ

【兵役】【蛇】【蛇退治】【蛇女房】【蛇婿】【蛇息子】【部屋】【変身】【返答】

ほ

【忘卻】【暴行】【帽子】【坊主頭】【ボクシング】【ほくろ】【星】【蛍】【発心】【ホテル】【仏】【骨】【本】

ま

【迷子】【枕】【待ち合わせ】【末子】【真似】【<u>継子</u>】【守り札】【麻薬】【眉毛・睫毛】

み

【身売り】【<u>身代わり</u>】【水】【湖】【水鏡】【見立て】【道】【道しるべ】【道連れ】【密會】【密室】【<u>密通</u>】【三つの宝】【三つ目】【身投げ】【身分】【<u>未亡人</u>】【見間違い】【耳】【未來記】

む

【百足】【無限】【婿選び】【夢告】【無言】【虫】【無盡蔵】【胸騒ぎ】【夢遊病】

め

【目】【冥界行】【冥婚】【迷路】【目印】【面】

も

【申し子】【盲点】【盲目】【木馬】【文字】【餅】【物語】【物狂い】【物乞い】【もののけ】【桃】【森】【門】【問答】

や

【矢】【厄年】【宿】【山】【山姥】【闇】

ゆ

【遺言】【誘拐】【遊女】【幽霊】→〔霊〕【誘惑】【雪】【雪女】【行方不明】【ゆすり】【指】【指輪】【弓】【夢】【夢オチ】【夢語り】【夢解き】

よ

【曜日】【予言】【横取り】【横戀慕】【夜泣き】【四人兄弟】【四人姉妹】【呼びかけ】【読み間違い】【嫁】【夜】【四十歳】

ら

【落雷】【落下】

り

【離縁・離婚】【理髪師】【龍】【龍宮】【両性具有】【りんご】

る

【累積】【留守】

れ

【霊】【歴史】【轢死】【聯想】

ろ

【老翁】【ろうそく】【老婆】【ろくろ首】【ロシアン・ルーレット】【ロボット】

わ

【和解】【若返り】【わざくらべ】【鷲】【わに】【笑い】【藁人形】
説明：以上有下橫線者為包含有亂倫母題的條目（本書作者注）

二、選譯

【母子婚】─────────────────────────

1、在互相不知道是母子的情況下發生了性關係。

《和泉式部》（禦伽草子）

　　和泉式部十三歲時，與橘保昌結為夫妻。十四歲那年春，她產下一子，將孩子與護身刀一起遺棄在五條橋。此子長大之後成為學問僧，人稱道命阿闍梨。道命十八歲那年，在法華八講場得遇一美豔婦人（實為其母和泉式部），傾心不已，遂一起共度良宵。翌日清晨，因道命佩戴有護身刀，始知二人為母子。

《寶物集》（七卷本）卷5

　　幼時即被送往天臺山（比叡山）修習學問的明達律師，為了與生母相會而至故鄉下野。母親也因思念兒子而上京，二人在旅途中相遇同宿。母子二人在不知道對方身分的情況下發生關係。

2、在互相知道是母子的情況下發生性關係。

《衣錦還鄉》（落語）

　　父親早逝，母親獨自一人將兒子撫養成人。兒子十七歲那年，因愛戀上自己三十來歲的母親而一病不起。母親無可奈何，哪怕一次也好想實現兒子的願望。在鑽入床榻時，兒子卻穿著金線緞子的禮服，母親詢問緣故，兒子回答：「因為聽說衣錦才能還鄉」。

《今昔物語集》卷4－23

　　天竺的大天在父親去海外經商期間，為娶到最美的女子為妻而與父同行，結果無功而返。回到家裏時，大天看到母親時想，「原來母親才是這世界上最美的女子啊」，於是同母親結婚了。

《女護島的傳說》

很久以前，大海嘯襲卷八丈島時，只有一個懷孕的婦人因緊緊抓住船槳才存活下來。孕婦產下一個兒子，後來母親與兒子結合，繁衍後代（東京都八丈島）。

3、母親不僅和兒子、還有孫子的結婚。
《火之鳥》（手塚治蟲的漫畫）《望鄉篇》

羅蜜和丈二結婚並移居到了無人星，但丈二很快在事故中死去，羅密產下一子，取名卡因。羅密在二十年間一直處於冷凍睡眠狀態，待兒子長大與其結合，之後育有七子（因為是兒子之子，故為羅密之孫）。但因為沒有產下女兒，羅密再度進入冷凍睡眠，待七兄弟之長兄羅特長大後，與其結為夫婦。即使如此仍然沒有生出女兒，結果七兄弟中最小的賽布與宇宙生物目烏匹伊結合，最終生育出女兒。

＊通過人物的轉生，孫子和祖母結成夫婦關係→〔系譜〕2c《濱松中納言物語》卷1。

＊母親轉生與兒子結婚→〔系譜〕2b《日本靈異記》中－41。

【弒母】───────────────────

殺死母親
《今昔物語集》卷4-23

天竺的大天與母親結婚後，擔心父親斥責而殺了他。之後，大天過得心滿意足。某日，母親出門至鄰居家，大天想母親怕是在和其他男人私通吧，於是將母親也殺死了。

【尋母】───────────────────

尋母、與母重逢
《少將滋幹之母》（谷崎潤一郎）

滋幹五歲時，母親被左大臣藤原時平設計，從父親國經大納言之處帶

走。如此經歷數年，國經也好，時平也好，都已經歿去，滋幹母親最終出家為尼。成年後的滋幹無論如何也無法忘記母親昔日的容顏，於是在一個春日的夜晚，到訪母親所在的西阪本，時隔四十年，終於與已經出家的母親重逢。

《戀母記》（谷崎潤一郎）

七八歲的潤一在深夜裏沿著田間一條小路走到一戶農家，以為農家的老嫗是自己的母親而靠了過去，卻被對方趕走說：「你不是我的孩子」。路一直延伸到海邊，月亮升上海面。潤一在路上又遇見了一位年輕貌美的太夫，邊走邊彈著三弦，打招呼時，潤一才發現那位女子就是自己苦苦尋找的母親。

【父女婚】

1、在互相不知道對方是父女的情況下發生性關係。

《好色敗毒散》卷1-1《長崎船》

長崎有一位暴發戶叫左衛門，迷上了難波花街裏的太夫，無法自拔而為其贖身。在祝賀酒宴上，角左衛門談起了自己的身世經歷，說「曾經因貧寒而拋棄了六歲的女兒，看見這位太夫就想如果女兒還活著的話，恐怕剛好也是這般年齡吧，就這樣，開始喜歡上了太夫」。聽到這些話的太夫說，「那麼我就是您的女兒啦」，於是贖身的事就此作罷。

《好色敗毒散》卷1-1《長崎船》

五十三歲的角左衛門迷上了花街十九歲的太夫，便花鉅資為其贖身。然而在慶賀酒宴上，才知道兩人為父女關係（＊→〔父女婚〕1）。太夫歎息道：「不知道實情也就罷了，如今抱著親生父親同衾共寢實在是太可恥了」。有一位口齒伶俐的姐姐便過來打圓場，道：「你這麼做是為了讓令尊歡喜，這可是二十四孝也做不到的孝行啊」。

2、父親侵犯入睡的女兒。

《魚服記》（太宰治）

　　十五歲的少女司瓦與燒炭為業的父親一直生活在本州島北端的馬禿山。某個初雪的夜晚，司瓦在睡眠中被父親強暴。司瓦急促地喊道「混蛋」，逃出小屋來到瀑布前，叫著「父親」，跳入瀑布。司瓦變成了小鯉魚，被吸入到瀑布裏。

3、父女通姦的傳言。

《土》（長塚節）

　　鬼怒川西岸有一位貧苦的農民名叫勘次，妻子阿品因破傷風去世後，留下了十五歲的女兒阿次和三歲的兒子與吉相依為命。每當阿次抱著與吉時，與吉都會撫摸她的乳房。對勘次而言，阿次是非常重要的勞動力，所以父女經常一起在田裏做農活。阿次長到二十歲時，勘次還沒有要把她嫁出去的意思，於是村裏開始傳言「勘次與阿次像夫妻一樣」，這種父女亂倫的傳言便產生了。其後，在一場大火中勘次全家被燒毀，故事也就此結束了。

【母親和兒子】

1、兒子對亡母產生愛戀。

《源氏物語》（桐壺）

　　桐壺帝特別寵愛桐壺更衣，與更衣生下了兒子光源氏。光源氏三歲時，病體孱弱的母親更衣便去世了（大概是二十歲左右病死的）。光源氏為追尋亡母的身影，而戀上了與母親相似的藤壺女禦。

《古事記》（上卷）

　　伊邪那美因生火神火之迦具土神被燒傷而赴黃泉國。從伊邪那美的鼻子生出的建速須佐之男命，哭著說「真想去亡母所居住的根之堅州國啊」〔＊《日本書紀》卷1‧第5段一書第6有相似記載〕。

2、少年愛戀上酷似母親的少女,看見了母親的幻影。

《愛寂寞的人》（大林宣彥）

　　高中二年級的黑羅克迷戀上了女子高中的美少女百合子。看見百合子似乎很寂寞的臉時,黑羅克便在心中稱她為「愛寂寞的人」。某一日,忽然出現了一個打扮成小丑模樣的少女,她支持著黑羅克去戀愛,然後便消失了。小丑模樣的少女的臉,總覺得與百合子有些相似。母親在大掃除時發現了以前遺失的照片,並把它遞給黑羅克看。那是母親十六歲時的照片,拍的正是那個小丑打扮的少女。

《幽靈》（北杜夫）

　　「我」還年幼的時候,父親去世了。之後沒多久,母親便離家出走。「我」升學到松本的高中讀書,有一次,從母親年輕時候的熟人那裏,第一次看到了母親少女時代的照片。母親的臉酷似「我」悄悄暗戀著的那位不知道姓名的少女。那年夏末,我在大霧中的北阿爾卑斯山看到了母親的幻影。

【兄妹婚】 ─────────────────────

1、諸神常常與兄妹結婚。

《日本書紀》卷1‧第2段

　　一書第1伊邪那岐、伊邪那美夫婦,都是青橿城根尊的孩子。

2a、人類兄妹的結婚。

《古事記》下卷

　　木梨輕太子是允恭天皇的皇太子,他和異父同母的妹妹輕大郎女私通。事情敗露之後,輕太子被流放到伊予湯這個地方。輕大郎女也追隨其後到了伊予,兩人一起在那裏殉情(《日本書紀》卷13允恭天皇24年6月有相同記事)。

《英草紙》第5篇《紀任重陰司斷冤案的說話》

　　安德天皇是建禮門院德子和其兄平宗盛私通所生。

＊阿依努始祖的兄妹婚《阿依努的起源》（阿依努昔話）

很久以前，女神搖著一艘小船從遙遠的南國漂流到了日高海岸。一隻雄犬出現了，它將女神帶到了洞穴中。女神以雄犬為丈夫，生下了一子一女。這對兒女長大後結為夫婦，生下了許多孩子。就這樣，阿依努人在北海道地區繁衍興盛起來。

2b、漂流到孤島的兄妹結婚的故事。

《今昔物語集》卷26-10

土佐國的兄妹所乘的船被浪潮沖到孤島上，兄妹二人在孤島上定居，結為夫婦（《宇治拾遺物語》卷4-4中載有類似說話）。

《瓶裝的地獄》（夢野久作）

十一歲的哥哥和七歲的妹妹乘船遇難，漂流到了孤島上。兄妹二人在孤島上相依為命生活的十年間，禁不住身體的誘惑終於發生了肉體關係。最後，當救援船隻出現時，兄妹二人卻投水自盡了。

2c、單方或者雙方不知道彼此為兄妹的情況下結婚。

《東海道四穀怪談》（鶴屋南北）「深川三角屋敷」

直住權兵衛對阿袖說，「我將為你報殺父四穀左門、姐阿岩、丈夫佐藤與茂七之仇」，遂與其結為夫婦。不久，本以為已經死去的丈夫與茂七突然來訪，阿袖絕望之餘，選擇了自殺。直助從阿袖身上所藏的出生書物獲悉二人本為兄妹，自責不已而自殺。

3、兄長想和妹妹結婚，卻被拒絕。

《宇津保物語》「貴宮」

正賴左大將的第七個兒子仲澄侍從，想娶親妹妹貴宮為妻。但是貴宮已被選入東宮，仲澄在悲歡之餘一病不起，不久就去世了。

4、姐弟婚。

5、孿生兄妹結婚。
《三個叫吉三的人》（河竹默阿彌）

　　十九歲的妓女阿歲遇見了同齡的木材店的夥計十三郎，一見鍾情。於是二人結為了夫婦，但實際上他們是孿生姐弟。他們的哥哥和尚吉三想，如果他們獲悉真相後，一定會難過不已自殺，所以在他們發覺真相前，就刺殺死了他們。

6、異父兄弟姐妹的結婚。
《運命論者》（國木田獨步）

　　大塚信造直到青年時期才知道，一直以為的親生父母不過是養父母。聽說親生父母已經病逝了，但其實母親還活著。信造成為律師，和戀人高橋裏子結婚，成為高橋家的女婿。岳母高橋梅才是信造的親生母親。梅在二十年前將年幼的信造扔給了患病的丈夫，和情人私奔了。信造在毫不知情的情況下，娶異父同母的妹妹為妻。

7、同父異母兄弟姐妹的結婚。
《真景累之淵》（《神經怨婦》）（三遊亭元朝）

　　深見的新左衛門的次子新吉和名主的妾阿賤結為了夫婦，他先是殺人，然後又惹出了種種惡事。事實上，阿賤是新左衛門和他的妾阿熊所生的女兒，新吉不知道這一事實，和同父異母的妹妹結為了夫婦。

《沙灘上的植物群》（吉行淳之介）

　　伊木一郎是一位有妻室的中年人，卻和酒吧女招待津上京子戀愛。某一天，一郎從亡父友人那裏得知，自己有一個同父異母的妹妹叫京子，年約二十四五歲，於是一郎不安的想「津上京子可能是我同父異母的妹妹呀」〔＊其實一郎同父異母的妹妹已經去世，並不是津上京子〕。

《篁物語》

　　小野篁在給異母妹妹教授漢籍期間，逐漸產生愛慕之心，最終在夜半闖入其閨房。異母妹妹懷孕了，母親大發雷霆，將其關進一間小房內，不

久後她便死去了。

《日本書紀》卷20敏達天皇5年3月

敏達天皇娶異母妹妹豐禦食炊屋姬尊（後來的推古天皇）為皇后。

8、一位公主被異母的哥哥及異父的哥哥愛慕。

《自尋自小姐》

　　水尾帝的皇后和關白私通，生下了一位公主。公主並不知道親生父母是誰，被親戚撫養長大。關白的兒子三位中將（公主同父的兄長）和水尾帝的皇子二宮（公主同母的兄長），都喜歡上了公主。三位中將最終意識到公主是自己同父的妹妹，但二宮卻始終不知道公主是自己同母的妹妹，強行想與其發生關係卻遭到了拒絕〔＊公主與東宮結婚，之後成為中宮，在物語接近尾聲的時候，也就是57歲時死去〕。

【堂表兄弟‧堂表姐妹】 ━━━━━━━━━━━━━━━━

1、堂表兄弟、姐妹的結合。

《虞美人草》（夏目漱石）

　　法律系出身成為外交官的宗近一與哲學專業身體病弱的甲野欽吾，既是表兄弟又是好友。唯一的妹妹糸子喜歡上了表兄欽吾，後來兩人結了婚。

《源氏物語》「少女」「藤裏葉」

　　夕霧出生不久，母親葵上就去世了，於是被寄養在外婆大宮處，與表妹雲居雁一起長大，兩個人相依相戀，感情特別深厚。雲居雁的父親內大臣想讓女兒入宮成為東宮妃子，但其願望破滅了，夕霧與雲居雁堅持初戀而結婚。

《苔衣》

　　苔衣的大納言（後成為大將，並出家）愛慕上了母親前齋宮的妹妹西院上的女兒，也就是自己的表妹，並與其結婚。二人所生的女兒長大成人後，嫁給了大納言姐姐藤壺中宮的兒子，也就與自己的堂兄結婚成為東宮。但是，東宮的弟弟兵部卿宮卻一直愛戀著她→〔兄弟〕5。

《沒有母親的孩子和沒有孩子的母親》（壺井榮）

居住在小豆島的阿寅嬸，丈夫死於空襲中，又因事故失去了唯一的兒子。阿寅嬸的表兄舍男被扣留在蘇聯的時候，妻子病逝，只留下了孩子（一郎和四郎）。孩子們很喜歡阿寅嬸，阿寅嬸也將一郎和四郎視為自己的孩子一樣，悉心照料他們的生活。最後舍男被釋放，回到了小豆島。在周圍人的勸說下，阿寅嬸和舍男結婚了。

2、堂表兄弟、姐妹的戀愛。
《狹衣物語》

堀川關白的兒子狹衣，愛戀像兄妹一樣青梅竹馬的表妹源氏宮，但是源氏宮對於他的愛戀沒有任何回應。賀茂神社的神將源氏宮定為齋院，於是她成為狹衣不能觸碰的禁忌的人。狹衣後來雖然與源氏宮極為相似的式部卿宮的公主結合，但卻停止不住對源氏宮的思念。

《野菊之墓》（伊藤左千夫）

「我（政夫）」的母親一直病弱，表姐民子來幫忙做家事。「我」們從兒時起感情就很好，但是在「我」十五歲、民子十七歲的時候，因為周圍人的流言蜚語，「我」們關係破裂了。絕望的民子與別人結婚，因為流產而死去。「我」在民子的墓地周圍，種滿了她最喜歡的野菊。

《浮雲》（二葉亭四迷）

內海文三寄宿在叔父家裏，刻苦學習成為下級官僚。二十三歲的文三與表妹阿勢相戀，嬸嬸阿政也有讓兩人結婚的想法。但是文三在機關的人員調整中剛被免職，阿政的態度就發生了轉變，對待文三很是不客氣，想將阿勢嫁給文三那位處事圓滑的同僚本田升。

《武藏野夫人》（大岡升平）第4章《戀窪》

大學生勉在秋山家做法語家庭教師。秋山的妻子道子和勉是堂姐弟。兩人經常一起出去散步。有一天，他們走到了很遠的地方，勉問水田裏的農夫：「這裏是哪兒？」農夫說：「戀窪」。聽到這一地名的時候，道子才發現了自己對勉的愛慕之心（兩人沒有發生肉體關係，最後道子自殺了）。

【叔伯‧嬸母】─────────────────

1、叔母與外甥結合。

《古事記》上卷

天津日高日子波限建鵜草葺不合命是天神的子孫山幸彥和海神的女兒豐玉姬所生。因為豐玉姬本來的面目被看見了返回了海裏，妹妹玉依姬代替她從海裏出來，養育天津日高日子波限建鵜草葺不合命。他長大成人之後與姨母玉依姬結合，並生下了四位皇子，其中最小的皇子就是神武天皇（《日本書紀》卷2‧第10～11段載有類似故事）。

《源氏物語》「賢木」

朱雀帝的母親是弘徽殿太后。弘徽殿太后讓自己的妹妹六君（朧月夜）入內，給朱雀帝做尚侍。朱雀帝很是寵愛母親的妹妹，也就是自己的姨母朧月夜〔＊但是朧月夜和光源氏私通，這也是光源氏下臺的原因之一〕。

2、（沒有血緣關係）叔母和外甥的戀愛。

《源氏物語》「葵」「賢木」

光源氏以前皇太子的遺孀、比他長七歲的六條禦息所為情人（＊兩人之間沒有生孩子），前皇太子對既是桐壺帝同母的弟弟、又是桐壺帝次子的光源氏而言是叔父，其妻子六條禦息所和光源氏就是叔母與外甥（沒有直接的血緣關係）的關係。

3、叔父和姪女的戀愛。

《新生》（島崎藤村）

妻子去世之後，岸本舍吉獨自撫養四個年幼的孩子。姪女節子住到家裏來，幫忙做家事和照顧孩子期間，岸本和節子發生了關係，節子懷孕了。那時候，岸本四十二歲，節子二十一歲。岸本獨自去法國旅居，節子生下兒子後送給別人做養子。三年後，岸本回國，並再次與節子發生關

係。岸本兄長義雄（節子的父親）與岸本斷絕關係，節子被臺灣的叔父（岸本的另一位兄長）帶走。

《犬神家的一族》（橫溝正史）

青沼靜馬是犬神佐兵衛五十歲以後和情人所生的兒子。因為佐兵衛的恩人的親戚珠世繼承了犬神家的財產，靜馬便試圖與珠世結婚。但是，實際上珠世是佐兵衛的孫女，靜馬和珠世是叔父和姪女的關係。得知這些的靜馬放棄了和珠世結婚的念頭（犬神松子想利用靜馬奪取犬神家的財產，但是想到「靜馬已經沒有用了」，便殺死了靜馬。）。

4、感情深厚的叔父和姪女。

《飯》（林芙美子）

在大阪公司工作的初之輔和妻子三千代結婚已有五年，但沒有孩子。三千代每日為家事所累，對這種日子產生懷疑。那時候，初之輔的姪女二十歲的裏子，討厭被父母勸告結婚而離家出走，來到初之輔家裏。初之輔非常親切地照顧裏子，裏子也說「我其實喜歡的是像初之輔這樣的人」。三千代心裏很不平靜，回到了東京的娘家，想就這樣在東京找工作。但是女性一個人想自立很是困難，三千代還是和前來迎接她的初之輔一起回到了大阪。

5、作為嬸母（伯母或者叔母）替身的姪女。

《源氏物語》

光源氏愛戀繼母藤壺女禦，並產下私生子（後來的冷泉帝），但是之後，藤壺女禦嚴厲拒絕了光源氏的求愛。光源氏為了尋找藤壺女禦的身影，便娶藤壺女禦兄長的女兒，即藤壺女禦的姪女紫上為妻，卻沒有子嗣。後來光源氏又迎娶了藤壺女禦的妹妹的女兒，即藤壺女禦的姪女女三宮為妻。然而女三宮卻不是和光源氏，而是和柏木之間生下了孩子（熏）。而且光源氏不得不以其為自己的孩子來撫養。

【老翁】 ────────────────────────────

1、老翁和年輕女子。

《落窪物語》卷1〜2

　　落漥的公主悄悄地和道賴少將結婚的事情被繼母知道了。繼母大怒，試圖破壞兩人的關係。繼母想，「讓六十歲的典藥助的叔父侵犯公主」。冬日的夜裏，公主鎖住房門，典藥助想打開鎖，反覆推拉。其間典藥助因為受寒拉肚子，急忙回去了。

《瘋癲老人日記》（谷崎潤一郎）

　　七十七歲的卯木督助對兒媳颯子抱有情欲，他親吻洗澡的颯子的腳和脖子，將颯子的足型做成佛足石，並要把這作為自己的墓石。

2、繼子是兒子的場合，繼母對繼子抱有愛戀的很多。

《愛護若》（說經）3—4段目

　　二條藏人清平的後妻雲居之前愛戀繼子愛護若，反覆給其送情書。愛護若拒絕繼母的求愛，雲居之前大怒，誣陷「愛護之若偷偷賣了傳家寶」。父親清平很是生氣，用繩子將愛護若捆綁起來，吊在古老的櫻花樹下。

《今昔物語集》卷4—4

　　阿育王的王后對繼子庫那拉太子起了愛欲，偷偷地想抱住太子。太子逃走後，王后很是憎恨，向阿育王哭訴，「太子非禮我，求大王處罰」。

《本朝二十不孝》卷4—3「木陰的袖口」

　　萬太郎是個很不孝順的人，對繼母批評他平日的惡行很是怨恨，他對繼母吹毛求疵，並試圖將她趕出家門。萬太郎對父親告狀說，「受到繼母的騷擾」，之後對繼母說「背後有蟲子爬進去了，太痛了，請幫我取一下」，繼母從萬太郎的袖子口伸手進去尋找時，被在遠處的父親看見了。父親想，果真如萬太郎所言啊。

【母親和女兒】

1、母親、女兒和同一個男人保持關係。

《黎明之別》卷1

　　左大將和妻子育有一位公主，卻強暴了妻子帶來的女兒（繼女），並使其懷孕產下一男嬰（繼女被左大將侵犯後，又和左大將的兒子發生關係，生下女兒。女兒成為女扮男裝的右大將名義上的妻子，被稱為「對上」）。

《自顧自說》（后深草院二条）卷1・卷3

　　後深草院在少年時代曾與大納言典侍共度一宿，之後悄悄地喜歡上了她。但是大納言典侍嫁給了久我雅忠，不多久生下女兒二條。後深草院等二條長大，文永八年（1271）正月，二條十四歲，後深草院二十九歲時，強行與二條發生關係。

《北方行》（中島敦）

　　折毛傳吉前往中國，只註冊了個學籍就過起了遊樂的生活。有一個日本女人嫁給了中國人白雄文，被稱為白夫人。丈夫去世後，白夫人成了寡婦。折毛傳吉與白夫人及其女兒麗美都保持有性關係。傳吉看到白夫人的肉體在逐漸衰老，而麗美的肉體卻越發水靈嬌嫩。然後，他想起了自己什麼時候讀的祝詞中有這樣的話語：「讓母親和孩子犯的罪」「讓孩子和母親犯的罪」，「那麼，自己屬於哪一種呢？」他問自己。所謂「讓母親和孩子犯的罪」是指和這個女人發生了關係後，又和這個女人的女兒發生關係之罪過。所謂「讓孩子和母親犯的罪」，是指和這個女人發生了關係後，又和這個女人的母親也發生了關係的罪過。

2、思戀母女雙方的男人們。

《盲人的故事》（谷崎潤一郎）

　　淺井長政公死後，羽柴秀吉思戀上了他的夫人阿市。這個願望雖然沒有達成，但秀吉後來卻得到了夫人的女兒茶茶澱君，從而實現了對母親及

其女兒的兩代人的愛戀。雙目失明的法師「我」（彌市）十幾年間悉心伺候夫人，覺得非常幸福。在城池淪陷、夫人想要自殺的檔口，得知夫人的女兒茶茶澱君和年輕時候的夫人長得一模一樣，就想：「從此以後，我要精心服侍公主了」。然而，公主卻疏遠了他，其願望最終未能實現。

【家庭關係】────────────────────────

1、智者覺察到奇怪的家族關係、複雜的家庭系譜是近親結婚的結果。
《塵塚物語》卷6

　　源義經經過吉野地方的時候，看到一個十來歲的孩子背著一個三四歲的孩子，互相稱呼「伯父」。源義經立即覺察到了他們之間的關係，說「這是不倫者的孩子們」。夫婦之間生有一對兒女，男子和母親、女兒和父親交合分別生下兒子，於是互相稱呼為「伯父」（相似故事見《本朝櫻陰比事》卷1－3）。

《日本書紀》卷15任賢天皇6年是秋

　　飽田女思念遠去高麗的丈夫麗寸，哭道：「對母親而言是兄弟，對我而言也是兄弟，我那丈夫嘞」。菱城邑的人鹿父覺察到了其間的緣由，於是對友人說，「麗寸是母親鯽魚女和山杵所生，麗寸的母親又和韓白水郎生哭女，哭女和山杵生飽田女。在飽田女看來，丈夫麗寸是母親哭女的同母異父的兄弟，同時也是自己同父異母的兄弟。」

2、從前世跨越到今世的系譜。前世的母子在今世結為夫婦。
《日本靈異記》中－41

　　男人（丈夫）和女人（妻子）供養著陵墓。墓中祭祀的是男人的亡父和亡母。這一時候，佛祖從墓地旁通過，悟到女人是亡母的轉生，便對弟子阿難說，「這個女人在前世產下一子，非常溺愛。三年後女人因病死去時，許願要『生生世世與兒子結為夫婦』。後來女人投胎轉世為鄰居家的女兒。女人在現世與男子結為夫婦，一直到今天」。

　　＊前世在人間是夫婦，今世是母子犬→（《沙石集》卷9－10）。

3、兒子與轉生後的父親的母親戀愛，也就是孫子與祖母結為夫婦。
《濱松中納言物語》卷1

　　中納言之父式部卿宮死後轉生為唐朝皇帝的第三皇子。中納言渡唐後，與第三皇子的母親河陽縣後戀愛。對中納言而言，河陽縣後是轉生了的父親的母親，所以是自己的祖母。中納言和祖母結成了夫婦關係。從河陽縣後這方看來，愛戀自己所生的皇子的「前世的兒子」，也就是與孫子結成夫妻關係。

4、現實中是夫婦，在夢中卻變成母子。
《奇妙的夢》（志賀直哉）

　　「我（志賀直哉）」的妻子在夢中變成了我的母親。夢中的母親一直臥病在床。「母親太可憐了，為了父親而如此傷害自己的身體，還是和父親好點」，「我」在這麼想的時候，醒了過來。夢中的父親是夢中的母親（也就是我的妻子）的丈夫，也就是我。昨天傍晚，我對妻子故意刁難。因此「我」在夢中，對父親=「我」進行了批判。

5、既是「姐姐」又是「叔母」的人。
《新生》（島崎藤村）第1卷110

　　節子和叔父岸本舍吉發生關係，生下一子，送給別人當養子。產後身體虛弱不能做家務的節子，被母親稱為「伯母」。母親甚至在節子年幼的弟弟面前說，「叫『伯母』好像太可憐了，還是叫『叔母』吧。這個人不是姐姐，而是岸本叔叔的叔母哦」。好像節子真的是叔父的妻子，是弟弟們的叔母一樣。

　　＊既是父親又是叔父的人→《無常》（實相寺昭雄）。

【嫂子】————————————————————

1、嫂子的引誘。

2、與嫂子一起過夜，卻什麼事也沒有發生。

《行人》（夏目漱石）「兄」34～38

　　我（長野二郎）和兄長一郎的妻子阿直一起去和歌山旅行，並在外停留了一宿。暴風雨之夜，因停電房間陷入一片黑暗，阿直寬衣解帶後換上浴衣，精心化了妝，告白道「總是打算破釜沉舟」和「我」在一起，並不停地以言語挑逗。

3、愛慕嫂子。

【父親和兒子】━━━━━━━━━━━━━━━━━━━━

1、父子與同一個女人保持戀愛。

《苦難的世界》（宇野浩二）其2

　　鶴丸因為沒有錢，只能眼看自己的情人藝妓朝顏委身別人。在名古屋月臺入口，鶴丸遠遠地看著前來迎接朝顏的男人，那人竟是鶴丸的父親。

《源氏物語》「桐壺」「若紫」「紅葉賀」

　　桐壺帝在藤壺女禦十六歲時，將其娶入後宮。數年後，桐壺帝的兒子光源氏與藤壺女禦（光源氏的繼母）私通，在光源氏十九歲、藤壺女禦二十四歲那年二月，女禦產下私生子（後來的冷泉帝）

【一位男子與姐妹雙方都有戀愛關係】━━━━━━━━━━━━━

《伊勢物語》初段

　　剛行過成年禮的一位男子，去奈良京的春日山狩獵，在那裏意外窺視到了一對美豔無比的姐妹，心裏撲通亂跳。男子扯下淩亂的印花衣服的一角，在上面寫了一首和歌「春日的郊外，那淡紫色的衣裾，是無限淩亂的思念」，然後贈予她們。

《風無情》（又譯《隨風而去》）

　　天皇（後來的吉野院）去宮裏皇后的住所時，偶然瞥見了皇后的妹

妹，心裏一驚，便想去接近她。那位妹妹驚慌不已，便以身體不舒服為由告退了。皇后在生小皇子時去世，天皇一方面追慕中宮，另一方面又戀慕皇后妹妹。但是皇后妹妹沒有回應他，而是撫養著姐姐留下的遺腹子小皇子。

《沙灘上的植物群》（吉行淳之介）

人到中年的伊木一郎本是有妻室的人，卻和高中生處女津上明子戀愛。明子拜託伊木「去引誘自己同母異父的姐姐京子，她和許多男人都發生過關係，想給她點顏色看看」。京子有受虐傾向，伊木用繩子將躶體的京子捆綁起來，帶到明子面前，讓她們姐妹面對面→〔兄妹婚〕5。

《日本書紀》卷13允恭天皇7年12月

允恭天皇愛戀皇后的妹妹衣通郎姬，勉強皇后想讓她妹妹進宮。衣通郎姬對此堅決推辭。由於烏賊津使主的計謀，衣通郎姬入宮了。在皇后生孩子的那天夜裏，因天皇要去衣通郎姬的住處而惹怒皇后，皇后欲燒產房自殺。

《松風》（「能」──日本的一種戲劇形式）

到訪須磨的旅行僧，在長條詩箋上看到松的記事，得知松風松雨這對海女姐妹的遺址。夜裏，松風松雨的靈魂出現了，邊舞邊述在原行平被流放到此地時，召喚臨幸姐妹二人的故事。

《夜不能寐》（五卷本・卷1～2）

中納言和太政大臣家的大君結有婚約，但又將但馬守的女兒誤認為大君的妹妹中君（寢覺上），也與她結契。最後，中納言和大君、中君知道彼此的事情後驚詫不已，很是苦惱。

【姐妹與兩位男子有關係】

《木幡的時雨》

故奈良兵部卿右衛門督的中君，某年秋天因時雨之緣與中納言結契。兩年後，她再度因時雨之緣與式部卿宮（後來的東宮）締結契約，產下一

對雙胞胎兄弟。中君的妹妹三君，最初與中納言結合，產下一對雙胞胎姐妹，後來成為東宮（式部卿宮）妃子〔＊中君所生的雙胞胎兄弟由東宮撫養長大，成為皇位的繼承者〕。

《時雨》・《隅田川》（川端康成）

行平和友人須山與一對雙胞胎姐妹的妓女遊樂。雖說是雙胞胎，但和兩人交合的感覺，還是在某些地方存在著微妙的差異，過後行平這樣想。須山死時，雙胞胎姐妹中的一位落下了眼淚，那個或許是須山經常去光顧的妓女吧。

【私通】

1、兩代人重複上演的私通。

《暗夜行路》（志賀直哉）

時任謙作是祖父和母親的私生子。青年謙作得知自己的身世祕密之後苦惱不已，決定結婚。然而妻子直子在謙作出門的時期，被表兄姦汙。經過了三十餘年，謙作的母親和妻子都犯了這樣的過錯，謙作再次被推上了被害者的立場。

《源氏物語》

第十代的光源氏，和父親桐壺帝的妻子藤壺女禦私通，生下的兒子被作為桐壺帝的兒子被撫養成人，即之後的冷泉帝。三十年後，源氏的幼妻女三宮又和柏木私通，生下了薰，源氏一直以為這是自己的兒子將其撫養長大。光源氏的前半生是私通的施害者一方，後半生則成為受害者一方。

2、丈夫知道妻子被強暴的事情。

《暗夜行路》（志賀直哉）

時任謙作和直子結婚後住在京都。謙作不在家的那段時間，直子的表兄來訪，並在二樓的房間內強暴了直子。回家後的謙作看到直子的模樣很是奇怪，盤問之下才得知事實。謙作實在不能原諒直子，於是與直子分居，外出去療養，來到了伯耆大山寺。

**3、一位男子夜宿某一戶人家，與全家人（男性也有女性也有）都發生了
性關係。**

《沒有沒有》（落語）

　　女性裝扮的男演員出去旅行，借宿在一戶百姓家裏，那一家有父親、
母親和女兒三人。那天夜裏，男演員恢復成男性的本來面目，強暴了這
家的妻子和女兒。這時男主人卻在想著男演員真是「漂亮的女人啊」，次
日早晨去看他時就順便說了出來。然而，這個男演員順帶也侵犯了男主
人。男演員走後，沒法平靜的三個人互相問，「有什麼奇怪的事情發生了
嗎？」結果異口同聲地回答「沒有沒有」。

附二：日本敘事文學「涉亂」文本年表

年代		作者	作品名稱		亂倫關係		有無性關係
西曆	日本曆		原文	中譯	類別	人名	
712	奈良時代（710-794）和銅5	太安萬侶	古事記	古事記	兄妹	伊邪那岐命與伊邪那美命	有
						沙本毘古王和沙本毘賣命（同母異父）	有
						木梨之輕與輕大郎女（同母異父）	有
					姨甥	玉依毗賣與鵜茸草茸不合命	有
720	養老4	舍人親王、太安萬侶等	日本書紀	日本書紀	兄妹	敏達天皇與豐禦食炊屋姬（同父異母）	有
						飽田女與荒木（同母異父）	有
					舅甥	荒木和飽田女	有
					姐夫與小姨子	允恭天皇與衣通郎姬	有
					兄妹	木梨輕皇子與輕大娘皇女（同母異父）	有
822	平安時代（794-1192）弘仁13	景戒	日本靈異記	日本靈異記	母子	均無名，以「是女」和「一男子」稱呼	有
不詳	平安初期	不詳	伊勢物語	伊勢物語	姐妹一男	均無名	無
980	天元3	源順	宇津保物語	宇津保物語	兄妹	仲澄侍從與宛宮	無
					母子	一條北方與忠社（繼子）	無
1008	寬弘5	和泉式部	和泉式部日記	和泉式部日記	嫂叔	和泉式部與敦道親王	有

年代		作者	作品名稱		亂倫關係		有無性關係
西曆	日本曆		原文	中譯	類別	人名	
約1008	寬弘5	紫式部	源氏物語	源氏物語	母子	藤壺與光源氏（繼子）	有
					嬸姪	六條禦息所與光源氏	有
					父女	光源氏與紫上（繼女）	有
					父女	光源氏與玉鬘（義女）	無
					兄妹	光源氏與槿姬（堂妹）	無
					兄妹	夕霧與雲居雁（表妹）	有
					甥姨	朱雀帝與朧月夜	有
1059	康平2	菅原孝標女	夜半の寝覚	夜不能寐	姐夫與小姨子	中納言與中君	有
			濱松中納言物語	濱松中納言物語	祖母與孫子	河陽縣皇后與中納言	有
約1077	承曆1	不詳	今昔物語集	今昔物語集	母子	大天與其母親	有
						阿育王后與俱摩羅太子（繼子）	無
					兄妹	土佐國兄妹	有
約1077	承曆1	六条齋院宣旨	狹衣物語	狹衣物語	表兄妹	狹衣與源氏宮	
不詳		不詳	篁物語	篁物語	兄妹	小野篁與妹妹（同父異母）	有
不詳		不詳	有明けの別れ	黎明的分別	父女	左大將與女兒（繼女）	有
約1179	約治承3年	平康賴	宝物集	寶物集	母子	明達律師與母親	有
		不詳	女護ヶ島の伝説	女兒島的傳說	母子	丹那婆與兒子（無名）	有
約1195	鎌倉時代（1192-1333）建久6	中山忠親	水鏡	水鏡	母子	井上內與他戶	有
1213-1221	建保1-承久3	不詳	宇治拾遺物語	宇治拾遺物語	兄妹	土佐國兄妹	有

年代		作者	作品名稱		亂倫關係		有無性關係
西曆	日本曆		原文	中譯	類別	人名	
約1230	約寬喜2	不詳	平家物語	平家物語	嬸姪	藤原多子與二條天皇	有
不詳		不詳	木幡の時雨	木幡的陣雨	妹夫與大姨子	中納言與中君	有
						式部卿宮與中君	有
					表兄妹	表兄妹的名字？	有
約1271	約文永8	不詳	風につれなき物語	隨風物語	姐夫與小姨子	皇帝吉野與阿姬	無
約1271	約文永8	不詳	苔の衣	苔衣	表兄妹	苔衣大納言與表妹姬君	有
						苔衣大納言的姐姐藤壺中宮的兒子東宮與苔衣大納言與表妹姬君的女兒	有
						東宮的弟弟兵部卿宮與苔衣大納言與表妹姬君的女兒	無
約1259-1278	約建長11-建治4	不詳	我身にたどる姫君	自尋自小姐	兄妹	關白之子與自尋自小姐（同父異母）	無
						天皇二皇子與自尋自小姐（同母異父）	無
						關白的兒子三位中將與公主（同父異母）	無
						水尾帝的王子二宮與公主（同母異父）	無
1283	弘安6	無住道曉	沙石集	沙石集	母子	應召女與其犬子	有
1306	德治1	後深草院二条	問わず語り	自言自語	由母轉女	後深草院與二條	有
不詳	室町時代（1338-1573）	觀阿彌、世阿彌	松風	松風	姐妹共一男	在原行平與松風、村雨姐妹	有
1552	天文21	藤原某	塵塚物語	垃圾場的故事	父女	無名	有
					母子	無名	有
不詳	不詳	不詳	和泉式部	和泉式部	母子	和泉式部與道命阿闍梨	有

年代		作者	作品名稱		亂倫關係		有無性關係
西曆	日本曆		原文	中譯	類別	人名	
不詳	江戶時代（1603-1867）	不詳	故鄉へ錦	衣錦還鄉	母子	母親與兒子（各自名字？）	有
約1661	寬文1		あいごの若	愛護若	母子	雲居前與愛護若（繼子）	無
1682	天和2	井原西鶴	好色一代男	好色一代男	表姐弟	世之介對阿阪	無
					姐妹共一男	世之介與若狹、若松姐妹	有
1685	貞享2		西鶴諸國ばなし	西鶴諸國故事	母子	井上內親王與他戶親王	有
1703	元祿16	夜食時分	長崎船	長崎船	父女	角左衛門與女兒	有
1720	享保5	近松門左衛門	心中天網島	情死天網島	表兄妹	治兵衛與阿三	有
1722	享寶7		津國女夫池	津國女夫池	兄妹	冷泉造酒之進與清瀧	無
1749	寬延2	都賀庭鍾	紀任重陰司に至り滯獄を斷くる話	陰曹地府斷積案	兄妹	平宗盛與建禮門院德子	有
1783	天明3	不詳	いいえ	沒有，沒有	母女一男	嵐民彌與母女（阿花）二人	有
1806	文化3	山東京傳	昔話稻妻表紙	昔話稻妻表紙	兄妹	桂之助與藤波、於龍姐妹	無
1806	文化3		桜姫全伝曙草紙	櫻姬全傳曙草紙	兄妹	清玄與櫻姬	無
1823	文政6	鶴屋南北	浮世柄比翼稻妻	豔戀之電	兄妹	不破伴左衛門？與傾城葛城？	有
1825	文政8		東海道四谷怪談	東海道四谷怪談	兄妹	直助權兵衛與阿袖	有
1859	安政6年	三遊亭圓朝	真景累ケ淵	神經怨婦	兄妹	新吉與阿賤（同父異母）	有
1860	万延1	河竹默阿彌	三人吉三廓初买	三個叫吉三的人	兄妹	木屋手代十三郎與阿歲	有
1887	明治20	二葉亭四迷	浮雲	浮雲	表兄妹	內海文三與阿勢	無
1895	明治28	廣津柳浪	黑蜥蜴	黑蜥蜴	公媳	公公吉五郎對七個兒媳	有
1896	明治29	小栗風葉	寢白粉	晚裝	兄妹	宗太郎與阿桂	有

年代		作者	作品名稱		亂倫關係		有無性關係
西曆	日本曆		原文	中譯	類別	人名	
1903	明治36	國木田獨步	運命論者	命運	兄妹	大塚信造與高橋裏子（同母異父）	有
1906	明治39	伊藤左千夫	野菊の墓	野菊之墓	表姐弟	民子與政夫	無
1907	明治40	夏目漱石	虞美人草	虞美人草	表兄妹	甲野欽(欣)吾與藤尾	有
1912	大正1		行人	行人	叔嫂	長野二郎與阿直	無
1908	明治41	泉鏡花	草迷宮	草迷宮	母子	母親？與葉越明	無
1910	明治43	柳田國男	とおのものがたり	遠野物語	父女	父親嫉妒女兒戀馬殺馬。均無名	無
2014	平成26		遠野物語拾遺	遠野物語拾遺	父女	父親亡靈戀愛女兒勾引其致死，均無名	無
1910	明治43	長塚節	土	土	父女	勘次與阿次	無
1910	明治43	鈴木三重吉	小鳥の巢	小鳥之巢	表兄妹	十吉與万千子	有
1911	明治44	島崎藤村	家	家	叔父姪女	小泉三吉與阿俊	無
1918	大正7		新生	新生	叔父姪女	岸本與節子	有
1913	大正2	武者小路實篤	養父	養父	由母親轉向其女兒（繼父與繼女）	當事人均無名	無
1915	大正4		その妹	他的妹妹	兄妹	野村廣次與靜子	無
1923	大正12		父と女	父親與女兒	父女	末弘時次與末弘敏子	無
1926	大正15		愛欲	愛欲	伯媳	野中信一與千代	有
1914	大正3	久米正雄	牧場の兄弟	牧場的兄弟	大伯與弟媳	源吉與弟媳	有
1919	大正8	宇野浩二	苦の世界	苦難的世界	父子共淫一女	畫家鶴丸、父親與朝顏	有
1912	大正1	谷崎潤一郎	悪魔	惡魔	表兄妹	佐伯與表妹	無
1919	大正8		母を戀うる記	戀母記	母子	潤　與母親	無

年代		作者	作品名稱		亂倫關係		有無
西曆	日本曆		原文	中譯	類別	人名	性關係
1928	昭和3	谷崎潤一郎	蓼喰ふ蟲	各有所好	女婿與岳母	斯波要與久子	無
1931	昭和6		吉野葛	吉野葛	母子	和佐與津村	無
1931	昭和6		盲目物語	盲人的故事	一男戀母女（父女）	按摩師彌市與母（阿市）女（阿茶）二人	無
1932	昭和7		蘆刈	刈蘆	父子戀一女（母子）	「我」、父親慎之助與阿遊	無
1949	昭和24		少將滋幹の母	少將滋幹之母	母子	滋幹對母親北方	無
1950	昭和25		小野篁妹に戀する事	小野篁兄妹戀歌	兄妹	小野篁與妹妹（同父異母）	有
1951	昭和26		乳野物語：元三大師の母	乳野物語：元三大師的母親	母子	元三大師與其母月子姬	無
1956	昭和31		鍵	鑰匙	岳母與女婿	鬱子與木村	有
1959	昭和34		夢の浮橋	夢之浮橋	子母	阿糾與母親（繼母）	有
1961	昭和36		瘋癲老人日記	瘋癲老人的日記	公公與兒媳	卯木督助與颯子	無
1921	大正10	志賀直哉	暗夜行路	暗夜行路	公公與兒媳	時任謙作的爺爺與時任謙作的母親	有
					母子	時任謙作與自己的母親	無
					祖孫	時任謙作與祖父的小妾阿榮	有
					表兄妹	阿要與直子	有
1924	大正13	橫光利一	禦身	你	舅舅與外甥女	末雄與幸子	無
1928	昭和3	夢野久作	瓶詰の地獄	瓶裝地獄	兄妹	太郎和綾子	有

年代		作者	作品名稱		亂倫關係		有無性關係
西曆	日本曆		原文	中譯	類別	人名	
1928	昭和3	夢野久作	瓶詰の地獄	瓶裝地獄	兄妹	太郎和綾子	有
1929	昭和4		押繪の奇蹟	貼花的奇跡	兄妹	井之口年子與哥哥中村半次郎（菱田新太郎）	無
1935	昭和10		ドグラ・マグラ	腦髓地獄	表兄妹	吳一郎與吳モヨ子	無
1933	昭和8	太宰治	魚服記	魚服記	父女	父親義經與斯瓦	有
1934	昭和9	室生犀星	兄妹	兄妹	兄妹	伊之吉與赤座蒙	有
1942	昭和17	中島敦	北方行	北方行	母女一男	折毛傳吉與白夫人母女	有
1946	昭和21	永井荷風	問はずがたり	不問自講	父女	老畫家太田與雪江（繼女）	有
1948	昭和23	田村泰次郎	朝顔	牽牛花	兄妹	成田典五與諾布（のぶ）	有
1950	昭和25	久生十蘭	無月物語	無月物語	父女	藤原泰文與女兒	有
1954	昭和29		母子像	母子像	母子	母親（無名）與兒子和泉太郎	無
1950	昭和25	大岡升平	武藏野夫人	武藏野夫人	表兄妹	阿勉與道子	無
1953	昭和28	石坂洋次郎	不幸な女の卷	不幸的女人	母子	時子與山津甲一	有
1954	昭和29		お玉地蔵の卷	玉地藏	母子	阿玉與左金吾	有
					父女、兄妹	左金吾與小百合	有
1965	昭和40		水で書かれた物語	水寫的故事	母子	松穀靜香與松穀靜雄	無
					兄妹	松穀靜雄與松本弓子（同母異父）	有
1935	昭和10	橫溝正史	蔵の中	倉庫	姐弟	小雪與笛二	無
1948	昭和23		夜歩く	夢遊	兄妹	仙石直記與古神八千代（同父異母）	無
						古神守衛與古神八千代	無

年代		作者	作品名稱		亂倫關係		有無性關係
西曆	日本曆		原文	中譯	類別	人名	
1950	昭和25	橫溝正史	犬神家の一族	犬神家族	叔父與姪女	青沼靜馬與野野宮珠世	無
					表兄妹	佐清與野野宮珠世	無
1951	昭和26		女王蜂	蜂王	父女	大道寺欣造與大道寺智子（繼父女）	無
1951	昭和26		悪魔が來りて笛を吹く	惡魔吹著笛子來	兄妹	新宮利彦與其妹新宮秋子	有
						三島東太郎與小夜子（同父異母）	有
1975	昭和50		病院坂の首縊りの家	醫院坡道上的上吊屋	表兄妹	五十嵐彌生與法眼琢也	有
					兄妹	山內小雪與山內敏	有
					父女	五十嵐彌生與五十嵐猛藏（繼父女）	有
					表姑和表侄	山內小雪與法眼滋	有
1948	昭和23	阪口安吾	不連続殺人事件	非連續殺人事件	兄妹	歌川一馬與歌川加代子（同父異母）	無
1954	昭和29		女劍士	女劍士	父女	朝之助與歌子	有
1951	昭和26	壺井榮	母のない子と子のない母と	沒有母親的孩子與沒有孩子的母親	表兄妹	舍男與虎妞	有
1951	昭和26	林芙美子	めし	飯	叔父與姪女	初之輔與裏子	無
1926	昭和1	川端康成	心中	殉情	父女（母女共一男）	均無名	無
1930	昭和5		針と硝子と霧	針、玻璃和霧	父女	朝子與父親	無
					姐弟	朝子與弟弟	無
1947	昭和22		反橋	反橋	母子	行平對母親	無
1949	昭和24		しぐれ	陣雨	姐妹共侍二男	行平、須山與雙胞胎姐妹	有
1949	昭和24		住吉	住吉	母子	住吉對母親	無

年代		作者	作品名稱		亂倫關係		有無性關係
西曆	日本曆		原文	中譯	類別	人名	
1952	昭和27	川端康成	千羽鶴	千隻鶴	父子共一女	菊治與父親的情婦太田夫人	有
					母女共一男	太田夫人、女兒文子與菊治	有
1953	昭和28		湖	湖	母子	桃井銀平對母親	無
1954	昭和29		山の音	山音	公媳	信吾與菊子	無
1971	昭和46		隅田川	隅田川	姐妹共侍二男	行平、須山與雙胞胎姐妹	有
					母子	行平對母親	無
1947	昭和22	三島由紀夫	軽王子と衣通姫	輕王子與衣通姬	外甥與姨母	木梨輕皇子與衣通姬	有
1948	昭和23		家族合せ	破碎的家庭？	兄妹	主稅與輝子	無
1950	昭和25		愛の渇き	愛的饑渴	公媳	杉本彌吉與杉本悦子	有
1954	昭和29		水音	水聲	兄妹	正一郎與喜久子	無
					父女	父親對喜久子	無
1955	昭和30		幸福號出帆	幸福號出航	兄妹	敏夫和三津子（同母異父）	有
1960	昭和35		熱帯樹	熱帶樹	兄妹	阿勇與妹妹鬱子	有
					母子	律子與兒子阿勇	有
1964	昭和39		音楽	音樂	表兄妹	表哥阿俊與弓川麗子	有
					伯母與侄子	麗子的伯母與麗子的哥哥	有
					兄妹	哥哥與弓川麗子	有
1955	昭和30	石原慎太郎	太陽の季節	太陽的季節	媳伯（兄弟一女）	津川龍哉、津川道久弟兄與武田英子	有
1984	昭和59		秘祭	秘祭	叔姪女	新城（表叔）與高子	有
1956	昭和31	幸田文	おとうと	弟弟	姐弟	阿原與碧郎	無
1956	昭和31	山本週五郎	あんちゃん	親愛的哥哥	兄妹	竹二郎與小代	有

年代		作者	作品名稱		亂倫關係		有無性關係
西曆	日本曆		原文	中譯	類別	人名	
1962	昭和37	山本週五郎	季節のない街（具體哪篇？）	沒有季節的街	伯父與姪女	綿中京太與勝子	有
1956	昭和31	深澤七郎	楢山節考	楢山節考	叔嫂	利助與阿玉	無
1958	昭和33	藤井重夫	家紋の果	家徽之果	母子	當事人名字？	有
1959	昭和34	田中千禾夫	千鳥	千鳥	外祖父與外孫女	佐葦田光之進與千鳥	無
1959	昭和34	椎名麟三	蠍を飼う女	養蠍子的女人	姐弟	時子與健次	無
1961	昭和36	富田常雄	鳴門太平記	鳴門太平記	父女	父親船越重兵衛與女兒（名字？）	有
1960	昭和35	柴田煉三郎	赤い影法師	紅色人影	母子	母影與若影	有
1962	昭和37		猿飛佐助	猿飛佐助	母子	母親（名字？）與真田大助	有
1962	昭和37		孤独な剣客	孤獨的劍客	母子	當事人名字？	有
1963	昭和38		真田幸村	真田幸村	母子	淀君與秀賴	有
1968	昭和43		會津白虎隊	會津白虎隊	兄妹	當事人名字？	有
1960	昭和35	寺内大吉	歡喜まんだら	歡喜曼陀羅	父女	寓君與晴枝	有
1963	昭和38	野坂昭如	エロ事師たち	情色指導師	父女	蘇步陽與惠子（繼女）	有
1966	昭和41		マッチ売リの少女	賣火柴的少女	父女	父親（無名）與女兒小安	無
1969	昭和44		骨餓身峠死人葛	飢餓峰的死人草	兄妹	節夫與高子	有
					父女	父親（無名？）與高子	有
1969	昭和44		浣腸とマリア	灌腸與瑪利亞	母子	竹代（繼母）與年巨	有
1971	昭和46		真夜中のマリア	午夜的瑪利亞	父女	父親與瑪利亞	無
1972	昭和47		火垂るの墓	螢火蟲之墓	兄妹	清太與節子	無

年代		作者	作品名稱		亂倫關係		有無性關係
西曆	日本曆		原文	中譯	類別	人名	
1962	昭和37	吉行淳之介	出口	出口	兄妹	無名	有
1964	昭和39		砂の上の植物群	沙灘上的植物群	兄妹	伊木一郎與京子（同父異母）	有
1964	昭和39	三浦綾子	冰點	冰點	兄妹	阿徹與陽子	無
1970	昭和45		続・冰點	續冰點	兄妹	阿徹與陽子	?
1967	昭和42		積木の箱	積木之箱	父女	佐佐林豪一與奈美惠（養女）	有
					姐弟	奈美惠與佐佐林一郎	無
					父子共一女	佐佐林一郎與久代	無
1965	昭和40	倉橋由美子	聖少女	聖少女	父女	父親與未紀	有
					姐弟	姐姐與「K」	有
1966	昭和41		婚約	婚約	姐弟?	K與L	有?
1968	昭和43		蠍たち	蠍子	姐弟?	K與L	有?
1968	昭和43		向日葵の家	向日葵之家	姐弟	當事人名字?	有?
1962	昭和37	司馬遼太郎	竜馬がゆく	龍馬奔走	姐弟	坂本乙女與坂本龍馬	無
1967	昭和42	大江健三郎	万延元年のフットボール	万延元年的足球隊	兄妹	根所鷹四與妹妹（名字?）	有
					叔嫂	根所鷹四與菜菜子	有
1979	昭和54		同時代ゲーム	同時代的遊戲	兄妹	「我」（無名）與妹妹（無名）	無
1969	昭和44	江戶川亂步	恐怖奇形人間	恐怖的畸形人	兄妹	人見廣介與秀子	無
1970	昭和45	古井由吉	菫色の空に	在深紫色的天空里	兄妹	岩崎與佐枝	無
1970	昭和45	立原正秋	舞いの家	能劇世家	姐夫與小姨子	室町道明與室町類	有
1974	昭和49	高橋睦郎	禁じられた性-近親相姦・100人の證言	被禁忌的性	全部類型	略	有

| 年代 | | 作者 | 作品名稱 | | 亂倫關係 | | 有無性關係 |
西曆	日本曆		原文	中譯	類別	人名	
1975	昭和50	森茉莉	甘い蜜の部屋	甜蜜的房間	父女	林作與瑪依拉	無
1971	昭和46	平岩弓枝	日野富子	日野富子	兄妹	日野勝光與日野富子	有
					母子	日野富子與足利義尚	有
1975	昭和50		密通	私通	兄妹	建部綾足與清枝	有
1979	昭和54		女のそろばん	女人的算盤	兄妹	小野寺浩一與早苗（同母異父）	有
1971	昭和46	中山愛子	奧山相奸	奧山相奸	母子	母親與高夫	有
1980	昭和55		地獄花—赤根沢長者窪	地獄花	兄妹	（同父異母）？	有
1973	昭和48	山崎豐子	華麗なる一族	浮華世家	公媳	公公萬俵敬介與兒媳萬俵寧子	有
1975	昭和50	山中恒	はなんだかへんて子	奇怪的孩子	母子	井上廣木與百合子（母親的幻象和影子）	無
1975	昭和50	中上健次	岬	岬角	叔侄	弦叔對美惠	無
					父女	濱村龍造與久美	有
					兄妹	秋幸與久美（同父異母）	有
1977	昭和52		枯木灘	枯木灘	兄妹情死	鬱男與美惠	有
					兄妹	秋幸與久美（同父異母）	有
					姐弟	秋幸對姐姐美惠（同母異父）	無
1977	昭和52	筒井康隆		俄狄浦斯的戀人	母子	母親（名字？）與香川智廣	有
1978	昭和53	西村壽行	われは幻に棲む	我居幻屆	父女	濱村千秋與濱村朱美	無
1981	昭和56		無賴船	無賴船	兄妹	包木一膳與小縣廣子（義妹）	有
1979	昭和54	岡部耕大	肥前松浦兄妹心中	肥前松浦兄妹情死	兄妹	當事人名字？	有

年代		作者	作品名稱		亂倫關係		有無性關係
西曆	日本曆		原文	中譯	類別	人名	
1979	昭和54	曾野綾子	溫かいフランスパン	戀母情結	母子	母親苑子與賢次郎	無
1986	昭和61		この悲しみの世に	在這個悲傷的世界	姐弟	節子與善彥	有
1979	昭和54	重兼芳子	やまあいの煙	山中的煙	母子	正子與阿渡	有
1980	昭和55	光瀨龍	アンドロメダ・ストーリーズ？	仙女座的故事	兄妹	米蘭與莉莉婭？吉姆薩與阿弗洛	？
1982	昭和57	北泉優子	魔の刻	惡魔的時刻	母子	凉子與水尾深	有
					女婿與岳母	花井與其岳母	有
1982	昭和57	村松友視	時代屋の女房	古董店的老闆娘	母子	菊池松江（養母）與阿安	有
1983	昭和58	永井路子	銀の館	銀館	母子	足利義政與今參局（奶媽）	有
					母子	日野富子與足利義尚	有
1983	昭和58	冰室冴子	ざ・ちぇんじ	紮齊恩吉？	姐弟	綺羅君與綺羅姬（同母異父）	？
1984	昭和59	笠井潔	エディプスの市	俄狄浦斯之城	母子	竹富惠子與阿悠	有
1985	昭和60	荒俣宏	帝都物語	帝都物語	兄妹	辰宮洋一郎與辰宮有佳裏	有
1985	昭和60	宮本輝	避暑地の貓	避暑地的貓	母女侍一男	金次郎與修平的母親和姐姐	有
1997	平成9		焚火の終わり	最後的篝火	兄妹	茂樹與美花（同父異母）	有
1981	昭和56	栗本薰	心中天浦島	情死天浦島	兄妹	泰奧與艾麗絲	有
1986	昭和51		天狼星	天狼星	姐弟	真珠子與遊佐安雲	有
1987	昭和62	出邊聖子	戀の棺	戀之棺	姨甥	宇禰和有二	有

年代		作者	作品名稱		亂倫關係		有無性關係
西曆	日本曆		原文	中譯	類別	人名	
1987	昭和62	谷口優子	尊属殺人罪が消えた日	尊親殺人罪消失的日子	父女	父親相澤文雄（政吉？）與女兒相澤綾子（チヨ千代、サチ佐智？）	有
1988	昭和63	柾悟郎	いちばん上のお兄さん	最上面的哥哥	兄妹	當事人名字？	？
1988	昭和63	白石一郎	異母兄妹	異母兄妹	與妻妹	河川達四郎與妻妹	有
1981	昭和56	笹沢左保	愛姦の道	愛之亂	兄妹	白妙鐵也與扶美子	有
1989	昭和64	久美沙織	鏡の中のれもん	鏡中的檸檬	兄妹	結實與阿圭	無
					表兄妹	結實與待子	有
1989	昭和64	夢枕獏	上弦の月を喰べる獅子	獅子吞月	兄妹	達蒙與修拉	有
1991	昭和66		神獣変化（涅槃の王）	神獸變化	？		有
1990	平成2	大庭美奈子	からす瓜	絲瓜	父女？	當事人名字？	有
1988	昭和63	吉本芭娜娜	哀しい予感	哀愁的預感	姐弟	彌生與哲生	無
1990	平成2		N·P	N·P	父女	高瀬皿男與阿翠（箕輪萃）	有
					姐弟	阿翠（箕輪萃）與乙彦（同父異母）	有
1994	平成6		アムリタ	甘露	姐妹共一男	朔美、真由與龍太郎	有
1991	平成3	山崎洋子	甘い血	甜蜜的血	母子	唐澤江里子與笹戸	有
1992	平成4		蜜の肌	美麗的肌膚	母子	當事人名字？	有
1996	平成8		柘榴館	石榴館	父女	藤枝與阿透	有
					兄妹	阿煉與希和	有
1981	昭和56	神林長平	返して	回來	姐弟	伊西斯與奧西里斯	？
1992	平成4		猶予の月	猶豫的月亮	姐弟	伊西斯與阿西里斯	無

年代		作者	作品名稱		亂倫關係		有無性關係
西曆	日本曆		原文	中譯	類別	人名	
		神林長平	蔦紅葉	爬山虎的紅葉	父母女三角戀	當事人名字？	？
1992	平成4	立松和平	日溜まりの水	陽光下的水滴	兄妹	哥哥阿青與小春	有
						哥哥阿青與夏子	有
1998	平成10		裸の妹	裸妹	兄妹	當事人名字？	？
1992	平成4	伊達一行	かく誘うものの何であろうとも	什麼在誘惑	母子	麻也子與貴信	有
					兄妹	貴信與海堂惠	有
1992	平成4	新井千裕	100万分の1の結婚	百萬分之一的結婚	兄妹	「我」（無名）與妹妹（無名）	無
1992	平成4	姬野薰子	変奏曲	變奏曲	姐弟	洋子與高志	有
1994	平成6		あなただけが好き	只喜歡你	姐弟	圓子與鷹志	有
1993	平成5	圖子慧	桃色珊瑚	桃色珊瑚	兄妹	哥哥阿巽與透子	？
1993	平成5	小松左京	石	石頭	母子	（與繼母）當事人名字？	有
1993	平成5	阪東真砂了	狗神	狗神	兄妹	隆直與坊之宮美	有
					母子	坊之宮美與田原晃	有
2002	平成14		善魂宿	善魂宿	母子	母親（無名）與永吉	有
					兄妹	永吉與拉努	有
1993	平成5	内田春菊	ファザーファッカー	養父與我	父女	靜子與養父（名字？）	有
1993	平成5	蔦屋兵介	母と息子・歪んだ夏	扭曲的夏天	母子	當事人名字？	有
1993	平成5	仁川高丸	ソドムとゴモラの混浴	索多瑪與哥摩拉的混浴	姐弟	「我」（姐姐）與貴士	有
1993	平成5	今邑彩	茉莉花	茉莉花	父女	父親（無名）與茉莉花	無

年代		作者	作品名稱		亂倫關係		有無性關係
西曆	日本曆		原文	中譯	類別	人名	
1995	平成7	今邑彩	雙頭の影	雙頭之影	兄妹	宗一郎與妹妹（無名）	無
1998	平成10		よもつひらさか	黃泉路上	嬸姪	吉井與叔母（無名）	有
1994	平成6	久世光彦	早く昔になればいい	多想回到從前	兄妹	寬一與阿醬	有
1994	平成6	長野真由美	銀河電燈譜	銀河電燈譜	兄妹	宮澤賢治與宮澤俊夫	有
1995	平成7		幕間	幕間	姐弟	深澤柳丁與上枝曉	無
1995	平成7	花村萬月	觸角記	触角記	母子	母親與兒子次郎	有
1995	平成7	京極夏彦	鉄鼠の檻	鐵鼠的牢籠	兄妹	松宮仁如與松宮鈴子	有
1995	平成7		魍魎の匣	魍魎之匣	父女	美馬阪幸四郎與女兒柚木陽子	有
1998	平成10		塗仏の宴	圖佛的宴會	兄妹	佐伯亥之介與佐伯布由	有
					侄嬸	甚八與初音子	有
2004	平成16		嗤う伊右衛門	嗤笑伊右衛門	兄妹	直助權兵衛與阿袖	有
					母子	阿槙與又市	無
1996	平成8	山口椿	愛護の若	愛護若	母子	雲居前與愛護若（繼子）	無
1996	平成8	三浦哲郎	百日紅の咲かない夏	百日紅不開的夏天	姐弟	比佐和砂夫	
1996	平成8	响野夏菜	雨の音州秘聞	雨音州秘聞錄	兄妹	暴風雪王與櫻花公主	有
1996	平成8	乙一	夏と花火と私の死體	夏天煙火和我的尸體	姐弟	阿健對表姐阿綠	無
					兄妹	彌生對哥哥阿健	無
1997	平成9	岩井俊二	ウォーレスの人魚	華萊士人魚	兄妹	潔西與海原密	有
1997	平成9	櫻井亞美	イノセントワールド	無罪的世界	父女	高森與阿米	有
					兄妹	阿米與卓也	有

年代		作者	作品名稱		亂倫關係		有無性關係
西曆	日本曆		原文	中譯	類別	人名	
1999	平成11	櫻井亞美	光の響き	光的迴響	父女	サリナ是亂倫所生？（薩萊納與塞伊亞的戀愛故事？）	有
2001	平成13		?	魔力之牆	姐弟	霧娜與弟弟	有
1998	平成10	薄井有事	寒がりな虹	怕冷的彩虹	兄妹	久志與京子	有
1998	平成10	東野圭吾	祕密	祕密	父女	杉田平介與藻奈美	有
1999	平成11		私が彼を殺した	我殺了他	兄妹	神林貴弘與神林美和子	有
2003	平成15		容疑者Xの献身	嫌疑人X的獻身	父女	富堅慎二與花岡美裏（繼女）	無
1999	平成11	長阪秀佳	弟切草	弟切草	父女	有棲川耀一郎與菊島奈美	有
					兄妹	奈美與公平	有
1999	平成11	貴志祐介	青の炎	藍色的火焰	父女	曾根隆司與櫛森遙香（繼女）	無
1999	平成11	信濃武	性の行方—僕の人生最後のセックス	性的方向—我人生最後的性	兄妹	當事人名字？	有
1999	平成11	天童荒太	永遠の仔	永遠的孩子	父女	久阪雄作與久阪優希	有
1999	平成11	赤城毅	有翼騎士団	有翼騎士團	兄妹	印南光太郎與エウフェミア	?
2000	平成12	狗飼恭子	戀の罪	戀之罪	兄妹	青一與月美	有
2003	平成15	岩井志麻子	悦びの流刑地	歡樂的流放地	姐弟	悦子與由紀夫	有
2001	平成13	山田詠美	姫君	姬君	兄妹	時紀與聖子	有
2001	平成13	森福都	雙子幻綺行—洛陽城推理譚	雙胞胎兄妹奇幻歷險記	兄妹	馮九郎與香連	無
2001	平成13	坂本野薔薇	鱗姫	鱗女	兄妹	龍烏琳太郎與龍烏樓子	有

年代		作者	作品名稱		亂倫關係		有無性關係
西曆	日本曆		原文	中譯	類別	人名	
2001	平成13	赤川次郎	天使に淚とほほえみを	對天使的淚與笑	父女	野本廣士與浩子	有
2001	平成13	高橋文樹	途中下車	途中下車	兄妹	「我」與理名	有
2002	平成14	林真理子	初夜	初夜	父女	純男與恭子	有
2002	平成14	高橋彌七郎	灼眼のシャナ	灼眼的夏娜	兄妹	愛染自（蘇拉特）與愛染他（蒂麗亞）	有
1980	昭和55	村上春樹	1973年のピンボール	1973年的彈子球	一男與姐妹	「我」與「408」「109」	有
2002	平成14		海辺のカフカ	海邊的卡夫卡	姐弟	田村卡夫卡與養女姐姐櫻花	有
					母子	田村卡夫卡與母親佐伯	有
2009	平成21		1Q84	1Q84	父女	雷斯福Receiver與珀賽芙Perceiver	有
1993	平成5	小池真理子	夜ごとの闇の奧底で	在每個夜晚的黑暗深處	父女	畑中秀治與畑中亞美	無
1995	平城7年		戀	戀	兄妹	當事人名字？	有
2003	平成15		レモン・インセスト	檸檬亂倫	姐弟	阿澪與昭吾	有
2003	平成15	西尾維新	きみとぼくの壊れた世界	你和我壞了的世界	兄妹	柜内樣刻與柜内夜月	有
2003	平成15	乃南朝	晚鐘	晚鍾	表兄妹	大輔繪裏與真裕子	？
2003	平成15	村山由佳	星々の舟	星星之舟	兄妹	阿曉與沙惠（同父異母）	有
2003	平成15	新井輝	ルームナンバー1301	1301房間	姐弟	絹川螢子與絹川健一	有
2004	平成16	絲山秋子	海の仙人	海上仙人	類型？	河野與誰？	有
2004	平成16	津原泰水	アルバトロス	信天翁	姐弟	當事人名字？	有

年代		作者	作品名稱		亂倫關係		有無性關係
西曆	日本曆		原文	中譯	類別	人名	
2004	平成16	白石公子	僕の雙子の妹たち	我的雙胞胎妹妹	兄妹	（我）直殻売與実のりと穂のか	無
2004	平成16	森橋賓果	三月、七日	三月、七日	兄妹	宮島七日與澀穀三月	無
2005	平成17	佐藤友哉	子どもたち、怒る怒る怒る	孩子們的憤怒憤怒憤怒	兄妹	均無名，以「我」與「妹妹」稱呼	無
			死體と……	屍體與……	姐弟	均無名，以「女人」與「青年」稱呼	有
			大洪水と小さな家	大洪水中的小房子	兄妹	「我」（春哥）、文男與妹妹梨耶	無
2005	平成17	安房直子	夢の果て	夢的盡頭	兄妹	當事人名字？	？
					繼父與兒媳	當事人名字？	？
2006	平成18	櫻庭一樹	私の男	我的男人	父女	腐野淳悟（養父）與竹中花	有
2009	平成21		砂糖菓子の弾丸は撃ち抜けない	糖果子弹	兄妹	哥哥（名字？）與山田渚	？
					父女	海野雅愛與海野藻屑	不明
2007	平成19	鳥越碧	兄いもうと	兄妹	兄妹	正岡子規與妹妹阿律	？
2007	平成19	松浦理英子	犬身	犬身	兄妹	阿彬與阿梓	？
2007	平成19	橋口育夜	僕は妹に戀をする	我愛妹妹	兄妹	阿賴與阿郁	有
2008	平成20	伏見官吏	俺の妹がこんなに可愛いわけがない	我的妹妹沒那麼可愛	兄妹	高坂京介與妹妹桐乃	無
2008	平成20	佐藤亞有子	花々の墓標	花朵的墓碑	父女	父親與亞有子姐妹	有
2009	平成21	大石圭	絕望ブランコ	絕望的秋千	姐弟	阿翼與翔太	有
2011	平成23	水原涼	甘露	甘露	父女	當事人名字？	有

年代		作者	作品名稱		亂倫關係		有無性關係
西曆	日本曆		原文	中譯	類別	人名	
2011	平成23	中山七裏	連続殺人鬼カエル男	連續殺人魔鬼	父女	父親辰哉對嵯峨島夏小	有

附三：以亂倫為題材的日本情色小說列目

　　在日本，情色小說也叫成人小說、官能小說和激情小說。情色與色情的區別在於：前者是敘述與性愛、性欲有關的感覺和事物，將性器官視作身體與另一個身體達到圓滿溝通與解放的媒介，雖然巨細靡遺的描繪性愛心理和過程，但始終保持身體的神祕、美妙，並表現出嚴肅的主題。色情則是刻意誇張性能力與性器官，表達出某種性別（通常是男性）的濫用力量，去侵犯、強暴、侮辱、醜化另一個身體。網路情色小說受其他流行文學影響，表現出多種形式，如武俠情色，玄幻情色等。

諸尾拓：《想被哥哥擁抱的妹妹》，日語原文為《お兄ちゃんに抱かれたい妹のために》。

山口香他：《血脈儀式》，日語原文為《相姦血脈儀式》。

北山悅史：《禁忌的母體》，日語原文為《禁忌母胎姦景》；《姐姐十八歲》，日語原文為《濡姉珠水（たまみ）十八歲》；《母親的誘惑》，日語原文為《熟母の誘惑》；《十四歲妹妹的祕密》，日語原文為《淫ら妹十四歲の祕密》。

睦月影郎：《聖泉傳說》，日語原文為《聖泉伝説》。

館淳一：《繼母的戀人》，日語原文為《継母の戀人》；《姐姐和弟弟女體劫》，日語原文為《姉と弟・女體洗腦責め》；《姐姐與弟弟淫荡的內衣》，日語原文為《姉と弟淫らな下著》；《被侮辱》，日語原文為《姦られる》；《色戒兄妹》，日語原文為《催淫責め兄と妹》；《兄妹被侵犯的蜜獸》，日語原文為《兄と妹犯された蜜獸》；《漂亮媽媽》，日語原文為《美母童貞教育》。

安田均：《回到未來》，日語原文為《バック・トゥ・ザ・フューチャー》。

深谷卓：《岳母的房間》，日語原文為《義母の部屋》。

由布木皓人：《漂亮姐姐》，日語原文為《美姉(あね)・蜜あそび》。

高竜也：《漂亮姐妹和少年》，日語原文為《美姉妹と少年・相姦レイプ》；《瘋狂的姐妹》，日語原文為『狙われた姉・狂わされた妹』；《母親與妹妹》，日語原文為《美獸・母と妹》；《兩個美女妹妹》，日語原文為《二人の美妹奈津了と亜希》；《親妹與義妹》，日語原文為《実妹と義妹》；《禁妹》，日語原文為《禁妹》。

牧村僚：《背德的岳母》，日語原文為『志穂子背徳の義母交姦倶楽部』；《媽媽和
　　叔母》，日語原文為《ママと叔母・禁断の二重相姦》；《我姐是人妻》，日語
　　原文為《僕の姉は人妻》；《我的媽媽與同學的媽媽》，日語原文為《僕のマ
　　マと同級生のママ》；《漂亮媽媽與少年》，日語原文為《美母と少年相姦教
　　育》。

弓月誠：《女教師和叔母》，日語原文為《年上願望女教師と叔母》。

鏡龍樹：《三個美麗的姐姐》，日語原文為《三人の美姉》。

菅野响：《兄妹》，日語原文為『兄妹（あにいもうと）』；《美麗姐妹》，日語原
　　文為《美姉妹M奴隷》。

蒼村浪：《空姐、女教師和少年——魔悅的羈絆》，日語原文為《スチュワーデスと
　　女教師と少年と〜三姉妹・魔悅の絆〜》。

石動彰：《亂倫之家》，日語原文為《相姦の家美少女に酔い、少年に溺れて…》。

夏島彩：《美麗姐姐與弟弟》，日語原文為《美姉と弟》。

岡部誓：《哥哥、妹妹與女教師》，日語原文為《兄と妹と女教師》。

桐生操[1]：《血淋淋的教皇》，日語原文為《血塗られた法皇一族》或《血ぬられた法
　　王一族-ダ・ヴィンチの名推理》。

蘭光生：《群獸之宴》，日語原文為《禁猟獣たちの宴》。

川本耕次：《妹妹內衣調查》，日語原文為《淫らな相姦日記妹の下著調べ》。

真田夢亂：《脫下的內衣》，日語原文為《妹の乳液脱ぎたての下著》。

矢切隆之：《父親與女兒》，日語原文為《禁姦/父と娘》。

吉野純雄：《妹妹的祕密》，日語原文為《妹の祕密》。

御影凌：《妹妹的處女蜜》，日語原文為《妹処女蜜舐り》。

群翔一郎：《制服猥褻的圖鑑》，日語原文為《制服わいせつ図鑑》(媚・妹・ベイビ
　　ィセーラー服美樹子)；《亂倫——神祕的體驗》，日語原文為《近親相姦「ない
　　しょの體驗」》；《蘿莉塔——神祕的體驗》，日語原文為《ロリータ「ないし
　　ょの體驗」》；《媽媽教我》，日語原文為《お母さんが教えてあげる》；《被
　　禁忌的體驗》，日語原文為《禁じられた體験いけない相姦しました》。

藍川京：《性愛教育》，日語原文為《相奸図発情教育》。

船地慧：《愛的預感》，日語原文為《聖少女物語・愛の予感》。

---

[1]　為日本小說家堤幸子（1932—2003）和上田加代子（1950—）的共同筆名。

主要參考文獻

1、中文

〔英〕B·卡爾：《人類性幻想》，耿文秀等譯，上海：華東師範大學出版社，2011年。

〔法〕米歇爾·福柯：《性經驗史》，佘碧平譯，上海：上海人民出版社，2000年。

〔法〕喬治·巴塔耶：《色情史》，劉暉譯，北京：商務印書館，2003年。

〔美〕阿爾伯特·莫德爾：《文學中的色情動機》，劉文榮譯，上海：文匯出版社，
　　2006年。

〔加〕諾思洛普·弗萊：《批評的剖析》，陳慧、袁憲軍、吳偉仁譯，天津：百花文
　　藝出版社，2006年。

〔日〕梅原猛：《諸神流竄：論日本〈古事記〉》，卞立強、趙瓊譯，北京：經濟日
　　報出版社，1999年。

〔美〕魯斯·本尼迪克特：《菊與刀——日本文化諸模式》，呂萬和、熊達雲、王智
　　新譯，北京：商務印書館，2012年。

齊佩：《日本唯美派文學研究》，北京：中國社會科學出版社，2009年。

葉渭渠：《谷崎潤一郎傳》，北京：新世界出版社，2005年。

葉渭渠：《日本文學史》，長春：吉林人民出版社，1987年。

〔日〕川端康成、三島由紀夫：《川端康成三島由紀夫往來書簡集》，許金龍譯，北
　　京：昆侖出版社，2000年。

〔美〕倫那德D·塞威特茲等：《性犯罪研究》，陳澤廣譯，武漢：武漢出版社，
　　1988年。

〔德〕恩格斯：《家庭、私有制和國家的起源》，見《馬克思恩格斯選集》
　　（第四卷），中共中央編譯局譯，北京：人民出版社，1972年。

〔法〕沙爾·費勒克《家族進化論》，許楚生譯，上海文藝出版社，1990年。

楚雲：《亂倫與禁忌》，上海：上海文藝出版社，2002年。

〔美〕馬文·哈裏斯《文化人類學》，李培茱、高地譯，東方出版社，1988年。

〔日〕南博：《日本人論——從明治維新到現代》，邱淑雯譯，桂林：廣西師範大學
　　出版社，2007年。

〔日〕齋藤茂太：《女性的心理騷動》，耿仁秋、王洪明譯，北京：中國文聯出版公
　　司，1987年。

郭青：《追尋：在情愛與理性之間》，石家莊：河北人民出版社，1990年。

郝祥滿：《日本人的色道》，武漢：長江出版傳媒、湖北人民出版社，2012年。

〔奧〕佛洛德：《精神分析學引論·新論》，羅生譯，南昌：百花洲文藝出版社，
　　1996年。

〔日〕今道友信：《關於愛和美的哲學思考》，王永麗、周浙平譯，北京：三聯書店
　　出版社，2004年。

〔日〕大井正：《性與婚姻的衝突》，張治江譯，長春：吉林人民出版社，1988年。

張萍：《日本的婚姻與家庭》，北京：中國婦女出版社，1984年。

劉達臨：《浮世與春夢——中國與日本的性文化比較》，北京：中國友誼出版公司，
　　2005年。

〔日〕土居健郎：《日本人的心理結構》，閻小妹譯，北京：商務印書館，2012年。

〔日〕茂呂美耶：《字解日本：食、衣、住、遊》，桂林：廣西師範大學出版社，
　　2009年。

祝大鳴：《獨特的日本人：島國文化之解讀》，北京：中國畫報出版社，2009年。

〔荷〕伊恩·布魯瑪：《日本文化中的性角色》，張曉淩等譯，北京：光明日報出版
　　社，1989年。

〔美〕埃德溫·賴肖爾：《日本人》，孟勝德、劉文濤譯，上海：譯文出版社，
　　1980年。

〔美〕本·尼迪克特：《菊花與刀——日本文化中的諸模式》，杭州：浙江人民出版
　　社，1987年。

唐月梅：《怪異鬼才三島由紀夫傳》，作家出版社，1994年。

〔美〕蕾伊·唐娜希爾：《原始的激情——人類情愛史》，李意馬譯，昆明：雲南人民
　　出版社，1988年。

〔美〕魯斯·本尼迪克特：《菊與刀》，嚴雪麗譯，南京：鳳凰出版社，2012年。

〔日〕中村元：《東方民族的思維方法》，林太、馬小鶴譯，杭州：浙江人民出版
　　社，1989年。

邱紫華：《東方美學史》，北京：商務印書館，2003年，第1048頁。

王文斌：《赤裸的吶喊——性愛崇拜之透視》，瀋陽：遼寧人民出版社，1993年。

〔日〕渡邊京二：《看日本：逝去的面影》，楊曉鐘等譯，西安：陝西人民出版社，
　　2009年。

嚴紹璗、中西進主編：《中日文化交流史大系·文學卷》，杭州：浙江人民出版社，
　　1996年。

〔德〕尼采：《黃昏的偶像悲劇的誕生尼采文選集》，周國平譯，北京：作家出版

社，2012年。

〔德〕黑格爾：《精神現象學》（上），賀麟、王玖興譯，上海：世紀出版集團、上
海人民出版社，2013年。

葉渭渠：《日本文學思潮史》，北京：經濟日報出版社，1997年，第259頁。

〔日〕南博：《日本人的心理》，劉延州譯，上海：文匯出版社，1991年。

〔日〕渡邊淳一：《丈夫這東西》，李迎躍譯，上海：上海人民出版社，2004年。

〔日〕今道友信：《關於愛和美的哲學思考》，王永麗、周浙平譯，北京：三聯書店
出版社，2004年。

〔日〕土居健郎：《日本人的心理結構》，閻小妹譯，北京：商務印書館，2012年。

〔日〕鶴見和子：《好奇心與日本人》，詹天興等譯，西安：西安交通大學出版社，
1987年。

〔美〕L·A·懷特：《文化的科學──人類與文明的研究》，沈原等譯，濟南：山東人
民出版社，1988年。

〔美〕萊斯利·A·懷特《文化科學》，曹錦清等譯，浙江人民出版社，1988年。

葉舒憲主編：《文學與治療》，北京：社會科學文獻出版社，1999年。

葉舒憲：《文學與人類學──知識全球化時代的文學研究》，北京：社會科學文獻出
版社，2003年。

劉再複：《性格組合論》，北京：中國人民大學出版社，2010年。

〔俄〕什克洛夫斯基等：《俄國形式主義文論選》，方珊等譯，北京：三聯書店，
1989年。

〔古希臘〕亞裏士多德：《詩學》，陳中梅譯，北京：商務印書館，2002年。

邱紫華、王文戈：《東方美學簡史》，北京：高等教育出版社，2004年。

楊辛、甘霖：《美學原理》，北京：北京大學出版社，2001年。

劉東：《西方的醜學──感性的多元取向》，北京：北京大學出版社，2007年。

〔英〕鮑桑葵：《美學史》，張今譯，北京：商務印書館，1997年。

〔英〕李斯托威爾：《近代美學史評述》，將孔陽譯，上海：譯文出版社，1980年。

〔意〕克羅齊：《美學原理》，朱光潛譯，上海：上海人民出版社，2007年。

〔法〕雨果：《雨果論文學》，上海：譯文出版社，1980年。

〔日〕谷崎潤一郎：《饒舌錄》，汪正球譯，北京：中國文聯出版社，2000年。

趙灃、徐京安：《唯美主義》，北京：中國人民大學出版社，1988年。

〔日〕谷崎潤一郎：《陰翳禮讚》，孟慶樞譯，石家莊：河北教育出版社，2002年。

〔日〕川端康成：《川端康成文集·美的存在與發現》，中國社會科學出版社1996年。

葉渭渠：《東方美的現代探索者──川端康成評傳》，中國社會科學出版社，1989年。

2、日文

〔德〕奧特・蘭克：《文學作品と伝說における近親相姦モチーフ》，前野光弘譯，
　　中央大學出版部，2006年。

〔日〕神山重彥：『物語要素176』，近代文芸社，1996年。

〔日〕山本夏彥：《無想庵物語》，文藝春秋，1993年。

〔日〕原田武：《文學と禁斷の愛——近親姦の意味論》，青山社，2004年。

〔日〕南博：《家族內性愛》，朝日出版社，1984年，

〔日〕原田武：《インセスト幻想——人類最後のタブー》，人文書院，2001年。

〔日〕堀越英美：《萌える日本文學》，幻冬舍，2008年，

〔日〕五島勉：《近親相愛》，海潮社，1972年。

〔日〕高橋睦郎：《禁じられた性——近親相姦・100人の證言》，潮出版社，1974年。

〔日〕川名紀美：《密室の母と子》，潮出版社，1980年。

〔日〕水谷修：《話しことばと日本人》，創拓社，1979年。

〔日〕信濃武：《性即生》，三一書房，1998年。

〔日〕芳賀矢一：《國民性十講》，富山房，1938年。

〔日〕土居健郎：《甘えの構造》，弘文堂，1981年。

〔日〕川田順造：《近親相交とそのタブー——文化人類學と自然人類學のあらたな
　　地平》，藤原書店，2001年。

〔日〕津島佑子：《私の時間》，人文書院，1982年。

〔日〕伊藤整：《谷崎潤一郎の文學》，中央公論社，1970年。

〔日〕吉田敦彥：《神話と近親姦》（增補新版），青土社，1993。

《現代思想臨時增刊總特集：近親相姦》，青土社，1978。

3、英文

Stith Thompson:Motif-index of folk-literature (Helsinki,1932)

Edward Sagarin,Violation of taboo:Incest in the great Literature of the past and present(NewYork:Jul
　　ianpress,1963)

Ikeda Hiroko:A Type and Motif Index of Japanese Folk Literature, Helsinki,1971

Allen W.Johnson,Douglass Richard Price-Williams:Oedipus ubiquitous:the family complex in world
　　folk literature.Stanford University Press,1996

國家圖書館出版品預行編目

「亂倫」母題與日本敘事文學/吳舜立著. --
臺北市：獵海人, 2021.07
　　面；　公分
　ISBN 978-986-06560-4-6(平裝)

　1.日本文學 2.文學評論 3.亂倫

861.2　　　　　　　　　　110010742

「亂倫」母題與日本敘事文學

作　　者／吳舜立
出版策劃／獵海人
製作銷售／秀威資訊科技股份有限公司
　　　　　　114 台北市內湖區瑞光路76巷69號2樓
　　　　　　電話：+886-2-2796-3638
　　　　　　傳真：+886-2-2796-1377
網路訂購／秀威書店：https://store.showwe.tw
　　　　　　博客來網路書店：https://www.books.com.tw
　　　　　　三民網路書店：https://www.m.sanmin.com.tw
　　　　　　讀冊生活：https://www.taaze.tw

出版日期／2021年7月
定　　價／800元